황순원 연구

황순원 연구

황순원연구모임 엮음

역락

황순원 연구의 다층적 지평

작가 황순원은 1915년, 일제강점기의 초입에 출생했다. 광복이 되던 1945년에 30세, 한국전쟁이 발발했을 때 35세, 그리고 휴전협정이 조인되었을 때 38세였다. 주지하다시피 전쟁 이후 한국문학의 주요 작가 대부분이 납·월북의 상황에 이르렀으니, 황순원은 박종화·김동리·안수길·최정희와 함께 곧바로 문단의 어른이 되었다. 이른바 30대 후반부터 원로가 되었던 셈이다. 그로부터 40년 세월을 두고 지속적인 작품활동을 한 대가로서 그 문학인생은 시 104편, 단편 104편, 중편 1편, 장편 7편의 문학적 집적을 이루었다.

그의 문학은 인간을 소중하게 여기고 인간 본연의 심성에 신뢰를 보내는 휴머니즘의 바탕을 끝까지 지켰고, 소수와 절제의 미학을 시와 소설을 통해 구현하는 창작의 방향성을 견지했다. 그런가 하면 '작가는 작품으로 말한다'는 성실한 자세를 일상생활화 했다. 한국문학사에 명멸한 많은 작가 가운데 그는 작가의 품성과 작품 세계가 서로 조응하여 상승작용을 촉발함으로써 작가정신의 사표로 불리기도 한다. 이를테면 세상에 영합하여 작가의 근본을 훼손하거나 세속의 저잣거리를 향해 달려간 명리의 추종자들과는 거리가 멀었다.

그를 두고 그의 작품 「학」에서처럼 한 마리 학처럼 고고하게 살았다는 언표가 드물지 않은데, 이는 결국 그 삶과 문학 전반을 함축적으로 요약한 헌사에 해당한다. 그는 시쳇말로 '안티'가 없는 작가이다. 그럼에도 불구하고 작가의 평가에 있어 가장 핵심이 되는 것은 그 문학이 가진 예술성이요 미학적 가치이다. 작품 자체의 수월성이 먼저이겠으나, 그에 못지않게 중요한 것은 그 작품에 대한 연구와 비평의 축적이 아닐까 한다. 황순원 문학에 대한 연구는 그동안 연구논문, 학위논문, 비평문, 저술 등에 이르기까지 광범위하고 심도 있게 수행되어 왔다. 그에 잇대어 변화하고 발전하는 시대적 관점이 반영된 새로운 방식의 연구도 여러 진척된 성과를 보였다.

이와 같은 다각적이고 다층적인 연구의 지평을 보다 활발하게 확장하기 위하여 황순원기념사업회와 황순원학회에서는 해마다 학술세미나를 개최했다. 이 세미나는 매년 9월, 작가의 문학세계와 그 형상을 지역사회 속에 구체화한 양평 황순원문학촌 소나기마을에서 황순원문학제 행사의 일환으로 마련되었다. 그동안 많은 연구자와 비평가들의 발표와 토론이 있었고, 이는 그때마다 황순원 연구에 대한 새로운 담론과 화제를 생산하기도 했다. 이 책은 그 발표 논문과 비평문, 그리고 소나기마을의 문화콘텐츠, 작가의 인간론 등 다양한 유형의 연구 성과를 함께 포괄하고 있다. 책은 모두 8부로 구성, 유형별 주제별로 각기의 글들을 구분하여 실었다.

이러한 방식의 황순원 연구는 앞으로도 해마다 지속적으로 이어질 것이며, 이 연구와 이 책의 상재로 인해 작가에 대한 심층적 이해가 확대 확산되기를 기대한다. 황순원 연구자들은 이 책의 발간에 앞서 '황순원연구모임'을 결성하고, 향후의 연구와 논의에 소통과 연대를 강화해 나가기로 했다. 이번 가을은 황순원 선생이 유명을 달리한 지 벌써 17년이 되는 계절이다. 값있는 작가에 대한 연구가 연구자에게도 기쁨이 되는 내일을 기대해 본다. 차제에 글의 수록을 허락해주신 서른 분의 필자들께 깊이 감사드리며, 이처럼 품격 있고 소담스러운 책으로 꾸며준 도서출판 역락에도 거듭 감사의 말씀을 전하고자 한다.

2017년 9월

엮은이 황순원연구모임

차 례

3장 | 시론(詩論)

4장 | 비교론

5장 | 문화콘텐츠론

6장 | 번역론

7장 | 작품 발굴

8장 | 인간론

1장_총론 및 작가론

문학과 삶의 조화로운 만남, 또는 그 모범

-황순원의 생애와 작품의 상관성

김종회

1. 문학적 삶의 예비와 시적 서정성의 세계(1915~1936)

한일합방으로 인하여 한반도에 대한 일제의 병탄과 압박이 시퍼렇게 날이 서 있던 1915년 3월. 그 26일에 북녘땅 문물의 중심지인 평양 부근, 정확하게 말하자면 평안남도 대동군 재경면 빙장리에서 한 생명의 탄생을 알리는 고고의 울음이 있었다.

황순원! 한국 현대문학에 있어 온갖 시대사의 격랑을 헤치고 순수문학을 지켜온 거목이자, 작가의 인품이 작품에 투영되어 문학적 수준을 제고함에까지 이르름으로 작가정신의 사표로 불리는 황순원은 이러한 시간적・공간적 상황을 점유하며 이 세상에 왔다.

부친 찬영(贊永 : 字는 秋隱, 1892. 음 7.16~1972. 양 12.19)씨와 모친 장찬붕(張贊朋 : 본관 廣州, 1891. 음 15.7~1974. 양 1.10) 여사의 맏아들로 태어났으며, 나중에 자를 만강(晩岡)이라 했다.

이 연대기적 사실을 통하여 우선 짐작해두어야 할 일은, 황순원이 살아온 험악한 시대의 파고 가운데서도 그의 생애가 상대적으로 유복했다는 점이다. 부모의 생몰 연대가 해방공간과 민족상잔의 전란을 넘어 가로놓여 있으므로, 이 시기에 북녘에 고향을 둔 이들 거개가 부모와 생이별하고 혈육 이산의 통한을 끌어안고 살아온 그 비극을 피해갈 수 있었음은 정녕 큰 축복이 아닐 수 없었다. 황순원은 함께 월남한 양친을 팔순까지 모셨으며, 순만(順萬)・순필(順必) 두 동생도 모두 월남하여 사회적으로 자기 몫을 다하며 살아간 경우이니, 일찍이 맹자가 삼락 가운데 첫째로 꼽은 부모구존 형제무고(父母俱存 兄弟無苦)가 이에 여실히 부합하다 할 수 있겠다.

필자는 대학 입학에서부터 학위 과정을 모두 마칠 때까지 제자로서 작가를 모시고 있었으며, 그런 만큼 객관적 기록으로 정리되지 아니한 이런 저런 일이나 일화들을 적잖이 기억하고 있다. 작가는 언젠가 양친의 함자 중에서 공통으로 <贊>자가 들어 있음을 들려주었는데, 그때의 어투나 표정으로 보자면 양친에 대한 최대한의 존경심을 반영하고 있어 동석한 제자들이 한가지로 옷깃을 바로잡곤 했다.

만강이라는 자를 두고 있었으나 이를 실제로 사용한 적은 필자의 기억에 없다. 다만 그 사용하지 않는 사유에 대한 변론은 들은 바 있다. 황순원이란 이름 석자를 바로 감당하기도 쉽지 않은데 또 다른 이름을 써 무엇하겠느냐는 반문이 그것이었다.

이 황씨 가문의 본관은 제안(齊安)이며, 누대에 걸친 향리의 명문이었다. 조선시대 영조 때 평양에 <황고집>이라는 유명한 효자가 있었고 그의 조상 공경과 강직 결백함은 이름이 높아 이홍식 편 『국사대사전』에까지 올라 있는데, 이 <황고집> 또는 이를 호로 딴 집암(執庵) 곧 본명이 순승(順承)인 분이 작가 황순원의 8대 방조이다.

이 가문의 기질적 전통이 황순원의 조부 연기(鍊基), 부친 찬영, 황순원 자신에 이르도록 약여하게 발견된다고 김동선은 「황고집의 미학, 황순원 가문」이라는 글에서 밝히고 있으며 이를 구체적 사료와 사례를 들어 설명하고 있다. 예컨대 노환으로 몸져 누웠을 때나 자녀의 훈육에 있어서 조부가 보여준 결백과 과단성, 3·1운동 때 옥고를 치르며 과수원・산림・저수지 사업에 차례로 집착을 보인 부친의 외곬수 성격 등이 그에 해당된다.

30여 년에 걸쳐 지속적으로 변화하고 승급하면서도 순수문학과 미학주의를 지향하는 그 전열을 흩트리지 아니한 황순원 작품세계의 본질을 구명함에 있어서, 우리는 이와 같은 황고집 가문의 기질과 음덕이 밑바탕에 잠복해 있음을 간과할 수 없는 것이다.

1919년 3·1운동이 일어나던 해 황순원은 다섯 살이었으며, 평양 숭덕학교 고등과 교사로 재직 중이던 부친이 태극기와 독립선언서 평양 시내 배포 책임자의 한 분으로 일경에 체포되었다. 부친은 이로부터 1년 6개월의 실형을 언도받고 감옥살이를 시작했다.

> 그 시절이라면 아버님께서 3·1운동 관계로 옥살이를 하실 때다. 나는 어머님과 단둘이 시골 고향에서 살았다. 지금도 생각난다. 어머님께서 혼자 김매시는 조밭머리 따가운 햇볕 아래서 메뚜기와 뻐꾸기 소리만을 벗하여 기나긴 여름날을 보내던 일…… 그리고 시력이 좋지 않으신 어머님을 모시고 다섯 살짜리 내가 앞장을 서서 그 말승냥이가 떠나지 않는다는 함박골을 지나 외가로 오가던 일이…… 아마 나의 고독증은 이 시절에 길리워진 것인지도 모른다.
>
> 이 고독증에 대한 확인의 한 형태가 일본 가 있을 때 <동경학생예술좌>라는 극연극단체 창립의 한 사람이 되게 한 것은 아닐까.

어린시절의 고독증에 대해 1951년에 쓰여진 이 글은 <동경학생예술좌>까지만 연계하여 그 상관성을 상정하고 있지만, 마침내는 그것이 추후 우리가 『일월』이나 『움직이는 성』에서 목도하게 되는 존재론적 고독감에까지 그 파장을 미치게 한다고 볼 수도 있을 법하다.

일곱 살이 되던 1921년에 황씨 집안은 평양으로 이사하고, 이태 후 황순원은 숭덕소학교에 입학한다. 소학교 시절에 황순원은 당시로서는 드물게 스케이트도 타고 철봉이나 축구도 했으며 바이올린 레슨도 받았다고 한다. 평양에서의 소학교 시절에 화가 이중섭과 함께 학교를 다녔다는 기록도 있다.

열두 세 살 때부터 체증을 다스리기 위해 어른들의 허락을 받고 소주를 마시기 시작했는데, 그로써 소주 애호가가 되고 스스로도 문학보다 술을 먼저 알았다고 술회한 바 있다. 그때 반 홉씩 마셨으니 나이에 비추어 그 주량이 미소한 것이 아니었고, 학창 시절에는 대체로 두 홉 정도의 주량을 일정하게 유지했다고 한다.

열다섯 살 나던 1929년, 황순원은 정주의 오산중학교에 입학한다. 건강 때문에 다시 평양의 숭실중학교로 전학하기까지 한 학기를 정주에서 보낸다. 여기서 황순원은 중요한 체험 한 가지를 얻게 되는데 그것은 다름 아닌 남강 이승훈 선생과의 만남이었다. 단편 「아버지」(1947)에 그분에 대한 작가의 감회는 다음과 같이 서술되어 있다.

> 그때 이미 선생은 현직 교장으로서는 안 계셨는데도 하루 걸러끔은 꼭꼭 학교에 오셨다. 언제나 한복을 입으신 자그마한 키, 새하얗게 센 머리와 수염. 수염은 구레나룻을 한 치 가량 남기고 짜른 수염이었다. 참 예쁘다고 할 정도의 신수시었다. 그때 나는 남자라는 것은 저렇게 늙을수록 아름다워질 수도 있는 것이로구나 하는 걸 한두 번 느낀 것이 아니었다.

물론 이때 그가 남강에게서 본 노년의 기품과 원숙한 아름다움은 겉으로 드러난 외형적인 것만일 리 없다. 그러기에 「아버지」에서도 남강의 기개와 인품에 대한 부연이 있다. 아울러 그는 또 다시 그러한 유형의 아름다움을 가진 남자를 부친에게서 발견했다고 적었다.

이러한 범례의 적용은 우리들, 즉 독자나 제자나 친지들이 이 작가의 노년을 바라보는 시각에도 아무런 주저 없이 도입될 수 있는 것이었다. 대표적으로 제자이자 작가인 전상국이 「문학과 더불어 한평생」(1980)이란 제하의 대담에서, 중학 신입생 시절에 남강을 관찰한 그 혜안에 감탄하면서 스승의 그 관찰력을 자신이 스승을 바라보는 시각에 겹쳐 보이는 글쓰기의 묘미를 나타낸 바 있다.

오산중학교에서 한 학기를 지내고 평양으로 돌아왔으니 숭실중학 전입학은 그해 9월이었다. 부친과 삼촌 세 분이 모두 숭실 출신이었는데, 바로 밑의 아우 순만은 후에 평양 제2고보를 졸업했다. 같은 해 11월, 저 남쪽에서는 광주학생사건이 일어났고 동시대 젊은이들의 가슴에 맺힌 식민지 지식인의 울혈이 점점 깊어가던 때였다.

숭실중학 재학 중이던 1930년, 이팔청춘 열여섯의 나이에 드디어 황순원은 시를 쓰기 시작한다. 나중에 익히 알려진 일이지만, 그는 시인에서 출발하여 단편소설 작가로 자기를 확립했고 다시 장편소설 작가로 발전해간 사람이다.

이듬해 7월 처녀시 「나의 꿈」을, 9월에 「아들아 무서워 말라」를 『동광』에 발표하기 시작하여 시작(詩作)과 발표를 거듭했으며 1932년 5월 시 「넋 잃은 그대 앞가슴을 향하여」가 『동광』 문예 특집호에 발표됨과 함께 주요한으로부터 김해강・모윤숙・이응수와 더불어 신예시인으로 소개받았다.

계속해서 시를 써나가는 도중에 황순원은 1934년 숭실중학을 졸업하고, 일본 동경으로 유학하여 와세다 제2고등학원에 입학한다. 여기에 재학하는 동안 이해랑・김동원 등과 함께 전기한 바 있는 극예술 연구단체 <동경학생예술좌>를 창립한다. 그해 11월, 이 단체의 명의로 첫 시집 『방가』를 간행하기에 이른다. 교포가 경영하는 삼문사(三文社)에서 인쇄하고 서울 한성도서 총판으로 한 이 시집은 양주동의 서문과 시인의 짧은 머리말, 그리고 스물일곱 편의 시를 수록하였다. 모두 84면, 정가 50전, 5백부를 찍었는데, 이듬해 여름인 8월에 방학을 맞아 귀성했다가 조선총독부의 검열을 피하기 위해 동경에서 시집을 간행했다 하여 평양경찰서에 29일간 구류를 당하기도 했다.

한편 1935년 1월, 황순원은 재학 중에 당시 일본 나고야 금성여자전문

(金城女子專門)의 학생이던 양정길(楊正吉 : 본관 淸州, 1915.9.16 생으로 동갑임) 여사를 일생의 반려자로 맞아들인다. 숙천에서 과수원을 경영하며 만주 봉천에 사과를 수출하기도 한 양석렬(楊錫烈)의 장녀인 신부는 평양 숭의 여학교를 다닐 때 문예반장을 지냈고 황순원과는 이때부터 교제가 있었던 것으로 알려져 있으나, 더 이상의 자세한 정보는 밝혀지지 않았다.

세월이 오늘에 이른 다음에 돌이켜보면, 황순원과 그의 문학은 신앙심이 깊고 활동적이며 무엇보다도 문학에 대한 조예를 갖춘 부인의 조력을 비길 데 없는 원군으로 얻게 되었던 셈이다. 작가 자신도 언젠가 부인이 없었더라면 이만큼의 황순원 문학이 불가능했을 것이라고 회고한 적이 있다.

시집 『방가』로 인하여 한 달간 구류를 살고 나온 그해, 그러니까 결혼하던 해 10월, 황순원은 신백수・이시우・조풍연 등이 주도하여 서울에서 발행하던 『三四文學』의 동인으로 참가한다. 이 동인지는 모더니즘을 표방하되 김기림이나 김광균의 서정적 요소에 불만을 품고 쉬르리얼리즘의 경향을 보였다.

그 다음해인 1936년, 황순원은 와세다 제2고등학원을 졸업하고 와세다 대학 문학부 영문과에 입학한다. 입학하던 3월에 동경에서 발행되던 『창작』의 동인이 되어 시를 발표하는가 하며, 5월에 제2시집 『골동품』을 역시 <동경학생예술좌> 발행으로 첫 시집과 같은 인쇄・총판사를 통하여, 그러나 발행인은 시인 자신의 이름으로 간행하였다. 모두 스물두 편의 시를 수록하고 고급 케이스 장정으로 제작한 이 시집은 56면, 정가 90전에 2백 20부 한정판이었다.

이 두 권의 시집 발간 이후에도 황순원은 간간이 시를 썼으나 단행본으로 묶지는 않았으며, 연이어서 단편소설과 장편소설의 세계로 넘어간 다음 노년에 이르러 다시 함축적이고 의미 깊은 시편들을 발표하여 주목을 끌었다.

1985년 문학과지성사에서 낱권으로 기획한 전집의 제11권 『시선집』에서 황순원은 두 시집 이후 자신의 시를 『공간』(1935~1940), 『목탄화』(1945~1960), 『세월』(1974~1984)의 세 단락으로 정리함으로써 독자들의 편의 및 후학들의 연구를 도왔다.

2. 문학적 성숙을 향한 주정적 경향의 초기 단편들(1937~1949)

황순원이 스물세 살 나던 1937년은 그의 문학에 있어 하나의 중요한 전환점이 된다. 문학의 길로 들어선 이래 시만 써오던 창작 관행을 탈피하여 소설을 발표하기 시작한 첫해였기 때문이다. 그의 첫 소설 작품은 7월에 『창작』 제3집에 발표된 「거리의 부사」였고, 이듬해인 1938년 10월 「돼지계」와 「과정」 「행동」을 『작품』 제1집에 발표함으로써 이 동인지에도 발을 들여놓았다.

1938년 장남 동규, 2년 후 차남 남규(南奎), 3년 후 딸 선혜(鮮惠), 또 3년 후 3남 진규(軫奎)를 얻음으로써 황순원은 3남 1녀의 아버지가 되고 동규를 얻은 그 이듬해 스물다섯 살의 나이로 와세다대학을 졸업한다.

소설을 쓰기 시작한 지 3년 만인 1940년 황순원의 첫 단편집인 『황순원 단편집』이 서울 한성도서에서 간행된다. 이 책의 표지화인 선인장 그림은 동생 순필이 그렸다. 후에 작가 자신에 의해 『늪』으로 개제된 이 창작집에는 집필 시기가 기록되지 않은 열세 편의 단편이 실려 있으며, 그 전단계인 시인의 체취가 사뭇 강력하게 남아 있는 단단한 서정성의 세계를 보여준다. 이 작품들은 주로 와세다대학 문학부에서 수학하면서 쓴 것인데, 황순원은 이들에 대해 전기한 「자기 확인의 길」에서 <시가 없어뵈는 나 자신에 대해 소설로써 내게도 시가 있다는 확인을 해보인 것은 아

닐까>라고 기술해놓고 있다.

이 해에 황순원에게는 또 하나 중요한 사건이 있었다. 일생을 두고 가장 가까이 교분을 맺은 친구였던 원응서와의 만남이 그것이다. 원응서는 황순원의 인간과 문학을 말한 「그의 인간과 단편집 『기러기』」(1973)에서, 1940년 여름 평양 기림리 모래터의 ㄱ자집 뒤채 그의 서재에서 <황형>을 처음 만났다고 했다. 이곳은 또한 작품집 『기러기』의 간접적 배경이 되는 장소이기도 하다.

『기러기』가 출간된 것은 1951년이지만 거기에 실린 작품들의 생산 연대는 1940년에서 해방 직전까지의 기간이었다. 「별」과 「그늘」 두 편을 제외한 나머지 열세 편은 1941년 태평양전쟁 발발 이후 일제의 한글 말살정책으로 발표되지도 못하고 <그냥 되는 대로 석유 상자 밑이나 다락 구석에 틀어박혀 있을 수밖에 없었던> 것인데, 황순원은 그곳 기림리에서 술상을 가운데 놓고 원응서에게 작품을 낭독해주곤 했다. 말하자면 당시의 유일한 독자가 되었던 셈이다.

원응서는 황순원보다 한 해 먼저 1914년 평양에서 출생했으며, 일본 릿교(立教)대학 영문학부를 졸업하고 집에 와 있던 때였다. 이 두 사람은 문학의 친구이자 술친구이며 인생의 진진한 친구였다. 월남한 후 황순원과 함께 『문학예술』을 발행하곤 하던 원응서는 1973년 11월 즐겨하던 낚시터에서 뇌일혈로 쓰러져 세상을 떠났는데, 그 이후까지 생사의 갈림길을 넘어서 계속된 두 사람 사이의 청신하고 눈물겨운 우정은 단편 「마지막 잔」(1974)에 잘 나타나 있어 여기서는 상술을 생략하기로 한다. 언젠가 작가는 또 한 분 「고향의 봄」을 지은 이원수 씨와 셋이서 친했는데, 세 사람의 이름에 으뜸 원(元)자가 차례로 들어가 있어서 예사롭지 않게 생각한다고 들려준 적이 있다.

일제 말기의 어지럽고 뒤숭숭하던 시절을 피하여 1943년 향리인 빙장리로 소개(疏開)해 갔던 황순원은, 계속해서 단편소설을 쓰면서 1945년 해방을 맞았다. 해방되던 해 9월 평양으로 돌아온 황순원은 해방의 기쁨에 젖어 다시금 「그날」을 비롯한 시 몇 편과 단편 「술」을 썼으며 처음이자 마지막으로 라디오 드라마를 한 편 쓰기도 했다.

그러나 해방은 진정한 해방이 아니었다. 지주계층 출신의 지식인 청년은 점점 신변의 위험을 느끼기 시작했고 공산정권이 구체화되면서 월남의 길을 찾지 않을 수 없었다. 그의 온 가족은 1946년 월남했으나, 불행히도 삼촌 세 분은 북쪽에 남고 말았다. 월남한 그해 9월, 황순원은 서울고등학교 국어교사로 취임했다.

월남 후에도 계속해서 시와 단편소설을 발표하던 그는, 마침내 1947년 장편 『별과 같이 살다』를 부분적으로 독립시켜 잡지에 발표하기 시작하면서 장편소설로 넘어가는 길목을 닦기 시작한다.

남한만의 단독으로 대한민국 정부가 수립되던 1948년 12월, 황순원은 해방 후의 단편만을 모은 단편집 『목넘이 마을의 개』를 육문사에서 간행했다. 『신천지』 『개벽』 등에 발표되었던, 당시의 피폐한 사회와 삶의 모습을 담은 단편 일곱 편을 묶은 이 창작집은 현실의 구체성과 자전적 요소들이 강하게 드러나 있다. 그의 저작 가운데서는 유일하게 강형구의 「발(跋)」이 수록되어 있다. 표제작 「목넘이 마을의 개」에 나오는 목넘이 마을은, 작가의 외가가 있던 평안남도 대동군 재경면 천서리를 가리키는 지명이다.

1950년 동란이 발발하기 이전까지 황순원의 작품 세계는, 당초의 시적 정서가 초기 단편소설에까지 이어져서 작가 자신의 신변적 소재가 주류를 이루는 주정적 경향을 보여준다. 이 시기의 작품들은 비록 삶의 현장에 과감히 뛰어든 문학은 아니로되, 압제의 극한 상황 속에서 자기 자신을 가다듬으며 뒷날의 문학적 성숙을 예비한 서장 격으로 받아들일 수 있겠다. 기실 황순원은 이 시절에 갈고 닦은 단단한 서정성과 문학적 완전주의를 끝까지 밀고나간 작가인 것이다.

3. 6·25 동란의 체험과 휴머니즘, 장편소설로의 전환(1950~1964)

6·25 동란이 발발하기 넉 달 전인 1950년 2월, 황순원은 첫 장편 『별과 같이 살다』를 정음사에서 간행한다. 1947년부터 「암콤」, 「곰」, 「곰녀」 등의 제목으로 이곳저곳에서 분재되었던 것에 미발표분까지 합쳐서 묶은 이 소설은, 그 중간제목들이 말해주듯이 일제 말기에서부터 해방 직후까지의 참담한 시대상을 통해 우리 민족의 수난사를 담으려 했다. 그의 장편소설로서는 유일하게 <곰녀>라는 한 여인을 주인공으로 설정하고 있기도 하다.

6월에 동란이 나고 황순원은 솔가하여 경기도 광주로 피난했으며, 1·4 후퇴 때에는 또 다시 부산으로 피난한다. 이 부산 망명문인 시절, 김동리 · 손소희 · 김말봉 · 오영진 · 허윤석 등과 교유하며 그 포화의 여진 속에서도 작품 창작을 계속해 나간다.

이듬해인 1951년 8월, 전기한 바와 같이 해방 전에 써서 모아두었던 작품을 모아 단편집 『기러기』를 명세당에서 내었다. 간행순으로 『목넘이 마을의 개』에 이어 세 번째이지만, 집필순으로는 본격적인 소설창작의 길로 들어선 두 번째의 것이 된다. 주로 아이와 노인이 주인공으로 등장하며 민족 전래의 설화적 모티프와 현대소설의 정제된 기법이 악수하는 깔끔한 작품들이다.

부산에 머무르던 1952년 1월, 단편 「곡예사」가 『문예』에 발표되었다. 피난살이의 설움과 고생을 핍진하게 드러낸 작품으로, 황순원 일가의 어려움을 극한 삶과 작가의 울분 그리고 뜨거운 가족 사랑을 명료하게 드러내고 있다.

이들은 잠잘 방 때문에 곤욕을 당했으며 그는 피난학교의 교사로 나가면서 잘 팔리지도 않는 소설을 쓰고 부인과 아이들은 가두에서 신문과 껌을 팔아야 했다. 황순원은 인생이 힘든 곡예요 인간은 능숙한 곡예사라고 생각했고, 소설 속에도 자연히 인생에 대한 환멸과 쓰라림이 스며들곤 했다.

그해 6월에 그러한 작품들을 묶은 단편집『곡예사』가 명세당에서 간행되었다. 여기에 수록된 작품은 모두 열한 편으로 전란 발발 이후에 쓰여진 작품이 여덟 편이다. 가까이 지내던 김환기 화백의 장정으로 7백 부 한정판으로 찍었는데, 그의 창작집 가운데 유일하게 스스로의 작품을 간략히 소개한「책 끝에」가 붙어 있으며, 내표지의 표제는 <父題>라 하여 부친이 쓴 것임을 밝히고 있다.

1953년 5월, 황순원은 단편「학」을『신천지』에, 그리고 단편「소나기」를『신문학』제4집에 각각 발표한다. 단편소설로서는 원숙의 경지에 이른 기교와 선명하고 감동적인 주제, 따뜻한 인간사랑의 정신으로 널리 알려져 있는 이 단편들은 두고두고 우리 마음 속 저 깊은 바닥의 심금을 울린 명편들이다. 시에서부터 출발하여 온갖 간난신고를 헤치면서도 갈고 다듬어온 단편소설 창작의 기량이 그러한 차원에까지 이르게 했을 터이다.

그해 9월부터『문예』에 새 장편『카인의 후예』를 연재하기 시작했으나 5회까지 연재하고 이 잡지의 폐간으로 중단했으며 나머지 부분은 따로 써두게 된다. 그 다음해인 1954년 12월에『카인의 후예』는 중앙문화사에서 역시 김환기의 장정으로 단행본으로 상재되었다.

이 소설은 해방 직후 북한에서 지주계급이 탄압받는 이야기가 중심축이 되어 있는데, 그런 만큼 상당 부분 황씨 가문의 자전적 요소들이 들어 있으며 그 일가가 월남할 수밖에 없었던 배경도 잘 내비치고 있다. 이 소설의 무대는 작가의 향리, 곧 평양에서 40리 떨어진 그 빙장리이다. 1950년대 한국문학의 대표작이 된 이 작품으로 작가는 이듬해 아세아자유문학상을 수상하게 된다.

1955년 1월부터 황순원은 장편『인간접목』을『새가정』에 1년간 연재하여 완결하였다. 발표 당시의 제목은『천사』였으나 1957년 10월 중앙문화사에서 단행본으로 출간할 때 오늘의 제목으로 개제하였다. 이는 작가가 30대 후반에 체험한 동란의 비극을 소설로 옮긴 것이며, 이 민족적인 아픔을 본격적인 장편문학으로 수용한 한국문학의 첫 6·25 장편소설로 일컬어진다.

1956년 12월에는 단편집 『학』이 중앙문화사에서 나왔다. 우리의 눈에 익숙한 김환기의 학이 춤추는 그림으로 표지를 장식하고 있는 이 창작집에는, 『곡예사』 이후 1953년에서 1955년 사이에 쓰여진 작품 열네 편이 실려 있다. 작품의 소재와 시대적 배경이 그러한 만큼, 전란과 전후의 상황을 예민하게 반영하고 있는 작품이 대다수이다.

마흔세 살이 되던 1957년 2월 장남 동규가 서울고등학교를 졸업하고 서울대 영문과에 입학했으며, 작가 자신은 4월 경희대 문리대 조교수로 직장을 옮기는 한편 예술원 회원에 피선된다. 모처럼 화창한 봄날 같은 일들이 많았다.

황순원에게 있어 경희대학으로의 전직은 그 의미가 가볍지 않다. 이때부터 정년퇴임을 하던 날까지 23년 6개월 동안, 단 한 가지의 보직도 갖지 않은 채 그야말로 평교수로서 초연히 살아오면서, 3분의 2에 해당하는 단편과 다섯 편의 장편을 집필하게 된다. 뿐만 아니라 김광섭·주요섭·김진수·조병화 등 쟁쟁한 문인교수들과 더불어 활기찬 창작열을 북돋워 많은 문인 제자들을 생산한 시기이기도 했다. 필자 자신도 1970년대를 가로지르며 작가의 말없는 정신적 훈육 아래에 있었다.

1958년 3월에 여섯 번째 창작집 『잃어버린 사람들』이 중앙문화사에서 간행되었는데, 여기에는 1956년 이후에 쓴 다섯 편의 단편과 중편 「내일」이 수록되어 있었다. 1981년 문학과지성사에서 전집이 나올 때 작가는 「잃어버린 사람들」과 「학」을 제3권으로 한데 묶고 「내일」을 따로 뽑아 「너와 나만의 시간」과 함께 제4권으로 묶었다.

1960년 1월부터 또 하나의 중요한 장편 『나무들 비탈에 서다』를 『사상계』에 연재하기 시작하여 7월 호에 완결하게 되는데, 이는 9월에 같은 출판사에서 단행본으로 상재되었다. 피카소의 그림을 표지화로 김기승의 글씨로 제자로 한 이 단행본에서는, 발표 당시 허무주의자 주인공 현태를 자포자기의 자살로 버려두었던 것을 일부 수정하여, 일말의 정신적 구원 가능성을 암시하는 것으로 바꾸어 놓는다.

이 작품은 작가에게 이듬해 예술원상 수상을 가져다주었으나, 이 작품을 평한 백철과 더불어 작가의 의식과 시대상의 반영에 관한 두 차례의 유명한 논쟁을 촉발하게 한다. <작가는 작품으로 말한다>는 신념 이래 일체의 잡글을 쓰지 않으며 심지어 신문 연재소설도 끝까지 마다한 작가의 문학적 엄숙주의에 비추어보면, 『한국일보』에 발표되었던 두 편의 논쟁문은 매우 특이한 사례에 속한다. 오늘날에 와서 우리가 이 논쟁을 다시 돌이켜볼 때, 다른 모든 소설적 가치들을 제외하고라도 작품의 총제적 완결성에 관한 한, 자기세계를 치밀하고 일관되게 제작해 온 작가의 반론을 무력화시킬 수 있는 어떠한 논리도 작성되기 어려웠으리라 짐작된다. 미상불 「비평에 앞서 이해를」(『한국일보』, 1960. 12. 15)과 「한 비평가의 정신자세—백철 씨의 소설작법을 도로 반환함」(『한국일보』, 1960. 12. 21)이라는 제목만 일별해 보아도 그의 오연한 결의가 느껴지는 바 없지 않다.

1962년에 이르러 황순원은 그의 장편소설 시대의 만개를 예고하는 『일월』을 『현대문학』 1월호에서부터 연재하기 시작한다. 그리하여 5월호까지 제1부가 발표되고 제2부는 그해 10월호부터 이듬해 4월호까지, 제3부는 1년여의 시간적 거리를 두었다가 1964년 8월호부터 11월호까지 연재되었다.

이처럼 만 3년에 걸쳐 끝난 『일월』은 1964년 창우사에서 간행된 황순원 전집 전6권 중에 제6권으로 편입되어 나왔다. 생존 작가로는 최초의 개인 전집이었던 이 전집의 제자는 부친이 써 주었다.

백정 일을 하는 가장 천민층이었던 사람들의 소외 · 갈등 · 고통을 소설적 형상력으로 표출하면서 인간 구원의 길을 예시한 이 작품으로 해서, 작가는 1966년 3·1문화상을 수상하게 된다.

그는 이 소설을 쓰기 위하여 진주의 형평사운동을 비롯, 광범위하게 자료조사를 한 것으로 알려져 있으며 언젠가 필자를 포함한 제자들이 있는 자리에서 <작가는 조사한 자료 모두를 소설로 쓰지 않고 오히려 더 많은 분량을 그래도 묵혀두는 경우가 많다>는 자못 의미심장한 말을 들려준 적도 있다. 『일월』은 그 제목의 설정에도 하나의 모범이 되어, 해와 달이 영원히 함께할 수 없음을 통해 어떤 근원적 괴리감을 표상하는 것으로도 보인다. 작가는 이 제목의 설정 사유에 대한 질문에는 저 이름있는 이백의 「답산중인(答山中人)」에서처럼 웃고 대답하지 않았다.

필자가 석사학위 논문으로 「황순원 소설의 작중인물 연구」를 쓰고 심사를 받을 때, 마침 작가는 그 심사위원장이었다. 심사가 끝난 후 필자는 논문 외적인 문제로 하나의 질문을 드렸었다. 인철의 가문과 같이 백정의 후대이지만 완전히 신분상승을 이룩한 경우에도 그 전대의 굴레가 그렇게 치명적이겠느냐는 것이었다.

필자로서는 조심스럽고 어려웠던 질문에 비해 작가는 매우 쉬운말로 대답했다. 작가로서 독자의 질문에 대답하지 않는 것을 원칙으로 하고 있으되 <김군>의 질문에 특별히 답한다고 전제한 연후에, 신분 상승이 이루어졌으므로 오히려 전대의 신분이 문제될 수 있는 것이라는 말씀이었다. 필자는 그 간단한 답변에 쉽게 승복할 수 있었다.

1964년 5월, 단편집 『너와 나만의 시간』이 정음사에서 간행되었다. 일곱 번째 작품집인 이 단행본에는 40대 중반에 쓰여진 작품 열네 편이 수록되었다. 이 작품들에는 작가의 개인적인 모습이 번번히 드러나고 있어 작가 연구에 소중한 자료가 되기도 한다. 이 책은 정음사가 모두 열 권으로 기획한 『한국단편문학선집』 중 제5권으로 나왔다.

4. 존재론적 인식의 확장을 보여준 대표작들(1965~1976)

『일월』의 탈고에 이르기까지 황순원의 문학은, 초기의 시적 서정성과 단편소설의 수련을 거쳐 인간의 삶을 깊이 있게 조명하며 숙명적이고 선험적인 상황에 대응하는 자아의 의지를 추구하였다.

『일월』이 간행된 다음해, 즉 1965년 이후부터 황순원의 문학은 또다시 새로운 변화의 곡선을 그려 나간다. 그해 4월의 「소리그림자」를 필두로 나중에 단편집 『탈』로 묶게 되는, 세상을 복합적이며 함축적이고 원숙한 시각으로 바라보는 단편들의 지속적인 제작이 그 하나이다. 그리고 1968년부터 발표하기 시작한, 한국인의 근원 심성을 소설미학으로 구명한 『움직이는 성』의 집필이 다른 하나이다. 그는 이러한 창작 경향을 통하여 삶의 실존적 고통 및 존재론적 자아의 위상에 관한 탐색을 활발히 전개해나간다. 물론 이와 같은 형이상학적 문제에 대한 인식의 확장과 깊이 있는 천착은, 우리 문학에서는 그 선례를 찾기 어려운 것이었다.

또한 이 시기를 전후하여 그의 작품들이 인문계 및 실업계 중고교 교과서에 수록되고, 여기저기 한국문학 전집이나 선집에 수록되며, 영어 · 불어 · 독일어 등으로 번역되어 해외에 소개되는가 하면, 여러 작품이 영화로 만들어지기도 한다. 작가 자신도 문예지의 추천위원이나 여러 종류의 시상에 심사위원으로 확고한 문단 원로의 지위를 점하고 있어 가히 황순원 문학의 전성기라 할 수 있겠는데, 이를 자세히 서술하기에는 그 수가 너무 많아 여기서는 약할 수밖에 없다.

1969년에는 외동딸 선혜가 결혼하여 미국으로 이민을 떠났고, 1972년에 『조선일보』에 입사한 막내아들 진규도 나중에 누이와 같은 길을 따라가게 된다. 이 두 남매는 지금 미국의 세인트루이스와 뉴욕에서 각각 가정을 이루어 살고 있고, 진규 씨는 미동부문인협회 회원으로 소설을 쓰기 시작했다.

1970년에는 토속성 있는 작품을 주로 써온 작가로서는 매우 의욕적으로, 6월 국제 펜클럽 제37차 서울대회에서 한국 대표로 「한국 문학에 있어서의 해학의 특성」이라는 제목으로 주제발표를 하게 된다. 그동안의 작품 창작으로 한국문학 발전에 기여한 공로와 이때의 공로를 통하여 그해 8월 15일 광복절에 국민훈장 동백장을 받았다.

1972년에서부터 몇 해 동안은 그의 삶에 있어 문학 외적인 몇 가지 큰 사건들이 연이어 일어났다. 실향민 일가로서 꿈에도 그리던 고향으로 돌아가보지 못한 채, 마침 남북간에 7·4공동성명이 발표되고 남북적십자 본회담과 남북조절위원장 회의가 열리던 1972년 12월, 부친상을 당한다. 또한 삼중당에서 전7권으로 『황순원 문학전집』이 발간되기 한 달 전인 1973년 11월, 누구보다도 그의 인간과 문학을 이해해주고 동고동락하며 지내던 오랜 지기지우 원응서를 잃는다. 이듬해 1974년 1월에는 모친이 세상을 떠났다. 그리고 그 다음해인 1975년 3월이 자신의 회갑이었으나, 온갖 세월의 풍상을 한꺼번에 당하고 견뎌낸 그는 다른 모든 행사를 사양하고 예년과 같이 지냈다.

이와 같은 여러 유형의 시련, 요컨대 진행 중에 중단되거나 의미가 무화되는 일이 없어 세상사의 굽이굽이를 모두 감당한 삶의 체험들이, 그의 문학을 더욱 웅숭깊고 유장하게 가꾸는 추동력이 되었다고 볼 수 있겠다.

일찍이 천이두가 <노년의 문학>이란 명호를 사용하면서 <단순히 노년기의 작가가 생산한 문학이라는 의미가 아니라 노년기의 작가에서만 느낄 수 있는 원숙하고 독특한 분위기의 문학>이라고 서술부를 마련한 것은 이에 대한 하나의 해명이 될 것으로 보인다.

황순원의 여섯 번째 장편 『움직이는 성』은 『일월』 이후 4년간의 구상 끝에 이루어진, 황순원 문학의 천정을 때리는 작품이다. 제1부가 『현대문학』 1968년 5월호에서 10월호까지, 제2부가 같은 잡지에 2년 후인 1970

년 5월호에서 다음해 6월호까지, 제3부 및 제4부는 역시 같은 잡지에 다음해인 1972년 4월호에서 6월호까지 연재되었다. 집필에 5년이 걸린 이 작품의 초판은 1973년 5월 삼중당에서 간행되었고 그해 12월 그의 세 번째 전집인 삼중당판 『황순원 문학전집』에 그대로 수록되었다.

『일월』에서 『움직이는 성』으로 넘어가면서 황순원의 소설 작법은 전반적으로 확산되는 경향을 보인다. 이 확산은 작품의 중심 과제를 종합적으로 투시하려는 시선에서 기인하는 것이며, 그 대상 역시 개인적인 문제에서 사회적인 문제로 확대되고 있다.

『일월』보다 앞서 발표된 작품들과 『움직이는 성』 이후 『신들의 주사위』에까지 연장해서 고찰해 보면, 이러한 확대 변화의 경향은 더욱 확실해진다. 황순원은 『움직이는 성』을 거치면서 집합적 소설 구조로부터 해체적 소설 구조로의 변화를 시도하고 있으며, 그 변화는 인물·구성·주제의 모든 측면에서 함께 이루어진다.

『움직이는 성』의 결말은, 건실한 내일의 삶으로 가는 통과제의적 전환의 예시와 함께 <창조주의 눈>이란 알레고리를 사용함으로써 작품의 주제를 심화시키는 상징적인 장면으로 되어 있다. 이러한 소설적 종말처리법은 그의 장·단편을 막론하고 거의 공통적으로 나타난다. 이러한 사실들은 결국 황순원이 끝까지 낭만적 휴머니스트임을 반증한다. 그는 상황의 냉혹함 속에서도 인간의 아름다움과 순수함을 되찾아야 한다는 의지를 갖고 있는 듯하다. 외부로부터 가해지는 비인간적인 힘으로부터 인간의 고귀함과 존엄성을 지키는 일이 결코 쉽지 않을 것이라는 인식조차도 그러한 의지의 변경을 가져오지 못함을, 그의 소설들이 결말을 통해 지시하고 있다고 보여진다.

『움직이는 성』의 세 주인공 준태·성호·민구는 『나무들 비탈에 서다』의 현태·동호·윤구와 포괄적인 의미에서 동류항으로 묶을 수 있다. 준태가 우리 민족의 심리적 기조에 근거한 허무주의자라면, 현태는 가혹한 현실상황에 반발하는 허무주의자이다. 성호가 진실된 기독교적 사랑의 실천을 추구하는 이상주의자라면, 동호는 인간의 순수성과 존엄성을 지향하는 이상주의자이다. 민구가 인간 본성으로서의 이기심을 따라가는 현실주의자일 때, 윤구는 혼란의 와중에서 물욕을 키워가는 현실주의자이다. 이들의 이름 끝자가 서로 일치되고 있음은, 작가의 작명법 취향에 대한 암시일 수도 있을 것이다. 현대적 교양과 세련미를 가진 여성으로서 『일월』의 나미와 『신들의 주사위』의 세미도 이와 유사한 경우이다.

1976년 3월 문학과지성사에서 간행된 단편집 『탈』은 50대 이후 작가의 내면 세계를 보여주는 중요한 작품집이다. 모두 21편의 단편이 수록된 이 책은 김승옥의 장정과 연이어 문학과지성사 판 전집의 제자를 쓰게 되는 서희환의 제자로 만들어졌다. 작가는 나중에 그의 제자를 12폭 병풍으로 만들어 서재에 두고 있었다. 필자가 보기에 그 병풍은 어떤 명장의 예술품보다 더 귀해 보였다. 문지 전집에서는 이 『탈』과 『기타』라는 제목으로 「그물을 거둔 자리」(1977) 및 「그림자풀이」(1984)라는 두 편의 단편을 합하여 한 권(제5권)으로 묶었다.

이 지점에까지 이른 황순원의 세계는, 한 단면으로부터 전체를 제시하는 제유법적 기교로부터 전면적인 작품의 의미망을 통하여 삶의 진실을 부각시키는 총체적 안목에 도달하는 과정이라 할 수 있겠다. 작은 시냇물의 물줄기에서 풍부한 수량으로 만조를 이룬 것 같은 이와 같은 독특한 경향이 한 사람의 작가에게서 순차적으로 진행되고 있음은 보기 드문 경우이며, 그 시간상의 전말이 한국 현대문학사와 함께 했음을 감안할 때 우리는 황순원의 소설미학을 통해 우리 문학이 마련하고 있는 하나의 독보적 성과를 확인할 수 있는 것이다.

『탈』은 1965년에서 1975년까지 11년간에 걸쳐 쓰여진 작품 모음이며 그 가운데서 직접적으로 노년이나 죽음의 문제를 다루고 있는 작품이 열다섯 편, 소재로서 이러한 요소가 내포된 작품이 다섯 편, 단지 한 편(「이날의 지각」)만이 이 문제와 거리가 있다. 이와 같은 빈도는 이순의 세계 전망을 드러내기까지 10년여를 지탱해 온 작가의 관심과 인식이, 얼마만한 넓이와 깊이로 삶의 근원적이고 본질적인 뿌리를 투시하고 있는가를 예시하는 언표일 것이다.

5. 일생을 일관한 순수성과 완결성의 미학(1977~2000)

어느 누구라도 시인이라기보다 소설가라고 알고 있는 가운데 그동안 간헐적으로 시를 쓰고 또 발표해온 황순원은, 1977년 3월 『한국문학』에 시 「돌」, 「늙는다는 것」, 「고열로 앓으며」, 「겨울 풍경」 등을 발표하면서 다시금 시의 창작에 경도되는 성향을 보인다. 이에 대해서는 여러 가지 설명이 부가될 수 있겠으나 그중 간과할 수 없는 하나는, 시－단편－장편의 발전단계를 거쳐온 황순원이 암시적이고 함축적인 시편들, 그 언어의 절약과 여백의 활용을 통해서 자신의 삶과 문학을 정리하고 완결한다는 의미일 터이다.

그 초입에 해당하는 1977년에 재미있는 사건 하나가 있었다. 작가 홍성원과 함께 『서울신문』 신춘문예 심사를 하게 되었는데, 마지막으로 두 작품이 남아 홍씨가 그에게 결정을 구했더니 그는 외려 홍씨더러 골라보라고 했다는 것이다. 그래서 군대물과 뱃사람 얘기 중 기법상으로 더 우수해 보이는 후자를 추천했더니 동석했던 문화부장과 함께 이를 당선작으로 결정했다고 한다. 그런 연후에야 황순원은 군대물을 쓴 이가 제자였음을 밝혔고 홍씨는 그를 새삼 다시 인식했다는 것이다.

그때 결심에 올랐던 두 사람은 그 뒤로 계속 좋은 작품을 썼고 문단에 넓게 이름을 드러내었는데, 뱃사람 얘기가 곧 당선작이었던 손영목의 「이

항선」이었고 군대물을 쓴 이가 후에 『빙벽』을 쓰게 되는 고원정이었다.

1978년 2월, 황순원은 계간 『문학과지성』 봄호에 마지막 장편 『신들의 주사위』를 연재하기 시작한다.

1980년에는 23년 6개월 동안 재직하던 경희대학 교수를 정년 퇴임하고 명예교수로 취임했다. 이 무렵 필자는 대학에서 대학원으로 진학하면서 몇 친구들과 함께 특히 작가를 가까이 모시고 있었으며, 그해 12월 문지 전집이 제1권과 제9권부터 낱권으로 발간되기 시작했을 때 경상도 지방 방언의 교정에 대한 구술 실증으로 곁에서 미력을 다하기도 했다. 「곡예사」에 나오는 아들들의 이름이 발표 당시와 다르게 개명되었으므로 그것을 맞추어 고치던 일이라든지, <제과점>이 나으냐 <베이커리>가 나으냐고 검토하던 일들을 지켜보던 기억이 지금도 생생하게 남아 있다.

그즈음 그의 주량은 두 홉들이 소주 한 병 반 정도였다. 술을 건강의 바로미터라고 생각하는 경향이 있었고, <주신(酒神)은 밤에 발동한다>는 철학(?)으로 오후 다섯 시 이전에는 술을 시작하지 않았지만, 가끔 예외가 있었다. 야외에 나갔을 때나 즐기는 보신탕을 할 때가 그러했다. 아마도 그와 그 제자들이 소화한 구육(狗肉)을 합산한다면 만만찮은 더미가 될 터이다.

『신들의 주사위』는 문지 전집 제10권으로 1982년에 간행되었다. 『움직이는 성』이 탈고된 이후 6년 동안의 구상 끝에 집필되어 전기한 바와 같이 『문학과 지성』 1978년 봄에 그 첫 회가 발표되었다. 그러나 1980년 7월 신군부의 파워 시위로 인한 이 잡지의 정간으로 제3부 제2장에서 발표가 중단되었으나 작가는 집필을 계속했으며, 『문학사상』 1982년 8월호부터 기왕의 발표분을 3회에 걸쳐 집중 분재한 다음 연재를 계속했다. 최종회가 발표된 것은 1982년 5월호였으며 이 대작은 4년 만에 완성되었다.

『움직이는 성』 이후 10년 만에 선보인 작가의 일곱 번째 장편소설인 이 작품은, 한국 농촌의 한 소읍과 한 중산층 가정을 중심으로 새로운 문물과 가치관의 유입을 보여주는 동시에, 현대 사회의 교육 · 공해 · 통치문제 등을 복합적인 시각으로 조명하였다.

이 소설의 서두는 <관계없다아, 관계없다아!>라는 고함소리, 두식 영감의 맏손자 한영이 자기집 대문 밖에서 지르는 소리로 시작되는데, 작가는 사석에서 재종 형 중에 실제로 그런 소리를 지른 이가 있었으며 두식 영감도 맨 큰할아버지가 그 모델이라고 들려준 바 있다.

이 소설은 『움직이는 성』에서부터 확립된 해체의 구조와 조직성을 그보다 더욱 유연하게 운용하고 있다. 작가는 이 소설로 이듬해인 1983년 12월, 대한민국 문학상 본상을 수상했다.

1983년 3월 막내 진규 가족이 미국으로 이민을 가고 난 후, 그 이듬해인 1984년 6월 22일부터 두 달 동안 부부 동반으로 미국의 딸네 부부와 함께, 미국 중서부 지방과 유럽의 영국 · 프랑스 · 스위스 · 이탈리아 · 오스트리아 · 독일 · 벨기에 등지를 여행했다. 그 여행의 개인적인 감회야 우리가 다 짐작할 수 없는 일이로되, 그러한 연후의 시 「기운다는 것」과 짧은 감상록 「말과 삶과 자유」를 통해 일단을 짐작해 볼 수는 있다.

그대여
그대의 시각에
나는 얼마나 기울어져 있는가
아무리 위태롭게 기울었다 해도
버텨줄 생각일랑 제발 말아다오
쓰러질 것은 쓰러져야 하는 것
그저 보아다오
언제고 내 몸짓으로 쓰러지는 걸

—「기운다는 것」

로마에서 <피사의 사탑>을 바라보며 이러한 결기를 다진 시인의 심사는, 1975년 용문사의 은행나무에서 그 잎의 무수한 흩어짐을 통해 장엄한 결미를 표상한 바 있는 단편 「나무와 돌, 그리고」의 의식세계와 곧바로 소통된다. 범상한 경험 가운데 장엄한 것이 숨어 있고 어떤 경우에라도 사람의 몸짓은 격에 맞는 것이어야 하며 남은 날들을 그 의지와 신념대로 살아갈 것을 다짐하는 마음의 움직임이 시의 행간에 배어 있는 것이다.

1985년부터 1988년까지 모두 여섯 차례에 걸쳐 발표된 단상 「말과 삶과 자유」는, 수필 형식의 짧은 글들로서 지금껏 우리 문학에서 유례를 찾기 힘든 새로운 형식이었다. 거기에는 세계와 인간 관계와 자연의 섭리와 신의 존재를 바라보는 심오한 생각의 깊이가 개재되어 있어서, 그가 그 이후에도 8편의 시를 쓴 바 있지만 필자는 이를 그의 문학에 대한 완결성에 징표로 간주하고, 필자가 쓴 문학적 연대기 「문학의 순수성과 완결성, 또는 문학적 삶의 큰 모범」이라는 글의 부제에 그의 문학이 이른 끝막음으로 잡았던 것이다.

1985년에는 실향민인 그가 대범하게 넘길 수 없는 역사적 사건이 하나 있었다. 9월 20일부터 나흘간에 걸친 <남북이산가족 고향방문 및 예술공연단> 151명의 서울・평양 교환방문이 그것이었다. 그중 이산가족 50명의 기초 선정 작업에 참여했던 필자는 직능분야별 안배기준에 따라 작가가 수락한다면 고향방문을 가능하게 할 수 있으리라는 확신으로 의사를 타진해 보았다. 그랬더니 아마도 가족회의를 거쳐, 북한에 근친의 가족이 없을 뿐 아니라 보다 절박한 사람이 한 사람이라도 더 갈 수 있도록 사양한다는 간곡한 회보가 있었다. 생각해보면 그것이 그가 평양을 방문할 수 있었던 마지막 기회였던 것 같다.

1992년 일흔여덟 살 나던 해 9월에 그는 한치의 흐트러짐도 없는 시상으로 「산책길에서1」 「죽음에 대하여」 등 8편의 시를 『현대문학』에 발표했다. 이것이 지금까지 그가 발표한 문학의 결미이며, 이로써 그는 시 104편, 단편 104편, 중편 1편(「내일」), 장편 7편의 거대한 문학적 노적가리를 이루게 된 것이다.

혹자는 역사적 사실주의의 시각에 근거하여 황순원이 서정성과 순수문학 속으로 초월해 버렸다고 비판하기도 한다. 그러나 그렇게만 말한다면 이는 단견의 소치이다. 황순원 문학과 시대 현실과의 관계는 흥미로운 굴곡을 이루고 있다.

초기 단편에서는 작가 자신의 신변적 소재가 주류를 이루면서, 토속적 정서와 결부된 강렬하고 단출한 이미지가 부각되고 있다. 「목넘이 마을의 개」를 전후한 단편에서부터 『나무들 비탈에 서다』까지의 장편에서는, 수난과 격변의 근대사가 작품의 배경으로 유입되어 현실의 구체적인 무게가 가장 크다. 장편 『일월』과 『움직이는 성』, 단편집 『탈』에서는 인간의 운명과 관한 철학적·종교적 문제가 천착되면서 시대 현실은 배재되고 있다. 그러나 『신들의 주사위』에 이르면 인간존재에 대한 철학적 탐구는 그대로 지속되되, 한 지역 사회가 변모해가는 내면적 모습이 함께 그려진다. 이처럼 황순원의 소설들을 발표순에 따라 배열해보면, 작품의 주제와 시대 현실 사이의 직접적인 상관성이 대체로 <無－有－無－有>의 순서로 나타난다.

이와 같은 굴곡은 이 작가가 시대현실에 대한 인식을 위주로 소설을 써온 것은 아니지만, 작품의 구조에 걸맞도록 시대현실을 유입시키고 있음을 뜻한다고 할 수 있다. 처음의 세 단계는 신변적 소재－사회적 소재－철학적 소재로 작품 성향이 변화하는 양상을 말해주는 것이며, 마지막 단계에서는 시대현실을 다루는 작가의 복합적 관점을 느끼게 하는 것으로 삶의 현장에 대한 관조적인 시야가 없이는 어려울 것으로 보인다. 그러기에 작품 활동의 후반기로 오면서 그의 세계는 인간의 운명과 존재에 대한 깊은 성찰에 도달하고 있다는 사실에 유의할 필요가 있겠다.

황순원의 문학은 인간의 정신적 아름다움과 순수성, 인간의 고귀함과 존엄성을 존중하는 바탕 위에서 출발했고 이를 흔들림 없이 끝까지 지켰다. 그가 일제 하에서 침묵을 지키면서도 읽히지도 출간돼 지지도 않는 작품을 은밀하게 쓰면서 모국어를 지킨 일도 이러한 상황과 무관하지 않을 것이다(그는 언젠가 춘원 이광수에게 작품을 보냈더니, 큰 격려의 말과 함께 앞으로는 국어, 즉 일본어로 글을 쓰라고 하면서 말미에 香山光郎이라 적었더라고 들려준 적이 있다).

대부분의 그의 작품이 배경으로 되어 있는 상황의 가열함 속에서도 진실된 인간성의 회복을 위한 암중모색을 잊지 않고 있는 것은 그 때문이며, 문학사에서 그를 낭만적 휴머니스트로 기록하고 있는 것도 그 때문일 것이다.

하나의 완결된 자기 세계를 풍성하고 밀도 있게 제작함으로써 깊은 감동을 남기고 있는 황순원의 작품들은, 한국문학사에 의미 있고 독특하고 돌올한 한 봉우리를 형성하고 있다. 그것은 또한 근대사의 질곡과 부침을 겪어오는 가운데서도 뿌리 깊은 거목처럼 남아있는 이 작가에게 우리가 보내는 신뢰의 다른 이름이요 형상이기도 하다.

말년의 그는 노쇠한 가운데서도 건강했으며, 특히 깊은 기독교 신앙의 경지에 진입해 있었다. 그가 일찍이 『일월』이나 『움직이는 성』에서 입체적으로 검색해 보던 그 연구의 단계를 지나서, 신앙이 깊은 부인의 동반하는 힘으로 또 하나의 말로 설명할 수 없는 세계를 바라보며 동시에 체험하고 있었던 것으로 알고 있다.

그렇게 정갈하고 아름다운 모습으로 생애의 마지막을 보내던 노 스승은, 마침내 2000년 9월 14일, 저녁 식사와 산책을 마친 후 잠자리에 들었다가 아무런 흐트러짐도 없이 그 길로 영면했다. 처음과 끝을 두루 통하여 그 삶과 문학에 대한 평소의 발걸음을 조금도 허물지 않고 영원히 돌아오지 않는 강을 건너간 그 분에게, 이 자리를 빌어 다시금 존경의 뜻을 표한다.

시대 인식과 삶의 방식
– 황순원 장편소설의 주인공들

김병익

30여 년 전 황순원 선생의 고희를 맞아 간행한 『황순원 전집』 12권을 편집 발행하면서 읽는 가운데 그의 장편 『나무들 비탈에 서다』와 『움직이는 성』에서는 세 인물이 주인공으로 등장하여 병행하여 서술되는 데 흥미를 느꼈다. 여러 주인공들이 병렬적으로 묘사되어 소설적 사건의 진행을 맡고 있는 방법론은 물론 그의 독창도 아니고 우리 소설에서 드문 일도 아니었다. 그럼에도 그의 대표작 두 편이 거의 비슷한 구조로 세 주인공의 병치로 구성되어 전개되고 있다는 것은 황순원의 내면적 낭만주의적 소설 기법에 좀 의외의 일이었고 그것이 작가의 현실 인식에 대한 중요한 빌미를 보여주는 것이 아닐까 하는 생각이 들었다. 그러나 그에 대한 주제로서의 검토로까지 나의 의식은 발전하지 못했다. 황순원 선생의 12주기 추모를 위한 문학 세미나에 기조 발제의 청을 받으면서 나는 이한 세대 전의 과제를 떠올렸고 이번 기회에 세 사람을 주인공으로 병렬적인 전개를 하는 황순원 장편소설의 구조가 갖는 의미를 검토해보고 싶었다. 그래서 나는 먼저 세 주인공이 친구 관계로 등장하고 있는 『나무들 비탈에 서다』와 『움직이는 성』을 읽었고, 오래 전의 기억들을 되살리며 다른 작품에서는 그 주인공들이 어떻게 구성되었는지를 확인하기 위해 나의 황순원 읽기는 더욱 연장되어야 했기에 첫 장편 『별과 같이 살다』로부터 마지막 장편 『신들의 주사위』에 이르기까지 7편의 장편소설들[1])로 넓게 확장되었다. 한여름의 무더위와 올림픽의 열기 속에서 두 세대 전의 현대문학을 읽는 기분은 각별한 것이었다. 식민지 시대 말기로부터 산업화 초기 사이의 근 반세기의 역사를 배경으로 한 황순원 문학을 21세기 10년대의, 경제적 풍요로움과 정신적 자유로움에 첨단문명의 세례를 의식하며 음미하는 일은 급격한 사회적 변화를 실감하고 세대적 전환을 확인시켜주면서 그럼에도 인간에 대한 신뢰와 고통과 사랑의 의미에 대한 작가의 변함없는 의지 속에서 현실 사회에 대한 관찰의 더해가는 증폭을 발견하는 느낌은 각별한 것이 아닐 수 없는 것이었다.

이미 '고전'이라 불러 조금도 과찬일 수 없는 황순원 문학, 그 중에도 그의 장편소설을 모아 한꺼번에 읽는 일은 늙어 낡아버린 머릿속에서 건망과 혼란으로 수선스럽기도 했지만 가령 술자리가 끊임없이 등장하여 소품의 효과를 발휘하는 것으로부터 기독교회에 대한 비판은 강경하지만 작가 자신의 내면이 보이는 인물들의 자세를 통해 기독교적 윤리가 깊이 작용하고 있다는 것, 작품의 전개에 꿈의 역할이 의외로 크다는 것, 전통적 설화나 옛이야기들이 적지 않은 기능을 발휘하고 있다는 것, 가령 무속 신앙이나 백정의 풍속에 이르기까지 작가로서의 취재 작업이 왕성하게 이루어졌다는 것을 거듭 보며 젊은 주인공들이 미혼이거나 결혼 상태가 불안정하다는 것, 그들의 이성에 대한 심리가 미묘하다는 것 등을 새로 보게 된 것은 황순원에 대해 새삼스런 이해를 이끌었고 무엇보다 그의

---

1) 문학과지성사판 『황순원전집』 제2판. 1985년에 간행된 문지판 전집 초판은 세로쓰기로 조판되었지만, 1989~90년 이태 동안 제작된 제2판은 가로쓰기로 바뀌었다. 이 전집에서 황순원의 장편소설들은 제6권 『별과 같이 살다』/『카인의 후예』, 제7권 『인간접목』/『나무들 비탈에 서다』, 제8권 『일월』, 제9권 『움직이는 성』, 제10권 『신들의 주사위』로 편성되었고 제12권이 『황순원연구』이다. 이 글에 인용된 쪽수는 모두 이 제2판의 것으로 괄호 안의 앞의 숫자는 전집의 권을, 뒤의 숫자는 페이지로, 가령 '(10:27)' 은 전집 제 10권 27쪽을 가리킨다.

아름다운 장인 정신과 문체 미학 가운데 장편문학들이 현실에 대한 깊은 인식 속에서 전개되었다는 것을 다시 확인하는 것은 그의 문학적 성과에 대한 경의를 더욱 높이 환기시켜 주었다. 나는 그의 문학의 갖가지 모습들과 주제와 문체로부터 상징과 비유에 이르기까지 많은 분석과 평가가 계속되어왔음을 보며[2] 이번의 나의 발표는 그의 장편문학이 보여주고 있는 시대적 인식의 표명과 그것을 드러내기 위한 방법론으로서의 주인공들의 태도를 관찰하는 것으로 그치기로 한다. 그에 관한 많은 연구들 가운데 그 등장인물들의 구성과 그 소설적 구조가 함의하고 있는 황순원의 문학적 사유에 대한 고찰은 그리 활발하지 않은 것 같다. 그렇다고 해서 나는 황순원이 이른바 참여주의적 작가이며 혹은 리얼리즘의 소설가라고 규정하는 것이 아니며 오히려 여전히 순수주의적 미학가이며 뛰어난 소설 문체의 개발이란 기왕의 평가를 더욱 강조하고 있음을 미리 밝히고 싶다. 그에게 붙여진 장인적 작가이며 낭만적 순수문학가란 평가는 그가 체험해온 당대의 시대적 성격 혹은 의미와의 더욱 치열한 긴장 관계 속에 얻은 이름이었기 때문에 보다 강조되어야 할 것이고 그 같은 현실 인식을 그는 소설문학의 방법론으로 재구성했기 때문에 그 평가는 더욱 확실한 인증으로 받아들여야 할 것이다.

황순원의 미학주의에 대해 동의하면서 그럼에도 그가 결코 현실로부터 도피하거나 외면하지 않았다는 점을 나는 오래 전에 지적한 바[3] 있다. 그 글에서 나는 "황순원의 주요 작품 연보를 그 제작 시기와 연관시켜볼 때

---

2) 『황순원전집』 12의 오생근 편 『황순원 연구』는 작가 황순원에 대한 종합적인 접근과 함께 80여 편의 참고 서지와 작가 자신이 정리한 상세한 연보가 수록되었고 노승욱의 『황순원 문학의 수사학과 서사학』(어문학사, 2010년)의 「문제 제기와 연구사」는 그간의 황순원에 대한 연구 성과와 그 경향을 개괄하고 있으며 장현숙의 『황순원 문학연구』(푸른사상, 2005)는 2005년까지 발표된 '황순원 연구논저'를 발표순으로 6백편에 가까운 제목을 수집하고 있다.

3) 「순수문학과 그 역사성」, 『한국문학』 1976년. 이 글은 『상황과 상상력』(문학과지성사, 1979)과 『황순원연구』(문학과지성사, 1985)에 재수록되었다.

그가 항상 당대의 역사와 더불어 살아왔고 그 상황의 시대적 의미를 탐구해왔음을 규지할 수 있다"(12:22)고 썼다. 나는 이번의 황순원 장편소설 다시 읽기에서 이 점을 거듭 강조하지 않을 수 없다. 중복을 무릅쓰고 이 관점을 거듭하는 것은 황순원이야말로 자신의 시대에 가장 깊은 인식을 가지고 그 의미를 천착해왔음을 다시 확인하는 동시에 그의 주인공들의 구성과 그들의 삶의 형태를 재조명함으로써 황순원의 문학 세계와 인간에 대한 존재론적 관계를 검토해보기 위해서이다.

『별과 같이 살다』는 1946년 11월에 탈고[4]된 그의 첫 장편소설이다. 연보에 따르면 그는 1946년 5월에 그가 살아온 평안도에서 월남했고 9월에 서울중고등학교 교사로 취임했는데 그로부터 두 달 후에 이 작품을 완결한 것이다. 이 소설이 발표된 것은 1947년 1월부터 1949년 7월 사이 여러 잡지의 분재를 통해서였지만, 이 작품에 대한 구성은 주인공 곰녀가 해방되어 만주에서 귀국하는 동포들의 구호를 위한 '민호단'에 참여하기로 결심하는 장면으로 끝나는 것으로 보아, 빨라도 1945년의 가을 이후에 착상되었을 것이다. 해방 직후의 급격한 시대적 움직임과 작가 자신의 월남 그리고 서울에서의 그의 첫 취직으로 매우 착잡하고 혼란스런 시절이었음에도 이처럼 빨리 씌어진 것은 황순원으로서는 예외적으로 보인다. 그것이 예외라는 것은 그의 훗날의 장편들이 발표된 시기가 대체로 4, 5년의 간극이 있고 연재를 통해 집필의 시간 여유를 더 많이 가질 수 있었던 것에 비해 이 소설은 전작으로 씌어지고 있다는 점 때문에 더욱 그렇다.

김현으로부터 "황순원이 창조한 인물들 중에서 희귀하게 타인과 현실 앞에서 자기를 열어놓은 인물"(「소박한 수락」, 12:102)로 적극적인 평가를 받는 주인공 '곰녀'는 무식하고 못생기고 무엇보다 가난한 소녀였다. 그녀

4) 황순원은 서문이나 후기를 일체 쓰지 않는 대신 작품 말미에 그 작품의 탈고 시기를 밝히고 있다. 그 연유를 밝힌 바는 없지만, 그 작품의 제작 시기를 통해 독자로 하여금 그 당시의 시대적 의미를 고려하게 만든다.

는 대구 부근의 농촌에서 태어났고 지주집에 하녀로 들어가 주인과 그 아들에게 몸을 버렸으며 쫓겨나 서울의 유흥가에 끌려갔다가 다시 평양의 유곽으로 흘러갔고 그 거친 생활 속에 뒤늦게 늙은 '하르반'의 첩이 되어 비로소 안온한 생활을 누릴 수 있었지만 해방되면서 그나마의 자리에서 버림당한다. 그러는 동안 그녀는 자신의 이름 대신 못생기고 곰처럼 우직하다 해서 붙은 '곰녀'란 이름은 부모를 잃고 지주집에 들면서부터 그 이름 대신, 사는 자리를 옮겨가며 삼월이, 유월이, 복실이, 후꾸꼬로 불리게 된다. '곰'으로 불린 건장한 아버지로부터 물려받은 그녀의 이름을 듣고 "곰녀라? 그럼 곰 웅짜, 계집 녀짜, 웅녀로군"(6:125)이란 '하르반'의 설명이 없다 하더라도 그녀는 곧 우리 민족의 화신임을 어렵지 않게 짐작토록 한다. 그녀는 일본의 광산에 취업해간 아버지의 죽음과 재취한 어머니의 죽음으로 고아가 되었고 평양의 창녀로까지 몰락했지만 그럼에도 한결같이 온순하고 헌신적이며 이타적이었다. 그 인성은 전통적인 한민족의 전형을 보는 듯하다. 그러나 해방이 되면서 "모든 횡포를 그냥 받는 수밖에 다른 도리가 없었"던 그녀의 생각은 혁신적으로 깨우치게 된다: "독립했다던 말이, 사실은 독립된 게 아니고 해방이 된 것이라고, 해방이라는 말로 바뀌어졌다. 해방! 그러면 다른 모든 것이 그래야만 하듯이 곰녀에게도 해방이 돼야 했다. 해방이 돼도 다른 모든 것에 앞서 돼야만 했다"(6:133). 일본의 항복과 8.15를 '독립'에 앞서 '해방'으로 인식했다는 것은 무식한 곰녀를 통해 보인 황순원의 인식일 것이다. 그는 광복이 독립에 앞서 우리 민족의 식민 통치로부터의 벗어남인 동시에 착취당해온 가난과 억압의 굴레의 벗겨냄을 의미하는 것이었다. 이 깨달음이 곰녀로 하여금 하르반의 더부살이로부터 벗어나 "그저 아지못할 어떤 바람으로 해 가슴만이 두근거리건만"자신의 살림거리를 들고 "자기보다 굶주리고 헐벗은 사람들을 위해"(6:170) 주심이 언니가 일하는 민호단으로 가기로 작정한다.

곰녀의 이 헌신성은 황순원의 다음 장편소설 『카인의 후예』에서 '오작녀'의 잔영으로, 그러나 그 인간적 매력은 전혀 상반된 모습으로 남는다. 더욱이 오작녀는 주인공이 아니라 그녀가 지성으로 돌보는 박훈의 말하자면 가정부였다. 1953년 9월 한국전쟁이 휴전된 지 불과 두 달 후부터 연재되어 이듬해 5월에 완성된 이 소설은 해방 직후의 북한의 실상에 대한 매우 드문 증언의 문학으로서 공산군 통치하에서 토지 개혁과 인민재판의 실제를 들어볼 수 있는 귀중한 자료가 될 것이다. 왜냐하면, 그 세부는 물론 다르겠지만 주인공 박훈의 성격과 그의 수난, 그리고 38선 이남으로의 월남은 바로 작가 황순원의 개인적 이력을 밟고 있기 때문이다. 주인공은 지주의 아들이었고 서울에서 교육받은 지식인이었으며 야학을 열어 무식한 농민들에게 글을 가르친 계몽주의자였다. 그러나 그는 새로 들어선 정권 아래 반동분자로 찍혔고 믿고 땅을 맡겨오던 마름으로부터 배반을 당하여 스스로 내놓을 작정이었던 토지를 강탈당할 처지에 놓였으며 땅을 빼앗긴 그의 숙부는 심혈을 기울여 조성하던 저수지에 투신하고 만다. 해방과 더불어 닥친 시대 변화의 이 격렬한 충격은 내향적인 지식인 박훈의 진단보다 마을 소작인 탄실이 아버지의 솔직한 탄식에서 확연히 표명된다: "이런 일도 있을 수 있는가. 정말 세상만사가 확 뒤집히는 판이로구나. 어쨌든 난생 처음 보는 구경을 오늘 해본다"(6:275). 이 뒤바뀐 세상에 대한 주인공의 행동적 참여는 일어날 뻔했다. 그는 미쳐 날뛰는 마름 도섭영감을 사촌동생 대신 처리함으로써 현실의 왜곡으로 말미암은 반인간적 행태에 대한 징벌을 결심하지만, 삼득이로부터 제지되고 만다. 대신 "다시는 이놈의 피를 묻히디 않"(6:353)기를 바라는 삼득이의 간절한 당부를 받으며 그의 누이이자 서로 깊은 사랑과 신뢰를 가지고 있는 오작녀를 데리고 월남할 것을 결심하게 된다.

『별과 같이 살다』는 주인공이 불행한 사람들 속으로 들어가 함께할 결심을 하는 데서 끝나고 『카인의 후예』는 참여적 행동이 억제된 대신 남쪽으로의 피신을 작정하는 것에 비해 네 번째 장편소설 『나무들 비탈에 서다』는 이후의 장편의 주인공들처럼 오히려 행동을 포기하는 모습을 보이고 있다. 김현이 자기를 열어놓지 않고 있다는 지적은 이런 점에서 정확히 판단하고 있다. 그러나 다시 보고 평가하자면, 『나무들 비탈에 서다』는 행동을 자제하기보다 더 이상 행동마저 불가능해진 상황에서 스스로를 포기할 수밖에 없는 정황을 그리고 있다. 그 정황은 이 소설의 시작에서 동호가 전투 속으로 끼어들기 시작한 공간이 '유릿속'으로 비유되고 있는 유명한 내면 의식의 서술로 예고되고 있다: "이건 마치 두꺼운 유릿속을 뚫고 간신히 걸음을 옮기는 것같은 느낌이로군. (…) 이 고요하고 거칠새없이 투명한 공간이 왜 이다지도 숨막히게 앞을 막아서는 것일까. (…) 한 발자국씩 조심조심 걸음을 내어디딜 때마다 그 거창한 유리는 꼭 동호 자신의 순간순간 짓는 몸 자세만큼씩만 겨우 자리를 내어줄 뿐, 한결같이 몸에 밀착된 위치에서 앞을 막아서는 것이었다"(7:189). 이 꽉 막힌 세계, 조금도 틈을 열어주지 않고 투명하게 보이면서도 한없이 억제하고 있는 공간 속에서 주인공들은 조금씩 몸을 움직이고 있을 뿐이었다. 한국전쟁, 그리고 그 전쟁의 트라우마는 매우 극적인 상황으로 전개되면서 '비탈에 선' 나무처럼 위기에 던져진 인물들의 운명을 죄고 있었던 것이다. 4·19 직후인 1960년 5월에 탈고된 이 소설은 이럼으로써 그 학생 혁명의 성취에도 불구하고 작가는 장래에 대한 암울한 전망을 보여준다.[5] 수색대로 나선 동호의 그 유리벽 속에서 그는 결국 자살하고 현태는 유학을 포기하고 방만한 생활 속에서 자살 방조의 혐의로 처벌받는다.[6] 유릿

---

5) 황순원은 4·19 혁명에 앞서 이 작품의 구상을 이미 마치고 있었다. 소설의 끝을 왜 학생혁명으로까지 끌고 가지 않았느냐는 비평가 백철의 힐난에, 소설 외에의 '잡문'을 쓰지 않던 작가는 이례적으로 반박문 「비평에 앞서 이해를」을 발표하면서 "금년 정월 『사상계』에 발표되기 시작했을 때는 이미 작품 전체의 구상이 완료돼 있었던 것이다. 따라서 처음부터 이 작품은 4·19와는 관계없는 하나의 독립된 작품인 것"(12:325)임을 밝히고 있다.

6) 1960년 『사상계』에 연재될 때 나는 현태가 '사형'을 언도받았던 것으로 기억하는데 그해 말 단행본으로 나왔을 때는 '무기징역'으로 바뀌고 있다. 이렇게 수정되었다는

속에서 참으로 답답하게 운신하는 듯한 꽉 막힌 시대 속에서, 그리고 전쟁과 죽음과 절망의 세계 속에서 그것들의 희생자가 될 수밖에 없는 젊은이들이 무엇을 할 수 있겠는가. 그 진단은 가장 요령있게 사태를 잘 피해온 윤구가 자기도 "남모를 피해를 받아온 사람"이라고 하자 현태의 아기를 가진 숙이의, "이번 동란에 젊은 사람치구 어느 모로나 상처를 받지 않은 사람이 있을까요"(7:393)란 반문에 고통스럽게 요약되고 있다. 모두에게 피해를 준 전쟁, 모두가 상처를 입은 시대란 인식이 이 소설의 주인공들에게 미만해 있고 작가는 이 소설이 씌어진 1950년대의 6·25 전쟁과 전후의 무모한 혼란을 피해의 시대, 그래서 아무도 책임을 물을 수 없는 시대로 규정하고 있는 것이다.

『나무들 비탈에 서다』에서 유일하게 긍정적인 미래를 비춰주는 인물이 숙이이다. 그녀는 동호의 애인이었으며 그의 자살 동기를 물으러 간 현태에게 능욕당하고 임신했지만, 이 소설의 결말에서는 자신의 임신을 스스로 책임지겠다는 의지를 천명하고 있는 것이다: "모르겠어요. …어쨌든 제가 이 일을 마지막까지 감당해야 한다는 것외에는"(7:394)이라고 다른 이들이 책임을 회피 혹은 포기하는 가운데 홀로 '감당'의 의지를 피력하고 있다. 숙이와 같은 인간적인 책임 의식이 적극적으로 드러난 것이 『나무들 비탈에 서다』보다 5년 앞선 1955년 12월에 탈고되어 한 해 동안의 연재 후 1957년에 상자된 『인간접목』이다. 연재시의 원제가 '천사'였던 제목처럼 이 소설은 소년원에 수용된 고아들의 본성은 "아주 눈같이 하아얀 날개"(7:183)를 단 천사임을 그려주고 있다. 의대생으로 투입된 전쟁에서 한 팔을 잃고 불구가 된 최종호는 기업인이며 교회 장로인 한원장이

내 기억이 맞는다면, 작가는 자살 방조로는 사형을 받을 수 없으리란 법리적 판단에 앞서 사형에 이르는 결말의 비관적 처리가 지나치게 암울하기에 장래에 대한 일말의 희망을 남겨주기 위한 작가적 의지가 작용된 것이 아니었을까 짐작한다. 그의 다른 장편소설도 치열한 비관주의에도 불구하고 마지막에는 늘 '일말의' 희망을 남겨두고 있다.

운영하는 갱생원의 교사로 부임하여 외롭기도 하고 못되기도 한 많은 고아들을 상대하며 고아원도 '기업'으로 여기는 운영자와 그 고아들을 이용하려는 '왕초'와도 대결해야 한다. 어쩌면 숙이가 출산한 애기들일 수 있는 이 아이들은 경위는 제각각이지만 그 모두가 전쟁의 피해자들, 한국전쟁이 만들어놓은 사생아들이다. 그럼에도 전투의 파편 때문에 팔을 잘라 외과의사의 직업을 버리게 된 그의 의식은 분명하다: "지금 천막 주위에 서성대는 애들을 보는 순간, 그것은 자기와 동떨어진 세계의 일이 아니요 그대로 자기 자신의 일로 느낀 것이다. (…) 지금 눈앞에 보는 이 애들과 자기의 사이에는 아무런 거리도 없다는 느낌이었다"(7:24). 종호의 이 느낌은 카뮈의 '같은 배를 탔다'는 공동 운명체의 책임을 연상시킨다. 그러나 황순원은 이 세계의 부조리를 증언하기보다 전쟁으로 말미암아 "때가 끼인 거울"(7:113) 혹은 전쟁의 상처로 병균이 옮은 "전염병 환자"(7:174)로 시대의 질병에 희생당하고 있는 존재들로 인식하고 그들의 인간됨을 신뢰한다. 종호는 이 아이들이야말로 한없이 선량을 믿어줄 수 있는 인간으로 확신하고 장차 왕초가 되는 것이 소망이라는 짱구대가리와의 약속을 확신시킴으로써 인간 회복의 길을 열어놓는다. 그는 동료 유선생에게 말한다: "이만큼 사람과 사람 사이에 뿌려진 애정의 씨앗이란 결코 허망한 것이 아니고 얼마든지 귀중한 것"(7:119)이라고. 이 시대에 대한 작가의 의식은 지극히 절망적이지만 인간에 대한 신뢰는 동화 이상으로 순진하고 아름답다.

한국전쟁이 휴전으로 진정된 지 10년 후, 그리고 작가 자신도 40대 후반의 원숙한 세대로 들어서면서 그의 장편소설들은 해방-분단-전쟁이란 역사적 사건의 긴장에서 여유를 가져가며 근대화로 진입하는 한국 사회의 구조적 양상으로 관심을 돌린다. 1964년에 완성된 『일월』은 백정 집안을 중심으로 한 사회 신분 변화를 주제로 제기하고 이보다 8년 후에 탈고된 『움직이는 성』은 한국 기독교와 지식인 사회의 내면적 정황을 추적하며 그로부터 10년 후에 출판된 『신들의 주사위』는 수원 근교의 농촌 사회가 근대화의 추세 속에서 진행된 가족 해체의 과정을 묘사하고 있다. 그는 사건에서 구조로 관점을 확장했고 참여에서 관찰로 진정시켰다. 나는 이 같은 일련의 변화를 '비켜섬'으로 이해한 바 있다. 이 비켜섬은 "역사의 내면과 실제를 드러내려는 방법적인 자세가 된다. 그것은 경색된 관념으로 역사를 말하기보다 더 확실하고 개방된 태도로 역사 그 자체를 보여주는 것"(12:30)일 것이다. 주인공이 역사의 현장으로 뛰어드는 것이 아니라 바로 그 역사를 옆에서 정확하게 관찰하고 혹은 그 인물들을 그들의 역사 속으로 내면화함으로써 역자 자체로 그 현실을 체화하고 있음을 가리킨다. 황순원 후기의 세 장편소설은 앞서의 작품들을 통해 묘사하며 동기화했던 역사적 사건을 뒤로 물리고 그 후에 이루어지는 근대화의 과정 속으로 내면화된 인물들을 통해 한국적 현실 구조의 증상을 해부하고 있는 것이다. 그 첫 번이 『일월』에서 묘사되고 있는 백정 집안의 신분 전환 의지이고 두 번째가 한민족의 근원적 심성에 대한 해부이며 세 번째가 농촌의 해체에 대한 불길한 전망이다.

나는 황순원의 소설을 잇달아 읽어가면서 그 주제의 확산과 더불어 그의 주인공들의 설정이 변모하고 있음을 여기서 발견한다. 초기작들, 그러니까 『별과 같이 살다』와 『카인의 후예』 그리고 『인간접목』은 곰녀, 박훈, 최종호라는 뚜렷한 한 인물이 주역으로 기동하며 서사를 이끌어가는 중심인물이 되지만, 그 이후의 『나무들 비탈에 서다』와 『움직이는 성』은 세 명의 젊은 지식인들이 병열적으로 서술되면서 이야기를 이끌어가고 있고, 후기작으로 모을 수 있는 『일월』과 『신들의 주사위』는 건축학도 인철과 그 집안, 혹은 사법고시생인 한수와 그 가족을 중심으로, 집단화한 한 가족으로 확대되어 등장하는 변화를 보이고 있는 것이다. 이 변화가 무엇을 의미하는 것일까. 한 개인에서 셋이란 여러 인간으로, 그리고 한 가정이란 구성체를 통해 바라보는 이 세계는 하나의 사건에서 일반적인 사태로, 그리고 전반적 구조로 확산되는 작가의 시선을 시사하는 것이 아닐까 하는 짐작을 나는 갖는다. 대체로 주인공이 하나일 때는 그의 영웅적 서사를 추적할 것이며 둘일 때는 인간과 인간의 대면적 관계를 분석할 것이고 셋 이상일 때는 그것이 사회를 구성함으로써 그들이 존재하는 세계의 구조적 성격을 해부하는 데 집중하는 경향이 있다. 어떻든 셋 또는 그들이 속한 한 가족이란 집단적 구성체를 주인공으로 설정한다는 것은 황순원이 개인적 행위 '나와 너'의 인간적 관계에 멈추어 단순한 현실도피적인, 탈현실적인 작가로 그친다는 비판에 대한 반론이 될 것이며 혹은 순수미학적인, 문체적 낭만주의자의 장인주의 작가라는 제한적 평가의 한계를 벗겨낼 빌미를 제공할 것이다.

당초 내게 관심의 계기가 된 세 주인공의 병치된 전개를 들여다본다. 『나무들 비탈에 서다』는 같은 분대의 세 사병 현태와 동호, 윤구가 주인공으로 등장한다. 그들은 가장 가까운 동료이며 함께 어울리는 친구들이다. 그러나 셋의 성격은 매우 다르다. 현태로부터 '시인'이란 별명을 받는 동호는 입대 전날 애인 숙이와 호텔에 한방에 들면서도 순결을 지켜준 가장 순진한 젊은이다. 반면 그 셋의 중심인 현태는 호탕하고 유능하며 전방에 숨은 여인을 능욕한 후 죽이고도 태연할 수 있는 의연한 사내이다. 윤구는 담배도 아끼기 위해 반으로 잘라 피우는 요령 좋은 전직 은행원이다. 그 셋은 각각 자기 나름대로의 행동 양식을 보이며 전쟁을 치르고 제대 후의 삶을 산다. 아니, '산다'고 말할 수 있는 사람은 교외에서 닭을 치는 윤구뿐이다. 현태는 부유한 아버지 회사에서 일을 하다 문득 전날 능욕한 여자를 죽인 전투 중의 사건을 불쑥 떠올리면서 의욕을 잃고 방심하며 부모의 권으로 유학을 예정하고도 자포자기의 권태와 무력으로 빠진다. 문학소년처럼 순진했던 동호는 어쩌다 전방의 술집 아가씨에게 순결을 바치고는 그녀를 받치다가 결국 그녀를 쏘아죽이고 자신도 자살한다. 무력한 일상을 헤매던 현태가 유일하게 행동한 것은 그 동호의 수수께끼 같은 자살의 동기를 추궁하는 숙이를 능욕하는 것과 피부가 도자기처럼 차고 매끄럽지만 말없이 우수에 젖어, 죽고 싶다고 말하는 술집 여인 계향에게 칼을 쥐어준 것뿐이다. 이 세 젊은이의 삶의 길과 거기에 숨겨둔 마음의 아픔을 작가는 되도록 냉연한 자세로 병치해서 그리고 있을 뿐이다. 거기에는 르네 지라르가 말하는 바의 주체와 대상과 이상형이란 '욕망의 삼각형'이 개입된 것도 아니고 나와 너와 그라는 삼각의 인격적 만남을 설정한 마르틴 부버의 인간 관계도 얽혀 있지 않으며 셋이 길을 가면 반드시 스승이 있다[三人行 必有我師]는 윤리적 성찰에도 매이지 않는다. 다만 세 사람의 제각각의 길만 있을 뿐이다. 소설은 절망으로 말미암은 자살과 마음의 상처로 말미암은 파탄, 그리고 좀스런 생활인의 지탱이란 세 형태의 삶만을 보일 뿐이다. 왜 저항하며 대담하게 자신의 미래를 열어가는 긍정적 인간상을 황순원은 제시하지 않았(혹은 못했)을까. 아마 이 작품을 쓸 당시의 황순원은 가장 희망을 잃고 미래를 부정적으로 바라보지 않았을까 짐작만 할 뿐이다. 작가는 다만 "도대체 책임이란 말부터 당신네들과는 상관없는 말이 아닌가요?"(7:364)라고 참전했던 남자들을 비난한 숙이에게 아기를 낳겠다는 단호한 책임을 안겨줌으로써 앞으로에 일말의 희망을 걸게 할 뿐이다.

그 작은 희망은 한국인의 종교적 심성을 분석하고 있는 『움직이는 성』에서 죽어가고 있는 준태를 바라보는 지연의 눈에서 "창조주의 눈"(9:347)을 찾는 데서, 그리고 성호의 판잣집 앞에서 장난감을 가지고 노는 어린 아이들의 순진한 대화에서 다시 발견된다. 한국의 교회에 대해서는 매우 비판적이면서도 기독교적 정서에는 깊은 공감을 보임으로써 그리스도교에 대한 독특한 관점을 보이고 있는 황순원의 이 소설 역시 세 사람의 주인공이 병치되어 등장한다. 한국전쟁 중 실종된 목사의 부인 홍 여사를 위해 정성을 들이다가 애정으로 변해 사생아를 낙태하게 만든 과거를 참회하며 결국 목사로부터 파면당하고 가장 가난한 사람들의 '낮은 곳'으로 들어가 빈민 봉사에 몰두하는 성호, 그의 친구로서 부유한 장로의 딸과 약혼하고도 민속학자로서 무당과 동성 관계를 맺다가 약혼녀의 주장을 따라 학문을 버리고 장인의 회사로 들어가는 민구, 그리고 분방한 생활에 젖은 아내와 무관심으로 헤어지고 지연의 사랑을 피해 강원도로 숨은 준태가 그들이다.[7] 이들은 『나무들 비탈에 서다』에서의 전쟁이 안긴 상처의 대응에 대한 세 가지 유형의 태도와는 달리, 한국 기독교를 둘러싼 샤머니즘과 훗날의 민중주의적 기독교[8]로 불릴 '낮은 데'를 위한 선교 활동,[9] 그리고 수치스런 삶에 대한 무력감을 대변한다. 이 소설이 씌어지던 1960년대 후반이 한국전쟁 이후의 왕성한 기독교 열광주의의 만연에 대한 작가의 응시와 교회의 관료화에 대한 비판이 한국 지성인의 세 유형에 대한 검증으로 발전한 것으로 보이는데, 여기서 황순원은 우리 민족의 근원적 심성을 '유랑민 근성'으로 파악하며 그에 대해 혹독하게 비판한다: 준태는 "신은 죽었다구 말할 때, 그전까지는 신이 살아있었다는 걸 전제하는 게 아니겠어요? 그런데 우리에겐 일찍이 니체가 말한 신이란 게 살아있어 본 일이 없거든요"라고 비판하고 신학을 공부한 성호는 "말하자면 유랑민 근성을 면하지 못한 신앙"을 지적한다(9:51-53). 황순원은 속물주의

---

7) 황순원 소설의 주인공들이 가진 이름들에 대한 흥미로운 발견: 『나무들 비탈에 서다』와 『신들의 주사위』에 등장하는 인물들로서 순수주의적인 인간형인 동호-성호(그리고 『인간접목』의 종호), 허무주의적 무력감에 빠지는 현태-준태, 요령있게 현실을 잘 헤쳐나가는 윤구-민구의 돌림자들. 작가는 그 이름들의 돌림자들에 대한 어떤 이미지에 매여 있었던 것은 아닌지.

8) 나는 「한국 소설과 한국 기독교」(『신학사상』 1976)란 오래 전의 글에서 한국 기독교의 양상을 검토하며 『움직이는 성』에서 성호가 추구하고 있는 민중주의적 선교 운동에 대해 논의한 바 있다. 그 글은 나의 책 『상황과 상상력』(1979)에 수록되었고 『한국 기독교 문학 연구 총서』 2(2010) 등 몇 책에 재수록되었다.

9) 『일월』에서의 인철의 동생 인문이 어머니가 열광적인 기독교에 빠져'산기도' 에 헌신하는 것을 보고 예수가 산에서 내려와 설교하며"기독교 정신은 산으로 도피하는 데 있는 것이 아니고 사람들 속으로 들어가야 한다는 것이다. 그렇다면 어머니도 이 산에서 거리로 돌아가야 하지 않을까"(8:338)라고 생각하는데, 그 실제의 행동은 『움직이는 성』의 성호를 통해 실현되고 있다.

와 진보적 기독교주의 그리고 허무주의를 당시의 우리 사회에 맴도는 심리의 근원적 양상으로 관찰하면서 그 심성을 감싸고 있는 샤머니즘을 폭로하고 있는 것이다. '움직이는 성'이란 정처를 잡지 못하고 그렇게 떠도는 한국인의 심성을 가리키는 것이며 황순원은 여기서 한국인의 미래를 역시 비관적으로 바라보는 듯하다. 그러나 홍 여사와의 사건으로 겪은 진한 고통으로 내적 정화를 얻은 성호와, 그가 바라보는 허무주의자 준태에게서 "어떤 문제로 심한 투쟁을 하고 있는 사람"(9:53)임을 알아보며 공감하고 있는 것, 지연이도 "몇 차례나 참기 어려운 굴욕을 겪어왔고 새로운 굴욕이 내 앞에 도사리고 있다"(9:54)는 준태의 뼈아픈 메모를 보고 그에게 마음을 기울이는 모습에서 작가는 진정한 고통에의 공감을 주목한다. 그들은 그류네발트의 그림 '십자가에 못박힌 예수'에서 묘사되고 있는 "온 괴로움의 중량이 그리로 몰린 듯 앞으로 불거져 나온 가슴, 이 세상 고통이란 다 압축돼있는 성싶은"(9:61) 예수의 모습을 통해 그 공감하는 고통을 통해 인간간의 진심을 모아들이게 되고 마르틴 부버적인 '나와 너'의 관계가 성립할 수 있음을 예시하고 있다. 그러나 이 젊은 세 남자들간에 상호 교류나 영향 관계는 오히려 소원한 편이어서 공감 이상으로 발전하지 않는다.

중년기의 황순원은 『나무들 비탈에 서다』와 『움직이는 성』의 세 주인공들이 수평적 관계에서 각각의 삶들을 병렬시키며 앞의 소설의 동호와 현태, 윤구가 각각 좌절한 순결주의, 무책임한 허무주의, 속물적 현실주의의 삶을 통해 역사적 사건에 대한 태도의 선택을 보여주고 있는 반면, 뒤의 작품에서의 성호와 준태, 민구를 통해 속죄를 통한 빈민촌으로의 투신, 허망에 젖은 자기 포기, 안정을 위한 현실주의적 삶의 선택이라는 대조를 시대적 사태에 대한 개인들의 각각 세 가지 반응을 드러내고 있다. 그러나 장년기를 넘어선 그는 사회적 변화를 관찰하고 그 구조의 변화에 대응하는 방식을 한 가족구성원들의 다양한 선택을 통해 묘사하고 있다. 신분 문제를 다룬 『일월』[10]의 김인철 집안이 그렇고 농촌의 자본 투기화를 그리는 『신들의 주사위』의 한수 집안이 그렇다. 이 두 장편문학의 주인공은 건축학도 김인철과 법학도 한수로 초점이 맞춰지고 있지만 그를 둘러싼 조부모와 형제들이 함께 그 사회구조적 변화에 대응하고 있고 그 방식은 앞 시대의 세 주인공 소설들처럼 세 가지 태도로 대조되고 있다.

백정은 우리 전통의 역사에서 가장 천민으로 치부되어왔지만 식민통치와 해방, 전쟁과 산업화의 거대한 변혁 과정을 통해 전통적 신분관이 크게 동요되고 백정 스스로도 직업을 바꾸고 위상을 달리하거나 형평운동으로 자신의 정체성을 높여왔다. 이 폐쇄적이며 도외시된 천민 집단의 풍속과 의식, 도살의 현장과 그들의 언어까지 세심하게 취재하여 활용하고 있는 이 소설의 김인철 집안은 이 같은 천민 신분 탈출에 대해 세 가지 길을 택한다. 하나는 주인공 인철의 큰아버지 본돌 영감과 그의 아들 기룡이 택하는 전승받은 직종에 대한 말없는 순종이다. 본돌영감은 "온갖 천대와 멸시도 칼잽이의 세계를 지켜가는 도로써 달게 여겼고 이런 자기를 보호해주는 소뿔이며 소꼬리털을 이세상 잡것을 물리치는 부적으로 신성시"(8:139)할 정도였고 기룡이도 역시 "어떤 꺾을 수 없는 외로운 의지"(8:222)를 보이면서도 서울의 도살장에서 시골의 아버지가 해온 칼잽이 일을 지켜 하고 있다. 그 두 부자와 상반되어 철저히 자신들의 신분을 감추고 전래의 가문으로부터 탈출하려는 모습이 인철의 아버지 김상진과 그의 형 인호에서 적극적으로 드러난다. 서울에서 큰 기업을 경영하는 김상진은 비록 아들들에게 자기 형 본돌영감의 위신을 지켜주고는 있지만 "칼잽이의 수모가 어떻다는 걸 느희들은 꿈에두 생각지 못할 거"라면서 "나중에 어떤 가슴아픈 경울 당하드래두 숨기구 살 수 있는 데까진 숨기

10) 『일월』은 1964년 11월에 탈고되어 집필 순서로는 『움직이는 성』보다 빠르다. 이 글은 그 순서에 매이지 않고 작품의 성격으로 정리했다.

구 살아야"(8:91, 90) 할 것을 당부한다. 실제로 그는 자신의 이름을 바꾸고 과거를 감추며 형과의 거래를 끊고 "어떻게든 거길 벗어나야"(8:91) 할 것에 진력한다. 정치적인 야심을 가진 그의 큰아들 인호는 국회로 진출하기 위해 고향의 군수로 자원해갔지만 거기서 자신의 출생 신분을 알고 "아주 헤어날 수 없는 깊은 구렁텅이 속으로 빠져들구"(8:85) 마는 절망감을 느끼며 종국에는 자신만이 아니라 자기 "식구들에게 미칠 파멸을 사전에 막기 위하여 이곳을 떠나기로 결심"(8:181)하는 편지를 남기고 사라진다. 이 두 대립된 선택 사이에 인철의 고민과 이해가 서 있다. 그는 자기 집안의 진실을 알고는 "그 다시없는 천민 취급을 받아온 백정 세계가, 검은 그늘이 온몸을 휩싸는 듯한"(8:86) 느낌을 느끼며 꿈속에서까지 "자기가 밟은 맑고 푸른 잎사귀에 찍혀있는 소발통자국"(8:108)을 본다. 그럼에도 그는 칼잽이인 사촌 기룡을 찾아가 "어느 틈에론가 스며 내배는 외로움"(8:222)을 확인하며 형제의 정으로 공감하고 지 교수에게 자신의 집안 내력을 고백하기에 이른다. 그의 이 지양(止揚)의 태도는 다혜를 통해 지교수로부터 "당사자루선 그렇게 나오기가 쉬운 일이 아니라고 하시면서 구김없는 태도"(8:244)로 칭찬받고 그 자신도 "가슴속 선인장의 독가시가 하나하나 꺾여서 나가"(8:245)는 승화의 정서를 느낀다. 이 소설은 한없는 외로움에 젖은 인철이가 "서로 부딪칠 수 있는 데까지 부딪쳐본 다음에 처리돼야만 할 문제가 아닌가. 기룡을 만나야 한다. 만나 얘기해야 한다"고 다짐하며 파티 때문에 쓴 "고깔모자를 벗어 뜰에 서있는 한 나뭇가지에다 걸었다"는 행위로 대단원을 이루는데 그의 '고깔모자 벗기'는 삶의 피에로다움을 던져버리는 선택을 암시함으로써 바로 그 시간에 약을 먹고 자살을 하는 아버지 김상진과 대조적인 삶의 태도를 상징적으로 보여준다.

황순원의 마지막 장편소설인 『신들의 주사위』는 그의 67세인 1982년 3월에 탈고된 것으로 표기되어 있다. 1978년 계간 『문학과지성』 봄호에 연재되기 시작한 이 작품은 가장 긴 시간 동안 집필되고 또 오랜 기간 발표되었다. 그 사이에는 광주 민주화 운동과 발표지의 강제 폐간 사태가 끼어 있고 그 앞뒤에는 대통령의 시해와 신군부의 집권이 막아서 있다. 그리고 70년대의 개발 성장이 80년대의 정착기로 들어서면서 부동산 붐과 생태 파괴, 공해 문제 등이 제기되면서 사회 구조 전반이 농업 경제로부터 공업 경제로 산업화가 적극화되고 지방의 해체가 진행되고 있는 중이었다. 이 사회적 변화는 1930년대의 식민지 체제하에서의 자본주의적 근대화의 초기적 경험을 회고시키는 동시에, 『신들의 주사위』도 바로 50년 전 염상섭의 『삼대』를 상기시킨다. 염상섭의 이 대표작이 조의관―조상훈―조덕기의 3대에 걸쳐 진행되듯이, 이 소설도 한수의 집은 할아버지와 아버지 그리고 한영 한수의 3대로 구성되었고 "토지에 집착은 보통이 아닌"(10:24) 두식 영감과 『삼대』의 조의관은 비슷한 재산과 고집을 가진 할아버지이고 두 사람은 함께, 그러나 그 이유는 다르지만, 아들을 제껴놓고 손자에게 기대를 갖는다. 그 손자는 똑같은 사법학도이지만 『신들의 주사위』에는 그 손자 한수 위로 큰손자 한영을 더 두고 있다. 그러니까 두 장편소설은 자본주의의 원시적 단계와 산업화 단계로의 사회적 변화 속에서 한 집안의 조부와 그 아래 아들과 손자들의 3대에 이르는 대응의 태도를 보여준다는 공통성을 가지고 있다. 반세기 전의 제2대는 위선적인 기독교로 말미암아 자멸하고 마는 것에 비해 1980년대의 제 2대는 무력감으로 이 소설에서 차지하는 비중이 매우 약하다는 차이만 있을 뿐 가족들에게 할당된 소설 속의 위상도 비슷하다. 그 외양의 유사성에도 불구하고 『삼대』는 재산을 둘러싼 가족 내부의 음모와 살인이 작동하고 있지만 『신들의 주사위』는 산업화와 그에 따른 부동산 투기로 농촌의 해체가 이루어지는 가운데 그 변화에 제대로 대처하지 못해 부닥치게 된 한수 집안의 파탄이 그 주제를 이룬다. 조부 두식영감은 "하나 있는 아들에 실망하자 두 손자에게 기대를 걸었고 어려서부터 착실하고 양순한 맏손자 한영인 초등학교만 마치게 한 후 가업을 잇도록 하고 둘째손자 한수는 공부를 시켜 출세의 방향으로 가게"(10:30) 했다. 그러나 그 결과는 물론 그럴 수 없었다. 한영은 할아버지의 재산으로 아버지의 재혼을 주선한 일로 진 빚에 책임을 지고 자살을 하고 한수는 세미와 진희 두 여인으로부터 떠날 것을 결심하면서 오토바이 사고를 일으키고 중상을 당했다가 몇 달 동안의 혼수에서 겨우 깨어나게 되며 두식 영감 자신은 손자들의 잇달은 죽음과 사고를 당하면서 망령으로 정신을 버리게 된다. 두식 영감이 한사코 지키려던 땅은 송영감에게 팔려 심각한 공해 문제를 유발할 염색 공장이 들어서게 되었고 향수감을 일으켜주던 전래의 '고향'이란 "자기 마음 속에 미화시켜 간직하구 있으면 되는 거 아네요?"(10:131쪽)라고 반문당하는 위치로 후퇴한다. 이 살벌해지는 사회적 변화 속에서 진희는 "짙은 눈썹 밑의 조금 깊어뵈는 눈"을 가진 한수를 바라보며 "한 사람을 진정으로 사랑한다는 건 그사람 전부를 사랑하는 거야. 그사람의 허물까지 사랑해야 한다는 것"(10:259)으로 절정에 이르지만 그와의 외출에서 사고로 목숨을 잃게 되며 한수의 치료에 헌신적으로 노력하던 세미도 결국 브라질로 떠나고 만다. 산업화에서 비롯된 농촌의 투기와 공해 기업의 건설이란 근대화의 과정 속에서 한수 일가는 파탄에 이르게 되고 인간관계도 벗겨져버리는, 이 시대의 이 땅에 대한 황순원의 부정적 인식에도 불구하고, 『별과 같이 살다』로부터 그의 모든 장편소설의 마지막에 지펴주는 희미한 희망의 빛을 그는 여기서도 살려두고 있다: 죽음 막바지에서 벗어나 건강을 회복하고 병원에서 퇴원길로 나와 "천천히 걸어가던 한수는 문득 한 곳에서 발길을 멈추었다. 그리고 발 아래를 내려다본다. 함께 가던 일행도 멈추었다./ 콘크리트 포장길에 가느다란 금이 나있고, 그 틈새기로 풀잎들이 돋아나있었다. 제법 파랬다. 어쩌면 이런 데서?"(10:305). 그는 콘크리트로 상징되는 산업화의 틈새기로 비죽이 돋아나는 푸른 생명의 풀잎을 바라보며 내일에의 희망을 발견하고 있는지도 모른다.

7편의 장편소설을 더듬으면서 나는 그 작품들의 주인공들의 성격과 구성을 통해 황순원 문학에서의 진지한 시대 인식의 표현 방법론을 찾아보려 했다. 어쩌면 무리한 해석일지도 모르지만, 나는 전기의 세 편의 소설에서는 한 사람의 주인공을 통해 시대적 격랑에 대한 개인적 선택을 확인했고(자살과 자포자기의 부정적 행위도 하나의 선택일 뿐이다), 중기의 두 편에서는 세 사람의 주인공을 통해 시대적 사태 변화에 대한 세 가지 반응 형식을 발견했으며 후기의 두 편에서는 한 가족을 중심으로 순종과 탈출과 지양, 혹은 파탄과 자결과 회생 등 각각 사회구조에 대한 세 가지의 대응 태도를 관찰했다. 물론 우리는 변혁의 충격이나 변화의 자극에서 세 가지 것만으로 정리할 수는 없겠지만 정-반-합의 논리로 보면 이 세 가지 범주를 크게 벗어나지 않을 것이다. 황순원의 인물들은 그러니까 해방으로부터 근대화에 이르기까지 우리 민족의 급격한 변동 속에서 순종과 반발과 지양의 큰 범주 속에서의 여러 움직임들을 보이고 있다. 그렇다는 것은 황순원이 현실을 떠난 도피주의적 작가라든가 비역사적인 문학인이라는 인식으로부터 오히려 역사와 사회 변화에 대해 면밀하게 대응해왔음을 확인해주고 있다는 결론에 이른다. 실제 그의 작품은 현실을 벗어나지도 않았고 역사와의 대결을 회피하지 않았다. 다만 그는 그 역사적 사건과 현실적 변화를 객관적으로 묘사하고 인물들로 하여금 그 역사와 현실에 투기시킨 것이 아니라 그 변화 자체를 작품 속으로 내면화시켰고 그 인물들의 선택과 반응 그리고 대응을 통해 그 역사와 현실에 대한 관찰과 내적 움직임을 형상화한 것이다. 이 같은 창작의 방법론과 태도, 그리고 응시하는 작가적 시선이 현실로부터 비켜나고 혹은 도피하는 듯한 인상을 주었을 뿐이다.

오래 전의 「순수문학과 그 역사성」에서 제기한 황순원에 대한 관점을 35년이 지난 이제 와서 다시 반복하여 확인하는 나의 지적 형상은 그의 주인공들이 그런 것처럼 별로 변하거나 성장하지 못한 것 같다. 그럼에도 황순원 문학이 지닌 미학적 구성과 정제된 문체의 위력에 대한 감동이 여전한 것처럼 황순원 장편소설이 갖는 문학사적, 현실적 의미에 대한 신뢰가 전날과 다름없다는 점에 나는 오히려 안도감을 느낀다. 그것은 황순원을 위한 존경어린 추모이면서 그분에 대한 나의 감사와 감동의 표현임을 감히 고백하는 것이기도 하다.

만년의 사상과 그 양식
-『신들의 주사위』의 경우

김윤식

1. '태양 아래 가장 행복한 작가'의 마지막 장편

작가 황순원이 남긴 작품은 단편에 「별」(1941)을 위시 106편이다. 장편으로는 『카인의 후예』(1954)를 비롯 총 7편이다. 산문으로는 「말과 삶과 자유」(1985) 등이 있다. 초기의 시집 『방가』(1934)에서 말기의 시 「모란」(1979), 「관계」(1983) 등이 있다. 이러한 생애에 걸친 작가 황순원의 마지막 이른 경지는 어디쯤일까. 이런 질문방식에는 특별한 의미가 없을 수 없는데, "이 태양 아래 가장 행복한 작가라는 정평을 받는 황순원씨"(심연섭, 「동아인터뷰」, 『신동아』, 1966.4. 172쪽)인 까닭이다. (1) 월남했으면서도 이산고통을 겪지 않았다는 것, (2) 명리나 시량(柴糧)에 좇겨 작품을 써 본 일이 없다는 것, (3) 상복까지 타고 났다는 것 등이 그 이유였다. 이러한 세속적인 이유가 진정한 작가에 무의미함은 새삼 말할 것도 없다. 유진오와의 순수・비순수 논쟁에서 김동리에 의해 명쾌하게, 동시에 단호하게 지적된 바와 같이 "당초 문학에 지향하던 그날부터 이미 작가로서나 혹은 사상가로서는 극히 초라한 운명을 가졌던 것"(「순수이의」, 『문장』, 1939.8. 143쪽) 인만큼 세속적인 행・불행이란 본질적인 것일 수 없다. 누구보다 이 사실을 직시한 작가로 황순원의 오른편에 나설 자는 거의 없다.

작가의 나이 73일 때(1987) 그는 이렇게 말한 바 있다.

> 작가는 줄타기이다. 먼저 관객도 없는 곳에서 혼자 어두운 심연 위에 맨 위험한 줄을 타야 하는.
>
> —『황순원 전집 11』, 241쪽

이런 발언의 중요성은 '만년의 형식'에 속함에서 온다. 그는 더 이상 창작에 나아갈 수 없는 데까지 왔다고 느꼈을 이치가 없다. 여전히 그리고 확고히 현역임을 증명하는 몸부림을 두고 '만년의 양식'이라 할 때 그것은 '원숙의 경지'와는 전혀 별개의 양식이 아닐 수 없다. 베토벤의 만년을 세밀히 검토한 아도르노는 이를 두고 '말년의 양식'이라고 했다.(Adorno, Theodor W. Beethoven: Philosophie der Musik; Suhrkamp Verlag, 1993. 大久保健治 역, 作品社, 2002, 제9장~11장) 오히려 그것은 새로운 양식으로서의 격렬함, 파탄을 가리킴이기도 하다. 만년의 작품은, 베토벤의 경우, '예술인 것'과 '예술이 아닌 것'의 경계에까지 밀어 붙인 기록에 가까운 것이었다. 예술이론 따위를 버린, 현실에서 물러남을 고려한 듯하기조차 하다. 그렇기는 하나, '만년의 양식'도 청중을 전제한 행위의 범주에서 완전히 자유로운 것은 아니다. 이에 견줄 때 작가 황순원의 위의 발언은 자못 가파르다. 관객 없는 곳에서 혼자 그것도 어두운 심연 위에 가장 위험한 곡예사가 작가라는 것. 그러나 이 곡예의 관객은 엄연히 있었다. 신이 바로 관객이 아닐 수 없다. 신 앞에서 하는 곡예야 말로 가장 위험한 곡예라고 주장했을 때의 작가 황순원은 고희를 넘기고도 수년이 지난 뒤였다.

이 글은 '만년의 양식' 범주로 밖에 볼 수 없는, 제 7번째 장편이자 최후의 장편인 황순원의 『신들의 주사위』(1981)의 놓인 자리를 알아보기 위해 씌어진다. 『신들의 주사위』가 참으로 난처하기 짝이 없는 작품인가는, 이것이 '곡예'서 벗어났음에서 온다. 곡예사로서의 황순원의 기묘한 곡예를 보아온 관객들이라면 마지막 대작 『신들의 주사위』란 실로 난감하여 몸둘 바를 잃기에 모자람이 없다. 『신들의 주사위』는 절대로 곡예의 범주에서 벗어나, 아주 다른 범주에 속했기 때문이다.

2. 순수한 곡예에서 절대적 곡예에로

곡예사일 때 황순원은 이렇게 썼다.

> 무용이 인간이 육체로 나타내 보이는 가장 순수한 아름다움이라면, 곡예는 인간이 육체로 나타내 보이는 가장 순수한 슬픔이다.
>
> ―『황순원 전집 11』, 198쪽

곡예사로서의 황순원의 방법론으로는 이처럼 투명할 수 없다. '순수한 미'가 무용(예술)이라면 곡예는 '순수한 슬픔'이라는 것. 곡예사로 자처한 황순원이고 보면 그의 소설은 미(예술)쪽이기에 앞서 슬픔[悲]쪽이 아닐 수 없다. 예술보다 윗길에 놓이는 것이 곡예이며 그만큼 위험하고 결사적인데 왜냐면 죽음을 곁눈질하는 인간 행위인 까닭이다. 미가 인간을 즐겁게 또 기쁘게 하고 어쩌면 인간을 고양시킬 수 있겠으나 그 이상일 수 없다. 미가 우리를 구원해 줄 수 있을지의 여부는 단정할 수 없지만 슬픔의 경우는 사정이 썩 다를 터이다. 거기에는 즐거움도 기쁨도 없지만 또 구원도 없을지 모르나 분명한 것은 인간의 육체이다. 육체는 어차피 소멸될 운명에 전면적으로 노출되어 있거니와, 그 소멸의 확인이 곡예일 수밖에 없다.

> 곡예사가 이런 생각을 하는 일은 없을까. 내 공중곡예를 보고 당신네들은 박수를 보내지만 실은 내가 실수해 공중에서 떨어지는 장면을 보고 싶

어하는 건 아니냐고.

—『황순원 전집 11』, 195쪽

세속적 곡예에서는 그럴지도 모를 일이긴 하다. 아홉 번째로 줄에서 떨어진 곡예사만큼 비참하고 슬픈 경우는 없을지 모른다. 아홉 번씩이나 실수 없이 치룬 곡예사를 두고 관객은 박수를 칠 것이다. 그러나 그 박수는 관객의 자기만족일 뿐 곡예사와는 무관하다. 진정한 곡예사에겐 관객이란 오직 한분, 신밖에 없다. 이때 신이란 자기자신이 아닐 수 없다. 자기만의 곡예를 자기만이 관객으로 보고 있는 형국이 아닐 수 없다.

작가 황순원이 고희를 지난 시점에서 이른 '만년의 양식'이란 이 부근이 아니었을까. 『황순원 단편집』(1940)에서 「학」(1953), 「소나기」(1953), 「필묵장수」(1955)를 거치고, 또 『카인의 후예』(1954), 『나무들 비탈에 서다』(1960)는 물론이고, 나아가 『일월』(1965), 『움직이는 성』(1972)에 이르기까지도, 창작방법으로는 잴 수 없는 황순원식 곡예사 황순원의 곡예로 잴 수 있는 성질의 작품군이다.

당초 그것은 관객을 전제한 곡예에 다름 아니었다.

> 일단 활자화된 내 작품에 대해 나는 이야기하지 않기로 하고 있다. 이유는 아주 간단하다. 작품으로 하여금 독립된 생명을 스스로 지니게 하기 위해서요, 작품에 대한 독자의 자유스러운 감상을 작가로서 방해하지 말자는 생각에서다.
>
> —『황순원 전집 11』, 192쪽

그러나 '만년의 양식'에 가면 여지없이 이러한 관객을 그냥 두지 않는다. 자기의 곡예를 잘 못 감상한 자들에게 맹공을 퍼붓기를 마지않았다. 『나무들 비탈에 서다』를 잘못 본 관객 백철을 향해 붓을 들었고, 「학」과 「땅울림」을 오독한 관객 김윤식에 대해 "어안이 벙벙할 수밖에 없다"(황순원 전집(11), 221쪽)고 까지 말했다. 이러한 곡예사의 자기변호는 분명 순수한 슬픔을 연출하는 본래의 곡예사의 자리와는 판이하다. 이는 저 「9교향악」의 베토벡과 흡사한 자기 파탄의 일종이 아닐 수 없다. 아도르노 식으로 하면 바로 여기에서 '만년의 양식'이 등장된다. 황순원의 '만년의 양식'은 그러니까 '순수한 슬픔의 곡예'에서 벗어나고, 또 '절대적 곡예'에서도 벗어난 다음에 찾아왔다. '순수한 슬픔의 곡예'에서는 세속적 관객을 전제로 한 것이었다. 곡예를 볼 줄 모르는 엉터리 관객의 박수나 야유란 깡그리 무시하면 그만이었다. 두 번째 단계인 '절대적 곡예'에서는 관객이 없는 곡예였다. '관객이 없다'는 것은 절대적인 관객이 전제되었음은 물론이다. 신이 그 관객인 까닭이다. 이 단계를 곡예 자체가 절대적일 수밖에 없는데 관객인 신이 절대적인 존재이기 때문이다.

이 단계에서는 절대자인 곡예사와 절대자인 신이 맞서고 있을 뿐이다. 곡예(문학)를 가운데 두고 곡예사 황순원은 유일한 관객이자 절대자인 신과 마주했다. 인간 곡예사 황순원과 절대 관객인 신과의 마주함이란, 그 자체로는, 황순원식 창작방법론인 3·4문학 이래의 모더니즘이 아니면 안되었다. 균형감각으로서의 대칭성이 그것이다. 그러나 이 두 번째 곡예는 '질서로서의 곡예' 또는 기량으로서의 곡예' 또는 '식별하기로서의 곡예'의 범주일 수 없었다. 식별하기, 보여주기, 기량의 과시로서의 곡예와는 차원이 다른 곡예, 곧 절대적인 곡예가 아니면 안되었다. 절대자인 곡예사와 절대자인 관객과의 맞섬, 그것은 바로 '도박'의 범주에 다름 아니었다. '도박의 범주'란 새삼 무엇인가. 1983년 3월, 고희를 맞은 작가 황순원은 이 '도박의 범주'를 태연히 곡예해 보여 마지않았다.

> 간밤에 나는 밤새도록 꼬박
> 얼굴이 없는 한 사나이와 노름을 했다
> 따고 잃고 그러다가

그만 내 밑천이 다 나가고 말았다
예전에 도스토예프스키는 밑천이 떨어지자
갓 결혼한 아내의 패물을 내다 처분했지만
나는 내 나름대로의 도박을 통해 그간
적잖이 세상적인 것을 날려온 터라
이제 정년퇴직금쯤 어렵잖게 들이대었다
땄다 잃었다 날이 샐 즈음해선
그 역시 깡그리 날려버리고 말았다
얼굴이 없는 사나이와 나는 쉬 다시 만나
한판 또 붙자고 악수를 나눈 뒤 헤어졌다
다음 밑천으론 내 아직도 연연해 있는
마지막 세상적인 것을 몽땅 디밀 참이다
얼굴이 없는 사나이가 앉았던 자리에
내 데드 마스크가 방긋이 웃고 있었다

—「도박」 전문, 『황순원 전집 11』, 141쪽

이는 정히 곡예사 황순원에서 도박사 황순원으로, 곡예사로서의 작가에서 도박사로서의 황순원으로 자리를 바꾸는 장면이 아닐 수 없다. 대체 이 패악에 가까운 도박사의 심사란 어디서 연유하는 것일까.

3. '식별의 문맥'과 '도박의 문맥'

황순원의 만년의 대작 장편 『신들의 주사위』만큼 난감한 작품은 없다고 할 때 이 진술에 맞는 의미는 다음 두 가지 관점으로 어느 수준에서 설명될 수 있을지도 모른다.

작가 황순원은 이렇게 말한 바 있다. "독자가 작품에서 그 작가를 알아내려는 것은 당연하다. 그러나 웬만한 작가라면 한두 작품에서 자기의 전모를 드러내 보이지 않을 것이다"(전집 11, 201쪽)라고. 40여년의 필력과 가작을 낳은 황순원문학이고 보면, 한 두편의 작품으로 그 작가의 전모를 알아내려는 시도는 어불성설이다. 그렇지만 그의 문학이 높고 가파를수록 이에 비례하여 독자의 작가에 대한 궁금증은 증폭됨도 사실이 아닐 수 없다. 첫 번째 창작집 『황순원단편집』(1940)에서 마지막 제7창작집 『탈』(1976)까지 검토해본 독자라면 만년의 대작 『신들의 주사위』 앞에서는 절망하기에 모자람이 없다. 작가를 어느 수준에서 알아냈다고 느낀 독자라면 더욱 그러할 터이다. 그만큼 둘 사이에는 단절이 동굴모양 입을 벌이고 있기 때문이다. 대체 이런 단절감은 어디에서 연유하며 또 어떻게 설명할 수 있을까. 앞에서 잠깐 언급한 대로 다음 두 가지 길잡이를 통해 접근해갈 수 있을지도 모른다.

그 첫째가 베토벤의 만년의 변화를 검토한 아도르노의 '만년의 양식' 개념이며, 행동심리학자 베이트슨의 신경증생성실험이 그 다른 하나이다.(G. 베이트슨, 『정신의 생태학』, 1972) 이 둘은 따로 논의해도 나름대로의 의미가 드러나지만 함께 논의할 때 한층 선명해진다. 『신들의 주사위』의 경우가 특히 그러해 보인다.

먼저 베이트슨이 규정한 이중구속(double bind)의 상황을 검토해 보기로 한다. 파브로프의 유명한 개에 대한 실험이 있다. 노력해도 보상이 따르지 않는 문맥 속에 오랜 동안 놓여지면 그 개는 어떻게 될까. 자기가 무엇을 해도 관계없이 돌연 종이 울려 먹이가 나오는 상황에 오래 노출되면 먹이를 찾아 헤매는 활달성이 쇠약된다는 실험이 있다. 이 실험을 한 단계 높이면 어떠했을까. 개에게 두 장의 도형을 보인다. 하나는 원, 다른 하나는 타원이다. 이 둘을 식별하면 먹이를 준다. 식별 못하면 전기충격을 가한다. 개는 차츰 틀리지 않고 둘을 식별하게 된다. 이번엔 문제의 난도를 높인다. 약간 뒤틀린 원과 원에 가까운 타원을 제시한다. 이렇게 점점 그 난도를 높여간다. 실험자조차도 둘의 식별이 불가능해진다면 어떻게 될까.

'보다 원에 가까운 것'을 실험자는 멋대로 정하고 먹이를 주거나 전기충격을 줄 수밖에 없다. 그래도 상당한 기간 동안 개는 노력하지만, 좌절이 거듭되자 어느 시점에서 돌연 파괴적 행동으로 치닫는다. 실험기구에 몸을 던지기도 먹이를 거부하기도 하며 실험자의 명령에 역행하는 짓을 감행한다. 마침내 발광 상태이거나 수면상태에 빠지게 된다는 것. 이러한 실험에서 드러나는 것은 '식별의 문맥'과 '도박의 문맥'의 차이이다. 개가 몰랐던 것은 '식별의 문맥'속에서 '도박의 문맥'으로 그 범주가 바뀐 사실이다. 이를 알아차릴 실마리를 빼앗긴 개로서는 절망 속에서 무슨 짓이라도 하지 않을 수 없다. 식별하라고 하는 문맥인데도 상황 전체는 식별해도 소용없다는 메시지가 아니겠는가. '나를 따르면 보호해 준다' 메시지를 말하면서도 동시에 '너는 내게 보호되지 않는다'했으니까. 베이트슨은 이런 상황을 두고 이중구속이라 했다. 이전 상황이 인간 사회에도 당연히 적용된다. 문화도 하나의 '마음의 생태계'일 수 있다면 이처럼 논리의 계형 만들기 (logical typing)에 주목할 것이다. (사토 요시아키, 「베이트슨과 정신의 에코로지」, 『知의 논리』, 東京大出版會, 1995)

이러한 '논리의 계형'과 '만년의 양식'이 『신들의 주사위』에 동시에 폭발했다면 어떻게 될까. 『황순원단편집』에서 「탈」까지의 문맥은 비유컨대 '식별의 문맥'이었을 터이다. '순수한 슬픔'의 곡예였음이 그 증거이다. "내 공중 곡예를 보고 당신네들은 박수를 보내지만 실은 내가 실수해 공중에서 떨어지는 장면을 보고 싶어하는 건 아니냐"고 하는 범주란 '식별의 문맥'을 가리킴이 아닐 수 없다. 관객이 있고 곡예사가 있다. 그러나 이 곡예가 어느 수준에 이르면 돌연 기묘한 상황에 놓여진다. 원과 타원의 식별이 이미 불가능한 상태에까지 곡예의 묘기가 심화되기 마련인 까닭이다. 관객이 없는 곳에서 혼자 어두운 심연 위에서의 곡예의 상황에 이르게 마련인 것. 이는 '식별의 문맥'과는 판이한 범주이다. 관객의 없음이란, 신이 곧 관객임을 가리킴이 아니었겠는가. 이 순간 곡예사 황순원은 신과 마주한 형국이 아닐 수 없다. 신과 마주한 곡예사는 곧 신이 아닐 수 없다. 둘은 마주 서서 바라봄이란 이미 '식별의 문맥'일 수 없다. '절대적 문맥' 곧 '도박의 문맥'이 아닐 수 없다. 이것은 곡예사의 기량의 원숙성과는 별개의 범주가 아닐 수 없다.

신과 마주함을 가능케 한 것은 과연 무엇이었을까. 감히 인간인 곡예사가 신과 마주할 수 있었던 계기란 물론 '곡예'에서 말미암았지만 이번엔 그 '곡예'가 스스로를 신으로 이끌려 올렸던 것이다. 이를 가능한 것, 그것은 죽음의 인식에서 왔다. 그것은 어느 날 '얼굴없는 한 사나이' 노름(도박)을 했음이 아닐 수 없다. '만년의 양식'이 그것이다. 도스토예프스키는 아내의 패물을 내다 처분하여 신과 노름을 했지만 노름꾼으로 된 황순원은 "정년퇴직금쯤 어렵잖게 들이대고" 이 '얼굴없는 한 사나이'와 도박을 할 참이다. '마지막 세상적인 것'을 몽땅 디밀어 하는 도박판의 이름이 '신들의 주사위'가 아닐쏘냐. '얼굴없는 사나이가 앉았던 자리' 거기 황순원의 '데드마스크가 빵긋이 웃고 있었다'. 『신들의 주사위』란 그러니까 '도박의 문맥'이며 그것도 영락없는 '신과의 도박'이 아닐 수 없다.

여기에 어찌 관객이 있을 수 있으랴. 유일한 관객이었던 신조차 바둑판에 불려나와 있는, 마침내 완전히 관객 없는 도박판, 그것의 이름이 『신들의 주사위』라면 이를 읽는 독자란 얼마나 자유로운가. 왜냐면 '식별의 문맥'에서 벗어나도 상관없는 장면이기에 그러하다.

4. '괜찮다아!'로 표상된 '도박의 문맥' — 최한영

4부로 이루어진 『신들의 주사위』의 제1부는 5장으로 이루어졌는 바, 제1장의 표제는 「아는 사이들」로 되어 있고, 그 첫 장면은 '관계없다!'라는 외침으로 귀가 멍멍하게 되어 있다.

> 관계없다아, 관계없다아! 가을 밤공기를 가르고 고함소리가 퍼졌다. 두식영감의 맏손자 한영이 자기집 대문 밖에서 지르는 소리다. 좀 갈리기는 했으나 꽤 부피를 지닌 고함소리가 밤중이어서 더욱 요란하게 울렸다. 그렇건만 동네사람들은 그저, 술마시구 또 헛소리군, 하고 심상히 넘겨버린다. 올봄 한영이 처음 고함을 지르기 시작했을 땐 동네사람들은 거기에서 어떤 연유를 캐어보려 했었다. 그즈음 한영의 아내가 해산을 했는데, 조부인 두식영감이 바라던 사내애가 아니고 계집애여서 갓난애를 들여다보지도 않을뿐더러 미역 한줄 내려보내지 않는다는 소문이 나돌았다. 사실 두식영감은 손자며느리에게 산기가 있자 저녁녘부터 사랑방에 내려와 앉아 안채의 해산을 지켰던 것이다. 그것도 산아의 사주를 꼽아보고 다음날 인시에 낳아야 좋으니 그 시각까지 산고를 참으라고 일러가면서 기다렸던 것이다. 그런 보람이 있었는지 해산만은 다음날 인시에 맞춰졌지만 낳은 애가 사내애 아닌 계집애였다. 그러니 맏증손자를 보지 못한 실망에서 한영을 섭섭케 했을 거라는 추측이었다. 그래서 대가 약한 한영이 목먹는 술을 마시고 술의 힘을 빌어 대여섯 집 위쪽에 사는 할아버지에게 딸이면 어떠냐고 그런 건 관계없다는 소리를 지르는 걸 거라고 동네사람들은 수군댔던 것이다. 그런데 오래잖아 동네사람들은 이런 짐작을 수정해야 했다. 한영이 어쩌다 술을 마신 뒤의, 관계없다는 고함소리가 계속돼온 데다가 소리치는 방향이 두식영감의 집 쪽이 아니고 그냥 허공에다 대고 질러댄다는 걸 안 것이다. 그 뒤로 동네사람들은 한영의 관계없다는 고함소리를 들을 때마다 한갓 주사쯤으로 여기게 돼버렸다.
>
> —『황순원 전집 11』, 11~12쪽

'관계없다!'고 외치는 사람은 최한영. 가부장제의 수장 조부 최두식의 맏손주다. 대체 왜 최한영은 허공에다 대고, 밤이면 이런 괴성을 지르는 것일까. 이런 물음이 제기되는 까닭은 그것이 '신들의 주사위'에 관련됨에서 온다. 최한영의 이러한 외침에는, 최한영도 동네 사람들도 그 이유를 잘 설명할 수는 없다해도 분명 모종의 곡절이 없을 수 없다. 조부에 대한 불만일 수도 있고, 또 아닐 수도 있지만 분명 뭔가 있다는 대전제가 설정되어 있기 때문이다. 이 전제가 없다면 저러한 외침은 미치광이의 행위에 속하게 될 터이다. 그러나 아무도 최한영을 광인으로 취급하지 않았음에 주목할 것이다. 이러한 상황은 베이트슨의 논법으로 하면 '식별의 문맥'에 해당될 것이다. 원이냐 타원이냐를 두고, 최한영은 결사적으로 식별하기에 골몰한다. 조부에 대한 외침이냐 아니냐, 이 물음을 최한영은 정확히 식별했음이 마을 사람들에 의해 확인됐다. 그렇다면? 아마도 마을 사람들은 사법시험 일차에 합격한 아우로 말미암아 그 뒷바라지 하느라 공부도 못한 최한영의 아우에 대한 원망의 외침이라고 짐작할 법도 했다. 그러나 그런 것도 아니었음이 제 2부에서 판명된다. 조부의 인감을 손에 넣게 되고, 이로써 저도 모르는 상황 속으로 말려들기에 이른다.

"먼젓 채용증서를 뭉뚱그려 주머니에 쑤셔넣고 그 곳을 나온 한영은 별 마음의 동요를 느끼지 않았다. 일은 저 갈 길을 가고 있으니 얼마 있지 않아 결판이 나겠지"(160쪽) '식별의 문맥'의 상한선이 바로 여기까지이다. "일은 저 갈길로 가고 있다"한 '식별의 문맥'에서 벗어남을 가리킴이 아닐 수 없다. 원이냐 타원이냐의 식별을 최한영은 스스로 하지 못하고 누구에게 맡기고자 했던 것이다. 아우 최한수가 나서서 형의 '식별의 문맥'을 되찾아 주고자 했다. 자기 명의로 되어 있는 서울집을 팔아 그 돈으로 형의 인감도용 사건의 문제를 해결코자 아우 최한수는 절 공부도 물리치고 동분서주했다. 형 한영에게 돈을 곧 마련해 올 것이라는 쪽지를 남겨 둔 채 서울 집을 급히 처분한 한수는 목매는 형의 환각에 시달린다. 급히 시골집으로 오나 형은 이미 목을 매달아 자살한 뒤였다. 다음 장면은 장편 『신들의 주사위』의 압권이 아닐 수 없는데, 제목의 의의가 걸려 있기에 그러하다.

문 박에서 코풀어대는 소리가 나더니 아버지가 들어와 한수 맞은 편에 앉는다. 아버지의 얼굴은 수염과 주름으로 뒤덮여 갑자기 확 늙어 보였다.

"대체 이게 어떻게 된 일입니까?"

아버지는 곧 말이 안 나오는 듯 멍청이 있다가,

"글쎄 내가 어제 아침에 뭘 가지러 헛간엘 갔다가……."

한수는 숨을 안으로 삼켰다. 뜨거운 것이 가슴으로 해서 전신에 퍼졌다. 형수의 울음소리가 계속 들렸다.

"니가 어딜 가있는질 알어야 전보라두 치지. "아버지가 먹먹한 목소리로 말했다.

"……건호라는 니 친구가 와서 사망진다서두 떼오구 이것저것 해줬다."

"유서같은 건요?"

아버지는 머릴 흔들었다.

"그럼 아무말두 안 남기구 죽었단 말예요?"

"나한텐 아무말두……"

"제가 써놓구 떠난 쪽진 봤어요. 형이?"

"내 앞에서 펴 보더라."

"이상하게 뵌 점두 없었구요?"

"글쎄 뭐 별루. ……여느날처럼 아침 일찍 마당 쓸구, 할아버지한테 신문을 갖구 올라갔었지. 그리구 점심 먹구 나갔다가 해지기 전에 들어오드라."

"누가 형 찾아오지두 않았어요?"

"참, 니 형 나간 댐에 봉룡이가 와서 나더라 꿩덫 놓으러 가자구 하더라만 사실은 니 형 만나러 왔다가 집에 없으니까 그냥 돌아가는 것 같드라."

봉룡이란 사람이 왔었다면 혹 문진영감이 단 하루도 연기를 해줄 수 없다고 해 그걸 알리러 온 것이었을까.

"다급해 보이던가요, 그 아저씨가?"

"아니, 별루."

그렇다면 형보다도 한수 자기의 동정을 살피러 왔었겠지.

"들어가 쉬세요, 아버님."

무슨 말을 더 묻고 무슨 말을 더 들으랴. 한수는 식사도 마다하고 자기 방에 틀어박혀버렸다. 전혀 식욕도 공복도 느끼지 못했다. (202~203쪽)

아우의 쪽지를 보고도 형은 '식별의 문맥'을 포기하고 있었다. 원이냐 타원이냐를 그 이상 식별할 수 없는 장면에까지 최한영이 이르렀음을 작가는 위의 암시로도 능히 할 수 있었다. 그러나 참으로 이상하게도 작가 황순원은, 그 깔끔한 고도의 소설적 기교 위에다 터무니없는 환각으로 덧칠을 해놓았다.

한밤중 집안이 조용해지기를 기다려 한수는 방을 나와 헛간으로 갔다. 다리가 허든거렸다.

본디 외양간으로 사용했던 헛간은 지금 어둠으로 가득 차있었다. 한수는 헛간 안을 무겁게 둘러보았다. 어둠에 용해된 잡동사니들이 어렴풋이 모양을 드러내고 있었다. 드디어 한수는 위를 올려다보았다. 가운데를 가로지른 대들보가 있었다. 대들보가 저렇게 가늘었던가. 형은 어디쯤에다 줄을 늘였었을까. 한수는 어둠속 대들보의 이 끝에서 저 끝까지를 더듬었다. 형은 무슨 생각을 하면서 올가미에 목을 걸었을까. 식구들 모두가 야속하고 섭섭하다고 생각했을까? 같은 형제인 내게는 그런 감정이 더 많았을까? 아니 그럴 리가 없어. 반대로 형은 내게 누구를 끼친다고 생각했을 거야. 누를 끼치고 뭐고가 없는데.……

한수가 고개를 떨구고 헛간을 나서는데, 한수야, 하고 부르는 소리가 낮게 울려왔다. 형의 목소리였다. 한수는 얼핏 헛간 쪽으로 돌아섰다. 그리고 어둠 속을 눈여겨 살폈다. 한수야, 형의 음성이 다시 들렸다. 한수는 형의 목소리의 방향을 겨냥해 시선을 꽂았다. 나 여깄어요, 형. 한수야, 너한텐 정말 미안하다. 형, 제발 그런 말은 말아줘요. 한수는 화를 내며 형의 말에 대답했다. 아냐. 형이 평상시의 온화한 음성으로 말을 이었다. 뒷일을 너한테 맡기게 됐으니 미안하지 않구. 그따위 문젠 아무것두 아니잖어요? 왜 날 기다리지 않은 거예요? 그러니까 네가 돌아올 때까지 기다리지 않은게 불만이라는 거구나. 물론이죠. 한수는 곧 대답했다. 형이 잠시 사이를 두고 말했다. 나를 한번 던져보구 싶었다. 그게 무슨 뜻이죠? 한수가 얼른 물었다. 형이 천천히 말했다. 처음으로 나 자신을 사랑해보구 싶었어, 이윤 오직 그거야, 그 때를 놓치구 싶지 않은 거다, 내가 너무 사치를 한 것같지? 한수는 형의 말뜻을 알 것 같았다. 그날 내가 형 곁에 있었어야 했어요, 그래가지구 할아버지와 결판을 내는 거였어요, 형은 내가 죽인 거예요, 내가! 그러자 형이 커다랗게 소리쳤다. 관계없다아, 관계없다아! 그리고는 형의

> 음성은 다시 들려오지 않았다. 한수는 그 자리에 못박힌 채 힘없이 두어 번 형을 불렀다.
>
> —전집 10, 『신들의 주사위』, 204~205쪽

이 장면은 4부작 중 제 3부의 중간에 해당되거니와, 그것은 "관계없다아, 관계없다아!"로 시작되는 이 작품의 첫줄에 빈틈없이 연결된다. '식별의 문맥'에서 벗어나 '도박의 문맥'으로 나아가기 위한 최한영의 몸부림이 이런 환각으로 나타난 형국이다. "나를 한번 던져보고 싶었다"에는 어떤 변명도 무의미한데, 왜냐면 그것은 신(죽음)의 영분인 까닭이다. 최한영이 던진 주사위였던 것이다.

이 장면을 작가 황순원의 저 『카라마조프가의 형제들』의 '대심문관장'을 연상하면서 썼는지도 모를 일이다. 1986년 작가 황순원은 이렇게 쓴 바 있었다.

> 어쨌든 이처럼 도스토예프스키가 설치해놓은 함정에서 빠져나오기란 힘들다. 그리고 여기서 그가 아무것도 아닌 듯하게 아주 효과적인 기법을 하나 쓰고 있다는 데에 주목하고 싶다. 이반으로 하여금 자기의 서사시를 얘기하기 전 알료사에게, 우스꽝스러운 것이긴 하지만 너한테는 꼭 들려주고 싶다고 말하게 하고 (윗점 인용자), 다 듣고 난 알료사로 하여금, 그건 터무니없니 얘깁니다, 하고 외치며 얼굴까지 사뭇 붉히게 하고 있는데(윗점 인용자), 이렇게 함으로써 도리어 그 환상적 이야기의 리얼리티를 독자의 심중에 은근히 심어주고 있는 비법에.
>
> —『황순원 전집 11』, 233쪽

최한영=이반이라면 알료사는 아우 최한수가 아닐 수 없다. 사법고시 일차시험 합격생인 최한수는 누구보다 '식별의 문맥'에 민첩한 인물이다. 이제 주사위는 최한수에로 넘어왔다. 이 최씨가문의 장손 최한영은 모든 주사위를, 우스꽝스럽게도 아우인 최한수에게 넘겨버렸다. 과연 최한수는 알료사의 몫을 얼마만큼 해낼 수 있을까. 『신들의 주사위』의 참주제가 걸린 곳은 바로 여기에서 온다.

5. '식별의 문맥'에의 환원 — 최한수

『신들의 주사위』 4부작은 최씨가문의 종손으로 맏손주 한영의 밑도 끝도 없는 외침 "관계없다아, 관계없다!"로 시작되었고, 이 외침은 마침내 '식별의 문맥'에서 '도박의 문맥'에로의 이행을 가져왔다. 완벽한 '이중구속'의 제시라 할 것이다. 이 삶의 덫에 걸려, 두더지모양 최한영은 빠져나올 수 없고 말았다. 이 최씨가문의 종손으로 둘째 손주 최한수는 이 덫을 어떻게 피할 수 있었을까. 작가는 이 물음에 당초부터 치밀했음이 판명되는데, 제1부 제1장의 서두의 형 한영이 "관계없다아!"의 외침을 듣는 아우 한수를 제시해 놓았음이 그것이다. 낙향한 지 보름만에 한수가 두 번째로 듣는 실로 밑도 끝도 없는 '관계없다!'였다.

> 한영의 고함지르는 시간은 일이 분 정도였다. 그것이 가족들에게는 사뭇 긴 시간으로 느껴져, 아내며 아버지가 달려나와 타이르며 끌고 들어가려고 하는 것이었으나 한 번도 효과를 거두지 못했다. 언제나 자기가 고함지르고 싶은 대로 지르고서야 마는 것이다. 두식영감에게 불려가 호되게 꾸중을 듣고 나서도 여전했다. 다른 일은 할아버지의 말을 어겨본 적이 없는 터지만 이것만은 그대로 되지 않았다.
>
> 이날밤도 한영은 별이 깔린 하늘과 불빛 읍내 사이의 허공에 대고 언제나와같은 시간 정도, 관계없다아, 소리를 지르고서야 홀쭉이 키큰 몸을 대문께로 돌려 휘적휘적 걸어 들어갔다. 아버지의 거처인 안방은 불이 꺼져있고, 대문 왼쪽도 헛간이어서 깜깜인데, 오른쪽 사랑방에만 불이 켜져있었다. 동생 한수가 공부중인 것이다.

> 한영은 안채 대청으로 해서 건넌방으로 들어가 전등을 켠다. 아랫목에 저녁상이 놓여있었다. 아내가 어린것 있는 할아버지 집으로 올라가면서 차려놓은 것이다. 어린것이 보채기라도 하여 한수의 공부 방해가 되거나 잠을 설치게 해선 안된다고 얼마 전부터 애를 할머니가 맡고 있었다.
>
> 한영은 숟가락도 대보지 않고 밥상을 아랫목 벽에 밀어붙이고 이불을 깐 뒤 전등을 끄고는 잠자리에 든다. 그리고는 이불을 머리위까지 썼다.
>
> 사랑방에서는 한수가 책상 앞에 앉아 망연해있었다. 오래간만에 집에 돌아와 보름쯤 되는 동안 두번째로 형의, 관계없다아, 하는 고함소리를 듣는 것이다. 망연히 앉아있는 그의 눈앞에 시커먼 바다가 펼쳐졌다. 그 바다가 잠시도 쉬지 않고 출렁댔다. 출렁대는 시커먼 물두렁 위로 희끗희끗 물머리가 드러났다가는 사라지곤 했다. (12쪽)

이 시커먼 바다의 물두렁과 그 위로 희끗희끗 드러났다 사라지는 물머리의 덫을 고등고시 일차 합격생인 최한수가 형 최한영의 “관계없다아 관계없다아!”에서 직감했던 것이다. 이 “관계없다아!”의 외침이 최한수로 하여금 한시도 가만히 두지 않을 만큼 강력한 것으로 압박해왔다. 도대체 그 외침의 정체란 무엇일까. 이 물음이 마법처럼 몸에 달라붙어 민감한 이 청년 고시생을 가만히 두지 않았다. 무엇보다 이차합격을 위해 결과적으로 공부에 매달려야 할 최한수의 형편이 아니었던가. 그럼에도 그는 가문과 온동네가 지켜보는 가운데서 이 공부에만 매진할 수 없었다. “대체 형은 왜 그러는 것일까……. 한수는 방바닥에 드러누웠다 일어났다 하다가 오후 네시 좀 넘어 집을 나섰다. 친구 중섭을 만나려는 것이다.”(31쪽)

지방사범대학을 나와 고향 여학교에서 국어선생으로 있는 민중섭은 한수와 동기동창이었다. 민중섭을 통해 이 고장의 이런저런 협편을 듣게 되지만 그것이 ‘관계없다아!’의 해명에는 아무런 도움도 되지 않았다. 민중섭을 통해 최한수는 여교사인 홍진희와 사귀게 된다. ‘관계없다아!’의 외침을 좇아가면 그럴수록 그것은 한수를 더욱 아득한 검은 바다에로 몰고 가는 것이었다. 민중섭으로부터 한계에 부딪친 최한수가 이번엔 홍진희쪽으로 맹렬히 치달았다. 그럴수록 다음 두 가지 사실이 또렷해졌다. 고시공부에서 한없이 멀어지기가 그 하나. '관계없다아!'라는 이 암호가 원인지 타원인지의 '식별의 문맥'이 최한수의 의심을 깡그리 지배한 증거로 이것보다 절대적인 것은 따로 없었다. 그 '식별의 문맥'이 난감하면 할수록 민중섭에서 비껴나 홍진희쪽으로 치달았는바, 바로 저도 감당 못할 만큼 맹목적이었다. 홍진희의 임신에까지 치달았음이 그 증거이다. 물론 이 고시생인 최한수도 꽁생원이 아닌 만큼 여자관계가 처음은 아니었다. 세미라는 여자가 있었다. 26세에 교통 사고로 남편이 죽고 혼자된 이 여인을 최한수가 사귄 것은 여인으로서의 묘한 매력에서 왔을 뿐 굳이 사랑이라 할 것까지는 없는 사이였다. 그러나 이러한 관계도 '괜찮다아!'의 외침을 판독함에 무용지물이었다. 그럼에도 '혹시나'하고, 최한수는 홍진희와 세미 사이를 맴돌고 있었다.

여기까지는, 『신들의 주사위』를 양분할 경우 그 앞부분에 해당된다. '식별의 문맥'에 주인공 최한수가 최선의 노력을 기울이고 있었던 것이다. 그러나 '괜찮다아!'의 외침의 주인공인 최한영이 스스로 목매달아 죽은 뒤는 어떠해야 할까. 작품의 후반부는 이 물음에 대한 답변이라 할 수 있다.

> 한수는 형이 자기 곁에 없다는 실감, 그리고 두 여자로부터 떠나야 한다는 결정 앞에서 자리를 잡지 못하고 있었다. 한수에게 있어 형을 잃었다는 것은 생활의 기틀을 상실한 게 되고, 두 여자를 떠나야 한다는 것은 생활의 빛깔을 버리는 게 된다고나 할까. (3부 5장, 235쪽)

형의 죽음이 '생활의 기틀의 상실'이라면 두 여인을 떠나야 함이란 '생활의 빛깔의 상실'이라면 이번에 최한수가 놓인 상황이란, 후자에 해당된다. 전자는 이에 그렇게 된 이상 최한수에 있어 '생활의 기틀'이란 되돌릴 수 없다. 남은 것이라곤 '생활의 빛깔'이다. '식별의 문맥'으로 주어진 것은 '생활의 빛깔'이냐의 여부에 있었다. '생활의 빛깔'이 원으로도 타원으로도 보일 수밖에 없는 형국이라고나 할까. 그는 이 '식별의 문맥' 앞에서서 어째야 좋을지 알지 못하고 망설이고 있었다. '생활의 기틀'은 이에 상실한 마당이다. 여기에다 '생활의 빛깔'까지 상실할 것인가. 아니면 이것만은 그래도 붙들어야 할까. 그는 방도를 알지 못했다. 절에 들어가는 길이 있긴 했으나 이에 고시공부를 위한 것은 물론 아니었다. 그런 생각이란 다만 이 덫에서 도망가고 싶은 무의식의 발로였을 터이다. 원과 타원이 너무 닮아서 어느 쪽도 식별하기란 불가능한 국면 앞에 최한수가 섰다.

만일 최한수가 저 파브로프의 실험용 개라면 '식별의 문맥'에 절망하여 '도박의 문맥'으로 치달았을 것이다. 실험도구는 물론 실험을 부수고 실험하는 사람을 물어뜯고 스스로 발광해 버릴 것이다. 어느 쪽을 선택하더라도 결과는 마찬가지. 조부 도식영감은 물론 그 라이벌 관계에 있는 김문진노인, 또 거간꾼 봉룡 등등과 두 여인을 모조리 목졸라 죽이고 스스로도 파괴해 버리는 길이 그것이다. 그러나 작가가 그렇게 거칠게 다루지 않았음에 주목할 것이다. 아주 고수답게 작가는 최한수의 '도박의 문맥'을 '생활의 빛깔' 속에서 연출시켜 놓고 있었다. 다음 장면은 임신한 홍진희가 그 사실을 최한수에 알리지 않기로 한 직후, 또 세미가 최한수를 기다리다 못해 자기를 필요로 한 사람과 브라질로 이민가기로 한 사실을 최한수에 알리지 않기로 한 직후, 그러니까 이 화려한 '생활의 빛깔' 속에다 작가는 과감히 '도박의 문맥'을 밀어 넣었다. 오토바이 사고가 그것이다.

> 대체 인간생활에서 조화란 무언가. 조화란 타협으로 이루어지는건가, 양보로 이루어지는 건가. 그런 조화도 가능하리라. 그러나 진정한 조화란 참된 대결에서 찾아지는 균형이어야 하지 않을가. 이 조화의 획득을 위해 인간은 부단히 눈에 뵈지 않는 눈물이나 피를 흘리리라. 한수는 핸들 잡은 손에 다시 힘을 주었다.
>
> 저만큼 경운기 한 대가 가는 게 시야에 들어왔다. 한수가 오토바이의

속력을 줄였다. 경운기를 길가로 붙여모는 틈서리로 한껏 속력을 줄여 빠져나간 한수가 뒤로 고개를 돌렸다.

"폭포 가볼까?"어둠을 뚫고 낙하하는, 아니 비상하는 차가운 물줄기 앞에 서보고 싶었다.

진희가 한수 등에 얼굴을 기댄 채 끄덕였다.

오토바이가 다시금 속력을 내기 시작했다. 진희는 고개를 빼어 앞을 비추고 있는 라이트 불빛의 한끝을 바라봤다. 마치 그 라이트 불빛을 다라 오토바이가 달리는 것만 같았다. 문득 그젯밤 꿈속에서 뱀이 발하는 놀빛을 따라 밀림 속을 걷던 일과 함께 그제 서울서 돌아오는 길에 본 저녁놀이 생각켰다. 그 놀을 당신에게 보여주구 싶었어요. 야트막한 산마루 너머루 떨어지면서 붉은 해는 몇 번이구 부들부들 떨었어요. 그날의 해의 떨림은 유난히 그 진폭이 커보였어요. 차창의 유리루 해서인지, 달리는 차체의 흔들림으루 해서인지 마치 해가 어떤 고통을 참구 견디느라구 몸부림치는 것만 같앴어요. 해가 짐과 동시에 저녁놀이 펼쳐졌어요. 해의 고통 위에 둘린 후광이나 처럼요. 새삼 종말을 알리는 듯하면서 새 생명을 품구 있는 것같구, 순간과 더불어 영원이라는 걸 느끼게 했어요…….

오토바이가 오른쪽으로 꺽인 길을 돌고 있었다. 진희는 반사적으로 한수의 허리를 꽉 안았다. 그 순간 갑자기 오토바이의 앞바퀴가 들리면서 몸체가 붕 떠올랐다. (260쪽)

결과는 명쾌했다. 홍진희는 즉사했고 최한수는 식물인간이 되고 말았다. 이 오토바이 사고는 단순 사고일까 삶에 대한 식별불능에서 온 의도적 사고일까. 작가는 어느 쪽도 가능한 길을 열어 놓고 있어 보인다. '생활의 빛깔'속에다 '도박의 문맥'을 밀어 넣었기에 그러하다. 이 '생활의 빛깔'로 말미암아 식물인간 최한수의 후일담이 줄줄이 이루어지지만 실상 그것은 본질적인 것이 못된다. 세미가 돌아와 간병인을 한다든가 최한수가 드디어 의식을 되찾는다는 것 등등은 '생활의 기틀'이 사라진 세계의 그림자일 터이다.

6. 제3의 문맥—거간꾼 봉룡

『신들의 주사위』의 놓인 구조적 조건이 '도박의 문맥'이라면, 이 문맥을 고조시키는 역장치로 설정된 인물이 거간꾼 봉룡이다.

> "암만해두 한영이 그 사람 기분이 상한 눈치였어." 봉룡이 술상 너머의 윤의사에게 말했다.
>
> —제1부 제1장, 12쪽

장편 『신들의 주사위』는 "관계 없다아!"라는 최한영의 외침이 맨 먼저 있고, 이 외침을 귀가하여 두 번째로 듣는 고시 일차합격생인 아우 최한수가 그 다음에 등장하며, 이들과는 한줄 건너 뛰어 세 번째로 등장한 인물이 바로 봉룡이다.

대체 이 인물은 어째서 이 작품의 세 번째 중요인물로 설정되었을까. 이곳 토박이자 중학2년 중퇴이며, 자식이 5명씩이나 있고 아내는 날품팔이로 또 남의 집 씨받이로 연명하며 자기는 빈둥거리며 노름판이나 기웃거리고 소학2년 동창인 윤의사의 술이나 얻어먹고, 가끔 남의 집 흥정에 끼어들어 온갖 죄 없는 음모를 꾸며 거간노릇으로 살아가는 허풍스런 위인이다. 이러한 봉룡이 거간꾼으로 나선 빌미는 도박판에서 왔다. 집을 잡혀 도박을 한 춘길이라는 청년이 있었다. 그 잡힌 집을 현금을 바꾸려면 최두식 영감이나 또 다른 이재의 달인이자 최두식영감과의 라이벌 관계에 있는 김문진영감에게 가야 했다. 그래야 노름판에서 차용한 돈 액수보다 더 많은 시세의 돈을 얻어낼 수 있었다. 그 구문을 봉룡은 노렸다. 이 집문서 건에 최한영을 끌어넣은 장본인이 봉룡이었다.

과연 그 일은 최한영의 도움으로 잘 이루어져 노름꾼 춘길은 집을 팔 수 있었다. 다음은 봉룡과 곽씨가 10원내기 화투를 치는 자리에 춘길이와 있는 장면.

(봉룡) "이거 껍데기 한 장 없이 죄 휩쓸어가기요?"
(곽씨) "그래 조개젓장수가 지나간 땅바닥을 유심히 살피믄서 오는데 아니나다를까 냇둑에 놀란 흙 자리가 있어서 파봤드니 거기 호미가 들어있었다지 뭐야. …… 오동 떨어졌네. 돈 생기겠어. …… 아무튼 춘길이 자네 할아버지 자신이 호미 한 자루에두 벌벌 떨든 심정에서 만들어낸 얘기가 아니구 뭐겠나. 근데 자네는 할아버질 생판 닮지 않었단 말야. 자넨 통이 커. 우리가 띠에 10원 내기 화투치는 것 보믄 가소롭지?"
(봉룡) "통이 크다마다요. 너무 커서 걱정이죠, 그럼." 봉룡이 벌쭉거리며 맞장구를 쳤다. "…… 아니 남은 한 장이 뭐길래 이걸 내놓누. 난 이느므 공산명월만 보믄 미치겠드라!"
별안간 춘길이 벌떡 일어나더니 말없이 주머니에서 돈 얼마를 거내 화투판에 던지고는 후딱 밖으로 뛰쳐나가는 것이었다.
(곽씨) "어 저사람이 갑자기 왜 저래?" 곽씨가 중얼거렸다.
엉거주춤 몸을 일으켰던 봉룡도 화투장을 놓더니 춘길의 뒤를 따라 문밖으로 달려나갔다.
(곽씨) "저 사람은 또 왜 저러지?"곽씨는 영문을 몰라했다.
문 밖으로 달려나온 봉룡은 춘길이 사라진 쪽으로 쫓아갔다. 봉룡은 춘길이한테서 얼마큼의 돈을 떼낼 작정으로 있었다. 자기가 한영을 통해 두식영감이 그집을 사게끔 얼마나 수고를 했는가. (83쪽)

춘길의 이런 돌발행위란 무엇일까. 봉룡에겐 노름꾼 춘길의 심리라든가 노름의 본질 따위에 전혀 안중에 없었다. 일이 성사되어 돈이라도 좀 더 뜯어내고자 했는데 그게 허사로 된 점이 중요할 뿐이었다. 춘길을 찾아나선 봉룡은 춘길의 집까지 갔으나 텅 비어 있었다. 지붕만 쳐다보게 된 개라고나 할까. 그러나 춘길이 그 돈으로 또다시 노름판으로 달려갔든 아니든 봉룡에겐 아무 상관없는 노릇. "에라 모르겠다"일 뿐.

복덕방을 드나드는 인물 봉룡이란 무엇인가. '신들의 주사위게임'에서 완전한 국외자란 봉룡 한사람 밖에 없다. 뿐만 아니라 그는 '식별의 문맥'에서도 완벽한 국외자이자 '도박의 문맥'에도 그러했다. 최씨가문이 결단이 나든, 손이 끊어진 전당포의 김문진영감의 씨받이로 자기 마누라가 있든 말든, 또 '식별의 문맥'에 실패한 최한수가 식물인간이 됐든말든 거간꾼 봉룡에게 아무 상관도 없었다. 그는 바둑판을 발명한 신과 맞설 수 있는 인물이 아니면 안 되었다. 그 대단한 최두식 영감도 홀랑 아래를 벗어 하초를 덜렁덜렁 내놓고 뒷간 출입을 하든, 최한수가 의식을 회복 하든말든 봉룡의 시선에서 보면 모두가 지저분한 얘기에 지나지 않는다.

세상에 걱정 없는 사람 없지. 봉룡이 생각한다. 그러고보면 내 신세가 괜찮은 편이야. 암 괜찮은 편이고 말고. 건둥건둥 이렇게 살아도 먹고입는 걱정 없것다. 아이들 튼튼하것다, 이리저리 해가 지고 술담배 얻어먹것다, 뭐 아쉬운 게 있어야 말이지. 문진영감네 집에 가있는 여편네 배가 알아보게 불렀을 거라. 이제 몇 달만 지나면 공짜 수입이 생기고, 여편네는 집에 돌아와 옛날같이 모여 살게 되고, 봉룡이 막걸리를 크게 한 모금 들이켜고 나서 말했다.

"자 구저분한 얘기 이제 집어치구 남은 안주하구 술 들믄서 노래 가락이나 부릅시다. 우리가 오늘 이렇게 여기 모인 것두 다 인연 아니웨까?"

그리고는 우쭐스레 주위를 둘러보며 젓가락 장단을 두드리기 시작했다.

(293쪽)

이것은 풍자도 아이러니도 아니고 사실 자체라 하지 않을 수 없다. 당초 이 작품의 첫 번 주자는 "괜찮다아!"의 최한영이 있었다. 그는 '도박의 문맥'에로 향해 막바로 달려간 주자였다. 두 번째 주자는 최한수. "괜찮다아!"의 외침의 의미를 알아내기 위해 '식별의 문맥'으로 향해 막바로 달려갔다. 둘 다 신들이 내세워 놓은 바둑판의 희생자요 꼭두각시였다. 오직 예외적 인물이 세 번째로 등장한 거간꾼 봉룡이었다. 그는 신과 마주하고 있었기에 어떤 덫에도 걸리지 않았다. 그러기에 『신들의 주사위』는 3부작일 뿐이다. 4부작으로까지 끌고 간 것은 독자를 위해 배려이기에 앞서 균형감각에서 이탈코자하는 작가의 '만년의 사상'에서 왔을 터이다.

7. 신과 악마 양쪽에 놓인 도박판

최후의 장편이자 일곱 번째의 장편 『신들의 주사위』는 작가 황순원의 마지막 장편이자 동시에 '만년의 사상'을 전면에 내세운 전개방식이다.

대체 '만년의 사상'이란 무엇인가. 아도르노의 견해에 따르면 대예술가의 만년의 작품에 드러나는 성숙을 가리킴이다. 그것은 과실의 성숙과는 닮지 않음을 아도르노는 급히 덧붙였다. 왜냐면 그것은 원숙과는 거리가 먼 것이기 때문이다. 그렇기는커녕 가시가 돋히고, 비감감각적이고 무표정하며 관용적 용법 상투적 표현 등, 요컨대 파탄을 안고 있어, 감상하기에 적절하지 않음을 아도르노는 베토벤에서 그 사례를 찾아냈다. 그럼에도 이 만년의 사상이 소중한 것은 그 상투성과 파탄 속에서 아주 적극적 긍정적 가능성을 보여줌에서 온다. 파국 틈으로 '미래를 향한 무엇인가'를 열어 보인다는 것이 그것이다. (이마무라 히토시(今村仁司), 『현대 사상의 계보』 치쿠마서방, 1986, 277~279쪽) E. 사이드는 여기에 기대어 자기의 만년의 논문 몇 편을 준비하다 미완성으로 그쳤다. (E. W. Said, On Late Style, 2005, 장연호 역, 2007)

이 점에 비추어 볼 때 『신들의 주사위』는 어떠할까. 작가 황순원의 작품 운용방식을 검토해 본 논자라면, 제일원리로 그리고 적극적으로 모더니즘적 감각을 떠올릴 것이다. 그것은 세련된 감수성, 또는 균형감각이라 요약될 수도 있다. 역사(일제시대)이든 전쟁(6·25)이든 또는 혁명(4·19)이든 어떤 이데올로기나 사상도 인간성(심리)과의 균형탐색으로 수렴되지 않는다면 무의미한 것이라는 대전제 위에 황순원식 창작 방법론이 올려져 있었다. 그리고 그 균형감각은, 누구도 따를 수 없을 만큼 섬세, 정교한 것이었다. 이 나라 소설사는 이로써 한층 세련되고 또 깊어졌다고 할 것이다.

그러나 작가 황순원은 나이 50세(1964)를 고비로 하여 신분제와 핏줄과 인간성 사이의 균형감각 모색에로 향함으로써 역사(시대성)와의 균형감각에서 자리를 옮기고 있었다. 장편 『일월』(1964~ 1965)이 이에 해당된다. 잇달아 작가 황순원은 『움직이는 성』(1969~1972, 단행본 1973)에로 나아갔다. 신분제와 인간 심리의 균형감각 모색이 마침내 종교에로 한 발 내딛기란 시간문제였다. 그것도 세계성의 종교에로 향하기이다. 기독교라는 이 세계성의 종교에로 무대를 옮길 때 그 대칭성으로 어떤 인간성(심리)이 와야 할 때 이는 참으로 한국인 황순원으로서는 버거운 일이었다. 이 작품을 완성하는데 무려 4년의 세월이 요망되었음이 그 증거이다. 『움직이는 성』이 유독 버거웠던 이유는 다음 사실과 결코 무관하지 않았을 터이다.

> 계속해서 『움직이는 城』의 죄와 인간 구원을 두고, 선생님의 신앙에 대해서도 여쭈어본다.
>
> –기독교 신자이십니까?
>
> "신자이다."
>
> –아니면, 성경을 공부하십니까, 예수를 믿습니까.
>
> "성경을 읽고 있고 예수를 믿는다."
>
> –원죄설과 인간 죄악에 대한 선생님의 생각을 듣고 싶습니다.
>
> "원죄는 기독교 특히 신교의 핵심이다. 원죄가 없다면 인간은 구원을 필요로 하는 존재가 아닐 것이다."
>
> –송하춘, 「작가를 찾아서」, 『작가세계』, 1995년 봄호, 64쪽

기독교 신자로서의 작가 황순원인만큼 그는 결코 그 대칭선을 모색할 처지가 못 되었을 터이다. 아무리 고심해도 사정은 그리 호전될 수 없다. 그것은 '식별의 문맥'(자의식)일 수만도 없지만 그렇다고, '도박의 문맥'일

수도 없기에 그러하다. 이도 저도 아닌 그 중간에서 바라볼 수밖에 없었다. 작가 김동리가 혼신의 힘을 기울여 쓴 장편 『사반의 십자가』(1955~1957)와 『움직이는 성』을 비교해보면 그 차이가 한층 뚜렷해질 수 있다. 전자는 망설임도 없이 '예수의 십자가'와 '이반의 십자가'를 나란히 세우고 그 무게를 꼭 같이 저울에 달았고, 그 무게를 등가로 매길 수조차 있었다. 그도 그럴 것이 김동리는 어떤 신도 경배하지 않았던 것이다.

> 오늘의 나는 그 어느 교에도 정식으로 귀의를 하지 않고 있다. 그것은 그만큼 나의 마음 전부를 기울일 만한 신앙의 대상이 되지 않기 때문이다. (……) 내가 생각하는 신은 지금까지 있었던 어떤 신과도 다르다. 신의 이름도 그 성격도 내 나름대로의 것이다.
>
> —김동리, 『생각이 흐르는 강물』, 갑인출판사, 1985, 284쪽, 327쪽

스스로 교주가 된 작가 김동리에 있어서는 어떤 망설임도 끼어들 여지란 없지만, 기독교 신자 황순원에 있어서는 사정이 크게 달랐다. 그도 그럴 것이 작가는 신처럼 창조자인 만큼 신과 맞설 수밖에 없는 존재인 까닭이다. 신을 믿는 자는 다만 피조물일 따름, 감히 그 흉내를 낼 수 없다. 만일 신과 맞서는 자가 있을 수 있다면 악마가 아닐 수 없다. 작가는 신 쪽에 서야 하는가 악마 쪽에 서야 하는가. 이 상황이야말로 황순원이 만년에 부딪힌 절체절명의 장면이었다. 1987년 2월, 나이 74세의 작가는 그의 마지막 산문 직전에 악마와의 타협을 시도한 바 있다.

> 악마 : 오랫동안 통 저를 안 부르시지 않았습니까? 이러다간 제 역할두 그만 끝장이 나는 거 아닌가 해서 말입니다.
>
> 작가 : 그러니까 바꿔 말하면 자네 없이는 창작이 불가능하다 이건가?
>
> 악마 : 새삼스레 왜 이러십니까 선생님? 건방진 소리 같지만 전세계를 통해 저를 써먹지 않은 작가가 있던가요? 짙구 옅은 차이는 있지만요.

작가 : 음, 그러자니 늘 바쁘겠구먼.

악마 : 그렇습니다. 하지만 저는 그저 작가들에게 봉사하는 것만으루 다시없는 즐거움을 삼구 있습니다. 물론 선생님께 대해서두 마찬가집니다.

작가 : 그래? 아무런 보수두 없이 정말 대단한 봉사루군. 근데 그 봉사정신이 어디서 오지?

악마 : (말이 없다.)

작가 : (한동안 악마를 지켜보다가) 사실은 봉사가 아니라 자네 자신을 위해서 하는 일이 아닌가?

악마 : (짐짓 목소리를 낮추어) 그게 무슨 뜻입니까?

작가 : 그걸 자네가 모를 리 없을 텐데?

악마 : (잠자코 있다.)

작가 : 내 입으루 말해보라 이건가? 좋아. 자네는 창조주 다음으로 창조주를 하구 싶었던 거야. 태초에 말씀이 있어, 이 말씀이 온 우주의 삼라만상을 창조한 걸루 돼 있잖어? 그걸 알구 있는 자네가 자신두 말루써 창조를 해보기루 한 거야. 창조주에 대한 하나의 도전으루. 그런데 자네는 직접 그걸 하지 않구 인간을 통해서 하는 거지. 그게 자네의 약은 점이지 뭔가. 그렇게 해서 자네는 교묘히 그늘 뒤에 숨구 인간이 창조주에 도전하는 거처럼 만드는 거야. 그래놓구 자네는 뒷전에서 혼자 즐거운 웃음만 웃는 거지.

악마 : (혼잣말로) 알긴 아는군. (그러나 천연스레) 따라서 앞으루는 작품을 쓰시더라두 제 봉사를 필요루 하지 않으신다는 거군요? 좋습니다. 그러셔야죠. 그럼 이만 실례하겠습니다. 안녕히 계세요. (돌아서며 혼잣말로) 암만해두 작가를 포기하지는 않을 거구, 그러면 언제구 나를 또 부르지 않구는 못 배길걸.

—전집 11, 246~248쪽

이중구조 속에서 벗어날 수 없는 작가 황순원의 고민이 생생하여 실로 인상적이다. 작가는 신자가 될 수 없는가. 이는 악마에게 물어볼 수밖에 없다. 악마란 이 경우 작가들이 만들어내 존재인 까닭이다. 다듬어 말해, '식별의 문맥'이 불가능해진 상황 앞에 알몸으로 노출된 작가 황순원의 파탄이 입을 벌리고 있는 형국이 아닐 수 없다. '원이냐 타원이냐'의 식별불능 상황이란 원이 타원 쪽으로 또는 타원이 원 쪽으로 무한히 접근함을 가리킴이다. '도박의 문맥'에 전면적으로 노출된 형국이 아닐 수 없다. 파브로프의 개처럼 이 절망 앞에 작가는 좌충우돌 할 수밖에 없다.

「가나다라로 된 패러디」
가라말을 타고 저기 산모롱이 돌아가는 흰옷의 사나이
나루터에는 아직도 빈 배만 매어져 있고
다이빙하고 싶어라
라파엘로의 색깔 사월의 하늘로
마냥 고개를 젖히고 치밀어 오르는 울음을 참자
바다제비는 그 가냘픈 날개로 바다 위를 마음대로 날아다니는데
사티로스와 함께 술 마시는 걸 나는 단호히 거부한다.
아 여기는 아시아의 한 작은 마을
자난초일랑 자생 그대로 내버려 두자꾸나
차라리 너의 남루를 나의 남루로 삼으마
카멜레온의 변신은 눈부셔
타락한 자의 겁 없이 거리 한복판을 활개치며 지나간다
파먹고 남긴 것은 까마귀떼에게나 던져주어라
하늘이 높푸른 어느 늦가을날 오후 네시

—전집 11, 235쪽

이처럼 패악에 가까운 심사 속에 놓인 것이 『신들의 주사위』이다. "괜찮다아!"의 도박판에 최씨 가문의 맏종손을 맨 먼저 내세웠고, 그 두 번째 그 둘째 종손을 내세웠다. 이들 꼭두각시들은 충실히 제 소임을 완성했다. 악마의 도움의 덕분이었다. 이 점에 볼 때 『신들의 주사위』는 단연 아도르노적 문맥에서의 '만년의 사상'이라 할 것이다.

8. 반짝이는 황순원식 바둑알 두 개

'만년의 사상'을 문제삼을 경우 아도르노의 논법대로 하면 파탄 또는 관습적 반복으로 치닫는 '만년의 사상'에서 드러나는 긍정적 적극적인 측면은, 베토벤의 경우로 하면, 파국을 통해 튀어나오는 '미래를 잉태하는 그 무엇'을 감지할 수 있다는 것으로 특징된다. 『신들의 주사위』에서 그런 부분을 어느 수준에서 감지될 수 있을지도 모른다. 그 중의 하나로 공해문제를 들 것이다. 실상 『신들의 주사위』의 무대는 서울에서 멀지 않은 시골이며, 거간꾼 봉룡이 사건의 중심에 놓여 펼쳐지는 핵심은 이 시골에 염색공장이 들어섬으로써 성립되어졌다. 그 공장 부지의 중심에 놓인 것이 최두식 영감의 땅이었다. 이 땅을 손에 넣기 위해 온갖 음모가 진행되었고, 그 과정에서 최씨가문은 마침내 결딴이 나게 된다. 이 점에서 보면 단연 미래적이고 적극적이다. 온갖 음모와 협박과 잔재주 끝에 마침내 염색공장 준공식이 벌어지는 장면이 펼쳐지거니와 여기에서 비로소 작가 황순원의 참 모습이 얼굴을 내밀고 있어 놀랍다. 바로 '식별의 문맥'의 회복이라 하지 않을 수 없다.

> 심읍장이 웃는 낯으로,
> "우리 읍측에서 감사할 생각두 해야죠. 공장이 들어선다는 게 지역개발을 위해서 우리 읍에 큰 플라스가 아니겠소?"
> "여부 있습니까. 이런 곳에 부임하게 돼서 얼마나 영광인지……"
> 진희의 사고 후 자진 다른 고장으로 옮겨간 전 경찰서장의 후임으로 온 서장이 받았다.
> "글세 그게……" 오가는 얘기를 듣고 있던 윤의사는 슬그머니 비위가 뒤틀린 듯, "염색공장이 어떻다는 걸 아시구 하시는 말씀들이겠죠?"
> "염색공장이 어떻다는 걸 알다뇨?"정소장이 염려스러운 어투로 말했다.
> "아마 공해가 많은 공장 축에 들 겁니다. 첫째 독성 가스에 의한 대기오

염에다가 중금속이 섞인 폐수루 해서 생길 수질오염이 대단할 테니까요."
이 말에 회사 중역 한 사람이,
"그 점은 안심하셔두 됩니다. 완전한 공해방지시설을 갖출 거니까요. 아주 최현대식으루요."
"그렇습니까. 그럼 어디 믿어봅시다. 하기는 독성이 인체에 나타날려면 일이십년 걸려야 하는 거니까 뭐 그렇게 조바심할 일이 아니겠군요."
심읍장이 으흠 하고 못마땅한 표시를 했다. 이사람이 오늘 또 왜 이러지? 지난번 환경보호연구소 사람 대접하는 자리에서 젊은이들이 한 얘길 고대로 옮기고 있으니!
그러나 윤의사는 개의치 않고,
"생각해보면 공해라는 것두 무서워만 할 게 못된다구 봐요. 앞으루 인구폭발이 심해져서 75년도에 세계인구 40억이던 게 서기 2천년엔 70억으루 증가된답니다. 그리구 2천 6백년경엔 일인당 사방 30센티의 땅밖에 차지하지 못하게 된다니 공해루든 뭐루든 사람 좀 죽는다구 뭐 대숩니까?"
"윤원장은 농담까지두 항상 학술적이라니까!" 거북해질 것같은 분위기를 얼버무리려는 듯 정소장이 이렇게 말하고는 컥컥컥 웃었다.
심읍장은 심읍장대로 윤의사가 더 얘기를 펴내지 못하도록 다른 화제로 바꿔야겠다고 고개를 들다가 깜짝 놀란다. 그리고 자기도 모르게 소리르 질렀다.
"저게 누구야! 최영감 아냐!"
모두 심읍장의 시선 쪽으로 눈길을 주었다.
약간 굽고 여윈 자그마한 몸에 뒷짐을 진 두식영감이 냇둑을 달려오고, 그 뒤로 커다란 몸집의 한영아버지가 따르고 있었다.

—전집 10, 287~289쪽

이 '식별의 문맥'이 자못 빛나는 것은 그것이 작가 황순원의 본디 얼굴인 까닭이다. 「기러기」, 「소나기」, 「탈」의 작가 황순원 참 얼굴은 무엇이었던가. 작가 스스로 이렇게 규정해 놓아 인상적이기에 앞서 진지함이라 할 것이다.

> "소설에서 우리가 감동하게 되는 것은 그 작품 속에 깔려 있는 시와 마주치기 때문이다."
>
> ―전집 11, 205쪽

이 경우 '시'란, 세계와 인간(내면)의 마음의 엄숙하고도 자연스런 균형감각에서 오는 것을 가리킴이다. 『신들의 주사위』가 그 패악에 가까운 파탄임에도 불구하고 한 줄기 빛이 뿜어져 나오는 것은 실로 이 '시'에서 왔다. 그것은 주인공들이 깃든 최씨가문의 수장 최두식 영감이 갖고 있는 세계와 인간의 참으로 확실한 균형감각에 다름 아니었다. 당초에 작가는 악마의 힘을 빌어 신과 도박을 하면서도 다른 한편 악마의 힘이 미치지 않는 인간의 영분을 지켜내고 있었다. 작가 제1부 3장에서 최두식 영감의 그다움을 비석처럼 세워 놓았음에 주목할 것이다.

> 저녁 무렵, 두식영감은 툇마루에 나가 앉아있었다. 한수가 집에 돌아온 뒤로 두식영감의 일과가 바뀌고 나서도 툇마루에 나앉는 일만은 전처럼 계속돼 왔었는데, 한수의 외출을 목격한 후로는 이른 아침에 아들네 집에 내려가는 일을 그만둬버려 이제는 온전히 이전의 생활로 되돌아와 있었다. 오늘로 닷새째다. 두식영감의 이런 결정은 그나름대로 생각한 게 있어서였다. 아무리 수험공부중이라 해도 젊은놈이 어쩌다 바람을 쐬러 나갈 수도 있다는 걸 두식영감이 모르는 바 아니나 자칫 버릇이 될까봐 미리 방지하려는 것이었다. 그것도 한수로 하여금 자기의 외출로 인해 할아버지의 마음이 상해 있다는 걸 깨닫게 함으로써 야단치는 이상의 효력을 보자는 것이었다. 머리에 든 게 있는 놈이니 이 할아비의 심정을 모를 리 없을거다. 두식영감은 속으로 되뇌며 앉음새를 다시 한다. 그리고는 새삼 잿빛 눈을 읍에 이어진 들판으로 준다. 이윽고 한 광경이 펼쳐진다. 논둑길을 소와 사람이 가고 있다. 소는 앞서고 사람은 뒤서간다. 소등 걸채에 볏단이 실려있다. 소가 길섶 벼포기 쪽으로 주둥이를 가져간다. 그러나 주둥이에 부리망이 씌워져있어 벼포기를 뜯어먹지는 못하고 거기 있던 메뚜기들만 날린다. 사람은 잠자코 볏단 위에 고삐를 올려놓은 채 소 뒤를 따르기만 한

다. 자그마한 키에 뒷짐을 지고 있다. 젊다. 논 쪽에서 누군가가, 벌써 벼갈을 시작했나? 하고 말을 건넨다. 이쪽에선 그쪽을 보지도 않고, 조금요, 한다. 남보다 먼저 햅쌀을 만들어 높은 값에 내기 위해 익을 올벼를 베어 싣고 오는 길이다. 두식영감은 지그시 눈을 감는다. 입꼬리에 감회가 어린다. 찌곽 덜덜덜 찌곽 덜덜덜…… 그 소리가 어느새 언 땅에 구르는 소리로 변한다. 삐곽 덜커덩 삐곽 덜커덩…… 아직 동이 트려면 한참 있어야 할 시각이다. 싸라기를 덜 생기게 하려고 밤중에 벼를 널어 얼려서 찧은 쌀가마를 싣고 군청소재지로 가는 길이다. 어두운 신새벽 공기가 맵게 차가웠다. 덜커덩 삐곽 덜커덩 삐곽…… 젊은 사람이 달구지채 옆에서 소의 걸음에 맞춰 걷고 있다. 얼굴을 무명베수건으로 싸매고 팔짱을 질렀다. 흐뭇한 몸가짐이다. ……

—42~43쪽

"싸래기를 덜 생기게 하려고 밤중에 벼를 널어 얼려서 찧은 쌀가마"라는 대목만큼 황순원의 본얼굴은 따로 없다. 『신들의 주사위』의 대단원을 바로 이 '얼려서 찧은 쌀' 삼았음이 그 증거이다. 염색공장 기공식과 이 '얼려서 찧은 쌀' 병렬시킨 작가의 솜씨란 지적 조작이고 균형감각의 발로이지만 그 솜씨 저 너머에는 '시'가 있었던 것이다. 싸래기가 생기지 않게 하기 위한 마음쓰기, 그 시름을 '시'라 하지 않는다면 어떻게 불러야 적절하랴.

한영아버지는 부친이 앞벌로 들어서는 걸 보고 혹시 기왓가마 땅으로 가는 게 아닌가 하고 걱정했으나 그리고 꺾이지 않고 곧장 냇둑으로 해서 노가주나무께로 간다. 그러더니 나무 밑둥에 기대앉는 것이었다. 그런 두식영감의 얼굴은 마치 들에서 고된 일을 하고 난 뒤에 쉬는 것처럼 편안함이 있었다. 그러나 숨이 차 헉헉거렸다.

한영아버지가 부친더러 이젠 집에 돌아가시자고 조른다. 걷기 힘드실 테니 업히라고까지 한다.

그때 봉룡이 다가왔다.

"아저씨, 잠깐 계세요. 차 하나 빌려올께요." 읍장 차를 빌려보겠다고는 차마 봉룡도 말 못했다.

한영아버지는 봉룡의 말은 들리지 않는 것처럼 계속 부친에게 등을 돌려대고 업히라고 재촉을 했다.

두식영감의 잿빛 눈에 갑자기 광채가 내돋히고 배뚤어진 입이 일그러지며 벌떡 일어서더니 다짜고짜 노가주나무 둘레를 돌기 시작했다. 뒷짐을 지고 달리는 모습이 마치 앞서 달아나는 사람을 쫓아가는 것만 같았다. 그런 두식영감이 숨을 헐떡거리며 주절거리기까지 했다. 안돼, 안돼, 가믄 안돼! 한영아버지가 부친더러 왜 이러시냐고 해도 막무가내였다.

한참만에 두식영감은 기진하여 제김에 주저앉았다. 기공식에 참례했던 노인들이 두셋 몰려왔다.

노인들의 손을 빌어 한영아버지는 부친을 등에 업었다. 다시 온 봉룡이 한영아버지더러 차가 마련됐다고 했다. 한영아버지는 못 들은 척 업은 부친을 추슬러 손깍지를 꼈다.

숨이 차서인지 한동안 잠잠히 있던 두식영감이 별안간 아들의 등판을 쳐대며 소리쳤다. 이 등신아, 그러허믄 싸래기가 많이 나잖어? 벼를 얼려서 찧라구 몇 번을 말해야 알겠냐?……

—전집 10, 289쪽

최두식 영감의 처지에서 보면 아들도 손주놈들도 모조리 '등신들'이 아닐 수 없다. 염색 공장에 맞설 수 있는 것, 그것은 벼를 얼려서 찧어야 하는 것이 아닐 수 없다. 싸래기가 생기지 않게 하기, 한치라도 더 생산하기, 조금이라도 더 부를 축적하는 길이란 농경사회의 권화인 최두식에 있어서는 염색 공장주의 욕망 그것과 등가가 아닐 수 없었다. 나머지는 모두 방관자가 아닐 수 없다.

9. 악마의 속삭임에 마주한 작가

이 최두식 영감으로 말미암아 『신들의 주사위』는 무산되어 그 빛을 잃는다. '시'를 문제삼는 한 이 작품은 실패작이 아닐 수 없다. '식별의 문맥'인 까닭이다. 한편 '괜찮다아!'의 쪽에서 보면 사정은 정반대이다. '도박의 문맥'인 까닭이다. 문제는 어느 쪽에도 나아갈 수 없음에서 온다.

> "무엇을 긍정하느냐 부정하는냐를 결정하기가 어렵다고 하지만, 긍정도 부정도 하지 못할 때의 괴로움이 더 클 수도 있다"(전집 11, 255쪽)

『신들의 주사위』를 쓸 때의 작가의 심사가 여기였는지도 모른다. 또한 그것은, 신을 믿었던 작가 황순원의 고민의 표현인지도 모를 일이다. 산문 「말과 삶과 자유」의 마지막 장면(1988. 2)에서 작가 황순원은 그 딜레마를 이렇게 적어 마지 않았다.

> "소설가는 온갖 사람 중에서 가장 신에 닮아 있다. 그는 신의 모방자이다. 모리악의 말인데, 어쩌면 소설가는 '신의 모방자'인 동시에 '신의 모반자'가 아닌가 싶다. 모리악이 말한 것처럼 신이 이미 다 만들어놓은 것을 모방하기도 하지만 어떻게든 신에 대해 거역하려 드는 수가 많은 걸 보면."(전집(11), 261쪽)

작가 황순원은 어쩌면 인간으로 구제당하고 싶었는지도 모를 일이다. 죽음을 목전에 하고 있는 '인간 황순원'이 아니었겠는가. 방법은 하나, 신에 귀의하면 되는 일이 아니었겠는가. 이를 훼방놓은 것이 바로 '작가 황순원'이었다. 작가 황순원은 악마의 속삭임에 귀를 기울이지 않으면 안 되었다고 이를 뿌리칠 힘이 그에겐 모자랐다. 바로 여기에 '작가 황순원'의 영광이 찾아진다. 더욱 소중한 것은 그것이 이 나라 문학의 영광이란 점에서 온다. 만일 그가 '작가 황순원'으로도 구원당하고자 했다면 도스토예프스키 모양 사도 바울의 가시밭길을 걸어야 했을 터이다.

> "우리가 만일 미쳤어도 하느님을 위한 것이오. 만일 정신이 온전하여도 너희를 위한 것이니."(고린도후서 5장 13절)

신앙인에 가까이 할수록, 그러니까 신을 믿을수록 더욱 미치지 않을 수 없었던 것, 그것이 작가 도스토예프스키이다. 고바야시 히데오(小林秀雄)가 그의 명저 『도스토예프스키의 생애』(1939)를 이 바울의 편지로 끝을 맺은 것은 이 때문이었다. 신에 가까이 갈수록 미칠 수밖에 없다는 것, 여기 작가 도스토예프스키의 고민이 있었을 터이다. 작가 황순원의 고민은 여기에까지 미치지 못했다. 그러기엔 그는 너무 노쇠해 있었다. 아마도 신에 가까이 하고자 한 자각이 너무 늦게 왔는지도 모를 일이다. '죽은자들 속에서 부활한 자' 때문에 바오로처럼 미치지 않았다면, 도스토예프스키의 '대심문광'은 나오지 못했을 터이다. '만년의 사상'에서 작가 황순원이 이 '대심관'에 큰 관심을 가졌지만, 또 고바야시 히데오(小林秀雄)의 평론에도 언급했지만, 그 자신은 『신들의 주사위』에서 멈추고 말았다. 이는 작가 황순원의 한계이자 이 나라 문학사의 한계일지도 모를 일이다.

황순원 소설에 나타난 이미지 연구
-모래와 별 이미지를 중심으로

장현숙

1. 머리말

작가 황순원은 시에서 출발하여, 최초의 단편인 「거리의 副詞」를 『創作』 제3집(1937년)에 발표하면서 소설로 전환, 2000년 9월 14일 그가 86세로 작고하기까지 104편 가량의 시와 단편 104편, 중편 1편, 장편 7편을 창작하였다. 따라서 황순원의 작품에 관한 비평과 연구[1]는 비교적 다양한 시각과 방법으로 논의되어 왔다.

그럼에도 불구하고 황순원 문학에 대한 연구는 사회적·역사적 측면에서 보다는 오히려 현실이 배제된 순수문학이라는 측면에서 논의[2]되어온 것이 사실이다. 이러한 평가는 황순원 문학이 시대적·역사적 현실의 모순을 직접적으로 표출하기보다 오히려 서정적 문체와 이미지로써 간접화된 작중인물의 심리묘사를 주로 포착하기 때문인 것으로 간주된다. 동시에 생명주의, 인도주의, 자유주의, 영원주의를 추구하는 작가의 지향점과

---

1) 장현숙, 『황순원 문학연구』, 푸른사상사, 2005, 참조.
2) 황순원은 역사주의자들과 리얼리스트들로부터 '초월주의', '정적주의', '진공관의 논리' 등으로 요약되는 내용의 비판을 받아왔다.
조남현, 「우리 소설의 넓이와 깊이-황순원의 『카인의 後裔』, 『문학정신』, 1989년 1월호, 64쪽.

소설의 미적 구조를 체득한 작가의 예술적 형상화 방법과 무관하지 않다. 즉 황순원 문학은 일부에서 비판하듯이 현실과 역사로부터 벗어난 도피의 문학이 아니며 사회와 개인의 갈등 속에서 시대인식과 역사의식을 내면화[3]시켰던 것이다.

다시 말해서 그의 문학은 끊임없는 현실응시 속에서 예술적 형상화를 시도해 온 산물인 것이며, 시대적 상황과 부딪힌 능동적 의지의 소산인 것이다. 이점에서 그의 문학은 이제 더욱 새롭고 깊이 있게 천착되고 재조명되어야 한다.

따라서 황순원의 작품속에서 어떠한 방법으로 사회·역사적 의미망을 파악하는가는, 얼마만큼 그의 문체와 현실인식과의 긴장관계를 깊이 있게 천착하는가와 대응한다. 또한 황순원의 작품 속에서 표상되고 있는 이미지의 상징적 의미가 어떠한 작가의 정신세계와 시대·현실인식의 반영인가, 이를 파악하는 것이야말로 그의 문학세계의 핵심에 다가가는 내밀한 통로가 될 것이다.

이 논문에서는 황순원의 작품 속에서 '모래'와 '별'의 이미지를 중심으로 고찰하면서, 작중인물이 '현실'과 '이상' 사이에서 어떻게 갈등했으며, 이들 이미지들은 작가의 어떠한 내면세계의 반영인가를 파악하고자 한다.

2. 거짓과 진실 혹은 육체와 영혼의 가면 : 모래 이미지

1) 단편 「소라」의 경우

황순원의 소설에서 '모래'의 이미지는 곧잘 거짓과 진실 혹은 육체와 영혼의 가면으로 표상된다. 또한 현실, 실체, 자의식, 사랑이 없는 사막을

3) 오생근, 「전반적 검토」, 『黃順元硏究』, 문학과지성사, 1993, 12쪽.

표상하기도 한다.

단편 「소라」는 사랑의 진실성과 허위의 세계를 연극의 형식으로써 묘사한 매우 독특하고 아름다운 심리소설이라 할 수 있다. 이 단편을 통하여 작가는 미묘하고 복잡한 애정의 심리상황을 밤과 낮, 거리(육지)와 바다, 소라, 해조, 고기새끼 등의 모티프를 써서 매우 낭만적이며 상징적으로 보여주고 있다. 특히 계절의 자연적 순환과 함께 사랑의 탄생, 이별, 죽음, 그리고 죽음을 통한 재생의 환원적 구조를 연극과 같은 극적인 형식으로 보여줌으로써 강한 리얼리티와 아름다움을 유발시킨다. 이 작품은 어두운 밤 검은 바다를 배경으로 청년과 여자와 또 하나의 청년의 대화를 중심으로 엮어져 있다.

단편 「소라」에서 청년과 또 하나의 청년은 거짓 我와 眞我의 상징으로서 서로 대면한다. 즉 또 하나의 청년은 청년의 진정한 분신일 수 있으며, 청년의 진정한 아니마(anima)[4]로서, 청년의 내적 심리상황이, 또 하나의 청년의 독백으로 현현되어 독특한 미적 긴박감을 유발시킨다. 또 하나의 청년은 청년에게 다음과 같이 말함으로써, 자아와 또 하나의 자아의 대치 갈등을 암시적으로 상징하고 있다.

> 「밤이면 낮에 그렇게 따겁든 이 모래가 이렇게 싸늘해지기두 하잖습니까. 내일 낮이면 이 모래가 다시 따가워질 겝니다만.」
> 청년은 다시 검은 바다만 바라보고 섰다.

---

4) anima는 융의 원형 가운데서 가장 복잡한 것으로서, '영혼의 이미지'(soul-image)이거나, 사람의 생명의 열정의 근원이거나, 생의 힘 즉 생명의 활력이다. 또 anima는 '自我' 즉 의식하는 의지나 생각하는 자신과 무의식 즉 개인의 내면세계 사이의 중재자이다. persona는 '自我'와 외부세계 사이를 맺어주는 anima의 또 한 면이다. ego를 동전으로 빗대어 말해 본다면 한 쪽 모습은 anima이고 다른 쪽은 persona라고 할 수 있다. persona는 우리가 바깥 세상에 나타내는 배우의 가면이다. 이것은 사회적 인격, 가끔 진실한 자기자신과는 아주 다른 인격이다.
윌프레드 L. 궤린 외, 『문학의 이해와 비평』, 정재완 · 김성곤역, 청록출판사, 1981, 139~140쪽.

「역시 밤이면 이렇게 검기만 한 바다가 낮에는 막 푸르게 되는 거와 마찬가지지지요.」[5]

즉 '낮' '밤'의 시간적 변화에 따라 '모래'와 '바다'의 모습도 변모한다. 차가운 모래와 따가운 모래, 검은 바다와 푸른 바다의 변화는 곧 인간의 이율배반적 실존의 비극적 상황을 암시하는 것으로서, 월이를 사랑하면서도 사랑하지도 않는 은경과 거짓 결혼생활을 하고 있는 이율배반적인 청년의 모습을 비유하고 있다.

이 소설의 서두 즉 "검은 바다에서 밀려오는 물결의 흰 혀끝이 모래톱을 핥는다. 꽥꽥 갈매기가 모래톱으로 밀리는 물결을 거슬러 난다."에서 볼 수 있듯이, 검은[6] 바다, 흰[7] 혀끝, 모래톱, 꽥꽥, 거슬러 난다에서 보여주는 상징들은 매우 불길한 죽음의 냄새를 짙게 풍기고 있다.

이 작품 속에서 '모래'는 푸른 바다와 검은 바다 즉 생명의 공간과 죽음의 공간, 낮과 밤 즉 의식과 무의식의 공간과 함께 대응하며 유동한다. 다시 말해서 모래의 이미지는 실체와 본질은 변화하지 않으나 거짓과 진실 혹은 육체와 영혼 사이에서 부유하는 가면의 얼굴을 표상한다.

이 작품에서 '소라'로 상징되는 또하나의 청년과 '해조'로 상징되는 월과의 사랑은 심록색의 바다를 배경으로 펼쳐진다. 여름은 그들에게 있어

---

5) 황순원, 「소라」, 『늪/기러기』, 황순원전집 제1권, 문학과지성사, 1992, 72쪽.

6) 검정(어둠): 혼돈(신비 · 미지); 죽음; 무의식; 사악; 우울.
월프레드 L. 궤린 외, 앞의 책, 123쪽.

7) 흰색은 검정색처럼 죽음을 표상한다. 검정색은 경화(硬化)되고 고착된 죽음의 색, 즉 이미 죽어버린 자들의 색이라면, 흰색은 막 우리에게 육박해 오는 죽음, 역설적으로 말해 살아 있는 죽음의 색이다.
이상우 외, 『문학비평의 이론과 실제』, 집문당, 2005, 258쪽.
백색 : 긍정적인 면에서 매우 가치 있고 의미 있는 빛으로서의 순수, 순진, 영원; 부정적인 면에서 죽음, 공포, 초자연. 그리고 수수께끼 같은 우주적 신비에 싸여 있는 알 수 없는 진리(cf. 허먼 멜빌의 『모비 딕』에서 '고래의 흰색') 이상우 외, 위의 책, 244쪽.

서 사랑의 결합을 상징한다고 볼 수 있으며, 바다[8]는 무궁과 영원한 사랑을, 심록색[9]은 그들의 사랑에 있어서 희망과 감동을 상징한다. 그들의 사랑은 침묵 속에서도 행복 그 자체였다. 곧 그들의 관계는 해조를 먹으며 서식하는 소라와 해조의 관계처럼 얽어져 있는 것이다. 그런데 '고기새끼'로 상징되는 은경의 등장으로 인하여, 그들의 사랑은 파국으로 치닫기 시작한다. 그들의 사랑은 계절[10]에 따른 순환과 유기적으로 연관되면서 거짓과 허위의 탈을 쓴 채 전개된다. 여름이 지나고 떡갈나무 잎이 누렇게 물들기 전인 가을에 그들 모두는 바다가 아닌 거리(육지)로 돌아옴으로써, 우울과 어둠과 거짓이 있는 세계로 들어선다. 곧 이 소설에서 바다는 진실과 무의식의 상징이지만, 바다에 대치되는 개념으로서의 육지는, 거짓과 의식의 상징이다. 즉 월과 또하나의 청년에게 있어서의 바다는, 진정한 사랑의 상징이지만, 육지(거리)는 그들의 진정한 사랑을 왜곡시키는 장소로서 설정되어 있다. 고독과 희생을 상징하는 어느 늦가을 날, 어느새 가랑비가 내리는 저녁, 월이 또하나의 청년을 찾아오지만, 또하나의 청년은 은경을 사랑한다고 거짓말을 해버린다. 즉 청년의 페르소나(persona)가 자신의 자아와 외부세계를 중재한 데에 부적합한 것처럼, 아니마(anima)는 그의 내부세계와 관련을 맺는 데 실패하고 만다. 곧 청년의 페르소나는 월에게 진실이 아닌 거짓을 말하게 함으로써 비극과 파멸에 이르고 만다.

함박눈이 쏟아지는 어느날 은경과 또하나의 청년은 결혼한다. 그리고 진눈깨비가 내리는 날, 또하나의 청년과 월이는 해후한다. 월이는 "꽃이

8) 바다: 모든 생의 어머니 ; 영혼의 신비와 무한성 ; 죽음과 재생 ; 무궁과 영원 ; 무의식. 윌프레드 L. 궤린 외, 앞의 책, 122쪽.

9) 신화・원형비평에서 초록의 의미는 성장; 감동; 희망을 상징한다. 여름은 정점, 결혼, 승리를 상징하며, 바다는 무궁과 영원; 죽음과 재생; 영혼의 신비와 무한성을 상징한다고 보고 있다. 윌프레드 L. 궤린 외, 위의 책, 122~124쪽.

10) 신화・원형비평에서는 4계절을 하루의 시간과 결부시켜서, 새벽, 봄, 출생/ 정점, 여름, 승리/ 일모, 가을, 죽음/ 어둠, 겨울, 해체로 상징하고 있다. 윌프레드 L. 궤린 외, 위의 책, 124~125쪽.

닿은 유리알에 김이 어린 게 꽃에두 체온이 있는가보다."고 말한다. "월이의 입술이 꽃잎에 닿았는가 하는데 눈물이 한줄기 뺨을 흘러내"린다. 꽃[11]에도 체온이 있다고 감지하는 월이의 눈물은 결국 외로운 그녀의 사랑과 영혼을 표상한다고 볼 수 있다. 그때 은경이 "그렇게 눈을 가깝게 가져가니까 꽃잎에 찔리지 않느냐."고 말한다. 그리고 은경이는 "막 진한 커피에서 젖은 바닷가 모래가 햇볕에 마르는 냄새"가 날 때가 있다고 말한다. 여기서 '젖은 바닷가 모래'는 어쩌면 '거짓으로 위장된 자신의 영혼'을 비유하는지도 모른다. 그리하여 은경이는 거짓으로 위장된 자신의 영혼을 증발시킬 수 있는 햇볕을 갈망하는 것일까.

이 작품에서 함박눈과 진눈깨비, 고기새끼와 해조, 밤과 낮 등은 서로 대치되면서 지속적으로 거짓과 진실의 상충적 의미를 부여한다. 진눈깨비의 이미지는 월의 불행한 결혼생활과 연관되어지고, 이것은 다시 은경과 또하나의 청년과의 애정 없는 부부관계로 유기적으로 결합되면서 확산된다. 드디어 월에 대한 그리움 때문에 바다를 찾은 또하나의 청년은 "내가 은경이를 사랑한다구 한 거짓말처럼 은경이두 나와의 부부생활을 거짓으루 하구 있기 쉽다는 걸."깨닫는다. 그래서 또하나의 청년은 거짓을 깨뜨리기 위해 월이를 바다로 부르리라 결심한다.

> "그러나 낮에 그렇게 맘먹었든 게 밤이 되면 월이를 이곳으루 부르리라는 생각은 사라지구 말지요. 수평선마저 찾어볼 수 없는 이런 밤을 나는 그저 이 모래판을 거닐 뿐이지요. 그리구 차겁게 식은 모래[12]를 쥐구는 월이의 이 모래처럼 찬 체온을 생각하지요. 그러나 또 낮이 되면 바위 위에

11) 프로이트의 꿈 해석의 예를 따름으로써 정신분석적 비평가는 모든 오목한 이미지(못・샘・꽃・컵이나 꽃병・동굴・구멍같은)를 여성이나 자궁의 상징으로 보려 들고, 모든 길쭉한 이미지(탑이나 산봉우리・뱀・칼・창・검 같은)는 남성이나 남근의 상징으로 보려 든다. 윌프레드 L. 궤린 외, 위의 책, 100쪽.

12) 여기서 차겁게 식은'모래'는 사랑을 잃어버린 월이의 차가운 '육체' 또는 '실체'를 표상한다.

서 다시 월이를 이곳으로 불러야겠다구 자꾸만 맘먹지요. 오늘두 나는 바위 위에서 해조와 고기새끼를 내려다보면서 있었습니다. 그러다가 언뜻 월이가 설사 이곳으루 온대두 이번엔 또 해조를 들여다보는 게 아니라 고기새낄 내려다본다는 거짓이 있기 쉽다는 생각이 들었지요. 나는 바위를 뛰어내렸습니다. 그리구는 소라껍데길 마지막으루 그곳에 던졌지요."[13]

그러나 낮과 밤의 변화에 따라 진실과 거짓은 서로 상충되고 또하나의 청년은 내면적 갈등을 일으킨다. 결국 그가 월을 바다에 다시 부른다고 하여도 월이가 자신의 진실을 드러내지 않으리라는 사실을 깨닫고 자신의 분신인 소라껍데기를 바다에 던져버린다. 소라껍데기를 재생의 공간인 바다에 던지는 행위 즉 상징적 죽음은 월이와의 진정한 만남과 진실한 사랑을 획득하기 위한 통과의례적[14] 행위이다. 이것은 상징적 죽음을 통하여 해조같은 웃음을 띄우곤 했던 월이와의 진정한 사랑을 성취함으로써 부활[15]하고 싶다는 그의 무의식적 욕구의 반영이다.

"그래 다음부턴 밤이면 이 모래판만 거닐지요. 월이의 육체같은 이 모

---

13) 황순원, 「소라」, 앞의 책, 78쪽.

14) 인도에서는 사원에서 행해지는 의례뿐만 아니라 농경의례, 혼례, 장례에서도 소라를 불었다. 샴에서 승려들은 파종이 시작될 때 조개껍질을 분다. 말라바르 해안에서 만물을 딸 때 사제는 소라를 부는 남자의 인도로 사원에서 나온다. 아즈텍에서도 조개껍질은 동일한 의례적 기능을 가진다. 즉 어떤 사본을 보면, 소라를 울리는 사제를 앞세우고 행진하는 꽃과 양식의 신을 표현하고 있다.
우리는 바닷조개와 굴이 탄생과 재탄생의 상징을 어김없이 표현하고 있음을 보았다. 통과의례는 상징적 죽음과 부활을 포함하고 있는데, 조개껍질은 육체적 탄생을 보장하고 용이하게 하는 것뿐만 아니라, 효과적인 영적 재탄생(부활)의 행위를 의미하기도 한다.
조개껍질과 통과제의, 좀 더 일반적으로 말해서 조개껍질과 종교의례 사이의 이와 같은 신비한 관계는 인도네시아, 멜라네시아, 오세아니아에서도 발견된다.
미르치아 엘리아데, 『이미지와 상징』, 이재실역, 까치, 1998, 148~149쪽.

15) 경옥과 조개껍질은 모두 피안 세계에서 좋은 운명을 받도록 해준다. 경옥이 시체의 부패를 막는다면, 진주와 조개껍질은 망자에게 새로운 탄생을 준비시켜준다.
미르치아 엘리아데, 위의 책, 150~151쪽.

래판을 거닐지요. 그러면서 꽃보다두 찬 월이의 체온같은 이 모래만을 자꾸 만집니다. 찬 모래는 또 꽉 쥘수룩 얼른 새어나가지요."

청년도 모래를 움킨다. 그리고 바다로 뿌린다.

"그러다가 쥔 모래를 바다루 뿌리기두 하지요. 그러면서 난 아까 숫제 내가 바다루 들어가야 할 걸 느꼈지요. 거기에는 해조가 있을 겝니다. 바다루 들어만 가면 해조가 날 감어줄 게요. 그게 진정한 월이의 육체일 거라는 생각이 들었지요. 나는 해조에 감기어 잠들면 그만이지요. 내 몸뚱이가 다 썩은 담엔 고기새끼들이 와 뜯드래두 좋지요. 나는 그저 바다에루 뛰어들기만 하면 됩니다. 그럴려면 또 이런 밤이래야 하지요. 달 없구 별두 희미한 이런 밤이래야 하지요. 그저 등대를 등지구 바다루 들어만 가면 해조가 있을 겝니다."[16]

또하나의 청년에게 있어서 바다는 월과의 진정한 사랑을 재결합시킬 수 있는 재생의 공간이며 진실의 공간이다. 그것도 밤바다에서만이 소라가 해조를 서식하듯이, 진정한 모습으로 결합할 수 있다. 이렇게 볼 때 이 소설에서 밤은 죽음의 시간이기도 하지만 죽음을 통하여 재생하듯이, 생명의 시간이기도 하다. 낮이 의식과 거짓의 시간이라면 밤은 무의식과 진실의 시간이기도 한 것이다. 그래서 또하나의 청년은 무의식의 시간인 밤이 되면 내성적인 '월이의 육체같은 이 모래판'을 거닌다고 말한다. 밤[17]은 상징사전에 의하면 내성적 본체와 여성성과 무의식의 표상이다. 따라서 내성적인 월이를 무의식의 공간인 밤에 또하나의 청년이 찾는 것은 당연한 귀결인지 모른다. 그러나 월이의 체온같이 찬 모래는 또 꽉 쥘수록 새어나가 소멸해버리고 만다고 또하나의 청년은 허망해한다. 월이의 육체와 같은 모래는 그의 손에 잡혀지지 않는 월이의 부재를 표상한다. 그녀의 육체와 영혼은 현실세계에서는 그와 맺어질 수 없는 안타까운 실체일

16) 황순원, 「소라」, 앞의 책, 79쪽.
17) Night is related to the passive principle, the feminine and the unconscious. J. E. Cirlot, *A Dictionary of Symbols*, philosophical Library Inc, 1962, 228쪽.

뿐이다. 그리하여 마침내 또하나의 청년의 본체인 청년은, 진정한 월이가 바닷속에 있을 뿐이라고 독백하며 검은 밤바다로 뛰어든다. 곧 청년은 죽음을 통하여 월과의 진정한 사랑을 회복함으로써 재생하려 했던 것이다.

이렇게 「소라」에서 '모래'의 이미지는 차가움과 뜨거움 등으로 외부적 상황에 따라 변화하는 '실체'로 표상되었으나, 그 실체의 본질은 변화하지 않는 존재로서 '현실'의 상징으로 설정되었다.

> 검은 바다에서 밀려오는 물결의 흰 혀끝이 모래톱을 핥는다. 꽥꽥 갈매기가 모래톱으로 밀리는 물결을 거슬러 난다. 앉아만 있는 섬은 어둠 속에 아주 멀리 물러나 앉아있다.
> 휘장같은 어둠이 하늘에 별을 펴놓으면 해안선 한쪽에서 등대가 켜졌다 꺼졌다 하기 시작한다.[18]

「소라」의 서두에서 나타나듯 '현실'을 표상하는 '모래'의 이미지와 함께 '별'의 이미지는 '이상'을 표상하며 대치적 이미지로 등장한다. 한편 이 작품의 결미에서 은경이 나타나 청년을 찾는다. 또하나의 청년은 청년이 이미 해조에 감겼을 것이라고 말한다. 은경이 청년에게 할 말이 있었다고 말하고, "그인 암말두 없었나요?"하고 묻는다. 또하나의 청년은 "저어 모래언덕에 써놨기 쉽지요. 나는 무척 행복스러웠다구"라고 말하자 은경은 "그건 거짓말이에요."라고 하며 흐느껴 운다. "또하나의 청년은 어둠속을 묵묵히 모래언덕 너머로 사라진다."[19] 여기서 '모래언덕' 역시 거짓과 가식, 사랑이 없는 사막을 표상한다. 이제 또하나의 청년은 그의 분신인 청년이 진정한 사랑을 찾아 바다에 뛰어듦으로써 자신의 부활을 시도했듯이, 이제 가식과 거짓의 '모래언덕'을 뒤로 하고 사라지는 것이다.

---

18) 황순원, 「소라」, 71쪽.
19) 위의 책, 80쪽.

2) 장편 『나무들 비탈에 서다』의 경우

장편 『나무들 비탈에 서다』(1960.5)는 전쟁의 험열함 속에서 상처받을 수밖에 없었던 젊은이들의 사랑과 실존적 허무의식과 자의식이 빚어내는 파열의 양상을 문제삼은 작품이다. 자의식이 빚어내는 갈등의 양상은 특히 작중인물 동호와 장숙, 동호와 옥주, 동호와 현태, 현태와 장숙과의 관계를 통하여 드러나고 있다. 이 작품속에서 전쟁은 '비탈'과 '유리'의 이미지로 표상되고 있으며 현실은 '땅', 이상과 꿈은 '별'로 형상화되고 있다.

한편 「소라」에서 '현실'을 표상하던 '모래'의 이미지는, 장편 『나무들 비탈에 서다』에서도 역시 '현실'과 '자의식'을 표상하고 있다. 또한 이상과 현실, 영혼과 육체적 욕망 사이에서 갈등하는 자아의 본체를 상징한다. 동호는 정신과 꿈을 표상하는 숙을 사랑한다. 동호 역시 "땅은 리얼하지. 그래두 그 위에 서서 다니는 인간에겐 꿈이란 게 있어야 하지 않을까?"라고 말하는 순수한 인물이다. 여기서 '땅'은 현실을 표상하며 '모래'가 굳어져 이루어진 이미지의 확장이라 볼 수 있다. 동호 역시 '땅'이 표상하는 현실보다는 이상과 꿈을 추구하는 인물로 설정되고 있다. 그래서 동호와 숙은 그들만의 사랑을 비밀스럽게 간직한다. 동호가 숙에게 무의식적으로 갈망하는 사랑은 여성 이상의 모성까지를 추구하는 사랑이다.[20] 그는 '육

---

20) 그는 일시적인 사랑이 아니라 "단단하면서도 영 벗겨지지 않는" 백도의 '털'로 상징되는 숙의 코언저리의 '솜털'에 관심을 기울인다. 즉, 숙의 콧날개의 '솜털'에서 영원과 신비의 어떤 것을 추구하고 있다. 이러한 동호의 심리 상황은 그가 무의식 속에서 숙에게서 '여성'만이 아닌 '모성'까지를 추구하고 있다는 단적인 증거이다. 여성이 여성으로서만 끝날 때, 그것은 남성에게 있어 영원한 것일 수는 없다. '여성'만이 아닌 어떤 무한한 신비와 영원이 내포된 '모성'이 공존할 때 영원히 찬미되는 것이다. 따라서 동호는 숙에게 '여성'만이 아닌 '모성'까지를 추구함으로써 무한한 신비와 영원을 갈구하고 있었던 것이다. 따라서 '백도' 통조림을 가게주인이 내밀었을 때 그것을 물리치는 것은 당연하다. 동호가 숙에게 바란 것은 '복숭아', 즉 '여성' 그 자체만은 아니기 때문이다. 복숭아 통조림을 거부하는 행위는 무의식 속에서 동호가 여성의 원형인 '모성'을 추구하고 있음을 증명한다.
-장현숙, 『황순원 문학연구』, 293쪽.

체에 대한 동경'과 '육체에 대한 결벽'을 동시에 가지고 있는 인물이지만, '정신지향적 사랑'과 '모성지향적 사랑'을 추구하는 인물이다. 동호는 복숭아의 과육을 표상하는 육체적 사랑을 추구하기보다는 복숭아의 털에 관심을 기울이며 정신적 사랑을 추구한다.

이런 동호에게 작부 옥주와의 뜻하지 않은 성행위는 그로 하여금 구토를 일으키게 한다. 그리고 숙에 대한 죄의식과 함께 자신의 결벽성 때문에 갈등한다. 결국 동호는 자신이 가지고 있는 결벽증을 지우기 위해 의도적으로 옥주를 찾아간다. 동호는 옥주와의 두 번째 관계에서 "무언가 충족되지 못한 아쉬움 같은 것"[21]을 느낀다. 이 아쉬움을 남겨두고는 마음의 안정을 바랄 수 없다는 생각에 세 번째로 옥주를 찾아간다. 옥주와의 세 번째 관계에서 "무언가 그네와 자기는 친숙해진 것 같은 느낌"[22]을 가진다. 그럼에도 불구하고 이러한 동호의 심리상황은 일시적일 뿐, 숙이에 대한 죄의식과 함께 '육체에 대한 결벽성'에서 완전히 벗어나지 못하고 괴로워한다. 그는 숙이의 편지를 모두 불태워버린다. 그리고 술 마시지 않은 똑똑한 정신으로 네 번째 옥주를 찾아간다. 네 번째 관계에서 동호는 옥주에게 친근감을 느낀다. 그리고 숙에게는 하지 않았던, '육체에 대한 동경'을 의미하는 이야기 즉 누이동생의 월경 탈지면에 오줌발을 대고 거기서 "어떤 신선한 꽃잎"을 연상하는 이야기까지도 옥주에게 한다. 이것은 바로 '육체에 대한 결벽성'과 함께 '육체에 대한 동경'이 내재해 있는 동호의 내면세계를 표출시킨 단적인 예라고 볼 수 있다. 이때 옥주는 "정말 육신처럼 야속한 건 없어요. 나두 모르게 무서워질 때가 있어요."[23]라고 말한다. 다른 남자들과의 관계에서도 처음에는 남편의 영상이 또렷했는데 세월이 흐르면서 "이 몸뚱이가 희미하게나마 남아있는 그이의 모

21) 황순원, 『나무들 비탈에 서다』, 황순원전집 제7권, 문학과지성사, 1990, 262쪽.
22) 위의 책, 265쪽.
23) 위의 책, 275쪽.

습을 아주 지워 없애버리는 수가 있어요."[24]라고 말한다. 즉 정신적 사랑이 없는 육체적 행위만으로도 육체적 쾌락에 빠져들어가고 있음을 옥주는 인식하고 있는 것이다. 따라서 그녀에게 육신은 야속한 것으로 인식된다. 이때 동호는 "나두 그런 때가 있어."[25]라고 말한다. 이 말은 바로 동호가 분명하게 인식하지는 못하지만 육체에 끌려들어가고 있음을 어렴풋이 인식하고 있음을 뜻한다. 옥주는 "그까짓 일시적인 무서움은 내가 없애줄 수"있다고 말한다. 옥주와의 네 번째 관계 속에서 동호는 "이날 밤 처음으로 어떤 충족감을"[26] 느낀다. 그리고 "숙이에 대한 어떤 죄의식이나 미안함 같은 것을 느끼지 않아도 되었다."[27] 이 대목은 동호가 완전하게 육체에 끌려들었다는 것을 증명한다. 이후 동호는 옥주에 대한 생각도 잊어버리고 죄의식과 결벽증에 시달리지 않게 된다. 그러나 숙이의 편지가 오면서 또다시 동호는 죄책감을 느낀다. 그래서 "그 안온한 허탈감" 속으로 회피하기 위해 다섯 번째로 옥주를 찾아간다. 그곳에서 동호는 하나의 장면에 직면하게 된다.

> 그때 별안간 방안에서 기이한 소리가 들려나왔다. 아, 아, 아, 하고 여자의 비명도 아니요 신음도 아닌 다급한 외마딧소리가 점차로 높아지면서 되풀이 되는 것이었다. 동호는 어떤 알지 못할 힘에 떼밀치우듯이 발걸음을 떼었다. 그러나 곧 서버렸다. 한 상념이 그의 뇌리를 할퀴고 지나갔던 것이다. 육신처럼 야속한 건 없어요, 이 몸뚱어리가 희미하게나마 남아있는 그이의 모습을 아주 지워버리는 수가 있어요, 나두모르게 무서워질 때가 있어요. 동호는 자기 가슴속에 모래가 확 뿌려지는 듯함을 느꼈다. 삽시간에 그 모래 한 알 한 알이 뜨거운 열기를 띠고 달아올랐다. 그는 종잡을 수 없는 어떤 분노에 몸이 굳어졌다.[28]

24) 위의 책, 275쪽.
25) 위의 책, 275쪽.
26) 위의 책, 276쪽.
27) 위의 책, 276쪽.

위 인용에서 나타나고 있는 '모래'의 이미지는 자의식을 표상한다. "뜨거운 열기"를 띠고 달아오르는 '모래'는 분노의 열기로 인해 달아오르는 자의식의 상징이다. 동호의 분노는 자기도 모르게 육체에 끌려들어가고 있었음을 확실히 깨닫게 될 때 스스로에게 발하는 분노이다. 또한 "육신처럼 야속한 건 없어요."라고 말하던 옥주의 육체에 대해 발하는 분노인 것이다. 동시에 '모래'의 이미지는 육체에 끌려들어가는 동호의 '현실'을 자각시키는 표상이기도 하며 육체에 끌려들어가고 있는 동호의 현실 그 자체이기도 하다. 따라서 '모래'의 이미지는 '현실'과 '자의식'을 동시에 표상한다고 볼 수 있다. 그리하여 동호는 옥주의 방을 향하여 총을 쏜다. 총을 쏘는 행위는 자기 자신도 모르게 육체에 끌려들어가고 있었다는 데 대한 자기인식의 결과이며 이에 대한 분노의 표출이다. 따라서 동호는 피해자가 죽었는지 살았는지의 여부도 모른채 자살하고 만다. 즉 정신적 사랑을 추구하던 동호가 무의식 속에서 육체에 끌려들어간다는 것을 각성할 때 발하는 '모래'의 분노, 그것은 육체를 인정하지 않으려는 자의식의 분노이다. 무의식에서는 육체에 대한 동경을 가지고 있으면서도 한편에서는 이를 거부하려는 자의식, 육체에 끌려들어가는 자아와 이를 거부하려는 또다른 자아, 이 양가적 욕망의 매개체가 바로 '모래'의 이미지인 것이다. 결국 동호는 전쟁의 피해자로서, 또 결벽적인 성격으로 인하여 이상과 현실 사이에서, 정신과 육체 사이에서, 융화되지 못 한 채 죽음에 이르게 된다.

> 하늘에는 얼음을 부스러뜨려 뿌린 듯한 차가운 별들이 박혀있었다. 그 아래 눈 덮인 땅이 별빛에 희뿌옇게 드러나 거리가 멀어짐에 따라 차츰 그 빛을 잃어가다가 나중에는 어둠과 뒤섞여지고 마는 것이었다. 〈…〉
> 그러나 흰 파카를 입은 동호의 그림자는 이미 눈빛과 하나이 되어 어둠

28) 위의 책, 282쪽.

속에 묻혀 보이지 않았다.

〈…〉

동호가 시체로 발견된 것은 그로부터 두 시간쯤 뒤에 다음 차례 초병교대가 있었을 때였다. 밤이라 검게 뵈는 피가 흰 눈 위에 꽉 얼어붙어있었다. 왼쪽 손목의 동맥을 끊은 것이다. 오른손 옆에 술병 깨진 유리조각 하나가 눈에 얼마큼 파묻혀있었다. 그 얼굴이 눈처럼 희었다.[29)]

위 인용문에서 얼음의 이미지와 결합하고 있는 차가운 '별'[30)]은 어둠의 힘에 대항해 싸우는 '정신의 힘'과 '정화력'을 표상한다. '별'의 이미지는 정신적 사랑을 지향하면서 육체에 대한 동경을 거부했던 동호를 표상한다고 볼 수 있다. 순수와 정화를 표상하는 '눈' 덮인 '땅'이 별빛에 희뿌옇게 드러나다가 거리가 멀어짐에 따라 차츰 그 빛을 잃어가고 나중에는 죽음을 표상하는 '어둠'과 뒤섞여지고 마는 것이다. 순수와 순결과 정화를 상징하는 '눈'[31)] 덮인 '땅'은 순수와 정신과 모성을 상징하는 숙이를 의미한다. 왜냐하면 땅은 '현실'을 상징하기도 하지만 대지 곧 모성을 표상하기도 하기 때문이다. 동호의 '별'로 인해서 순수와 정신을 표상하던 숙이와의 사랑은 빛을 발하지만 차츰 그 빛을 잃어가다가 죽음을 의미하는 어둠과 뒤섞여지고 만다. 전쟁을 표상하는 '유리'의 독소에 의해 '별'로서 표상되는 동호가 결국 자살함으로써 숙이와의 사랑도 비극에 이르고 만

---

29) 위의 책, 285쪽.

30) 별은 어둠의 힘에 대항해 싸우는 정신의 힘을 표상한다.
J. E. Cirlot, *A Dictionary of Symbols*, 309쪽.
카뮈의 『謫地와 王國』에서 자닌느는 밤하늘에 총총히 뜬 별들을'빛나는 얼음덩어리들' 이라고 생각한다. 카뮈에게 있어서'별'은 정화력을 상징한다.
김화영, 『문학상상력의 연구』, 문학사상사, 1989, 536~539쪽.
황순원이 얼음의 이미지와 별의 이미지를 결합하여 묘사하고 있다든지 별이 정화력을 표상하는 점은 카뮈와 공통점이다.

31) 순백의 눈은 정결과 고결함의 색채적인 상징이다. 한편 '눈'과 '겨울'은 변화와 변덕의 표상이기도 하다.
이재선, 『한국문학주제론』, 서강대학교 출판부, 1991, 426~429쪽.

다. 순수와 정신을 추구했던 동호는 흰 파카를 입은 채 정화를 표상하는 눈빛과 하나가 되어 죽음에 이르는 것이다. 결국 동호는 '눈'으로 표상되는 '순수' 속에 파묻혀버리는 것이다. 그는 죽음을 선택하면서까지 '현실'과 '육체'에 반항하고 '정신'과 '순수'를 지향했던 것이다. 이렇게 동호는 '모래' 즉 현실과 '별' 즉 이상 사이에서 방황했던 대표적 인물이었던 것이다. 결국 동호의 비극은 현실을 표상하는 '땅' 위에 굳건히 서지 못하고, 이상과 꿈을 표상하는 '별'을 좇는 그의 정신지향적 사랑과 육체에 대한 결벽성에 기인하였다고 볼 수 있다.

『나무들 비탈에 서다』에서 '모래'는 '현실'을 상징하며 동시에 육체와 영혼 사이에서 갈등하는 '자의식'을 표상한다. 한편 '땅'의 이미지는 '현실'을 표상하기도 하면서 '모성'을 표상하는 이중적 의미로 쓰여진다. 또한 '별'은 '이상', '정신의 힘'과 '정화력'을 표상하면서 '현실'을 표상하는 '땅'과 대척적 관계에 서 있다.

3) 장편 『日月』의 경우

장편 『日月』은 백정의 후예인 한 가정의 역사 즉 가족사를 중심으로 보여주면서, 인간존재의 실존적 고독을 직시하고 구원의 길을 모색한 작품이다.

한편 『日月』에서 기룡이의 희곡에는 '모래'의 이미지가 드러난다. 제3부 제3장 '고양이의 무게' 속에 들어 있는 기룡이의 짧은 희곡은 인간의 실존적 고독과 외로움을 극화시키고 있다. 바닷가를 배경으로 펼쳐지는 인간극은 모래[32]와 바다의 이미지가 결합되면서 죽음의 분위기를 조성한다.

---

32) 돌과 모래는 바다에 광물적인 단단함과 열과 공격성을 제공한다. 이처럼 열과 시원함이 동시에 모래와 물에 의하여 한데 마주 놓임으로써 때로는 조화를, 때로는 갈등을, 때로는 행복과 비극을 동시에 포괄하는 까뮈 특유의 무대, 즉 사막이 만들어지게 된다.
김화영, 『문학상상력의 연구』, 문학사상사, 1989, 333~334쪽.

모래판의 구덩이에 사람을 묻고 바닷물이 그들의 머리 위를 덮고 말았을 때 둑에 섰던 사람들이 집을 향해 돌아선다. 그 사람들을 향해 병사는 총을 난사한다. 기룡은 말한다. “그 병사는 외로웠던 것뿐이요.”라고. 이 극에서 ‘모래’는, ‘사랑이 없는 사막’을 표상한다.

> “바닷가에 오막살이가 여남은 바다를 향해 붙어있었지. 저녁때였어. 이 포구가 바루 눈앞에 내려다뵈는 구릉에 한 병사가 밤이 되기를 기다리구 있었어. 날이 어두우면 인가루 내려가 먹을 것을 노략질할 참이었지. 총을 한 자루 갖구 있었으니까.”
>
> 기룡은 입축임이라도 하듯이 술잔을 입으로 가져갔다가 떼었다.
>
> “오막살이 쪽에서 장정 세넷이 나와 바닷기슭으루 내려가더니 모래판에 구덩이를 파는 거야. 그렇게 대여섯 구덩이를 파더니 도루 오막살이쪽으루 돌아왔어. 좀만에 그들이 다시 나오는데 보니까 팔을 꽁꽁 묶은 사람들을 끌구 나오는 거였어. 대여섯 명 됐어. 애업은 여자두 하나 끼어있었구. 이들을 좀전에 판 구덩이루 끌구 가더니 그 속에 꿇어앉히구 묻는 거야. 그런데 아주 묻어 버리는 게 아니었어. 머리만은 내놓구였어.”
>
> 〈…〉
>
> “밀물이 밀려들어오는 시각이었어. 저녁그늘 속에 바닷물은 점점 묻힌 사람에게루 밀려들어 오구, 둑에서는 묻은 사람들이 바닷물을 지켜보구 서 있었어. 바닷물이 밀려왔다 밀려갔다 하다가 마침내 묻힌 사람들의 머리 위를 덮구 말았을 때 둑에 섰든 사람들이 집을 향해 돌아섰어. 그 사람들을 향해 병사는 총을 난사했지.”[33]

모래가 사막을 이루는 것이 사실이라면 그 모래와 닿아있는 바다 역시 이 희곡에서는 또 하나의 사막이다. 사랑이 없는 사막이며 인간애가 없는 사막이다. 오로지 죽음과 이데올로기가 있을 뿐이다. 이 인간극에서 ‘저

이렇게 황순원 소설에서 물, 빛의 이미지와 함께 모래, 눈(雪), 소금, 유리, 돌, 광석 등의 이미지가 자주 사용되는 것은 까뮈의 영향이라고 추정된다.

33) 황순원, 『日月』, 황순원전집, 제8권, 문학과지성사, 1993, 309쪽.

녁[34] 그늘'의 이미지와 '모래'의 이미지, 그리고 '바닷물'의 이미지는 함께 결합되면서 죽음을 향해 치닫고 있다. 그리고 모래 구덩이의 사람들이 죽은 후 한 외로운 병사는 모래 구덩이의 사람들을 죽인 장정들을 향해 총을 쏜다. 병사가 총을 쏘는 행위는 그 자신의 내면 속에 자리하고 있는 실존적 외로움과 고독에 대한 반항인지 모른다.

마치 카뮈의 『異邦人』을 연상시키는 듯한 이 희곡에서 기룡이가 드러내고자 하는 의식은 인간의 실존적 고독과 외로움이다. 외로운 병사는 바로 기룡 자신의 분신이다. 6·25 때 이데올로기의 갈등 속에서 기룡 자신이 타인을 향해 총을 쏠 수밖에 없었던 외로움이 한 병사의 모습으로 극화되었는지 모른다.

3. 그리움의 불꽃, 어머니 그리고 조국 : 별 이미지

황순원의 소설에서 어둠의 힘에 대항해 싸우는 정신의 힘, 또는 꿈, 희망, 이상, 영원을 표상하는 '별'의 이미지는 현실을 표상하는 '모래'의 이미지와 대척적 관계에 있다. 특히 단편 「별」에서 별은 어머니의 이미지와 닿아있으며 나아가 조국을 표상하는 이미지의 확장을 시도한다.

단편 「별」(1940.가을)은 어둠 속에 빛나는 '별'의 이미지를 '아름답고 절대적인 어머니'의 이미지와 접맥시킨 작품으로서 여기서 '빛' 곧 '별'은 '이상'을 상징하며 '어둠'은 '현실'을 상징한다. 이 작품에서 누이는 죽은 어머니와 같은 애정으로 아이에게 사랑을 베푼다. 그런데 밉게 생긴 누이

---

34) 노트롭 프라이는 계절의 어느 면을 문학의 양식에 결부시켜 생각한다. 저녁, 가을, 죽음의 단계 : 타락, 죽어가는 신, 횡사와 희생, 영웅의 패 배를 상징하는 신화, 여기에 속하는 인물은 배신자와 요부, 문학에서는 비극과 서사시의 원형이 된다. N. Frye, *Fables of Identity*, Harcourt, Brace&World, Inc, 1963, 16쪽.

가 어머니와 닮았다는 말을 듣는 순간부터 누이를 거부한다. 왜냐하면 아이에게 있어서 어머니의 존재는 이 세상에서 가장 예쁘고 별처럼 아름다운 절대적인 존재로 인식되었기 때문이다. 그래서 아이는 밉게 생긴 누이로 하여금 자기에게 어머니와 같은 애정을 베풀게 해서는 안된다고 생각한다. 그런 누이가 죽어서 돌아온다. 아이는 눈물이 고인다. 그때 오른쪽 눈에 내려온 별이 돌아간 어머니라고 느끼면서, 그럼 왼쪽 눈에 내려온 별은 죽은 누이가 아니냐는 생각에 미치자, 아이는 "아무래도 누이는 어머니와 같은 아름다운 별이 되어서는 안된다."[35]고 머리를 옆으로 저으며 눈을 감아 눈 속의 '별'을 내몬다. 누이의 죽음으로까지도 상쇄되어질 수 없는 아름다운 '별', 그것은 곧 아름다운 어머니의 표상이다. 곧 사랑하는 누이의 죽음으로도 따라갈 수 없는 어머니에 대한 애정의 절대성을 드러내는 것으로서, 어머니에 대한 그리움의 한 정점을 표출시킨 것이다.

그렇다면 이렇게 누이의 죽음으로까지도 획득되어질 수 없었던 '별' 곧 절대적인 어머니의 모습이 단편 「왕모래」(1950)에서는 어떻게 드러나고 있는가.

절대적으로 아름다운 어머니를 그리던 「별」에서의 아이는, 「왕모래」에서 돌이로 변신하여 나타난다. 「별」에서의 아이가 아름다운 '별'로서 그토록 그리워하던 어머니는 「왕모래」에서 아름다운 모습으로서가 아니라 추한 모습 곧 아편쟁이가 되어 돌아온다. 그러면서도 자식에 대한 애정 때문이 아니라 결국 아편을 얻기 위해 돌아오는 타락한 어머니의 모습으로 변질되어 돌아온다. 이럴 때 돌이는 절대적으로 아름다운 어머니에 대한 아이덴티티를 상실하면서 어머니의 목에 힘을 준다. 즉 「별」에서의 아이가 누이의 죽음으로까지도 용납하지 않았던, 절대적으로 아름다운 어머니에 대한 추구 곧 '이상'의 세계가, 「왕모래」에 와서 추한 '현실'로 돌아

---

35) 황순원, 「별」, 『기러기』, 황순원전집 제1권, 문학과지성사, 1992, 173쪽.

왔을 때 오히려 작가는 돌이로 변신하여 추한 모습으로 돌아온 어머니를 살해할 수밖에 없었던 것이다. 이상과 현실의 세계가 괴리되어질 수밖에 없었을 때, 돌이는 슬프면서도 결연히 어머니를 살해하게 된다. 이것은 바로 「별」과 「왕모래」에서 볼 수 있듯이, 추한 모습으로 돌아온 어머니 곧 추한 현실을 수용하지 않으려는 아이(「별」)의 강한 거부이며 각오에 다름 아니다. 추한 어머니를 살해하는 행위는 역설적으로 말해서 현실을 강하게 부정하는 것만큼의 커다란 어머니에 대한 애정의 깊이 곧 애정의 극치라 할 수 있다.

「왕모래」에서 어머니의 신발 속에는 가난과 매춘을 상징하는 '왕모래'가 들어있었다. 이 작품에서 '왕모래'의 이미지는 가난에 의한 죽음(아버지의 죽음)[36]과 도덕적인 타락에 의한 죽음(어머니의 죽음)[37]을 동시에 상징한다. 또한 꿈과 이상과 괴리될 수밖에 없었던 '현실'을 표상하기도 한다.

이 작품에서 '어머니'의 이미지는 우리 민족의 시대적 상황과 연관시켜 볼 때 무엇을 의미하는 것일까. 「별」에서의 아이가 그토록 그리워했던, 절대적으로 아름다운 어머니의 모습은, 일제하에서 우리 민족 또는 작가가 그토록 그리워하던 해방된 우리 조국의 모습이기도 하다. 그러나 해방을 그리워하고 있던 우리 민족 또는 작가에게로 돌아온 조국의 모습은, 아름다운 조국이 아닌, 실망과 기만을 함께 가져다 준 조국의 모습으로 돌아온다. 곧 해방과 함께 우리 민족에게로 돌아온 조국이 6·25를 거쳐 남·북의 분단이라는 돌이킬 수 없는 실망을 안겨주었을 때 작가는 「왕모래」의 돌이로 변신하여 아편쟁이로 돌아온 어머니를 살해할 수밖에 없었던 것이다. 「별」(1940.가을)에서의 아이가 그토록 그리워하던 '어머니'곧

36) 단편 「왕모래」에서 돌이의 아버지는 가난 때문에 사금을 삼키다 장이 꿰어 죽는다.
37) 단편 「왕모래」에서 돌이의 어머니는 매춘을 하다가 돌이를 버리고 정 염을 찾아 떠나간다. 그리고 자식에 대한 애정 때문이 아니라 아편을 얻기 위해 돌아온다. 타락한 추한 아편쟁이로 돌아옴으로써 돌이에게 살해당한다.

'모국(母國)'이 해방과 6·25를 거치면서, 「왕모래」(1953.10)에서 볼 수 있듯이 추한 '어머니' 곧 남북의 분단이라는, 우리가 기대하지 않았던 '모국'으로 변질되어 돌아왔을 때, '어머니' 곧 '모국'을 죽일 수밖에 없었던 것은, 역설적으로 작가의 지극한 '조국애'의 발로라 볼 수 있다. 따라서 단편 「별」과 「왕모래」는 시대·역사적 전개양상에 비추어볼 때 작가의 민족의식과도 연결시킬 수 있는 작품들이라 볼 수 있다.

이렇게 작가는 '이상'과 '현실' 사이의 괴리를 '별'과 '모래'의 이미지를 통하여 드러내고 있다. 나아가 '어머니'를 표상하는 '별'의 이미지는 작가에게 '조국'을 표상한다. 이로써 작가가 시대의 흐름을 통과하면서 '별'과 같은 하나의 이미지를 어머니와 조국을 표상하는 다의적 의미를 가진 이미지로 확장하고 있음을 알 수 있다. 이는 우리가 개별 작품을 논한다고 할 때, 시대의 흐름과 작가 의식의 변화, 작품의 전개양상을 개괄한 후에 정밀하게 개별 작품을 분석해야 하는 이유이다. 즉 개별 작품은 작가의 전체 작품의 전개양상과 의미망 속에서 분석되어질 때 작가의 정신세계와 지향성과 내밀한 주제의식을 파악할 수 있기 때문이다.

4. 결론 : 모래와 별 사이에서

황순원은 시에서 출발하여 소설로 전환한 작가이다. 작가(1915년~2000년)는 일제의 폭압적인 시대를 살았고, 해방 공간을 거쳐 다시 고향을 뒤로 하고 월남하는 아픔을 겪었다. 또한 6·25 전쟁을 겪은 세대이기도 하며, 4·19와 5·16, 유신시대와 80년 5·18 광주민주화운동을 거쳐 2000년 영면하였다. 따라서 작가의 삶의 역정은 한국현대사의 굴곡과 함께 하였으며 그의 삶의 소산인 문학도 시대·역사의 궤적에 다름 아니다.

그의 문학에서 현실인식과 역사의식을 발견하기 위해서는 내밀한 그의 정신세계와 미적 형상화의 이면을 예리하게 파헤칠 때 가능하리라 본다. 왜냐하면 그의 소설에는 현실인식과 역사의식 등이 미적 구조 속에 아름답게 포장되어 있기 때문이다. 특히 그의 소설 속에서 우리는 시적 서정성과 이미지의 다양한 실험 등을 발견할 수 있는데 이들도 역시 작가의 시대인식과 역사의식을 간과하게 하는 요인이 된다.

따라서 본고에서는 단편 「소라」, 장편 『나무들 비탈에 서다』, 장편 『日月』, 단편 「별」과 「왕모래」를 고찰하면서 '모래'와 '별'의 이미지를 중심으로 분석하였다. 작중인물들이 '현실'과 '이상' 사이에서 즉 '모래'와 '별' 사이에서 어떻게 갈등했으며, 이들 갈등의 양상은 작가의 어떠한 현실인식과 지향성으로 연관되는지를 파악하였다.

단편 「소라」에서 '모래'의 이미지는 거짓과 진실 혹은 육체와 영혼의 가면으로 표상되면서 또한 '현실'을 상징한다. 장편 『나무들 비탈에 서다』에서 '모래'의 이미지는, '현실'과 동시에 '자의식'을 표상했다. 장편 『日月』에서 '모래'의 이미지는 '사랑이 없는 사막'을 표상함으로써 죽음의식과 연계되어 있음을 파악하였다. 한편 단편 「별」과 「왕모래」를 역사적·시대적 연결선상에서 고찰하면서, '별'은 '이상'을, '모래'는 '현실'을 상징하고 있음을 파악하였다. 특히 '별'은 '어머니'와 '조국'을 동시에 의미하고 있음도 고찰하였다.

'별'로서 상징되는 아름다운 어머니에 대한 그리움과 「기러기」, 「독 짓는 늙은이」 등에서 보여주는 작가의 정신세계는 작가의 민족의식, 조국애와 밀접히 연관된다. 많은 문인들이 일제에 훼절한 채, 역사 속에 오점을 남기고 만 암울한 시대 상황 속에서 작가 황순원이 자신의 문학과 조국에 대한 사랑으로, 자기 자신을 꿋꿋이 지켜낼 수 있었던 투지는 근본적으로 어디에서 기인되는 것일까. 그것은 바로 단편 「저녁놀」, 「黃老人」, 「孟山할머니」, 「물 한 모금」, 「눈」에서 볼 수 있듯이, 인간에 대한 강한 신뢰와 희망을 버리지 않는 작가의 긍정적 인생관, 그리고 끊임없이 현실을 조응하면서도 단편 「눈」에서 나타나듯 질화로의 잿불을 돋우어가며, 할아버지, 아버지의 호흡을 찾고, 그 속에 고향 사람들과 작가 자신의 생명을 바라보며 고개 숙이는 작가의 결연한 의지와 인간애, 절대 선을 지향하는 작가의 정신세계야말로 황순원 문학이 독자에게 다가가는 영원한 힘이라고 본다. 나아가 작가 황순원이 작품을 창작하는 방법과 태도는 리얼한 관점에 있지만, 그의 지향점이 자유, 영원, 사랑, 꿈, 이상을 지향하고 있는 것과도 무관하지 않다고 본다.

이점에서 분명 작가 황순원은 리얼리즘의 작가이기보다는, 로맨티시즘에 가까이 접근해 있는 작가인지 모른다. 황순원은 단상집 『말과 삶과 자유』에서 "낭만주의를 거치지 않는 리얼리즘을 나는 용인하지 않는다."라고 말한다. 이 말은 곧 창작방법과 내용이 리얼리즘을 담고 있더라도 지향점은 꿈·이상·영원성을 추구한다는 의미일 것이다. 즉 사랑이 없는 사막과 같은 현실, '모래' 속에서 작가가 추구했던 지향점은 이상과 꿈의 표상이라 할 수 있는 '별'의 세계였던 것이다.

작가 황순원은 시대 현실 속에서 끊임없이 갈등하며 모래벌판을 헤매었지만 지향점은 아름다운 별 그것이었다. 그는 '모래'와 '별' 사이에 놓여져 있는 까마득한 거리, 그 사이를 헤매었던 고독할 수밖에 없었던 인간일 뿐이었다. 그러나 아름다운 별을 추구했던 아름다운 인간이었다. 외롭고 아름다운 영혼을 가진 작가가 모래와 별 사이의, 영원처럼 까마득한 거리를 방황하며 이루어놓은 결과물. 그것이 바로 황순원 문학인 것이다.

그는 "인간을 사랑하려는 염원을 문학이라는 양식을 거쳐서 실현하는 것입니다."[38]라고 말했듯이 인간을 사랑하기 위해, 성실하게 노력했던 작가였던 것이다.

---

38) 황순원, 「안녕하십니까—인터뷰 기사」, 서울신문, 1980. 12. 27.

'문학공간'으로서의 '피난지'의 의미
– 황순원의 '6·25 피난 체험'을 중심으로

박덕규

1. 전쟁과 문학

전쟁은 둘 이상의 국가나 국가급 집단 간에 일어난 무력 충돌을 뜻한다. 그 충돌 정도에 따라 인명의 사상, 건물과 유적의 파괴, 재산과 집의 망실, 기아자와 이산자 발생, 치안부재와 인플레이션 등 사회경제적 혼란, 전염병 창궐 등의 불상사가 다발적으로 일어나게 된다.

인간의 희로애락을 담는 문학작품은 근대에 이르러 극한 환경에 처한 인간의 모습을 주목하게 되었고, 특히 20세기의 1, 2차 세계대전을 겪으면서 '전쟁을 겪는 인간'의 이야기를 다룬 소위 '전쟁문학'이 부각되었다. 전쟁문학은 궁극적으로, 인류의 갈등이 빚은 현대전의 참상을 묘사해 전쟁의 반인간성을 고발하고 이를 경계하는 '반전(反戰)'의 정신을 담는다. 1950년대의 한국전쟁(6·25), 1960~70년대의 베트남전쟁, 1990년대부터 최근까지 연계되고 있는 걸프만전쟁과 이라크전쟁 등도 세계사적인 전쟁 또한 반전의식을 담은 전쟁문학의 소재가 되고 있다.

6·25는 한국에서 1950년 6월 25일 북한의 선전 포고 없는 남침으로 발발한 남북한 두 동족 분단국 간의 무력 충돌을 지칭하는 약어로 6·25 사변, 6·25 동란, 한국전쟁 등으로 불린다. 이 전쟁으로 300만 명 이상의 사망 피해와 1천만여 명의 이산가족 발생(인구 2,500만여 명), 국토 80% 이상

의 파괴 등의 피해를 낳았다고 진단되고 있다. 1953년 휴전 이후에도 21세기에 접어든 현재까지 여전한 양체제 대치 상태에서 사상, 기아, 이산, 가난, 첩자 침투, 이념 갈등, 교전, 주민 이탈과 유입 등의 후유증을 겪어 왔다. 이러한 국가적, 민족적 갈등이 또한 다양한 형태의 전쟁문학을 낳았다.

2. 6·25 체험과 문학공간

6·25 이후 한국문학사, 특히 한국소설사는 전쟁과 분단을 주제와 소재로 한 작품이 거대한 축을 이루며 형성되어 왔다고 평가된다. 이러한 작품군을 통상 '분단문학', '분단소설'로 불러왔다. 이 분단소설은 시기적으로 1) 전쟁기, 2) 휴전 후 남북 대치기, 3) 냉전 체제 와해기를 지나며 다양한 유형으로 발표되었다. 이 중에서 특히 1) 의 전쟁기에는 급격한 사회 변동으로 겪게 된 극한적인 경험을 소재로 한 다수의 '전쟁 체험 소설'이 배태되었다.

6·25 전쟁 체험 소설도 소재와 공간적 배경 면에서 1) 전쟁 현장, 2) 피난지, 3) 적 치하, 4) 빨치산 체험, 5) 전쟁 직후 혼란상 등으로 나누어 볼 수 있다. 이에 따라, 그 체험의 공간적 배경이 되는 장소도 1) 전장, 2) 피난지, 3) 적 치하 거주지, 4) 빨치산 활동지, 5) 전쟁 수복지 등으로 분류할 수 있다. 이를 표로 나타내면 다음과 같다.

차례	체험 유형	체험 공간	대표 작품
1	전쟁 현장 체험	접적지역의 전쟁터	오상원 『유예』 등
2	피난지 체험	대구, 부산 등 피난지	손창섭 『비 오는 날』 등
3	적 치하 체험	서울 등 미피난지의 적주둔지	박완서 『엄마의 말뚝』 등
4	빨치산 체험	지리산 등 빨치산 활동지와 출몰지	이병주 『지리산』 등
5	전후 혼란상	귀향, 탈향 정착지	이범선 『오발탄』 등

작품의 무대가 되는 장소는 인물이 활동하고 사건이 발발하는 구체적인 공간으로 작중 분위기 형성, 사실감 부여 등의 효과를 얻는 데 기여한다. 또 작품을 읽는 독자에게는 구체적 실감을 제공할 뿐만 아니라 작품을 해명하는 중요한 통로를 열어 주기도 한다. 전쟁기 소설의 경우, 이 공간은 인물의 이동과 행동 영역에 결정적인 영향을 주는 환경을 구축하게 한다는 점에서 그 의미가 각별하다 할 수 있다.

나아가, 작가의 생장지, 작품의 무대 등의 문학공간이 '지역문화의 창조적 재구성'이나 '도심재생의 주요 거점화'라는 21세기 문화시대의 과제와 크게 관련한다고 보면, 전쟁기 체험 소설의 작중 배경으로서의 공간은 인류가 일으킨 전쟁을 반성하게 하고 지구촌의 화합을 지향하는 교훈적 거점이라는 새로운 의미로 재조명될 수 있다. 특히 60년 분단을 겪어 오면서 남북 화해와 융합의 시대를 열어가고 있는 이즈음에 그 화해의 시발점이라는 실제적 명분도 얻을 수 있다.

3. 6·25 피난지와 문학공간

6·25 전쟁 때 피난은 크게 두 차례 일어난다. 처음 피난은 1950년 6월 25일 6·25 발발 때부터 그해 9월 28일 서울 수복 때까지다. 한반도 남동쪽 부산을 중심으로 한 경상남도 지역과 경상북도의 남부 일원을 제외한 전 한반도 지역이 침략군의 지배하에 놓인 이때 국토 전 지역에서 원근지로의 피난이 이루어졌다. 그러나, 6·25가 발발하고 나서 서울이 함락된 상황에서도 다수의 한강 이북 거주민들이 피난할 기회를 놓쳐서 적 치하에서 큰 고통을 겪기도 했다. 두 번째 피난은 북진하던 유엔군에 대해 중공군이 개입해 남진을 하게 된 그 해 10월부터 일어난다. 역사의 기록은

이의 피난을 이듬해 중공군과 북한군에 서울이 재함락된 1월 4일을 기점으로 1·4후퇴라 칭한다. 이 1·4후퇴 때의 피난은 1차 피난 때에 비해 규모가 훨씬 크고 장기적이었다.

다수 피난민의 피난지가 그러했듯이 문학인의 피난지도 주로 부산을 중심으로 한 경상 남부 지역이었다. 특히 부산은 임시수도로 많은 피난민들이 몰려와 살았고, 그만큼 애환이 깊은 곳이 되었다. 이 무렵, 실제 부산에 피난해 살면서 피난 체험을 작품으로 형상화한 소설 여러 편이 당시 지면에 발표되었는데, 「귀환장정」(김동리, 1950), 「곡예사」(황순원, 1951), 「제3인간형」(안수길, 1952), 「밀다원시대」(김동리, 1953), 「비 오는 날」(손창섭, 1953) 등이 이를 대표한다. 「귀환장정」 등이 포함된 김동리 단편집 『귀환자정』은 1951년, 「곡예사」 등이 포함된 황순원 단편집 『곡예사』는 1952년 각각 부산에서 발간되었다.

부산 피난지에서의 체험을 당시 실제 그곳에 피난간 사람의 안목으로 그린 이들 작품의 무대는 작중 내용을 통해 다음과 같은 실제 장소로 나타난다.

작가	작품명	발표(창작)연도	주요 무대	인근 지역
황순원	곡예사	1951	경남중학교 뒤	토성동, 남포동, 자갈치
안수길	제3인간형	1953	송도 아랫길	충무로, 부민관
손창섭	비 오는 날	1953	동래 전차 종점	동래
김동리	밀다원시대	1953	광복동 밀다원	광복동 로터리

4. 피난지와 황순원 소설

황순원은 6·25가 발발했을 때 경기도 광주로 피난 갔다가 9·28 수복 때 서울로 돌아간다. 그러다 같은 해 10월 중공군이 개입해 중부권 이북 사람들의 피난이 시작된 직후인 12월 중순(추정)에 두 번째로 피난 행렬에 선다. 처음에 둘째처남댁과 함께 처와 자식(3남 1녀)를 트럭에 태워 부산으로 피난 보낸 황순원은 그 며칠 뒤 기차로 부산으로 따라간다.

이 시기 창작된 소설 몇 편에서 구체적으로 확인되는 황순원의 피난 일정은 다음과 같다.

작중에 나타난 황순원의 피난 일정	
1	서울에서 처자식들, 둘째처남댁 식구와 트럭으로 부산 향발(1950. 12.중순)
2	며칠 뒤 황순원이 기차로 부산 향발
3	그 사이 처자식들 대구에 정착(1950. 12 중순 이후)
4	부산에 닿은 황순원이 처자식을 찾아 대구로 감, 대구역 광장에서 걸인 산모를 봄 (1950.12.25. 새벽)
5	대구 공평동 재판소 옆 어느 변호사댁 헛간에서 식구들 기거(1951.1.)
6	변호사 집에서"쫓겨나"가까운 전직 사냥꾼 집 한 칸짜리 뜰아랫방에 기거(1951.1.)
7	여러 집 거쳐 부산으로 이사(1951.3. 하순)
8	남포동 부모가 기숙하는 집(황순원), 토성동 경남중 뒤 모 변호사 집 처제네가 기숙하는 집(아내와 아래 1녀 1남), 외가(위 2남) 등으로 가족 이산(1951.3.)
9	보수동 보수공원 임시 교사(서울중)에서 교사 생활(1951. 3~1953)
10	식구들 한 집에 살게 됨(1951.4. 이후)
11	귀경(1953.8.)

황순원은 1·4후퇴 피난 시절에도 두 권의 소설집을 내고, 여러 편의 소설을 창작하고 발표한다. 해방 전에 써서 책으로 엮어 내지 않은 작품만을 모은 『기러기』를 발간한 것이 1951년 8월, 6·25의 상처와 피난민의 애환을 담은 단편들을 주로 모은 『곡예사』를 발간한 것이 1952년 6월의 일이다. 저 유명한 단편 「소나기」를 창작한 것이 1952년 10월(1953년 5월 발표), 역시 명 단편 「학」을 창작한 것이 1953년 1월(1953년 3월 발표) 부산에

서였다. 이 중 황순원 일가의 실제 피난 체험을 구체적으로 담은 소설은 4편으로 그 내역은 다음과 같다.

5. 황순원의 문학과 문학공간

주지하다시피 황순원은 1915년 평양에서 가까운 평안남도 대동군에서 태어나 성년이 될 때까지 평양 일대에서 살며 성장했고, 일본 동경에서의 유학 생활(1934~1939년, 만 24세까지), 평양에서의 교사 생활(1939~ 1946년, 만 31세까지), 서울에서의 교사 생활(1946~1957년, 만 42세까지), 경희대학교 교수 생활(1957~2000년, 향년 만 85세까지) 등으로 삶을 이어갔다. 남북 분단이 고착되면서 서울살이를 할 때는 회현동, 남현동, 잠실, 여의도, 경기도 안양, 청량리, 대림동 등이 주 거주지였다. 만 85세 인생 전반을 놓고 보면 1/3은 평양 일대에서 2/3는 서울 일원에서 살았다고 볼 수 있다. 이 중 동경 생활 3년과 대구, 부산에서의 피난 생활 3년이 특기할 만한 공간적 체험이라 하겠다.

황순원은 전 생애를 통해 단편 104편, 중편 1편, 장편 7편, 시 104편을 남겼다. 소설의 작중 무대는 서울, 북한 지역, 3.8선 지역 등 다양하다. 대표적으로 장편 『신들의 주사위』, 『움직이는 성』 등의 무대는 서울, 장편 『카인의 후예』, 단편 「목넘이 마을의 개」 등의 무대는 평양 등 평안도 일원, 단편 「학」, 「목숨」 등의 무대는 3.8선 지역 등이라 할 수 있다.

피난기 부산에서 창작한 소설 「소나기」는 1966년부터 지금까지 중학교 교과서 게재되고 있는 '전국민적 소설'로 평가되고 있다. 「소나기」의 작중 무대는 구체적으로 어느 장소라고 지정하기 곤란하다. 넓게 보면 1950년대 농촌 시골마을이라 할 수 있다. 이에 대해, 작가가 생전에 "전쟁의 참상을 잊는 아이들의 순박한 사랑이야기를 고향 마을을 배경으로 펼쳐 보인 것"이라 고백했다(장현숙)고 전해진다. 반면, 작중인물의 대화투, 특히 소년 부모의 말투를 통해 보면 그 농촌은 서울 경기권의 시골이라 짐작할 수 있다. 또한, 작중에 명기된 특정 지명 '양평읍'은 이 작품의 무대를 새롭게 유추하게 한다.

윤초시네 증손녀인 '소녀'와 농부 아들인 '소년'이 며칠 동안 맺은 사랑의 인연을, 주로 소년의 자리를 통해 묘사하고 있는 단편 「소나기」에서 '양평읍'이라는 지명이 명기된 대목은 다음과 같다.

소년은 갈림길에서 아랫쪽으로 가 보았다. 갈밭머리에서 바라보는 서당골마을은 쪽빛 하늘 아래 한결 가까워 보였다.

어른들의 말이, 내일 소녀네가 양평읍으로 이사간다는 것이었다. 거기 가서는 조그마한 가겟방을 보게 되리라는 것이었다.

윤초시 손자(소녀의 아버지)가 서울에서 사업에 실패하고 고향에 와 있다가, 이번에는 고향집마저 내놓게 되어, 양평읍으로 이사를 가게 된 사정을 드러내고 있는 이 대목에서 확인되는 지명 '양평읍'은 현 경기도 양평군의 양평읍으로 추정된다. 소녀가 이사가기 직전인 소설상의 현재적 공간은 따라서 양평군 관내의 어떤 작은 면 마을로 해석할 수 있다.

「소나기」의 작중 무대가 '양평읍'을 인근에 둔 서울 정동 방향의 농촌마을이라는 이러한 해석을 근거로 실제 경기도 양평군에는 작가 황순원과 작품 「소나기」를 기리는 문학테마파크 '양평군 황순원문학촌 소나기마을'이 건립(2009. 6)되어 문학촌으로는 보기 드물게 많은 내방객을 맞고 있다.

6. 문학공간으로서의 '피난지'의 의미

「곡예사」 등 4편은 부산, 대구 등 피난지를 무대로 하고 있는데, 다른 작품과 다른 점은 이 소설이 작가 자신의 피난지 체험을 '픽션' 없이 구성하고 있다는 점에서 특별히 주목된다. 「곡예사」에서는 아예 작중 화자 이름이 '황순원'이고 자식들 이름 또한 실제 작가의 자녀 이름에서 한 글자씩을 딴 동아(1남 동규), 남아(2남 남규), 선아(1녀 선혜), 진아(4남 진규)이다. 이 작품의 무대 역시 작중의 공간적 배경에 그치지 않고, 현실의 작가가 지나고 거치고 머문 실제의 공간이다.

작가는 이 작품들을 통해 전쟁으로 집을 두고 재산도 지니지 못한 채 피난지에서 남의 집 헛간 같은 데서 살아야 했던 자신의 치욕적인 상황을 드러내고 있다. 그 중 피난 체험을 구체적으로 다룬 소설 중에서 "가장 감동적인 완벽한 단편"(유종호, 「겨레의 기억」)으로 평가되는 「곡예사」를 쓰면서 작가는 전쟁 피난민 가족을 이끄는 무력한 가장으로서의 자신의 심정을 "이것을 쓰면서 나는 나 개인의 반감, 증오심, 분노 같은 것을 억제하기에 적이 노력해야만 했다"(『곡예사』 '책 끝에')로 고백하고 있다. 이 '분노'의 감정은 지금 우리 앞에 남아 있는 작품을 통해 느낄 수 있지만, 그것은 작품의 실제 무대인 문학공간에 대한 구체적 감각과 더불어 이해될 때 더욱 뜻깊은 수용 체험이 될 수 있다.

「메리 크리스마스」에서 12월 25일 새벽에 크리스마스 트리 밑에서 산모가 눈을 그러모아 자신이 낳은 영아를 덮어주던 대구역 광장, 식구들이 살았던 대구 공평동 재판소 부근 집, 「곡예사」에서 곧 쫓겨날 처지에 놓인 황순원이 처자와 함께 걷던 부산 부성교 근처 개울가와 쫓겨날 식구들이 머물 집을 얻기 위해 학생들에게까지 아쉬운 얘기를 꺼내며 다니던 보수동 서울중학교 임시 교사 등은 서글픈 피난민 가족의 가장으로서의 황순원의 숨결이 묻어 있는 곳이다. 황순원은 이곳에서 알려진 것만으로도 20편 가까운 단편소설을 창작했는데, 그 중 「곡예사」, 「소나기」, 「학」 등은 20세기 한국을 대표하는 명작 단편으로 꼽히고 있다. 그 점에서 이 소설의 실제 무대가 된 이 피난지들은 그 동안 우리가 인식해온 일반적인 의미에서의 전쟁문학 배경지들에 비해 미시적이되 그만큼 더 구체성을 확보하는 의미 있는 문학공간으로 기억되어야 한다.

대구와 부산은 6·25 때 피난민이 몰려와 지내던 곳이다. 피난민이 살던 흔적 자체가 그러하거니와, 그 중에서도 식솔을 거느리고 대구로 부산으로 피난 생활을 하면서 교사 생활을 하고 쉼 없이 작품 활동을 한 황순원의 문학공간은 전쟁의 치욕과 분단의 비극을 반성적으로 성찰하게 하고 평화와 화해, 화합과 융합으로 가는 거점으로 이해해야 할 것이다.

2장_초·중기 작품론

황순원의 초기 작품

조남현

작가가 일정한 경지에 도달하는 방법으로 크게 두 가지가 있을 듯하다. 작가 자신의 피와 살로써 체득한 '사소한 진실'이 끊임없이 넓어지면서 일정한 체계로 귀납되는 경우가 있는가 하면, 아예 처음부터 거창한 관념 체계를 想定하여 놓고 그를 구체적인 이야기로 연역해 가는 경우가 있다. 황순원은 물을 것도 없이 앞의 경우에 속한다. 그가 시를 포기하고 소설을 본격적으로 쓰기 시작한 것이 1940년대 초반이었다. 따라서 그의 문학 수업은 일제의 통치가 극에 달한 허위의 역사에 대한 과민성 반응에서 시작되었다. 거기다가 훗날 문단의 풍문에 의해서 밝혀진 '한 인간으로서의 潔癖性'도 그의 문학의 골격을 이루는 데 결정적인 구실을 하였다. 작가 자신의 기질과 일제 말엽의 검열 제도가 가져다 준 억압 관념이 묘하게 맞아떨어지면서 황순원의 작품은 '역사와 사회로부터의 외면' 혹은 '초월'을 보여주게 되었다. 리얼리즘 이후의 정통적인 소설의 방법론에 비추어 보면 황순원의 작중인물들은 '眞空管 속의 인물'들일지도 모른다. 역사적 사건, 시대의 분위기, 도덕적 질서 등과는 처음부터 아무 상관이 없는 진공 상태 속에 서식하는 인물인지도 모른다. 작품 속에 나오는 인물은 한 시대의 암호 문자이며 작가는 그 암호 문자를 解讀하는 기능사라고 말하는 그러한 믿음은 황순원에게는 통할 수가 없었다. 달리 말해서 그는 역사와 사회로부터 스스로 소외당할 수 밖에 없는 아픔을 '초인적 · 반인간적인 것들'에 대한 공포심에서 잡아 내고 있는 것이다. 이러한 아픔은 새로운 것에 대한 추구로 치유되고 있다. 새로운 것에 대한 추구란 역사나 시대의 指紋이 나타날 수 없는 인간의 본질적인 문제에 대한 접근을 뜻한다.

독일 철학자 니체가 일찍이 설파한 바 있는 인간의 '永劫回歸'를 다루어 보자는 것이다. 이러한 심미적 의도를 가장 빠르고도 확실하게 성취하는 길로서 황순원은 소년과 노인을 곧잘 주인공으로 삼았다. 소년은 소위 지문이 찍히기 쉬운 성인 이전의 상태이며, 노인은 그러한 지문을 어느 정도 뛰어 넘을 수 있는 상태인 것이다. 역사나 시대의 요청에 직접 응하지 않아도 좋은 오염되지 않은 타불라 · 라싸인 것이다. 이렇듯 득의양양한 황순원 특유의 발상법은 적어도 60년대 초까지는 별 도전을 받지 않고 갈채를 받을 수 있었다. 그러나 엄밀히 말해 이러한 발상법은 이미 1950년대 초반부터 自家修正의 작업을 은밀히 꾀하지 않으면 안 될 운명에 놓여 있었다. 이제 우리는 한국 문학사에서 유례를 찾기 힘든 이 발상법의 정체를 보다 확실히 알 필요를 갖게 되었다. 다시 말해 발상의 최초 형식(原型이라 해도 좋고 前型이라 해도 무방)을 찾아야 할 필요가 있다는 것이다. 우선 그 전형의 하나는 그의 초기 시에서 찾을 수 있을 듯하다.

황순원은 시집 『放歌』(1934. 11)와 『骨董品』(1936. 5)을 내기 전에 불과 17세의 나이로 시 「나의 꿈」(1931. 7, 『東光』 33호), 「아들아 무서워 마라」(1931.9, 『東光』 25호), 「荒海를 건너는 사공아」(1932. 7, 『東光』 33호)를 발표한 바 있다. 물론 이 시들은 아주 미숙하고 치졸한 테를 못 벗고 있다. 이들 시 중 「아들아 무서워 마라」는 서사적 구조를 지니고 있는 대화체 시로서 개인과 사회의 마찰, 다음 세대에 대한 기대(발전에의 의지)의 정신을 비유하고 있다. 아버지 등에 업혀 어머니를 기다리던 아들이 아버지에게 말한다. '무서운 악마가 뜰 앞에 숨어 우리들을 엿보고 있지 안습니까.' '어찌하여 가슴은 뼈만 남았고, 높이 뛰어야 할 혈맥이 뛰지 않겠읍니까?' 아들은 아버지가 이미 지쳐버린 것을 안다. '쏟아지는 소낙비 속으로 / 앞으로 걸어갈 때 / 문득 아버지의 두 다리는 힘없이 떨렸다.'아들은 아버지를 달랜다. 아무것도 무섭지 않다고 아버지는 모든 것을 아들에게 내 맡긴다. '아들아! 사랑하는 아들아! 나를 업어라, 억세인 너의 등에 업히고 싶다.'

황순원은 어쩌면 일제의 통치가 빚어낸 어둠의 시절, 공포 분위기가 금방 종식될 것으로 믿지 않았던 것이다. 막연한 대로 그는 미래의 세대에게 기대고 있었다. 목숨이 다 할 때까지 소극적이나마 끈질기게 버티어 보자는 심산도 추측된다. '누군가가 이 어둠의 시절을 타개하여 줄 것이다. 그때까지 기다려 보자'는 忍從主義가 밑바닥에 깔리게 된다. 아버지가 느끼는 공포감과 막막하기만 한 공허감은 바로 황순원이 당시대에 느낄 수 있었던 그것이었는지도 모른다.

다음 황순원의 '소년 소설'의 前型은 1941년 2월『인문평론』제15호에 발표된 단편「별」에서 찾을 수 있다. 이 작품은 훗날 그의 대명사가 되어버린「소나기」의 예고편이기도 하다. 죽은 어머니는 틀림없이 아름다웠을 것이라는 믿음은 바로 못생긴 누이에 대한 증오로 反對浮彫된다. 어머니와 누이가 닮았다니! 당치도 않은 말이다. 누이는 동생의 환심을 사기 위해 모성애를 대행한다. 끝내 환심을 사지 못한 채 누이는 시집을 간다. 얼마 안 있어 누이가 죽었다는 소식이 온다. 소년은 그제서야 누이가 가여워진다. 가여워지는 것이 인간의 진실이다. 사실 동정이 알맹이고 어머니가 예뻤으리라는 믿음은 껍데기에 불과하다. 그런데도 소년은 고집을 보인다. 형식 논리에 스스로 옭아매어 사물의 진상을 파악하지 못한다.

> 눈에는 문득 자기의 오른켠 눈에 나려온 별이 죽은 어머니라고 느끼면서, 그럼 또 왼켠 눈에 나려온 별은 죽은 누이가 어머니처럼 나려온 게 아니냐는 생각에 미치자 아무래도 누이는 어머니와 같은 아름다운 별이 되여서는 않 된다고 머리를 옆으로 저으며 눈을 감아 눈의 별을 내몰았다.
>
> —본문 p.154

이러한 고집과 형식논리로 꾸며진 신앙은 훗날 작가 황순원의 개인적인 삶과 작가의식의 精彩가 된다. 분명히 황순원의 「별」은 앞에서 말한 시대 혹은 역사의 바람이 불어오지 않는 무풍지대에서 자란 환상의 나무인 것이다. 본능이 되어버린 그리움은 작품 「소나기」에 와서 비로소 더욱 큰 현실감을 주게 된다. 「별」과 같은 작품은 어느 때 쓰여도 읽힐 수 있는 감동을 줄 수 있는 萬國語이다. 시대적 배경에 따라 굴절될 가능성은 처음부터 철저하게 배제되어 있는 작품이다. 개인의 파멸이나 좌절의 책임을 그 뒤에 도사리고 있는 시대에 돌리려는 의도도 처음부터 배제되어 있다. 이 작품은 온건히 '소년의 관점'에서 보여주려 하였다. '소년의 관점'으로 쓰인 소설과 동화는 꼭 같을 수가 없다. 소년의 관점은 선택된 것이고 의도된 것이기 때문이다. 미적 관심을 높이거나 미학적 세계관을 제시하는 데는 더할 수 없이 좋은 관점이 되나, 복잡하게 얽힌 현실을 해부하기를 기피하는 편법으로 악용될 수도 있는 것이다. 황순원이 보여준 '소년 소설'도 이러한 오해를 감당할 수밖에 없다. 물론 이러한 방법의 소설에 형식미, 압축미의 절정을 보여준다는 점마저 부인하는 것은 아니다. 전문 용어로 망해 crystalline novel의 계열에 속하는 이 '소년 소설'은 리얼리티의 해명, 대상의 참된 모습의 설명에는 알맞지 않다는 것이다.

이상의 두 가지 前型에서 나타난 황순원의 발상법은 처음부터 표현의 대상과 방법에 있어서 많은 제한을 자초할 운명을 지니고 있다.

작품 「별」에서는 후일의 소설에서 보여지는 황순원 특유의 기법이 암시되고 있다. 독자들의 상식적인 예측을 뒤집어엎는가 하면 무난하게 매듭 지워 버리려 하는 작가 일반의 타성을 거부하고 있는 '결말 처리 방법'이 그것이다. 황순원만큼 단편에서 '결말효과 endeffect'를 능란하게 취하는 작가는 별로 많지 않다. 소설에서의 결말이란 논문의 결론과는 전혀 다른 성격을 지니고 있다. 같은 사건, 같은 인물을 가지고도 작가에 따라서는 얼마든지 다른 결말이 나오게 되는 것이다. 특히 단편 소설에 있어서는 그 결말을 어떻게 처리하느냐에 따라 작품 전체의 구조가 단단해질 수도 있고 이상해질 수도 있다. 결말 처리 방법에 따라 작품의 색채가 다르게 된다. 그러니까 결말 처리법은 작품 전체의 조명 장치가 된다. 결말 처리법처럼 작가의 인생관이나 세계관을 단적으로 솔직하게 반영하는 것이 없다. 우리 나라 고대 소설이 대부분 해피 엔딩(善者必興 惡者必敗)으로 끝났다고 하는 것은 그만큼 우리 민족이 낙천적이며 비합리적인 삶의 태도를 지녔다고 하는 판단을 낳게 한다. 유교적인 세계관이 지배하는 사회에서는 인간을 판단하는 눈금이 선악으로 압축되었던 것이다. 황순원의 작품 중 결말 효과를 본 것으로 「무서운 웃음」·「이리도」·「독짓는 늙은이」·「황노인」·「비바리」·「소나기」·「필묵장수」·「학」 등을 꼽을 수 있다. 이 작품들은 한바탕의 전율을 작품의 결말 부분에서 보여준다.

작품 「독짓는 늙은이」는 조수와 눈이 맞아 도망쳐 버린 아내에 대한 원망을 결말에서 인상적으로 처리하고 있다. 아내에 대한 배신감은 독에 대한 집념으로 환치된다. 독은 물건이 아니라 이미 사람(아내)인 것이다. 그러나 독은 제대로 구어지지 않고 터져버린다. 송 영감은 터져버린 독에서 자신의 최후를 예감한다.

> 송 영감은 조용히 몸을 일으켜 단정히 아주 단정히 무릎을 꿇고 앉았다. 이렇게 해서 그 자신이 터져나간 자기의 독 대신이라도 하려는 것처럼.

작품 「이리도」는 얼른 보아서는 그 맥을 짐작할 수 없을 만큼 결말이 비약되어 있다. 우리는 작품을 읽어가면서 황순원의 관심이 '이리떼의 본능과 생리'에 있다고 짐작하게 된다. 작가는 이것을 교묘하게 이용하고 있다. 마지막 한 줄로 인해 졸지에 이 작품은 '일본인에 대한 증오'를 초점으로 하게 된다. '이제 대 일본 제국 신민의 솜씨를 한 번 뵈어 줄테니 자세히 들어 보라고'하면서 이리떼를 향해 달려 나간 일본인은 온데간데 없어지고 그가 사용했던 권총에 이빨 자국이 나 있다.

"이리의 이빨자국? 음 이게 바로 이리의 이빨 자국이라? 다음은 주인의 설명을 듣지 않아도 좋았다. 이리도, 그러면 이리까지도?"

우리는 이미 작품 「소나기」에서 결말 효과의 극치를 보았다.

"그런데 참 이번 기집애는 어린 것이 여간 잔망스럽지가 않아. 글쎄 죽기 전에 이런 말을 했다지 않어? 자기가 죽거든 자기 입던 옷을 꼭 그대로 입혀서 묻어 달라구……."

작중의 소년만이 충격을 받은 것이 아니었다. 인간의 마음속에 있는 '형이상학적 소년'이면 모든 충격과 감동을 받는 한마디 말이다(특히 줄친 부분).

독자에게 감흥을 주기 위해 소설의 끝에 가서 주인공을 죽이는 방법을 많이 보아 왔다. 대부분이 필연성을 결여한 조작에 의한 것이었다. 「소나기」에서의 소녀의 죽음은 이러한 作爲性을 면하고는 있지만 현실감이 넘치는 것은 아니다.

작품 「학(鶴)」은 가장 심각하면서도 복잡한 이데올로기 문제를 손쉽게 처리해버린 대담성을 보여준다. 작가의 처리 방법이 현실성이 있는 것인가 아닌가 하는 의문을 낳게 할 정도로 그 결말이 '엉뚱하고', '어처구니없다'. 물론 황순원 소설의 묘미와 우수성은 바로 '엉뚱하고 어처구니없는'인상을 주는 데에 있다. 죽마고우의 사이였던 덕재(좌익)가 성삼(우익)에게 잡혀 끌려가다가 성삼이 어렸을 때처럼 학 사냥이나 하자고 풀어준다. '그제서야 덕재도 무엇을 깨달은 듯 잡풀새를 기기 시작했다.'

덕재는 성삼의 학 사냥 제안에 긍정을 표시함으로써 이미 전향하고 있는 셈이다. '학사냥'은 다분히 상징적이다. 학이 주는 이미지가 이 소설에서는 상당히 중요한 것이 된다. 이때의 제목 '학'은 제재를 적시한 것만도, 그렇다고 주제를 제시한 것만도 아니니다. 학은 영원·무구를 상징한다. 영원하고 티 없는 가치를 추구(학 사냥)하는 데 공산주의 이데올로기 같은 것이 무슨 필요가 있겠느냐 하는 투의 계산속을 성삼이 지닌 것으로 보아야 할 것이다. 가장 복잡하면서도 어려운 문제를 상징적 효과를 가미한 서정적인 소설의 표면에 올려놓았다는 사실 하나만으로도 황순원의 역량을 헤아릴 수 있다. 그러나 남과 북의 문제를, 6·25의 의미를 지적 소설로 잡아 넣고 그를 고집할 때는 많은 회의가 나타날 수밖에 없으리라.

작품 <비바리>의 결말은 작품 도중에 형성되었던 독자들의 판단 체계를 근본적으로 수정하지 못하고 있다. 오빠가 빨치산이었기 때문에 죽었다는 동네 영감의 말이나, 오빠를 너무 사랑해서 딴 곳에 묻힐까봐 죽였다는 비바리 자신의 말이나 별 큰 차이가 없다. 다만 비바리의 광적인 성격과 행위에는 그만큼 납득할 만한 이유가 있었다는 것이 이 작품의 결말에서 설명되고 있을 뿐이다. 비바리는 외로운 채로 남겨지고 있다. 작중 본문에서 받은 인상이 결말에 가서 깊게 윤색되고 있을 뿐이다.

황순원은 적어도 몇 편의 작품에서 충격을 던져주는 결말 처리를 꾀하고 있어 작품 전체가 일시에 빛을 받는 천재적인 구성법을 보여 주고 있다. 이러한 구성법을 가능케 하는 것으로 많은 평자들이 지적한 그의 특수한 문체를 논하지 않을 수 없다. 그의 문체는 웬만한 시인도 흉내내기 어려운 압축성과 간명성, 그리고 참신함을 지니고 있다. 그의 문체는 관념적 표현이나 현학적인 허세를 허용하지 않고 있다. 그의 문체는 치밀한 계산속을 지는 節制의 미덕을 보여주고 있다. 또한 그의 문체는 사물에 묻어 있는 먼지를 씻어 내려고 한다. 한마디로 氣化하고 있는, 액체가 기체로 상승하기 직전에 몰려 든 일촉즉발의 긴장을 보여주고 있는 문체다. 문체는 원래 사유의 방식이며 주어진 환상에 대한 접근 방식이기도 하다. 문체와 사유의 방식 중 어느 것이 먼저고 어느 것이 나중이냐 하는 문제는 별로 의미가 없다. 비교적 맑고도 산뜻한 문장을 쓰는 사람은 직관적이며 날카로운 사고력을 보여주나 놓쳐버리는 것이 많다. 이것이 오래되어 습성이 되다보면 대상의 구석구석을 파고 들어가는 끈질긴 추구의 자세를 갖기가 어렵게 되고 만다. 황순원은 초기에 사용하였던 문체의 방법을 거의 그대로 끌고 나갔다. 대상에 따라서 의도에 따라서 소설의 문체는 알맞게 변용되어야 하는데, 황순원은 문체 우선의 입장을 고수하여 스스로 제재의 구성법과 주제 표출 방법에 제한을 가져오고 말았다. 형식주의자로서의 면모를 여실히 보여주고 있다.

앞에서 말한 황순원의 발상법과 더불어 문체의 고수는 결국 '관념의 훈련', '사상의 모색'을 자의든 타의든 기피하여 버린 결과를 낳았다. 그의 개인적인 결벽증도 '사상의 성숙'을 저해하는 한 요인이 되었다. 관념의 개입에 대한 알레르기 반응이 또한 황순원 소설의 한계 지표가 된 것인지도 모른다.

황순원 단편소설 창작의 몇 가지 특징
-1인칭 단편소설을 중심으로

홍정선

1. 1인칭 단편소설을 살펴보는 이유

황순원은 우리 앞에 상당량의 1인칭 단편소설을 남겨 놓았다. 그리고 1인칭 소설 속에 자신이 직접 겪은 이야기, 직접 겪지는 않았지만 들은 이야기, 상상해서 만들어낸 이야기 등을 담아 놓았다. 우리는 이 이야기를 작가와 분리할 수 없는 이야기와 분리할 수 있는 이야기로 구분해 볼 수 있다.

황순원은 자신과 자신의 소설에 대한 정보를 소설 이외의 형태로는 거의 남겨놓지 않은 독특한 작가이다. 이런 점에서 그의 1인칭 단편소설은 우리에게 상당히 유용한 정보를 제공해 준다. 그의 1인칭 단편소설에서 작가와 분리할 수 없는 이야기와 분리할 수 있는 이야기를 섬세하게 구분해 가며 읽는다면 우리는 소설 창작의 동기와 방법을 판단하는데 많은 도움을 받을 수 있다.

이런 이유 때문에 필자는 여기에서 황순원의 1인칭 단편소설을 살펴보려한다. 황순원의 1인칭 단편에는 크게 구분해서 1인칭 화자와 작가가 일치하는 소설, 1인칭 화자와 작가가 서로 다른 사람인 소설, 1인칭 화자와 2인칭, 예컨대 아내나 아버지와 같은 가족, 혹은 3인칭의 이야기가 겹쳐진 소설 등이 있다. 그래서 1인칭 소설에서도 일정한 서사적 거리가 확보된 작품과 그렇지 못한 작품이 공존한다.

2. 1인칭 소설의 유형과 창작방법

1) 1인칭 소설의 창작동기와 초기 모습

사람들은 황순원을 특별한 소설가로 기억하고 있다. 그렇게 기억하는 첫째 이유는 물론 그가 뛰어난 소설작품을 썼다는 점에 있지만 문인들의 귀감이 될 만한 단정한 작가생활 또한 그를 특별한 소설가로 기억하는데 상당한 역할을 하고 있다. 평생 동안 "잡문을 쓴 일이 없었고, 신문연재소설 청탁도 거절했으며, 어떠한 인터뷰 요청에도 응하지 않았다. 재직하는 대학에서 문학박사 학위를 수여하려고 했을 때 '소설가는 소설가로 충분하다'는 이유로 그것을 거절했다."[1] 김동선은 황순원에 대해 이렇게 쓰고 있다.

황순원은 앞의 지적처럼 평생 동안 자신, 가족, 친구, 일상생활, 자기 작품 등에 대해 소설 밖에서 다른 형태로 언급을 한 적이 거의 없다. 명성을 얻은 대부분의 작가들이 그렇게 하듯이 수필, 강연, 인터뷰 등을 통해 자신의 삶과 작품에 대해 주석을 붙이거나 설명하는 일을 그는 하지 않았다. 그 대신 그는 모든 문제를 소설로 이야기했다. 자신이 관련된 어떤 이야기를 하고 싶을 때 황순원은 '나'를 등장시킨 단편소설을 썼던 것이다.

황순원이 강한 주관성을 띤 1인칭 소설작품을 처음 우리 앞에 선보인 것은 1944년 그의 두 번째 작품집 『기러기』에서이다. 여기에 수록된, '1944년 겨울'이라고 창작시기를 밝힌 「눈」이란 단편을 우리는 1인칭 소

1) 김동선, 「황고집의 미학, 황순원 가문」, 『황순원 硏究』(서울: 문학과지성사, 1985), 황순원 전집 12, 262쪽.

설의 첫 작품으로 간주할 수 있는데, 이 점은 이 소설이 실린 소설집의 처음과 끝을 보면 잘 알 수 있다. 이 소설집의 「책 머리에」에서 황순원은 "해방 전 **한 이태 동안을 나는 시골**(본고향) **가서 산 일이 있습니다.** (……) **밤에는 마을을 가**, 질화로의 다 꺼진 재를 내 스스로 소나무 판대기 부손으로 돋우고 헤집어가며, 그 속에 그냥 반짝이는 불씨를 발견하고 시간가는 줄을 모른 적도 있습니다."[2] 라고 말하고 있다. 그러면서 이어서 "말하자면 이 모닥불과 질화로의 반짝이는 불씨 같다고나 할까, 그렇게 명멸하는 내 생명의 불씨가 그 어두운 시기에 이런 글들을 적지 아니치 못하게 했다고 보는 게 옳을 것 같습니다."[3] 라는 말로 『기러기』에 수록된 작품의 창작시기와 작품세계, 그리고 창작의 동기를 강력히 암시해 놓고 있다. 그런데 황순원의 이 이야기는 이 소설집의 마지막에 수록된 두 페이지짜리 짧은 소설의 내용과 완벽하게 일치한다. "이날 밤도 나는 아랫동네 육손이 할아버지네 일간에 가 있었다. 작년 가을 고향에라고 돌아온 뒤에 나는 이때 겨울째 틈만 있으면 밤에 이 육손이 할아버지네 일간으로 마을가는 것이 한 일과처럼 돼있었다."[4] 이와 같은 대목에서 확인할 수 있듯 짧은 단편 「눈」은 소설이라기보다 고향에 돌아온 황순원 자신의 모습, 질화로 주위에 둘러앉은 고향사람들과 어울리며 그들을 관찰하는 모습을 그린 수필에 가까운 작품이다. '나'란 인물이 밤에는 마을을 가서 동네 사람들과 어울리며 그들의 이야기에 귀를 기울이는 모습이 단편 「눈」의 모습이라면, 거기에서 들은 이야기와 이야기를 들려주는 사람들의 모습을 연민과 애정이 담긴 따뜻한 시각으로 재구성한 것이 『기러기』에 수록된 여타 소설이라고 말 할 수 있는 것이다. 이런 점에서 「눈」은 서사적 스토리를 가진 소설의 성격보다 소설집 『기러기』의 창작동기와 방법을

---

2) 황순원, 『늪/기러기』(서울: 문학과지성사, 1980), 황순원 전집 1, 161쪽.
3) 같은 책, 162쪽.
4) 같은 책, 295쪽.

시사해주는 짤막한 산문의 성격을 더 많이 지닌 소설이 되고 있다.

동시에 「눈」은 황순원의 일인칭 소설이 앞으로 어떤 형태의 소설창작으로 발전할지를 예감하게 해준다는 점에서도 주목해볼만한 가치를 가지고 있다. 황순원의 단편소설은 타인에게서 들은 이야기를 소설화할 경우 종종 액자소설의 형태를 취하게 되는데 그 원초적인 모습이 「눈」속에 들어 있는 까닭이다. 이 소설 속에 등장하는 눈에 갇힌 나그네 이야기는 이 소설이 워낙 짧은 단편이고 또 소설 속에서 눈이 많이 왔을 때 벌어지는 일에 대한 한 예로 등장하고 있어서 아직 이야기로서의 독립성을 확보하지 못하고 있지만 액자소설에 걸맞는 이야기로 발전할 가능성은 충분히 보여주고 있다. 이후 황순원이 쓰게 되는 「과부」, 「잃어버린 사람들」, 「비늘」과 같은 액자소설은 「눈」에서 보여준 마을가는 상황, 거기에 모인 사람들의 모습과 생활상, 그 자리에서 들은 나그네 이야기와 같은 이야기들, 이야기 속에 이야기를 담는 작품서술방식 등이 이후의 창작에 종합적으로 작용하고 변용되면서 만들어진 결과라 해도 지나친 속단이 아닐 것이다.

2) 1인칭 소설의 화자와 유형

황순원의 1인칭 소설은 자신, 가족 친구 등과 관련된 실제 이야기를 하느냐 아니면 작가 자신과 닮은 인물이기는 하지만 실제모습과는 다른 사람의 이야기를 하느냐에 따라 다시 두 종류로 구분할 수 있다. 황순원은 분단에 따른 실향의 고통과 6·25 전란으로 인한 각박한 피난생활을 겪으면서 주관적 감정과 정서가 짙게 배어 있는 1인칭 소설을 1950년대 이후 다수 창작했다. 그렇지만 1인칭 소설들이 반드시 자기 고백적이거나 체험적인 내용을 담고 있는 것은 아니다. 그의 1인칭 소설은 강력한 주관성에도 불구하고 여러 가지 변형과 발전적 굴절을 일으키고 있기 때문이다.

> A) 몇 살 때 일인지는 모르겠다. 어머니 등에 업혔던 기억이 분명한 걸

보면, 네 살이 아니면 기껏해야 다섯 살밖에는 안되었을 때 일이라고 생각 한다.[5]

근자에 어떤 젊은 여자 하나를 알게 된 것도 이 술 덕분이라고 할 수 있었다.

영문과를 중도에 그만두었다는 것이었다. 이 편이 대학교수로 있을 때 몇 잡지에 쓴 영문학에 관한 노트를 읽었다는 것이었다. 그러나 그보다는 어느 음식점에서 술이 취해있는 모습이 더 인상적이었다는 것이다.[6]

B) 한 사년 전 어느날 저녁, 몇몇 친구가 김동리의 백부 범부선생을 모시고 약주를 나눈 일이 이었다. 그때 무슨 이야기 끝엔가 이 선조가 화제에 오르게 되었는데 그러자 범부 선생이, 황집암이야말로 우리나라 경제면을 통찰하신 분이다(……)

아마 그 자리에선가 싶다. 내가 이 선조의 손이 되시는 염자조자 조선의 이야기를 작품으로 쓰고 싶지만 족보조차 수중에 없는 형편이라 손을 못대고 있노라는 말을 했더니, 곁에 앉았던 동리가 자기에게 <逸士遺事>라는 책이 있는데 거기에 황고집 편이 있더라고 하면서 혹 참고가 되겠으면 가져다주겠노라고 했다.[7]

위에서 예로 든 두 1인칭 소설 중 B)가 사실에 근거한 이야기라는 것은 김동리, 범부선생, 선조인 염자조자 어른 등 실명으로 등장하는 인물들로 미루어 누구나 쉽게 짐작할 수 있다. 그렇지만 A)에서 화자인 '이 편(나)'은 작가 자신의 모습을 연상시키는 몇가지 요소에도 불구하고 실제의 황순원과 일치하지 않는다. 대학교수를 중도에 그만두었다든가 영문학을 가르쳤다든가 하는 일들이 사실과 어긋나는 것도 그렇지만 무엇보다 젊은

---

5) 황순원, 『너와 나만의 時間/내일』(서울: 문학과지성사, 2006), 황순원 전집 4, 205쪽.
6) 같은 책, 214쪽.
7) 같은 책, 101~102쪽.

여자와의 관계에서 일어나는 감성적 사건들이 이 소설이 허구라는 것을 확실하게 입증해 준다. 그리고 황순원의 1인칭 소설에는 「비늘」처럼 실제 사실과 허구적 사실을 구분할 수 있는, 따라서 B)의 유형에 속하면서도 서술방식에서는 차이가 나는 경우도 있다.

지난 일요일에는 원형과 같이 금촌 수로로 낚시질을 가기로 약속이 돼 있었는데 원형의 어린애가 홍역이 더쳐서 갑자기 입원했기 때문에 갈 수가 없게 되어 혼자 나섰다.[8]

나는 팔구년 전까지만 해도 꽤 여러 차례 원을 따라 몇몇 사람들과 함께 낚시질을 다녀보았지만, 원은 심신을 쉬기 위한 낚시여서 그런지 보통 낚시꾼들과는 좀 달랐다.[9]

위에 인용한 두 소설 중 뒤의 것은 황순원의 자신의 절친한 고향친구였던 원응서를 기억하며 쓴 작품이다. 이 소설에는 "원응서(元應瑞) 형에게"라는 부제가 붙어 있기 때문에 여기에 등장하는 원이 실제인물이라는 사실을 쉽게 파악할 수 있다. 그리고 이같은 사실을 바탕으로 「비늘」에 등장하는 화자인 '나'와 원형의 관계를 황순원과 원응서의 관계로 이해할 수 있다. 「비늘」에 등장하는 1인칭 화자는 황순원 자신이지만 경포대에서 유숙하며 알게 된 은영이 모녀와의 관계와 후일담은 설화를 현재화시킨 허구적 이야기일 가능성이 높은 것이다. 따라서 우리는 황순원의 1인칭 단편소설을 등장인물과 소설의 전개과정을 고려하며 실제사실과의 관련 여부에 따라 세 가지 유형으로 구분할 수 있다. 화자와 작가가 일치하는 소설, 화자와 작가가 서로 다른 소설, 화자는 작가와 동일하지만 화자가 들려주는 이야기는 허구적인 소설이 바로 그것들이다.

---

8) 황순원, 「비늘」, 『너와 나만의 시간/내일』, 앞의 책, 170쪽.
9) 황순원, 「마지막 잔」, 『탈/기타』(서울: 문학과지성사, 1976), 황순원전집 5, 186쪽.

3) 1인칭 소설 창작의 몇가지 모습과 화자의 역할

1인칭 소설은 일본의 사소설이 말해주듯이 소설가 자신을 이야기하는 형식이다. 황순원의 1인칭 소설 역시 상당수가 자신과 가족에 대한 이야기를 소설창작의 출발점으로 삼거나 소설전개의 내용으로 삼는다는 점에서 예외가 아니다. 다음에 인용한 「아버지」의 첫 대목은 황순원의 1인칭 소설이 어떤 방식으로 시작하고 전개되는지를 보여주는 한 좋은 예이다.

> 3·1운동에 관한 이야기, 그 중에서도 어느 것은 이미 내가 아버지에게서 여러 차례 들은 것이다. 그러나 막상 그것에 관한 것을 무엇 하나 써볼까 하니 다시한번 새로이 듣고 싶어졌다. 나는 아버지를 찾기로 했다. 삼청동까지 가는 길에서도 자연 나는 아버지한테서 들은 그 때 이야기를 이것저것 생각해 보는 것이었다……
>
> 그것은 아버지가 스물일곱살 때 일이었다. 어는 첫 겨울 날 아버지는 안세환씨와 함께 당시 평양기독병원에 입원해 있는 남강 이승훈 선생을 찾았다.[10]

여기에서 소설가 황순원은 기억의 전달자이다. 자신이 창작한 허구적 이야기가 아니라 아버지에게서 들은 과거의 이야기를 전달하는 매개자이기 때문에 이 소설에서 화자가 어떤 사건을 일으키거나 사건에 개입하지 못한다. 이 소설이 서두에서 간명하게 소설의 내용을 암시하는 "3·1운동에 관한 이야기" 라는 말로 간명하게 첫 서두를 시작하면서 기억을 더듬어 아버지에게서 들은 이야기를 풀어 놓는 방식으로 소설을 전개시키는 것이 그 점을 분명하게 보여준다. 황순원의 1인칭 단편소설에서 한 특징을 이루는 간명한 서두와 비서사적 사건 전개는 작가 자신이 손댈 수 없는, 현재적인 시간의 영역 내에 존재하는 인물들의 이야기를 작가자신이

---

10) 황순원, 「아버지」, 『목넘이 마을의 개/곡예사』(서울: 문학과지성사, 1976), 황순원전집 2, 123쪽.

전달하는 방식의 1인칭 소설에서 나타나는 특징이다. 중요한 인물에 대한 자신의 기억을 창작의 알파와 오메가로 삼는 이같은 유형의 소설창작에서는 작가의 상상력이 극도로 제약을 받을 수밖에 없으며 따라서 소설의 길이도 길어지지 않는다.

황순원은 단편소설에서 가족과 이웃의 문제를 자주 다루었다. 남편과 아내, 아버지와 어머니, 부모와 자식, 스승과 제자, 고향사람 등이 그의 단편에 자주 등장하는 사람들인데 그 속에는 자신의 가족문제도 중요한 부분을 차지하고 있다. 「어둠 속에 찍힌 판화」라는 다음 소설은 고달픈 피난생활 시달리는 그의 자식들이 소설창작의 출발점이 되었다는 사실을 보여준다.

> 나는 어둠 속에 눈을 떴다 감았다 하며 자꾸 무엇에 쫓기는 심사였다. 다른 것은 말고 요즘와서는 길거리에서 신문파는 애들의 외치는 소리까지가 무서웠다. 저게 큰놈 동아가 아닌가, 저게 둘째놈 남아가 아닌가, 나도 모르게 가슴이 철렁해지곤 하는 것이다. 그게 어두운 밤이면 더했다.[11)]

위의 소설에 등장하는 '동아'와 '남아'는 첫째 아들 동규와 둘째 아들 남규를 염두에 두고 등장한 이름임에 틀림없다. 또 소설의 마지막을 장식하는 "이날 밤도 같은 어둠 속을 몇 장의 신문을 안고 헤메다 돌아온 우리 두 어린 것의 이불자락이라도 여며주고만 싶었다"[12)] 에 표현된 어버이의 안타까운 심정에도 "1951년 이월" 이란 창작시기로 보아 소설속의 일반적 이야기로 등장한 것이 아니라 자신의 자식에 대한 구체적인 연민의 심정이 모티브가 되었음을 알 수 있다. 그럼에도 이 소설은 아버지와 관련 인물들의 사건으로 소설 한 편을 메운 「아버지」와는 다른 방식의 소설

---

11) 황순원, 「어둠 속에 찍힌 판화」, 『목넘이 마을의 개/곡예사』, 앞의 책, 187쪽.
12) 같은 책, 196쪽.

이다. 그것은 이 소설이 자신의 가족문제를 다루고 있지만 사냥 이야기를 끌어와 소설의 중간부분을 채우면서 서사적 구조를 만들어 놓았기 때문이다. 소설가 자신의 자식에 대한 연민의 감정의 소설의 모티브가 되고 소설의 핵심적 전언 역시 자식에 대한 어버이의 사랑이지만 소설의 전개는 자식들에 대한 이야기가 아님으로 말미암아 사실을 기억해서 보고하는 성격의 「아버지」와는 다른 작품이 된 것이다.

황순원의 일상생활에서 보고 듣고 느낀 것을 자주 소설의 소재로 삼았다. 자주 마주친 사람, 짐승, 사물 등에 대한 그의 치밀한 관찰력과 뛰어난 기억력은 이들을 종종 소설의 형식으로 정착시키거나 소설을 구성하는 중요한 부분으로 자리잡게 만들었다. 다음에 예로 드는 「안개구름 끼다」는 피난지 부산에서 어렵게 살아가는 소년 소녀들의 모습과 이들에 대한 막막한 고통을 드러낸 소설이다.

> 부산 피난시절, 나는 자갈치시장 쪽 부둣가에 있는 선술집에를 단골로 다녔다. 전복 두 마리를 썰어 달래서 초고추장에 찍어먹으면서 약주 두 잔을 마시는 것이 상례가 돼 있었다. 한잔 더 마시고 싶어도 호주머니가 말을 듣지 않는 것이었다.[13)]

황순원이 쓴 이같은 유형의 1인칭 소설에서도 소설의 화자는 작가 자신이거나 작가와 매우 유사한 인물이다. 등장하는 사람, 술 마시는 습관, 드나드는 장소 등에서 우리는 그러한 점을 알 수 있다. 그러나 이 유형의 소설에서 화자가 작가와 얼마나 닮아 있느냐 하는 사실을 파악하는 것은 앞의 경우와 비교할 때 상대적으로 중요하지 않다. 이 유형의 소설에서 화자가 관찰해서 소설화한 이야기는 개인과 가족에 국한된 이야기가 아니라 보편성을 띤 이야기이며 '나'란 화자 역시 주관성을 떨쳐버리고 소

---

13) 황순원, 「안개구름 끼다」, 『너와 나만의 시간/내일』, 앞의 책, 83쪽.

설 속 인물의 하나로 전화되고 있기 때문이다. 이런 점에서 이런 유형의 소설과 3인칭 관찰자가 등장하는 황순원의 다른 소설을 비교해서 그 창작 과정을 밝히는 것도 흥미로운 일이 될 것이다.

황순원의 1인칭 소설에서 우리가 마지막으로 주목해야 할 것은 1인칭 화자가 숨어 있는 방식의 소설이다. 이런 형태의 소설을 1인칭 소설로 불러야 할지에 대해 학문적 논란이 있을 수 있겠지만 필자는 일단 여기서 1인칭 소설의 하나로 간주하겠다. 「여인들」이란 소설에 등장하는 다음 두 대목을 보자.

> 오랫동안 집을 비웠던 남편이 어두운 밤을 타 돌아왔다.
> 저번 돌아왔을 때보다도 한층 남루한 주제였다. 감발한 아랫도리가 또 퍽은 여위어 보였다. 그동안 남편은 또 얼마나 험한 길을 걸어온 것일까. 그저 돌아올 적마다 광채를 더해가는 것은 두 눈뿐이었다.[14]
> 한번은 이동휘 선생이 경관대에게 쫓기어 어떤 마을에서 마른 마을로 몸을 피하지 않으면 안 되었다.
> 동이 트기 전이었다. 이렇게 새벽꿈을 깨뜨리며 습격해 오는 것이 그자들의 상투수단이기도 했다.[15]

위에 인용한 두 대목에서 뒤의 인용문은 소설가 자신이 소설에 개입해서 삽입해 놓은 이야기이다. 이 사실은 이 부분을 말하는 어투와 3인칭의 등장인물들이 이야기의 주체임에도 이들의 입을 빌지 않고 독립된 문단으로 이동휘 선생에 대한 이야기를 처리해 놓은 점 등으로 미루어 짐작할 수 있다. 소설 작품의 배면에 숨어 있던 황순원이 어느 순간 소설 속으로 들어와 자신이 들었던 이동휘 선생에 대한 이야기를 풀어 놓은 것이다. 이런 방식의 작가 개입은 「幕은 내렸는데」와 같은 작품 속에서는 훨씬 은

14) 황순원, 「여인들」, 『鶴/잃어버린 사람들』, 앞의 책, 99쪽.
15) 황순원, 같은 책, 11쪽.

폐된 방식으로 이루어지는 데 이 같은 점을 치밀하게 살피면 황순원의 단편소설에서 1인칭 소설과 3인칭 소설이 어떤 상호관계를 맺고 있는지 밝히는데 도움이 될 것이다.

3. 맺는 말

황순원의 단편소설은 두세 페이지에 불과한 아주 짧은 소설들로부터 「내일」처럼 준장편이라 부를 정도의 길이를 가진 것까지 다양하다. 그런데 그의 수많은 단편소설 중 가장 길이가 짧은 것들은 거의다 자신과 가족의 문제를 다룬 1인칭 소설들이다. 이 점은 이들이 서사적 창작으로 발전하기 어려운 정서적 대상이라는 점과 관련이 있을 것이다. 그렇지만 황순원의 1인칭 소설들은 그러한 면모에 국한되는 것이 아니라 다양한 형태의 모습으로 창작되면서 3인칭 소설과 구별되지 않는 측면까지 보여주고 있다. 이같은 점에서 황순원의 1인칭 소설과 3인칭 소설의 관계를 제대로 밝히기 위한 한 작은 시론으로서 필자는 1인칭 소설창작에 주목해 보았다.

『나무들 비탈에 서다』와 '아프레게르'

방민호

1. 들어가면서—『나무들 비탈에 서다』와 취재형 작가 황순원

황순원 장편소설 『나무들 비탈에 서다』는 『사상계』에 1960년 1월부터 7월까지 연재되었고 그해 9월에 같은 사상계사에서 단행본으로 출간되었다. 피카소의 그림으로 표지화로 삼고 김기승의 글씨로 제자를 했다고 한다.

한 번 쓴 작품을 그대로 밀쳐 두지 않고 두고두고 개작을 해나가는 작가의 까다로운 성품은 이 작품에도 예외가 될 수 없었다.[1] 연구자 구재진에 따르면 『나무들 비탈에 서다』는 연재본, 이를 개작한 단행본과 문학과지성사에서 낸 전집판(1985) 사이에 큰 차이가 존재한다. 특히 작중 결말 부근에서 현태가 계향에 의해 타살되는 사상계사 단행본까지의 설정이, 문학과지성사판에 오면 계향이가 자살하고 현태가 이를 방조하는 것으로 바뀐다. 또 『사상계』 연재본까지에서는 잘 드러나지 않던 현태의 방황의 원인이 단행본에서는 명시적으로 드러나게 된다.[2] 이와 같은 차이는 작품

1) 박용규, 「황순원 소설의 개작 과정 연구」, 서울대학교박사학위논문, 2005, 참조. 이 논문에 따르면 황순원은 6·25 이후에 연재한 소설들을 단행본으로 만드는 과정에서 상당한 개작을 시도했다. 작품의 서사구조를 바꾸는 것을 비롯한 많은 분량의 수정이나 삭제가 이루어졌다(7쪽). 『나무들 비탈에 서다』는 작품에 개연성을 부여하기 위한 개작이 나타난다(91쪽).

2) 구재진, 「황순원의 『나무들 비탈에 서다』 연구」, 『선청어문』 23-1, 1995, 404쪽.

주제를 구축하는 문제와 직결되는 것이라 하지 않을 수 없다. 이 소설의 연재 중에 4·19 혁명이 일어났다는 점에서 시국 변화가 작중 전개에 어떤 영향을 미쳤는지 고려해 볼 수도 있을 것이다.

1964년에 간행된 창우사판 『황순원 전집』 5권에 실린 『나무들 비탈에 서다』는 이와 같은 변화를 모두 보여주고 있어 이 작품에 관한 작가의 개작 방향이 일단락을 지은 판본이라 할 수 있다. 때문에 이 논문은 이 창우사판 『나무들 비탈에 서다』를 중심으로 이 작품의 의미에 대한 논의를 펼쳐보고자 한다.

창우사 판 황순원 전집 표지

황순원은 해방 이후 한국문단의 중심적 작가로 일찍이 자리를 잡았고, 그만큼 숱한 연구 성과물이 쏟아져 나온 작가다. 그만큼 이 작가나 『나무들 비탈에 서다』를 새로운 눈, 다른 눈으로 보는 일은 쉽지 않다. 그러면 어디서부터 황순원에 대한, 이 소설에 대한 논의를 시작해야 할까? 황순원의 또다른 장편소설 『일월』(창우사, 1964)의 창작과정에 관한 다음의 평가는 그 실마리를 제공해 주는 듯하다.

> 그는 이 소설을 쓰기 위하여 진주의 형평사 운동을 비롯, 광범위하게 자료조사를 한 것으로 알려져 있으며 언젠가 필자를 포함한 제자들이 있는 자리에서 <작가는 조사한 자료를 모두 소설로 쓰지 않고 더 많은 분량을 그대로 묵혀두는 경우가 많다>는 자못 의미심장한 말을 들려준 적도 있다.[3)]

『일월』에 관한 이와 같은 지적은, 자전적 요소가 다분한 소설들을 많이

---

3) 김종회, 「문학의 순수성과 완결성, 또는 문학적 삶의 큰 모범—『나의 꿈』에서 『말과 삶과 자유』까지」, 『황순원』, 새미, 1998, 24~25쪽.

남긴 황순원이었음에도, 그와 상반되는 취재형 작가의 특질 또한 구비하고 있었음을 가늠하게 한다. 이러한 맥락에서, 『나무들 비탈에 서다』는 그러한 취재형 작가로서의 또 다른 측면이 잘 발휘된 작품의 하나다.

소설 속 이야기는 휴전협정을 눈앞에 둔 1954년 7월경에 시작된다. 학도병들인 동호와 현태와 윤구 세 사람은 2년 전에 군에 입대한 젊은이들이다. 그들은 바야흐로 역사에 남은 대전투인 금성 전투를 치러내야 한다. 이야기의 시작은 이 세 병사가 수색대원의 일부가 되어 마을을 수색해 나가다 어느 집에서 한 여인을 발견하게 되는 것이다. 현태는 이때 그녀를 살해해 버림으로써 두고두고 죄책감에 시달리게 된다.

작중 이야기는 곧 금성전투 이야기로 이어져 간다. 소설 속 작중 화자는 이 금성전투의 개시를 다음과 같이 설명한다.

> 며칠 뒤, 휴전협정을 앞두고 꼭 두 주일 전인 1953년 칠 월 열사흗 날 밤 열 시. 적은 중동부전선 30마일에 걸쳐 십오만이란 대 병력을 투입시켜 가지고 총공격을 개시해 왔다. 휴전 전에 한 발자국이라도 더 남쪽으로 점령 지역을 확장시키려는 동시에 화천의 구만리 발전소를 탈취해 보려는 속셈인 듯했다.
>
> 그때 동호네가 소속해 있는 부대는 <저격능선> 동방에 포진을 하고 있었다.
>
> 처음에 적은 미 제9군단 관하의 수도사단 정면을 뚫고 침공하다가 수도사단이 철수하고 미국 제3사단과 교대하자 이번에는 그 주력부대를 국군 제2군단 정면으로 돌리면서 동쪽으로 나와 중동부 전선의 6사단과 8사단을 포위코자 하였다.
>
> 열나흗 날 동호네 부대는 부득이 금성강 남안으로 철수할 수밖에 없었다.[4)]

이러한 설명은 금성 전투에 대한 어떤 실사(實査)의 결과로써 얻어진 것이라 해석될 수 있다. 6·25 때의 여러 전투들은 크게 전쟁 초기의 격전들,

---

4) 황순원, 『황순원전집 5 : 『인간접목』·『나무들 비탈에 서다』, 창우사, 1964, 212쪽.

중공군 참전 이후의 격전들, 휴전협정 시기의 격전들로 나누어 볼 수 있다.[5] 이 소설은 이 가운데 마지막 단계의 격전을 치르던 전쟁 막바지의 이야기로부터 시작된다.

실제 6·25 전쟁 과정을 보면 백마고지 전투(1952.10.6.~1952.10.15.)나 저격능선 전투 및 삼각고지 전투 (1952.10.14.~11.24) 같은 고지전이 치열하게 전개되는 한편으로 긴 휴전협정이 지지부진하게 이어지던 끝에 마침내 금성전투(1953.7.13.~1953.7.19.)가 벌어지게 된다.[6] 6·25 전사는 이 대전투를 마지막 고비로 해서 1953년 7월 27일에야 휴전협정이 체결되고 있음을 알려준다. 6·25 전쟁 발발 후 3년 1개월, 휴전협상 개시 2년여만의 일이다.

동호, 현태, 윤구 등 세 사람의 이야기는 이 마지막 대전투인 금성전투를 중심으로 전개된다. 중공군이 인해전술로 밀고 내려오자 세 사람은 생사의 위기를 오가게 된다. 백병전까지 치러내는 대혈전 끝에 동호와 현태는 각기 목숨을 구하고 윤구는 포로로 끌려가다 구사일생으로 생환한다. 한국인 최초의 4성 장군으로 기록된 백선엽은 한국전쟁 회고록에서 이 전투를 다음과 같이 회상한다.

> 6월의 위기를 일단 넘겼으나 중공군은 7월 중순에 접어들어 최후의 결전을 준비하고 있었다.
>
> 중공군이 노린 곳은 역시 금성 돌출부였다. 6월초 이곳의 일부 능선을 빼앗는데 성공한 중공군은 이후 약 한 달 간 대규모 병력을 다시 이곳에 집결시켜 이 돌출부를 송두리째 삼키고자 했다.
>
> 51년 5월 중공군의 춘계 대공세 이래 최대 규모의 격전인 금성전투는 53년 7월 13일 저녁을 기해 개시됐다. 2군단 예하 6,8,3,5사단 등 4개 사단과 2군단 좌익 미9군단(군단장 Reuben Jenkins) 예하의 9, 수도사단 등 도합

---

5) 온창일, 『6·25 전쟁 60대 전투』, 황금알, 2010, 참조.

6) 이중근 편저, 『6·25 전쟁 1129일』, 우정문고, 2014, 301~323쪽 및 398~400쪽, 참조.

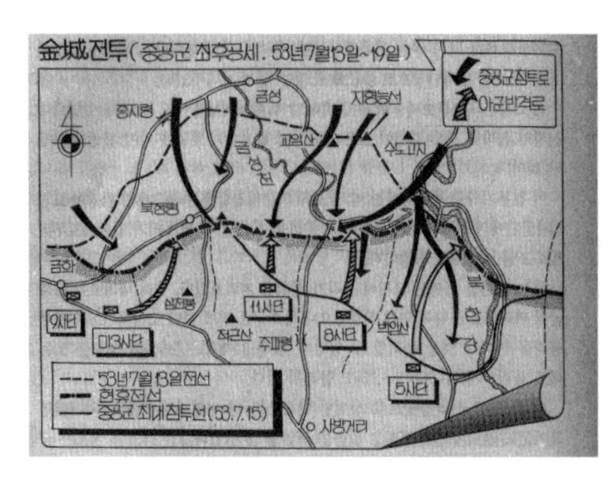

1953년 7월 한국전쟁 상황도

6개 국군사단이 담당하는 약 35km의 정면에 걸쳐 중공군 24군, 68군, 67군, 60군 및 후방에서 이동해 온 54군 등 5개 군이 일시에 기습적 총공세를 가했다.

…<중략>…

나는 부관만을 대동하고 자정쯤 대구를 떠나 여의도의 K-16기지에 내린 다음 헌병 지프로 갈아타고 밤새워 춘천을 거쳐 화천 소토고미의 2군단 사령부로 달렸다.

동이 틀 무렵 군단 사령부에 도착하자 정일권 군단장이 나를 맞았다.

그러나 정 중장은 때마침 고열로 신음하고 있었고 혈색도 말이 아니었다.

"미안하게 됐소. 많은 영토를 잃어버리고……."

그는 사태가 급박하게 돌아가는 데도 열병에 시달려 손을 제대로 쓸 수 없는 자신의 처지를 한탄하며 비탄에 빠져 있었다.

"무슨 심약한 말씀을 하십니까. 휴전이 목전에 도달한 마당에 최후까지 싸워 이겨야 합니다."

나는 정 장군을 위로하며 내가 조속히 조치해야 할 일들을 점검하기 시작했다.[7)]

중공군의 대규모 습격으로 상황이 매우 급박했음을 알려주는 이 회고록 부분에는 『나무들 비탈에 서다』에 등장하는 '소토고미' 마을이 등장하는 것을 볼 수 있다. 작중에서 금성전투를 치러낸 동호와 현태는 이 소토고미라는 곳에 주둔하게 된다.[8)]

---

7) 백선엽, 『군과 나』, 대륙연구소 출판부, 1989, 281~283쪽.

8) 자못 낯선 지명이라 할 수 있는 이 소토고미는 현재 강원도 화천군 상서면 신대리 일대를 말한다. 원래 이곳에는 소토고미와 함께 큰토고미라는 마을이 있었다. 토고미(土雇米)란 이름은 이 일대에 부자가 많아서 이곳에 와서 품을 팔면 잡곡 대신에 쌀

로 품삯을 주었다는 데서 유래했다고 한다.

소설 속 이야기에는 국군 병사들이 치고 올라오는 적군과 더불어 백병전을 벌인다든가, 동족끼리 더 잔인해서 차라리 중공군의 포로가 되는 게 낫다는 이야기를 나눈다든가, 포로로 끌려가던 윤구가 김 하사라는 인물과 더불어 탈출을 시도한다든가 하는 현장성 뛰어난 장면들이 많이 나타난다. 이것은 모두 전투를 직접 치렀을 리 없는 황순원의 자료 수집과 선별의 산물이라고 할 수 있고, 전후문학 또는 전쟁 문학이 이러한 현장성의 뒷받침 없이 설득력을 가질 수 없다면 『나무들 비탈에 서다』는 취재의 성실성이 돋보이는 현장성 뛰어난 작품이라 하지 않을 수 없다.

비단 전방에서의 전투나 주둔지 상황에 관한 묘사들, 설명들 말고도 『나무들 비탈에 서다』는 학도병 제대의 전후 경위라든가 전방에서의 군인들의 생활 방식 같은 세세한 부분들을 구체적으로 그리고 있고 전후 젊은 세대들의 삶의 방식들에 대해서도 상당히 치밀한 묘사를 만들어 간다. 예를 들어 구만리에서 오음리 가는 가파른 길에 관한 묘사 같은 것, 전표로 사먹는 국산 드라이진에 관한 것, 색주가 여자와 긴 밤을 자려면 천환을 내야 한다는 세부적 사실 따위에 대한 자세한 설명들은 앞에서 간략히 살펴보았던, 이 작품에서 발휘된 취재형 작가로서의 성실한 태도에서 말미암은 미덕일 것이다. 이러한 조사 및 관찰에 바탕을 둠으로써 『나무들 비탈에 서다』는 전쟁문학 또는 전후문학의 백미에 속하는 작품이 될 수 있었던 것으로 판단된다.

김윤식에 따르면 6·25 전쟁의 와중에 남한의 작가들이 종군 작가단을 조직해 활동한 것은 각별히 강조될 필요가 있다고 한다. 전쟁이라는 미증유의 상황 속에서 작가들이 무엇을 할 수 있는가를 보여줄 수 있는 표본 가운데 하나가 바로 종군이었기 때문이라는 것이다. 황순원은 육군, 해군, 공군으로 구성된 종군 작가단 가운데 해군 종군 작가단에 소속되어 활동

했다. 마해송을 단장으로 한 이 공군작가단에는 황순원 말고도 조지훈, 최인욱, 최정희, 박두진, 박목월, 김동리, 김윤성, 이상로 등이 소속되어 활동했으며 『창공』, 『코메트』 등의 잡지에 관여했다.[9)]

2. 전쟁문학의 가치 척도와 『나무들 비탈에 서다』

『나무들 비탈에 서다』는 전쟁 과정을 그리고 있고 전쟁 이후 참전했던 학도병들이 겪게 되는 전쟁의 상흔을 그리고 있다는 점에서 확실히 전쟁문학의 범주에 들어간다고 할 수 있다. 그렇다면 전쟁문학의 의미와 가치는 어디에서 찾을 수 있는 것일까? 말을 바꾸면 이것은 어떤 문학이 가치 있는 전쟁문학이냐, 어떤 소설이 진정한 전쟁소설인가를 묻는 문제일 것이다.

문학사적으로 보면 전쟁은 소설의 전개와 밀접한 관련을 맺어 왔다. 전쟁은 소설의 장르적 성격을 변모시키는 역할을 함으로써 문학사에 궤적을 남겼다. 소설은 전쟁을 거치면서 진화하는데, 그 가장 단적인 예는 17세기 한국의 한문단편소설에 나타난 전란의 영향일 것이다.

주지하듯이 소설은 한문문화권을 아우르는 공통의 서사양식으로 중국, 한국, 일본, 베트남 등지에 고루 확산되어 나간 문학 장르다. 그 초기적 형태를 전기라 말할 수 있다면 박희병의 연구에서 명확해졌듯이 중국의 『전등신화』, 한국의 『금오신화』, 베트남의 『전기만록』 등은 전기소설로서의 환상담적 요소를 폭넓게 공유하고 있다.[10)]

그런데 16세기 말 17세기 전반기의 임진왜란, 병자호란의 양란은 이 전

9) 김윤식, 「6·25 전쟁문학－세대론의 시각」, 『문학사와 비평』 1, 1991, 17~18쪽.
10) 박희병, 「한국 중국 베트남 전기소설의 미적 특질 연구－『금오신화』, 『전등신화』, 『전기만록』을 대상으로」, 『대동문화연구』 36, 2000.

기소설의 성격을 심각하게 변전시켰다. 환상담적 요소는 사라지고 대신에 죽음과, 전란으로 인해 뿔뿔이 흩어지는 가족들과, 그들의 기구한 인생 유전과, 극적인 재회의 이야기가 펼쳐진다. 이로써 소설은 훨씬 리얼리스틱해지고, 민중적이 되고, 국가의 흥망과 국제질서의 변화에 대한 작가적 시각이 아로새겨진 새로운 장르가 된다. 또한 조선이 개국 이후 맞이한 『청일전쟁』이나 『러일전쟁』같은 대규모 국제전쟁은 조선 사회를 새로운 국제질서에 편입시키면서 소설의 운명을 다시 한 번 탈바꿈시켰다고 할 수 있다. 이인직의 『혈의누』나 이해조의 『모란병』같은 소설은 모두 청일전쟁이 새롭게 창출한 세계를 그리고 있다. 이들 작품에 나타난 가족의 이산과 재회 모티프는 이 소설들을 단순히 일본 정치소설의 결여형태로만 볼 수 없게 한다. 이와 같은 모티프와 플롯은 근대소설 양식의 외부로부터의 이식만에 의해서가 아니라 오히려 한국 소설의 전통 속에서 자라나온 것이며, 동시에 전쟁이 소설을 진화시키는 또 다른 예를 제공하는 것이다. 『혈의누』나 『모란병』은 모두 전쟁 또는 전쟁 이후의 세계 속을 살아가는 인간을 그려나가면서 그 '새로운'인간이 살아나갈 수 있는 길을 찾는 과정을 보여주는 작품들이다.

그렇다면 왜 전쟁이 이렇게 소설을 변화시킬 수 있는가? 그것은 전쟁이 인간을, 인간성을 변화시키기 때문일 것이다. 이것은 이렇게 말할 수도 있다. 아우슈비츠 이전의 인간과 이후의 인간은 같지 않다. 또는 히로시마 이전과 이후의 인간은 같지 않다. 전쟁은 인간을 시험대 위에 올린다. 인간은 전쟁이라는 극한적 상황 속에서 인간성의 변화, 진화, 타락과 상승을 경험한다. 인간은 역사적 존재라는 명제는 인간이 역사를 겪어 나간다는 사실에서뿐만 아니라 그러한 역사 속에서 인간성이 변화를 겪고 애초의 것에서 다른 것으로 변모해 나간다는 뜻으로 받아들여져야 한다.

소설은 바로 이 인간성의 변화를 자기 장르 안에 더욱 더 충실하게 수용하기 위해 스스로 변모해 가는 역사를 걸어왔다. 그리고 바로 이로부터 전쟁문학의 의미와 가치는 단순히 전쟁을 얼마나 스펙터클하게 그렸는가 하는 양적인 척도에 의해 좌우되지 않으며, 전쟁으로 인해 변모되는 인간의 모습을, 그 실상을 얼마나 깊이, 근본적으로 그려냈는가, 그리고 전쟁을 겪은 후에도 삶, 생명, 또는 생활을 이어나가야 하는 살아남은 자의 윤리감각이나 방향 감각을 얼마나 곡진하게 드러냈는가 하는 질적인 척도가 지극히 중요하다는 사실이 드러난다.

『나무들 비탈에 서다』는 전체 한국소설사의 맥락에서 보면 조선시대의 양란과 개화기의 두 전쟁에 연결되는 제3의 국제전쟁에 대한 문학적 반응이라고 할 수 있으며, 국제전쟁이자 동시에 동족끼리의 전쟁이라는 미증유의 사건을 문학적으로 어떻게 처리해야 할 것인가를 드러내는, 어떤 방향 감각에 관한 소설이라고 할 수 있다.

여기서 이 소설의 의미를 헤아리기 위해 그 줄거리를 다시 한 번 간략히 압축해 볼 필요가 있다. 이 소설에는 수많은 죽음들이 등장하는데, 그 가장 중요한 것은 역시 동호와 현태의 죽음 또는 '죽음'과 같은 상태로의 전락일 것이다. 그리고 이 두 사람의 희생 위에서 동호의 애인이었다가 현태의 아이를 가지게 되는 여성 숙이 새로운 삶을 기약하는 것이 이 소설의 뼈대를 이룬다.

먼저 이 소설에 등장하는 세 인물은 타의에 의해 전쟁에 연루되어야 했던 학도병들의 서로 다른 유형을 그려낸 것이다. 그 첫 번째 인물인 동호는 전쟁으로 인한 순수의 파괴를 감당하지 못하고 스스로를 죽음으로 내몬다. 그는 순수한 사랑의 기약을 맺은 숙이의 존재를 멀리 두고 옥주라는 색주가 여자에 몰두하다 그만 여자를 죽이고 자신도 목숨을 끊고 만다. 두 번째 인물인 현태는 그 스스로 가해자가 되어버린 전쟁의 후과를 견뎌나가다 못해 스스로를 파멸로 이끌어 간다. 그는 대규모 전투를 앞두고 수색 중에 만난 여자를 죽여 버린 자신의 행위를 용서할 수 없는 까닭에 술집 여자인 계향이의 죽음을 계기로 삼아 스스로 감옥 속에 집어넣는 파멸을 불러들인다. 세 번째 인물인 윤구는 젊은이의 순수를 파괴당한 후에도 그것을 무감각하게 수용하면서 새로운 생활을 열어나간다. 그는 사랑하는 여자 미란이 낙태수술의 부작용으로 죽어버린 다음에도 양심의 타격을 받지 않고 양계 일을 하면서 내일의 생활을 설계하고 있다. 한편 이 세 사람의 젊은 학도병과 함께 소설에 등장하는 또 다른 인물인 숙은 동호의 죽음도, 현태의 파멸도, 윤구의 무감각과 비윤리도 모두 끌어안고 그러한 인물들에 의해 훼손된 현실을 견뎌 미래를 열어나가고자 하는 새로운 타입의 인물형이다.

앞에서 언급했던 전쟁소설의 척도에 비추어 보면, 6·25 전쟁은 이들 학도병들의 인간성에 어떤 변화를 가져다주었던가? 작가는 이를 순수의 파괴라는 것으로 압축해서 제시한다. 동호는 자신을 둘러싸고 있는 "거창한 유리"[11]가 깨져버리는 순간 보호막을 잃어버린 자신을 향해 쏟아져 들어오는 정념의 햇살을 견디지 못하고 죽음을 향해 내달려 간다. 전쟁은 그가 간직해 온 편지로 상징되는 순수한 사랑이 결실을 맺지 못하도록 한다. 그는 현태의 유혹을 따라 마침내 색주가를 드나들고 옥주라는 타락한 전쟁 미망인에 매달린다. 마치 김동인의 '흰 담비(白貂)' 처럼 한번 진흙탕에 몸을 담그고 나자 한계를 모르는 나락의 세계로 나아간다. 이와 같은 동호의 상황을 작중 화자는 다음과 같이 설명한다.

> 흔히 이런 수가 있는 것이다. 도랑 같은 것을 뛰어 건너다가 어떻게 잘못하여 한 발을 물에 빠뜨리는 수가 있다. 이런 때의 불쾌감이란 이만저만한 것이 아니다. 도랑의 물이 더러운 흙탕물이거나 구정물인 경우에는 더하다. 게다가 신발이 새것이고 보면 정말 화가 치밀어 못 견딜 지경이다. 왜 좀더 멀리서 밟아가지고 무사히 뛰어 건너지를 못했을까. 이렇게 되면 마침내, 에라 모르겠다, 하고 홧김에 성한 발마저 도랑물 속에 넣고 마구

11) 황순원, 『황순원전집 5: 『인간접목』·『나무들 비탈에 서다』, 창우사, 1964, 198쪽.

절벅거리고 싶어지는 수가 있다. 그 바로 직전의 심정 같은 것.[12]

이 흰담비의 '타락'을 향해 내달려간 동호는 마침내 다른 남자와 잠자리를 갖는 옥주를 총으로 쏴 죽이고 자신도 술병 깬 유리조각으로 왼쪽 손목의 동맥을 끊어 삶을 마감하고 만다. 전쟁이 파괴해버린 순수한 젊음의 아름다움에 대해 동호는 죽음마저 불사하는 행동으로 화답한 것이다.

그렇다면 현태는 이에 대해 어떻게 대응했던가? 위안소에 가 여자와 몸을 섞은 후의 자신이야말로 누구보다 순수한 상태에 놓여 있는 것이라고 강변할 수 있었던 그에게도 수색 중에 아이를 데리고 있는 여인을 살해한 기억은 떨쳐버릴 수 없는 상처가 되어 있다. 죽기 직전에 동호는 현태를 향해 말한다. "이번 동란에 나왔던 젊은이들은 죄다 피해자밖에 될 수 없다는 생각이 들어. 그들이 무슨 일을 저지르건 말야 (후략)"[13] 그러나 현태는 작중 결말에 다다라 가면서 밝혀지듯이 자신이 전쟁의 피해자일 뿐만 아니라 가해자일 수도 있다고 생각해 왔기 때문에 괴로움에서 벗어날 수 없다.

> 안전과 위험이 항상 공존해 있는 전쟁터. 그 예측할 길 없는 전쟁의 생리에 의해 죽고, 부상을 당하고, 그리고 생존했더라도 무언가 눈에 뵈지 않는 멍 자국을 남겨 받아야만 했던 수많은 젊은이들. 현태는 새삼스럽게 지난날 동호가 자살하기 바로 직전에 한 말을 되씹어 보았다. 대체 우린 피해잘까 가해잘까? 내가 보기엔 이번 동란에 나왔든 젊은이들은 죄다 피

---

12) 위의 책, 266쪽. 이 문장은 김동인의 문장과 가히 비교해 볼 만하다. "「백초白貂흰담비」는 자기의 털의 순백한 것을 몹시 사랑하고 아껴서 절대로 진흙밭이나 털을 더럽힐 곳은 통행을 안 하고 돌림길을 하여서라도 그런 곳을 피하여 앞에 더러운 곳이 있고 뒤에 사람이라도 쫓아오면 사람에게 잡히기를 감수할지언정 털 더럽힌 곳은 안 가지만, 어쩌다가 실수해서 조금이라도 털을 더럽히면 그 뒤에는 자포가 되어 스스로 더러운 곳에 함부로 뒹굴어 온통 전신을 더럽힌다 한다."(김동인, 『김동인전집』 6, 삼중당, 1976, 309쪽.)

13) 황순원, 『황순원전집 5: 『인간접목』 · 『나무들 비탈에 서다』, 창우사, 1964, 299쪽.

해자밖에 될 수 없다는 생각이 들어. 그러나 현태는 이 동호의 말에 대답이나 하듯이,

「정말 그럴까. 난 가해자두 될 수 있다구 보는데.」[14]

그 자신을 가해자로 받아들이는 상처투성이 현태가 이 전쟁의 결과에 대응해간 방법은 무위와 '권태'로서의 삶의 길이다. 이것은 무엇보다 그의 행색, 옷차림에 나타난다. 어느 날부터 갑자기 그는 아버지의 사업을 돕던 성실한 생활자에서 "무위의 권태"[15] 속으로 걸어 들어갔다. 그리고는 젊은 시절의 서정주가 목도한 이상이나 김남천의 소설 「맥」(『춘추』, 1941.2)에 등장하는 인물 이관형처럼 기괴한 행색을 하고도 아무런 이상도 느끼지 않는 사람이 되었다.

한 번은 둘이 국제극장에서 나와 옆골목 어느 다방에를 들어갔더니 현태가 석기와 함께 와 있는 것이었다. 언제나처럼 현태는 오랫동안 이발도 면도도 하지 않은 채로였다. 이날 현태와 헤어져 돌아오는 길에 미란은 윤구에게 콧살을 찡그려 보이며, 젊은 사람 주제꼴이 그게 뭐에요, 꼭 미치광이 같네요, 했다. 윤구는 설명했다. 그 친구가 그러고 있는 건 무어 몸치장할 돈이나 시간이 없어서 그런 건 아냐, 되레 반대지, 제대하구 나서 첨엔 자주 양복두 갈아 입구, 구두두 한 달이 멀아 하구 새것을 바꿔 신군 했어, 그러든 게 지금은 저래졌어, 제 말룬 갈아 입구 어쩌구 하는 게 다 귀찮다나, 하여간 좀 별난 친구지, 글쎄 자기 아버지가 경영하는 회사에 들어가서 한동안 잘 일을 보는 것 같드니 무슨 일인지 별안간 그만둬 버리구는 저 모양이 됐거든. 이런 윤구의 이야기를 듣고 미란이 웃으며 말했다. 세상에 별 괴상한 사람두 다 있네요.[16]

이러한 현태의 행색은 곧 무위의 사상, '권태' 사상의 표현이며 이 점에

14) 위의 책, 375쪽.
15) 위의 책, 314쪽.
16) 위의 책, 322쪽.

서 곧 이상의 '권태', 이관형의 '권태'로 연결되는 성질의 것이다. 전쟁이라는 현대적 부조리 메커니즘에 의해 자신이 희생자이자 동시에 가해자가 되어버린 상황에서 그는 이러한 메커니즘의 바깥을 살아가는 존재가 되기를 갈구하며, 바로 그러한 이탈자의 상징으로서 이상이나 이관형과 같은 추악하고 기괴한 행색을 선택한 것이다.

그가 결말 부근에서 계향의 자살을 방조하고, 그로써 자신의 삶을 바꿔줄 미국행 대신에 부작위에 의한 살인죄를 뒤집어쓰고 무기징역을 구형받은 것은 이러한 이탈을 완성하는 자기 파멸 행위였던 것으로 해석될 수 있다. 언제나 술과 함께, 여자를 가리지 않고 자면서 게으른 삶을 영위해 나가는 이 퇴폐 연기는 곧 부조리한 메커니즘에 대한 저항이자 그 자신마저 이 메커니즘의 일부가 되어버렸음을 자각한 데서 오는 일종의 저항적 이탈 행위다.

3. 『나무들 비탈에 서다』와 '아프레게르' 문학의 자장

『나무들 비탈에 서다』의 작중 이야기에 나타난 동호와 현태의 행동들은 일종의 전쟁 거부증 또는 전쟁 경련증의 사례로 설명하는 것이 가능하다. 크리스티나 폰 브라운에 따르면 히스테리는 여성의 자궁을 뜻하는 hysterie에서 파생한 병명이 말해주듯이 오랫동안 여성에 국한된 질병, 여성의 생리에 기인한 정신적 질병으로 알려져 왔다. 그러나 근대 이후 특히 1, 2차 세계 대전을 전후하여 남성 히스테리가 보고되면서부터는 히스테리에 관한 새로운 이해가 시도되었으며 전쟁 거부증 또는 전쟁 경련증이라 할 만한 전쟁 거부 행위는 이러한 남성 히스테리의 대표적인 사례로 간주될 수 있다.

> 19세기가 끝날 즈음 처음으로 "전쟁경련증"이라고 불리는 현상이 등장하는바 그것은 특히 제일차 세계대전이 치러지는 동안에 점점 더 그 의미가 커진다. "전쟁경련증 환자"들은 신체기관적으로는 설명이 불가능했던 이유로 인한 걷잡을 수 없는 "경련"을 보임으로써 전투임무를 거부했던 군인들이었다. 그것이 전통적인 정신과 치료에서도 인정했던 최초의 남자 히스테리 형태였다. 심리학계는 이것을 여자의 "전환 히스테리"와는 다르게 일반적으로 "정신적 외상에 의한 히스테리"라고 불렀다.[17]

숄로호프 작, 백석 역의 『고요한 돈』 표지

크리스티나 폰 브라운은, 특히, 정당화하기 어려운 전쟁 앞에서 병사들은 발작을 비롯한 여러 형태의 전쟁 거부 증상을 나타낸다고 한다. 가해자로서의 군인 처지에 몰린 공격국의 남성 병사들은 공격에 대한 방어라는 정당화 논리를 가지고 전투에 임할 수 있었던 상대국의 병사들에 비해 히스테리로서의 전쟁 거부 양상을 드러낸다는 것이다.[18]

이와 관련하여, 최근 들어 시인 백석이 일제강점기에서 해방공간에 걸쳐 번역한 숄로호프의 『고요한 돈』(교육성, 1949~1950)이 현대어로 옮겨지고 있는데, 이 가운데에서 이러한 전쟁 경련증의 사례라 할 만한 현상들이 묘사되어 있음을 볼 수 있다.

이 소설의 주인공인 그리고리 멜레호브는 한 전투에서 오지리 병사를 죽인 후 무척 괴로운 나날을 보낸다. 그는 얼굴이 창백해지고, 체중이 줄고, 행군하거나 휴식할 때, 잠자거나 졸 때 자기가 베어죽인 오지리 병사

17) 크리스티나 폰 브라운, 『히스테리』, 엄양선 역, 여이연, 2003, 334~335쪽.
18) 위의 책, 335~336쪽.

의 환영을 보곤 한다. 격투의 장면들이 이상하게 꿈에 자주 보이고 꿈속에서도 창대를 잡은 자기 오른팔에 경련을 느끼고, 잠이 깨서 정신이 든 후에도 꿈의 영향에서 다 벗어나지 못해 찌푸린 눈을 손바닥으로 가릴 정도가 된다. 또한 그리고리의 눈에 비친 동료들에게도 이상 증상들이 나타난다. 부상을 당했다 병원에서 돌아온 한 병사는 입술 모서리에 고통과 의혹을 빛을 띄우고 눈을 연신 깜박거린다. 또 한 병사는 기회 있을 때마다 추잡스러운 욕지거리를 내뱉고 유들유들한 태도로 모든 세상일을 저주해 댄다. 또 다른 병사는 얼굴이 숯처럼 새까매져서 시도 때도 없이 자기도 모르게 까닭 없는 웃음을 터뜨리곤 한다.[19]

이러한 현상들은 전장에서의 일들이지만 전장에서 살아남은 동호와 현태가 휴전협정 조인 이후에 보여준 행동들은 전쟁의 후과가 얼마나 무서운지 알 수 있게 해준다. 그들은 전쟁의 상처로부터 영혼의 구원을 얻지 못한 채 스스로 죽음을 택하거나 파멸해 버린다. 이러한 두 사람의 행동을 한국전쟁이 가져온 인간성 파괴, 젊은이들의 순수성 파괴에 대한 일종의 히스테리적 거부 행위라고 이해할 수 있다면, 이와 같은 질병적 상태로부터 벗어나 새로운 삶을 살아갈 수 있는 새로운 가능성은 어떻게 해야 얻어질 수 있는 것일까?

『나무들 비탈에 서다』는 두 개의 부로 나뉘어 있다. 그 제1부의 이야기가 동호의 죽음으로 막을 내린다면 제2부의 이야기는 전쟁이 끝난 후 약 3년이 지난 1957년 정월 초닷새 날부터 시작된다. 이 전쟁의 후일담 속에서 동호의 옛 애인 장숙은 돌연히 자살을 감행한 동호의 행동에 의문을 품고 그의 옛 동료들인 윤구와 현태를 찾아 나선다.

과연 동호는 왜 스스로 죽음을 택했는가? 그녀는 그것이 "신경쇠약"[20]으로 인한 것이었을지도 모른다고 생각한다. 임동호의 죽음의 이유를 찾

---

19) 숄로호프, 『고요한 돈』 1, 백석 역, 서정시학, 2013, 349~354쪽.

20) 황순원, 『황순원전집 5: 『인간접목』·『나무들 비탈에 서다』, 창우사, 1964, 332쪽.

는 그녀에게 현태나 윤구는 좀처럼 진실을 말해주지 않을 뿐만 아니라 유서의 행방조차 불문에 부치려 한다. 그러나 유서의 존재가 드러나고 마침내 숙은 망설임 끝에 현태를 찾아가 동호의 유서를 읽는 의식을 치른다. 그녀는 동호와 함께 했던 인천의 해변을 찾아가 추억을 되새기고 호텔에 가 현태에게서 유서를 건네받아 읽고자 하지만 정작 그의 유서에는 아무것도 쓰여 있지 않다. 동호가 남긴 것은 백지유서였다.

한편 현태는 백지유서에 경악해 버린 그녀를 범해서 아이를 갖게 한다. 현태가 살인 방조죄로 수감된 후 숙은 아이를 가진 몸으로 현태의 친구 남윤구를 찾아가 잠시 몸을 의탁하려 하지만 윤구는 이를 잔인하게 거절해 버린다. 그는 계산 반듯한 생활 적응형 인물이며, 뿐만 아니라 과거에 미란과의 일로 인해 은행을 그만두고 양계업에 뛰어들어야 했던 일에서 어떤 피해의식을 품고 있다. 그는 만약 숙이 자신의 집에 잠시 동안이라도 머물렀다는 사실이 현태의 집에라도 알려진다면 자신이 또 어떤 불의의 피해를 받을지 알 수 없다고 생각한다. 타인의 불행에 동정을 품을 줄 모르는 무감각한 현실주의자와 장숙이 전쟁의 상처에 관해 대화를 나누는 이 소설의 마지막 장면은 작가가 전쟁의 폐허를 위해 어떤 삶의 가능성을 예비해 두고 있는지 헤아려 볼 수 있게 한다.

> 잠시 숙이는 숨을 가누고 나서 조용히 일어섰다. 그리고 비로소 윤구를 정면으로 바라보며,
> 「선생님이 받으신 피해가 어떤 종류의 것인지 모르겠습니다. 그렇지만 큰 의미에서 이번 동란에 젊은 사람치구 어느 모로나 상처를 받지 않은 사람이 있을까요. 현태 씨두 그중의 한 사람이라고 봅니다. 그리고 저두 또 그중의 한 사람인지 모르구요.」
> 「네…… 그런 생각에서 그 친구의 애를 낳아 기르시겠다는 거죠?」
> 그네는 윤구에게 주던 시선을 한옆으로 비키면서,
> 「모르겠어요…… 어쨌든 제가 이 일을 마지막까지 감당해야 한다는 외

에는. …… 그럼 실례했습니다.」

숙이는 가만히 대문께로 몸을 돌렸다.[21]

이렇듯이 작중에서 숙은 동호와 현태의 불행한 영혼을 쓸어안고 그들의 죽음과 파멸에도 불구하고 '그들이'남긴 새로운 생명을 잉태하여 낳아 기르려는 숭고한 정신을 가진 존재로 나타난다. 말하자면 숙은 전쟁이라는 비극에 의해 전정을 '당한'나무와 같이 위태로운 존재가 되어버린 젊은 세대의 삶 전부를 끌어안아 새로운 삶의 가능성을 열어가고자 하는 존재라 할 수 있다. 그리고 이와 같은 숙의 행동 의지는 한 논문이 황순원 문학에 대해 주장한 바, 어떤 '타자의 윤리학'을 실천에 옮기고자 하는 것이라 할 수 있다.

타자의 '얼굴'은 타자성의 현상학적 현현의 양태로서 주체에게 타자에 대한 책임과 윤리를 발생시킨다. 그에 따르면 타자는 강자의 얼굴이 아닌 낯선 이방인의 모습으로, "나그네와 과부와 고아"의 모습으로 현현한다. 타자의 '방문'혹은 타자의 얼굴과의 '대면'은 주체의 각성을 불러오는 윤리적 사건이다. 이 연약한 타자는 낮고 비천한 가운데 나에게 도움을 요청하고 또 호소한다. 이와 같은 타자의 얼굴과의 대면은 주체에게 상처를 입히며, 또 타자에 의해 주체는 수동적으로 소환되고 그 폭력성이 고발된다. 주체는 이와 같은 타자와의 만남을 통해 윤리적 의무를 인식하게 되고, 또 타자의 윤리적 요청에 응답함으로써 '타자를 위한 존재의 양태'로 재정립된다. 이로써 주체는 자신의 존재론적 유한성을 뛰어넘는 초월성을 획득하게 된다.

이때 주체에게 부과되는 윤리적 의무란 타자에 대하여 무조건적 '환대(hospitality)'와 '책임(responsibility)'을 실천하는 것을 의미한다. 이때 '환대'는 자신이 존재하고 향유하는 공간, 즉 '거주지'를 개방하여 타자를 영접하고 타자에게 친절을 베푸는 것을 의미하며, '책임'은 고통 받는 타자의 요청

21) 위의 책, 414쪽.

에 대하여 '응답'하고 타자의 고통을 스스로 대신하고자 하는 태도를 의미한다. 이와 같은 주체의 윤리적 의무는 타자에 의해 수동적으로 부여된다는 점에서, 일방성과 비상호성을 특징으로 한다.[22]

위에서 다소 길게 인용한 레비나스의 타자 윤리학의 요체는 『나무들 비탈에 서다』의 장숙의 행동 의지를 설명하는데 어떤 설명력을 발휘할 수 있을 것이라 판단된다. 이 인용 부분에 나타나는 '타자'의 자리에 동호나 현태를 치환하고 '주체'의 자리에 숙을 치환해 놓고 보면, 그녀는 동호와 현태의 죽음과 파멸이라는 이해할 수 없는 사건을 자기 품 안에 받아들여 쓰다듬고자 하는 윤리적 주체로 나타난다.

물론 어떤 이론을 작품에 대입적으로 적용한다는 것은 크거나 작은 무리를 범할 수도 있다. 그러나 『나무들 비탈에 서다』의 작가는 숙의 의지적 행위를 통해서 전쟁이라는 거대한 폭력에 의해 희생된 젊은이들의 납득할 수 없는 행위들을 모두 끌어안아 파괴된 현재를 극복해 나갈 수 있도록 한 것이라 해석해 보는 것이 그렇게 무리한 일이라고만 볼 수는 없을 것이다. 작중에 나타나는 숙은 현태가 말한 바 생명의지로 충전된 전쟁을 '당한'나무들 같은 동호와 현태의 희생을 승화시켜 새로운 삶과 생명과 자유를 열어갈 수 있는 가능성을 담지하고 있다.

그러나 작가가 생각하는 전후 처리 또는 전쟁으로부터의 회복은 단순히 숙의 존재를 통해서만 제시되고 있지는 않다. 작중의 현태는 또 다른 의미에서 작가의 생각을 가장 직접적으로 대변하는 인물의 하나다.

이 현태의 생각 가운데 깊이 음미해 볼 만한 것이 바로 "자유의 과잉상태"[23]라는 명제다. 현태는 이것을 "자유가 너무 많은 데서 오는 과잉상태가 아니구 자기에게 주어진 자율 처리하지 못해 생기는 과잉상태"[24]

22) 안서현, 「황순원 소설에 나타난 타자 인식 연구」, 서울대학교 석사학위논문, 2008, 9~10쪽.

23) 황순원, 『황순원전집 5: 『인간접목』·『나무들 비탈에 서다』, 창우사, 1964, 332쪽.

라고 정의한다. "자유의 과잉 상태"라는 이 '수렁'은 쉽사리 자각할 수 없는 사이에 그것을 누리는 자들을 자아 망실 상태로 만들어 버린다는 점에서 심각한 위험성을 내포한다. 현태는 이 "자유의 과잉 상태", 자아 망실 상태가 전쟁에서 비롯되었다고 생각한다. 그는 다시 한 번 전쟁터에 서보고 싶다고 한다. 그것은 "죽음과 맞선 순간순간에 잃어버린 나 자신을 도루 찾"기 위한 것이다. 전쟁이 가져온 자아 망실 상태로부터 회복되는 것, 이것이 작가가 생각하는 전쟁 상흔의 또 다른 치유책일 수도 있을 것이다.

이와 같은 맥락에서 작중 이야기를 면밀히 살펴보면 이 작품에는 자아를 잃어버린 부정적 인물군이 여럿 등장한다는 것을 알아차릴 수 있다. 그 하나는 전쟁터에서 시력을 '잃고'돌아온 석기에게 또 다른 불구를 안겨준 '저항파'들이다. 오른손 둘째손가락을 잘라버려 군대에 가지 않은 청년이 또 다른 청년을 향해서 "자식, 이왕 저항을 할려면…… 이걸 못 보나?"[25] 하는 말이 시사해 주듯이 이들에게 저항이란 전쟁에 나가지 않는 것, 자기 신체의 일부를 훼손해서라도 전쟁을 거부하는 것을 의미한다. 그러나 이러한 '저항'은 작중 맥락을 따르면 자기를 잃어버린 저항이며 새로운 세계를 향해 나아갈 수 없는 불모의 저항이다. 작가는 작품 전체를 통해서 이처럼 자아를 잃어버린 존재들을 여럿 보여준다. 특히 동호와 현태, 그리고 윤구가 학도병으로 전쟁에 나가 싸우는 동안 일종의 '아프레게르'(전후파) 청년들로 성장해 나간 후세대의 젊은이들, 그들을 대표하는 미란과 같은 '아프레 걸'은 낙태 후유증으로 삶을 덧없이 마감하게 되는 것으로 처리된 데서도 알 수 있듯이 새로운 삶을 창조해 나갈 수 없는 불모성을 안고 있다.

이 소설에서 미란과 같은 존재의 하나로 부각되어 나타나는 또 하나의 존재는 현태가 즐겨 찾아가는 평양집의 수양딸 계향이다. 십대의 나이를

24) 위의 책, 같은 쪽.
25) 위의 책, 378쪽.

가진 젊음에도 불구하고 한물 간 기생 월선의 유습에서 벗어나지 못한 채 차가운 도자기와 같이 폐색된 생명을 이어가고 있는 계향은 현태가 그녀에게 열대어 사진첩을 사다 보여주는 소설적 장치가 상징하고 있듯이 이미 열정을 상실해 버린 채 성장하고 있는 새로운 세대의 부정적 단면을 대표한다. 작가에 의해 가볍고 밝기만 한 존재로 그려진 미란과 차갑고 단조로운 삶을 이어가는 계향은 앞에서 언급한 '저항파'들과 마찬가지로 전쟁의 후과를 견디면서 새로운 삶을 설계해 나갈 수 없다.

그리고 이러한 작가적 진단은 '아프레게르' 문학과 관련하여 1915년생인 황순원의 존재를 1926년생 박경리와 1935년생 손장순에 비견해 보게 한다. 필자는 박경리의 장편소설 『녹지대』(2012)를 펴내면서 작품 해설을 쓴 바 있고, 또 다른 사정에 따라 『아프레게르와 손장순 문학』(서울대출판부, 2012)를 펴내기도 했다. 『녹지대』는 1964년 6월 1일에서 1965년 4월 30일까지 『부산일보』에 연재된 아프레게르 소설이며, 손장순은 '아프레걸'을 주인공으로 삼은 「입상」(『현대문학』, 1958.1)이라는 소설을 통해 등단하여 '아프레게르' 문학의 결산편이라 할 만한 『한국인』(『현대문학』, 1966.1~1967.7)을 쓴 작가다.

이러한 소설 작품들은 '아프레게르' 세대라는 것이 "전쟁을 겪으며 성장한 1950년대 중반경의 10대들을 가리키는 세대적 명칭"[26]임을 보여주며, 전후의 자장이 흔히 생각하는 전후문학의 애매모호한 개념 설정과는 달리 멀리 1960년대 중반을 전후로 한 시기에까지 미치고 있음을 알 수 있게 해준다. 또한 이 '아프레게르'는 단순히 연대에 관련된 명칭이 아니라, "전후에 전쟁을 겪으며 성장한 세대의 윤리의식, 가치관 혼돈, 또는 퇴폐적인 사고 및 행동방식을 가리키는 말"[27]이기도 하다.

---

26) 방민호, 「한국문학의 1960, 70년대와 손장순 문학의 의미」, 『아프레게르와 손장순 문학』, 서울대출판부, 2012, 24쪽.

27) 위의 책, 25쪽.

아프레게르 문학이라는 개념은 경우에 따라 전후문학이라는 개념보다 전쟁의 영향이나 처리를 폭넓은 관점에서 볼 수 있게 해주는 이점이 있는 것으로 판단된다. 또 이러한 관점에서 보면 황순원의 『나무들 비탈에 서다』는 비록 연재 중에 4·19를 경험한 작가의 눈으로 결말을 맺은 것이지만 1960년대 소설이라기보다는 일종의 아프레게르 소설이라고 보아야 한다. 이렇게 봄으로써 이 소설의 특장이 더욱 넓게 드러날 수 있다.

이 소설을 통해 황순원은 전쟁을 직접 전장에서 겪은 세대와 이 전쟁의 후면에서 성장해 온 세대들의 낙차들까지 소설적 에피소드들에 고루 담아 보여주면서 한국전쟁이라는 미증유의 재난을 어떻게 처리할 것인가, 어떻게 하면 전쟁과 죽음과 폭력을 딛고 새로운 공동체적 삶을 만들어 나갈 수 있는가를 제시하고자 했다.

4. 나가면서 — 전쟁의 결산과 전후문학 개념 문제

전쟁 참전 젊은이들의 전쟁 체험과 그 외상의 깊이, 자장을 밀도 높게 그린 황순원의 문제작 『나무들 비탈에 서다』는 한국문학사에 있어 전후문학이라는 개념에 관해 한 번 더 성찰해 볼 수 있게 한다.

과연 전후문학이란 무엇이며, 어디까지를 전후문학으로 규정해야 하는가 하는 문제에 관해서 국문학계는 아직 '비평적'으로만 대답해 왔을 뿐, 흔히 말하는 '비평'과는 다른 차원의 '연구'에 필요한 개념적 제공을 해왔다고 간주하기 어려운 점이 없지 않다. 이는 학계에서 '통용'되는 전후문학에 관한 엇갈리는 여러 견해들을 생각해 보면 쉽사리 드러난다. 어떤 경우에 '전후'는 '1950년대'와 동일시되는 경향이 있다. 1960년 4월 혁명 이후의 문학을 '1960년대' 문학으로 등치시키는 순간 '전후'를 어떻게 설정해야 하는가 하는 문제가 난관에 부딪치면서 전후는 곧 1950년대이고 전후문학은 1950년대 문학인 듯 생각해야 문제가 풀릴 것 같은 인상에 사로잡히기 때문이다. 그러나 이와 같은 해법은 다시, 우리가 이른바 전후작가라고 즐겨 명명하는 장용학이나 손창섭 같은 사람들의 중요 작품들이 많은 경우 1960년대에 산출되었다는 사실로 인해 난관에 봉착한다.

손창섭의 『낙서족』은 비록 일신사에서 1959년에 출간되었으나 장용학의 『원형의 전설』은 『사상계』에 1962년 3월에서 11월에 걸쳐 연재되었고, 나아가 최인훈의 『광장』은 정향사에서 1961년 2월에 출간되었지만 또 다른 전후적 문제작인 『회색인』은 1963년 6월부터 1964년 6월까지 『세대』에 연재되었고, 그 후속편인 『서유기』는 1966년에 『문학』에 연재된 작품이다. 뿐만 아니라 전쟁 문제를 다룬 박경리의 대표작 『시장과 전장』은 1964년 현암사에서 펴냈고 전쟁중 임시수도 부산을 그린 이호철의 『소시민』은 1964년 7월부터 1965년 8월까지 『세대』에 연재된 소설이다. 이와 같은 사례는 더 많이 거론할 수 있으며 이 글의 분석 대상이 된 황순원의 『나무들 비탈에 서다』가 발표된 것은 1960년 1월부터 7월까지 『사상계』에서였으나 그의 또 다른 전후 결산작 『일월』은 『현대문학』에 1962년부터 1964년까지 이어지다 끊어지기를 거듭하며 모두 3부에 걸쳐 나뉘어 연재되었다.

이와 같은 작품들의 존재가 시사하는 바에 주의를 기울일 필요가 있다. 그것은 한국에서 일단 6·25 전쟁의 이후라는 의미에서의 '전후', 그리고 '전후문학'의 개념적 범주가, 이 작품들의 존재를 참조하는 귀납적인 차원에서 볼 때 대략 1960년대 중반에까지 이른다는 사실이다. 한국전쟁을 겪은 사람들의 정서와 감각, 사상은 4·19 혁명을 겪은 이후에도 결산되지 않은 채 연속되었던 것이며, 전쟁의 상처와 의미와 결과에 관한 문학적 숙고는 일차적으로는 1960년대 중반경이 되어서야 일단락을 지을 수 있었던 것임을, 바로 이 문제작들의 존재가 강력히 시사해 준다. 필자는 이를 가리켜 제1차 전후문학이라 부르고자 하는데, 왜냐하면 '전후문학'이라는 범주는 전쟁의 여파가 문학적으로 미치는 범위 전체를 가리키는 것이 되어야 하고, 그런 의미에서 판문점 체제가 현재에까지 계속되고 있다는 점에서 '전후'는 지금도 여전히 진행중인 것이고, 이 긴 '전후'를 몇 개의 단계로 분절하고자 할 때 가장 유력한 제1차 전후 또는 전후문학은 바로 1960년대 중반을 전후로 하여 분절될 수 있다고 보기 때문이다.

이에 관해서는 또 다른 글에서 상술할 수 있다고 본다. 『나무들 비탈에 서다』와 관련하여 이 논의가 중요한 것은 이 소설과 함께 『일월』의 문학사적 의미 또는 가치를 산정하는 문제에 이 논의가 연결될 수 있기 때문이고, 바로 이를 통해서 '전후작가' 또는 '전후'를 그리는 작가로서의 황순원의 각별한 위치가 재인식될 수 있기 때문이다.

『나무들 비탈에 서다』는 앞에서 열거한 다른 많은 작품들만큼이나 '전후적'이다. 황순원은 자신이 속하지 않은 '아프레게르' 세대의 문제를 자신의 문제로 수용하여 6·25 전쟁이 한국인들에게 무엇이었는가를 묻고 그 치유의 방향을 제시하고자 했다. 학도병으로 전투에 참여해야 했고 또 '무의미한' 살상을 범해야 했던 세 젊은이들을 통하여 그는 한국전쟁의 소설적 '윤리학'을 개척하고자 한다. 그 문제의식이 본격성이 이 소설의 깊이를 낳은 요인이었다고 말할 수 있다.

「술 이야기」에 나타난 노동운동 양상 연구*
– 해방직후 노동자 공장관리를 중심으로

신덕룡

1. 들어가며

해방공간에서 식민지 경제구조의 청산 문제 중 하나는 적산의 처리였다. 일본인의 재산을 어떻게 처리할 것이냐의 문제는 누가 이 재산을 관리하고 소유하는가에 대한 관심으로 집중되었다. 이는 일제 이후 기형적으로 발전해온 산업구조와 제조업의 95%가 일본국가, 일본인 및 일본인 단체의 소유였고, 공업자본의 5%가 조선인의 것이었다는 데서 비롯한다.[1] 해방이 되자 일본인의 재산은 그야말로 적산(敵産)이 되었고, 정부가 서지 않은 상태에서 적산의 처리는 매우 다양하고 복잡한 양상으로 나타났다. 특히 일본군 패잔병과 친일파, 모리배 등의 방화, 시설파괴, 물자방출 등 반민족적 행태가 자행되는 시기에 이를 막고 산업시설을 지키기 위한 노력은 노동자의 생활권 보장이라는 측면에서 노동운동과 연결 될 수

---

* 이 글은 2014년 9월 12일 황순원문학세미나, 황순원기념사업회, 제11회 문학제에서 발표한 발제문을 수정, 보완하여 『한국문예창작』제14권 제1호(통권33호, 2015.4.)에 발표한 것임.

1) 과학원 역사연구소, 『조선통사(하)』, 도서출판 오월, 1989, 310쪽.
박현채는 그의 저서 『한국경제구조론』(일월서각, 1986, 62쪽)에서 미군정에 귀속된 재산이 남한 소재 국부의 80%에 이를 정도로 방대했지만, 이것이 민족자산으로 전환되지 못했음을 지적하고 있다.

밖에 없었다.[2)]

노동자들의 생활권 보장과 산업시설의 접수와 관리를 중심으로 전개되는 노동운동에 대한 문학적 형상화 역시 다양하게 나타났다. 이 시기에 노동운동을 다룬 작품들은 크게 세 가지 유형으로 분류할 수 있다.

첫째, 일본 패망으로 인한 공장의 가동중단, 임금체불로 인한 생활난의 가중이라는 상황에서 일본인 사장과의 담판을 통해 이를 해결하는 움직임을 형상화한 소설로 홍구의 「석류」가 대표적이다.

둘째, 일본인의 재산을 접수한 이후에 이를 누가 관리할 것이냐는, 관리의 주체를 놓고 벌이는 갈등양상을 다룬 소설로 이규원의 「해방공장」, 이동규의 「오빠와 애인」 등이 있다.

셋째, 미군정의 관리인 제도를 인정한 이후 노동자들의 분열, 부패한 관리인과 노동자 사이의 투쟁을 그린 소설로 김영석의 「전차운전수」, 「폭풍」 등이 있다.

이들의 공통점은 모두 '문학가동맹'을 중심으로 한 좌익계열의 작품들이고, 남한에서의 노동운동을 다루고 있다는 점이다. 특히 45년 11월에 <조선노동자전국평의회>가 결성된 이후 '전평'의 노선에 따라 작품의 소재와 주제가 옮겨가고 있음을 알 수 있다.[3)]

황순원의 「술 이야기」[4)] 역시 해방직후 일본인 양조장의 접수와 관리를 둘러싸고 벌어지는 일을 다룬 소설이다. 노동자 공장관리의 구체적 양상을 살펴볼 수 있는 작품이지만 이 작품 자체에 대한 본격적인 연구는 미진한 실정이다. 단편집 『목넘이 마을의 개』에 실려 있는 여러 작품들과 함께 해방직후 사회상의 측면에서 다루고 있거나[5)], 작가가 개작을 통해

---

2) 中尾美知子, 편집부 옮김, 『해방후 전평노동운동』, 춘추사, 1984, 16-7쪽.

3) 졸저, 『해방직후 진보적리얼리즘 소설연구』, 시인사, 1989, 95-97쪽 참조.

4) 이 작품은 『신천지』 2권2호(서울신문사, 1947.2)와 2권3호(1947.3/4합병호)에 발표되었다. 이후 약간의 개작을 거쳐 창작집 『목넘이 마을의 개』(1952)에 「술」로 제목을 바꿔 실었다.

이 작품의 이데올로기적 요소를 어떻게 완화시켰는가를 다루고 있거나[6], 노동소설들을 다루면서도 아예 언급이 되지 않고[7] 있는 실정이다.

그럼에도 불구하고 이 소설이 지닌 의미와 성격으로 볼 때, 두 가지 점에서 관심의 대상이 된다. 그 하나는 미군정 하에서 벌어지는 노동문제를 다룬 소설이 아니라는 점이다. 이 소설은 평양, 즉 3.8 이북에서 벌어진 노동자의 공장접수와 관리문제를 다루고 있다. 또 하나는 이데올로기를 바탕으로 노동운동을 인식하고 형상화했던 좌익계열의 작가들과 달리 황순원은 현실 그 자체를 비판적으로 다루고 있다는 점이다. 적극적으로 현실문제에 접근하여 적산의 처리와 인수과정에 나타난 일제 잔재청산이 물질적 측면만이 아니라 한국인의 삶을 위해 공평하게 분배될 수 있는 상황까지 이르러야 한다는 것을 보여주고 있다.[8] 따라서 「술 이야기」는 당시의 노동운동의 양상을 남・북 양쪽에서 비교하면서 살펴볼 수 있는 작품이다.

2. 적산의 접수와 소유욕

「술 이야기」는 평양에 있는 나까무라 양조장의 공장접수와 공장관리의 문제를 다루고 있다. 이 소설의 주인공이자 관리대표인 준호는 양조장의 주임서기였다. 25살에 사환으로 들어와 총명함과 성실성과 끈기로 일을

5) 장현숙, 「해방후 민족현실과 해체된 삶의 형상화」,『황순원연구총서』 2권, 황순원학회편, 국학자료원, 2013(이하 『총서』).
전흥남, 「해방직후 황순원 소설 일고(一考)」, 『총서』 4권.
이동길, 「해방기의 황순원 소설연구」, 『총서』 4권.

6) 엄희경의 「중도좌파적 사상의 흔적 지우기」, 『인하어문연구』, 인하대 국문과 인하어문연구회, 2006.2.

7) 임진영, 「해방직후 노동소설 연구」,『문학과논리』 제2호, 태학사, 1992.

8) 권영민, 『한국현대문학사』2, 민음사, 2013, 72쪽.

했고 이를 인정받아 주임서기가 되었다. 해방 후에도 그는 양조장 숙직실에서 기거하면서 주인인 나까무라가 몰래 양조장의 재고물자나 술을 빼돌리는 일을 막아냈고, 갖가지 회유와 유혹을 거절하면서 양조장을 지켰다. 따라서 많은 노동자들이 양조장 일이라면 무엇이든 잘 알고 있는 준호를 임시대표로 추대하기에 이른 것이다.

> 본래 사장 나까무라는 이 양조장을 경영하는 한편 진남포에다 큰 정미소를 경영하며 대개 거기 가 있었는데, 팔일오 직후 한번은 나까무라가 직접 그리고는 사람을 몇 번이고 내세워 가지고 그새 양조장에 재고 되어 있는 소주 백 여 섬이라든가 트럭같은 것을 빼내보려고 애썼으나, 번번이 준호가 앞장서다시피 해서 물리쳤다.
> 아직 무기해제도 완전히 안 된 때로 인심이 흉흉하여 자칫하면 어디서 어떠한 위험을 당할런지도 모를 지경에 있으면서도, 준호는 나까무라패의 교섭을 받지 아니 않았다. 같은 사무실안의 젊은 서기 건섭이의 말대로, 이제부터 모든 것이 우리의 것이다! 하는 감격이 준호의 가슴에 차고도 남았다.[9]

사장인 나까무라로부터 양조장을 지키는 일은 '우리의 것', 즉 '우리'의 재산을 지킨다는 자부심으로 이어진다. 이러한 사실은 해방직후 많은 지역에서 노동자들이 일본인의 공장을 접수하고 자주적으로 관리하고 있었다는 점에서 노동운동의 한 측면과 맞닿아 있음을 보여준다. 달리말해, 해방직후 많은 공장에서 노동자들은 공장관리위원회를 중심으로 일본인의 물자방출이나 중요시설 파괴 그리고 재산 빼돌리기를 막았던 것이다. 일제의 조직적인 산업시설 파괴는 북쪽에서도 광범위하게 행해졌다. 산업시설들에 대한 폭파, 중요부품의 해체 등이 그것이다.[10] 이는 「술 이야기」

---

9) 『신천지』, 2권2호, 앞의 책, 144쪽. 원문을 현재의 맞춤법에 맞게 약간 수정하였음.
10) 예대열, 「해방이후 북한의 노동조합 성격논쟁과 노동정책 특질」,『역사와 현실』, 제70호(2008.12) 213쪽.

에서 "아직 무기해제도 완전히 안 된" 상황으로 나타나고, 이러한 상황에서 준호의 행동은 해방 직후 공통적으로 나타나던 일본인들로부터 재산 지키기의 어려움을 보여준다.

양조장 대표가 되고나서 준호는 일본인 지배인의 사택으로 거처를 옮기게 된다. 과거에는 "문 밖에서 명함을 놓고 가곤 했을 뿐" 감히 들어가 보지도 못했던 사택에 발을 들여 놓으면서 준호는 무한한 자부심을 느낀다. "일본적인 것을 일소해버려야 한다는 생각에" 방안에 걸린 족자, 편액을 모조리 떼어버린다. 오동나무 의걸이며 지배인이 아끼던 매화나무 화분까지 모두 광으로 옮겨버린다. 뜰에 있던 돌사람의 목까지 도끼로 쳐서 잘라버렸다.

> 일본사람이 가지고 있던 재산이란 재산은 전부가 본시 조선의 것이지 일본서 가져왔던 것이냐, 빈손으로 왔다 그만큼 잘 살고 가는데 무에 부족하느냐는 말로, 일본사람이 이번에 사람만이라도 아무 다침없이 있다는 것을 감사해야 마땅할 일이니, 첫째 우리도 일본에 가 있는 동포들이 돌아올 일을 생각해서 꾹 참고 있지만 그러고 있는 것이다. 우리 조선사람의 훈훈한 정일지는 몰라도 한편 말하자면 팔일오 이후에도 조선사람이 일본사람에게 손을 못댈만큼 그렇게 조선사람의 모든 것을 일본은 삼십육년 동안 속속들이 빼앗았다는 말을 했다.[11)]

이런 말과 행동은 일본인 지배인 집을 접수하면서 그들의 재산이 모두 '우리의 것'이 되었으니 마음대로 처분할 수 있다는 자신감의 표현인 셈이다. 그러나 이런 생각이 준호 스스로의 주체적 인식이나 사유의 결과가 아니라는 점에서 그의 말과 행동이 지닌 위험성이 도사리고 있었다. 다름 아닌 '사무실안의 젊은 서기 건섭'이라는 인물에 의해 주입된 것이기 때문이다. 그가 대표가 된 것이나, 대표가 된 이후의 행동 하나하나 건섭에

---

11) 『신천지』, 앞의 책, 147쪽.

게 들은 말을 실행하고 있는 것이다. 「술 이야기」에서 준호의 비극은 이미 처음부터 내재되어 있는 셈이다.

준호의 신분상승은 일본인 재산의 접수와 관리를 맡는 일에서 나아가 개인적인 소유욕으로 확대된다. 이는 생활방식의 변화와 병행한다. 그는 이제 숙직실이 아닌 지배인의 큰 집에서 살게 되었다. 저녁마다 얼큰하게 술을 마시고, 목욕을 하고 다음날 날이 샐 때까지 단잠을 잤다. 누가 재촉하는 일도 없었다. 마냥 느긋하고 여유로운 생활을 하던 중 준호는 방안이 허전하다는 생각을 한다. 지난 번 일본적인 것이라고 치워버렸던 편액과 족자, 가구들이 없어졌기 때문이라는 생각을 하기에 이른다. 허전함을 메우고자 스스로 타협을 하게 된다. "가구가 무슨 죄가 있느냐! 건섭이가 일본적인 것은 일소해버려야 한다는 말에도 이 가구 같은 것은 들지 않았으리라. 하여튼 이렇게 방안들이 텅 비어서는 큰 집으론 격에 맞지 않아 안됐다."는 것이다. 따라서 광에 버려두었던 편액과 액자는 물론 오동나무 의걸이와 매화나무 화분까지 제자리에 갖다 두기에 이른다. 도끼로 떼어 버렸던 돌사람 머리도 제자리에 갖다 놓는다.

> 준호는 그달음으로 뜰로 내려가 대피소 속에 들어간 돌사람의 대강이를 꺼내다가 각각 제자리에 맞추어 놓았다. 돌멩이라 보기보아서는 상당히 무거웠다. 석등의 갓 조각도 제자리에 맞추어 놓았다. 이제 시멘트를 구해다 이맷잠을 바르리라.
>
> 준호는 이러고 나서 작은 마루방 매화나무분 앞에 가 앉으니 마음이 흐뭇했다. 그런데 자꾸만 무엇이 한 가지 빠친 것만 같다. 옳지! 내 사진을 하나 지배인 것만큼 큼직하게 찍어다 응접실 벽 위에 걸어야지. 이래서 준호는 사진관에를 갈 참으로 전에 없이 양복에 솔질을 말짱히 해서 입기 시작하였는데(…<이하 중략>…)[12)]

---

12) 『신천지』, 위의 책, 150쪽.

준호의 이런 행동변화는 우선, 접수한 일본인의 재산이 공적 재산이란 인식이 없는 상태에서 진행되고 있음을 말해준다. 공장은 물론 공장과 관련된 재산이 모두 양조장 직원들의 것이란 인식이 없는 상태에서 대표가 되었고, 대표는 대표에 걸맞는 생활을 해야한다는 허영심과 소유욕이 발동하기 시작한 것이다. 이러한 행동은 그가 이미 신분상승에 맞는 생활에 익숙해졌을 뿐만 아니라 그가 살고 있는 집 역시 자신의 소유로 여기는 것으로 나타난다. 이런 상황에서 종업원들과 다함께 나누려던 "지하실에 있는 술"도 자연히 내 것이게 된다. 더욱이 살 데가 없어 고생하는 한 종업원이 방 한 칸만 빌려 달라고 할 때, "자기 집에다 살림방을 들이면 큰 집 꼴도 안되려니와 자기 혼자 차지하는 보통객실방도 침범당하게 된다"는 생각에 거절한다.

양조장 대표인 준호는 더 이상 지난날의 "동무"가 아니었다. 종업원이 아닌 대표라는 자리는 이제 부와 권력을 가진 자리가 되었다. 일본인 지배인의 사택은 자신의 집이요, 그에 딸린 가구는 자신의 재산이다. 선심 쓰듯 당분간 눌러 살게 한 지배인의 미망인은 이제 자신이 부리는 사람이 되었다. 이렇듯 준호가 양조장의 접수 책임을 맡게 되면서 갖게 된 생활의 여유가 그를 바꿔 놓는다. 그는 자신이 누리는 여유에 대해 사십 평생 "그 고생살이 한 보람이 헛되지 않아 이제부터는 좀 편안히 살 수 있게 됐다는 생각"을 하기에 이른다. 과거의 삶에 대한 보상이란 생각이다. 이렇듯 적산을 '우리의 것'이 아닌 '나의 것'으로 여기게 되면서 양조장에 대한 소유욕은 더 커지게 되고, 이를 실행하기 위한 계획을 세우게 된다. 나아가 일본인 지배인의 사진을 떼어낸 자리에 자신의 사진을 걸어놓겠다는 욕심으로 구체화된다. "자꾸만 무엇 한 가지 빠친 것만 같"은 허전함에서 비롯한 것이지만, 이는 소유욕의 확대를 상징적으로 보여준다. 사진을 걸겠다는 것은 자신을 일제치하 일본인 지배인의 위치로, 지위와 신분을 확실하게 바꿔 놓겠다는 욕망의 표현이기 때문이다.

문제는 이런 준호의 소유욕과 지배욕을 개인적 차원으로 축소할 수 없다는 데 있다. 준호의 소유욕을 둘러싼 사회적 배경 때문이다. 양조장(공장)이 일본인에게서 빼앗은 재산이라는 것, 이 재산에는 양조장에서 일하던 많은 직원들의 이해관계가 얽혀있다는 것, 무엇보다도 양조장의 접수와 관리의 문제가 해방직후 노동운동의 제 양상과 밀접하게 연관되어 있다는 것이다. 공적 재산의 사적 소유의 문제는 적산의 처리를 둘러싸고 벌어지는 온갖 병폐의 대표적인 형태에 속한다. 해방이 우리의 주체적 역량에 의해 성취되지 않았고, 해방 후 이에 대한 뚜렷한 정책이 없는 상태에서 모리배와 정상배가 자신의 이권을 챙기는 전형적인 모습이었기 때문이다. 이러한 배경에 비추어 준호의 소유욕은 해방정국에서 적산을 둘러싸고 벌어지는 왜곡된 욕망의 한 형태이며 사회적인 성격을 지니고 있음을 의미한다.[13] 따라서 소유의 문제를 개인적인 차원으로 받아들이는 준호와 조합을 중심으로 사회적 차원에서 접근하는 건섭과의 갈등은 불가피한 일로 나타날 수밖에 없다.

3. 공장관리를 둘러싼 갈등과 논리

1) 갈등의 사회적 배경

「술 이야기」에 나타난 갈등의 시작은 공장을 접수하고, 경영권을 취득하는 일이 진행되면서 부터이다. 준호는 양조장의 임시대표로서 공장을 접수한 이후 관계기관에 자신의 명의로 "접수 경영 신청"을 하게 된다.

13) 적산(敵産)인 공장의 관리, 운영을 누가 하느냐는 문제, 즉 공장관리의 주체를 두고 갈등·대립하는 양상을 다루는 소설들로 이규원의 「해방공장」, 이동규의 「오빠와 애인」이 있다. 여기서도 갈등은 공장의 관리와 운영을 어느 한 개인에게 맡기느냐 아니면 조합의 대표로 하느냐의 문제에서 비롯한다. 자본주의적 움직임과 사회주의적 전망 사이의 갈등이라는 점에서 1946년 이전의 혼란한 사회상과 연관되어 있다.

이 작품에서 말하는 "접수 경영 신청"은 곧 공장의 관리 및 소유권 취득으로 이어지는 일이기에 이에 대한 준호의 반응이 민감할 수밖에 없다. 준호가 사진관에 들러 사진을 찍고, 민영상공과로 간 것은 대표인 자신이 "접수 경영 신청"을 했기 때문인데 그는 여기서 새로운 사실을 알게 된다. 다름 아닌 '유경양조장'을 두고 두 곳에서 접수 신청을 했다는 것이다. 그의 의문은 "대관절 저편 대표자란 놈이 어떤 놈일까. 어떤 놈이건 두고 보자! 날 잡아 먹으려고?"라는 분노로 변한다. 이런 분노의 이면에는 그가 현재의 대표라는 것, 이 재산을 자신의 소유로 하겠다는 욕망이 자리해 있다.

> 다음날, 준호는 사무실에 나가자, 건섭이에게 자기네 양조장을 다른 데서도 접수 신청한 자가 있더란 말을 했다. 자기네 양조장을 생각하는 사람이면 누구나 마땅히 놀라야만 할 이 사실을, 건섭이는 듣지나 못한 듯이 이 말에는 아무 대꾸도 없이 준호보고, 동무를 어제부터 기다렸다는 말과, 어제 조합에 갔더니 양조장 접수문계는 이후부터 상공부에서가 아니라 재정부에서 취급하기로 됐다는 통지가 왔더란 말과, 접수 문제에 있어서도 조합이 책임을 지는 경우면 공장가격을 연부의 형식으로 청산할 수 있으나 어떤 공장을 고립시켜 접수 경영하는 경우에는 일시불이 아니면 안되게 되었다는 말을 했다. 듣고 보니 건섭의 말도 중요한 말이다.[14]

위의 내용은 이 작품의 창작시기에 비추어 볼 때, 몇 가지 구체적 현실을 배경으로 하고 있다. 그 첫 번째는 창작 시기인 45년 10월 이전에 어떤 단체나 기관이 공장의 접수 신청을 받았느냐, 두 번째는 공장의 관리·경영의 권리를 두고 개인과 조합간의 갈등이 있었냐는 것이다.

첫 번째의 경우는 해방직후 북한에서의 주도적인 정치세력이 누구인가라는 것과 연결된다. 위에서 언급하고 있는 바, '상공부'나 '재정부'의 정

14) 『신천지』, 앞의 책, 151~152쪽.

체와 관련된다. 해방 직후 소련군은 공장, 제조소 및 공작소 주인들과 상업가, 자본가들에게 왜놈들이 파괴한 제조소를 회복시킬 것과 모든 조선 기업소의 재산을 담보한다는 내용의 포고문을 발표한다.[15] 조선인의 재산을 보호한다는 것 외에 적산의 처리 문제에 대해서는 뚜렷한 지침이 없었다. 따라서 일본인 기업체에서 종사하던 노동자들은 자발적으로 공장관리 활동을 하게 되었으며, 각급 인민위원회가 1945년 8월말을 전후해서 소련군의 승인 아래 적산을 정식으로 접수하기 시작한다.[16] 국내 사회주의자들의 중심이었던 조선공산당 평안남도 관리위원회 역시 1945년 9월 25일에 발표한 강령에서 노동자들의 '공장관리운동'을 보장하고 있다. 그러나 12월에는 노동자 공장관리로 인한 노동생산성의 저하, 태만 등의 문제를 비판하기도 한다.[17]

이러한 사실은 공장접수의 주체가 인민위원회, 즉 소련군이 승인한 각급 인민위원회였음을 말해준다. 그렇다면 각급 인민위원회가 공장관리의 주체를 노동조합에 한정하고 있었느냐는 문제가 제기된다. 반드시 그렇지 않았다는 것은 소련군 포고문에서 볼 수 있듯, 조선인 제조소 및 공작소 주인들의 재산을 인정한다는 사유재산에 대한 보장에서 잘 알 수 있다. 기간산업을 제외한 적산의 처리에 대해 명확한 언급이 없는 상태에서 각급 인민위원회가 '조합'과 '개인'에게서 접수 신청을 받고 관리권을 내 주었다는 것을 말해준다. 몇 달 뒤, 조선공산당 평안남도 관리위원회에서 노동자들의 공장관리에 대한 비판이 나오는 것으로 보아, 개인과 조합에 의한 공장관리가 병존했음을 알 수 있다.

북한의 통합경제적 성격은 1946년 3월, 북조선 임시 인민위원회 결성 후 발표한 강령에서도 잘 나타난다. 여기에는 대기업소, 운수기관, 은행,

15) 송남헌, 『해방3년사 1』, 까치, 1985, 106쪽.
16) 김성보, 『북한의 역사 1』, 역사문제연구소, 2013, 91쪽.
17) 예대열, 앞의 글, 219쪽.

광산 등 국가 주요기관에 대한 국유화라는 큰 틀에서의 정책만 있다.[18] 8월에 가서야 일본국가나 일본인, 민족반역자의 소유로 된 일체의 재산을 무상 몰수하여 국유화하고 있다. 1946년 11월에도 「개인 소유권을 보호하며 산업 및 상업활동에 있어서의 개인의 창발성을 발휘하기 위한 대책에 관한 결정」이 발표되었는데, 여기에 따르면 민족 반역자를 제외한 개인소유의 중소 상공업이 존속하고 있었음을 알 수 있다. 또한 국유화된 기업을 개인 자본가에게 위탁하거나 임대하는 제도 등을 도입하기도 했다. 그 내용에 비추어 북한에서는 사회혼란과 부족한 생필품을 확보하려는 목적에서, 국가관리 일변도를 벗어나 국유화된 기업을 개인 자본가에게 위탁하거나 임대하는 등 자본주의적 요소를 적절히 활용하여 산업을 발전시키고자 했음을 알 수 있다.[19] 해방직후의 혼란기에 중요 기간산업 시설을 제외한, 일본인이 소유했던 소규모 공장의 접수와 노동자의 공장관리, 민족 반역자가 아닌 개인 자본가에 의한 경영 위탁 등이 그것이다.

「술 이야기」는 해방 후 1~2개월 동안 나타났던 북한의 사회적 현실을 반영하고 있다. 준호가 조합이 아닌 개인의 이름으로 공장을 접수한 것이나, 외부자본을 끌어들여 공장을 개인 소유로 하겠다는 욕심을 부릴 수 있을 여지가 있다는 점이다. 즉 이 작품이 창작된 45년 10월[20] 이전에 준호와 같은 인물이 공장의 오랜 연고자임을 주장하며 개인의 이름으로 공장을 접수신청 할 수 있는 상황이었다는 것이다. "안경잡이 계원"이 "당

18) 송남헌, 위의 책, 111쪽에 3월23일 김일성이 발표한 20개 정강이 나와 있다. 경제정책과 관련해서 9조에 대기업소, 운수기관, 은행, 광산, 삼림의 국유화/ 10조에 개인의 수공업과 상업의 자유를 허락하며 장려할 것/ 14조에 노동자 사무원의 8시간 노동제를 실시하며 최저 임금을 규정할 것/ 15조에 노동자와 사무원들의 사회보험 실시와 노동자와 기업소의 보호제 실시할 것 등이 나타나 있다.

19) 김성보, 위의 책, 92쪽.

20) 황순원이 작품 말미에 굳이 창작시기를 밝힌 것은 이 작품이 45년 10월 이전의 북한 상황을 형상화했음을 의미한다. 즉 뚜렷한 전망도 지침도 없는 상태에서 공장관리를 둘러싼 북한에서의 혼란을 직시하고 문제점을 드러냈음을 말해준다.

신이 양조장 연고자도 되고 하니 아무 염려 말고 있으라는 말" 역시 이런 사정을 뒷받침하고 있다. 과거 일본인 지배인이 '술'을 뇌물로 해서 관계를 맺었듯, 준호가 '술'을 이용해 자본을 끌어들여 대표자가 되려는 계획을 세우고, 실행하는 일은 비현실적인 행위가 아니었던 것이다.

2) 욕망과 논리의 대립

일본인들로부터 양조장의 물자방출을 막고, 돈으로 자신을 매수하려던 유혹을 물리친 준호의 정직성과 성실성은 생활의 여유와 더불어 변해간다. 사택과 사택에 있던 물건과 사람까지 자신의 소유라는 생각은 아예 양조장의 관리권을 갖겠다는 계획으로 확대된다. 양조장까지 소유하겠다는 욕심을 부리게 된 것이다. 이와 같은 변화는 갑작스런 것이 아니었다. 앞서 언급했듯, 일본인 재산을 접수하고 일제 잔재를 청산해야 한다는 생각이 준호의 주체적 판단이 아니었다는데서 이미 싹트고 있었다. 그의 말과 행동이 철저히 주체적인 시각에서가 아니라 '건섭'이란 인물에 의해 주입된 것에서 출발했기 때문이다. 그의 행동 이면에 "같은 사무실 안의 젊은 서기 건섭의 말", "건섭이에게서 들은 말"이 작동하고 있었다. 그러나 공장의 관리권을 누가 가져야 하느냐는 문제에 대해서는 건섭의 생각과 달랐다. 양조장 경영을 위한 접수가 시작되면서 건섭과 준호는 다른 길을 걷게 된다. 외부의 자본을 끌어들여 자신의 소유로 하려는 준호와 "조합에 의해서만 우리의 살 길이 있다"는 건섭의 대립은 당연한 귀결이다.

> ① 나도 처음에는 서로 믿고 누구보고나 동무 동무 하였지만, 글쎄 이제와서도 이 꼭대기에 피도 안마른 놈이 날보고 동무 동무 하고 부르다니? 그 뿐이냐 양조장 안 어중이떠중이 전부가 날보고 동무라 부르겠다? 그래 변변치도 않은 것들이!
>
> 아니 정말 어서 내 손으로 먼저 돈 있는 구멍을 뚫어 자본을 대야겠다. 누구 좋은 사람 없나? 그러다가 준호는 갑자기 무슨 좋은 생각이 들었는

지, 아 소리를 입밖에 내어질렀다. 있다! 저 피복 제조업으로 졸부가 된 필배가 있찌 않느냐. 왜 여지껏 이런 좋은 생각을 못했을까. 더구나 같은 고향 친구인 그를 못 생각해냈을까. 이제라도 가볼까. 아니 이런 중대한 일을 술을 먹고 가서는 안된다. 내일 아침 정신이 똑똑해져 가자.[21]

② 이날 준호는 사무실에 나가자 건섭이보고 짤막히, 자본 댈 사람을 하나 구했다는 말을 했더니 건섭이는 이편을 찬 눈으로 똑바로 보며, 준호에게는 그렇게만 느껴졌다, 요새 그렇지 않아도 자칫하면 조선사람이 공장이나 회사 책임자로 들어가 앉으면 곧 전의 나까무라가 된 것처럼 생각하는 축이 많은 데, 그런 개인이 자본까지 대놓으면 큰일나리라는 말로, 우리 양조장만은 조합에 맡겨서 하자는 말을 했다.[22]

①에서는 준호의 내면이 잘 드러나 있다. 그의 내면에 들어선 것은 우월감과 독점욕이다. 우선, 준호는 해방직후 지배인의 사택을 접수하면서 그가 자연스럽게 사용했던 '동무', '동무들'이란 말에 대해 거부감을 갖게 되었다. 어중이떠중이 전부가 '대표'인 자신을 '동무'라고 부르는 것이다. 이와 같은 변화는 그가 일반 종업원이 아닌 대표라는 자리에 있게 되면서 시작된 것이다. 그의 내면에는 이미 대표(사용자)와 노동자라는 계급의식이 자연스럽게 형성되고 있음을 의미한다. 이는 일인 지배인의 재산을 자신의 것으로 만들면서 그리고 이를 고생의 대가로 치부하면서, 신분이 달라졌다는 생각이 내면화한 결과라 할 수 있다. 또 하나는 상승한 신분을 유지하겠다는 독점욕이다. 어떻게든 "내 손으로 먼저 돈 있는 구멍을 뚫어 자본을 대야겠다"는 생각은 양조장의 소유는 물론 책임자로서 권한을 계속 행사하겠다는 것이다. 적산(敵産)은 임자가 따로 없으니, 즉 "이 양조장은 접수 물건이니 싸게 맡을 수 있으리라"는 계산 아래 조합보다 먼저 돈을 대고, 이 양조장을 소유하겠다는 구체적인 계획을 세우고 실행하게

21) 『신천지』 2권3호, 앞의 책, 131쪽.
22) 위의 책, 131쪽.

된다.

이러한 준호의 생각은 해방직후 3.8 이남에서 공공연하게 나타났던 병폐이기도 하다. 미군정의 '군정법령33호'(45.12.6)는 일본인의 공사유(公私有) 재산을 9월 25일부로 미군정이 소유한다는 내용[23]이었다. 따라서 혼란기에 누구든 돈과 연줄만 있으면 미군정으로부터 관리권을 얻을 수 있었고, 이들이 결국 공장을 소유하게 되었다. 관리인으로 선정된 사람들의 대부분은 민족의 역사적 현실이나 새로운 사회건설에 대한 식견을 갖춘 인물이 아니라 대부분 통역정치에 기생하거나 매판적인 상인자본가들이었다.[24] 그 결과, 조선인 관리인(자본가)과 조선인 노동자의 투쟁으로 이어졌음은 주지의 사실이다.

②에 나타난 건섭의 생각은 다르다. 일본인의 재산은 어느 한 개인이 아닌 "우리"의 소유로 해야 한다는 것이다. 만약 "지난날 일제 때 사장이나 된 것처럼 생각하는 축이" 경영자가 되면, 다시 자본가와 노동자라는 계급이 생기고, 그 사이의 갈등을 피할 수 없다는 것이다. 즉 일본인의 공장을 접수하는 것과 경영권을 갖는 것은 다르다는 입장이다. 뒤이어 "그것은 자신이 무엇 준호 대신으로 유경양조장 대표가 되고자 하는 욕심에서 그런 것은 아니었다"라고 하듯, 그가 사사로운 욕심을 갖고 있지 않음을 말해준다. 즉 새로운 사회 건설에 대한 건섭의 입장인 것이다. 건섭이 계급적 색채를 선명하게 드러내지 않고 있지만 사회주의적 전망에 입각해 있음을 알 수 있다. 적산처리의 문제에 관한 한, 작가의 시각이 잘 드

---

23) 송남헌, 앞의 책, 104쪽. 「군정법령33호」 이전에 「군정법령 제2호」(45.9.25)와 '일본인 재산 양도에 관한 4개 조령'((45.10.23-30)이 발표되었는데 그 내용은 국・공유재산에 대한 미군정의 접수, 일본인의 사유재산에 대해서는 일정 조건하의 매매허가를 인정하고 있다. 일본인 사유재산에 대한 매매 허가는 한국의 해방에 대한 몰이해를 보여주는 바, 숱한 문제를 안고 있었다.(中尾美知子, 『해방후 전평노동운동』, 같은 책, 29~30쪽 참조)

24) 박현채, 「남북분단의 민족경제사적 위치」, 강만길 외, 『해방전후사의 인식』, 한길사, 1985, 247쪽.

러나는 부분이기도 하다. 해방직후의 혼란 속에서 공장을 지키고, 이 공장을 노동자들의 '조합'을 통해 관리·경영해야 한다는 논리는 당시 상황에 비추어 현실적이며 합리적인 생각이 아닐 수 없다. 적산에 대한 소유와 분배의 공정성 측면에서 건섭의 논리가 설득력을 갖는 이유이다. 3.8 이남에서도 이런 논리는 사회주의 이념에 추진되는 것이기보다 공정한 소유와 분배에 입각해서 구체화되고, 또 일부 지역에서 효율적으로 실현되고 있었다는 것[25]을 상기할 필요가 있다. 따라서 건섭과 준호가 힘을 합쳐 일본인으로부터 공장을 접수할 때와 달리 경영의 문제에서는 갈등을 피할 수 없다. 공장을 개인의 소유로 하겠다는 욕망과 공동의 소유로 해야 한다는 논리 사이의 피할 수 없는 대립이다.

> 그래 너희놈들 잘 들어라! 양조장을 위해 그래 백원 지폐 한 뭉치를… 정말이지 오륙천원은 잘 되렷다… 그런 돈을 집어팽개친 사람이 누구냐… 그리고 장차 너희놈들을 먹여살리려는 사람은 누구고? 그래 그런 날 빼놓다니… 이 죽일놈들 같으니! 하기도 했다. 그러다가 컴컴한 형무소 옆을 지나면서는 준호는 또, 옳지! 너희놈들 음모단을 모조리 여기다 잡아넣고야 말겠다, 고도했다.
>
> 어두운 서성리 한복판에 있는 유경 양조장 숙직실에는 전등이 켜져 있었다. 이 죽일놈들! 준호는 비틀걸음이나마 다짜고짜 숙직실로 달려가 문을 열어젖히고 들어서며, 손들어라! 하는 부르짖음과 함께 식칼을 내밀었다. 이놈들아 꼼짝말구 손들어라! 손들어![26]

작가는 갈등과 대립을 꿈[27]과 술이라는 문학적 장치를 통해 해결한다. 건섭과 갈등이 심화될수록 준호는 불안에 시달리게 된다. 불안은 그의 관심이 온통 "양조장 대표"자리에 있다는 데서 비롯한다. 조합이 양조장을

---

25) 박현채, 『한국경제구조론』, 일월서각, 1986, 151쪽.
26) 『신천지』 2권3호, 앞의 책, 135쪽.
27) 전흥남, 「해방직후 황순원 소설 일고」, 『황순원연구총서 4』, 국학자료원, 2013, 150쪽.

맡게 되면, 잠시나마 마음껏 누려왔던 생활의 풍족함과 여유, 현재 누리고 있는 대표로서의 우월감을 모두 잃게 되기 때문이다. 준호는 다 잃을지도 모른다는 불안을 완화하기 위해 술을 찾고, 술을 먹고 잠든 후에는 악몽에 시달리게 된다. 술 탱크 속에 빠져 허우적거리는데도 누구하나 자신을 구해주려는 사람이 없는 꿈, 술에 취해 식칼을 들고 회의장에 난입하다가 고꾸라지는 일 등이 그것이다. 꿈은 소유욕에 집착하고 있는 준호의 내면의 불안한 모습을 보여주기에 충분하다. 그가 꾸는 꿈은 자신의 욕망에 집착할수록 고립되어가는 모습과 이에 대한 불안하고 초조한 내면을 드러내는 역할을 하고 있다. 문제는 작가가 준호의 몰락을 꿈과 술이라는 문학적 장치로 드러내고 있다는 데서 나타난다. 이 소설에서 다루는 주제의 심각성에 비추어 볼 때, 꿈은 상징적인 역할에 그치고 있으며 술 또한 개인적 차원의 몰락을 부추길 뿐이다. 이러한 요소들은 내면의 심리적 갈등을 보여주는 데는 효과적일 수 있지만, 욕망과 논리가 치열하게 맞붙는 상황으로 긴장감을 이끌어가지 못하고 있다. 술 취한 인간의 난동을 보여줄 뿐이다. 왜곡된 욕망에 사로잡힌 인물의 비극을 보여주는 데 초점이 맞추어져 있다는 아쉬움이 남는 부분이다.

4. 맺음말

황순원의 「술 이야기」는 북한에서 일본인의 공장을 접수하고 관리하는 상황을 그린 소설이다. 이는 해방직후에 발표된 노동소설들과 성격을 같이 하고 있다. 서두에서 밝히고 있듯, 공장의 접수문제와 노동자공장관리의 문제를 함께 포괄하고 있는 내용이기 때문이다. 중요한 것은 이 작품이 특정한 계급적 시각이 아닌 일반적이고 상식적인 차원에서 지향(志向)해야 할 것과 지양(止揚)해야 할 것을 명확히 보여준다는 점이다. 이런 점에서 「술 이야기」의 문학사적 의의는 세 가지 정도로 요약할 수 있을 것이다.

첫째, 해방 공간에서 좌익계열의 작가에게서 볼 수 있었던 노동문제를 정면에서 다루었다는 점이다. 작가는 특정 이데올로기나 계급적 시각을 배제한 채, 해방직후라는 특수한 상황에서 전개되는 일본인 재산의 접수와 관리에 대한 고민을 형상화하고 있다. 해방직후의 혼란한 현실에 대한 냉철한 분석과 이에 대한 객관적 시각을 보여주는 작품이다.

둘째, 이 작품은 3.8 이북 지역, 평양을 공간적 배경으로 하고 있다. 북한 지역에서의 노동운동 양상을 형상화했다는 점에서 해방직후 노동운동의 전개와 과제, 현실인식 등 남북 양쪽에서 제기된 문제를 동시에 살필 수 있는 작품이라 할 것이다. 또한 해방직후 적산의 처리를 중심으로 일어난 혼란상이 남북 어디에서도 같은 양상으로 나타나고 있음을 잘 보여주고 있다.

셋째, 이 작품은 공적 재산의 사적 소유에 대한 비판적 인식을 보여주고 있다. 사회주의적 전망을 지닌 인물에 대한 불충분한 묘사, 계급상승에 대한 욕망과 소유욕을 지닌 준호가 술을 통해 자멸하는 모습 등은 작품구조상 한계를 보여주는 부분이다. 그러나 분명한 것은 작가가 해방공간에서 지양해야 할 것이 무엇인지를 확실하게 보여주고 있다는 점이다. 노동자공장관리의 측면에서 준호와 같은 사적 욕망에 사로잡힌 인물은 해방된 새로운 조국에 필요하지 않다는 인식이 그것이다. 준호라는 인물이 하나의 전형성을 띠게 되는 것은 이런 이유에서다.

「술 이야기」는 해방직후 접수한 일본인 공장에서 벌어지는 노동자의 의식과 이해관계를 사실적으로 드러내고 있다는 점에서, 해방 이후 전개된 노동소설로서 중요한 위치에 있다. 따라서 해방직후에 노동현실을 형상화한 작품들과의 비교는 물론 비판적 현실인식이 지닌 의미까지 함께 연구해야 할 과제를 남기고 있다.

황순원 초기 문학의 서지(書誌)적 재조명
-「소나기」를 중심으로

김동환

1. 논의의 초점

이 논의에서는 황순원의 초기 작품 군의 하나인 「소나기」를 '서지(書誌)'의 측면에서 다루어보고자 한다. 「소나기」는 국민문학으로까지 불리며 우리 사회 구성원에게 가장 보편적인 정서적 체험의 근원으로 자리 잡고 있고, 문학이 사회 구성원에게 미칠 수 있는 영향력의 최대치를 구현하고 있다고 해도 과언이 아닐 작품이기에 그 서지 사항을 점검하는 일은 매우 중요한 문제라 본다.

작품의 서지 사항을 점검하고자 하는 일차적인 목표는 「소나기」가 지속적으로 현재적인 위상을 유지해 갈 수 있기를 기대하는데 있다. 그리고 구체적인 문제의식의 출발은 국어교육 내에서의 「소나기」의 위상이 여전히 유효할 수 있을 것인가 하는데 있다. 중고등학교까지의 문학 교육이 사회 구성원이 문학을 향유하는 능력을 기르거나 실체적으로 향유하게 되는 가장 보편적인 과정이나 결과로 남게 되는 우리 사회의 특성상 국어교육의 자장 내에서 「소나기」의 위상을 유지해 나갈 수 있도록 구안하는 일은 연구자들의 책무라고 보기 때문이다.

「소나기」는 2차 교육과정기에 필수 교과인 국어 교과서에 처음 등장하면서 사회 구성원들이 공통적으로 경험하게 되는 몇몇 텍스트 중의 하나로 자리잡게 되고, 그 이후 수 차례의 교육과정 개정기를 거치면서도 국어과 교과서에서 단 한 번도 그 모습을 감춘 적이 없는 유일한 텍스트이다. 다른 경쟁 텍스트에 비해 월등한 우위를 점하고 있는 셈이다. 이는 「소나기」가 우리 사회의 '문화적 · 사회적 자산'임을 직접적으로 말해 주고 있다. 또한 「소나기」의 존재 방식이나 위상이 '교과서'라는 기제에 의해 형성되고 유지되어 왔음을 말해 주기도 한다.

그러나 최근 들어 사회와 문화적 환경의 변화에 따라 다양한 양식과 매체 텍스트들이 복수의 검인정 교과서에 유입되면서 그 위상이 전과는 달라지고 있다. 그동안 「소나기」가 누려왔던 교과서 제재로서의 독점적 지위가 약화되고 있다는 판단을 하게 된다. 이런 맥락에서 「소나기」에 대한 접근 통로가 확대되고 심화되어야 할 필요성을 제안하고자 한다. 구체적으로는 교육적 자장 내에서의 「소나기」의 효용성을 좀더 넓은 범주에서 발견하고 설정할 필요가 있다는 제안이다. 그동안 「소나기」에 대한 교육적 접근이 문학의 수용과 생산이라는 측면에서만 이루어졌다면 국어활동 자료로서, 국어문화 자료로서의 유용성을 기반으로 한 접근을 시도할 필요가 있다고 본다.

이에 본 논의에서는 그러한 접근의 토대가 될 서지적 접근을 시도해 보고자 한다. 서지적 접근은 논의의 편의상 '텍스트의 생성과 발전'이라는 맥락을 설정하고 그에 따른 주요 사항들을 기술해 보고자 한다.

2. 초본(初本)의 탄생

현재 「소나기」의 초본은 확정적이지 않다. 그 선후 관계를 분명하게 판단하기 어려운 두 개의 텍스트가 존재하기 때문이다. 대부분의 작품들은 처음 잡지 등에 처음 발표된 뒤 창작집이나 선집, 전집 등에 수록되면서 자연스럽게 초본과 파생본들의 관계가 형성된다. 그런데 「소나기」는 예외적인 양상을 보인다.

그동안 「소나기」의 초본에 대해서는 1953년 5월에 발간된 [신문학 4호]로 보는 데 대해 이견이 없었다. 그러나 발표자가 1953년 11월에 발간된 [협동 41호]에 실린 <소녀(少女)>라는 제목으로 된 텍스트를 발견하면서 그것을 초본으로 보는 것이 타당하다는 주장을 한 바 있다.[1] 이에 대해 박태일은 지역 문예지로서의 [신문학]을 검토하는 자리에서 기존의 견해들처럼[2] 「소나기」의 초본은 [신문학]에 실린 「소나기」로 보는 것이 타당하다며 필자의 주장이 오류임을 지적하고 있다. 그 근거는 대략 다음과 같이 요약된다.[3]

> 황순원은 1952년 10월 이전에 「소나기」를 탈고하여 [신문학]에 넘긴다. 그런데 [신문학]은 원고난과 재정난으로 인해 원래 계획했던 반년간 출간 시기(1951년 6월, 10월 52년 6월, 10월)를 지키지 못하고 창간호 이후 계속 늦어지다가 4집은 7개월 이상 늦어진 53년 5월에 발간하게 된다. 편집후기에 따르면 '황순원과 김동리의 원고를 애써 얻어 두었으나 발간일이 늦어지면서 김동리의 원고는 게재의 우선권을 빼앗겼다'는 내용이 있는데 이를 토대로 살필 때 [신문학]본 「소나기」는 52년보다 상당히 앞선 시기에 탈고를 한 셈이다. 이와 달리 [협동]은 전쟁기에도 지속적으로 발간될 만큼 여건이 좋았던 잡지였으므로 1953년 11월에 발간된 잡지에 실린 원고

1) 졸고, 초본(初本)과 문학교육, 문학교육학 26호, 문학교육학회, 2008.
2) 거의 모든 논의들은 「소나기」의 초본을 잡지연재본으로 보는 관례에 따르고 있으며 [신문학]에 실린 텍스트를 초본으로 보는데 이의가 없었다. 그러나 이 [신문학]본을 제대로 확인해 본 논의가 없었다는 점은 매우 아쉬운 대목이다. 현재 통용되는 텍스트와 확연히 다른 결말구조를 보여주고 있다는 사실을 지적한 논의가 없다는 점이 이를 잘 말해준다.
3) 박태일, 전쟁기 광주지역 문예지 <신문학> 연구, 영주어문 21집, 영주어문학회, 2011.

는 그 어름에 기왕의 「소나기」를 일부 수정하고 제목을 바꿔 투고한 것으로 바로 해당 발간지에 실렸을 것이다. 따라서 [협동]본이 아닌 [신문학]본을 앞선 텍스트로 봐야 한다. 당시 작가의 경제적 상황을 고려할 때 탈고한 작품을 길게는 13개월 정도를 미발표로 남겨 두었을 상황이 아니었음을 감안할 때 [신문학]에 원고를 넘겼으나 발간이 늦어지고 그 사정을 피난지 부산에서 잘 모르고 있던 터에 [협동]의 부탁을 받고 제목을 바꾸고 일부 표현도 바꾼 다음 [협동]에 넘겨 발표했을 것이다.

그러나 발표자는 여전히 [협동]본이 [신문학]본에 앞선다는 판단이다. 그 이유는 다음과 같다.

첫째, 제목이 변개되는 추이이다. 황순원은 상당수의 작품 제목을 바꿔 파생본을 형성한 작가이다. 우선 그 양상을 간단히 살펴본다.[4)]

잡지 발표본	단행본 초판본	전집 1	전집 2	전집 3
술이야기	술이야기	술	술	술
꿀벌	집 (꿀벌이야기)	집	집	집
곰, 암콤, 곰녀	별과 같이 살다	별과 같이 살다	별과 같이 살다	별과 같이 살다
이리도	꿈 많은 시절에	이리도	이리도	이리도
검부러기	몰잇군	몰잇군	몰잇군	몰이꾼
솔개와 고양이와 매와	무서운 웃음	무서운 웃음	무서운 웃음	무서운 웃음
간도삽화	여인들	여인들	여인들	여인들
윤삼이	왕모래	왕모래	왕모래	왕모래
천사	인간접목	인간접목	인간접목	인간접목
태동	맹아원에서	맹아원에서	맹아원에서	맹아원에서
한 벤치 위에서	한 벤치에서	한 벤치에서	한 벤치에서	한 벤치에서

4) 이 내용은 다음 논의에서 제시된 것임.
박용규, 황순원 소설의 개작과정 연구, 서울대학교 박사논문, 2005.
이 논문에서도 「소나기」의 초본에 대한 검토나 제목의 변경에 대한 언급이 없다.

꽁트2제	손톱에 쓰다	손톱에 쓰다	손톱에 쓰다	손톱에 쓰다
꽁트3제	이삭주이	이삭주이	이삭주이	이삭주이
뎃상	뎃상	뎃상	뎃상	할아버지가 있는 데쌍
메마른 것들	아내의 눈길		아내의 눈길	아내의 눈길
무서움	부끄러움	부끄러움	부끄러움	부끄러움
돈과 나무 그리고	나무와 돌 그리고			나무와 돌 그리고

위 내용을 볼 때 황순원의 작품들 중 초본과는 다른 제목으로 바뀌는 경우가 상당수 있지만 초본과 파생본 사이에서 그 순서가 뒤바뀌는 경우는 <이리도>한 경우이다. 따라서 박태일의 주장처럼 '소나기'→'소녀'→'소나기'로 이어졌을 가능성은 '소녀'→'소나기'로 이어졌을 가능성보다 현저히 낮을 것으로 보는 것이 타당하리라 판단된다.

둘째, [협동]본과 [신문학]본, 창작집 [학]본 사이에서 나타나는 텍스트상의 변화양상이다. 우선 그 주요 양상을 정리해 본다.

[협동]	[신문학]	[학]	
매일같이 소녀는 학교서 돌아오는 길에	**소녀는 매일같이** 학교서 돌아오는 길에	**벌써 며칠째** 소녀는 학교서 돌아오는 길에	
그런데 어제까지는 기슭에서 하더니	**처음에는** 기슭에서 하더니	**그런데 어제까지는 개울** 기슭에서 하더니	
어제마냥 개울을 **건느는** [5]	어제마냥 개울을 **건너는**	어제마냥 개울을 **건느는**	
그러다가 소녀가 물 속에서	**그러는데** 소녀가 물 속에서	**그러다가** 소녀가 물 속에서	
유난히 **맑은 가을 햇별**이	유난히 **맑은 햇별**이	유난히 **맑은 가을 햇살**이	
발돋움을 **해 보았다**	발돋움을 **했다**	발돋움을 **했다**	
갈꽃이 **아주 뵈지 않게**	갈꽃이 **뵈지 않게**	갈꽃이 **아주 뵈지 않게**	

메밀꽃내가 짜릿하니 코를 **찔렀다고 생각됐다**	메밀꽃내가 짜릿하니 코를 **찔렀다.**	메밀꽃내가 짜릿하니 코를 **찌른다고 생각됐다**	
이름도 참 곱다	**이름두** 참 곱다	**이름두** 참 곱다	
벌 (野) 끝을 가리켰다	**벌 끝을** 가리켰다.	**벌 끝을** 가리켰다.	*1
소녀의 **외인** 볼에 **살폿한** 보조개가 **패웠다.**	소녀의 **외인** 볼에 **살폿이** 보조개가 **패운다..**	소녀의 **왼쪽** 볼에 **살폿이** 보조개가 **패웠다.**	
쪽빛으로 **개인** 가을 하늘이	쪽빛으로 **한껏 개인** 가을 하늘이	쪽빛으로 **한껏 개인** 가을 하늘이	
아직 밋이 **덜 들어 있었다**	아직 밋이 **덜든 무우였다**	아직 밋이 **덜 들어 있었다**	
이번에는 소년이 뒤 따라 달리지 않았다.	**이번은** 소년이 뒤 따라 달리지 않았다.	**이번은** 소년이 뒤 따라 달리지 않았다.	
맞은편 골짜기에	**마즌편** 골짜기에	**마즌편** 골짜기에	
별로 주위가 조용해진 것 같았다	**주위가** 조용해졌다	**별로 주위가** 조용해졌다.	
안깐힘을 쓰다가 그만 **미끌어지고** 만다.	**안간힘을** 쓰다가 그만 **미끄러지고** 만다.	**안깐힘을** 쓰다가 그만 **미끄러지고** 만다.	
소년은 저도 모르게 **와락 달려들어 무릎을** 빨기 시작했다.	소년은 저도 모르게 **와락 달겨들어** 무릎을 빨기 시작했다.	소년은 저도 모르게 **상채기에 입술을 가져다 대고** 빨기 시작했다.	
꽃 달린 몇 줄기를 이빨로 끊어 가지고 올라 온다	**몇 줄기** 이빨로 끊어 가지고 올라 온다	**꽃 많이 달린 몇 줄기**를 이빨로 끊어 가지고 올라 온다	
아직 코뚜레도 꿰지 **않았다**	아직 코뚜레도 꿰지 **않은 송아지였다.**	아직 코뚜레도 꿰지 **않았다**	
어서들 **집으로 가거라**	어서들 **집으루 가그라**	어서들 **집으루 가거라**	
가지가 꺾이고 꽃이 이글어진	**꽃가지가** 꺾이고 꽃이 이글어진	**가지가** 꺾이고 꽃이 이글어진	
수숫단을 **날라다** 덧세운다	수숫단을 **날러다** 덧세운다	수숫단을 **날러다** 덧세운다	
그저 어둡고 **좁은게**	그저 어둡고 **좁았다**	그저 어둡고 **좁은게**	

안되었다.		**안됐다.**	
비에 젖은 **소년의** 몸 내음새가 확 코에 끼얹혀졌다	비에 젖은 **소녀의** 몸 내음새가 확 코에 끼얹혀졌다	비에 젖은 **소년의** 몸 내음새가 확 코에 끼얹혀졌다	
떨리던 몸이 저으기 **눅지는 심사였다**	떨리던 몸이 저으기 **눅지는 심사였다**	떨리던 몸이 저으기 **누그러지는 느낌이었다**	
개울 가에 다달으기 **초전에**	개울 가에 다달으기 **전에**	개울 가에 다달으기 **전에**	
쪽빛으로 **개어** 있었다	쪽빛으로 **맑아** 있었다	쪽빛으로 **개어** 있었다	
여자반을 엿보기도 했다. **없었다.**	여자반을 엿보기도 했다.	여자반을 엿보기도 했다. **그러나 뵈지 않았다.**	
그날 **소내길** 맞은 탓 **아니냐?**	그날 **소내길** 맞은 탓**이로구나.**	그날 **소내기** 맞은 탓 **아니냐?**	
인제 다 났냐? **아직도!**	인제 다 났냐? **아직도……**	인제 다 났냐? **아직도……**	*2
그럼 **누어** 있어야지	그럼 **누워** 있어야지	그럼 **누워** 있어야지	
소녀네가 이사해 오기 전에	소녀네가 **시골로** 이사해오기 전에	소녀네가 이사해 오기 전에	
개울 가로 나올 수 없겠느냐는 **말을 해주지 못한 것**이었다	개울 가로 나올 수 없겠느냐는 **말을 해두지 못한 것**이었다	개울 가로 **나와달라는 말을 못해둔 것**이었다.	
며칠 째 **걀걀 하구 알 자리**를 보든데요	며칠 째 **갸ㄹ갸ㄹ하구 알 자리**를 보든데요	며칠 째 **걀걀 하구 알 날 자리를** 보든데요	
벌골 윤 초시 댁	**가락골** 윤초시 댁	**서당골** 윤 초시댁	*3
임마, **이래뵈두 요게 그것 보담은 실속이 있다**	임마, **제사상엔 수ㅎ닭을 놓는 법이 아니다. 암탉이래야 쓰지.**	임마, **이래뵈두 이게 실속이 있다**	
개울 물은 날로 **여물어 갔다**	개울물은 날로 **맑아 갔다**	개울 물은 날로 **여물어 갔다**	
갈밭 머리에서 바라보는 **가락골** 마을은	갈밭 뚝에서 바라보는 **가락골** 마을은	갈밭 머리에서 바라보는 **서당골** 마을은	*4
대대로 살아오**던**	대대루 살아**오든**	**대대루** 살아**오든**	
증손이라곤 기집애 그애	**증손자**라곤 기집애 그애	**증손자**라곤 기집애 그애	*5

여간 **잔망스럽지** 않드군	여간 **잔망스럽지가** 않드군	여간 **잔망스럽지가** 않어	
제가 죽거든 **저** 입었던 옷을 꼭 그대로 입혀 묻어달라구…	**자기가** 죽거든 **자기** 입든 옷을 꼭 그대로 입혀 묻어달라구…	**자기가** 죽거든 자기 입든 옷을 꼭 그대로 입혀서 묻어달라구…	*6
끄응! 소년이 자리에서	끄응! 소년은 자리에서		
아니, 벌써 아까 잠들었어**요.……얘**, 잠고대 말구 자라!	아니, 벌써 아까 잠들었어. **요……얘**, 잠고대 말구 자라!		

이 내용들을 일별할 때 [협동]본과 [신문학]본은 창작집 [학]으로 정착될 때 서로 경쟁텍스트의 관계에 놓였던 것이 아닌가 판단된다. [학]본과의 일치 여부가 어느 한 쪽에서 지배적으로 나타나지 않고 있기 때문이다.

그러나 [합동]본이 먼저 임을 추정할 수 있게 하는 의미있는 차이가 몇몇 부분에서 드러나고 있다는 것이 발표자의 판단이다. 위 표에서 *1~*6으로 표시한 부분들이 특히 그러하다. 예를 들어 *3과 *4의 경우 벌골–가락골, 가락골–가락골, 서당골–서당골로 이어지는 대응관계가 [협동]본에서는 치밀하지 않게 나타난다는 점, *6의 경우 결말구조라는 무게를 감안할 때 저→자기로의 변화가 [신문학]본에서 이루어지고 그것이 [학]으로 이어지고 있다는 점 등을 고려할 때 [협동]본이 먼저 이루어진 텍스트일 것으로 판단된다.

셋째, 단락의 구분 양상이다. 다음 예를 보기로 하자.

<A>

[협동]

소년은 두 손으로 물 속의 얼굴을 움키었다. 몇 번이고 움키었다.

5) '건느다→건너다→건느다'와 같이'느-→너→느'와 유사한 양상을 보이는 표기법의 변화는 곳곳에서 발견된다. 이후에는 이 유사한 표기양상에 대해서는 비교 기술을 생략함.

그러다가 깜짝 놀라 일어서고 말았다. 소녀가 이리로 건너오고 있지 않느냐.
숨어서 내 하는 꼴을 보고 있었구나! ~~

[신문학]
소년은 두 손으로 물 속의 얼굴을 움키었다. 몇 번이고 움키었다. 그러다가 깜짝 놀라 일어서고 말았다. 소녀가 이리로 건너오고 있지 않느냐.
숨어서 내 하는 꼴을 보고 있었구나! ~~

[학]
소년은 두 손으로 물 속의 얼굴을 움키었다. 몇 번이고 움키었다. 그러다가 깜짝 놀라 일어서고 말았다. 소녀가 이리로 건너오고 있지 않느냐.
숨어서 내 하는 꼴을 보고 있었구나. ~~

<B>
[협동]
저만치 허수아비가 또 서 있다. 소녀가 그리로 달려간다.
그 뒤를 소년도 달렸다. 오늘 같은 날은 일찍 집으로 돌아가 집안 일을 도와야 한다는 생각을 잊어버리기라도 하려는 듯이.

[신문학]
저만치 허수아비가 또 서 있다. 소녀가 그리로 달려간다. 그 뒤를 소년도 달렸다. 오늘 같은 날은 일찍 집으로 돌아가 집안 일을 도와야 한다는 생각을 잊어버리기라도 하려는 듯이.

[학]
저만치 허수아비가 또 서 있다. 소녀가 그리로 달려간다. 그 뒤를 소년도 달렸다. 오늘 같은 날은 일찍 집으로 돌아가 집안 일을 도와야 한다는 생각을 잊어버리기라도 하려는 듯이.

위와 같은 양상을 지속적으로 반복된다. 즉 단락 구분에서는 [신문학]과 [학]이 전체에 걸쳐 일치하고 있다. 이는 단락 구분의 측면에서는 [신문학]본과 [학]본 사이에 [협동]본을 놓을 여지가 그만큼 적다는 근거가 된다. 이 역시 [협동]이 앞선 텍스트로 볼 수 있는 근거로 볼 수 있을 것이다.

넷째, 발간의 상황에 대한 판단이다.

박태일은 [신문학]에 비해 [협동]은 전쟁 중에도 지속적으로 발간될 만큼 안정적인 출판상황에 있었기에 원고를 넘긴 시점과 게재되어 출간된 시기 사이에 편차가 거의 없을 것이라는 전제 하에 앞서 살핀 바 있는 편집후기 등의 근거를 들어 [신문학]본이 앞선다는 논지를 펴고 있다. 그러나 여기에서 발표자가 주목하는 바는 [신문학]은 광주지역에서 발행되고 있었지만 [협동]은 전쟁 중에 서울－부산－서울로 옮겨 가면서 출판을 하게 된다. 따라서 원고의 수집과 출간 사이에 상당한 변수가 작용했을 가능성이 크다.

특히 <소녀>가 게재된 53년 11월호가 서울로 돌아온 후 처음 발간된 것이라는 점에서 또다른 가능성을 생각해볼 필요가 있다. 즉 52년 10월 이전(창작집 [학]에 실린 작품 말미에 기재된 일자)에 탈고된 원고가 [협동] 측에 전달된 이후 출판사가 부산으로 피난하면서 원고가 분실 또는 그에 준하는 보관상의 문제로 출판되지 못하다가 환도 후 다시 원고를 찾아 게재했을 가능성을 말한다. 그 과정에서 [신문학] 측의 요청이 있었고 분실로 판단한 작가가 초고의 제목과 내용 일부를 수정해서 재투고했을 가능성을 상정하는 것이다. [신문학] 편집인들과의 연관성을 고려할 때 저간의 상황을 설명하고 재투고의 방식을 취했을 가능성이 [신문학]의 출간이 늦어지는 것을 보고 [협동]에 재투고했을 가능성보다 높고 이중투고라는 맥락에서 자유로워질 개연성도 확보할 수 있을 것이다.

위와 같은 측면에서 발표자는 [협동]지에 실린 <소녀>가 「소나기」의 초본이라는 점을 다시금 주장하고자 한다. 이제 그 초본의 의미를 부여하는 핵심 요소인 제목과 결말 부분을 다시 소개하고자 한다. 제목은 한자

표기로 '少女'라 되어 있으며 결말 부분에서 기존의 통용본과 상당한 차이를 보인다. 결말구조가 통용본과 다른 것은 [신문학]본에서도 마찬가지라서 두 판본간의 선후관계를 판단할 수 있는 열쇠는 되지 못하고 있다.

이 초본의 첫 부분과 끝부분을 사진자료로 제시하면 다음과 같다.[6]

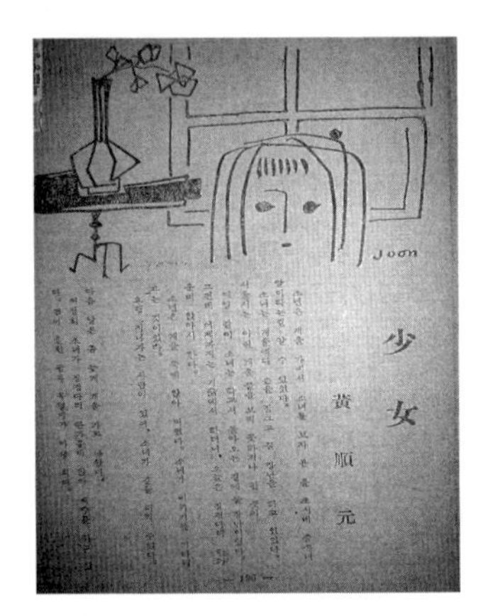

少女

黃順元

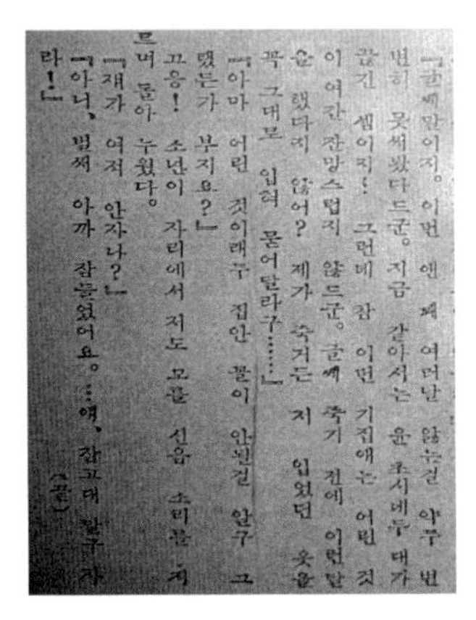

「글쎄 말이지。이번 앤 꽤 여러날 앓는걸 약두 번변히 못써봤다드군。지금 같아서는 윤초시네두 대가 끊긴 셈이지! 그런데 참 이번 기집애는 어린 것이 여간 잔망스럽지 않드군。글쎄 죽기 전에 이런말을 했다지 않어? 제가 죽거든 저 입었던 옷을 꼭 그대루 입혀 묻어달라구……」

「아마 어린 것이래두 집안 꼴이 안될걸 알구 그랬든가 부지요?」

끄응! 소년이 자리에서 저도 모를 신음 소리를 지르며 돌아 누웠다。

「재가 여적 안자나?」

「아니, 벌써 아까 잠들었어요。…애, 잠고대 말구 자라!」

(끝)

「소나기」의 다른 판본 「소녀」의 첫 페이지와 결미 부분

이 결말 부분은 현재의 통용본보다 4문장이 더 많다. 그 4문장의 내용을 옮겨 적으면 다음과 같다.

> "아마 어린 것이래두 집안 꼴이 안될걸 알구 그랬든가 부지요?"
> 끄응! 소년이 자리에서 저도 모를 신음 소리를 지르며 돌아 누웠다.
> "재가 여적 안자나?"
> "아니, 벌써 아까 잠들었어요. …애, 잠고대 말구 자라!"

그런데 이 제목과 결말부분은 바로 다음 파생본부터 바뀌거나 사라지게 된다. 그런데 그 과정에 대한 구체적인 자료는 없다. 다만 다음과 같은

6) 두 사진은 각각 <협동> (1953.11) 196쪽 전체와 204쪽 부분을 촬영한 것이다.

간접적인 자료만 확인할 수 있다.

> "다만 소나기의 그 빼어난 결미에 관해서는 선생께 들은 말씀이 있다. 원래의 원고에서 소년이 신음 소리를 내며 돌아눕는다는 끝 문장이 있었는데, 절친한 친구 원응서 선생이 그것은 사족이니 빼는 것이 좋겠다고 권유했다는 것이다. 좋은 친구요 좋은 독자를 가진 복을 누리신 경우이다."[7)]

위 자료를 보면 '원래의 원고'에는 있던 내용을 '발표할 때는 빼었다'는 맥락으로 읽히는데 '원래의 원고'가 어떤 텍스트를 의미하는 지는 분명하게 말하기 어렵다. 또한 끝문장이라 하여 한 문장만 더 있었던 것으로 말하고 있는데 이 역시 같은 이유로 어느 텍스트의 경우를 말하는 것인지 판단하기 어렵다. 따라서 이 <협동> 본은 새로운 텍스트로서 탐색되어야 할 것이다.

3. 교육정전화의 과정과 수난사

「소나기」가 국민문학으로서의 위상을 확보하게 되는 데는 교육 정전으로 재탄생하면서 부터이다. 「소나기」가 교육정전으로 자리를 잡게 되는 과정에서 중요한 매개체의 역할을 하게 되는 것은 1960년대에 발간된 대학교양국어 교재들이라는 것이 발표자의 판단이다.[8)]

1960, 1964, 1965년에 간행되는 대학교양국어 교재[9)]에서부터 「소나기」

7) 김종회, 황순원 선생이 남긴 숨은 이야기들, <경희어문학 21집>(2001), 21쪽.
8) 그동안 현대문학 정전에 대한 많은 논의가 있었지만 그 과정에서 대학교양국어교재의 역할에 대해 주목한 논의는 없었다. 최근 발표자는 다음 논의를 통해 현대문학 정전의 형성과정에서의 대학교양국어교재의 역할에 대해 탐색해 보았다.
졸고, 현대문학 정전 형성과정에서의 대학 교양국어 교재의 역할에 대한 고찰, 국어교육 139, 2012.

가 실리기 시작하게 되는데 그간 작성된 작가 연보나 작품 연보에서는 중학교 교과서에 실린 텍스트 에 대해서만 다루고 있고, 이 대학교재에 실린 텍스트들에 대해서는 언급이 없다. 그런데 이 대학교재들에 수록되었다는 사실은 「소나기」에 대한 사실상의 첫 평가가 이루어진 것이라는 점에서 주목할 필요가 있다. 단편집 <학>이 나온 뒤에도 이렇다할 비평이나 평문이 없었던 상황에서 그 당시까지의 한국소설의 대표작을 싣게 되는 자리에 등장한다는 것 자체가 상당한 고평을 전제로 하고 있기 때문이다.[10] 물론 여기에는 1959년에 영국 Encounter지에 번역본 「소나기」가 수상 게재된 사실이 크게 작용했을 것이다. 그러나 국내에서의 첫 공식반응이라는 점에서 의미가 있다.

그 다음 단계로는 중학교 교과서에 실린 텍스트들을 들 수 있다. 「소나기」는 광복 후 우리 국어교과서에서 가장 자주, 지속적으로 실린 작품 중의 하나이다.[11] 여기에서는 2차 교육과정기에 발간된 1966년판 [중학 국어 III-1]의 2단원 '독서생활'에 외국 소설인 '큰 바위 얼굴'과 나란히 실려 있는데, 해당 교과서에서는 한국 현대 문학으로는 유일한 작품이다. 그 이후 2009개정 교육과정기에 이르기까지 한번도 빠짐없이 교과서에 등장하고 있는 작품이다. 다른 경쟁 작품들인 '동백꽃', '봄봄', '메밀꽃 필 무렵'등과 비교해보면 현저한 차이가 나타난다.

이렇게 교육정전으로 자리잡은 「소나기」도 초기에는 수난을 겪게 된다. 바로 교과서의 '금기'와 텍스트의 불확정성 때문이었다. 우선 교과서

---

9) 필자가 확인한 교재들(1960년대 전반기, 소나기 수록)로는 표준대학국어(국어국문학회, 1960), 대학교양국어(박영사, 1964), 교양국어(일조각, 1965) 등이 있다.

10) 당시 교재들에 실린 현대소설은 교재별로 3-4편이었는데 위에 언급한 세 교재는 「배따라기」 「메밀꽃 필 무렵」 「소나기」를 공통적으로 싣고 있다.

11) 교과서에 실린 현대소설의 면모와 그 정전성에 대해서는 다음 참조.
조희정, 교과서 수록 현대 문학 제재 변천 연구, 국어교육학연구 24집, 국어교육학회, 2005.12.
김혜영, 현대문학 정전 재검토, 문학교육학 25호, 문학교육학회, 2007.4.

편찬과정에서 작용하는 '자기검열식 금기'에 따른 수난의 양상을 살펴 보자.[12)]

다음 부분들은 교과서에 실리면서 삭제되었다가 (2차교육과정기 1차년도) 다시 복원(2차 교육과정기 3차년도 또는 그 이후)되는 양상을 보이는데 「소나기」도 '금기'의 울타리에서 벗어날 수 없었음을 보여주는 의미있는 장면이다.

[A]

소녀의 오른쪽 무릎에 핏방울이 내맺혔다. 소년은 저도 모르게 생채기에 입술을 가져다 대고 빨기 시작했다.

[B]

비에 젖은 소년의 몸내음새가 확 코에 끼얹어졌다. 그러나 고개를 돌리지 않았다. 도리어 소년의 몸기운으로 해서 떨리던 몸이 적이 누그러지는 느낌이었다.

[C]

……그날 참 재밌었어. ……근데 그날 어디서 이런 물이 들었는지 잘 지지 않는다."

소녀가 분홍 스웨터 앞자락을 내려다본다. 거기에 검붉은 진흙물 같은 게 들어 있었다.

소녀가 가만히 보조개를 떠올리며,

"이게 무슨 물 같니?"

소년은 스웨터 앞자락만 바라다보고 있었다.

"내 생각해 냈다. 그날 도랑 건늘 때 내가 업힌 일 있지? 그때 네 등에

---

12) '자기검열식 금기'란 교과서 편찬자들이 사전검열과도 같이 자기 판단에 의해 텍스트에 삭제와 수정을 가하는 편찬활동에서 고려하는 요소들을 의미한다. 발표자는 국어교과서의 역사를 '금기의 역사'라 지칭한 바 있는데 이에 대해서는 다음 참조. 졸고,'문장'지와 국어교육, 한국근대문학연구 20, 2009.
______, 국어과 교과서의 문학 제재와 관련된 쟁점과 제안, 국어교육학연구 47, 2013.

서 옮은 물이다."
소년은 얼굴이 확 달아오름을 느꼈다.

아무래도 어린 학생들에게 '성적인 것'을 연상케 하는 내용들은 가급적 피한다는 '금기'가 작용했던 것으로 보인다. 그래서 초기 교과서에 실린 「소나기」는 긴장감이 사뭇 떨어지는 텍스트였을 것으로 판단된다.

「소나기」의 정전화 과정에서 또하나 살펴 볼 부분은 교과서에 실리는 과정에서 선택되는 판본들의 문제이다. 다음은 1967년, 즉 1966년에 발간된 교과서에 따른 자습서의 내용 일부이다.

> 17. 소녀는 얼굴이 확 달아오름을 느꼈다. : 이 문장을 따로 떼어놓고 생각하면 하나의 완전한 문장이다. 그러나 앞의 다섯째 줄부터 이 대문까지의 장면을 이루는 한 부분으로서 읽어 본다면 좀 이상한 데가 있다. "그런데 그날…"부터 한번 찬찬히 뜯어 읽어 보고 생각해보자. 과연 이 장면에서 소년과 소녀의 어느 쪽이 얼굴이 달아 올랐겠는가? …<중략>… 황순원씨의 작품집을 들추어보면, 본문에 분명히 이 대문이 '소년…'으로 되어 있다. 그러니, 이것은 잘못 인쇄된 글자임에 틀림 없는 것이다.[13]

그런데 여기에서 지적된 '잘못된 인쇄'에 대해 다른 참고서에서는 원문의 문제일 것이니 그냥 읽어나가자고 제안하기도 한다. 그 이유로는 앞에서 살펴 본 바 있는 [신문학]본에 나와 있는 '비에 젖은 소녀의 몸 내음새가 확 코에 끼얹혀졌다.'[14] 라는 대목을 들고 있다. 소년과 소녀의 헛갈릴 가능성에 대해 이 대목을 들어 뒷 대목도 가능할 수 있다고 보고 있다. 이처럼 초기부터 각 판본들 간의 표현상, 표기상의 차이가 상당한 텍스트임에도 불구하고 각 판본들의 재생산자들이 어떤 원칙과 기준에 의해 텍스

---

13) 성문각, 편집부 편, 중학국어 모범 자습서 III-1, 성문각 1967, 79쪽.
14) [신문학]본 「소나기」 16쪽.

트간의 차이를 이끌어내고 있는지에 대한 명확한 설명이 없다보니 예기치 않은 문제들이 발생하기도 하는 것이다. 이 측면들은 발표자가 초본과 이후 파생본들의 생성 근거에 대한 면밀한 검토가 필요하다고 보는 한 이유이기도 하다.

4. 정본 설정의 필요성과 그 가능성 탐색

「소나기」는 창작집 [학]에서 작가에 의해 일차적으로 정착된 이후에도 지속적으로 파생본들이 생산되는 양상을 보여준다. 그리고 이 다양한 파생본들을 놓고 교과서 편찬자들은 상당한 고심을 하게 된다. 아주 작게 보이는 파생본들 간의 차이라도 경우에 따라서는 상당한 차이를 내포하는 해석적 대상이 되기도 하기 때문이다. 이 상황은 「소나기」가 지속적으로 교육정전의 위상을 유지해 나가는데 중요한 변수가 될 수 있을 것으로 판단된다. 그런 측면에서 이 장에서는 몇 개의 파생본들을 중심으로 정본 설정을 염두에 둔 접근을 시도해 보았다. [15)]

접근 방법은 [협동]본과 [학]본 이후에 「소나기」를 담고 있는 교양교재, 교과서, 전집류 등에서 몇 가지를 선택해서 각 텍스트 간의 변화 요소를 비교하는 방식을 취했다. 접집류의 경우 '황순원전집'으로 발간된 것으로는 '창우사전집(1964)', '삼중당전집(1973)', '문학과지성사전집(1980)'이 있는데 이 글에서는 '창우사전집'과 '문지사전집'을 검토하였다. 이 전집들은 다음 장에서 세부적으로 살펴보는 자리에서 드러나겠지만 뚜렷한 저본을 두지 않고 있다는 특징을 지니고 있다. 전집 발간 당시에 기획진이

15) 이 내용은 발표자가 <소녀>를 발굴해서 발표한 앞의 논문(2008)을 통해 제시한 것으로 이번 심포지엄의 주제와 그에 따른 논의에 필요하다는 판단에서 전재하기로 한다.

나 편집진의 판단아래 앞서의 텍스트들 중에서 부분 부분을 '적절하게' 이끌어 온 느낌을 준다. 초본이면 초본, 정본이 있다면 정본을 저본으로 삼고 그렇지 않다면 정본의화 작업을 시도하는 등의 방향성을 보여주었으면 하는 아쉬움이 든다. 「소나기」 전체의 문장들 각각을 하나의 단위로 보고 변화 요소드을 비교하기로 한다.[16]

1) 텍스트간 변화 양상

텍스트 성격	초본	창작집	대학 교재	전집	교과서			전집	교과서
기호	A	B	C	D	E	F	G	H	I [17]
발간 / 초본 문장번호	53.11	56.12	60.3	64.11	66.3	73.3	79.3	81.12	2001.9
1 [18]		△	□	B	◇	E	○	G	E
2 [19]		△	B	B	B	B	B	B	B
4 [20]		△	B	B	B	B	B	B	B
5 / 7 / 10 /11 [21]		△	B	B	B	B	B	B	B
11 [22]		△△	B	B	B	B	B	B	B
15 [23]		A	A	A	△	E	A	A	A
18 [24]		A	A	A	A	△	F	A	F
19 [25]		A	A	A	△	D	D	D	D
22 [26]		A	A	A	△	E	E	A	E
29 [27]		△△	B	□□	D	D	D	D	D
31 [28]		A	A	A	A	A	A	△	A

---

16) 각 기호들은 이전 단계의 텍스트와 다른 변화를 보이는 부분을 표시하는데 △ □ ◇ ○ 등의 기호가 나열되는 경우는 각 기호가 속하는 텍스트마다 변화가 생겼다는 의미이다. 각주를 통해→표시로 나타낸 부분은 그 변화의 구체적인 내용이다. 각→표시가 하나면 변화가 한번, 둘 이상이면 두 번 이상 변화했음을 의미하며 기호의 순서와→의 순서는 일치한다. 기호의 개수는 변화의 중요도를 뜻한다.

33 29)		△	B	B	B	B	B	B	B
34 30)		A	A	A	△	E	A	A	A
35 31)		△	B	B	B	B	B	B	B
38 32)		△	B	B	B	B	B	B	B
44 33)		△	B	B	B	B	B	B	B
48 34)		△	B	B	▫	E	B	B	B
50 35)		A	A	A	△	E	A	A	A
58 36)		△	B	B	A	A	A	B	A
59 37)		A	A	A	△	▫	F	A	F

---

17) A : [협동] 지 게재본 B : 창작집 <학> (중앙문화사) C : 국어국문학회 편 <표준 대학국어>
D : [황순원전집] (창우사)
E : 2차 교육과정 교과서 <중학국어 III-1> (문교부) F : 2차 교육과정 교과서 <중학국어 III-1> (문교부)
G : 3차 교육과정 교과서 <중학국어 3-1> (교육부)
H : [황순원전집] (문학과지성사) I : 7차 교육과정 교과서 <중학교 국어 1-2>[1)]
18) 윤초시네 증손녀 딸 / 증손자 딸 / 윤초시집 증손자 딸 / 윤초시네 증손녀
19) (물장난을) 하고 있었다→하고 있는 것이다
20) 매일 같이→벌써 며칠째
21) 한다→하고 있다 / 것이었다→것이다 / 있다→있었다 / 희다→희었다.
22) 걷어올린 팔과 목덜미→분홍 스웨터를 걷어올린 팔과 목덜미
23) (고기새끼라도) 지나가는 듯→잡으려는 듯이
24) 물을 움킨다→물만 움킨다
25) 어제마냥→어제처럼
26) (그리고는) 훌 일어나→벌떡 일어나
27) 가을 햇볕→가을 햇빛→가을 햇살
28) 생각됐다→생각했다 (誤植으로 보임)
29) (발돋움을) 해 보았다→했다
30) 그러고도 (상당한 시간이 지났다고)→그리고도
31) (갈꽃이 한 옴큼) 움직였다고 생각됐다→움직였다
32) 가을 햇볕이→가을 햇살이
33) (다음 날부터) 소년은 (좀더 늦게 개울가로)→'소년은' 빠짐
34) (어딘가) 저도모를 (허전함이) 자리잡는 것이었다.→'저도모를' 빠짐→자리잡게 되었다.
35) 그러한 어떤 날→그러한 어느 날
36) (소녀가) 이리로 (건너오고)→이리

61 38)		A	A	△	▫	E	E	A	E
67 39)		△	B	B	▫	E	B	B	B
72 40)		△	B	B	B	B	B	B	B
72 41)		A	A	A	△	E	A	A	A
75 42)		△	B	▫	D	D	D	D	D
76 43)		A	A	A	△	D	D	A	D
78 44)		A	A	△	D	D	D	D	D
81 45)		△	B	B	B	B	B	B	B
83 46)		△	B	B	B	B	B	B	B
87·1 47)		A	A	△	▫	E	D	D	D
87·2 48)		A	A	△	▫	E	D	D	D
87·3 49)		A	A	A	△	E	E	A	E
89 50)		A	A	△△	D	D	D	D	D
94-1 51)		A	A	A	△	E	E	A	E
94-2 52)		A	A	A	△	E	A	E	A
97 53)		A	A	A	A	A	△△	G	G
100 54)		A	A	A	△	E	E	E	E

37) (숨어서) 내 하는 꼴을 (엿보고)→내가 하는 꼴→내가 하는 일
38) (디딤돌을) 헛짚었다→헛디뎠다
39) (메밀꽃) 내가 (짜릿하니) 코를 찔렀다고→내가 코를 찌른다고→냄새가 코를 찌른다고
40) (자꾸만 뒤따라) 오는 것만 (같았다)오는 것
41) 건너편 가에 앉아→건너편에 앉아
42) 모르는 척 (징검다리를 건너기) 시작한다→시작했다→모르는 체 시작했다
43) 조심성스럽게→조심스럽게
44) 못 들은 척했다→체했다
45) 저도 (모르게 돌아섰다)→자기도
46) (얼른) 손바닥으로 (눈을 떨구었다)→소녀의 손바닥으로
47) 아래켠으로 (한 삼 마장 쯤)→아래편으로→아래쪽으로
48) 위대로 (한 십리)→우대로
49) (한 십리) 가까잇 (길)
50) (가본 일) 있냐?→(가본 일) 있니?
51) 멀믄 얼마나 멀갔게?→멀면 얼마나 멀기에?

104 [55]		A	A	△	□	E	E	D	E
105 [56]		△	B	B	B	B	B	B	B
110 [57]		△	B	B	B	B	B	B	B
111 [58]		A	A	A	A	A	△△	G	G
112 [59]		△	B	B	□	E	E	B	E
114 [60]		A	△	A	C	C	A	A	A
123 [61]		A	A	△△	□	E	E	D	E
124 [62]		A	A	△	D	D	D	D	D
126 [63]		△	□	C	◇	E	C	C	○
128 [64]		A	△	C	□	E	E	C	E
129 [65]		A	A	A	△	E	□	A	G
140 [66]		△	B	B	□	E	B	B	B
141 [67]		△	B	B	B	B	B	B	B
142 [68]		A	△	A	A	A	A	A	A
146 [69]		A	A	A	△	E	□	A	G

52) 사뭇 (먼 데까지 소풍을) → 아주
53) 올벼 가을걷이 → 벼 가을걷이
54) (참새가 몇 마리) 날아난다 → 날아간다
55) (허수아비가) 대구 (우쭐거리며 춤을 춘다) → 대고 → 자꾸
56) (소녀의) 외인 (볼에) 살폿한 (보조개가) 패웠다 → 왼쪽 ~ 살폿이 ~ 패었다
57) (그냥 스쳐) 달렸다 → 달린다
58) 베짱이가 (따끔따끔 얼굴에 와 부딪힌다) → 메뚜기가
59) (쪽빛으로) 개인 (가을 하늘) → 한껏 개인 → 한껏 갠
60) 저 놈의 독수리! 저 놈의 독수리! 저 놈의 독수리가 (맴을 돌고) → '저 놈의 독수리'1회 삭제
61) 여깃 참외 맛나냐? → 여깃 차미 맛있니? → 여기 참외 맛있니?
62) 수박 맛이 참 훌륭하다 → 수박 맛은 더 좋다
63) (무우밭으로 들어가) 두 밋을 (뽑아 왔다) → 무우 두 밋 → 무우 두 밑 → 무우 두 개 → 무 두 밑
64) (소녀에게) 한 밋 (건넨다) → 한 밑 → 한 개
65) (손톱으로) 한 돌이 (껍질을 벗겨) 우적 (깨문다) → 한 돌림 / 우쩍 → 한 돌이 / 우쩍
66) 이번에는 (소년이 뒤따라) → 이번은 → 이번엔

148-149 70)		△	B	B	B	B	B	B	B
149 71)		A	A	A	△	E	E	A	B
151 72)		△	B	B	□	E	B	B	B
153 73)		A	A	A	△	E	E	A	E
154 74)		A	A	A	△	E	A	A	A
157 75)		△	B	B	□	E	B	B	B
166 76)		△	B	B	B	B	B	B	B
167 77)		A	A	△	△△△	E	D	D	D
168 78)		△	B	B	△△△	E	B	B	B
169 79)		A	A	A	△	E	A	A	A
172 80)		A	A	A	△	E	A	A	A
172 ~ 173 81)	--		B	B	B	B	B	B	B
176 82)		A	△	□	D	D	D	D	D
178 83)		△	B	B	B	B	B	B	B
180 84)		△	B	B	B	B	B	B	B

67) 그러고도 (소녀보다) → 그러고도 곧
68) 싸리꽃 → 갈리꽃
이 변화는 C와 함께 1964년 일조각, 1965년 박영사 간 대학교양국어 교재에서만 나타나는 것이어서 주목을 끈다. 대학의 교양교재에 실린 「소나기」들은 C를 토대로 했을 가능성이 큼을 말해준다.
69) (얼굴에) 살풋한 (보조개를) 떠올리며 → 살포시 / 지으며 → 살포시 / 떠올리며
70) 두 문장 사이에'그러나 소녀는'이라는 내용 추가
71) 하나두 (버리지) 말어! → 하나도 / 마라!
72) (초가집이) 뭉쳤다 → 몇 모여 있었다 →
73) 별로 (주위가 조용해진) → 유달리
74) (풀냄새를) 퍼뜨리고 → 풍기고
75) (등꽃) 같네. ~ (등나무가) 있었다 → 같네 / 있었단다 → 같다 / 있었단다
76) (소년은 제가) 칡꽃을 꺾어다 (줄 것을) → '칡꽃을' 삭제
77) (소녀의) 오른 (무릎에 핏방울이 내맺혔다) → 오른쪽 무릎
E와 F에서는 삭제됨.
78) (소년은 저도 모르게) 와락 달려들어 무릎을 (빨기 시작했다) → 상(생)채기에 입술을 가져다 대고
E와 F에서는 삭제됨.

184 [85]		△	B	B	B	B	B	B	B
185 [86]		△	B	B	B	B	B	B	B
190-1 [87]		△	B	B	A	A	A	A	A
190-2 [88]		A	A	A	△	E	E	E	E
194 [89]		△	B	△	D	D	D	D	D
196 [90]		△	□	B	B	B	B	A	B
202 [91]		A	A	A	△	E	A	E	E
203 [92]		A	A	△	△	E	D	D	D
207 [93]		△	B	B	B	B	B	B	B
215 [94]		△	B	B	B	B	B	B	B
216 / 218 [95]		△	B	B	B	B	B	B	B
217 [96]		△	B	B	B	B	B	B	B
219 [97]		△	B	B	B	B	B	B	B
220 [98]		A	A	A	△	E	E	A	E
221 [99]		△	B	B	B	B	B	B	B
222 [100]		A	A	A	△△△	E	A	A	A
223 [101]		△	B	B	△△△	E	B	B	B
224 [102]		△	B	B	△△△	E	□	G	G
228 [103]		△	B	B	□	E	E	E	E
233 [104]		A	△	A	A	A	A	A	A

79) 그러다가 (무슨 생각을 했는지) 확 일어나 저쪽으로 (달려간다) → 그리고 / 저쪽으로
80) (문질러 바르고는) 그 달음으로 → 내쳐
81) 두 문장 사이에 '그러고'이라는 단어 추가
82) (고비를) 바트기 (잡아 쥐고) → 바트게 → 바투
83) 꽃 묶음과 (함께 범벅이 된다) → 꽃과
84) 어지러웠다 → 어지럽다
85) (할 수 있는) 일이다 →(할 수 있는) 일인 것이다
86) (농부가 ~) 올라온다 → 올라왔다
87) 집으로 가거라 → 집으루 가거라 →
88) 소내기가 (올라) → 소나기가 (올라)
89) 섭나무 (잎에서 빗방울) 듣는 (소리가) → 떠갈나무 / 뜯는 → 떡갈나무 / 듣는
90) (목덜미가) 선뜻선뜻(했다) → 선뜩선뜩 → 선뜩

283 ~ 284 [105]	--		B	B	B	B	B	B	B
284 / 285 [106]		△△	B	B	B	B	B	B	B
286 [107]		△	B	B	B	B	B	B	B
287 [108]		△	B	B	B	B	B	B	B
289 [109]		△	B	B	B	B	□□	G	G
291 [110]		△	B	□	D	D	D	D	D
294 [111]		△	B	B	□	E	B	B	B
296-1 [112]		△	B	B	B	B	B	B	B
296-2 [113]		A	A	A	A	A	△△	G	G
298 [114]		△	B	B	B	B	B	B	B
299 [115]		△	B	B	B	B	B	B	□
300 [116]		△	B	B	□	E	B	B	B
302 [117]		A	A	A	△	E	A	A	A
303 [118]		△△	B	B	B	B	B	B	B
308 [119]		△	B	B	B	B	B	B	B
310 [120]		A	A	A	△	E	A	A	A
315 [121]		△	B	B	B	B	A	A	A
318-4 [122]		△	B	B	B	B	B	B	B

91) (입술이) 파아랗게 → 파랗게
92) 어깨를 대구 떨었다 → 어깨를 자꾸 떨었다 → 어깨가 자꾸 떨렸다 →
93) 더 비를 그을 수 없었다. → 문장 앞에 '거기서' 추가
94) (그런 소년의) 어깨에서는 (김이 올랐다) → 어깨에서
95) [두 문장의 끝] ~ 한다 → ~ 했다
96) [들어와 앉으라고 한다.] 일없다고 한다. → 괜찮다고 했다.
97) (뒷걸음을) 쳐 들어갔다. → 할 수 없이 (뒷걸음을) 쳤다.
98) (꽃묶음이) 우그러들었다 → 망그러졌다
99) (상관없다고) 생각한다 → 생각했다
100) E와 F에서는 삭제됨.
101) (그러나 고개를) 돌리지는 않는다 → 돌리지 않았다
E와 F에서는 삭제됨.
102) (떨리던 몸이) 저으기 눅지는 심사였다 → 저으기 누그러지는 느낌이었다 → 적이 누그러지는 ~
103) 햇볕이 (눈부시게) → 해빛이 → 햇빛이
104) 소녀가 (순순히 업히었다) → '소녀가' 삭제

235 [123]		△	□	B	B	B	B	B	B
236 [124]		A	A	△	D	D	□	G	G
237 [125]		△	B	B	□	E	◇	○	▷
240 [126]		△	B	B	B	B	B	B	B
246 [127]		△	□	C	C	C	□	○	G
251-3 [128]		A	A	△	D	D	D	D	D
254 [129]		A	A	A	△△△	□	○	G	G
255 [130]		A	A	A	△△△	A	A	A	A
256 [131]		△	B	B	○○○	B	B	B	B
257 / 258 [132]		A	A	A	△△△	A	A	A	A
260-1 [133]		A	A	A	A	A	△△	G	G
263-2 [134]		A	A	A	A	A	△△	G	G
267 [135]		△	B	B	B	B	B	B	B
271 [136]		A	A	A	△	E	A	A	A
274 / 275 [137]		△△	B	B	B	B	B	B	B
277 [138]		△	B	B	B	B	B	B	B
279 [139]		A	A	A	△	E	E	A	E
281 [140]		△	B	B	□	E	E	B	E
318-6 [141]		△	B	B	B	B	B	B	B

105) [두 문장 사이에 다음 문장 추가] 호두송이를 맨손으로 깠다가는 옴이 오르기 쉽다는 말 같은 건 아무렇지도 않았다.
106) [두 문장을 합쳐 약간 다른 문장으로] 근동에서 이 바우할아버지네 밤을 당할 밤이 없다. 소녀에게 어엿히 맛보여 부끄럽지 않다. → 그저 근동에서 제일가는 이 덕쇠할아버지네 호두를 어서 소녀에게 맛보여야 한다는 생각만이 앞섰다.
107) (생각이) 든다 → 들었다
108) (개울가로) 나올 수 없겠느냐는 (말을) 해주지 못한 (것이었다) → 나와달라는 ~ 못해 둔
109) 추석 전날 (소년이 학교에서 돌아오니, 아버지가) 나들이옷을 입고 → 추석 전날 ~ 나들이옷을 갈아입고 → 이튿날 ~ 나들이옷으로 갈아입고
110) 이 말에는 (댓구도 없이) ~ (닭의 무게를) 겨눔해(보면서) → 그 말에는 ~ 겨눔해 → 그 말에는 겨냥해
111) ('걀걀하구) 알 자리를 ~ (살은) 쪘을게 → 알 날 자리를 ~ 쪘을 거에요 → 알 낳을

자리를 ~ 졌을 거예요.
112) 벌골 (윤초시 댁에) → 서당골
113) 내일이 추석날이라 제사상에라도 놓으시라고 → [앞부분 생략] 제사상에라도 놓으시라고
114) 허허허 하고 아버지는 웃고 나서 → 이 말에 아버지는 허허허 하고 웃고 나서
115) 임마, 이래봬두 요게 그것 보담은 실속이 있다 → 임마, 그래도 이게 실속이 있다 → 인마, ~
116) (소년은 공연히) 열적어 ~ (철썩) 내리갈겼다 → 열적어 ~ 갈겼다 → 열없어 ~ 갈겼다
117) (개울물은 날로) 여물어 갔다 → 푸르러 갔다
118) (갈밭머리에서 바라보는) 가락골 (마을은) → 서당골
119) (자리에 누워서도) 한 생각이었다 → 같은 생각 뿐이었다.
120) (그러다가) 까무룩 (잠이 들었는가) → 깜빡
121) 증손이라곤 (기집애 그 애 하나뿐) → 증손자라곤
122) (여간) 잔망스럽지 않드군. → 잔망스럽지가 않아
123) 소녀의 목을 글어안았다. → 소년의 목을 끌어 안았다 → 목을 끌어 안았다.
124) (언제) 그랬는상 (싶게) → 그랬는성 → 그랬는가
125) 소녀의 모양이 (뵈지 않았다) → 그리고는 [문장 앞에 추가] → 그런 일이 있은 후 한동안 소녀의 모습은 → 그 뒤로는 소녀의 모습은 → 그 다음날은 소녀의 모양이 → 그 뒤로는 소녀의 모습이
126) (엿보기도 했다.) 없었다. → 그러나 뵈지 않았다.
127) 소내길 맞은 탓 아니냐? → 소내기 맞은 탓 아니냐? → 소나기 맞은 탓 아니냐? → 소나기 맞은 탓 아냐? → 소나기 맞은 것 때메?
128) (그 날) 재밌었다. → 재밌었어
129) (소녀가) 가만한 (보조개를) 떠올리며 → 가만한 / 지으며 → 가만히 / 떠올리며 E에서는 삭제됨
130) E에서는 삭제됨
131) (앞자락만) 내려다보고 (있었다) → 바라다보고 E에서는 삭제됨
132) E에서는 삭제됨
133) (대추를 땄다.) 추석에 제사 지낼려구 → 낼 제사 지내려고
134) (우리) 고조할아버지가 (심었다는데) → 증조할아버지
135) (사업에) 실패를 하여 → 실패해 가지고
136) (소년은) 혼잣속으로 → 속으로
137) (이날 밤, 소년은) 뒷산으로 올라갔다. 거기에 바우 할아버지네 밤밭이 있는 것이다. → (이날 밤 소년은) 몰래 덕쇠 할아버지네 호두밭으로 갔다. 이하 278 / 280 / 284 / 307 번 문장에서'밤 → 호두','바우 할아버지' → '덕쇠 할아버지'로의 변화가 연쇄적으로 이루어짐.
138) (봐 두었던) 가장지를 (향해 작대기를) → 가지를

* 위 표에서 문장 번호는 <협동> 본을 기준으로 일변번호를 매긴 것으로, 대화는 다른 문장으로 처리했다.
대화 내용에 두 문장 이상이 나올 경우 -1, -2로 구분하였다.

2) 텍스트별 변화 양상의 비교 분석의 의미[142)]

앞 장의 분석 결과를 전체적으로 살펴 볼 때 텍스트 간 차별성을 가장 많이 이끌어 낸 텍스트로는 <학>과 '교과서 2차-1'을 들 수 있다. 표에서 기호가 가장 많이 등장하는 곳이다. 그리고 가장 전승 요소가 많은 텍스트는 <학>이다. 즉 <학>에 실린 텍스트는 이전 텍스트를 매우 많은 부분에서 수정을 가하고 있으며, 후속 파생텍스트들이 그 내용을 이어받는 정도도 가장 크다. 그런 의미에서 「소나기」의 정본으로 설정해도 좋을 것이다. 특히 초본에서 많이 엿보이는, 표현이 불명확하거나 세련되지 않은 부분들이 대부분 B에 와서 다듬어진다. 그리고 이전 교과서인 E나 F에 비해 안정적인 서술이 엿보이는 G와 최근 교과서인 I가 B와 가장 가까운 모습을 보이며 전승하고 있다는 점에서도 그렇게 판단할 수 있을 것이다.

교과서 중에서는 E와 G가 변화의 계기가 되는 전환 텍스트가 된다. 그런데 다른 텍스트들과의 관계를 놓고 볼 때 E보다는 G의 변화가 의미가 있는 것으로 판단된다. E의 경우는 F와 짝을 이루어 '교과서의 특성'에 따른 변화를 충실히 보여주고 있기 때문이다. 앞서 설명한 '금기를 반영한 일부 삭제' 등이 그 예이다. 따라서 교과서들 간의 차이를 세밀하게 분석하다보면 그 '금기체계'가 보다 잘 드러날 수 있을 것이다. 또한 4본의 교과서들은 E와 F, G와 I가 같은 표기나 표현을 보인다는 점에서 대응된다. 그러나 두 범주 간에 무게 있는 차별성은 '금기 요소'외에는 잘 보이지 않는다.

---

139) (가슴이) 선뜻했다 → 선뜩했다
140) (돌아오는) 길에도 ~ (골라) 짚었다 → 길에도 ~ 짚었다 → 길에도 ~ 디뎠다
141) 제가 (죽거든) 저 (입었던 옷을) ~ 입혀 (묻어달라구) → 자기가 ~ 자기 ~입혀서
142) 이 장의 내용도 발표자의 앞의 논문을 심포지엄의 성격을 고려하여 전재해 왔음.

표기법에서 사투리 등이 표준말로 대체되는 것은 교과서 E부터인데, 원작의 맛을 떨어뜨리는 부분도 상당히 있다. 어떤 경우 그대로 두는 것도 필요할 터인데 단지 교과서라고 해서 바꾼 탓이다. 물론 작가의 언어사용의 문제도 일부 있기는 하다. 서울에서 온 소녀가 사투리를 쓰다가 서울 말씨로 바뀌는 대목 등이 그것이다.

전집 H는 별다른 특징이 없이 B를 토대로 삼고 있지만 몇 부분에서는 손질을 가하고 있다. 그러나 그 손질은 별다른 원칙은 없어 보인다. 전집 H의 가장 큰 문제점은 246번 문장으로 "소내길 맞은 탓 아니냐? → 소내기 맞은 탓 아니냐? → 소나기 맞은 탓 아니냐? → 소나기 맞은 탓 아냐? → 소나기 맞은 것 때메?"로 변하는 과정에서 '것 때메?'라는 매우 생소한 표현으로 고쳐 쓰고 있다. 아마도 소년의 언어 사용 특성이 잘 드러나도록 하기 위함이었을 듯싶으나, 다른 부분에서는 그러한 맥락의 변화를 주지 않았다는 점에서 파생본으로서는 매우 이례적이고 위험한 변화를 시도하고 있다고 할 수 있다. 이 전집은 교과서 중에서 비교적 안정적인 전수 상태를 보이는 G에 많이 의지하는 것 같으면서도 B나. 경우에 따라서는 A까지도 이어받고 있다. 이런 면에서 이 전집은 저본을 설정하고 따른다는 일반적인 원칙도 지키지 못한 것으로 판단된다. 그런 측면에서는 B와 거의 유사한 서술내용을 보이는 D가 전집으로서 더 의미를 가진다고 할 수 있다.

대학교재들의 경우에는 앞서 잠시 설명했지만 거의 B에 바탕을 두고 있는데 가끔 부분적으로 돌발적인 변화가 나타나기도 한다. 이는 편집상의 착오나 원본 대조 노력이 부족했음을 말해주는 증거로 보인다. 외국에서 수상을 했다는 사실을 재빨리 받아들였지만 정본 확정 작업 없이 편찬했기 때문으로 판단된다. 하지만 「소나기」에 대한 국내의 첫 공식적인 반응이라는 점에서 주목할 필요가 있다. 제재 뒤에 주어진 연구문제 등이 그 간접적인 평가내용이 될 것으로 본다.

이상과 같이 텍스트 간의 차이 분석에 따른 몇 가지 문제를 짚어 보았다. 그러나 중요한 것은 초본의 존재가 문학교육적으로 어떤 의미를 가질 것인가이다.

B를 정본으로 설정할 수 있는 것은 A라는 초본의 존재로 인해 그 근거를 분명하게 얻을 수 있기 때문이다. 그러나 보다 중요한 것은 A에서 B로의 전환의 양상이 작품에 대한 해석이나 감상의 실마리를 제공하거나 학생들의 활동 통로를 마련해 주는 계기로 활용할 수 있다는 점이다,

예를 들어 A에서 B로 전환되는 과정에서 큰 변화로 볼 수 있는 대목들인 '밤→호두'관련 부분과 결말부분을 보자. 밤→호두로의 변화는 바우 할아버지→덕쇠 할아버지, 호두따기에 필요한 심리 변화까지로 이어지게 된다. 필자는 밤에서 호두로의 변화가 단순한 것이 아니 맥락일거라 본다. 작가의 고향인 평양은 호두의 북방한계선을 넘어서는 곳이기에 익숙한 자연물이 아님에도 그러한 변화를 시도한 것은 호두가 지닌 상징성에 관심을 두었기 때문이 아닐까 생각해 본다.[143]

이러한 변화 요소를 살피는 것은 곧 작품의 구성요소들에 대한 심도있는 이해나 접근 통로가 될 수 있을 것이다. 만일 B라는 텍스트만 주어졌다면 '호두'에 대한 관심은 현저히 약화되거나 무화되었을 것이다. 변화한 것이기에 왜 변화했는지에 따른 사고가 이어질 수 있을 것이다.

다음으로 결말 부분이다. 이 대목은 작품의 정서와 분위기를 살피는 데 매우 유용한 장치가 될 수 있을 것이며, 창작교육과 관련된 접근도 용이

---

143) 북유럽에서는 11월 1일의 만성절(萬聖節:All Saints' Day)에 젊은 남녀들이 호두나 개암을 가지고 사랑의 점을 치는 풍습이 있다. 자기가 생각하고 있는 사람의 이름을 마음속으로 외우면서 호두나 개암을 불 속에 던져 터지는 정도에 따라 상대방의 정열도를 점치는 것이다. 또한 그날 밤에는 호두와 사과를 먹는 습관도 있다. 로마인들은 결혼식에서 아들·딸 많이 낳으라고 이 호두를 던지는 습관이 있었다고 한다.
권영한, 재미있는 나무이야기, 전원문화사, 2003.

하게 해 줄 것이다. 현재의 문학교과서들의 대부분은 창작교육의 일환으로 결말 이어쓰기나 새롭게 쓰기 등을 시도하는데 그 결과로 제시된 내용에 대한 평가의 기준를 설정하기가 쉽지 않아 보이고 그 결과 타당성있는 활동으로 볼 가능성이 없어 보인다. 이런 경우 이 작품의 결말부분의 변화는 매우 적절한 사례로 활용할 수 있을 것이다. 매우 작위적인 이어쓰기나 바꿔쓰기가 아닌 적어도 작가의 입장에서 매우 고심한 대목을 보여줌으로써 얻는 효과는 매우 클 것이다.

아울러 하나의 작품이 발표되고 전집에 실리고, 교과서나 교재에 실리는 과정에서 다양한 변이양상을 보이는 과정은 그 자체로 문화적 현상의 한 보기가 될 것이다. 추상적인 차원에서의 '문화'에 대한 접근보다 그 흥미있는 과정을 통한 접근은 보다 효율적이고 생산적인 교육적 장치로 기능할 수 있을 것이다. 텍스트의 변이과정은 텍스트만의 차원이 아니라 사회문화적인 차원의 작용이 있기에 가능한 것이기 때문이다.

이같은 교육적 의미는 비단 이 작품에만 해당할 수 있는 것이 아닐 것이다. 다른 '교과서 정전'들의 경우에도 파생텍스트들에 대한 세밀한 접근을 거친다면 충분한 활용 및 활동 자료를 얻을 수 있을 것이다. 그런 의미에서 「소나기」의 초본 및 파생텍스트의 존재는 주목의 대상이 될 것이다.

4. 제안

이 발표는 기본적으로 「소나기」가 그간 누려왔던 '국민문학'으로서의 위상, 그 바탕이 되었던 교육정전으로서의 위상을 지속적으로 유지해 나가는데 필요한 연구자들의 몫이 무엇일까에 대한 탐색에 일차적인 목적을 두고 있다. 몇 가지 작은 제안들을 하면서 발표를 마무리할까 한다.

우리 문학교육의 자장 내에는 많는 '교과서 정전'이 존재하고 있다. 그런데 그 정전의 텍스트 층위들에 대한 접근은 거의 이루어지지 않고 있다. 정전을 논의하면서 원본이나 정본에 대한 관심을 두지 않는다는 것은 반성적으로 검토해 볼 일이다. 우리 사회의 제도적 특성상 문학 독자들을 형성하는데 지대한 영향을 미치고 있는 공교육의 현장에서 항시적으로 다룰 수 있는 정전으로 존재할 수 있게 한다는 것은 해당 작가나 작품들을 연구하는 연구자들의 의무와도 같은 일이다. 그럼에도 불구하고 발표자의 경험 상 연구자와 교육 현장과의 괴리감은 줄어들지 않고 있다. 특히 「소나기」와 같은 문학적 자산은 현재 우리 사회의 전 세대가 공유하고 있는 자산인만큼 그것을 유지해 나가고 보다 심화된 교육적 대상이 될 수 있도록 해야하지만, 그 교육의 역사가 긴 만큼 약점을 지니고 있는 것도 사실이다. 새로운 문화적 상황에 기반을 둔 다양한 미디어 텍스트들이 강력한 경쟁력을 지닌채 미래의 독자 대중들에게 제공되고 있기에 그러하다. 따라서 전통적인 문학정전 텍스트들이 이전과는 다른 경쟁력을 얻도록 하기 위한 노력들이 필요하다. 발표자는 그 경쟁력의 일차적인 기반을 텍스트에 대한 면밀한 접근에서 찾을 수 있을 것이라 본다. 초본과 정본, 파생본들의 차이에 기반한 새로운 해석적 지평의 확대 등이 그것이다.

교육의 범주와 사회문화적 범주를 연계할 수 있는 텍스트 기반 콘텐츠들 또한 생산되고 제시되어야 할 것이다. 교과서 제재로서 갖추어야 할 기본적인 장치이거나 부수적인 장치이거나 그 속성을 잘 드러낼 수 있는 콘텐츠들의 생산이 필요하리라 본다. 물론 텍스트에 충실한 방향성을 전제로 해야 한다는 판단이다. 예를 들어 교과서에 필수적이자 비평적인 요소로 자리잡아 가고 있는 컷 등의 공적 생산도 관련 학회나 단체에서 고려해 볼만한 요소라 판단된다.

다음으로 한국어문화의 자산으로서의 「소나기」의 위상과 관련된 제안을 하자면 한국어교육 현장에서 중심 제재로 활용될 수 있는 여지를 연구하고 개발해서 제공할 필요성이 있다는 점이다. 특히 모국어 지배 환경에서의 한국어교육 분야 중 한국문화나 문학 분야는 점차 그 중요성이 더해 가는데 현재의 한국어교육 연구 분야에서는 그에 따른 대안을 제시하기가 쉽지 않아 보인다. 발표자의 경험으로는 해외 한국어교육현장에서 「소나기」의 유용성은 매우 큰데 그 교육적 최대치를 구현하는데 필요한 기제들은 매우 부족한 편이다. 이제 한국문학의 범위를 넘어 세계보편적인 문학의 범위에서 일정한 역할을 할 「소나기」의 위상을 정립해 갈 필요가 있으리라 본다.

황순원 소설 「소나기」의 원본 시비와 결정본

박태일

1. 들머리

황순원이 쓴 「소나기」는 우리 근대 소설사에서 확고한 정전 자리를 지키고 있는 작품 가운데 하나다. 2차 교육과정부터 오늘날까지 7차에 걸친 오랜 변화에도 한 차례도 빠짐없이 중학교 국정 교과서에 오른 사실이 그 점을 증명한다.[1] 게다가 오늘날 경기도 양평에 자리잡고 있는 '소나기마을'과 '황순원문학관'이라는 문화공간은 「소나기」의 명성과 그 재구성 양상을 확연하게 보여 준다. 그런 만큼 「소나기」에 대한 문학 안팎의 지식과 이해를 더 다채롭고 꼼꼼하게 이끄는 일은 필요할 뿐만 아니라, 소중한 작업이라 아니할 수 없다.

그런데 「소나기」를 텍스트 안쪽으로 다가서려다 보면 뜻밖에 난관이 가로놓여 있다. 첫째, 「소나기」 원본 문제가 하나다. 1953년 전쟁기 광주 지역에서 나온 문예지 『신문학』 4호에 「소나기」가 처음 실렸음은 알려진 일이다.[2] 그럼에도 원본은 「소나기」의 오랜 명성 재생산 과정에서도 밝혀

1) 조희정, 「교과서 수록 현대 문학 제재 변천 연구」, 『국어교육학연구』 24집, 국어교육학회, 2005, 462~463쪽. 김혜영, 「현대문학 정전 재검토」, 『문학교육학』 25호, 문학교육학회, 2007, 111쪽.

2) 창우사의 『황순원전집』(1964)에 실린 「연보」에서는 「소나기」 발표에 대한 기록이 없다. 그러다 삼중당 간행 『황순원문학전집』(1973)에서부터 『신문학』 게재 사실을 밝

지지 않았다. 다만 황순원의 회고에 따라 작품 마무리에는 지금까지 읽어 온 것과 다른 부분이 몇 줄 붙어 있다는 사실이 알려져 왔다. 「소나기」를 실은 『신문학』과 원본의 실체는 학계가 짚어야 할 문젯거리로 남아 있었던 셈이다.

둘째, 「소나기」는 오래도록 우리 청소년에게 깊은 문학적 추억을 남겨 준 정전이다. 여러 꼴로, 여러 곳에서 간행되어 읽혔다. 그런 만큼 헤아리기 힘들 정도로 파생본이 많다. 황순원의 개인 작품집이나 『전집』 꼴로 나온 것에서부터 단편 선집, 각급 학교 교과용 도서나 참고 도서, 기타 이러런 작품집 곳곳에서 「소나기」는 거듭 실렸다. 그것은 앞으로도 꾸준히 이어질 일이다. 그런데 당장 황순원의 개인 작품집과 「전집」 꼴로 실린 몇몇만 놓고 보더라도 판본 사이 변개가 적지 않게 드러난다. 교과용 도서에 실린 작품은 특정 자리가 지워지기도 했다. 청소년 학습에 걸맞지 않다고 판단한 선별 주체의 이념이 작용한 탓이었다.[3]

문학은 지나간 특정 시기, 특정 작가에 의해 쓰인 개별 언어체다. 무엇보다 텍스트의 고정성을 중요 됨됨이로 삼는다. 그럼에도 고정 텍스트로서 「소나기」에 다가서려 할 때 당장 위에서 말한 두 문제에 가로막힌 셈이다. 그런데 이에 대한 논의를 더 나아갈 수 있도록 하는 계기가 마련되었다. 2008년 한 연구자가 「소나기」의 초본을 찾아냈을 뿐 아니라, 국어 교과서에 실린 「소나기」의 파생 변개 양상을 조감한 것이다.[4] 물론 그의 논의는 문학교육론 자리에서 정전의 교과서 편찬과 수록에 대해 마땅한

혔다. 그러나 문학과지성사판 『황순원전집』에서는 다시 빠졌다. 『황순원연구』(황순원전집 12), 문학과지성사, 1985. 이보영에서는 『소나기』의 『신문학』 4호 발표를 적시했다. 이보영, 『황순원』. 지학사, 1985. 장현숙에서도 같은 기록이 보인다. 장현숙, 『황순원 문학연구』, 시와시학사, 1994, 164쪽. 현재로서는 어느 곳에서 처음으로 「소나기」의 『신문학』 발표 사실을 밝혔는지 확인하기 힘들다.

3) 김동환, 「초본과 문학교육－「소나기」를 중심으로」, 『문학교육학』 26호, 한국문학교육학회, 2008, 286~287쪽.

4) 김동환, 앞의 글.

전망을 얻기 위한 목표 아래 이루어졌다. 그럼에도 논란거리로 남아 있었던 위의 두 가지 난제 해결에 물꼬를 텄다.

다만 연구자는 원본 추정에서, 소설집 『학』(1956)에 앞서 나온 두 판본, 곧 『신문학』(1953.5.) 4호 본과 『협동』(1953. 11) 추계호 본 「소녀」을 두고, 발표 순위에서는 오히려 시기가 늦은 『협동』본을 먼저 쓴 '초본'으로 보았다. 그런 가운데 글쓴이가 2011년 전쟁기 전남광주 지역문학을 살피는 과정에서 『신문학』을 발굴해 학계에 됨됨이를 알리는 기회를 가졌다.[5] 거기서 『신문학』본 「소나기」와 『협동』본 「소녀」 사이 초본 시비를 바로 잡고자 했다. 먼저 나온 『신문학』본이 『협동』본보다 먼저 쓰인 초본이자 첫 발표 원본임을 변증한 것이다. 글쓴이는 그런 사실을 『신문학』의 매체 발간 환경을 빌려 밝혔다. 따라서 둘을 텍스트 수준에서 견주어 앞뒤 순위를 따지는 일은 과제로 남겨 둔 상태였다.

이번 기회에 글쓴이는 두 가지를 목표로 이 글을 마련한다. 첫째, 「소나기」의 원본(초본) 시비를 마무리하는 일이다. 『신문학』본 「소나기」와 『협동』본 「소녀」 사이 앞뒤 순서를 확정하기 위해 그 둘을 텍스트 안쪽에서 견주어 따진다. 다만 논의의 연속성을 위해 2011년에 살폈던바, 출판 환경을 더 기워 먼저 제시할 것이다. 둘째, 「소나기」는 여러 파생본을 지닌 작품이다. 그들이 어떻게 바뀌어 왔는가 변개 양상을 짚고자 한다. 이를 빌려 「소나기」에 대한 결정본 설정의 필요성[6]을 일깨우게 될 것이다. 근대 소설문학의 이해와 연구가 텍스트 수준에서 더욱 엄밀해져야 할 필요성도 함께 자명하리라.

---

5) 박태일, 「전쟁기 광주지역 문예지 『신문학』 연구」, 『영주어문』 21집, 영주어문학회, 2011, 313~348쪽.

6) 「벙어리 삼룡이」의 후대 『전집』본은 『여명』(1925)에 실렸던 원본보다 208군데나 틀린 모습을 드러냈다. 이런 사실을 밝혀, 우리 소설 연구에서 결정본에 대한 이해 부족을 한 차례 짚은 바 있다. 박태일, 「1925년 대구 지역매체 『여명』 창간호」, 『근대서지』, 근대서지학회, 2011, 105~134쪽.

2. 『신문학』본과 『협동』본의 원본 시비

1) 출판 환경으로 본 원본 확정

『신문학』은 전남·광주 지역문학사에 이름이 오르내린 문예지다. 그러나 실체는 알려지지 않았다 2011년에 글쓴이가 전모를 밝혔다. 『신문학』은 목포에서 조희관이 냈던 『갈매기』·『전우』에 촉발 받아 광주에서 낸 매체다. 1집부터 4집까지 글쓴이는 전남·광주 지역 안팎 연고자를 중심으로 바깥 지역 명망 문인을 끌어들였다. 그러면서 지역 뒤 세대까지 배려했다. 발간 실무 경영은 백완기가 맡았고, 김현승이 편집을 거들었다. 그리하여 『신문학』은 전쟁기 지역문인의 결집체면서 그 뒤 1950년대 전남·광주 지역 문학사회 형성에 큰 몫을 했다.[7]

『신문학』은 봄, 가을 두 차례 반년간지를 겨냥했다. 그러나 재정난과 원고난 탓에 뜻대로 내지 못하고 4호 발간에 머물렀다. 발간 시기도 예정대로 맞추지 못했다. 「편집후기」에 따르면 1951년 6월 창간호를 낸 뒤, 2호는 12월에 냈다. 본디 10월에 내기로 했으나 두 달을 넘긴 것이다. 3집은 1952년 7월에 냈다. 5월 발간 예정이었으나, "인쇄소의 사정으로 5, 6월" 두 달을 '허비'했다. 4집은 해를 넘겨 1953년 5월에 냈다. "예정보다 훨씬 지연"되어 "절망 속에서"나온 결과였다. 한 해 앞인 1952년 가을, 10월 무렵에 낼 예정이었으나 거의 7개월이나 늦게 낸 데 따른 자책어린 「편집후기」다.

글쓴이는 『신문학』을 발굴하여 4집에 실린 황순원 소설 「소나기」가 원본임을 밝혔다.[8] 이미 한 연구자가 「소나기」의 이본으로 1953년 5월의 『신문학』본보다 여섯 달 뒤 11월에 나온 『협동』 41호의 「소녀」를 '초본'

---

7) 박태일, 앞에서 든 글, 322쪽.
8) 김동환은 이 말을'최초의 텍스트'라는 뜻으로 썼다. 첫 발표작인 초간작, 곧 원본과는 나누어 썼다. 김동환, 앞에서 든 글, 279쪽.

으로 잡은 글을 발표한 뒤였다.[9] 『협동』은 대한금융조합연합회 기관지다. 전쟁기 동안 피란지 부산에서 내다 1953년 40호 하계호를 끝으로, 서울로 올라가 본사에서 다시 내기 시작한 첫 호가 41호였다. 그런데 연구자는 『신문학』본과 『협동』본을 견준 뒤, 앞뒤 "관계가 분명하게 설정되지 않지만" 시기적으로 뒤늦은 『협동』본이 "먼저 생성된" 초본이라 본 것이다.

연구자는 그 터무니로 세 번째 나온 『학』의 「소나기」와 견주어 볼 때, "수정되었거나 개정된 부분"이 『신문학』본 「소나기」보다 『협동』본 「소녀」가 더 많아 보인다는 점을 내세웠다. 그는 『협동』에 먼저 초본 「소년」을 보냈으나, 어수선한 전쟁기 상황에서 『협동』 발간이 늦어져 나오지 못하고 있자, 『신문학』의 청탁을 받아 2차본인 「소나기」를 보냈을 가능성을 점쳤다. 그런데 『신문학』 네 권을 모두 살핀 뒤 글쓴이는 연구자의 판단이 잘못이라는 점을 밝힐 수 있었다.

『신문학』 4집의 「편집후기」가 그 빌미였다.

> 출간이 예정보다 훨씬 지연되는 동안 애써서 얻었던 황순원 씨와 김동리 씨의 2편 중 김동리 씨의 80매 소설은 게재의 우선권을 타지에 빼앗겨 버렸다.[10]

황순원의 「소나기」를 4집에 싣기 위해 이미 받아 두었으나, "출간이 예정보다 훨씬 지연"되어 뒤늦게 나왔음을 알려 준다. 예정대로라면 『신문학』 4집은 1952년 10월에 나올 책이었다. 황순원은 소설집 『학』(1956)을 내면서 「소나기」를 맨 앞에 싣고 그 끝에 처음으로 "1952년 시월"이라는 곁텍스트를 붙였다. 그 뒤 「소나기」를 실을 때마다 그것을 되풀이했다. 작품의 창작 시기를 정확하게 작품으로 깨우쳐 주는 표지다. 다시 말해

---

9) 김동환, 앞서 든 글. 「황순원 소설 '소나기' 원제목은 '소녀' "원본 발굴」, 『조선일보』, 조선일보사, 2008.9.18.

10) 「편집후기」, 『신문학』 4집, 신문학사, 1953, 160쪽.

「소나기」는 "1952년 시월"에 나올 예정이었던 『신문학』에 보내기 위해 그 무렵 탈고하여 넘긴 작품이었음을 밝혔다. 『신문학』본 「소나기」가 『협동』본 「소녀」보다 먼저 쓰인 초본이자 원본임에 틀림없다.

「소나기」는 1952년 가을, 초본을 마무리하여 광주 『신문학』에 넘겼다. 그러나 출판이 차일피일 미루어지고 발간 소식이 들리지 않았다. 8월 서울로 되돌아온 황순원은 뒤늦게 서울 『협동』의 청탁을 받은 뒤 『신문학』에 보냈던 초본 「소나기」를 다시 꺼내, 제목을 「소녀」로 고치고, 초본에서 모자란다고 여긴 여러 군데를 손질해 개고본을 『협동』에 보낸 것이다. 그러면 『협동』 쪽 사정은 어떠했을까.

8000명을 넘은 대한금융조합연합회 회원을 상대로 낸 교양지가 『협동』이다. 전쟁기였음에도 출판 환경이 좋았던 매체다. 그럼에도 1953년에는 계간 형태를 지키기 어려웠다.[11] 1953년 4월 39호와 「소녀」가 실린 1953년 11월 41호 사이 일곱 달 동안에 '하계호' 1호밖에 내지 못했다. 대한금융조합연합회 본부의 서울 환도와 임원 재구성, 그에 따른 『협동』의 편집 일정 지연과 같은 일이 뒤섞인 결과로 보인다.[12] 따라서 1953년 7월, 8월 어느 달에 『협동』 편집실은 서울로 환도한 뒤 바삐 「소녀」가 실린 41호 추계호 준비를 서둘렀음을 알 수 있다. 이런 과정에 환도한 황순원에게 소설 청탁이 있었을 것이다.

한 해 앞인 1952년 10월 무렵 광주 『신문학』에 보냈던 「소나기」가 차

11) 앞선 글에서 글쓴이도 잘못을 저질렀다. 『협동』이 전쟁기 격월간으로 꼬박꼬박 나왔으리라 보았다. 그러나 이번 기회에 사정이 그렇지 못했음을 확인했다. 월간에 가까웠던 1952년과 달리 1953년 한 해 동안에는 계간 형식으로 나왔다. 『협동』은 1952년 12월 1일에 '송년호'인 37호를 발간했다. 이듬해 1953년 4월 1일 '춘계호'인 39호를 냈다. 1953년 1월과 3월 사이에 신년호 38호를 냈다는 뜻이다. 그리고 1953년 11월 1일에 '추계호' 41호가 나왔다. 그 사이 40호, '하계호'를 냈다.

12) "다사로운 몇 달"을 보내면서, "서울로 옮기자마자 회장 이하 간부의 이동, 협조문제 등, 본회 일선 간에 많은 풍파가 있었다." "끝내 원고를 못 얻어 이리 메꾸고 저리 옮겨 문자 그대로 두서없는 책이 되고 말았다"(「편집후기」)

일피일 나오지 않고 있었던 상황이다. 환도와 서울 정착이라는 어지러운 상황 아래서 『협동』 청탁을 받고 황순원은 『신문학』에 보낸 「소나기」를 『협동』으로 보냈다. 농민을 주 독자층으로 삼은 금융조합 기관지로서는 당시 농민소설에 이름을 빠트릴 수 없었을 뿐 아니라, 편집진과 교분이 깊었을 그에 대한 청탁은 자연스러운 일이었다.[13] 황순원이 이미 보냈던 「소나기」가 뒤늦게나마 1953년 5월 『신문학』 4호에 실린 사실을 알았던가 몰랐던가는 알 수 없다. 알고 보냈다면 『협동』본은 '재수록' 형식이다. 그렇지 않다면 '중복발표'다. 그런데 전쟁기 동안 재수록 형식은 드물지 않았다.[14]

『협동』본 「소녀」는 『신문학』본 「소나기」의 단순 재수록 형식은 아닌 것으로 보인다. 왜냐하면 뒤에서 살피겠지만, 두 텍스트 사이 변개 양상이 크기 때문이다. 황순원은 광주 『신문학』에 보냈던 「소나기」가 한 달 두 달 발간이 늦어지고, 5월 말에 발간된 『신문학』마저 받아볼 수 없는 사정이었다. 환도와 서울 정착 과정에서 황순원은 지역매체 『신문학』의 「소나기」가 나오지 못한 것이라 보았을 수 있다. 그리하여 어수선한 서울 정착 과정을 겪으면서 『협동』 청탁을 받은 뒤, 초본 「소나기」의 모자랐던 부분들을 손질해 『협동』에 보낸 것으로 보인다.

따라서 글쓴이는 이 자리에서 다시 한 번 2011년의 논의를 기워, 황순원 소설 「소나기」의 원본 확정을 굳힌다. 『신문학』본 「소나기」가 가장 먼

---

13) 금융조합이 기획한 협동문고에 글을 싣기도 했다. 『농민소설선집』. 대한금융조합연합회, 1952. 농민을 위해 낸 독본에서는 소설로서는 유일한 작품을 황순원의 것으로 채웠다. 『농민독본』, 반공통일연맹 선전부, 1953.

14) 『소녀』는 개작 수준은 아니다. 전쟁기와 1950년대 당대 재발표나 개작이 가장 잦았던 작가가 김동리다. 김동리는 제목을 바꾸거나 작품 속살을 손질해 몇 차례 작품을 발표했다. 그런 방식은 전후에도 이어졌다. 원고난으로 특정 명망 작가에게 청탁을 집중할 수밖에 없었던 매체 입장과 전쟁기 유동적인 상황 아래서 완결본으로 청탁에 응하기 힘들었던 작가의 입장이 서로 맞물리면서 나타난 현상이기도 하다. 김주현, 「김동리 소설 「아카시아 그늘 아래서」외 2편? 발굴」, 『근대서지』 5집, 근대서지학회, 2012, 488~494쪽.

저 쓰인 '초본'일 뿐 아니라, 발표된 첫 '원본'이다. 그 뒤 『협동』본 「소녀」는 그것을 고치고 기워 낸 2차 파생본이다. 따라서 「소나기」의 작품 이름은 「소나기」에서 「소녀」로 다시 소설집 『학』의 「소나기」로 순차적인 정착 과정을 겼었다고 본 앞선 논의에서 달라짐이 없다.

2) 텍스트 안쪽에서 본 원본 확정

앞에서는 「소나기」의 출판 환경을 중심으로 원본 시비를 마무리했다. 『신문학』 「소나기」가 『협동』 「소녀」에 견주어 1차 초간 원본이라는 사실이 그것이다. 그런데 이 점은 텍스트 안쪽에서 살펴보면 쉽게 확증을 얻을 수 있다. 거기에 대해서 이미 다른 연구자도 아래와 같이 말한 바 있다.

> 창·개작 또는 발표의 선후 관계가 어떠하며 어느 쪽을 정본으로 봐야 하는지에 대한 판단이 쉽지 않았다. 상식적으로라면 시기가 앞선 것이 먼저일 터이지만 두 텍스트의 관계는 그렇지 않았다.//우선 제목부터가 다르고 일부 내용도 다르며 표기법도 상당 부분 다르다. 그런데 이런 차이들이 두 텍스트의 관계를 설명하는 데 제대로 작용하지 못하고 있다. …(줄임)… 그래서 그 다음에 바로 이어지는 텍스트인 창작집 『학』(1956. 12)과 비교·대조해 보았다. 아무래도 3년 뒤에 창작집에 실린 텍스트와 비교해서 수정되었거나 개정된 부분의 내용이 적거나 근접한 쪽이 이후에 생산된 텍스트일 가능성이 크기 때문이다. 그 결과 조심스럽기는 하지만 필자는 『협동』본이 발표 시기는 뒤이나 먼저 생성된 텍스트일 가능성이 큰 것으로 보고자 하였다. 제목과 표기법이 가장 큰 근거로 작용하였다.[15]

두 텍스트 앞뒤 관계를 재는 결정적인 잣대는 『신문학』본 「소나기」와 『협동』본 「소녀」, 이 둘이 뒤 이어 나온 소설집 『학』의 「소나기」[16]와 맺

---

15) 김동환, 앞서 든 글, 283~284쪽.

16) 앞으로 이 셋은 번호를 매겨 부른다. ①:「소나기」, 『신문학』 4호, 1953.5. ②:「소녀」, 『협동』 41호, 1953.11. ③:「소나기」, 『학』, 중앙문화사, 1956.12.

고 있는 연속성 정도다. 어느 것이 『학』의 「소나기」와 연속성을 더 지니느냐에 따라 판단할 문제다. 연구자도 그 점을 말하고 있다. 다만 그는 상세한 속살은 뒷날에 다루겠다고 말해 둔 상태다. 그 일이 이루어지지는 않았다. 글쓴이 또한 2011년 글에서 「소나기」 원본 시비를 마무리 짓기 위한 텍스트 안쪽 비교 대조는 연구 목표가 아니어서 과제로 미루어 둔 상태였다. 이제 이 자리에서 그 점을 명확히 한다.

텍스트를 빌려 ①과 ② 사이 창작의 앞뒤 순서를 재는 길은 어렵지 않다. 소설집 『학』에 실린 ③과 견주어서, 유사성이 많은 쪽이 텍스트 연속성이 크다. 다시 말해 ③에 더 가까운 판본이니, 원본에서는 멀다는 뜻이다. 유사성의 관계가 ①≡③인가, ②≡③인가를 살피기 위해 먼저 「소나기」 ①과 ②, 그리고 ③에다 월 단위로 쪼개 번호를 매기기로 한다. 그렇게 보면 「소나기」는 최소 352개에서 최대 358개에 걸치는 월 단위로 이루어져 있다.[17] 다만 변개 양상을 따질 때 띄어쓰기는 무시한다. 그리고 그들 가운데서 ③에서만 처음으로 변개가 일어난 것은 뺀다.

그렇게 살피면, ①과 ②, ③ 사이에 한 차례라도 변개가 나타난 것은 모두 102개다. 이들을 두고 ③으로 나아갈 때, ②와 ③ 사이 연속성이 높은 것, ①과 ③ 사이 연속성이 높은 것, 그리고 어느 쪽으로도 놓기 힘든 변개 양상을 보인 것으로 다시 나누었다.

214) ① 소녀의 입술이 파랗게 〔②파아랗게→③파아랗게〕 질렸다.
180) ① 〔②좀만에→③좀만에〕 숨이 차 돌아온 소년은,

17) 월이 아니지만 월 단위로 본 것도 있다. 작품 안에 대화가 시작하기 전에 접속어를 붙이거나, 어절이 붙은 경우가 그것이다. 작품의 변개 양상을 살피기 위해 이들까지 월과 같은 단위로 떼 놓고 살폈다. 보기를 들면 아래와 같은 것이다. 138)"아, 맵고 지려!"하며, 집어던지고 만다. 이것은 138)번 "아, 맵고 지려!"와 139)번 '하며, 집어던지고 만다'라는 두 월로 나누어 살폈다. 글쓴이와 달리 김동환은 협동본 「소녀」를 중심으로 월을 318개로 나누어 놓고 따졌다. 김동환, 앞에서 든 글, 287쪽.

옮겨 놓은 둘은 ②와 ③ 사이 연속성이 높은 것 가운데서 가려 뽑은 것이다. 214)는 ①에서 ②로 나아가면서 '파랗게'가 '파아랗게'로 손질이 되었다 ③에서 그대로 굳어진 경우다. 180)은 ②에서 말마디 '좀만에'가 더해진 경우다. 그것은 ③으로 그대로 이어졌다.

91) ① 벌 〔②벌(野) → ③벌〕 끝을 가리켰다.
113) ① 소녀의 곁을 스쳐 그냥 달린다 〔②달렸다 → ③달린다〕.

91)의 경우 ① '벌'에다 ②에서 한자 '野'를 더했다. 말뜻을 보다 뚜렷하게 밝히고자 한 손질이겠다. 그러나 ③에서는 다시 본디대로 손질을 거두었다. ②와 달리, ①과 ③이 한가지 모습을 지닌다. 113)의 경우 ①의 현재형 '달린다'가 ②에서는 과거형 '달렸다'로 손질이 이루어졌다. 그러다 다시 ③에서 현재형으로 되돌아갔다. ①과 ③이 한가지다. 이러한 변개 양상을 보이는 것들은 ①과 ③의 연속성이 높은 경우다.

114) ① 베짱이가 따끔따끔 얼굴에 와 부딧친다 〔②부디친다 → ③부딪친다〕.
178) ① 소년은 저도모르게 와락 달겨들어 〔②달려들어 → ③( ) <상채기에 입술을 가져다 대고>〕 무릎을 빨기 시작했다.

114)에서는 ①과 ② 그리고 ③이 '부딧친다', '부디친다', '부딪친다'로 나타난다. 따라서 ③의 '부딪친다'를 중심으로 볼 때 ①과 ②, 어느 것이 ③과 더 연속성을 지니는지 확인할 수 없다. 178) 또한 ①과 ②에서 '달겨들어'와 '달려들어'로 다르게 표현된 월이다. 그런데 ③에서는 ①과 ②에는 있었던 '와락'이 빠지고, "달겨들어 무릎을"과 "달려들어 무릎을"자리가 "상채기에 입술을 가져다 대고"로 바뀌었다. 따라서 ③으로 나아갈 때 ①에서 더 영향을 받은 것인지, ②에서 더 영향을 받은 것인지 짐작하기 힘들다. 이런 것들이 ①, ② 어느 것과도 연속성을 알기 어려운 경우다.

이렇게 나누어 놓고 ①, ②, ③ 사이 관계를 살피면, 변개 양상을 보이는 102개 가운데서 ②와 ③ 사이 연속성이 높은 것이 52개였다.[18] 전체의 50.98%다. ①과 ③ 사이 연속성이 높은 것은 18개였다.[19] 전체의 17.64%다. 그리고 변개의 연속성 판단이 어려운 것은 32개였다.[20] ②와 ③ 사이 연속성이 높은 것이 ①과 ③ 사이 연속성이 높은 것에 견주어 세 배에 가깝다. 어느 곳과 연속성이 높은 것인지 확정하기 어려워 밀쳐 두었던 32개까지 모두 ①과 ③ 사이 연속성이 높은 쪽으로 넘겨 놓고 모아 보아도 40개에 그친다. ②와 ③ 사이 연속성을 보여 주는 52개에는 한참 못 미친다. 이제 ②와 ③ 사이 텍스트 연속성은 부인할 수 없는 사실임을 알 수 있다. 다시 말해 ①, ②, ③ 사이 창작 순서는 ②에서 ① 그리고 ③으로 나아간 것이 아니다. ①에서 ②, 다시 ③으로 나아가는 과정을 겪었다. 발표 순서 또한 이와 맞물린다.

글쓴이는 이상으로 황순원 「소나기」를 두고 텍스트 바깥쪽 맥락, 곧 『신문학』이나 『협동』의 출판 환경과 텍스트 안쪽 맥락, 곧 판본의 변개 양상을 살펴 원본을 거듭 확정 지었다. 이로써 2008년에 잠시 일었던바, 「소나기」의 원본(초본) 시시비비를 확연하게 마무리한다. 남은 문제는 우리 근대 단편의 대표 정전으로 놓인 「소나기」가 원본 ①에서 시작하여 그 뒤 오랜 세월 적지 않게 보여 주었던 변개 과정이다. 그 점을 살펴 「소나기」가 매우 잘 알려진 작품임에도 텍스트 유동성이 매우 큰 문제적 상태임을 알 수 있으리라. 다음 장에서 할 일이 그것이다.

---

18) 23, 39, 40, 76, 83, 93, 101, 110, 111, 133, 143, 144, 145, 154, 155, 161, 162, 167, 170, 172, 174, 179, 180, 186, 187, 189, 193, 214, 218, 221, 225, 227, 229, 235, 242, 244, 250, 251, 260, 266, 274, 278, 293, 298, 311, 324, 325, 327, 328, 331, 332, 337.

19) 1, 29, 33, 59, 86, 91, 113, 135, 147, 191, 222, 228, 236, 241, 263, 330, 335, 351.

20) 4, 5, 38, 68, 77, 98. 108, 114, 132, 159, 178, 182, 200, 213, 226, 249, 254, 286, 287. 289, 308, 309, 315, 316, 318, 319, 321, 323, 329, 340, 349, 354.

3. 「소나기」의 변개 양상

「소나기」는 앞에서 본 바와 같이 『학』에 실리기 앞서 두 차례에 걸친 판본을 지녔다. 『학』 발간 뒤에 헤아리기조차 힘든 파생본을 만들었다. 교과서에도 거듭 실렸다. 이런 과정에서 「소나기」는 적지 않은 곳에서 다른 모습을 보여 준다. 물론 황순원 생시에 나온 파생본의 경우는 작가의 의도에 따른 변개라 봄이 마땅할 것이다. 그러나 세부 하나하나까지 작가의 의도가 실천된 것인가를 확인하기란 불가능하다. 황순원 생시에 이루어진 간행이었다 하더라도 작가의 뜻과 달리 바뀐 부분도 많을 것이다. 따라서 작가의 뜻을 가장 잘 살린 「소나기」의 결정본 확정은 어려운 일거리로 남아 있다.[21)]

이 자리에서는 그동안 이루어져 온 「소나기」 파생본 가운데서 대표적인 몇 가지를 중심으로 변개 양상을 짚어 「소나기」가 지니고 있는 텍스트 유동성을 살피고자 한다. 그를 위해 「소나기」 원본과 재간본 「소녀」, 그리고 「소나기」가 처음으로 낱책에 묶인 『학』을 거쳐 세 차례 나온 전집의 파생본을 대상으로 삼는다. 전집 간행은 작가의 생애에서 매우 중요한

---

21) 이제까지 이루어졌던 「소나기」에 관한 주요 연구는 연구자의 뜻에 따라 원본이 낱낱으로 갈라져 왔다. 통계 검토가 필수적인, 「소나기」에 대한 첫 문체론적 작품론이라 할 수 있는 노대규는 1964년 창우사 판 ④를 원본으로 삼았다. 영미권에서 「소나기」 번역 세 종을 견준 한미애는 번역 원본이 어떤 것인지에 대해서는 아예 다루지 않았다. 한미애, 「황순원 소설의 문체번역 가능성: 「소나기」를 중심으로」, 『번역학연구』 11권 1호, 한국번역학회, 2010, 293~310쪽. 안남일은 「소나기」가 처음 『신문학』에 실렸다는 사실을 적었다. 그러나 연도를 1953년이 아니라 1952년으로 적었다. 그리고 연구 텍스트는 1981년판 ⑥으로 삼았다. 안남일, 「리터러시 관점에서의 『소나기』 연구」, 『한국학연구』 26집, 고려대학교 한국학연구소, 2007, 209~231쪽. 박영식도 1981년판을 따랐다. 박영식, 「성장소설의 장르적 특성과 「소나기」 분석」, 『어문학』 102집, 한국어문학회, 2008, 413~438쪽. 황순원에 관한 관심을 꾸준히 보여 준 장현숙은 ⑥을 원본으로 삼아 연구를 진행해 왔다. 장현숙, 앞에서 든 책. 기본적으로 황순원 문학에 대해 오늘날까지 이루어져 온 300편을 넘는 비평, 연구 가운데서 원전 문제를 다룬 것은 한 차례도 보이지 않는다.

작업이다. 작가의 의도가 가장 무겁게 반영되었을 가능성이 높다. 황순원 경우는 세 차례 나온 전집이 모두 생시에 이루어졌다. 어느 것이든 기본 원전으로서 역할을 하는 데 무리가 없다. 이 글에서 다룰 「소나기」의 간본은 아래와 같이 모두 여섯이다.

①:「소나기」, 『신문학』 4호, 1953. 5, 8~20쪽.
②:「소녀(少女)」, 『협동』 추계호, 1953, 11, 196~204쪽.
③:「소나기」, 『학』, 중앙문화사, 1956. 5~25쪽.
④:「소나기」. 『황순원전집』(2권), 창우사, 1964, 271~281쪽.
⑤:「소나기」. 『황순원문학전집』(5권), 삼중당, 1973, 227~236쪽.
⑥:「소나기」, 『학/잃어버린 사람들』(황순원전집 3), 문학과지성사, 1981, 11~25쪽.

이제 원본 ①을 앞에 두고 순서에 따라 이들의 변개 양상을 살피기로 한다. 그 과정에서 낱낱의 파생본이 지니고 있는 특성과 변개 의미를 짐작할 수 있을 것이다. 다만 변개 양상 파악에서 띄어쓰기는 제쳐둔다. 그것까지 넣어서 살피면, 「소나기」의 여섯 차례 간행에서 원본에서부터 한 군데도 손질이 되지 않고 고스란히 그대로 이어져 온 월은 358개 월 가운데서 83개에 지나지 않는다.[22] 변개를 겪은 월은 275개 월이다. 전체 3/4을 넘는 76.81%가 변개를 겪었다. 매우 큰 텍스트 유동성이라 볼 수 있다. 그 가운데서 띄어쓰기에서만 변개가 나타난 월이 49개다.[23] 띄어쓰기 차

---

22) 14, 15, 18, 25, 31, 32, 34, 37, 39, 43, 45, 46, 47, 49, 52, 54, 55, 57, 61, 64, 65, 66, 69, 71, 74, 81, 87, 89, 92, 94, 95, 96, 102, 106, 116, 122, 127, 129, 136, 137, 148, 149, 163, 165, 168, 171, 175, 188, 192, 195, 197, 204, 207, 211, 216, 219, 223, 239, 243, 245, 252, 257, 258, 261, 262, 275, 276, 277, 280, 281, 284, 285, 290, 300, 303, 304, 313, 314, 336, 342, 343, 345, 350.

23) 3, 9 20, 26, 27, 28, 30, 36, 41, 42, 50, 53, 56, 63, 72, 85, 99, 109, 115, 123, 125, 141, 146, 153, 177, 185, 190, 199, 202, 203, 205, 209, 210, 212, 217, 233, 240, 247, 253, 255, 273, 291, 294, 297, 302, 338, 339, 346, 347. 이들 변개까지 다루지

이를 변개로 보지 않는다면 358개 월 가운데서 ①에서 ⑥까지 나아가는 과정에서 변개가 한 차례 이상 일어난 월은 모두 226개다. 전체 63.12%가 변개를 겪었다. 변개가 일어나지 않은 월은 고작 132개에 그친다. 이제 변개 양상을 '바꾸기', '더하기', '빼기', '복수 변개'라는 네 가지[24]로 나누어 짚어 보기로 한다.

먼저 「소나기」의 전체 틀거리 변개다. 「소나기」는 텍스트 안에 숫자로 표시하지 않았지만 줄거리 진행에 따라 특정 부분에 장을 떼어 놓았다. 모두 여섯 군데다. 시에서 토막(연)을 띄우듯 띄어쓰기를 더해서 표시를 한 셈이다. 그들은 모두 7장으로 나뉜다. 중심 이야기로 짚어 나가면 줄거리는 아래와 같다.

Ⅰ : 개울가에서 소년이 소녀를 만나다.

Ⅱ : 다음날 다시 만난 소년은 소녀가 던지고 간 조약돌을 주머니에 간직하다.

Ⅲ : 보이지 않던 소녀를 개울가에서 불시에 만나 소년은 코피를 흘리며 달아나다.

Ⅳ : 토요일, 소년은 소녀와 만나 산너머로 함께 가다. 놀고 돌아오다 소나기를 만나 원두막에 들어 비를 긋다. 물이 분 내에서 소년이 소녀를 업어 건네주다.

않더라도 파생본의 모습을 확연하게 드러낼 수 있다. 게다가 띄어쓰기는 파생본이 거듭함에 따라 실제 출판 현장 조판자나 교정자에 의해 자의적으로 달라질 수 있는 부분이 적지 않다.

24) 텍스트의 변개 양상을 살피는 길은 여러 가지가 있다. 여기서는 단순하게 바꾸기와 더하기 빼기, 그리고 복수 변개로 나누었다. 그런 다음 다시 변개 수준으로 보아 음운, 어휘, 월(구문) 수준으로 갈랐다. 먼저 '바꾸기'다. 월의 부호를 바꾸거나 구의 도치와 같은 것까지 어휘 수준에 넣는다. 월 수준은 월이나 어절 정도의 변개나 문형 변화와 같은 것을 포함한다. 텍스트에서 바꾸기가 나타난 곳은 밑줄로 표시한다. 둘째, '더하기'는 낱말에서 월까지 새로 추가하는 변개 양상을 뜻한다. 텍스트에서는 <　>로 표시한다. 셋째,'빼기'다. 낱말이나 어절, 월, 월 부호를 생략하는 경우다. 텍스트에서는 (　)로 표시한다. 그리고 넷째, 앞의 세 가지 가운데 어느 둘 이상이 함께 이루어진 경우는 '복수 변개'로 놓는다.

Ⅴ : 그 뒤로 소녀가 보이지 않다. 궁금해 하다 개울가에서 해쓱해진 소녀를 만나 이사 소식을 듣다. 밤밭에 가서 소녀에게 줄 밤을 따서 돌아오다.
Ⅵ : 추석을 앞두고 아버지가 소녀네 집에 줄 암탉을 고르는 것을 소년이 보다.
Ⅶ : 마을에서 돌아온 아버지로부터 소년은 자는 척하며 소녀가 죽었다는 말을 듣다.

Ⅰ~Ⅲ까지는 소녀와 소년이 개울가에서 만나 서로 관심을 주받는 자리다. Ⅳ에서는 이야기를 나눌 정도로 가까워진 두 사람이 산너머로 갔다 다시 돌아와 개울을 건너고 헤어지는 자리다. 이 소설의 핵심 사건이 이루어지는 곳이며 작품 분량에서도 다수를 차지한다. Ⅳ는 개울가에서 소녀를 다시 만나 앞뒤 사정을 알게 되는 자리다. Ⅵ와 Ⅶ은 집에서 소녀의 죽음을 듣는 자리다. 전체적으로 Ⅳ를 중심축으로 대위를 이루었다. Ⅰ, Ⅱ, Ⅲ이 소녀와 만남 과정을 Ⅳ, Ⅵ, Ⅶ은 소녀와 이별 과정을 담았다. 작품은 소년과 소녀의 만남/어울림/헤어짐이라는 세 과정으로 짜인 셈이다. 파생본 ②~⑥은 모두 ①에서부터 마련한 7개의 틀을 바꾸지 않고 그대로 따랐다. 파격적인 변개는 없었다는 뜻이다.[25] 이제 이들에 나타나는 변개 과정의 특이 양상을 살피기로 한다.

1) 「협동」(1953)의 「소녀」

「소나기」 원본인 『신문학』본보다 여섯 달 뒤에 나온 것이 『협동』본 「소녀」다. 그런데 그사이 적지 않은 변개가 이루어졌다. 전적으로 작가의 뜻에 따른 것이라 보는 게 옳겠다. 숫자로 보이면 358개 월 가운데서 102개가 달라졌다. 28.49%에서 손질이 보인다. 그것을 앞에서 말한 대로 '바꾸

25) 거기에 견주어 낱낱의 장 아래 단락에서는 적지 않은 변개가 보인다. 그것 또한 띄어쓰기와 마찬가지로 이 글에서는 다루지 않는다. 그들을 모두 묶어서 다룰 기회가 따로 있을 것이다.

기', '빼기', '더하기', '복수 변개'로 나누어 살피면 가장 잦은 것이 '바꾸기'다. 102개 가운데서 75곳이 여기에 든다. 그리고 빼기에는 5개, 더하기에는 12개, 복수 변개에 10개가 든다. 압도적으로 바꾸기, 곧 대치가 많은 것을 볼 수 있다.

바꾸기를 다시 그 안쪽에서 살피면 양상이 다양하다. 그것을 음운, 어휘, 월 수준으로 다시 나누어 보면, 음운 수준에서는 15개가 보인다.[26]

6) ① 모르는 척 징검다리를 건너기 〔②건느기〕 시작한다.
86) ① "이름두 〔②이름도〕 참 곱다!"
143) ① 단풍잎이 눈에 따거웠다 〔②따가웠다〕.
172) ① 안간힘을 〔②안깐힘을〕 쓰다가 그만 미끄러지고 만다.

6)에서는 '건너기'가 '건느기'로 바뀌었다. 오늘날 기본형 '건너다'를 중심으로 보면 중모음 '어'가 장음이 되면서 고모음 '으'로 상승한 결과다. '더럽다'를 길게 발음하면 '드럽다'가 되는 것과 같은 변화다. '건느다'를 기본형으로 보고 손질했음을 짐작할 수 있다. 왜냐하면 이와 같은 본보기를 몇 차례 되풀이하고 있기 때문이다. 76), 77), 244), 274)가 그들이다. 86)에서는 보조사 '두'를 '도'로 바꾸었다. 실제로 많이 쓰고 있지만 비표준어로 규정된 '두'보다 표준어 '도'를 취한 것으로 보인다. 143)은 모음조화에 따른 것이다. 이와 같은 변개는 162)에서도 일어난다. 172)는 '안간힘'을 된소리로 고쳤다. 같은 본보기는 293)에서 볼 수 있다. 실제 입말 소리에 충실한 쪽을 따랐다. 따라서 ①에서 ②로 옮겨가는 과정에서 음운 수준에 뚜렷한 변개 패턴이 나타나지는 않아 보인다. 작가의 평소 언어 감각에 따른 표기로 손질이 소수 일어난 셈이다.

바꾸기 가운데서는 어휘 수준의 것이 가장 잦다. 이름씨, 그림씨, 움직

---

26) 76, 77, 83, 86, 143, 162, 167, 172, 200, 222, 244, 274, 293, 298, 340.

씨, 어찌씨, 느낌씨[27]와 같은 것에서 바꾸기가 일어났다. 그 가운데 특징적인 변화를 보이고 있는 것은 고유이름씨와 호칭 변개, 움직씨의 시제 변화다.

> 1) ① 소년은 개울 가에서 소녀를 보자, 곧 윤 초시네 증손자딸〔②증손녀딸〕이라는걸 알 수 있었다.
> 189) ① 소년의〔②소녀의〕 흰 얼굴이, 분홍 세에타가, 남색 스카아트가, 안고 있는 꽃 묶음과 함께 범벅이 된다.
> 235) ① 비에 젖은 소녀의〔②소년의〕 몸 내음새가 확 코에 끼얹혀졌다.
> 318) ① "저, 가락골〔②벌골〕 윤 초시 댁에 가신다.

1)에서는 소녀에 대한 호칭을 '증손자딸'에서 '증손녀딸'로 바꾸었다. 작자가 아직까지 확정 못한 부름말이어서 그런지, 뒤에 올 ③에서는 다시 '증손자 딸'로 바뀔 보기다. 189)와 235)는 ①에서 일어난 '소년'과 '소녀' 사이 호칭 잘못을 고친 경우다. 318)은 소녀가 사는 마을 이름을 '가락골'에서 '벌골'로 고쳤다. 그런데 329)에서는 그대로 '가락골'을 썼다. 전체적인 손질이 충분치 못했던 셈이다. 그밖에 ①에서 '해빛'과 '햇빛'으로 섞여 쓰던 이름씨가 ②에서는 '햇볕'으로 통일되는 경향을 보인다.[28] 작가의 뜻인지 출판 교정자의 자의에 따른 것인지는 알기 힘든 변화다.

> 23) ① 다 건너가더니만 획〔②홱〕 이리로 돌아서며,
> 327) ① 개울 물은 날로 맑아 갔다〔②여물어 갔다〕.

23)은 어찌씨 '획'을 ②에서 '홱'으로 바꾸었다.[29] 327)에서는 '맑아 갔다'가 '여물어 갔다'로 바뀌었다. 「소나기」에서 뛰어난 표현 가운데 하나

---

27) 144.
28) 29, 241.
29) 179에서도 같은 변개가 이루어졌다.

라 볼 수 있는 월의 변화가 ②에서 이루어졌다. 그런데 움직씨의 시제 변화는 ①에서 ②로 옮겨지면서 집중적으로 이루어진다. 모두 12곳[30]에서 보기를 찾을 수 있다.

110) ① 소녀가 그리로 달려갔다 〔②달려간다〕.
111) ① 그 뒤를 소년도 달린다 〔②달렸다〕.

앞뒤로 이어진 두 월 사이에 과거에서 현재로, 현재에서 과거로 엇갈린 시제 변화가 일어난 경우다. 현재 시제가 서술자의 화제 시 상황에 대한 직접 참여를 보여 주는 표현이라면, 과거 시제는 거리를 띄우는 객관화한 눈길을 보여 준다. ①에서 ②로 시제 변화가 이루어진 12개 가운데서 2개를[31] 제쳐둔 10곳에서 현재형을 과거형으로 바꾸는 손질을 했다. 발화 현장으로부터 냉정한 자리에 선 서술자의 눈길을 보여 줌으로써 작품의 분위기를 가라앉히는 효과를 의식했음 직하다. 이 밖에도 어휘 수준에서는 4)와 같은 어순, 토씨, 느낌씨 바꾸기, 월 부호 바꾸기와 같은 것이 몇 보인다.

어휘 수준에서 더 올라선 월 수준에서는 변화가 적지 않다.

260) ① "그날 소내길 맛은 〔②맞은〕 탓이로구나 〔②탓 아니냐〕 〔②?〕"
68) ① 전에 없이 메밀꽃내가 짜릿하니 코를찔렀다 〔②찔렀다고 생각됐다〕.
33) ① 발돋움을 했다 〔②해 보았다〕.
226) ① 그저 어둡고 좁았다 〔②좁은게 안되었다〕.

260)에서는 감탄문을 의문문으로 바꾸었다. 들을이인 소녀로 향하는 소년의 감정 개입을 더 적극적으로 드러내는 손질이다. 대화 상황을 긴밀하

---

30) 39, 98, 101, 108, 110, 111, 113, 191, 193, 236, 250, 251.
31) 110, 236.

게 이끄는 쪽으로 옮겼다. 그런데 68)부터는 흥미로운 모습으로 바뀌었다. 68)의 경우 코를 '찔렀다'에서 코를 ②찔렀다고 생각됐다로 옮겨갔다. 판단의 주체가 개입한 표현이다. 소년이 자신의 행동을 관찰하는 듯한 모습이다. 그만큼 소년의 심리 상태를 더 구체화한 셈이다. 33)의 경우에 보다는 시도의 뜻을 덧붙여 주는 보조동사다. ①의 '했다'라는 서술에 비해 소녀가 보이기를 기다리는 동작 주체인 소년의 행동에 나타난 심리상태를 서술자가 분석해서 표현한 것이다. 동작 주체의 심리 상태를 구체화했다. 226)도 비슷하다. 서술 주체가 등장인물 소년의 마음속을 들여다보고 감정 판단을 하고 있다. 이렇듯 ②에서는 서술자가 등장인물의 심리 상태에 더욱 깊이 개입해 구체화하는 서술자의 주관화가 엿보인다.

227) ① 앞에 나 앉은 소년은 그냥 비를 맞았다 〔②맞아야만 했다〕.
242) ① 도랑 있는 곳까지 와 보니, 엄청나게 물이 불었다 〔②불어 있었다〕.
133) ① 아직 밋이 덜 든 무우였다 〔②들어 있었다〕.
186) ① 아직 코뚜레도 꿰지 않은 송아지였다 〔②꿰지 않았다〕.

문법적으로 227)은 두 월로 이루어졌다. '소년이 비를 맞는다'는 명제와 '그렇게 해야만 한다'는 명제를 실현하고 있다. 따라서 ①보다 ②는 화제 상황을 더 돋보이게 이끄는 표현이라 볼 수 있다. 242) 또한 ① '불었다'에서 ② '불어 있었다'로 바꿈으로써 화제 상황을 구체화했다. 133)의 경우에 ①은 무의 맛을 본 소년의 느낌에 눈이 있다. 거기에 견주어 ②는 맛에 대한 소년의 판단, 곧 ①의 근거에 눈이 있다. 화제 대상인 무를 더 구체화했다.[32]

이와 같이 월 수준에서 서술자 개입이나 화제 상황을 섬세하고 구체화하는 쪽으로 변화를 이끌었다. 소설적 재미를 더하게 하는 사실화의 원리

32) 186도 같은 본보기다.

가 작동하고 있는 셈이다. 이와 같은 '바꾸기'와 함께 더하기와 빼기, 복수 변개도 ②로 옮겨가면서 나타난다.

> 187) ① 〔②<소년이>〕 고삐를 바트기 잡아쥐고 등을 긁어 주는척 훌딱 올라탔다.
>
> 330) ① 어른들의 말이, 〔②( )〕 내일 소녀네가 양평읍으로 이사간다는 것이었다.
>
> 325) ① 소년은 공연히 결적어 〔②열적어〕 〔②<, >〕 책보를 집어던지고는 오양간으로 가 〔②<, >〕 소잔등을 한번 철썩 내리갈겼다.

187)은 '소년이'를 더해 주체를 분명히 밝히기 위한 더하기다. 330)에서는 쉼표를 뺐다. 325)는 어휘 수준의 바꾸기와 쉼표 더하기를 함께 보여 주는 복수 변개다. 이들은 75개에 걸친 바꾸기에 견주어 수가 많지 않다. 더하기가 12개[33], 빼기가 5개[34], 그리고 복수 변개가 10개[35] 보인다.

전체적으로 ①에서 ②로 옮겨가는 과정에서 적극적이지는 않지만 중요한 여러 변개가 나타났다. ①에서 이루어진 호칭 잘못을 바로잡는 것에서부터 과거형으로 시제 변화가 잦았던 모습이 두드러진다. 보다 객관화한 눈길로 사건을 바라보려는 작자의 뜻이 반영된 것이라 볼 수 있다. 게다가 월 수준의 바꾸기에서 등장인물의 심리나 화제 상황을 더욱 구체화하는 효과를 얻으려는 쪽으로 손질이 이루어졌다. 소설의 진행을 더 사실화하려는 의도를 드러낸 변개 양상이다.

---

33) 38, 40, 91, 154, 174, 180, 187, 229, 254, 286, 289, 335.

34) 170, 266, 287, 324, 330.

35) 131, 132, 147, 161, 182, 213, 308, 311, 323, 325.

2) 『학』(1956)의 「소나기」

『협동』에 이어 세 해 뒤에 나온 단편집 『학』은 맨 앞에 「소나기」를 실었다. 작가로서도 내세울 만한 대표성이 있다고 여긴 까닭이겠다. 거기다 작품집을 묶으면서 적극 수정을 더했다. 『신문학』본 ①에서 『협동』본 ②로 옮아가면서 102개 월에서 변화가 있었다. 그런데 ②에서 『학』본 ③으로 옮아 가면서 131개가 바뀌었다. 양에서부터 적극적인 변개를 볼 수 있다. 세부를 살피면 그 점은 더 확연하다. 바꾸기에 63개, 더하기에 9개, 빼기에 18개, 그리고 복수 변개에서 18개다. ②에서와 마찬가지로 바꾸기가 월등하다. 상대적으로 빼기가 ②에 견주어 수가 늘어난 점이 눈에 뜨인다. 먼저 바꾸기의 안쪽을 들여다보기로 한다.

> 19) ① 어제마냥 개울을 건너는 〔③건느는〕 사람이 있어야 자리를 비킬 모양이다.
>
> 200) ① "어서들 집으루 〔②집으로→③집으루〕 가거라."
>
> 222) ① 세워 놓은 수숫단 속을 비집어 보더니,옆의 수숫단을 날러다 〔②날라다→ ③날러다〕 덧세운다.

19)는 ②에서 이루어졌던 바와 같이 '건너다'의 기본형을 '건느다'로 보고 손질한 것이다. ①에서 ②로 옮겨갈 때 놓친 것을 ③에서 다시 잡아냈다. 200)은 /ㅗ/와 /ㅜ/의 경합을 보여 준다. ①에서 ②로 나아갈 때, 표기법에 맞게 /ㅗ/로 갔다 다시 ③에서 /ㅜ/로 바뀐 모습이다. 86)에서 ① "이름두 〔② "이름도→ ③ "이름두〕 참 곱다!"로 옮겨간 것과 같은 보기다. 대화에 있어 입말투에 더 충실하도록 손질이 이루어진 셈이다. 222)는 첫째 음절 모음 /ㅏ/를 의도적으로 모음조화의 음성모음 짝 /ㅓ/로 바꾸었다. 들을이가 청취상 일어날 수 있는 혼동을 피하기 위한 이화현상으로 보인다. 이렇듯 음운 수준에서는 표준어법보다 작가의 현실음에 충실하고자 하는 모습으로 손질이 이루어졌다. 소설의 사실성을 드높이겠다는 뜻을

담은 변개다.

> 318) ① "저, 가락골 〔②벌골→③서당골〕 윤 초시 댁에 가신다.
> 329) ① 갈밭 뚝에서 〔②머리에서〕 바라보는 가락골 마을은 〔③서당골 마을은〕 쪽빛 하늘 아래 한결 가까워보였다.
> 299) ① 밤송이 〔③호두송이〕 떨어지는 소리가 별나게 크게 들렸다.

어휘 수준에서 나타나는 변화 가운데서 중요한 것은 이름씨에서 몇 보인다. 먼저 소녀가 살고 있는 마을 이름이 ③에서 굳어졌다. ①가락골이었다 ②벌골로 바뀌기도 했던 이름이다. 318)과 329)이 그 경우다. ③에서부터 굳어진 '서당골'은 '윤 초시'의 직업을 서당 훈장으로 여기도록 보다 구체화하는 쪽으로 이끌었다. 소녀와 소년의 계층적 거리를 더 띄우는 극적 효과까지 일깨우는 변화다. 다른 중요 변개는 소설의 뒷부분, 이사한다는 소녀에게 소년이 주기 위해 몰래 딴 것이 '밤'이 아니고 '호두'로 바뀐 데 있다.[36] 소녀에게 줄 선물로서 흔한 밤보다 호두가 지닌 희소성을 더 살린 셈이다. 마찬가지로 그것을 딴 곳도 '바우할아버지네 밤밭'에서 '덕쇠할아버지네 호두밭'으로 옮겨갔다.[37] 뒤에서 보겠지만 그에 따라 월 수준에까지 큰 변개가 일어났다.

> 7) ① 소녀가 비키기를 기다리자는 것이었다 〔③것이다〕.
> 196) ① 농부 하나이 억새풀 사이로 올라온다 〔③올라왔다〕.

---

36) 이 점을 두고 김동환은 황순원의 고향이 호두의 북방한계선을 넘어서는 곳이라는 데 눈길을 주었다. 익숙한 자연물이 아님에도 그러한 변화를 시도한 것은 호두가 지닌 상징성, 곧 북유럽에서 젊은 남녀가 호두나 개암을 가지고 사랑의 점을 치는 풍속이나, 로마인들이 아들 딸 많이 낳으라고 호두를 던지는 버릇이 있음을 내세웠다. 김동환, 앞에서 든 글, 297쪽.

37) '밤'과 '바우할아버지'보다 '호두'와 '덕쇠할아버지'로 맞물린 변화가 소설적 암시를 더 풍요롭게 이끈다. '밤'과 '바우' 그리고 '호두'는 딱딱하고 둥그레한 공통 연상을 이끌어 단조로 떨어질 수 있는 까닭이다.

197) ① 송아지 등에서 뛰어내렸다.

198) ① 어린 송아지를 타서 허리가 상하면 어찌 하느냐고 〔③어쩌느냐고〕 꾸지람을 들을 것만 같다.

움직씨와 그림씨에서는 시제 변화가 두드러졌다. ②에 이어 ③에서도 새로 12군데나 바뀌었다.[38] 7)은 과거형에서 현재형으로 바뀐 곳이다. 196)은 거꾸로다. 현재형에서 과거형으로 바뀜으로써 '농부'의 등장에 대해 완료상을 보여 준다. 이러한 변화를 통해 서술 초점이 이어진 198)의 현재상에 가도록 이끌었다. 곧 소년의 조마조마한 마음을 더욱 생생하게 떠올려 주는 쪽이다. 이들 시제 변화 12개 가운데서 9곳이 이와 같이 현재형에서 과거형으로 바뀌었다.

60) ① 숨어서 내 하는 꼴을 엿보고 있었구나! 〔④〕.

③에서 보이는 변개의 특이 현상 가운데 하나는 부호 바꾸기다. 13곳에서 그것을 볼 수 있다. ②에서는 월 부호가 2개[39]밖에 바뀌지 않았다. 그런데 ③에서만 갑자기 늘어났고, 그들 가운데서 느낌표를 마침표로 고친 곳이 11곳이다.[40] 이들은 모두 대화에서 나타난다는 공통점이 있다. 이러한 변화는 전체적으로 ③의 서술을 보다 차분하게 가라앉히는 흐름으로 이끌었다.

월 수준에서 나타나는 바꾸기는 14개 정도다.[41] 적지 않다. 그 가운데

---

38) 7, 10, 68, 113, 191, 196, 229, 230, 231, 234, 236, 288. 이들 가운데서 시제 호응을 맞춘 68(찔렀다고 생각했다→찌른다고 생각했다)를 제외한 11개 가운데서 과거에서 현재형으로 바꾼 것은 7, 113, 191 세 개에 그친다. 그리고 이 가운데 113과 191은 ②로 올 때 현재형에서 과거형으로 바꾸었던 것을 다시 현재형을 고친 경우다.

39) 263, 309.

40) 24, 60, 78, 117, 131, 138, 140, 152, 157, 181, 184.

41) 2, 159, 178, 194, 237, 287, 254, 295, 305, 306, 308, 323, 332, 333.

는 소년이 소녀에게 주기 위한 선물이 '밤'에서 '호두'로, 그리고 그 밭의 주인이 '바우할아버지'에서 '덕쇠할아버지'로 바뀌는 것과 맞물린 변화가 가장 크다. 아래에 보인 305)와 306)이 그것이다.

305) ① 근동에서 이 바우할아버지네 밤을 당할만한 밤이 없다. 〔③호두송이를 맨손으로 깟다가는 옴이 오르기 쉽다는 말 같은건 아무렇지도 않았다〕.

306) ① 소년에게 어엿이 맛보여 부끄럽지 않다 〔③그저 근동에서 제일가는 이 덕쇠할아버지네 호두를 어서 소녀에게 맛보여야 한다는 생각만이 앞섰다〕.

178) ① 소년은 저도모르게 와락 달겨들어 무릎을 〔②와락 달려들어 무릎을→③상채기에 입술을 가져다 대고〕 빨기 시작했다.

305)와 306)에서는 '호두'를 빨리 따야 한다는 소년의 다급함을 돋보이게 하는 쪽으로 변개가 이루어졌다. ②에서 보는 것과 달리 적극적으로 변개 요소를 끌어내고 있다. 그리고 ③에서 변화된 요소는 뒤로 그대로 이어진다. 178)의 경우는 "와락 달려들어 무릎을"자리가 "상채기에 입술을 가져다 대고"로 바뀌었다. 훨씬 구체적인 표현으로 돌아선 셈이다.

③에서 빼기는 모두 18회[42] 보인다. 그 가운데서 '139)①하며, 〔③( )〕 집어던지고 만다.'에서 보는 바와 같이 쉼표를 빼는 경우는 5개[43]다. 느낌표를 마침표로 바꾼 경우에 맞물리는 변화로 보인다. 월의 숨을 낮게 고르는 데 이바지한 셈이다. 그리고 빼기에서는 월 수준의 큰 변개가 ③에서 나타난다. 352)부터 357)까지 6개월이 그들이다.

351) ① 자기가 〔②제가→③자기가〕 죽거든 자기 〔②저→③자기〕 입

---

42) 44, 48, 91, 118, 119, 139, 161, 213, 292, 293, 296, 335, 352, 353, 354, 355, 356, 357.

43) 139, 335, 293, 213, 292.

든 〔②입었던③입든〕 옷을 꼭 그대로 입혀 묻어달라구……."

352) ① "아마 어린 것이래두 집안 꼴이 안된걸 〔②안될걸〕 알구 그랬든 가부지요?" 〔③(　　)〕

353) ① 끄응! 〔③(　　)〕

354) ① 소년은 〔②소년이〕 자리에서 저도모를 신음 소리를 지르며 돌아누웠다. 〔③(　　)〕

355) ① "재가 여적 안 자나?" 〔③(　　)〕

356) ① "아니, 벌써 아까 잠들었어요. 〔③(　　)〕

357) ① ……얘, 잠고대 말구 자라!" 〔③(　　)〕

351)이 이제까지 알려져 온 「소나기」의 맨 마지막 월이다. ③에서 ①, ②에 있었던 352)부터 358)까지 모두 빠졌다. 소년은 소녀의 죽음이라는 뜻밖의 충격적인 소식을 곁귀로 듣고 "저도 모를 신음 소리를"내지 않을 수 없었다. 그에 영문 모르는 아버지와 어머니가 말을 나누며 소년이 편히 잠들기를 바라는 말을 덧붙인다. 「소나기」의 변개에서 가장 큰 것으로 보이는 이러한 마무리는 소녀의 죽음에 대한 소년과 가족의 반응을 담아낸 논리적 결말이다. 그런데 그것을 줄임으로써 읽는이는 소년과 소녀의 애틋한 헤어짐에 더 초점을 두게 된다. 과감하면서도 알맞은 빼기였던 셈이다.

84) ① 얼른 〔③<소녀의>〕 손바닥으로 눈을 떨구었다

269) ① 〔③<거기에>〕 검붉은 진흙물 같은게 들어 있었다.

358) ① (　　　　) 〔③1952 시월〕

더하기는 많지 않은 9개에 그쳤다.[44] 330) 하나가 월 안에 쉼표를 더하여 숨을 고르고, 7개가 84)와 같이 말마디 하나씩을 더하는 소규모 수정에

---

44) 84, 135, 183, 209. 220, 250, 315, 330, 358, 이들 가운데서 7개, 곧 84, 135, 183, 220, 250, 269, 315 여섯이 어절을 더했다.

머물렀다. 269)는 소녀의 분홍 스웨트 앞자락을 내려다보고 "검붉은 진흙물 같은"것을 발견하는 상태를 보여 주는 월이다. '거기에'가 더함으로써 소년의 눈길이 더 구체화한다. 나머지 더하기 하나가 358)의 부차텍스트다. 이것은 ③에서 처음 나타난 뒤 그 뒤 판본에 거듭되었다. 이를 빌려 작가는 「소나기」의 본디 창작 시기를 적확하게 밝혀 놓았다. 1956년 작품집 『학』을 내면서 1952년 창작 시기와 1953년 발표 시기를 분명히 나누어 놓기 위한 뜻이 담긴 변화인 셈이다.

> 11) ① 〔③<분홍 세에타 소매를>〕 걷어 올린 팔과 목덜미가 마냥 희다 〔③희었다〕.

위에 옮긴 11)은 ③에 나타나는 복수 변개 가운데 하나다. ①에서 "분홍 세에타 소매를"더하고, '희다'를 과거형 '희었다'로 바꾸었다. 훨씬 구체적인 묘사로 나아갔다. 복수 변개는 이를 포함 모두 18개에 이른다.[45] 거의 비슷한 꼴이다.

앞에서 살핀 바와 같이 ③에서는 ②에 나타난 변개에서 더 나아가 양질에서 가장 많은 변개가 이루어졌다. 작가의 구어나 개인어를 살리는 쪽도 있어 표준어법에 따른 의도적인 일관성은 보이지 않는다. 그러면서 그 둘 사이 균형을 얻으려는 모습을 엿볼 수 있다. 아울러 호칭 변경이나 월 수준의 빼기를 빌려 소설 흐름을 더욱 긴밀하고도 구체적인 데로 이끌고자 했다. 느낌표를 대폭 마침표로 바꾸어 월을 마무리함으로써 흐름을 훨씬 가라앉혔다. 이러한 변개 과정은 한마디로 구체화와 사실화의 원리에 따른 것이라 볼 수 있다. 그런 점에서 ③은 ①이나 ②에서 한 발 더 나아간 결정본으로서 완결성을 작가 스스로 인지했음 직하다.

---

45) 5, 11, 75, 104, 132, 147, 176, 182, 206, 232, 248, 286, 289, 307, 310, 312, 317, 349.

4) 창우사 전집(1964)의 「소나기」

창우사본 『황순원전집』은 전집으로서 처음이다. 「소나기」는 단편 모음집 2권에 실렸다. 이러한 창우사본 「소나기」, 곧 ④에서부터는 변개의 절대량이 크게 준다. ①에서 ②로 옮겨갈 때 102개, ②에서 ③으로 옮겨갈 때 131개였던 데 견주어 ③에서 ④로 옮겨갈 때 모두 61개에 그치는 수치가 그것이다. 앞의 변개보다 1/2 수준 이상으로 줄었다. 이미 ③에서 텍스트 유동성이 많이 바로잡히고 결정본에 가까워졌다는 사실을 알려 주는 셈이다. 이들 61개 가운데서 빼기가 2개, 더하기가 2개, 복수 변개가 2개다. 나머지 55개는 모두 바꾸기다. 먼저 바꾸기를 보자.

> 222) ① 세워 놓은 수숫단 속을 비집어 보더니, 옆의 수숫단을 날러다 〔②날라다→③날러다→④날라다〕 덧세운다.
>
> 329) ① 갈밭 뚝에서 〔②머리에서〕 바라보는 가락골 마을은 〔③서당골 마을은〕 쪽빛 하늘 아래 한결 가까워 〔④가까와〕 보였다.
>
> 19) ① 어제마냥 〔④어제처럼〕 개울을 건너는 〔③건느는→④건너는 〕 사람이 있어야 자리를 비킬 모양이다.
>
> 108) ① 소녀의 외인 〔③왼쪽〕 볼에 살풋이 〔②살폿한→③살폿이〕 보조개가 패운다 〔④패었다.〕.

음운 수준의 변개는 9개가 보인다.[46] 위에 옮긴 222)에서는 '날러다'로 바뀌었던 것을 다시 '날라다'로, 329)에서는 '가까워'를 '가까와'로 고쳤다. 모음조화 현상에 따른 변개다. 19)도 비슷하다. ①에서 '건너다'형이 우세했으나, ②와 ③에서는 '건느다'형으로 한 차례 바뀌었던 본보기다. 그런데 ④에서는 그 둘의 경합이 '건너다'형, 곧 표준어법에 따르는 쪽으로 손질이 이루어졌다.[47]

---

46) 19, 76, 77, 198, 142, 143, 222, 244, 329.

47) 같은 본보기로 76, 77, 244가 보인다. 76)①모르는 척 〔④체〕 징검다리를 건너기 〔②건느기→④건너기〕 시작한다 〔③시작했다〕. 244)①뛰어 건널 〔②뛰어 건늘→

어휘 수준의 변화는 모두 16개에 이른다.[48)]

189) ③ 소녀의 흰 얼굴이, 분홍 세에타가 〔④스웨터가〕, 남색 스카아트가 〔④스카트가〕, 안고 있는 꽃과 함께 범벅이 된다.
67) ① 모밀밭이다 〔④메밀밭이다〕.
341) ① 남포 불 〔④남폿불〕 밑에서 바누질감을 〔④바느질감을〕 안고 있던 어머니가,
159) ① 마즌편 〔④맞은편〕 골짜기에 오순도순 초가집이 몽쳤다 〔②뭉쳤다→③몇 모여 있었다〕.

이름씨의 변개는 거의 모두 표준어로 바뀌는 꼴을 거듭한다. 189)의 '세에타'와 '스카아트'가 '스웨터'와 '스카트'로 손질한 것이 한 본보기다. '세에타'는 나머지 세 곳, 곧 11), 268), 272)에서도 거듭 손질이 이루어졌다. 그리고 67)의 '모밀'은 '메밀'로, 341)의 '바누질감'은 '바느질감'으로, 159)의 연음된 '마즌편'이 '맞은편'으로 바뀐 것들 또한 표준어법에 따른 변개다. 이와 함께 된소리 '뚝'이 예사소리 '둑'으로 바뀐 것[49)] 또한 마찬가지다.

풀이말에서는 그림씨에서 8개[50)], 움직씨에서 9개,[51)] 모두 17개의 바꾸기가 보인다.

21) ① 하이얀 〔④하얀〕 조약돌이었다.
134) ① 잎을 비틀어 팽개친 후, 소녀에게 한 밋 〔④밑〕 건닌다 〔④건넨다〕.

---

④뛰어 건널〕 수가 없었다. 77)①얼마전에 소녀 앞에서 〔③<한번>〕 실수를 했을 뿐, 여태 큰길 가 듯이 건너던 〔②건느던→④건너던〕 징검다리를 오늘은 조심성스럽게 건넌다.

48) 6, 11, 29, 67, 68, 80, 88, 133, 159, 182, 189, 256, 268, 272, 325, 341.
49) 4, 80, 16, 256.
50) 21, 70, 90, 126, 241, 249, 266, 331.
51) 13, 62, 79, 134, 156, 173, 305, 312, 326.

79) ① 못들은척했다 〔④못들은 체했다〕.

21)은 그림씨 '하이얀'이 '하얀'으로 바뀌었다. 134)에서는 셈씨로 쓰인 '밋'이 '밑'으로 바뀐 것 말고도 움직씨 '건닌다'가 '건넨다'로 바뀌어 표준어법에 따르는 변화를 한결같이 지켰다. 79)에 보이는 보조동사 '척했다'가 '체했다'로 바뀐 것 또한 같은 경우다. 이들과 함께 셈씨와 어찌씨에서는 3곳[52]과 5곳[53]에서 바꾸기가 나타난다.

35) ③ 저쪽 갈밭 머리에 갈꽃이 한오큼 〔④한옴큼〕 움직였다.
132) ③ 소년이 참외 그루에 심은 무우밭으로 들어가, 무우 두 밋을 〔④밑을〕 뽑아왔다.
107) ① 허수아비가 대구 〔④대고〕 우쭐거리며 춤을 춘다.
215) ① 어깨를 대구 〔④자꾸〕 떨었다.

35)는 '오큼'이라는 평양 지역어를 표준어 '옴큼'으로 고쳤고, 132) 또한 '밋'이라는 셈씨를 표준어 '밑'으로 바꾸었다. 107)과 215)는 어찌씨 '대구'를 표준어 '대고'와 같은 뜻의 표준어 '자꾸'로 고친 본보기다. 이밖에 월 수준 바꾸기는 ④에서 볼 수 없다.

이렇듯 바꾸기는 55개로 가장 많다. 거기에 더하기[54]와 빼기[55], 그리고 복수 변개가 모두 2회[56]로 이어진다.

75) ① 개울 가에 이르니, 〔③( )→④<, >〕 며칠째 보이지 않던 소녀가 건너편 가에 앉아 물 장난을 하고 있다 〔③하고 있었다〕.

---

52) 22, 35, 132, 155.
53) 16, 98, 107, 187, 215.
54) 75, 206.
55) 301, 348.
56) 130, 206.

301) ③ 그러나 다음 순간, 굵은 호두야 많이 떨어져라, 많이 떨어져라, 〔④( )〕 저도모를 힘에 이끌려 마구 작대기를 내리치는 것이었다.

130) ① 참외 맛두 〔④차미맛두〕 좋지만, 〔④( )〕 수박 맛이 〔④수박맛은〕 참 훌륭하다 〔④좋다〕."

75)가 쉼표 더하기를, 301)이 쉼표 빼기를 보여 준다. 파생본이 거듭함에 따라서 한결같이 줄글의 숨길을 고르는 데 대한 고려를 그치지 않은 것이다. 130)은 복수 변개가 일어난 본보기다. '참외'라는 표준어로 이어져 오다, 다소 엉뚱하게 '차미'라는 새말로 바꾸었다.[57] 그리고 '수박맛이'를 '수박맛은'으로 토씨를 바꾸고 가운데 쉼표를 뺐다. '차미'는 ④의 큰 변개 경향과 달리 황순원의 개인어를 살리는 쪽으로 대화를 손질한 경우다. 주격 조사 /이/가 보조사 /은/으로 바뀐 것은 /은/이 지닌 대조의 기능을 살리기 위한 뜻으로 보인다. '참외'뿐 아니라 '수박'은 더 맛이 좋다는 뜻을 강조하여 소녀에게 뻐기고 싶은 소년의 마음을 담아낸 표현이다. 거기다 쉼표를 빼고, 그림씨 '훌륭하다'를 '좋다'로 바꾼 것은 소년의 말씨를 자연스럽게 이끈 표현이라 볼 수 있다.

이상에서 살핀 바와 같이 ④에서 드러나는 중요한 특성은 두 가지로 간추릴 수 있다. 첫째, 수정 횟수가 대폭 줄어 ③이 지니고 있는 결정본적 자리를 거꾸로 보증해 준다. 둘째, 전반적으로 ④에서는 변개 양상들이 표준어법을 따르는 쪽으로 큰 흐름을 지켰다. 그러한 흐름은 「소나기」가 지니고 있는 작가의 입말투 맵시를 누르고 있다. 『학』에서 보였던 소극적인 표준어화와는 다른 셈이다. 이러한 방향은 1963년 제3공화국 수립을

57) 참외는 접두사 '참'과 이름씨 '외'(오이)의 결합으로 만들어진 파생어다. 원래 /oy/ 발음이었던 '외'는 일부 지역어에서 /we/로 변했고 그 다음에 특히 경상방언에서 많이 일어나는 반모음 /w/ 탈락을 거쳐 /e/가 된다. 이 /e/는 다시 모음상승을 거쳐 같은 전설모음 자리의 고모음 /i/가 된다. 여기서 '참'과 결합하면 '참이'가 되고 연음하면 /차미/로 바뀐다.

앞뒤로 이루어졌던 예술문화 영역의 중앙집권 강화, 한글 순화와 같은 국가 어문정책[58]이라는 문학 바깥쪽 맥락이 영향을 준 점도 있을 것이다. 게다가 본문에서 살피지는 않았지만, 띄어쓰기에서는 전체적으로 복합어나 파생어의 경우 붙여 쓰려는 한결같은 흐름을 드러낸다. 이 점도 작가의 의도와 달리 텍스트 바깥에서 주어진 ④에 대한 변개의 동력을 짐작하게 한다.

4) 삼중당 전집(1973)의 「소나기」

삼중당본 「소나기」 ⑤에서는 앞서 나온 ①, ②, ③, ④와 다른 모습을 지닌 곳이 모두 44개다. ④에 견주어 또 다시 수가 줄어들었다. 이들을 나누면 바꾸기에 36개, 빼기에 6개에 걸친다. 더하기에는 보기가 없다. 복수 변개는 2개다. 더하기와 복수 변개를 볼 수 없다는 점은 그만큼 텍스트가 안정되었다는 사실을 뜻한다. 그럼에도 바꾸기는 한결같이 으뜸 많다. 이제 그들을 음운, 어휘, 월 수준에서 짚어 보기로 한다. 먼저 음운 수준에서 변화가 일어난 곳은 5개다.[59]

351) ④ 자기가 죽거든 ③자기 입든 옷을 꼭 그대로 〔⑤그대루〕 입혀 묻어달라구……."

320) ① "그럼 큰놈으로 〔⑤놈으루〕 하나 가져가지.

86) ① "이름두 〔②이름도→③이름두→⑤이름도〕 참 곱다! 〔③.〕"

264) ① "그럼 누워 있어야지 〔⑤있시야지〕."

---

58) 한글 전용 활동의 전개라는 쪽에서 살피면, 1960년대 초반은 '강행기'에 든다. 1961년 이른바 국가재건최고회의에서 한글 전용에 관한 법률을 강화하여 1962년 3월부터 모든 간행물에 한글 전용을 전용시키도록 하겠다는 발표를 함으로써 불을 붙였다. 이익섭, 「광복후 한글전용운동의 전개와 검토」, 『국어표기법의 전개와 검토』, 한국정신문화연구원, 1992, 290~291쪽.

59) 86, 150, 264, 320, 351.

입말에 가까운 말투를 살리려 손질했다. 351)과 320)이 그렇다. 'ㅗ/ㅜ' 경합에서 /ㅜ/를 더 살렸다. 거꾸로 된 손질도 있다. '이름두'에서 '이름도'로 손질을 한 86)이 그것이다. 그런데 264)에서는 입말투를 살리려다 앞선 ④까지 한 차례로 보이지 않던 엉뚱한 변개를 보인다. 작가의 손질 탓인지 출판교정자의 탓인지는 알 길이 없다. ④에서 표준어법 쪽으로 한결같이 따르려 했던 변개와 다시 거리를 두면서, 등장인물의 됨됨이에 걸맞은 적확한 말씨 찾기를 보여 준 셈이다.

어휘 수준에서 이름씨의 변개는 15곳을 볼 수 있다. 그 가운데 각별한 뜻을 지닌 것이 몇 보인다.

> 283) ① 우리 고조할아버지가 〔⑤증조할아버지가〕 심었다는데 아주 달다."
> 279) ① 추석에 〔⑤낼〕 제사 지낼려구……."
> 310) ③ 추석 〔⑤( )〕 전 날 〔⑤이튿날〕, 소년이 학교에서 돌아오니 아버지가 나들이옷을 갈아입고 닭 한 마리를 안고 있었다.
> 114) ① 베짱이가 〔⑤메뚜기가〕 따끔따끔 얼굴에 와 부딧친다 〔②부디친다〕.

236)에서는 앞선 판본에서 거듭하였던 호칭 '고조할아버지'가 '증조할아버지'로 바뀌었다. 소녀와 윗대가 한 단계 더 다가선 것이다. 소녀 집안, 윤 초시네의 몰락이 가까운 시기에 이루어진 현실적인 일이라는 점을 돋보이게 하는 변개일 수 있다. 그리고 279)도 눈길을 끈다. 소년이 소녀와 마지막 만나서 소녀에게 대추를 받아 먹고 헤어지는 장면에서 소녀가 덧붙인 말이다. 앞에서 거듭하였던 '추석 제사', 곧 시제가 "낼 제사", 곧 기제로 바뀌었다. 이러한 이름씨 변개는 월 단위에서 일어난 286)의 "〔③추석 지내선→⑤제사 지내구나서 좀 있다〕 집을 내주게 됐다"와 맞물려 있다. 아울러 310)에서 보이는 바, "추석 전 날"이 '이튿날'로 바뀐 것과도 얽힌다. 말하자면 소녀를 마지막 만나 이사 소식을 듣고 호두를 주기 위해 따 온 다음날, "학교에 돌아온" 소녀네 제삿날 한낮에 아버지가 제수

로 닭을 전하기 위해 고르신 것이다.

추석을 사건 진행의 중요 초점으로 삼아 마지막 헤어졌다 소녀의 죽음 소식을 듣는 짜임새로 이루어졌던 앞선 판본과 다른 큰 변화가 일어났다. 무엇보다 Ⅳ를 중심으로 삼은 「소나기」 후반부 Ⅴ, Ⅵ, Ⅶ의 이야기 시간이 축소되었다. "제사 지내고 나서 좀 있다", 곧 "소녀네가 양평읍으로 이사"간다는 하루 앞날[60] 저녁 소년은 소녀의 죽음 소식을 듣는다. 소녀와 마지막 헤어짐과 죽음 소식이 제사 다음 바로 "좀 있다"이루어진 것이다. 이런 논리적이면서도 무거운 변개는 작가의 뜻에 따른 것이 분명하다. 다만 이를 빌려 소설의 사건 진행이 급박하게 돌아감으로써 소설적 구체성은 더한다. 그러나 소설의 공간을 좁게 만들고 이야기 진행의 시간 배경이 지닌 민속성을 해칠 염려가 있다.

이러한 이름씨 변개와 함께 114)에서는 앞에서 거듭 이어져 왔던 '베짱이'가 '메뚜기'로 바뀌었다. 손쉽게 논에서 만날 수 있는 메뚜기를 내세워, 사실성을 더하기 위한 변개로 보인다. 이밖에 이름씨 단위에서 바꾸기는 표준어에 가깝게 손질을 가하는 것이 거의 모두다.

> 260) ① "그날 소내길 〔③소내기→⑤소나기〕 맛은 〔②맞은〕 탓이로구나 〔②탓 아니냐→⑤탓아냐〕."
> 326) ① 소파리라도 〔⑤쇠파리라도〕 잡는척 〔④체〕.

260)에서는 '소내기'가 '소나기'로 바뀌었다. 326)의 '소파리'를 '쇠파리'라 바꾼 경우도 다 표준어법에 따르는 낱말 변개다.[61] 움직씨에서 변화가 생긴 것은 5개[62], 그림씨에서 변개가 생긴 것은 3개[63]다.

---

60) 330)③어른들의 말이, 내일 소녀네가 양평읍으로 이사 간다는 것이었다.
61) 같은 본보기에 '여깃'을 '여기'(128)로, '떡갈나무잎'을 '떡갈나뭇잎'(206)으로, '수수잎소리'를 '수숫잎소리'(238)로 바꾼 것들이 있다.
62) 51, 58, 193, 208, 246.

218) ② 그리고는 안고 온 꽃 묶음 속에서 가지가 꺾이고 꽃이 이글어진 〔⑤일그러진〕 송이를 골라 발 밑에 버린다.

208) ① 목덜미가 선뜻선뜻했다 〔③선뜩선뜩했다→⑤선뜻선뜻했다〕,

58) ① 그러다가 깜짝 놀라 일어서고 〔⑤일어나고〕 말았다.

246) ① 소녀가 순순히 업히었다 〔⑤엎히었다〕.

218)과 208)은 표준어를 취하려는 방향에서 움직씨와 그림씨가 바뀐 경우다. 거기에 견주어 58)은 비슷한 표현으로 옮겨간 경우다. 246)은 오히려 표준어에서 벗어난 것으로 고친 보기다. 앞의 판본에서 '업히었다'로 이어져 오다, ⑤에서 '엎히었다'로 달라졌다.

159) ④ 맞은편 골짜기에 오순도순 〔⑤오손도손〕 초가집이 몇 모여 있었다.

98) ③ 소녀의 눈이 금새 〔④금세→⑤금새〕, 바보, 바보, 할 것만 같다 같았다.

237) ① 도리어 소년의 몸기운으로 해서 떨리던 몸이 적이 〔③저으기→⑤적이〕 눅지는 〔③누그러지는〕 심사였다 〔③느낌이었다〕.

187) ② 소년이 고삐를 바트기 〔④바투→⑤바로〕 잡아쥐고 등을 긁어 주는척 훌딱 올라탔다.

어찌씨에 변개가 온 것은 5개다.[64] 159와 98)은 표준어에서 벗어난 표기로 바뀐 경우다. ⑥에 가서 159)는 그대로 적혔다. ①에서 ④까지는 '오순도순'으로 바로 썼던 것이다. 237)은 ③에서 '저으기'로 바뀐 것을 다시 표준어 '적이'로 따랐다. 그런데 187)에서는 뜻이 다른 말로 바뀌었다. 고삐를 '바투'쥐는 것과 '바로'쥐는 것은 다르다. 표현의 속살을 바꾸는 변개인 셈이다. 이 밖에 토씨 바꾸기에서도 2곳이 보인다.[65]

---

63) 208, 249, 340.

64) 98, 159, 187, 237, 270.

65) 158, 316.

월 수준에서 바뀐 것은 286), 하나가 보인다.

286) ③ "그리구 저, 우리 이번에 추석 지나선 〔⑤제사 지내구나서 좀 있다〕 집을 내주게 됐다."

"추석 지나선"이 "제사 지내구나서 좀 있다"로 바뀌었다. 시기뿐 아니라, 어절 단위에서 변개가 일어났다. 보다 구체적인 풀이를 덧붙인 것으로 볼 수 있다.

바꾸기와 함께 빼기에서는 모두 6개[66]가 나타난다. 이 가운데 4곳은 모두 쉼표를 빼서 월의 숨길을 가라앉히는 작은 변화다. 그러나 나머지 둘은 문장 단위에서 빼기가 이루어진 경우다.

168) ① 소녀가 조용히 일어나 비탈진 곳으로 간다.
169) ① 뒷걸음을 쳐 기어내려간다 〔⑤(　　　　　　　)〕.
170) ② 꽃송이가 많이 달린 줄기를 잡고 끊기 시작한다.
171) ① 좀처럼 끊어지지 않는다.

318) ③ "저, 서당골〕 윤 초시 댁에 가신다.
319) ③ 내일이 추석날이라 〔⑤(　　)〕 제사상에라도 놓으시라구……."

먼저 169)의 앞뒤 월을 다 보였다. 소녀가 '꽃송이'를 꺾기 위해 "비탈진 곳으로"가서 "꽃송이를"잡고 끊기 앞서 내려가는 모습을 속속들이 서술한 자리가 169)다. 이 월 모두를 줄임으로써, 암시적인 표현으로 바뀌었다. 그러나 소녀의 행위로서는 더 걸맞은 적절성을 얻는 변개로 보인다. 이와 달리 318)은 아버지가 닭을 제수로 가져가는 날이 제삿날 한낮으로 바뀜으로써 이어진 자연스런 변개다. "내일이 추석날이라"를 통째 뺐다.

---

66) 169, 182, 292, 278, 317, 319.

105) ① “아이 〔⑤아〕 〔⑤ “<, >〕 재밌다!”

121) ① 좀전 허수아비 보다도 〔⑤허수아비보다〕 〔⑤<, >〕 더 우쭐거린다.

위에 적은 105)와 121)은 복수 변개다. 느낌씨와 토씨를 바꾸고 쉼표를 더한 경우다. 121)의 경우는 월 흐름에 더 매끄러운 손질이 이루어졌다.

앞에서 본 바와 같이 ⑤에서는 원본과 다른 몇 가지 중요한 변모가 있었다. 소설 진행의 배경을 추석을 앞뒤로 한 보다 긴 이야기 시간에서 제삿날을 앞뒤로 한 보다 짧은 이야기 시간으로 바꾸는 변화가 가장 컸다. 게다가 부름말에서도 ‘고조’에서 ‘증조’로 가깝게 내려섰다. 그러면서 표준어법과 지역어법 사이, 글말투와 입말투 사이 표기상 바르게 잡힌 것뿐 아니라 벗어난 것도 보인다. 비록 44개로 대폭 줄어든 변개임에도 작자의 작의가 아니라, 출판교정자의 뜻에 따라 이루어진 손질도 있으리라는 암시를 받는 까닭이다. 아울러 논의 바깥 문제이지만 ④에서 나타났던 것과 마찬가지로 ⑤에서도 합성어나 파생어의 경우 가능하면 붙여쓰는 변개 양상을 드러낸 점도 짚어 둘 만하다.

5) 문학과지성사 전집(1981)의 「소나기」

문학과지성사에서 낸 『황순원전집』은 1980년부터 1989년 사이 나왔다. 황순원 생전 가장 뒤에 나온 전집이다. 예순여섯 살부터 나왔으니 경희대학교를 정년한 기념 출판이라는 격을 갖춘 것으로 보인다. 「소나기」 ⑥은 1981년에 나온 3권 『학/잃어버린 사람들』에 실렸다. 여기서 변개가 이루어진 데는 모두 38곳에 이른다. ⑤에서 변개된 자리가 44곳이었으니, 비슷한 양상이라 볼 수 있다. 이들 38곳은 다시 바꾸기 26개[67], 빼기 11곳[68], 더하기 1곳[69]으로 나타난다. 바꾸기 쪽에 많은 점은 한결같다.

---

67) 1, 16, 23, 54, 86, 93, 98. 112, 164, 187, 214, 218, 224, 241, 248, 249, 250, 259, 260, 261, 263, 264, 265, 274, 344, 348.

86) ① “이름두 〔②이름도→③이름두→⑤이름도→⑥이름두〕 참 곱다! 〔③.〕”
348) ① 지금 같아서는 〔⑥지금같애서는〕 윤 초시네두 대가 끊긴 셈이지……. 〔④(　　)〕

대화에서 드러나는 음운 ‘ㅗ/ㅜ’사이 경합이 ⑥까지 거듭함을 알 수 있다. 표준어법에 대한 의식이 강했을 때는 ‘도’로 갔다, 자연스런 입말을 따를 때는 다시 ‘두’로 표기가 바뀐다. ⑥에서는 ⑤와 달리 ‘두’로 바뀌었다. 263)에서도 같은 변개를 보인다. 348)은 앞에서 한 차례도 변화가 없었던 월이다. ⑥에 이르러 ‘지금 같아서는’이라는 표준어법을 버리고 ‘지금같애서는’이라 /ㅣ/ 음운을 더해 자연스러운 말씨로 바꾸었다.

1) ① 소년은 개울 가에서 소녀를 보자, 〔②( )〕 곧 윤 초시네 증손자딸 〔②증손녀딸→③증손자 딸→⑥증손녀딸〕이라는걸 알 수 있었다.
224) ① 그리고는 이쪽을 〔⑥소녀 쪽을〕 향해 손짓을 한다.
164) ③ 적잖이 비탈진 곳에 칡덩굴이 엉키어 꽃을 〔⑥끝물꽃을〕 달고 있었다.

어휘 수준의 이름씨 단위에서 드러나는 바꾸기는 4개[70] 가운데 셋이 들었다. 1)에서는 ③, ④, ⑤까지 ‘증손자딸’로 썼다 ⑥에서 다시 ②와 같은 ‘증손녀딸’로 호칭이 바뀌었음을 보여 준다. 164)와 224)는 앞에서 보이지 않았던 새로운 이름씨로 바뀐 경우다. ‘이쪽’이 ‘소녀 쪽’으로 바뀌었다. 비를 피하기 위해 소녀와 소년은 지붕이 찢긴 원두막으로 피했다. 소년이 다시 자리를 옮겨 세워 놓은 수숫단을 비집고 덧세운 뒤, 그쪽으로 소녀에게 오라 ‘손짓을’하는 자리에서 이루어진 변개다. “이쪽을 향해”

---

68) 5, 8, 12, 194, 120, 121, 134, 135, 170, 182, 271.
69) 251.
70) 1, 164, 224, 250.

가 "소녀 쪽을"으로 바뀜으로써, 소년 소녀가 벌이고 있는 정황을 서술자가 보다 바깥에서 관찰하는 눈길로 고쳤다. 164)는 '꽃'을 '끝물꽃'으로 손질했다. 실제감을 더하기 위한 손질로 보이지만 특수한 본보기다.

움직씨와 그림씨에 나타나는 바꾸기는 낱낱으로 5개[71]와 2개[72]다.

246) ① 소녀가 순순히 업히었다 〔⑤엎히었다→⑥업히었다〕.
264) ① "그럼 누워 있어야지 〔⑤있시야지→⑥있어야지〕."
16) ④ 소녀는 소년이 개울 개울둑에 앉아 있는걸 아는지 모르는지 그냥 날쌔게 〔⑥날쎄게〕 물만 움켜낸다 〔⑥움킨다〕.
248) ③ 소녀는, 어머나 소리를 지르며 소년의 목을 끌어안았다 〔⑥그러안았다〕.

246)은 ⑤에서 비표준어로 바뀌었던 것을 ⑥에서 바로잡은 움직씨 경우다. 264) 또한 ⑤의 생뚱한 변모가 바로잡혔다. 16)과 248)은 그와 다르다. 앞에서는 보이지 않았던 새 표현으로 바뀐 경우다. 16)에서 '움켜낸다'가 '움킨다'로 바뀐 것은 더 압축된 표현성을 살린 바꾸기라 보겠으나, 248)의 경우는 입말투가 아님에도 엉뚱한 변개다. 출판교정자의 잘못으로 보인다.

187) ① 〔②<소년이>〕 고삐를 바트기 〔④바투→⑤바로→⑥바투〕 잡아쥐고 등을 긁어주는척 훌딱 〔⑥후딱〕 올라탔다.
259) ① 어쩐지 〔⑥알아보게〕 소녀의 얼굴이 해쓱해져 있었다.
265) ① "하도 〔⑥너무〕 갑갑해서 나왔다.
112) ① 오늘 같은 날은 일찍 〔⑥일찌감치〕 집으로 돌아가 집안 일을 도와야 한다는 생각을 잊어 버리기라도 하려는 듯이.

---

71) 16, 23, 54, 246, 248.
72) 241, 264.

어찌씨의 변모는 6개[73]다. 어휘 수준에서 가장 많은 변화다. 187)은 ⑤에서 잘못 바뀐 '바로'를 다시 뜻에 맞게 '바투'로 고친 보기다. '홀딱'또한 표준어로 고쳤다. 그런데 259), 265), 112)는 앞에서 한 차례도 보이지 않았던 새로운 변개다. 어휘 수준에서는 이 밖에 접속어 '그리고는'을 '그러면서'로 고친 218)과 "참 그날"을 "그날 참"으로 어순을 바꾼 266)이 더 있다.

월 수준에서 변개를 보인 곳에는 274)와 260) 둘이 보인다.

274) ② 그날 도랑을 〔⑥도랑〕 건느면서 〔⑥건늘 때〕 내가 업힌 일이 〔⑥일〕 있지?
260) ① "그날 소내길 〔③소내기→⑤소나기〕 맛은 〔②맞은〕 탓이로구나 〔②탓 아니냐→⑤아냐→⑥때메〕. 〔②?〕"

274)에서는 "도랑을 건느면서"가 "도랑 건널 때"로 바뀌었다. 거기다 토씨 '이'도 달라졌다. 어느 쪽이 표현 효과가 더한 것인지는 점치기 어려운 바꾸기다. 260)은 대화다. "탓 아니냐"라는 의문형에서 다소 누그러진 목소리로 나아갔다.

앞에서 본 이러한 바꾸기와 달리 더하기는 1곳에 나타난다. 그와 달리 빼기는 11개에 이르러 양이 크게 늘어났다.

251) ① 〔⑥<다음날도, 다음날도.>〕 매일 같이 개울 가로 달려와 봐도 뵈지 않는다 〔②않았다〕.
271) ① "그래 〔⑥(　　)〕 이게 무슨 물 같니?"
12) ① 한참 세수를 하고 나더니, 〔⑥( )〕 이번에는 물 속을 빤히 들여다본다.

---

73) 98, 112, 187, 214, 259, 265.

251)은 유일한 더하기가 이루어진 곳이다. “매일 같이”에 만족하지 않고, “다음날도, 다음날도”를 더했다. 겉으로는 소년이 지녔을 기다림을 드높이기 위한 변개다. 그러나 이야기 재미를 거꾸로 줄이는 군더더기로 보인다. 271)은 거꾸로 ‘그래’를 뺐다. 훨씬 자연스러운 말씨로 바뀌었다. 이러한 빼기는 11곳에서 이루어졌다. 그 가운데서 처음으로 ⑥에서 ‘많이’를 같이 뺀 271), 170, 182) 셋을 제쳐둔 나머지 8개[74]는 모두 월 안에서 쉼표를 줄인 경우다. 그 안에서는 ⑤에서 더했던 쉼표를 ⑥에서 다시 뺀 121)을 뺀 나머지 7개가 모두 ⑥에서 처음으로 쉼표를 줄이고 있다. ⑥을 조판할 때 한결같은 삭제 의도가 실현된 것이라 볼 수 있는 터무니다.

황순원 생시 맨 뒤에 나온 『황순원전집』의 「소나기」 ⑥에서는 변개 양은 많지 않으나, 그 정도는 결코 작아 보이지 않는다. 왜냐하면 38개에 이르는 이들 변개 요소는 ②에서 ⑤까지 모든 「소나기」 파생본에서 손질이 한 차례도 일어나지 않았던 곳에서 변개가 더해진 경우가 많기 때문이다. 그것은 모두 19곳에 이른다. 이들 가운데 월의 숨길을 바꾸기 위해 쉼표를 뺀 7개를 제쳐두고 보면 모두 12개[75]에서 처음으로 변개가 일어났다. 그들 가운데서는 작품의 완성도에 도움을 주는 쪽이라 볼 곳도 있는가 하면 그렇지 못하고 생뚱하다는 생각이 들게 하는 곳도 있다. 따라서 이러한 돌발적인 변개가 모름지기 작가의 자의에 의한 것인지, 아니면 출판 교정 시에 나타난 편집 방침에 따른 것인지는 알기 어렵다. 더 꼼꼼한 눈길로 따져 볼 필요가 있다. ⑥이야말로 가장 뒤에 나온 전집이자 쉽게 손에 넣을 수 있는 판본이다. 후대에까지 가장 많이 다루어질 가능성이 있

---

74) 5, 8, 12, 194, 120, 121, 134, 135.

75) 23(건너가더니만 → 건너가더니), 54(비춰었다 → 비치었다), 112(집으로 → <일찌감치> 집으로), 164(꽃을 → 끝물꽃을), 187(후딱 → 후딱), 218(그리고는 → 그러면서), 224(이쪽을 → 소녀 쪽을), 251(매일같이 → <다음날도, 다음날도> 매일같이), 259(어쩐지 → 알아보게), 265(하도 → 너무), 344(잃어버리구 → 잃구), 348(지금같아서는 → 지금같애서는).

는 「소나기」이기에 더욱 그렇다.

원본인 『신문학』본 ① 「소나기」가 처음 세상에 얼굴을 내민 때가 1953년 5월이었다. 그때부터 황순원 생시인 1981년 문학과지성사본 ⑥까지 주요 파생본은 모두 다섯이다. 이들 텍스트를 358개 월 단위로 나누어 텍스트 변개 양상을 살폈다. 그 결과 띄어쓰기까지 더하면 모두 358개 월 단위 가운데서 76.81%인 275개에 손질이 이루어졌다. 띄어쓰기를 빼고 살피면 모두 63.12%인 226개에서 한 차례 이상 손질이 이루어졌다. 「소나기」가 세상에 나온 뒤 28년 동안 세부에서는 매우 높은 텍스트 유동성을 보인 셈이다. 그들 변개 양상을 '바꾸기', '더하기', '빼기', '복수 변개'라는 넷으로 나누어 그 흐름과 뜻을 이제까지 앞에서 짚어 왔다.

①에서 여섯 달 뒤에 나온 『협동』본(1953) 「소녀」 ②에서는 모두 102개가 바뀌었다. ②에서 세 해 뒤에 나온 작품집 『학』(1956)의 「소나기」 ③에서는 수가 늘어 131개가 바뀌었다. 다시 여덟 해가 지나서 나온 창우사 전집(1964) 「소나기」 ④에서는 61개에서 변개가 일어났다. 삼중당 전집(1973) 「소나기」 ⑤에서는 44개가 바뀌었다. 문학과지성사본인 ⑥에서는 38곳에서 변개가 이루어졌다. ④에서부터 변개의 절대량이 줄었다. ③에서 텍스트 고정성, 다시 말해 「소나기」의 텍스트 안정성이 크게 높아졌다. 그러나 세부로 들어서서 살피면 수치로 재기 어려운 무거운 변개가 파생본마다 적지 않았다.

②에서는 ①에서 나타났던 호칭 잘못에서부터 풀이말을 현재형에서 과거형으로 바꾸는 시제 변화, 인물의 심리나 화제 상황을 구체화하려는 쪽으로 손질이 이루어졌다. 소설 진행을 더 사실화하려는 의도를 드러낸 모습이다. ③에서는 적극적으로 변개가 이루어졌다. 바꾸기는 ②와 마찬가지로 많았지만, 빼기가 크게 는 점이 특이하다. 느낌표를 마침표로 바꾸고, 쉼표를 빼는 방식을 좇아 작품의 분위기를 가라앉히는 쪽으로 이끌었다. 표준어법을 의도적으로 따르려는 경향은 크지 않았다. 소녀가 살고 있

는 마을 이름이 '서당골'로 굳어지고, 소년이 소녀에게 줄 선물이 '호두'로 바뀌어 다른 곳의 변개에 영향을 주었다. 또한 소설 마지막 단락이 빠짐으로써 완성도를 높였다. 묶어 볼 때, 이야기 흐름을 더 긴밀하고도 구체적으로 이끄는 사실화의 원리에 따른 모습인 셈이다.

창우사 전집 「소나기」 ④는 황순원이 결정본 의식을 드러낸 유일한 파생본이다.[76] 그러나 변개 양상에는 문제가 있다. 크게 줄어든 변개 수치에도 표준어법을 따르는 한결같은 흐름에 따라 작품 맛이 많이 달라졌다. 자연스러운 입말투도 억눌렀다. ③에서 보였던 소극적인 손질과는 다르다. 텍스트에 대한 문학 바깥의 변개 동력을 엿보게 하는 흐름이다. ⑤에서는 변개 수가 다시 줄었다. 그럼에도 줄거리에서는 무거운 변화가 일어났다. 소년이 소녀와 헤어지게 되는 시간 배경이 추석을 앞뒤로 한 긴 것에서 기제일을 앞뒤로 한 짧은 것으로 바뀌었다. ⑥은 ⑤와 비슷한 변개 양상을 보였다. 눈여겨볼 일은 19곳에서 앞에서는 한 차례도 보이지 않았던 새 변개가 나타난 점이다. 생뚱한 변개도 보인다. 작가의 뜻에 따른 변개인지 아닌지 고심할 데가 그만큼 많아진 셈이다.

모아서 보면 바꾸기, 더하기, 빼기, 복수 변개 가운데서 바꾸기 방식의 변개가 가장 잦았다. 그들을 음운, 어휘, 월 수준에서 살피면 다시 어휘 수준의 변개가 월등했다. 그런 안쪽에서 전반적으로 국가주의 표준어법과 작가의 자연어법, 입말투와 글말투 사이의 경계를 오가는 경합이 많은 자리에서 이루어지고 있었다. 파생본 초기에는 소설의 구체성과 사실성을 더하려는 흐름도 드러났다. 그들에 따라 나타난 변개 양상의 어디까지가 작가의 뜻을 실천한 것인지, 외적 동인에 따른 결과인지 알아내기란 어렵

76) "또 자기 작품을 두고두고 몇 번이고 고쳐 마지않은 작가들을 상기해본다. 이 역시 내 그 흉내나마 낼 수 있을까마는 여기 수록된 작품들에 대해 내나름대로는 새로 손을 보았다. 부족하나 이로써 내 첫 완전 발표로 삼으련다." 『황순원전집』 1권, 창우사, 1964, 1쪽.

다. 따라서 원본인 ①은 물론 처음으로 낱책으로 묶인 ③을 거쳐 작가 생시 가장 뒤에 나온 전집 ⑥까지, 그 어느 판본을 엄밀한 학적 연구와 공공적 맛보기를 위한 원전으로 삼아야 할지 확정하기 어렵다.

4. 마무리

이상의 논의를 빌려 황순원의 대표 단편이자 우리 소설사 정전 가운데 하나인 「소나기」의 원본 시비를 마무리 지었다. 아울러 그 뒤 나온 주요 파생본의 변개 양상까지 살폈다. 「소나기」는 1952년 10월 무렵 창작을 마친 뒤 초본이 광주에서 나온 문예지 『신문학』 4호(1953. 5)에 「소나기」로 처음 실렸다. 그 뒤 『협동』 추계호(1953. 11)에 「소녀」로 재발표되었다. 이어서 소설집 『학』(1956. 12)에 「소나기」로 실려 오늘날까지 이어졌다. 따라서 원본은 『신문학』본 소나기가 확실하다. 그런 사실을 글쓴이는 예정보다 훌쩍 늦어진 『신문학』의 출판 환경과 『학』에 이르는 텍스트 변개 과정의 유사성을 따져 실증했다.

그런데 「소나기」는 원본 발표 뒤 오래도록 여러 파생본을 거듭했다. 그 과정에서 개작 수준은 아니지만 적지 않은 변개가 이루어졌다. 「소나기」를 월 단위로 나누어 놓고 바꾸기, 더하기, 빼기, 복수 변개라는 네 가지 방식으로 나누어 그런 사실을 밝혔다. 1953년 『신문학』 원본에서 1981년 문학과지성사본까지 나아오는 과정에서 전체 월 단위 358개 가운데 많게는 76.81%, 적게는 63.12%에 이르는 월에서 손질이 이루어졌다. 매우 높은 텍스트 유동성을 확인했다. 그런 가운데 작가의 개인어법보다 국가적 표준어법으로, 구체성과 사실성을 더하려는 쪽으로 나아간 변개 흐름을 볼 수 있었다. 세부에 들어서면 어느 자리가 작가의 뜻에 따른 것인지, 아니면 바깥 요인으로 말미암은 것인지 판단하기 어려운 곳도 적지 않았다.

따라서 작가의 의도를 가장 잘 담아낸 「소나기」 원전을 확정하기란 쉽지 않다. 상식으로는 황순원 생시 가장 뒤에 나온 문학과지성사 전집본으로 보는 게 마땅하다. 그러나 사정은 녹록치 않았다. 양질에서 판단하기 어렵게 이어져 나온 「소나기」의 변개 양상 탓이다. 따라서 글쓴이는 엄밀한 학적 연구와 공공적 향유를 위해 「소나기」의 새로운 결정본 확정의 필요성을 제기하고자 한다. 그리고 확정 과정에서는 무엇보다 황순원 개인어법이 표준어법으로 다듬어진 자리에 대한 허용 여부와 경계가 문제로 떠오를 것이다. 생뚱한 손질 자리도 마찬가지다. 검토 대상 파생본의 범위를 넓히고 이 글에서 다루지 못한 단락 단위 변개와 띄어쓰기 양상까지 포함한, 더 큰 틀에서 이루어질 해명도 확정 과정에서 바라봄 직하다.

모든 텍스트는 정독과 오독 사이에 놓여 있다. 학문공동체에서는 정독을 주장하면서 오독을 일삼고, 일반 독자사회에서는 오독을 걱정하면서 정독에 이른다. 정전이란 이러한 정독/오독의 역동성을 오래도록 지닌 작품이라 할 수 있다. 그런 과정의 기초로서 결정본은 필수적이다. 게다가 황순원은 개작이 많았던 작가다. 그럼에도 이제껏 비평을 포함해 300편을 넘는 황순원 담론 가운데서 원전비평은 물론 제대로 된 언어학적 비평조차 보이지 않는다. 학계의 직무유기가 컸다. 이 글로 말미암아 1953년 「소나기」 원본의 됨됨이가 비로소 밝혀졌다. 작품이 나온 지 예순 해나 지난 뒤다. 「소나기」 결정본 확정을 위한 노력뿐 아니라, 황순원 작품 전반에 걸친 원전비평의 필요성을 굳이 적는 까닭이다.

3장_시론(詩論)

황순원의 초기 작품과 체험의 상관성

최동호

1. 숭실중학교 시절의 다양한 작품들

황순원은 작가는 '오직 작품을 통해 말한다.'는 작가적 소신을 올곧게 지킨 소설가로 알려져 왔다. 잡문을 쓰지 않는다는 그의 실천적 발언은 일종의 아우라를 만들어 소설가 황순원을 자리매김하는 하나의 단서가 되기도 했다. 그러나 체험적 요인 없이 작품을 쓴다는 것은 거의 불가능하다. 체험을 바탕으로 하지만 거기에 상상력을 가미시켜 또 하나의 세계를 창조하는 것이 시인이요 작가이다. 특히 인생의 체험이 풍부한 만년의 작품보다는 초기작에서 작가의 체험적 요인과 그것을 형상화시키는 작가적 가능성을 확인해 볼 수 있을 것이다. 지금까지 황순원의 소신 표명과 실천으로 인해 그의 작품을 체험적 요소와 결부시켜 해석한 경우는 많지 않았다. 필자는 이 글에서 최근에 발굴된 그의 초기 동요와 소설이 그리고 희곡을 일차적 자료로 삼아 출발점에 있었던 황순원 문학의 의미와 방향성에 대해 고찰해 보고자 한다. 황순원은 1915년 3월 26일 평안남도 대동군 재경면 빙장리에서 출생했다. 부친은 평양 숭덕학교 교사를 지낸 바 있고 3·1운동에 참여하여 독립선언서와 태극기를 평양시내에 배포하여 1년 6개월 투옥되었다. 부친이 옥고를 치르는 동안 어머니와 시골에서 생활했으며 1921년 가족 전체가 평양으로 이사한 것으로 전해진다. 1922년 숭덕 소학교에 입학했으며 1929년 정주 오산학교에 입학했지만 다시 평양으로 돌아와 숭실중학교에 입학했다.

황순원이 초기작을 처음 발표한 것은 숭실중학교 재학 중이던 1931년부터이며 이 습작품들은 이미 1930년경에 썼던 것으로 판단된다. 지금까지 최초의 발표작으로 알려진 것은 1931년 7월 『동광』에 발표한 「나의 꿈」이란 시이다. 그런데 최근 발굴된 자료에 의하면 1931년 3월 26일 『동아일보』에 이미 동요 「봄 싹」을 발표했으며 이어 같은 지면 1932년 3월 12일까지 8편의 작품을 게재했다. 이는 당시 중학생이었던 황순원이 문학을 지망할 것을 목표로 하고 있었음을 말해 주는 것이다. 뿐만 아니라 황순원은 소년소설 「추억」을 1931년 4월에 『동아일보』에 발표하고 단막극 「직공생활」을 1932년 6월 29일 『조선일보』에 발표했다. 특히 단편소설의 말미에 1930년 4월 1일이란 표기가 있는 것으로 보아 그가 처음 소설을 쓴 것은 1930년임을 알 수 있다. 이러한 자료를 통해 우리는 숭실중학교에 재학 중이던 황순원이 다양한 문학적 실험을 시도했다는 사실을 확인할 수 있으며 일반적으로 시에서 출발하여 단편으로 다시 장편소설 작가로 변신했다는 종전의 가설은 일부 수정하지 않을 수 없게 되었다. 1934년 숭실중학교를 졸업한 황순원은 일본 와세다대학 제2고등학원에 유학하며 1934년 첫 시집 『방가』를 동경에서 발간하게 된다. 이로 인해 일단 그의 문학적 첫 출발은 시에 집중되었음을 알게 된다. 동시에 황순원은 소설에도 소홀하지 않아 1934년 『3.4문학』 동인으로 시와 소설을 발표했으며 1936년 제2시집 『골동품』을 발간했다. 와세다 대학 영문과(1936~1938)를 졸업할 무렵인 1938년 단편소설 「나의 꿈」 돼지를 발표하고 1940년 『황순원 단편집』을 간행했다. 동요와 시가 선행하고 뒤이어 소년소설에서 단편 소설로 나아간 경로가 초기 그의 연보를 정리하는 과정에서 밝혀진 것이다. 그러니까 16세에 이미 동요와 시 그리고 소설을 발표하고 17세에는 단막극을 발표하는 등 황순원의 문학은 그 출발이 매우 조숙하고 다양한 것이었다. 물론 시에서 소설로 이동해 가는 황순원의 행보는 아주 신중한 것이었으며 점차 한국문단의 대가로 성숙하는 과정을 보여 주었다는 것은 널리 알려진 사실이다. 『황순원전집 11 시선집』(문학과지성사, 1985)에는 『방가』, 『골동품』, 『공간』, 『목탄화』, 『세월』, 『세월 이후』 등 시기별로 여섯 단락으로 구분되어 92 편의 시가 수록되어 있다. 황순원 자신의 손으로 배열된 이 시선집에는 황순원의 거의 모든 시가 수록된 것으로 보이는데 최근 발굴작 8편을 합하면 황순원의 시가는 동요를 포함시켜 모두 100편이다. 이를 살펴보면 황순원은 초기부터 평생 시의 끈을 놓지 않고 살았으며 그가 시에도 상당한 의미를 부여하고 있었다는 것을 알 수 있다. 황순원 문학 전체에서 시가 양적으로 보아 많다고 할 수는 없지만 그의 문학은 동요에서 시작하여 시로 끝났다고 말할 수 있다. 그러므로 그의 전체성을 논할 때 이를 배제하고는 말 할 수 없을 것이다. 이 글에서는 이 번 발굴 자료를 출발점으로 하여 황순원의 초기작이 보여주는 여러 작품에서 나타나는 체험적 요소를 탐색하면서 과연 그의 초기 문학을 지배하는 원초적 요소가 무엇이었으며 그의 문학의 밑바닥에 강하게 자리 잡고 있던 자의식을 규명하고 그것이 어떤 문학적 의미를 갖는 것인가를 파악하는 것을 목표로 한다.

2. 실제 체험과 문학적 발전

평양 숭실중학교 2학년 16세 소년이었던 황순원은 동요에 관심을 갖고 이를 습작하고 그 일부를 당시 대표적인 신문 동아일보에 투고했다. 1931년 3월 그 첫 발표작은 동요 「봄싹」이다.

양지쪽따스한곧 누른잔듸로

파릇한풀싹하나 돋아나서는
봄바람살랑살랑 장단을맞춰
보기좋게춤추며 개웃거리죠

보슬비나리면은 물방울맺혀
아름다운진주를 만들어내고
해가지고달뜨면 고히잠들고
별나라려행꿈을 꾸고잇어요

—「봄싹」, 전문

규칙적인 음수율과 아름다운 소년의 꿈이 깃든 이 작품에서 우리는 맑고 투명한 동심의 세계를 볼 수 있다. 순정한 시심이 지배하는 이 작품에서 별나라를 여행하고 싶은 소년의 꿈에서 우리는 자연을 바라보고 이 조화로운 아름다움을 강한 욕구를 발견할 수 있다. 소년 황순원의 이러한 열정은 첫 시집 『방가』를 발간한 1934년까지 지속된다.

그러나 이 시집 도처에서 엿볼 수 있는 것처럼 자아와 세계의 불화와 불일치는 그가 지닌 커다란 번민으로부터 비롯된 것이리라 짐작된다. 조화로운 현실이 아니라 이 불화의 세계를 뚫고 나가 자신만의 아름다운 세계를 건설하려는 것이 당시 황순원이 가지고 있었던 꿈이요 문학적 소망이었다고 할 수 있다. 시집 『방가』의 서두에는 이 강력한 꿈을 표명하는 시가 수록되어 있다.

꿈, 어젯밤 나의 꿈
이상한 꿈을 꾸었노라
세계를 짓밟아 문지른 후
생명의 꽃을 가득히 심고
그 속에서 마음껏 노래를 불렀노라

언제고 잊지 못할 이 꿈은
깨져 흩어진 이 내 머릿속에서도
굳게 못박혔도다
다른 모든 것은 세파에 스치어 사라져도
나의 동경의 꿈만은 깊이 존재하나니

―「나의 꿈」, 전문

첫 시집의 서두에 이 시를 내세운 것은 그만큼 자신의 꿈이 강력한 것임을 강조하기 위한 의도적인 배치일 것이다. 모든 것이 세파에 시달려 사라져가도 화자가 지닌 꿈만은 깊이 존재할 것이라는 마지막 시행은 이후 황순원 문학이 지닌 본질적 요소를 말해 주는 것이기도 하다. 여기서 지나쳐 갈 수 없는 것은 첫 시집을 발간했던 것이 다름 아닌 황순원이 고향을 떠나 동경에 유학을 간 첫 해이기도 하다는 것이다. 타향에서 그것도 식민지 출신의 유학생이 겪는 정체성의 혼란은 그로 하여금 더욱 자신의 꿈을 깊고 소중하게 간직하게 만들었을 것이다. 기존의 세계를 무너뜨리고 생명의 꽃을 가득 심고 마음껏 노래 불렀다는 진술은 위기로 치달리는 불화의 세계에서 자신만의 세계를 구축하고자하는 젊은 문학청년의 간절한 그리고 절박한 심정의 표현이었다고 하겠다.

동요를 집중적으로 발표하고 그것으로부터 벗어나 강력한 자유의지를 표현한 시집 『방가』에서 황순원이 '이 시집은 나의 세상을 향한 첫 부르짖음이다.'라고 의 서문을 쓴 것처럼 부르짖음에 가까운 격정적 토로를 다음과 같이 노래하고 있다.

빼앗긴 것 없이 빈 듯한 마음, 찬 것 없이 부듯한 가슴
광대한 우주를 껴안고 입맞추겠다던 큰 생각이
때로 이는 짜릿한 외로움에 갈래갈래 찢기운다

―「이역에서」, 첫 부분

황혼의 나는 노래를 부른다
애상 가득한 목청을 찢고 비분에 가득 찬 노래를
너도 거문고 줄을 끊고 내 노랫소리에 귀 기울여라

—「황혼의 노래」, 끝 부분

자신이 원래 가지고 있던 큰 생각은 갈래갈래 찢겨져 비분에 가득 찬 노래를 부른 것이 동경 생활 첫 해를 살고 있던 황순원의 솔직한 심정이었을 것이다. 『방가』에 수록된 「꺼진 등대」, 「우리 안에 든 독수리」, 「1933년의 수레바퀴」 등은 모두 이역에서 시대와 조국을 걱정하고 그 불화를 드러내는 시편들이라고 하겠다. 그러나 이 격정의 순간을 진정시키고 이를 문학적으로 한 단계 전진시킨 것이 1936년에 간행된 시집 『골동품』이다. 이 시집에 수록된 시편들은 모두 1935년 5월부터 12월 사이의 단기간에 창작된 것으로 기록되어 있다. 격정의 순간이 지나가고 난 다음 침잠의 시기를 맞아 쓴 시집으로서 『골동품』은 사물에 대한 관찰과 응시의 눈길을 재치 있게 포착한 시편들을 동물, 식물, 정물 등 세 부분으로 분류해 놓았다.

이 점은
넓이와 길이와 소리와 움직임이 있다.

—「종달새」

닭인 양
모가지를
비트니
푸득이는 대신에
밑둥까지 피 문친다

—「맨드라미」

말의 긴축과 절제가 두드러지게 느껴지는 이러한 시편들은 황순원의 기발한 착상과 뛰어난 언어감각을 말해 준다. 과다한 말의 남용을 경계하고 극소의 언어로 자신이 파악한 사물의 특징을 드러내줌으로서 독자들에게 여백의 공간을 열어준다. 하늘로 날아오른 종달새나 피가 뭉친 듯 밑 둥이 붉은 맨드라미의 특징을 간결하게 포착한 황순원의 시를 읽으면서 언어적 재기와 감칠맛을 느낀다는 점에서 『골동품』은 특별한 의미를 갖는다. 어떤 면에서 르나르의 『박물지』를 연상하게 하는 이러한 시편들을 통해 황순원은 언어의 절제와 의미의 농축을 실험했을 것이다. 주로 1935년 전후의 시편을 묶은 『공간』에서는 다시 말수를 늘이고 그 언어적 묘미를 맛볼 수 있게 하면서도 이전 시집에서 누락된 일부 시편을 수록하고 있는데 최근 자료 발굴에서 소개한 「칠월의 추억」은 이미 알려진 작품으로 처음 공개된 것은 아니다. (『황순원전집 11 시선집』, 문학과 지성사, 1985, 75-76쪽 참조.) 그러나 흥미로운 것은 이 시에 나타나는 체험적 요소들이 황순원이 어린 시절 살았던 고향을 연상시키면서 그 이야기를 전개하는 방법이 마치 백석의 이야기 시와 유사하게 느껴진다는 점이다. 산골마을 이야기를 객관적으로 전달하는 것 같은 서술 형태를 취한 이 시는 마지막 부분에 이르러 유년시절 자신의 체험을 다음과 같이 토로하는 것으로 끝맺고 있다.

> 다음날도 바람 구름 한 점 없는 폭양 아래
> 아이는 같은 조밭 머리에서 메뚜기와 놀고
> 어머니는 까만 얼굴로 김풀을 뜯는데
> 이날은 바로 옆 산에서 산버들기가 울어주었다
>
> —「칠월의 추억」, 끝 부분

아이는 세상사를 모르고 물고기를 잡거나 박각시를 부르며 놀았지만 이웃집 곱단이가 물에 빠져 죽는 일이 벌어지는 것이 당시의 농촌 현실이었다. 산간 마을에서 일어난 온갖 사연이 있었음에도 불구하고 어머니는 전과 다름없이 폭양이 내려 쪼이고 조밭머리에서 김을 매고 있다. 전체적으로 한가로운 풍경에도 불구하고 화자는 이런 이야기들을 보다 성숙한 눈으로 바라보고 있다. 아직 그 비밀을 다 알고 있지는 못한다고 하더라도 그는 이미 이런 사실들을 하나의 추억으로 삼았다는 것은 그가 이런 현실의 어려움들을 하나씩 깨닫기 시작 한 것이라 말할 수 있다. 그런데 여기서 우리에게 흥미로운 것은 이런 풍경과 사실들이 그가 외갓집에서 지내던 어린 시절의 체험을 원형적으로 보여준다는 점이다. 기미운동으로 옥살이 하는 아버지와 헤어져 잠시 시골에서 살던 시기의 체험이 시의 문면에서 배어 나오고 있다는 것이다.

이것이 황순원이 마음 속 깊이 각인된 유년의 원체험 중의 하나라고 필자는 해석한다. 시 속의 아이는 '첫 여름 밀서리 먹던 꿈도 꾸며 아침이면 꿀벌 든 호박꽃잎을 박아 쥐고 좋아하기도 했던' 바로 그 유년 시절의 체험에서 가장 평화롭고 아름다운 지복의 순간을 경험했던 것이다. 황순원이 나의 꿈에서 생명의 꽃을 가득 심고 마음껏 노래 부르고 싶은 생명의 원초적 세계가 여기에 있었던 것이다. 현실에서의 정치적 억압이나 부당한 강요를 물리치고 그러한 세계를 세우고 싶었던 것이 황순원이 그의 내면에서 가장 깊이 지니고 있던 소망이었을 것이다. 이 한 장의 풍경화는 70의 나이가 된 후에도 다시 반복해 나타나고 있다는 것은 우연이기는 하겠지만 매우 주목할 만한 일이다.

3. 시적 체험과 황순원의 문학

시인이나 작가의 자의식에 깊이 각인된 풍경은 반복해서 재현된다. 황순원에게 이렇게 반복 재현되는 장면이 아버지는 감옥에 있고 어머니는 조밭 머리에서 김을 매는 여름 풍경이다. 그 여름날의 기억은 황순원의 무의식의 심층에 흘러들어 그가 생명의 노래를 부르겠다고 결심한 가장 원초적인 동기가 되었다고 생각된다. 왜냐하면 이 풍경이 1940년 첫 단편집 『황순원 단편집』을 간행한 후에도 사라지지 않고 그의 내면에 자리 잡고 있었기 때문이다. 시가 그의 전면에서 물러서고 소설이 그의 전면에 두드러지게 부각되고 있었던 만년에도 그 자의식의 그림자는 다음 시에서처럼 불현듯 어두운 장막을 헤치고 전면에 솟아나오는 목격할 수 있기 때문이다.

> 어머니가 김을 매는 조밭머리 긴긴 한 여름 뙤약볕 속에 혼자 메뚜기와 놀던 다섯 살짜리 아이가, 눈이 좀 어두운 어머니의 길잡이로 말승냥이 늘 떠나지 않는다는 함박골을 앞장서 외가에 오가던 다섯 살짜리 아이가, 장차 어떻게 살아가나 어머니가 짐짓 걱정을 할라치면 나귀로 장사해서 돈을 많이 벌겠다던 다섯 살짜리 아이가, 기미운동으로 옥살이하는 아버지를 힘들여 면회가선 내내 어머니의 젖가슴만 더듬었네, 불도 켜 있지 않은데 눈이 부셔 부셔 아버지가 눈부셔 바로 쳐다볼 수 없었네, 지금은 일흔 살짜리 아이기 되어 이 추운 거리 다시 한 번 아버지를 면회 가서 당신의 젖가슴을 더듬어봤으면 어머님이여 나의 어머님이여
>
> —「우리들의 세월」

『시선집』 다섯 번 째 단락 「세월시편」에 수록된 위의 시는 그의 나이 70에 쓴 것이라 문면에 기록되어 있다. 그의 인생 전체를 다시 돌이켜 보는 자리에 다시 떠오른 것은 일단 기미독립운동으로 옥살이하는 아버지이지만 전체적인 구도에서 더 깊이 내밀하게 드러내는 것은 조밭 매던 어머니의 이미지이며 다섯 살 아이로 돌아간 화자 자신이다. 아버지를 바로 바라보지 못하고 어머니의 젖가슴만 더듬던 아이의 고백에서 우리는 일

단 그가 매우 내성적 성격의 소유자라는 것을 알 수 있고 그 후 오랜 세월이 지나도 이 원초적 성격은 결코 변하지 않았다는 것을 알 수 있다. 어둠 속에 있는 아버지의 얼굴을 제대로 바라보지 못한 아이의 내면에 점화된 내면의 빛이 그가 살아 온 세월 동안 그를 지켜 준 힘이 되었던 것이 아닐까. 이미 많은 비평가들이 황순원의 대표작 중의 하나가 「소나기」라고 지적한 바이지만 지금까지 우리가 개진한 시각에서 바라본다면 「소나기」에 등장한 소년의 이미지는 바로 이 아이의 다른 얼굴이며 「소나기」에 등장한 소녀의 이미지는 그가 그리고 있는 영원한 여성으로서 어머니의 모습이 담겨 있다고 해석할 수 있는 것이다. 위의 시에서 어머니의 젖가슴을 더듬어 보고 싶다고 말 한 것은 이 영원한 생명의 원초성으로 다시 되돌아가고 싶다는 뜻으로 해석할 수 있을 것이다.

황순원 시의 마지막 단락이라고 할 수 있는 「세월」 이후 시편에서 다음과 같은 구절을 발견한 것은 이런 맥락에서 지나쳐 갈 수 없는 부분이라고 하겠다.

> 마누라에게서 애엄마처럼
> 젖내가 풍긴다
>
> —「산책길에서 2」, 제4연

80에 이른 노부부가 산책길에서 느낀 솔직한 심정을 피력한 구절이다. 죽음이아니라 죽음을 이야기하면서도 영원한 모성에로의 회귀 또는 새로운 생명에의 동경을 나타내는 것이라 말할 수 있다. 여기서 원환의 고리가 만들어진다. 괴테는 어디선가 다음과 같이 말한 적이 있다. '나는 체험하지 않은 것은 하나도 쓴 적이 없다. 그러나 체험 그대로 쓴 것도 하나도 없다.' 어떤 얼굴을 하고 나타나더라도 작가나 시인은 자신의 체험을 바탕으로 상상과 변형을 가하여 하나의 또 다른 세계를 창조한다. 그러나 그의 상상력의 원초적 동력은 그의 무의식에 가장 깊이 각인된 체험일 것이다.

숭실중학교 시절 황순원은 생명의 노래를 마음껏 부르겠다는 굳센 결의를 토로한 바 있는데 그 꿈은 더 어린 시절 다섯 살 아이의 의식 속에 새겨진 체험이고 그것이 시나 소설로 다양하게 변주된 것이라고 하더라도, 여기서 그 예를 하나하나 열거할 필요는 없지만, 기억 속에서 출발하여 다시 기억 속으로 수렴되어 재현되는 것이라고 하겠다.

4. 황순원 문학과 평생의 시

황순원이 1931년 4월 『동아일보』에 발표한 소년소설 「추억」은 문장이나 구성으로 보아 16세 소년의 작품으로서는 뛰어난 것이라 할 수 있다. 특히 처음에 제기된 의혹을 풀어나가 결말에서 보여주는 반전의 솜씨는 그가 이 시기 이미 소설을 쓸 수 있는 상당한 능력을 가지고 있었음을 말해 준다. 이에 비해 다음해인 1932년 6월 29일 『조선일보』에 발표한 단막극 「직공생활」은 조금 단조로운 구성을 보여주고 있기는 하지만 불황으로 해고된 경환과 경옥이 집안에 닥친 고난을 전면에 부각시켜 임화의 「우리 오빠와 화로」나 채만식의 「레이디 메이드 인생」을 연상시킨다는 점에서 동시대의 사회적 현실과 문학적 대응을 보여주는 흥미로운 단서를 제공해 준다. 어떻든 이번 자료 검토를 통해 다음 두 가지 사항을 확인할 수 있다. 하나는 황순원 문학은 그 초기부터 다양한 장르를 실험하면서 형성되었다는 것이다. 시에 집중되기는 했지만 황순원은 동요, 자유시, 소년소설, 단막극 등을 시험하면서 점차 작가로서 자신의 방향성을 찾게 되었다고 하겠다. 다음으로는 황순원은 평생 시의 끈을 놓지 않고 창작을 해 왔다는 사실이다. 그리고 특히 초기시에서 나타나는 체험적 요소들은 그의 의식의 심층에서 평생 지워지지 않는 흔적을 남기고 있다는 사실이다. 다섯 살 아이 시절의 한 장면은 70세 노인이 되어서도 그에게 되풀이 재현되면서 생명의 노래를 마음껏 부르겠다는 초기의 시적 결의를 다시금 상기시켜 주는 원초적 체험이었다고 할 수 있다.

황순원은 장편소설 작가로 자신의 입지를 굳혀나갔음에도 왜 시를 놓지 않고 있었을까 하는 의문이 남는다. 그는 소설을 쓰면서도 서정적 시심을 끝내 견지하고 싶었을 것이다. 다시 말하면 생명의 물기를 살리고 싶었던 것이 그의 문학적 특성의 하나라고 지적할 수 있다는 것이다. 서정성을 잃지 않을 때 시적인 소설이 탄생하며 여기에 황순원만의 특성이 살아나는 것이다. 그가 살았던 세월이 각박하면 할수록 그는 생명의 물줄기로서 서정성을 살리고 싶어 했을 것이다. 왜냐하면 그것이 그가 문학을 지향하게 된 결정적 동기가 생명의 노래에 있었기 때문이다. 그의 산문에서 다음과 같은 문장을 읽을 때 이런 생각은 더욱 확실해진다.

> 소설에서 우리가 감동하게 되는 것은 그 작품 속에 깔려 있는 시와 마주치기 때문이다.
>
> —「말과 삶과 자유」, 시선집 205쪽

황순원의 이 말을 변형시켜 말한다면 시와 마주치 않는 소설은 진정한 소설이라고 할 수 없다 모든 소설에 이 말이 통용될 수 있을지는 모르겠지만 적어도 황순원의 소설에는 이 말이 적용될 것이다. 황순원은 시심을 잃지 않는 소설을 진정한 소설이라고 생각했으며 평생 시를 통해 자신의 문학을 풍요롭게 했다. 그로 인해 그의 소설의 밑바탕에는 시가 자리 잡고 있었으며 우리는 그의 소설을 읽으면서 그의 가슴 깊이 감추어져 있던 인간적 서정과 마주하게 된다. 황순원 문학에서 서정성이 높이 평가되는 그것이 문학성의 궁극을 보여주었기 때문이다. 그것은 그가 살았던 시대가 험난한 시련의 시기였기 때문에 더욱 강한 빛을 발한다. 고난에 좌절하지 않고 이를 뚫고 나가는 힘을 우리는 그의 소설에서 발견할 수 있다. 우리가 그의 소설에 감동을 받게 되는 것은 소설 속에 깔려 있는 시와 마주치기 때문이다. 바로 이것은 영원한 생명의 노래를 부르겠다고 꿈속에서 부르짖은 16세 중학생이 작가로 성장하여 80이 넘는 원숙한 대가가 되어서도 끝내 잊지 않고 지킨 자신과의 약속이었다.

1930년대 황순원 시의 선진성

정과리

황순원의 문학에 대해 흔히 서정성이 짙다는 얘기가 회자되고 있다. 아주 오래전부터 내려온 이러한 감상은 오늘날에도 여전히 되풀이되고 있는 듯이 보인다. 이러한 태도는 더 나아가 황순원 문학에 사회성이 부족하다는 판단으로까지 이어진다.

필자는 이러한 이해의 방식에 깃들어 있는 심각한 오해를 풀고자 한다. 특히 가장 사회성이 부족한 것으로 보이는 '시'를 통해서, 황순원의 문학적 출발점이 '시'에 있었다는 것은 주지의 사실이다. 그이는 1934년 『방가(放歌)』(동경 학생예술좌 문예부, 제1집, 한성도서 판매)를, 1936년 「골동품」(220부 한정판, 자가발행, 한성도서 판매)을 펴냄으로써 본격적인 문인 활동을 시작하였다. 시인으로 데뷔했음으로 출발부터 서정적이라는 관점이 이상할 게 없었다. 이러한 관점은 그의 소설들에도 적용되어 특히 초기 단편이 시와 유사한 성격을 가지고 있다는 진술을 낳는다.

> 「거리의 副詞」에 내재된 이 같은 소설의 서정적 특성은 감각적 묘사가 많이 나타나는 위의 인용문을 통해서도 분명하게 확인할 수 있다. 작가가 주인공의 동선을 따라가며 감각적으로 묘사한 인용문에는 일단 '이야기'가 없다. 거기에는 끊임없이 미동하는 주인공의 섬세한 '마음의 상태'만 있을 뿐이다. 김현에 의하면 이런 묘사는 소설적 묘사라기보다는 시적 묘사에 가깝다. 왜냐하면 이러한 방식의 묘사에는 정서의 울림이나 함축적 언어의

마술적 조작이 있을 뿐, 서사가 없기 때문이다. [……] 이런 측면에서 이 시기의 황순원이 "단편까지를 시의 연장으로 본 것이 아닐까 하는 의심을 불러일으킨다."라는 김현의 견해는 일견 공감이 간다.[1]

이러한 견해는 충분히 수긍할 만하다. 단 한 가지 점은 오해의 소지가 있다. 마음의 상태에 대한 서정적인 묘사에는 '이야기'가 없는가? 왜냐하면 이 마음의 상태를 불러일으킨 건 틀림없이 화자가 겪었다고 소설가가 가정한 어떤 '사연'일 터이기 때문이다. 우리는 여기에서 이야기가 '있다'/ '없다'는 이분법에 문제가 있다는 것을 짐작할 수 있다. 이야기가 없어 보이는 묘사에도 이야기는 숨어 있는 것이다. 따라서 필자는 이야기가 있다/없다 대신에 이야기가 '함축되어 있다'/ '외현되어 있다'라는 이분법을 사용하는 것이 타당하다고 생각한다.

굳이 이 말을 하는 이유는 간단하다. 이야기가 없다는 것은 흔히 '삶'에 대한 내용이 없다는 이해로 이어지고, 그 이해는 다시 현실에 대한 비판적 인식이 없다는 판단으로 이어진다. 그리고 그런 식의 차이가 시와 소설의 장르적 특성으로 확정적으로 표명되기도 한다.[2] 그러나 이제는 이런 단순주의적 견해를 넘어설 필요가 있다. 우리는 황순원의 시를 통해서 그 점을 확인해보고자 한다.

황순원의 첫 시집 『방가』의 '서문', 「放歌를 내노흐며」에서 그는 "이 시집은 나의 세상을 향한 첫 부르지즘이다"라고 선언하고 있다. 실로 이 시집의 시편들은 젊은이의 격한 의지로 가득 차 있다. 그런데 그 의지가 자신의 울타리 안에서 끊임없이 공전하고 있다는 것 또한 볼 수 있다. 가령,

---

1) 이성천, 「황순원 초기 소설의 서정적 특성」

2) 잘 알다시피, 이런 식의 구분을 가장 명쾌하고 표명한 것은 사르트르의 『상황 2』[세칭, 문학이란 무엇인가](1947)이다. 이 우스꽝스러운 구별은 놀랍게도 세계적인 반향을 얻은 바 있다. 이에 대해서는, 정명환, 「문학과 정치 - 사르트르의 문학참여론에 대한 비판」이 중요한 참조 문헌이 될 수 있다(정명환, 『현대의 위기와 인간』, 민음사, 2007).

첫 시, 「나의 꿈」에서 화자는 자신의 꿈 속에서 “세계를 짓밟아 문질은 후 생명의 꽃을 가득히 심고, / 그 속에서 마음껏 노래를 불러 보았다”고 진술하고 있다. 이 화자를 시인의 분신으로 봐도 무리가 없다면, “세계를 짓밟아 문질”렀다는 과격한 표현을 통해 시인은 세계에 대한 도전을 선언하고, “생명의 꽃을 가득 심고”라는 이어지는 진술을 통해 시인이 만든 세계는 생명이 충만한 세계임을 명시한다. 따라서 이 시는 자신의 꿈의 성격을 보여줌으로써 현실과의 싸움을 적극적으로 표명하고 있다고 할 수 있을 것이다. 다만 이러한 격정적 선언이 지칭하고 있는 ‘세계’의 구체적인 모습은, 단편들로서나마 보이지 않는다. 세계는 어둠 속에 잠겨 있고 오로지 “다른 모든 것은 세파에 스치어도 나의 동경의 꿈만은 영원히 존재하나니”라는 시인의 포부만이 크게 확대되어 독자의 시야 전부를 채우고 있다.

이러한 현상은 거의 모든 시들에서 똑같이 나타난다. 가령 두 번째 시, 「우리의 가슴은 위대하나니」를 보자.

> 옥순아,
> 가난과 고생에 싸여 커가던 옥순아!
> 너는 아직 그때를 잘 기억하고 있겠지?
> 궂은 비 내리는 밤, 빗방울이 처마 끝을 구울러 떨어지는 소리를 듣고
> 국경을 넘은 아버지 어머니가 몹시 그립다고,
> 나의 무릎에 눈물 젖은 얼굴을 파묻고 가슴에 맺힌 몽아리를 들어보려
> 하던 때를……
> 지금 생각하면 까마득한 옛날의 한 이야기와도 같건만.
> 옥순아!
> 그러던 네가 또한 이곳을 떠나게 되었을 때,
> 삶의 사슬에 얽매여 그해 봄 서로 헤어지지 않으면 안 되게 되었을 때
> 비록 몸은 갈라서도 한뜻을 품고 나아가는 동생이라는 것을 믿자고
> 잿빛 안개 낀 새벽 촌역에서 외친 목소리,

언제까지나 이 귀에 쟁쟁히 들리는구나.
그때도 너는 마음 약한 처녀애가 아니었다.

*　*　*

사랑하는 누나 —— 옥순아!
요새는 우리에게 더 한층 괴로운 여름철이다.
나는 항상 너의 원대로 튼튼한 몸으로 있다만
여기서도 몸이 약하던 네가 지금껏 고생에 질려
얼마나 더 얼굴이 핼쓱해졌니, 파리해졌니?
그 크던 눈이 더욱 크게 되어 나타나 뵈는구나.
그러나 옥순아!
우리는 어디까지든지 지금의 고통을 박차고 마음을 살려야 한다, 또 지켜야 한다.
그리고 늘 한때의 감정을 익혀야 한다.
헤친 우리의 가슴은 위대 하나니, 위대 하나니.

이 시는 첫 시행들에서부터 "가난과 고생에 싸여 커가던 옥순"이를 보여주고 있어서 타자들의 장소인 세계의 구체적인 모습을 볼 수 있으려니, 하는 기대를 독자로 하여금 품게 한다. 그러나 실제 시행이 이어지면서 '옥순'의 삶이 드러나기보다는 그의 삶을 둘러 싼 정황과 그 삶으로 인한 옥순의 모습에 대한 가정들만을 읽을 수가 있다. 즉 독자가 '옥순'에 대해 아는 것은

(1) 그녀의 부모가 국경을 넘었다는 것, 그래서 옥순이 혼자 남았다.
(2) 화자 '나'와 옥순인 "한뜻을 품"은 동료로서 누나-동생의 의리를 맺었다.
(3) 삶의 사슬에 얽매어 그녀도 떠나야 했다.
(4) 떠날 때 나에게 크게 외쳐서, 나는 옥순이 약한 여인이 아님을 믿었다.

는 것이다. 이 앎을 토대로 '나'는 옥순에 대해

(5) 나는 원래 몸이 약했던 옥순이를 걱정하면서 그녀가 "핼쑥해져"는지, "파리해졌"는지 묻는다.
(6) 나는 편지 형식의 이 시에서, 옥순에게 "마음을 살려"견디어내자고 격려한다.
(7) 세상을 헤쳐나가는 "우리의 가슴은 위대하다"는 것을 스스로 확인하고 옥순에게 다짐을 주고자 한다.

이 정보에서 옥순이 실제로 겪는 고생의 모습은 나타나지 않는다. 심지어 '나'와 '옥순'이 함께 품은 '한 뜻'이 무엇인지도 알 수가 없다. 이런 구체적인 정보가 부재하기 때문에 "우리의 가슴은 위대하다"는 확신은 막연한 소망처럼 들린다. 그러니까 이 시는 의도로서는 사람들의 생활에 대해 말하고 있으나 실제로는 화자의 걱정 밖에 표현하지 않는 것이다. 다음 시와의 비교는 이 점을 좀 더 분명하게 보여줄 것이다.

네가 지금 간다면, 어디를 간단 말이냐?
그러면, 내 사랑하는 젊은 동무,
너, 내 사랑하는 오직 하나뿐인 누이 동생 順伊,
너의 사랑하는 그 귀중한 사내,
근로하는 모든 女子의 戀人
그 靑年인 용감한 사내가 어디서 온단 말이냐?

눈바람 찬 불상한 都市 鍾路 복판에 順伊야 !
너와 나는 지나간 꽃피는 봄에 사랑하는 한 어머니를

눈물 나는 가난 속에서 여의었지 !
그리하여 너는 이 믿지 못할 얼굴 하얀 오빠를 염려하고,
오빠는 가냘핀 너를 근심하는,

서글프고 가난한 그 날 속에서도,
順伊야, 너는 마음을 맡길 믿음성 있는 이곳 靑年을 가졌었고,
내 사랑하는 동무는……
靑年의 戀人 근로하는 女子 너를 가졌었다.

겨울날 찬 눈보라가, 유리창에 우는 아픈 그 시절,
기계 소리에 말려 흩어지는 우리들의 참새 너희들의 콧노래와
[……]
어머니가 되어 우리를 따듯한 품속에 안아 주던 것은
오직 하나 거리에서 만나 거리에서 헤어지며,
골목 뒤에서 중얼대고 일터에서 충성되던
꺼질 줄 모르는 청춘의 정렬 그것이었다.
[……]
생각해 보아라, 오늘은 네 귀중한 청년인 용감한 사내가
젊은 날을 부지런한 일에 보내던 그 여윈 손가락으로
지금은 굳은 벽돌담에다 달력을 그리겠구나!
또 이거 봐라, 어서.
이 사내도 네 커다란 오빠를……
[……]

– 임화, 「네 거리의 順伊」, 부분, 『현해탄』, 동광당서점, 1938

거의 비슷한 정황과 유사한 격정을 드러내고 있는 임화의 이 시에서는 '순이'에 관한 다음과 같은 꽤 구체적인 정보가 들어 있다.

(1) '순이'와 화자는 남매 사이이고, 둘은 지난봄에 어머니를 잃었다.
(2) 둘은 서울에서 거주하고 있다.
(3) '순이'는 노동자이다.
(4) 오빠인 '나'는 공부하는 사람이다.
(5) '순이'는 기계가 돌아가는 공장에서 일한다.
(6) '순이'는 같은 노동자인 청년을 사랑하고 의지했다.

(7) 청년은 노동운동을 하다 감옥에 가 있다.
(8) 청년과 화자 사이에는 어떤 관계가 있다.

이 구체적인 정보들에 의해서 '순이'와 화자와 '청년'의 사회적 환경이 선명하게 떠오르며, 그 환경 내에서의 세 사람의 각각의 존재태와 연관성이 표현되거나 암시된다. 이러한 사실 효과에 의해서 이 시는 감상적인 어조에도 불구하고 이지적인 인지 활동을 독자에게 자극한다.

『방가』의 주관적 격정은 그러나 『골동품』에 와서 완전히 사라진다. 이 시집은 아주 섬세한 자연 묘사로 가득찬데 그 묘사가 아주 독특하다. 첫 시, 「종달새」를 보자.

點은
넓이와 길이와 소리와 움직임 있다.

이 묘사는 대상에 대한 세목들의 묘사가 아니다. 이 묘사는 대상이 움직여서 대상과 환경 사이에 일어난 상황의 변화에 대한 묘사이다. 생각해 보자. 종달새가 저 하늘 높이에서 운다. 그러나 잘 알다시피 종달새는 너무 작아 잘 보이지 않는다. 소리 나는 곳을 올려다보면 보일락말락한 점이 하나 있고 소리가 빈 공간을 가득 채운다. 그 점 하나가 공간의 넓이 전체에 자신의 존재를 파동처럼 퍼트리고, 그 점이 움직이는 데 따라 그 파동이 다채롭게 일렁인다. 시는 바로 그러한 새와 화자 사이의 빈 공간의 역동적인 변화를 묘사하고 있는 것이다. 저기 보이지 않는데 울려 퍼지고 텅 비어 있는데 생명의 살아 있는 움직임이 가득 차 있다!

이런 묘사들을 통해 시집 『골동품』은 여전히 신생 중인 한국시의 역사에 중요한 시적 자원을 보태게 된다. 그런데 그 역할이 의외로 웅숭깊다. 필자가 보기에 『골동품』의 시사적 의미는 적어도 세 가지이다.

첫째, 비유에 있어서, 대상의 '지시'라는 일반적인 비유적 기능과는 달리 '암시와 반향'이라는 전혀 새로운 기제를 제시하였다. 비슷한 시기에 쓰인 다른 시들과 비교해보면 이 점은 뚜렷이 보인다. 가령 앞에서 인용한 임화의 시에서 동원된 비유는 사실에 대한 정서적 감정을 강화하는 '제유'로서 기능한다.

> 겨울날 찬 눈보라가, 유리창에 우는 아픈 그 시절,
> 기계 소리에 말려 흩어지는 우리들의 참새 너희들의 콧노래와

"겨울날 찬 눈보라"는 공장노동의 가혹한 노동환경에 대한 은유이자 제유이다. 노동 공간이 "겨울날 찬 눈보라"가 몰아치듯이 춥고 살벌하다, 라는 뜻을 전달한다는 점에서 은유이고, 공장 안과 인접하면서 공장 분위기의 연장선상에 놓인다는 점에서 제유이다. 이 은유와 제유는 모두 노동환경을 가리키는 기능을 갖는다. "우리들의 참새"는 이러한 가혹한 노동조건을 씩씩하게 이겨내는 노동자들의 정서로서의 '일하는 기쁨'을 가리키는 은유이다. 이 역시 기본 기능은 '지시'이다. 임화의 시의 대척지에 놓인다고 할 수 있는 김기림의 시는 어떠한가?

> 비눌
> 돛인
> 海峽은
> 배암의 잔등
> 처럼 살아났고
> 아롱진 「아라비아」의 衣裳을 둘른 젊은, 山脈들
>
> ―「세계의 아침」[3]

3) 『기상도』, 창문사, 1936; 『김기림 전집 1 : 시』, 심설당, 1988.

이 시에서 비유는 은유의 중첩으로 이루어져 있다. 즉 "비눌 / 돛인 / 해협"의 시구에서 큰 물고기가 해협을 은유하고는 다시 해협은 시인의 세상을 씨억씨억 헤쳐 나가고자 하는 의지와 포부를 은유한다. "배암의 잔등", "아라비아의 의상"등의 다른 표현들도 마찬가지다. 김기림의 비유는 임화의 그것에 비해 복합적이고 쇄신적(임화의 비유는 읽는 순간 직역이 가능하다. 반면 김기림의 비유는 낯선 사물을 끌어들이는 방식이라서 인식의 긴장을 요구한다.)이지만, 지시적 기능을 한다는 점에서는 똑같다. 대부분의 한국시에서의 비유는 이러한 지시적 기능을 중심 기제로 쓰고 있다. 반면 『골동품』에서의 비유는 대상을 지시하는 게 아니라 암시한다. 그래서 방금 읽은 「종달새」의 경우, 제목을 보지 않고 시의 본문만 읽는다면 독자에 따라서는 저 움직임의 정체를 파악하는 데 꽤 많은 시간을 들이리라. 이런 시는 더욱 그렇다.

「이곳입니다,
이곳입니다,
당신의
무덤은」

이 시를 주고 제목 알아맞히기 퀴즈를 내보자. 아마도 거의 맞추지 못할 것이다. 그러나 호기심을 못 이겨 슬그머니 제목을 들춰 본 독자는 너무나 맞춤한 암시 때문에 감탄할 것이다. 가을 밤의 귀뚜라미 소리는 귀뚜라미의 형상과 겹쳐지고 그 소리의 처연한 음가가 더해져 영락없이 어디에서 울리든 '무덤'을 넌지시 떠올리게 할 것이다.

지시와 암시 사이의 차이는 무엇인가? 지시에서는 지시되는 대상이 초점이다. 반면 암시에서는 암시하는 자와 암시되는 대상 사이에 일어나는 의미생성의 움직임이 초점이다. 따라서 암시는 그냥 암시로서 그치는 게 아니라 그에 호응하는 반향을 동반한다. 지시에서의 대상은 확정적인 데 비해, 암시에서의 대상은 이 암시와 반향을 통해 생의 유동성을 부조한다. 실체가 아니라 움직임이 중요한 것이다. 명사가 아니라 동사가. 이것이야말로 모든 삶의 주권이 생명 그 자신에게 귀속되기 시작한 근대 이후의 존재관에서 특별히 선진적인 것이다. 20세기에 격동을 일으키며 전개되었던 생각 틀의 변화는, 크리스테바가 바흐찐을 빌려 말했던 것처럼, '존재'에서 '생성'으로 옮겨가는 데에 핵심이 있었다.

둘째, 존재로부터 생성으로의 초점의 이동은 존재의 움직임 하나하나에 언어를 부여하게 한다. 그러다 보니 동작에 가장 맞춤한 언어들을 물색하고 더 나아가 기존 언어를 세공하게 되는 과정을 통해서 표현이 섬세해진다. 이 섬세해짐의 운동은 어떤 방식으로든 한국어를 조탁시키고 그 세련화에 기여한다. 가령 이런 시를 보자.

> 나래만
> 하늑이는게
> 꽃에게
> 수염 붙잡힌
> 모양야.
>
> —「나비」

이 시에서 꿀을 모으는 나비의 형상이 꽃과 매우 밀접한 육체적 관계를 나누는 것처럼 묘사되었다. 이러한 육체성을 감각적으로 전달하는 데에 결정적으로 공헌하는 표현은 "나래만 하늑이는게"라고 할 수 있다. "나래"는 표준국어대사전에 의하면, "흔히 문학 작품 따위에서, '날개'를 이르는 말. '날개'보다 부드러운 어감을 준다"고 되어 있다. 남영신의 『우리말 분류사전 (명사)』(한강문화사, 1987)에도 "시에서 날개를 이르는 말"이라고 되어 있다. 즉 '나래'는 '날개'의 시적 표현이다. 시적 표현이라는 건 일반 언어에 미적 색채 혹은 미감을 더했다는 것을 가리킨다. 유럽의 용어로는 모든 시적 표현은 피규어(figure)에 해당하는 바, figure의 뜻은 언어에 태깔을 입힌다는 것이다.[4] 또한 "하늑이는게"의 "하늑이다"는 『표준국어대사전』에 의하면, "① 나뭇가지나 천 따위의 가늘고 긴 물체가 가볍게 흔들리다; ② 팔다리 따위가 힘없이 조금 느리게 움직이다."는 뜻을 담고 있는 '하느작이다'의 준말이다. 『우리말 분류사전 (풀이말편)』(한강문화사, 1988)에도 비슷한 뜻으로 풀이되어 있으며, 덧붙여 '흐느적거리다'의 '작은말'(양성모음을 가진 말)이라는 표기가 부기되어 있다. 이 말에서의 '줄임'은 동작의 형상을 강화하고자 하는 의지에 의한 것으로 보이며(언어가 약간이라도 길어지면 언어가 가리키는 형상보다 언어 자체의 존재를 느끼게 한다), 양성모음의 사용은 이 형상에 밝은 이미지를 주려고 하는 의지에 의한 것으로 보인다. 결국 이 역시도 언어의 미적 사용에 대한 섬세한 배려가 시인의 무의식 속에서 작동하고 있었음을 보여준다.

그런데 이러한 미적 고려는 한글생장사에 있어서 1930년대의 의의와 맞물려 있다. 잘 알다시피 한반도에 사는 사람들의 구어의 표기로서의 한국어문자, 세칭 한글은 일찍 발명되었음에도 불구하고 공용어의 역할을 하지 못하다가 1894년 갑오개혁 때 국어로서의 지위에 올랐으나 얼마 후 일제의 식민지 지배에 들어가면서 그 지위를 상실하였다. 그런 위기에 처한 한글을 조선 사람들의 언어로 만들기 위해 초창기의 한글학자들이 얼마나 힘든 노력을 기울였는지는 다들 잘 알고 있다. 처음엔 무엇보다도 일상 구어의 표기이자 생활어문자가 되어야 했기 때문에 한글에 주어진 철학은 '언문일치'였다. 그런데 1930년대에 들어서서 말과 일치하는 문자로서가 아니라 문자 자신의 자율적 존재태에 대한 관심이 부쩍 일었다. 그 관심은 바로 문자의 미적 사용 쪽으로 기울어진 관심이었다. 이 당시

---

4) 제라르 쥬네트의 유명한 저서 『Figures』(현재 5권이 상재되어 있다.)는 바로 미적 언어를 figure와 동일시하고 있다.

아주 아름다운 산문들을 썼던 이태준은 『문장강화』(1940)에서 문학 언어의 입장에서는 '언문일치'를 부정해야 한다는 주장을 편다.

> 언문일치의 문장은 틀림없이 모체문장, 기초문장이다. 민중의 문장이다. 앞으로 어떤 새 문체가 나타나든, 다 이 밭에서 피는 꽃일 것이다. / 거듭 말하지만 언문일치 문장은 민중의 문장이다. 개인의 문장, 즉 스타일은 아니다. 개성의 문장일 수는 없다. 앞으로 언문일치 그대로는 예술가의 문장이기 어려울 것이다. 이것은 언문일치 문장을 헐어 말함도 아니요 또 그것의 불명예도 결코 아니다 언문일치 문장은 영원히 광대한 권역(圖域)에서 민중과 더불어 생활할 것이다. / 여기에 문장의 '현대'가 탄생되는 것이다. 언문일치 문장의 완성자 춘원으로도 언문일치의 권태를 느낀 지 오래지 않나 생각한다. 이 권태문장에서 해탈하려는 노력, 이상(李箱) 같은 이는 감각 쪽으로, 정지용(鄭芝溶) 같은 이는 내간체(內簡體)에의 향수를 못 이겨 신고전적으로, 박태원(朴泰遠) 같은 이는 어투를 달리해, 이효석(李孝石), 김기림(金起林) 같은 이는 모더니즘 쪽으로 가장 뚜렷하게 자기 문장들을 개척하고 있는 것이다. / 조선의 개인문장, 예술문장의 꽃밭은 아직 내일에 속한다.[5]

언문일치의 문장이 "민중의 문장"이라는 말은 언문일치에 쓰인 한국어 문자가 순수한 의사소통을 꾀하는 실용적 성격을 갖는다는 것을 뜻한다. 그에 비해서 이태준이 생각한 '현대'의 문장은 오로지 "개인의 문장", 즉 자기만의 스타일로서의 문장이다. 개성의 표현으로서의 문장이며, 그 점에서 실용성과 무관하게 자족적이고 미적인 문장이다. 칸트의 정의 그대로 미의 근본적인 속성이 "이해관계로부터 해방된 것"이고 김현의 주장 그대로 "써먹을 수 없는 것"이라는 점을 우리가 되새긴다면, 개성의 표현이 어떻게 미와 연결되는지를 이해할 수 있을 것이다.

언문일치로부터 벗어남으로써 1930년대의 문인들은 말과 글을 분리시

5) 임형택 해제, 『문장강화』, 창비, 2005, 351~52쪽.

키고, 글을 통해 개인성의 글쓰기의 차원을 열었다. 언문일치에 머무른 상태에서는 공동체의 문장만이 가능했던 것이다. 이 점에서 1930년대는 한글진화사에서 아주 중요한 도약을 이룬 시기이다. 황순원은 이상보다는 5살, 이태준보다는 11살, 정지용보다는 13살 연하이다. 그는 이들과 같은 세대를 이루지 않으며 문학적 교류를 했을 가능성도 없다. 그런데 그들은 이른 나이에 그의 선배들의 자각을 공유하고 있었다. 그가 어떻게 그런 생각을 하게 되었는지에 대해서 필자는 아직 잘 알지 못한다. 여하튼 그는 그것을 해냈다. 물론 그만이 그랬던 것은 아니다. 그와 동갑인 서정주도 그와 같은 조숙성을 보여주고 있었다. 그러나 그를 세상에 알린 『화사집』(1941)의 시들은 황순원의 시와 뿌리가 달랐다. 미당 시의 미적 감각은 상당부분 그가 구사한 언어의 방언성에 빚지고 있었다. 방언성은 당연히 '말'과 관련되는데, 방언으로서의 말은 '언문일치'에서의 말에 요구되는 의사소통적 성격보다는 그 방언이 통용되는 지역에서의 사람들의 실제적인 삶이 묻어난다는 의미에서의 육체적 성격이 특별히 강조되는 말이다. 그 방언성으로 볼 때 미당은 공동체와 육체적으로 연결되어 있었고 공동체의 언어의 수액으로 자신의 시적 가지를 키웠다고 할 수 있다. 가령, 『화사집』의 서시 격인 「자화상」에서 "애비는 종이었다. 밤이 깊어도 오지 않았다"라는 격렬한 자조적 토로에서부터 "나는 아무것도 뉘우치지 않을란다"라는 단호한 선언에 이르기까지 이 시의 자신감은 "대추꽃이 한 주"에서의 "한 주", "손톱이 깜한", "그 크다란 눈이", "뉘우치지 않을란다", "이마 우에"에 같은 시구들에서 도드라지는 완전한 구어성-육체성에 뒷받침되어서 힘을 얻는다. 그는 "스물 세 해 동안 나를 키운 건 팔 할이 바람"이라고 말했지만, 실제 그 바람에 "몇 방울의 피가 언제나 섞여 있"지 않았다면 그를 키울 영양분을 갖추지 못했을 것이다.

그에 비하면 황순원의 언어적 조탁은 철저히 인공적이다. 「오리」라는 제목하에

2
자를
흉내
냈다

라고 쓴 것은, 순수한 수수께끼로 보아도 좋을 정도로 오로지 머리의 궁리로만 나온 것이다. 이러한 차이는 서정주 시의 미적 성격이 집단적 자연성에 기대고 있는 데 비해 황순원 시의 미적 성격은 훨씬 의식적이라는 것을 가리킨다. 그는 언어를 다듬어야 하는 필연적인 이유를 '알고'있었고, 그 앎을 실행에 옮긴 것이다. 과연 그는 시집의 맨 앞자리의 '서문'역할을 하는 한 마디 말을 "나는 다른 하나의 실험관이다"라고 적었다. 그는 실험의 의미를, 다시 말해 언어 조탁의 의미를 알고 있었다고 봐야 할 것이다.

셋째, 그런데 이 유별난 의식성은 황순원의 시를 1930년대의 다른 문인들의 글과 비교해 특별한 변별성을 갖게 한다. 앞에서 보았듯, 이태준은 언문분리가 개성의 표현을 가능케 한다고 믿었다. 그 결과 그는 그만의 아름다운 문장을 이루게 된다. 그것을 가장 선명하게 보여주는 증거가 『무서록』(1941)이다. 그런데 『무서록』의 미적 문장은 대체로 두 가지 방향을 나뉜다. 하나는 주변의 사물들에 대한 순수한 아름다운 묘사이다. 다른 하나는 대상의 아름다움을 조선인 특유의 미적 감각에 연결시킨다는 것이다.

하늘을 덮은 옹울(蓊鬱)한 원생림 속에서 저희끼리만 뜻있는 새소리도 길손의 마음에는 슬픈 소리요 바위틈에 스며 흘러 한 방울 두 방울 지적거리는 샘물 소리도 혼자 쉬이며 듣기에는 눈물이었다. 더구나 산마루에 올라 천애에 아득한 산갈피들이며 어웅한 벼랑 밑에 시퍼런 강물이 휘돌아가는 것을 볼 때 나는 어리었으나 길손의 슬픔에 몇 번 넘어 보았다.

—「샘」[6)]

매우 아름다운 문장이다. 그 아름다움은 무엇보다도 소리가 아름다운 euphonic 한국어들을 그가 능란하게 사용하고 있다는 데서 연유하며, 그 어휘들을 동원하여 산의 숲과 강물의 굽이, 새소리, 물소리 들을 일관되게 집중시켜 길손으로서의 화자의 마음에 진한 슬픔의 분위기를 투영하기 때문이다. 흥미로운 것은 이태준의 이 문장에서 슬픈 것은 산이지 '나'가 아니라는 것이다. 나는 산의 슬픔에 감염되어 덩달아 슬퍼진다. 그리고 산이 슬픈 것은 운명과도 같은 것이다. 따라서 여기에는 현실이 끼어들 여지가 없다. 오히려 각박한 현실 바깥으로 모든 생명의 나고 사라짐을 '비애스럽게', '즐기는'일이 여기에서 일어나는 일이다. 다른 한편 그는 그런 아름다움에 대한 취향의 근원을 한국인들에게 예부터 내려오는 것처럼 생각하기도 하였다.

> 고인과 고락을 같이 한 것이 어찌 내 선친의 한 개 문방구뿐이리오. 나는 차츰 모든 옛 사람들 물건을 존경하게 되었다. [……] 찻종 하나, 술병 하나라도 그 모서리가 트고, 금간 데마다 배이고 번진 옛사람들의 생활의 때는 늙은 여인의 주름살보다는 오히려 황혼과 같은 아름다운 색조가 떠오르는 것이다. / [……] 이조의 그릇들은 중국이나 일본 내지 것들처럼 상품으로 발달되지 않은 것이어서 도공들의 손은 숙련되었으나 마음들은 어린아이처럼 천진하였다. 손은 익고 마음은 무심하고 거기서 빚어진 그릇들은 인공이기보다 자연에 가까운 것들이다.
>
> —「고완(古翫)」[7]

문득 아름다움은 "황혼"을 매개로 옛 선인들의 제작물들로 옮겨가고 그것은 다시 '자연'으로 환원된다. 여기에서의 자연은 보편적인 것, 당연한 것, 억지스럽지 않은 것, 편한 것 등의 의미망으로 이루어져 있다. 그

---

6) 『무서록』, 깊은샘, 1994, 23쪽.
7) 같은 책, 138쪽.

리하여 그는 아름다움에 전통을 세우게 되는데, 그는 그 전통이 현대에 살아있기를 바랐다.

> 고전이라거나, 전통이란 것이 오직 보관되는 것만으로 그친다면 그것은 '주검'이요 '무덤'일 것이다. [……] 미술품으로, 공예품으로 정당한 현대적 해석을 발견해서 고물 그것이 주검의 먼지를 털고 새로운 미와 새로운 생명의 불사조가 되게 해주어야 할 것이다. 거기에 정말 고완의 생활화가 있는 줄 안다.
>
> —「고완품과 생활」[8]

지극히 당연한 얘기다. 그러나 너무 당연해서 췌사처럼 여겨질 수밖에 없는 말이다. 전통의 현대화만큼 되풀이되어 강조된 문제도 없다. 그러나 대부분의 주장들은 전통을 어떻게 바꾸어 현대에서 어떻게 살아남을 것인가를 궁리하기보다는 전통 그 자체가 현대에 와서도 여전히 자신의 옛 아름다움을 자랑할 수 있으리라고 믿는다. 방금의 인용문에도 그런 식의 생각이 얼핏 비치고 있다. "미술품으로, 공예품으로"라는 말의 뜻을 되새겨 보라.

순수한 개성의 표현으로서의 이태준의 아름다운 문장은 그리하여 전통에 소속됨으로써 항구성을 보장받게 될 것이다. 이러한 태도는 그와 문체를 거의 공유하고 있는 김용준에게서도 똑같이 나타난다(이태준과 그 사이에는 유사한 어휘들이 빈번히 나타난다. 가령 '고담(枯淡)'같은 어휘를 똑같이 중요하게 사용하는 것도 하나의 예다. 좀 더 자세히 살펴봐야겠지만 문체의 기본 구조도 유사한 것 같은 느낌이다.) 그는 "댁에 매화가 구름같이 피었더군요"라는 수일한 비유로 시작하는 「매화」[9] 와 같은 글에서처럼 대상을 "좀 더 신선하게 사랑하"고자 하는 마음만이 가득찬 글에 몰두하

---

8) 같은 책, 143쪽.

9) 『근원 김용준 전집1－새 근원 수필』, 서울: 열화당, 2001, 14쪽.

는 한편, 다른 한편으론 이러한 멋스런 세계를 조선미의 영역으로 돌리려는 태도를 취하고 있다.

> 고담한 맛, 그렇다. 조선인의 예술에는 무엇보다 먼저 고담한 맛이 숨어 있다. [……] 호방한 기개와 웅장한 화면이 없는 대신에 가장 반도적인, 신비적이라 할 만큼 청아한 맛이 숨어 있는 것이다. / 이 소규모의 깨끗한 맛이 진실로 속이지 못할 조선의 마음이 아닌가 한다. 뜰 앞에 일수화(一樹花)를 조용히 심은 듯한 한적한 작품들이 우리의 귀중한 예술일 것이다.[10)]

인용문에서 독자가 주목할 점은 마지막 문장, "뜰 앞에 일수화를 조용히 심"는 듯한 행위가 『새 근원 수필』에 수록된 그의 글쓰기와 적절히 상통한다는 것이다. 즉 개성의 표현으로서의 문장은 자신이 속해 있다고 가정된 공동체의 핵심에 소속됨으로써 자신의 가치를 획득한다는 것이다. 근원에 상허(尙虛)와 근원(近園)의 '개인적 글쓰기'는 그러니까 오로지 개인만의 세계로 침닉함으로써 공동체의 문제로부터 격절되는가 하면, 하나의 항구적 실체로서의 공동체, 다시 말해 공동체들 사이의 현실적 연관을 배제한 일종의 정신적 준거점으로서의 유리된 공동체에 귀일한다고 할 수 있다. 그리고 그렇게 하는 이유는 바로 그걸 통해서 개인성의 표현으로서의 자신의 문장이 일회적 사건으로 그치지 않고 항구적으로 읽힐 언어의 보고 속에 들어갈 수 있기를 소망하기 때문이다.

황순원의 개인적 글쓰기는 아주 다르다. 일단 우리는 그의 언어적 세공이 순수한 개인의 세계로 빠져든 게 아닌가 의심할 수 있다. 그러나 다음 시들을 보자.

---

10) 『근원 김용준 전집5－민족미술론』, 서울: 열화당, 2001, 132~33쪽.

「연문을 먹구서
왼 몸을 붉히지 / 않엇소.」

—「우편통」

한 중간에 헤일 적마다
농먹어진 소릴
한나 속여 처 본다.

—「시계」

첫 번째 시는 우체통의 붉은 색깔을 두고 쓴 것이다. 즉 우체통이 붉은 이유는 사랑 이야기를 먹고서 몸이 빨갛게 달아올랐다는 얘기다. 그렇다면 이 시는 그저 언어의 조탁이 아니다. 여기에는 인생사에 대한 진한 암시가 있다. 두 번째 시는 '괘종시계'가 정시를 알리는 종을 치는 걸 묘사한 시다. 그런데 그냥 묘사가 아니다. 산다는 게 매일 길을 잃고 헷갈리는 것 같은데, 때마다 생활의 지침 같은 것이 종이 울리듯 우리 가슴 속에 파고 들어와 사람들을 속이고 간다는 뜻을 시계 종소리에 비유한 것이다. 따라서 깨끗이 닦여진 언어들은 오로지 언어로만 빛나는 게 아니라 오히려 사람살이의 복잡한 사연을 감추면서 동시에 암시한다고 할 수 있다. 인생사에 대한 암시는 다음과 같은 시구들에서는 구체적이 사회적 현실에 대한 암시로까지 나아간다.

비맞는
마른 넝굴에
늙은 마을이
달렸다.

—「호박」

귀가 아프리카 닮은
인연을 당신은
생각해 본 적이 계십니까.

—「코끼리」

당적집 소악에
비누를 박아지 든
굶은 애가 산다.

—「게」

여기까지 오면 황순원의 시는 조탁된 언어가 맑은 거울로 기능해 인생사를 투영하면서 그 인생사의 암시를 사회 현실에 대한 반성적 성찰에 대한 권유로 확대시키고 있다고 짐작할 수 있다. 황순원의 이러한 글쓰기는 근대사회에서의 '개인'의 의미를 다시 생각게 한다. 개인은 공동체로부터 해방된 존재이지만, 그러나 바로 그 해방을 통해서, 즉 독립에 근거해서 개인들은 각자의 의지와 상호간의 토론과 협상과 계약을 통해 '사회'를 이루어나간다. 개인적 글쓰기도 마찬가지이다. 글쓰기의 개성은 단독자의 특이함을 표내는 행위라기보다는 지배적이 됨으로써 확정적인 것처럼 행사하는 일반적 글쓰기에 저항하여 새로운 글쓰기의 가능성을 제시함으로써 보다 자유롭고 해방된 새로운 보편적 글쓰기를 꾸며 나가는 실천인 것이다. 개인적 글쓰기는 엄격한 의미에서 사회에 균열을 냄으로써 사회의 변이를 부추겨 새로운 사회를 만들어나가는 것을 쉼 없이 기도하는 사회적 글쓰기이다.

이상의 검토를 통해서 우리는 내릴 수 있는 결론은 다음과 같다. 황순원의 서정성 혹은 개인 미학은 반사회적이라기보다는 오히려 심층사회학적이다. 그의 암시와 반향이라는 기법적 절차는 당시의 문학적 현상에 비추어 보아 가장 전위적인 지점에 가 닿아 있었는데, 한편으로 그것은

1930년대에 일어난 한국어의 미적 자각에 대한 문학적 실천들에 참여하는 결과를 낳았으며, 다른 한편으로 그러한 미적 실행을 예술적 고립이 아니라 사회의 문제를 암시하면서 사회의 변화를 꾀하도록 하는 방향을 이끌어내는 사회적 실천에 연계시켰다. 이러한 세 차원의 실행은 황순원의 시가 근대 사회에서의 예술의 사회적 존재태를 구성하는 데에 있어서 가장 선진적인 면모를 보여주었다는 점을 증거한다고 할 수 있다. 이런 점들을 고려하면 그의 문학이 지나치게 서정적이어서 비사회적이라는 통념은 어리석기 짝이 없는 생각이라고 할 수 있다. 오히려 우리는 서정적일수록 더욱 사회구성적일 수 있다는 생각의 단서를 황순원에게서 발견한다. 그의 소설들에서도 그 점을 검증해 보아야 하지 않을까 생각한다.

견고하고 역동적인 생명 의지
- 황순원의 시

유성호

1. 황순원 문학에서 '시'의 존재론

그동안 황순원(1915~2000)의 등단작은, 1931년 7월 『동광(東光)』에 실은 시편 「나의 꿈」이라고 알려져 왔다. 그런데 최근 발간된 『문학사상』 2010년 7월호에는 전집에 수록되지 않았던 작품들이 다수 소개되고 있다. 거기에는 황순원의 초기 습작품들이 다양한 장르의 형식을 띠고서 고개를 내밀고 있다. 그 가운데 동요 8편과 시 1편이 눈에 띄는데, 어쩌면 황순원이라는 빼어난 서사적 거장의 어떤 원형이 그 안에 숨겨져 있을지도 모른다는 생각이 들 정도로, 이 초기 시편들은 그의 작가적 출발 시점을 약여하게 보여준다. 특별히 『동아일보』에 1931년부터 1932년까지 집중적으로 발표한 동요 작품들은, 황순원 초기 면모를 함축적으로 드러내고 있다는 점에서 중요한 위치를 점한다. 어쨌든 이번 발굴로 인해 황순원의 새로운 연보 작성이 불가피해졌다. 말하자면 그의 등단작은 「나의 꿈」이 아니라 『동아일보』 지상에 발표된 「봄싹」(1931.3.26.)으로 조정되어야 할 것이다. 이 작품을 비롯한 다수의 동요 시편들은 "일본 유학 시절에 출간한 시집 『방가(放歌)』에서 볼 수 있는 역사의식이나 현실 지향적 태도와는 상당한 차이를 드러낸다."[1]고 할 수 있는데, 그 점에서 이 동요 시편들은 황순원의 초기 모습 가운데 순수한 동심 지향의 속성이 있었다는 사실을 보여준다고 말할 수 있을 것이다.

잘 알려져 있듯이, 황순원은 평양 숭실중학을 졸업하고 동경으로 건너가, 와세다 제2고등원에서 이해랑 등과 '동경학생예술좌'를 창립하여 이 단체 이름으로 첫 시집 『방가(放歌)』(1934)를 간행한다. 이 시집은 황순원 스스로 표현하고 있듯이, "나의 세상을 향한 첫 부르짖음"(「서문」)답게 식민지 지식인 특유의 사회적 울분과 민족 의식을 진하게 담아내고 있다. 졸업 후 와세다대학 문학부 영문과에 입학한 그는 두 번째 시집 『골동품(骨董品)』(1936)을 펴내는데, 이는 "다른 하나의 실험관"(「서문」)이라고 말하고 있듯이, '동물초', '식물초', '정물초'로 구획하여 시적 대상을 향한 짧은 명명, 비유, 기지의 언어를 보여준 일종의 실험 시집이라 할 것이다.

이후 황순원은 자신의 작가적 본령을 소설로 옮겨간다. 그동안 그의 첫 작품은 1937년 7월 『창작(創作)』 제3집에 발표한 단편 「거리의 부사」라고 알려져 왔는데, 이 또한 수정되어야 할 것이다. 『동아일보』에 연재(1931.4.7~4.9)된 「추억」이라는 단편이 발굴되었기 때문이다. 그는 이후 11편의 단편을 묶어 『황순원 단편집』(1940)을 펴내고, 1942년 이후에는 작품 발표를 하지 않은 채 고향에서 지냈다. 해방 후 월남하여 서울고등학교 국어 교사로 있으면서 지속적으로 단편소설을 발표하였다. 1985년에 산문집 『말과 삶과 자유』를 발표할 때까지, 그는 왕성한 창작열을 불태우며 많은 작품을 발표하였다. 2000년 타계할 때까지 가끔씩 시를 발표하며 말년을 보냈다.

이러한 이력으로 미루어볼 때, 우리는 황순원 문학의 본령이 단편소설에 있음을, 그리고 그의 뚜렷한 장편들이 그 다음으로 그것을 감싸고 있음을, 그리고 그의 문학적 생애 갈피갈피마다 시가 그것을 지탱해준 어떤 수원(水源)이자 기초였음을 유추할 수 있다. 그래서 황순원 문학에서 '시'

1) 권영민, 「새로 찾은 황순원 선생의 초기 작품들」, 『문학사상』 2010.7.

의 존재론은, 그의 문학을 이룬 커다란 밑그림이자, 순간순간 찾아온 지속적 섬광(閃光) 같은 것이었다고 할 수 있을 것이다.

2. 견고한 생명 의지의 알레고리

황순원의 작가적 브랜드가 유명한 「소나기」나 「별」, 「학」, 「독 짓는 늙은이」, 「목넘이 마을의 개」, 「곡예사」 같은 빼어난 단편에 있음은 말할 것도 없다. 물론 장편소설에 대한 그의 남다른 의욕과 성취 또한 깊이 기억되어야 하겠지만, 물을 것도 없이 황순원 단편의 문학사적 의의는 매우 중요한 것이 아닐 수 없다. 그의 단편소설의 핵심은, 이념이나 관념 너머의 아름다운 순수 원형에 대한 상상과 사유(「소나기」, 「별」, 「학」), 그리고 가장 근원적인 민족 원형으로서의 생명 의지(「목넘이 마을의 개」)에 있다고 할 수 있다. 황순원 초기 시편에 드러나는 주제 가운데 가장 강렬하고 지속적인 것 역시, 이러한 순수 원형에 대한 강렬한 희원에 있다. 그 가운데 어떤 원형으로서의 생명에 대한 지극한 관심과 의지라고 할 수 있다. 그것을 회복하려는 '꿈'을 그는 젊은 시절에 이렇게 표백한 바 있다.

> 꿈, 어젯밤 나의 꿈
> 이상한 꿈을 꾸었노라
> 세계를 짓밟아 문지른 후
> 생명의 꽃을 가득히 심고,
> 그 속에서 마음껏 노래를 불렀노라.
>
> 언제고 잊지 못할 이 꿈은
> 깨져 흩어진 이 내 머릿속에도
> 굳게 못박혔도다

다른 모든 것은 세파에 스치어 사라져도
나의 동경의 꿈만은 영원히 존재하나니.(1931년 4월)

—「나의 꿈」 전문

등단 초기에 황순원이 발화한, 비교적 외연이 분명한 '나의 꿈'이라는 영역은, 비록 그것이 '이상한 꿈'이었을지라도 "생명의 꽃을 가득히 심고/그 속에서 마음껏 노래를"부르는 지향을 담고 있다. 이 '꿈'이야말로, 강렬한 희망으로서의 '꿈'의 속성과, 곧 깨어날 수밖에 없는 비현실로서의 '꿈'의 속성을 동시에 품고 있다. 하지만 화자는 "다른 모든 것은 세파에 스치어 사라져도/나의 동경의 꿈만은 영원히 존재하나니."라고 말함으로써, 만만치 않게 다가오는 세파(世波)에도 불구하고 끝없는 동경(憧憬)의 세계를 유지하려는 자세를 강렬하게 보여준다. 이러한 동경과 생명 추구의 의지는 "여기에 줄기찬 생명이 숨어 있지 않은가"(「잡초」)라는 발견이나, 젊은이들로 하여금 "다시 등대의 불을 켜놓아"(「꺼진 등대」) 밝히라고 외치는 대목으로 견고하게 이어진다. 이러한 황순원의 견고한 생명 의지는, 그 상황적 토대를 민족적 울분으로 옮겨감으로써, 목소리의 외연을 넓혀가게 된다.

압록강 압록강 압록강의 밤이여
그대는 변함없이 달빛마저 흐리게 할 눈물만 품어야 하고
새 길을 못 찾겠다고 쏟아놓은 한숨만을 간직해야 하는가
아니다
눌리어 쪼그라진 우리의 가슴이 터지는 때, 아 그때
그때는 이쪽 움막 속에서 새로 태어나는 애의 힘찬 울음소리를 들을 수 있을 것이다
(1933년 6월)

—「압록강의 밤」 중에서

'압록강'을 세 번이나 외치는 화자의 품에서 이 지명이 가지는 경험적

직접성을 느낄 수 있다. 가령 화자에게 압록강은 지금은 비록 "달빛마저 흐리게 할 눈물"을 품고 있고, "새 길을 못 찾겠다고 쏟아놓은 한숨만을 간직"하고 있지만, 압박 속에 있는 우리 가슴이 터지는 그때 비로소 "움막 속에서 새로 태어나는 애의 힘찬 울음소리"를 가져다줄 것이다. 이러한 기대와 희원이 황순원으로 하여금 현실에 대한 부정적 인식을 모티프로 한 작품들을 쏟아놓게 한 것이다. 여기 제시된 조선의 어려운 현실은 혼돈과 궁핍의 시대, 상실과 폐허의 시대를 안에 품고 있는데, 그는 고통받는 조선의 현실을 감상적 육성으로 처리하지 않고 사실적인 형상으로 잔잔하게 제시하는 방식을 택하고 있다는 점에서 평가할 만하다.

황순원은 이 시대야말로 "가져야 할 연민 대신 폭력만을 믿는 자"(「우리 안에 든 독수리」)에 의해 지배되고 있지만, "음조를 바꾼 팔월의 장엄한 노래"(「팔월의 노래」)를 통해 "이역의 비애와 함께 고향의 참상 속에서 새로운 희망을 찾아내야"(「이역에서」) 한다고 노래한다. 그야말로 닫힌 현실에서 유로되는 정신적 고통과 그로 인해 발생하는 절절하고도 지극한 향수(鄕愁)를 초기시의 중요한 고갱이로 삼고 있는 것이다. 이는 힘과 자유에 대한 갈망, 젊은이들의 웅건한 열정에 대한 기대로 이어지는데, 다시 말하면 열정 어린 젊은이들이 고답한 밀실에서 신음하지 말고 거리로 나와 투혼을 불사르자는 내용이 그것이다. 이러한 인식은 "황해를 건너는 사공아, 피 끓는 젊음아/어서 어서 풍파와 싸울 준비를 서둘러라"(「황해를 건너는 사공아」)라든지 "젊은이의 환상은 드높은 하늘에 닿고 속 깊은 지심을 뚫고"(「이역에서」) 나아갈 것이라는 표현 속에서 그 지속성을 얻고 있다.

> 그러나 젊은이여 세기의 지침을 똑바로 볼 남아여
> 화장터에 솟는 노오란 연기를 무서워할 텐가
> 오늘 우리의 고통은 보다 더 빛나고 줄기찬 기상을 보일 시련인 것을
> —「1933년 수레바퀴」 중에서

젊은이들에게 "세기의 지침을 똑바로 볼" 것을 권면하는 이 시편은, 스스로가 화자이자 청자가 되고 있다. "화장터에 솟는 노오란 연기" 를 무서워하지 말고, 오직 "오늘 우리의 고통"을 "보다 더 빛나고 줄기찬 기상을 보일 시련"으로 받아들일 것을 설득하는 시편이다. 말하자면 "우리의 앞에는 다시 동반해야 할 험한 길이 놓여"(「옛사랑」) 있지만, 그것을 "한없는 희망의 웃음"(「강한 여성」)으로 극복해가겠다는 인식과 다짐이 그 안에는 담겨 있다. 이러한 긍정과 희망의 낙관론은 자연스럽게 일종의 알레고리적 수사와 인식을 불러오게 된다. 다시 말하면 '긍정/부정', '선/악'의 확연한 이분법 속에서 전자의 가치를 지향하는 인식이 전면화되는 것이다.

수사적 측면에서 알레고리는 이원론과 상반성을 특질로 가진다. 이원론적 세계 인식은 알레고리의 유의와 본의가 구별된다는 데서 찾을 수 있다. 이러한 이원론은 언어의 본질적 측면에서도 그 관련성을 찾아볼 수 있다. 다시 말하면 언어는 지시하는 현재 상황과 지시된 과거 상황이라는 이원론적 구조를 가지고 있는데, 알레고리 역시 표현된 것으로서의 현재 상황과 의미된 것으로서의 과거 상황을 가짐으로써 이원론을 형성한다. 이러한 속성을 황순원 초기 시편이 가진다고 할 수 있을 것이다.

> 날마다 가슴에 새겨지는 일기 –
> 조선사람, 서러움, 서러움, 조선사람,
> 가난한 살림을 싣고 흐르는 강물이건만
> 고국 대동강의 푸르른 물줄기가 그립다.(1935년 6월)
>
> –「오후의 한 조각」 중에서

> 고향
> 오월의 부드러운 바람이 농촌사람들의 얼굴을 그을리고
> 햇병아리 솔개에게 채여가고
> 산에, 들에, 강에, 즐거움보다 괴로움이 많은

아, 그러나 내 언제나 안타까이 그리워하는 곳.

이역의 하늘 밑
이날의 고독아, 저녁 안개에 싸여가는 묘비 같은 외로움아
너는 나를 빻아 없앨 것만 같구나
가슴이 후련하도록 울어나볼까
별 없는 하늘 저쪽 고향을 향해.(1935년 6월)

—「고향을 향해」 중에서

초기 황순원 시편에는 “조선사람, 서러움, 서러움, 조선사람”의 기표가 연쇄적으로 등장한다. 그가 순수문학의 거장이라는 사실에 상도(想到)한다면, 이러한 시적 음역은 의외롭기도 할 것이다. 하지만 고향 평양의 대동강을 “가난한 살림을 싣고 흐르는 강물”로 보고, “오월의 부드러운 바람이 농촌사람들의 얼굴을 그을리고/햇병아리 솔개에게 채여가고/산에, 들에, 강에, 즐거움보다 괴로움이 많은” 곳으로 그리고 있는 그의 품은, 그리움보다는 연민과 분노를 안으로 삭인 모습을 담고 있다. 그곳은 비록 “언제나 안타까이 그리워하는 곳”이지만, 깊은 고독과 외로움 너머에서 반짝이는 별을 희구하게끔 만드는 고향이기도 하기 때문이다. 그렇기 때문에 황순원은 다른 시편에서도 “이 밤엔 어떤 험악한 손길이 고향을 덮고 있을까”(「고향을 향해」)라면서 자신이 “이날의 귀향자”이고 곧 “고향의 고르지 못한 맥박을 짚어”(「귀향의 노래」)보고 있노라고 노래한다.

‘삼골’—
뒤에 산을 지고 앞에 벌을 안은 동리
개와집이 아홉 채 마흔이 넘는 오막살이
맑은 시내는 때로 적은 기쁨을 속삭여보나
가난한 사람들은 큰 걱정에 울지도 못하느니

—그저 비극이 늘어가는 곳

—다음 날도 바람 구름 한 점 없는 폭양 아래 한 아이는 같은 조밭두렁
에 울고 섰고,
어머니는 까만 얼굴로 김풀만 뜯는데
그날은 바로 옆산에서 멧비둘기가 울어주었다.(1935년 7월)
—「7월의 추억」 중에서(『동아일보』 1935. 8. 21.)[2)]

화자가 바라보고 있는 조선 마을은 "뒤에 산을 지고 앞에 벌을 안은"전형적인 시골마을이다. 그곳은 가난한 사람들이 큰 걱정에도 불구하고 울음소리를 제대로 내지 못하는 곳이다. "그저 비극이 늘어가는 곳"일 뿐이기 때문이다. 바람 한 줄기 구름 한 점 없는 폭양 아래 한 아이가 울고 서 있고, 어머니는 그저 까만 얼굴로 김풀만 뜯는데, 마치 공명이라도 하듯 옆산 멧비둘기가 우는 장면은, 고요한 대로 조선 산천의 사실화에 가깝다. 일찍이 골드만은 '비극적 인간'에 대하여 존재를 상실해가는 이상과, 도덕적으로 무가치한 경험 세계 사이에 갇혀 있는 존재로 보았는데, 황순원의 시야에 들어온 조선사람들의 삶이란 이러한 비극성에 즉해 있다고 할 것이다. 이러한 면모를 그는 알레고리의 형상으로 그려낸다. 우리가 알듯이, 알레고리는 의미론적 측면에서 볼 때 현세성과 교훈성을 특질로 가진다. 알레고리는 사회적 현실과 깊은 관련을 지니고 있기 때문이다.

이렇듯 황순원의 식민지 시대 시편들은, 견고한 생명 의지의 알레고리를 지속적으로 보여주었다. 그 저변에는 강력한 민족 의식이 생명 추구의 에너지를 감싸고 있었다고 할 수 있다.[3)] 이 점에서 그의 초기 시편은, 매우 견고한 지속적 자의식을 면면하게 유지했다고 할 수 있는데, 최동호

2) 이 시편은 『황순원 전집』에 전문이 실려 있다. 하지만 이번에 정확한 원문이 새로 소개되었다는 점에서, 인용은 『문학사상』 소개본을 따른다. 그리고 이 글에 인용되어 있는 나머지 시편들은 모두 전집에 의거한 것이다. 황순원, 『황순원 전집 11—시선집』, 문학과지성사, 2006.

3) 김주연, 「싱싱함, 그 생명의 미학」, 황순원, 위의 책, 163쪽. 여기서 김주연은 "강렬한 현실 비판 의식이 그의 문학적 모티프"라고 분석한 바 있다.

역시 "그는 결코 시를 젊은 시절의 일시적인 열정의 방출이나 지나쳐가는 문학적 여기로 생각하지 않았다. 그의 시적 이력을 추적해보면, 그가 지속적으로 그리고 끊임없이 시를 써왔다는 사실을 알게 된다."[4]고 말한 바 있거니와, 이러한 속성이 그의 시편에서 지속적으로 그리고 견고한 역동성으로 이루어진 것은 주목할 만한 일이라 하지 않을 수 없다.

3. 자기 기원의 상상과 생의 기억

황순원 후기 시편은 해방 후의 소작들로 구성된다. 거기에는 달라진 세계에 처해 있는 화자의 기쁨과 달관이 깊이 배어 있다. 가령 그에게 민족 해방은 "부르는 이 없어도/찾아나서면/모두 잊을 뻔한 내 사람뿐이오."(「그 날」)라는 기쁨의 목소리를 선사하였다. 하지만 곧 그는 해방 직후의 혼돈을 뚫고 월남을 택한다. 비록 "너희들은 그저 조선 꽃으로 웃으며/조선 종달새로 노래 부르고/조선 호랑이로 내닫겠구나."(「골목」)라고, 그리고 "그 열매가 모두/어느 별들처럼 싱싱한/청춘이길 바람이오,"(「열매」)라고 해방의 기쁨을 노래했지만, 황순원은 곧 그것이 가지는 중층적 문제에 주목하게 된다. 해방 직후에 발표한 몇몇 단편은 이러한 시대 의식의 첨예한 물증이었다.

해방 후 소설에 전념한 황순원은 삶의 갈피갈피마다 인생론적 사색과 초월을 노래한 시편들을 발표하였다. 이는 비유컨대 소설에 비해 시는 "그런 대로 좋은 이여/우리 서로 이렇듯 가깝고도 먼 서러운 별들"(「세레나데」)이었다고 할 수 있을 것이다. 앞에서 우리는 황순원 단편의 핵심 가운데 하나를, 이념이나 관념 너머의 아름다운 원형에 대한 상상과 사유라

4) 최동호, 「동경의 꿈에서 피사의 사탑까지」, 황순원, 『말과 삶과 자유』, 문학과지성사, 1985. 107쪽.

고 말한 적이 있는데, 후기 황순원 시편이 보여준 주제는 이러한 면모를 단단히 보여주고 있다.

> 내 나이 또래 환갑을 됐음직한 석류나무 한 그루를 이른 봄에 사다 뜨락 볕바른 자리를 가려 심었다. 그해엔 잎만 돋치고 이듬해엔 꽃을 몇 송이 피웠다 지워 다음해엔 열매까지 맺어 빵긋이 벙으는 모습도 볼 수 있으리라 기대가 컸다. 헌데 열매는커녕 꽃조차 피우지 않아 혹시 기가 허한 탓인가 싶어 좋다는 거름을 구해다 넣어줬건만 그 다음해에도 한뽄새였다. 어쩌다 다된 나무를 들여온 게 한동안 안쓰럽더니 차츰 나무 대하는 마음이 허심하게 되어갔다. 이렇게 이 해도 열매 없는 가을을 보내고 겨울로 들어서면서였다. 짚과 새끼로 늙은 나무가 추위에 얼지 않게끔 싸매주고 물러나는데 거기 줄기도 가지도 뵈지 않는 자리에 석류가 알알이 달려 쫙쫙 벙을고 있었다.
>
> —「늙는다는 것」 전문

젊은 날을 잔잔하게 가라앉히면서 "내 나이 또래 환갑"이라고 전제한 화자는, 그만큼 세월을 살아온 늙은 석류나무와의 경험적 일화를 소개한다. '이른 봄'에 석류나무를 사다가 뜨락 볕바른 자리에 심었지만, 그 나무에게서 '열매'까지 기대한 것이 허물어졌다는 내용이 전반부이다. 늙은 석류나무는 열매는커녕 꽃조차 피우지 않아 거름도 넣어주곤 했지만 허사였다는 것이다. 후반부에서 화자는 나무에 대한 안쓰러움을 가지고 결국 그것이 대상에 대한 '허심(虛心)'으로 바뀌어갔다고 말한다. 그러다가 '겨울'이 되어 나무가 얼지 않게 짚과 새끼로 나무를 싸매주는데 거기에 글쎄 "줄기도 가지도 뵈지 않는 자리에 석류가 알알이 달려 쫙쫙 벙을고 있었다."는 것이 아닌가. '이름 봄'과 '겨울'의 대비, '허심'과 '알알이'의 대비 속에서 생명이 원리가 어떻게 가능한 것인지를 암시하고 있는 시편이다. 더불어 '늙어가는 것'이란, 육체적 소진이 아니라 '허심 속의 생명'

이라는 것이 이 시편의 선명한 전언이다. 우리는 베르그송이 '지속의 내면적 느낌'이라고 부른 주관적 시간을 기억하는데, 황순원 시편도 이러한 시간 관념을 수용하고 있는 셈이다. 다음은 어떤가.

> 눈 속을 거닐고 있는데 사슴 한 마리가 내 곁을 달려 지나갔다. 달려서 등성마루턱에 이르자 사슴은 우뚝하니 자신의 위치를 확인하는 자세로 섰다가 등성이 너머로 사라졌다. 숫눈 위에 한 줄 사슴의 발자국, 그리고 피얼룩이 남겨졌다. 이어서 사냥꾼들이 내 곁을 지나 부산하게 사슴의 뒤를 추적해갔다. 다시 눈 속을 거닐다보니 나는 사슴이 섰던 등성마루턱 그 자리에 서 있었다.
>
> ―「위치」 전문

시의 제목 '위치'는, 사슴과 화자의 관계를 드러내는 것이다. 가령 화자가 눈 속을 거닐면서 바라본 '사슴 한 마리'는, 곧 화자 자신이기도 하다. 언제고 위치를 바꿀 수 있는 분신으로서의 '사슴 한 마리'는 앞의 시편에서의 '늙은 석류나무'와 형상적 등가를 이룬다. 사슴은 '등성마루턱'에 이르러 숫눈 위에 한 줄 발자국과 피얼룩을 남기고 사라진다. 사냥꾼들에게 희생된 것 같은 암시를 주는 이 대목을 지나 화자는, 다시 눈 속을 거닐다 보니 자신이 바로 그 사슴이 섰던 등성마루턱 그 자리에 서 있는 것을 발견한다. 오랜 시간을 지나 대상과 자신의 위치를 바꾸는 것, 그것이 바로 "언제나 빛은 어둠의 껍데기"(「모란 2」)이고 "제 몸이/갈리면서야/남을/갈아"(「숫돌」)주는 역설을 황순원으로 하여금 수용하게 하는 것이다. 그 오랜 시간을 지나 수행하는 기억이나 회상은, 화이트헤드가 지적하고 있듯이, 실재 그 자체가 아니며 그것은 현재적 자아의 심리에 따라 조정되고 재현된 일종의 굴절된 시간의 집결물이기 때문이다. 이처럼 황순원 후기 시편은 현저하게 '시간' 관념을 형상화한다.

다음은 자기 기원으로 거슬러 오르려는 에너지와 이제는 그것마저 불가능하게 된 존재론적 상황에 대한 처연한 슬픔을 동시에 보여주는 시편이다. 이제는 돌아갈 '어머니'도 '집'도 없는 노경(老境), 황순원 후기시의 가장 뚜렷하고도 분명한 실존의 장면이다.

> 어머니가 김을 매는 조밭머리 긴긴 한여름 뙤약볕 속에 혼자 메뚜기와 놀던 다섯 살짜리 아이가, 눈이 좀 어두운 어머니의 길잡이로 말승냥이 늘 쌍 떠나지 않는다는 함박골을 앞장서 외가에 오가던 다섯 살짜리 아이가, 장차 어떻게 살아가나 어머니가 짐짓 걱정할라치면 나귀로 장사해서 돈을 많이 벌겠다던 다섯 살짜리 아이가, 기미운동으로 옥살이하는 아버지를 힘들여 면회 가선 내내 어머니 젖가슴만 더듬었네. 불도 켜 있지 않은데 눈이 부셔 부셔 아버지가 눈부셔 바로 쳐다볼 수가 없었네. 지금은 일흔 살짜리 아이가 되어 이 추운 거리 다시 한 번 아버지를 면회 가서 당신의 젖가슴을 더듬어봤으면, 어머님이여 나의 어머님이여.
>
> —「우리들의 세월」 전문

황순원의 가족사적 편린이 드러나면서 그의 언어가 가장 먼 곳까지 역류하여 가 닿은 기억의 원형이 그 안에 담겨 있다. 이 시편 속의 '다섯 살짜리 아이'는 성년이 되어 자신의 기억을 구성해낸다. 그 기억 속에는 한여름 뙤약볕 속에서 눈이 어두운 어머니가 김을 매고, 아이는 혼자 메뚜기와 놀고, 그 아이 장차 나귀로 장사해서 돈을 많이 벌겠다고 다짐하던 시절이 있다. 그때 아버지는 기미운동으로 옥살이를 하고 계시다. 이 서사적 얼개 안에서 어머니는 힘들게 아버지를 면회 가신다. 그런데 아이는 내내 어머니 젖가슴만 더듬었다. 불도 켜 있지 않은데 아버지가 눈이 부셔 바로 쳐다볼 수 없었던 것이다. 이 '눈부심'이야말로, 황순원의 어린 시절을 담고 있는 맹목의 순간이자 개안의 순간일 것이다. 하지만 화자는 "지금은 일흔 살짜리 아이가 되어 이 추운 거리 다시 한 번 아버지를 면회 가서 당신의 젖가슴을 더듬어봤으면"하고 그저 어머니만 부르고 있다.

하지만 그 안에는 ‘아버지’가 또아리처럼 누워 계시다.

그래서 “어머님이여 나의 어머님이여.”라고 발화하는 이 시편은, 사모곡(思母曲)이라는 뚜렷한 외관에도 불구하고, ‘우리들의 세월’을 완강하게 감싸고 있는 ‘아버지’에 대한 눈부신 기억을 담고 있는 이례적 시편이다. 가장 오랜 기원(origin)을 향한 열망과 그리움이 그 안에 차분하게 가라앉아 있는 것이다. 이처럼 해방 후 황순원 시편은, 자기 기원을 상상하고 오랜 생의 기억을 선명하게 보여주는 인생론적 축도(縮圖)를 통해, 이러한 시간관념을 심미적으로 형상화했다고 할 수 있다. 이 또한 견고하고 역동적인 생명 의지의 연장성에 있는 것임을 말할 것도 없다.

4. 황순원 문학의 어떤 원형

황순원 문학 전체에서 ‘시’는 어떤 지형을 이루고 있을까. 비유컨대 그가 이루어낸 서사적 성취가 우뚝하고도 높은 봉우리였다면, 그가 남긴 시편들은 그 치열한 성취가 가 닿을 수 없었던 고독하고도 쓸쓸했던 존재론적 골짜기였다고 할 수 있다. 그래서 황순원 시편들은 황순원 문학의 어떤 기원 혹은 원형이라고 말할 수 있는 것이다. 하지만 기원 혹은 원형은 결국 궁극이 아니던가. 이러한 기원이자 궁극을 보여주는 다음 작품을 통해, 황순원의 자의식의 일면을 살펴보자.

> 피사의 사탑이 기울어졌지만
> 바라보는 각도에 따라
> 별로 기운 것 같지 않기도 하고
> 아주 기울어 금방이라도 쓰러질 것만 같기도 하다
> 내 시각에 의하면

피사의 사탑을 보기 전 이미 거쳐온
밀라노도 기울었고
피사의 사탑을 보고 난 뒤 거친
로마도 플로렌스도 베니스도 다 기울어 있었다
그래도 밀라노는 스칼라 오페라하우스가 버티고 있고
로마는 바티칸의 베드로 성당이,
플로렌스는 미켈란젤로의 다비드상이 버티고 있지만
베니스만은 버티고 있는 것이 없었다
베니스 공화국의 화려했던 궁전도
거기 붙어 있는 마르크 성당도
이를 버틸 힘이 없었다
그대여
그대의 시각에
나는 얼마나 기울어져 있는가
아무리 위태롭게 기울었다 해도
버텨줄 생각일랑 제발 말아다오
쓰러질 것은 쓰러져야 하는 것
그저 보아다오
언제고 내 몸짓으로 쓰러지는 걸.

—「기운다는 것」 전문

이 인상적인 시편에서 우리는 황순원이 평생 동안 견고하게 유지해온 어떤 구도(構圖)를 엿볼 수 있다. 그는 기울어진 '피사의 사탑'이, 바라보는 각도에 따라서는 기울어진 게 아닐 수도 있다고, 그리고 아주 기울어서 금방 쓰러질 것 같기도 할 수 있다고 한다. 이 극단적인 두 가지 가능성 앞에서 화자는, 다시 한 번 "내 시각에 의하면"이라는 전제 아래, 자신의 여정을 배치한다. '피사의 사탑'을 보기 전에 거친 '밀라노'나 '피사의 사탑'을 보고 난 뒤 거친 '로마/플로렌스/베니스'가 다 기울어 있었다고 회상하는 것이다. 말하자면 '기울어간다는 것' 그것은 생의 순리 가운데 하나인 것이다.

비록 '밀라노'에는 스칼라 오페라하우스가 있고 '로마'에는 바티칸의 베드로 성당이 있고 '플로렌스'에는 미켈란젤로의 다비드상이 있지만, '베니스'에는 아무런 것도 없었다. 아무것도 없는 것이 아니라 화려했던 궁전이나 마르크 성당이 그 '베니스'를 버텨줄 힘을 가지고 있지 못했다. 순간 화자는 '그대의 시각'에 호소하여, "나는 얼마나 기울어져 있는가"하고 묻는다. 자신이 마치 버틸 힘이 없는 베니스처럼 위태롭게 기울었다 하여도, 버텨줄 생각을 하지 말고 그저 "쓰러질 것은 쓰러져야 하는 것"으로 두어달라는 것이다. 그게 바로 "내 몸짓으로 쓰러지는" 것이니까 말이다. 이때 화자는 '기운다는 것'의 어의(語義)를 '경사(傾斜)'에서 '사양(斜陽)'의 그것으로 현저하게 전이시켜간다. 말하자면 '기운다는 것'에는 '비스듬해지는 것'과 '스러져가는 것'의 양면성이 있는데, 화자는 이 둘 사이의 긴장 속에서 자신의 현존을 노래하는 것이다. 앞의 시편에서 '늙는다는 것'을 노래한 황순원은, 그렇게 '기운다는 것'과 '늙는다는 것'을 새삼스럽게 등가화하고 있다.

언제가 발레리는 문학의 정신에 관하여 "하나의 숭고한 아름다움에 대한 인간의 열망"이라고 하였다. 황순원 미학의 핵심에 그 숭고에 대한 열정이 있음을 우리는 잘 알고 있다. 언젠가 황순원은 "작품은 인간과 인간의 관계를 쓰는 것으로 그쳐서는 안 돼요. 인간과 인간의 관계를 통해 깊은, 궁극적으로 영혼의 문제에 부딪쳐야 합니다. 그게 쉬운 작업은 아니지요. 그러나 그것이 예술가가 할 일이요 작가가 할 일입니다."[5] 라고 말한 바 있는데, 이러한 깊은 작가적 자의식이 그로 하여금 한국 소설의 뚜렷한 거장의 반열에 오르게 했을 것이다. 특별히 '숭고'에 대한 열정을, 황순원은 장편 『움직이는 성(城)』에 이르러 그 완성한 바 있다. 거기에는 진

5) 황순원, 「산실의 대화」, 『조선일보』 1976.10.20.

리에 뿌리 내리지 못하면서 유랑하는 이들을 통해 우리 고유의 종교적 자의식이 나타난다. 그 유랑의 한시성을 극복하고 구원의 모습을 탐색하는 작가의 원근법은, 시편 안쪽에서 이미 그 원형을 예비하고 있었다고 할 수 있다. 하지만 "제게/더 울 수 있는 힘을 주옵소서"(「기쁨은 그냥」)라고 기도하는 그의 모습 속에도, 그러한 숭고함을 향한 열망은 여실하게 각인되어 있다. 그렇게 그에게 시는 "가까이선 빛을 알 수 없는/촉광 높은 별"(「고열로 앓으며」)로 존재하는 그 무엇이었던 셈이었다고 할 수 있다.

남는 문제가 여럿 있다. 글의 완성 과정에서 보완되어야 할 것이다. 먼저 서지 문제. 그의 전집은 여러 모로 한눈에 그의 시편을 개괄할 수 있게 해주지만, 누락된 작품들로 인하여 '시전집'이 아니라 '시선집'이 되어버렸다. 작가 생전에 시선집을 스스로 꾸몄기 때문에 자신이 뺀 작품이 더러 있다. 원전을 일일이 확인하여 황순원 초기 시작 가운데 더 강렬한 현실 지향의 의지를 담은 작품들을 복원해야 할 것이다. 그 다음으로 황순원의 예술적 단상 모음인 『말과 삶과 자유』가 황순원 시와 맺고 있는 관련성 문제. 아름다운 시적 문체에 자신의 마음의 결을 소소한 것은 그런 대로 스케일 큰 것은 그런 대로 자재롭게 발화한 이 산문을 '시적인 것'의 권역으로 흡수하여 섬세하게 분석해야 할 것이다. 마지막으로 그의 제2시집 『골동품(骨董品)』(1936)에 실려 있는 소품(小品)들에 대한 평가 문제. 그동안 논자들은 이 소품들을 통해 기지(wit)와 아포리즘의 가능성을 보았지만, 사회적 상상력이 급격하게 소거되면서 사물 자체의 인상에 즉해 펼쳐진 이 실험적 시편들에 대해서는, 작가론적 연속성에 대한 고려에 의해 행해지는 분석을 빼고는, 적극적 평가를 주저케 한다고 생각된다. 추후 이러한 문제들이 더 정치하게 구명되어야 할 것이다.

황순원의 시 문학과 동경 유학
- 황순원의 시문학에 대한 몇 가지 가설과 단상

김춘식

1. 문제제기 — 황순원의 시와 식민지 문학적 성격

황순원의 시에 대한 논의는 지금까지 최동호, 김주연, 박양호, 박혜경, 노승욱 등 몇몇 사람에 의해 단편적으로 이루어졌을 뿐, 본격적인 평가나 연구의 대상이 되지는 못했던 것이 사실이다. 이 점은 황순원의 소설가로서의 문학사적 위치와 비중이, 여러 평자들로 하여금 그의 초기시에 대한 가치를 평가를 상대적으로 소홀하게 할 만큼, 컸기 때문이라고 할 수 있다.

실제로 그의 시 창작 활동은 평생에 걸쳐 이루어지기는 했으나, 평자들에게 그의 시는 소설을 이해하기 위한 보조적인 수단으로 인식되었을 뿐 본격적인 가치평가를 위한 대상이 되지는 못한 듯하다. 실제로, 초기시를 중심으로 한 연구의 경우, 주로 시의 낭만적 직정성과 소박함이 모더니즘적인 회화성을 지닌 시편으로 바뀌는 점에 주목하면서 습작기로부터 벗어나 자기의 시적 세계를 찾아 가는 것으로 평가하거나, 그의 서정성, 모더니즘적 문학성향, 『삼사문학(三四文學)』, 『단층(斷層)』, 『창작(創作)』, 『탐구(探求)』 동인의 활동 경력과 그의 소설 경향과의 관련성을 주목하는 연구가 주를 이룬다. 특히, 그의 시에 대한 연구가 문학과 지성사에서 『황순원 전집』을 출간하면서 황순원이 직접 선한 『시선집』을 중심 텍스트 하여 이루어진 것이 전부라는 점에서, 작품에 대한 비평적 접근의 단계에 한정되었을 뿐, 황순원의 시문학 전체에 대한 종합적인 접근이나 문학사적인 관점, 평가는 전혀 이루어지지 않았다는 사실은은 황순원의 시에 대한 연구의 중요한 결함이라고 할 수 있다.

예를 들면, 텍스트 비교의 측면에서 최초의 발표 지면에 실린 작품과 1935년과 1936년에 출간된 『방가』[1], 『골동품』[2]의 비교, 그리고 『시선집』에 실린 작품의 개작 여부 등에 대한 연구가 이루어져 있지 않았을 뿐만 아니라, 1931년 등단 이후 일본 유학 시절에 발간한 두 권의 시집과 당시 문단 활동, 황순원의 시적 세계관, 문학관 등 초기 행적에 대한 실증적인 연구도 전무한 상황이다. 이 점은 황순원의 문학사적 위치나 가치에 견주어 본다면, 오히려 쉽게 납득이 되지 않는 것으로 그 동안의 황순원 연구가 지닌 문제점이기도 하다.

실제로 소설을 중심으로 한 연구사를 검토해 보면, 황순원의 문학적 가치나 평가는 해방 이후나 한국전쟁 이후의 시기에 집중되어 있을 뿐, 식민지 시기 황순원의 문학적 활동이나 작품에 대한 평가는 형식적인 차원에서 이루어진 경우가 대부분이다. 이 점은 문단활동 경력만 70년에 이르는 황순원의 대가적인 위치, 생존 작가로서의 시기가 길었기 때문에 상대적으로 그의 초기 작품 활동, 실증적 조사 등을 소홀히 한 결과라고 할 수 있다.

실제로, 전집을 출간하기 직전에 1986년 5월부터 1988년 3월까지 『현대문학』에 연재한 『말과 삶과 자유』에서 "나는 판을 달리 할 적마다 작품을 손봐 오는 편이지만, 해방 전 신문 잡지에 발표된 많은 시의 거의 다를 이번 전집에서도 빼버렸고, 이미 출간된 시집 『放歌』에서도 27편 중 12편이나 빼버렸다. 무엇보다도 쓴 사람 자신의 마음에 너무 들지 않은 것들

---

1) 황순원, 『방가』, 삼문사, 1934.
2) 황순원, 『골동품』, 삼문사, 1936.

을 다른 사람에게 읽힌다는 건 용납될 수 없다는 생각에서다. 빼버리는 데 조그만치도 미련은 없었다. 이렇게 내가 버린 작품들을 이후에 어느 호사가가 있어 발굴이라는 명목으로든 뭐로든 끄집어 내지를 말기를 바란다"[3] 라고 황순원 스스로 실증적 연구의 필요성을 부정하고 작품에 대한 문학적 가치 평가에만 주목해 줄 것을 요구한 점도 이런 결과에 암묵적인 영향을 주었다고 하겠다. 자료발굴 등 실증적인 연구가 작가 스스로에 의해 대가의 문학적 평가 혹은 문학적 완결성을 훼손시키는 호사가적 취향으로 폄훼됨으로써, 애초에 연구의 필요성 등에 대한 생각이 차단되는 결과를 낳은 것이다.

황순원의 작가주의나 문학적 염결성을 생각하면 최종적인 개작 결과를 '완성작'으로 읽어 주기를 바라는 마음은 충분히 납득이 가는 것이다. 독자 일반에게 미적, 문학적 가치가 높은 작품을 제공해야 한다는 책임감, 작가 정신은 이 점에서 분명히 높이 평가되어야 할 것이다. 그러나 문학 연구의 입장은 이런 작가의 생각과는 분명 다를 수밖에 없으며, 한 작가의 문학적 평가 또한 최종적인 결과를 두고 이루어지는 '작품주의'에 한정할 수는 없는 것이다. 역사주의라고 하든, 실증주의라고 하든, 방법론의 여부를 떠나서 황순원이라는 한 작가, 시인에 대한 연구는 그가 걸어온 시대, 역사의 궤적과 함께 논의되어야 그 완전한 실체를 볼 수 있는 것이며 또한 그것이 작가의 진정한 전모, 실체이기도 하다.

이 점에서 황순원의 시에 대한 연구는 해방 이후에 집중되었던 지금까지의 연구에서 벗어나 식민지 시대에 활동한 문인 황순원에 대한 연구가 중심이 될 필요가 있다. 실제로 그의 초기시는 1931년부터 1940년까지 식민지 후반기의 가장 문제적인 시기에 창작되고 발표되었다. 이 점은 황순원의 초기 문단 활동이 결코 간과될 성격이 아니라 식민지 후반기 문인으

3) 황순원, 「말과 삶과 자유」, 황순원 외 『말과 삶과 자유』, 문학과지성사, 1985, 29쪽.

로서 상당히 문제적인 지점을 지니고 있다는 뜻이기도 하다.

2. 두 차례의 시적 실험과 소설

황순원이 『시선집』을 간행하면서 '버린', '작품'은 소설이 아니라 모두 '시'이고 또 대체로 일본 유학시절에 쓰거나 시집으로 발간한 작품들이다. 이 점은 작품의 완성도 여부도 관계되지만, 시의 내용이나 성향이 이후 시인의 문학적 성향과 어긋나거나 일치되지 않는 점도 상당부분 관계가 있다고 판단된다. 예를 들면, 첫 시집을 발간한 이후, 『조선중앙일보』에 약 1년간 발표된 작품 중 상당수가 『시선집』에서 제외되었는데, 실제로 「귀향의 노래」, 「가로수」, 「굴뚝」, 「고향을 향해」, 「오후의 한 조각」[4] 등 시선집에 실린 작품에 비해, 제외된 「새로운 행진」, 「거지애」 등 8편은 그 완성도가 현저히 떨어지는 것이 분명한 사실이지만, 그 내용상의 측면에서도 직설적인 현실 비판, 격정, 자조 등 식민지 말기 현실에 대한 비판적 메시지와 시선이 강한 작품이 다수를 이룬다. 첫 시집 출간 이후 약 9개월 동안 14편의 작품을 동일한 지면에 발표한 점, 또 이런 다작이 이루어진 이유도 특이한 사항이다.

『조선중앙일보』에 시 「무덤」(8월 22일)을 발표한 뒤 「개미」를 마지막으로 게재한 10월 15일 사이의 시점에 황순원은 시집 『방가」를 검열을 피해 일본에서 출간했다는 이유로 평양 경찰서에 29일간 구류된다, 또 이 무렵 『삼사문학』 동인이 되면서 시적 경향이 커다랗게 변화한다. 1934년 11월 시집 『방가』를 인쇄소 "삼문사"에서 출간하고 약 1년 6개월 만에 제2시집 『골동품」을 출간하는데, 이 시집은 첫 시집과는 또한 전혀 다른 색

4) 『조선중앙일보』 1935년 6월 25일 발표 당시 제목은 「오후의 일편(一片)」.

채를 지닌 시집이다. 이런 대략적인 행적은 1934년에서 1936년 사이에 황순원의 외적, 내적 변화과정을 보여 주는 것으로 식민지 현실 속에서 한 명의 시인이 소설가로 변신하는 과정의 한 장면을 보여주는 것이기도 하다.

1937년 7월 첫 단편 「거리의 부사(副詞)」를 동인지 『창작』 3집에 발표하는데, 이 첫 소설은 시에서 소설로의 변신을 실험한 작품으로 읽힌다. 작품의 형식이 대화가 없는 서술과 묘사로만 이루어진데다가 인물의 심리묘사를 중심으로 된 문체는 황순원이 시선집에서 배제한 시편들의 산문적 문체, 주제와 오히려 유사한 측면이 있다. 이런 전후의 과정은 황순원의 소설이 그의 시적 실험의 두 방향 중에서 보다 현실적인 표현, 문제의식의 차원이나 요구가 장르의 전환으로 나타난 결과는 아닌가 하는 추론을 가능하게 한다.

"문학이나 미술이나 음악이나 간에 모든 창조적 예술은 시적인 근원이라는 것을 생각할 필요가 있어요. 이럴 경우의 시란 문자로 씌어진 시가 아닌, 원초적인 생명의 호흡이랄까, 그러한 것을 말하는 거지"[5] 와 같은 작가의 말처럼, 시는 그의 소설의 기원이면서 또한 시로서 구현해 내지 못한 지점에 대한 '새로운 출구'와 같은 의미를 지닌 것으로 추측된다.

"시집 『방가』에서 높인 목청은 내 소심성과 결백성에 대한 자기확인일 수 있고, 시집 『골동품』에서는 『방가』에서의 내 감정 비만증에 대한 확인일 수 있고, 단편집 『늪』(『황순원단편집』의 개제)에서는 시가 없어 뵈는 나 자신에 대해 소설로써 내게도 시가 있다는 확인을 해 보인 것은 아닐까"[6] 라는 황순원 개인의 진술을 보더라도, 두 권의 시집 발간 이후 소설로의 전환과정은 '자기 확인', 달리 말하면, 시를 통한 두 차례의 문학적인 실험이 선택한 행로인 셈이다. 시집 『방가』의 "이 詩集은 나의 세상을 향한 첫 부르지즘 이다./나는 이 부르지즘을 보담더 크게, 힘차게, 쏘한 깁게 울

5) 황순원, 「유랑민 근성과 시적 근원」, 『문학사상』, 1972.11., 317쪽.
6) 황순원, 「자기 확인의 길」, 『황순원연구』, 문학과 지성사, 1985, 192~193쪽.

리게 할 압날을 가져야 하겠다."와 같은 선언적 「자서」나, 『골동품』의 "나는 다른 하나의 實驗管이다"와 같은 절제된 암시는 분명 대조적이지만 '자기 확인'의 욕망이 투영된 진술임은 분명하다. 시를 통한 부르짖음과 감정의 절제라는 두 실험은 결국 '현실과 언어'라는 두 차원의 갈등관계에 대한 탐구이고, 식민지 현실과 시, 혹은 예술의 긴장, 길항에 대한 자기 확인의 과정인 것이다. 서로 모순된 두 지점에 대한 시적 탐구의 결과가 산문으로, 즉 소설로 시를 추구하는 결과로 나타난 것이라고 할 수 있다.

3. 황순원의 동경 유학 시절과 삼문사, 아나키즘

황순원의 시집 두 권과 동인활동이 이루어진 기간, 첫 소설 「거리의 부사」와 두 번째 소설 「돼지계」가 발표된 시기가 모두 동경 유학 시절이라는 점에서 황순원의 식민지 시기 실질적인 문단 활동은 모두 일본에 유학하는 기간에 이루어진 셈이다. 실제로 이 시기 그의 작품 성향은 그 내용면에서 식민지 지식인의 시선을 반영하는 것이 많고 첫 소설 「거리의 부사(副詞)」는 식민지 조선 유학생의 억압(언어적, 인종적)기제를 잘 나타낸 작품이다. 이 점은 첫 시집 『방가』의 내용이나 성향과 유사한 것으로, 『골동품』의 언어미학적이고 회화적인 순수시의 세계와는 다소 이질적인 측면에 해당된다.

황순원의 동경 유학 시절의 행적 중 사회주의의 영향에 대해 언급한 노승욱의 경우[7]가 아마 유일한 듯하다. 이 연구는 소략하고 추측에 머물고 있지만 황순원의 "동경학생예술좌"활동에 주목하면서 이 "동경학생예술좌"가 좌익적 성향을 내포하는 운동단체였다는 점을 들어, 당시 황순원이

7) 노승욱, 『황순원 문학의 수사학과 서사학』, 지교, 2010, 57~58쪽.

좌익적 성향에 경도되었을 가능성을 추론하면서, “문학가 동맹 가입 이력”, “국민보도연맹”소속 이력 등을 거론한다. 첫 시집의 내용과 일본 유학 시절의 식민지 현실에 대한 비판의식을 해명하기 위해 “동경학생예술좌”의 이념적 성향을 주목한 점은 상당한 의미를 지니지만, 지나치게 소략한 추론에 그친 점은 아쉬운 점이라고 할 수 있다.

실제로 황순원의 동경 유학 시절은 “동경학생예술좌”를 근거로 해서 유학생 문학청년과의 교류가 이루어진 측면이 있고 두 번에 걸친 시집의 출간도 모두 이런 연관선상에서 이루어진 것이다. 「조선중앙일보」에 시를 게재하는 과정, 『삼사문학』, 『창작』, 『작품』 등의 동인이 되는 과정도 동경 유학 시절의 활동이 연장된 것으로 1931년 『동광』에 작품을 게재하고 등단한 이후, 황순원이 주목받는 젊은 시인으로 성장하는 과정에서 가장 큰 역할을 한 것은 “삼문사”에서 출간한 첫 시집 『방가』의 영향력 때문이라고 할 수 있다. 시집 『방가』의 출간 때문에 평양경찰서에서 29일간이나 구류되었다는 것은 이 시집의 파장이 결코 작지 않았다는 것을 간접적으로 말해준다.

검열을 피해서 일본에서 시집을 출간했다는 혐의 자체가 황순원의 첫 시집이 놓인 당시의 위치를 말해 주는 것으로 시집 『방가』는 식민지 당국에게 단순한 식민지 현실에 대한 비판 이상의 의미를 지닌 것으로 받아들여졌는데, 그것은 조선이 아닌 일본에서 출간되었다는 점, 그리고 그 출판의 주체가 “동경학생예술좌 문예부”이고 인쇄소가 “삼문사”라는 사실과 관계가 있다.

“동경학생예술좌”는 노승욱의 주장처럼, 지금까지 좌익적 성향을 지닌 단체로 인식되었던 것은 분명한데, 그렇다고 이 단체가 곧 사회주의자의 단체였다고 보기는 어렵다. “동경학생예술좌”를 좌익적 성향의 단체로 파악하는 가장 큰 이유는 이 단체의 창립발기인 중 주영섭, 마완영, 박동근 등이 후에 “동경학생예술좌 사건”, 일명 좌익 연극단 사건으로 구속되어

실형을 받은 일이 있었기 때문이다. 그러나, 이때 좌익적 성향이 사회주의만을 의미한다고 보기는 어렵다. 1933년에서 1938년까지는 식민지 당국으로부터 좌익으로 분류되는 이념적 성향에는 사회주의(공산주의)뿐만 아니라 아나키스트까지 포함되어 있어서, "동경학생예술좌"의 주축을 이루는 성향이 사회주의였다고 단정하기는 어렵기 때문이다. 실제로, 이 단체의 주요구성원은 와세다대, 니혼대, 호세대학 등에서 문학, 연극, 영화 등 예술을 전공하는 학생들이었는데, 이들의 이념적 성향은 사회주의보다는 민족주의적 성향이 강하면서도, 자유로운 예술적 성향과 개인주의적인 취향을 지향한다는 점에서 오히려 민족주의적 아나키스트의 면모를 지니고 있었다고 할 수 있다. 이 점은 "동경학생예술좌"의 기관지인 동인지 『막』을 1936년 12월부터 1939년 6월까지 출간한 출판사 겸 인쇄소 "삼문사"의 성격과도 무관하지 않다. 황순원의 시집 두 권이 모두 "동경학생예술좌문예부"에서 편집되고, 인쇄를 "삼문사"에서 한 것은 이 점에서 우연이 아니라 일종의 긴밀한 연관에 의해 이루어진 것이라고 할 수 있다.

"삼문사"는 황순원의 시집 뿐만 아니라 이후 이용악 시집 『분수령』과 『낡은 집』 그리고 김유정의 『동백꽃』 등을 출간하는 등[8] 식민지 말기 '조선어 작품집'출간이 검열 등의 탄압으로 점점 어려워지던 시기에 '조선어 작품'출간의 역할을 도맡아 하던 곳이었다. 삼문사의 역할과 의미에 대해서는 한아진[9]의 연구가 처음으로 그 성격을 자세히 조명했는데, 이 연구는 삼문사의 성격과 아나키즘, 니혼대 정치학과 학생들과의 관계, 아나키즘 단체인 조선동흥노동 동맹과의 관계를 자세히 밝히고 있다. 이 연구에서 주목할 점은 삼문사의 실질적 주인인 '최낙종'에 관한 이력을 밝혀낸 부분이다.

---

8) 한아진, 『이용악 시의 서사성과 장소체험』, 동국대학교 석사학위논문, 2014, 71쪽.
9) 위의 글, 71~81쪽.

최낙종은 아나키즘 단체인 "조선동흥 노동동맹"의 핵심멤버로써 흑우연맹의 기관지인 『흑색신문』의 인쇄를 담당하면서, "삼문사"의 실질적 발행인 역할을 담당한 인물이다. 1932년 2월 인쇄소를 인수한 이후 최낙종은 1930년 7월 22일부터 발간한 『흑색신문』의 인쇄를 담당함과 동시에 『시바우라 노동자 뉴우스』(1933년 창간), 『조선동흥노동뉴스』(1935년 창간), 『조선노동자협동조합뉴스』(1935년 창간) 등 활발한 활동을 전개하다가 1936년 3월 핵심조직인 흑우연맹이 해산되고, 4월에 동흥동맹 해산, 5월 『흑색신문』 폐간으로 이어지면서 조선인 유학생, 문인, 동인지 등 조선어 관련 문학 창작물을 발간하는 대표적인 인쇄소가 된다.[10] 실제로 조선어 창작이 금지되면서 "삼문사"에서 1940년 5월 8일 마지막 국문판 동인지 『업』이 인쇄된 것은 이 출판사의 상징적인 의미를 잘 나타내는 사실이다.

이처럼, 삼문사, 최낙종, 동경학생예술좌의 관련성을 살펴보면, 황순원이 두 권의 시집을 출판하는 전후의 맥락 속에 '조선인 아나키즘'이라는 환경적인 여건이 뚜렷이 자리 잡고 있음을 알 수 있다.

실제로 "동경학생예술좌"가 사회주의에 경도되었다고 보기 어려운 것은, 1927년 9월 18일 "재일본조선노동총동맹(재일노총)"의 중앙집권주의를 강력히 비판하고 아나키즘 단체인 "조선동흥노동동맹"과 "조선자유노동자조합"이 설립되면서, 1930년대 중반까지 사회주의자들과 극도의 대립을 형성했다는 점에서,[11] 아나키즘 계열의 인쇄소에서 사회주의 노선의 단체가 기관지를 발행한다는 것은 불가능하기 때문이다.

황순원의 시집에 밝혀진 삼문사의 주소는 『방가』에는 "東京市 芝區 濱松町 二丁目 二七", 『골동품』에는 "東京市 淀橋區 戶塚町 一丁目 二六七"로 바뀌어 있지만 그 위치는 모두 와세다 대학 인근으로 니혼대학, 법정대학을 근거리에 둔 곳이다. 실제로 『방가』에 적힌 황순원의 주소지는 "東京市

10) 위의 글, 74쪽.
11) 김명섭, 『한국 아나키스트들의 독립운동』, 2008, 217쪽.

込區 早稻田 鶴券町三0九"로 와세다 인근에 있는 삼문사나 동경학생예술좌와는 상당히 근거리에 위치해 있다. 황순원이 시집을 출간한 1934년 11월은 이용악이 시집을 출간한 1937년경보다도 삼문사와 조선동흥노동동맹의 활동이 가장 전성기를 이루던 시점이라는 점에서 황순원과 삼문사, 조선동흥노동동맹을 중심으로 한 아나키즘 노동운동의 상관성은 충분한 가능성을 지닌다고 할 수 있다.

조선동흥노동동맹의 강령을 살펴보면, "1) 우리는 자유연합주의로서 노동계급의 해방을 기한다. 2) 우리는 중앙집권조직을 배격하고 자유연합주의를 고창한다. 3) 우리는 일체의 정치운동을 배격한다."[12] 라고 되어 있다. 이 강령을 중심으로 보면 조선 아나키스트 운동은 '자유연합주의', '중앙집권주의 반대', '정치운동 배격'등으로 요약할 수 있는데, 그 성격을 정리하면 "반제국주의, 제국주의 전쟁 반대, 민족해방, 노동해방"이라고 할 수 있다. 즉, 조선 아나키즘 운동은 조합주의적 측면, 자유주의적 측면, 사회주의의 정치세력화 반대, 반제민족해방적 노선을 지향하는 점에서 '민족주의 좌파'을 포괄적으로 수용하는 사상적 성향을 지니고 있었다고 할 수 있다. 실제로 조선 아나키스트의 주된 투쟁 대상은 친일단체, 민족주의 우파 중 자치주의자, 사회주의자, 제국주의자 등이라는 점도 이 점을 뒷받침한다.

이외에도 황순원과 밀접한 상관성을 지니고 있는 동인지 『창작』의 발행인은 "동경학생예술좌"창립멤버인 한적선이고, 인쇄소는 역시 "삼문사"라는 점, 3호 발행인이 신백수로 바뀌는데, 신백수는 『삼사문학』 동인인 점, 또 『탐구』의 경우 『삼사문학』 동인인 정현웅, 이시우, 신백수 등이 주축이 된 동인지로서 역시 필자의 대부분이 『막』, 『창작』 등의 핵심멤버인 동경유학생들, 즉, "동경학생예술좌"와 관계가 있는 문학청년들인 점 등

12) 오장환, 『한국아나키즘운동사연구』, 국학자료원, 1998, 199쪽.

은 황순원과 동경유학생 그룹, 그리고 삼문사를 중심으로 한 아나키즘 운동 사이의 연관관계를 추측하는 한 단서이다.

아나키즘과 민족주의 좌파, 즉 저항적인 성향을 지닌 민족주의 청년 사이의 연관성은 어떤 점에서는 '자유주의적 성향, 예술적 성향' 면에서 서로 상통하는 점을 지니고 있다. 정치적 조직이나 활동을 배제하면서 제국주의에 반대하는 노동자 지식인 그룹 중 실제로 예술가들이 다수를 차지하는 경우는 종종 있다. 특히, 아나키즘은 '저항적'이지만 '이념적'이지는 않다는 점에서 피식민지 지식인, 특히 문학, 예술, 문화 방면을 전공하는 동경 유학생들과는 친연성을 지닐 가능성이 많다고 하겠다.

4. 동경에서의 시창작과 귀국 후의 소설쓰기 ― 균열을 봉합하는 소설의 양식

황순원의 첫 시집 『방가』에 실린 작품은 그 성격상 식민지 지식인의 민족의식을 그 바탕에 지니고 있으며, 작품의 미적 치장이나 언어적 수식보다는 현실 비판, 고뇌와 부르짖음의 표출이 주를 이룬다. 따라서 작품의 수사적 세련됨이나 언어미학적인 측면은 두 번째 시집 『골동품』에 견줄 바는 아니다. 그러나 식민지적인 상황이나 조건을 염두에 둔다면 황순원의 첫 시집 『방가』는 『골동품』보다 훨씬 더 중요한 의미를 지닌다.

우선, 1930년대 전반기의 역사적 상황 속에서 이 시집은 당대적 상황과 밀접한 상관을 지닌 상태에서 출간되었고, 또 재일 조선인 노동자, 유학생을 비롯한 당대의 독자들에게 일정한 영향을 준 시집이라고 할 수 있다. 1935년 『조선중앙일보』에 다수의 작품을 발표하는 행보라든가, 이후 이어지는 동인 활동 등은 황순원의 첫 시집이 지닌 영향에 대한 반증이라고 할 수 있다. 실제로 1930년대 시단이 동인지 발간을 중심으로 많은 신진이 등장하는 시기였다는 점을 고려하면, 황순원의 시적 활동은 당대적 상황 속에서 결코 가벼운 것은 아니었다고 하겠다. 민족주의적인 성향이 극도로 팽창하던 1930년대 전반기의 상황에서 황순원의 시적 특질은 당대의 상황을 반영할 뿐만 아니라 동시대적인 의미를 나름대로 확보하고 있는 것이다.

비냐, 바람이냐?
그러치 안으면 벼락이냐, 地震이냐?
不安한 黑雲이 써도는 一九三三年의 宇宙여.

無에서 有로, 삶에서 죽엄으로,
그리고 個人에서 群衆으로, 平和에서 戰爭으로-
二十世紀의 수레는 狂亂한 軌道를 달리고 있나니
이 한해의 軌跡은 또 무엇을 그릴것인가.
우리 젊은이의 마음을 썩거 버리지 안으려나.
참말 一九三三年의 車輪이 險惡한 行進曲을 울린다고
젊은 우리는 마즈막 頹廢한 노래만 부르다가 路頭에 쓰러져야 올탄 말인가
(하략)[13]

일제는 1931년 만주 사변을 일으킨 뒤, 1933년 국제연맹을 탈퇴한다. 국제연맹을 탈퇴하고 히틀러와 행보를 같이하는 일련의 움직임이 가속화된 시점이 1933년이라는 점에서, 1933년의 차륜이 "험악한 행진곡"을 울린다고 표현한 이 시는 당대에 대한 민감한 비판의식을 지니지 않은 상태에서는 쓰기 어려운 작품이다. 즉, 제국주의의 국제적인 세력 재편 과정에 대한 시인의 관심은 어떤 점에서는 시의 미학적인 차원을 초과해 있다고

13) 황순원, 「一九三三年의 車輪(元旦에 서서)」, 『방가』, 삼문사, 1934, 49~50쪽.

할 수 있다. 실제로 「압록강의 밤이어」, 「석별」, 「쩌러지는 이 날의 太陽은」, 「우리안에 든 독수리」와 같은 작품이 모두 제국주위, 일제, 전쟁에 대한 비판과 식민지 백성의 고통을 묘사하고 있는 작품들이다. 식민지적인 궁핍에 대한 동정과 울분, 그리고 제국주의적 힘에 대한 비판과 종말의 예언 같은 시적 내용은 시인의 일상적 체험의 영역보다 훨씬 넓은 것으로써 하나의 담론적 성격을 지니고 있다.

황순원의 첫 시집은 이점에서 정서나 서정의 차원을 가다듬는 언어적 순화를 지향하지 않은 채, '부르짖음' 즉 세상에 대한 자기의식을 표출을 전면에 내세운 것이 주요한 특징이다. '젊은이', '그들' 등 내면화된 정서의 층위보다는 집단적이거나 세대적인 호명을 빈번하게 사용하는 것도 시적인 미숙함의 한 측면이지만 또한 당시의 시대적 분위기 혹은 책임에 대한 한 반응이라고 할 수 있다.

> (전략)
> 가엾은 겨레의 눈물의 현상
> 이날의 대도시의 정맥이나 된 듯이
> 일자리를 찾아 힘없는 걸음을 옮기는 사람들
> 이 날의 대도시의 수없는 고아나 된 듯이
> 빈민굴 움막 속에 꾸물거리는 미이라들
> 그들에겐 어찌 고향이 그립지 않고 여수의 쓰라림이 없을 것인가
> 골골이 수심을 받은 그들의 가슴은
> 몇 곱절의 강렬한 향수의 불길이 타고 있을 것을
> 허나 그날그날의 삶에 쪼들리는 가련한 무리
> 못내 귀향의 값진 희열을 바수뜨리고 마는 것이다.
>
> 포도에 쭈그러진 구두짝을 보고도
> 오늘의 그들의 송장같은 얼굴을 그려봄이여
> 길가에 선 실버들이 가을바람에 시든 것을 보고도

닥쳐올 그들의 앞날을 염려함이여.

그러나 젊은이는 이같이 덧엎친 분위기 속에서, 깊은 바닷속 같은 헤매임에서
어떻게든 새로운 빛을 발견해야 하나니
나비가 꽃을 찾아드는 듯한 아름답고
또는 상주 없는 상여를 보는 듯한 외로운 귀향을 꾀함보다도
이역의 비애와 함께 고향의 참상 속에서 새로운 희망을 찾아야 하나니
한 계집을 새에 두고 다투는 두 사나이의 격분한 몸뚱이같이
세찬 두 갈래의 괴로움이 젊은이를 뒤치고 있으나.

당장 뛰어나가 고함을 치고 싶고나
새벽 나팔 같이 우주를 깨워 놓을 고함을 치고 싶고나.[14)]

인용한 시는 1934년 시집에 실린 원문이 아니라, 『시전집』에 실린 것이다. 1934년 당시 시집 실린 작품과 비교해 보면 부분적인 수정이 여러 곳에 이루어 졌음을 알 수 있다. 우선, 감정적이거나 영탄적인 발언과 표현을 많이 완화했는데, 대체로 '거친 표현' 등에 대해서 수정을 한 것을 알 수 있다. 이런 수정은 『방가』 중에서 『시선집』에 빠진 작품이나 『조선중앙일보』 발표된 작품 중 『시선집』에서 누락된 작품의 선별 기준을 알게 한다. 우선, 시적 표현의 부족, 거친 언어, 완성되지 못한 미적 형식과 미숙함 등이 '시선집' 선별의 기준으로 보인다.

인용한 작품에서 눈에 띄는 것은 빈민에 대한 시인의 시선이다. 그리고 그러한 빈민이 '이역'으로 상징되는 일본 땅에 살고 있는 '동포'로 암시됨으로써 가난과 민족적 수난은 이중의 굴레가 되어 눈 앞에 펼쳐진다. 유학생의 눈에 띈 '재일 조선인 노동자'들의 삶이 이 시에 나타난 중심 대상이고 시인은 그러한 현상에 대해 개인의 귀향, 안분지족과 "이역의 비애,

14) 황순원, 「이역에서」, 『시선집』, 문학과지성사, 1985, 38~39쪽.

고향의 참상"에 대한 직시라는 두 가지 선택적 갈등을 느낀다. 이 고뇌는 확대해 보면 '시인의 미학적 탐구와 실험이나 현실에 대한 문학적 관심의 표현'이라는 양자의 대립을 암시하기도 한다. 실제로 첫 시집과 두 번째 시집 『골동품』의 간격은 마치 '참여와 순수'의 대립처럼 보이기도 한다.

황순원이 두 권이 시집을 출간하는 과정에서 '예술, 언어'와 '행동, 현실비판'이라는 둘 사이의 괴리를 몸으로 직접 체험하고 있음은, 그의 첫 소설 「거리의 부사」를 보면 잘 알 수 있다. 소설이면서도 시적인 묘사를 지니고 있고 동시에 조선인 유학생의 식민지적 굴레를 주목하는 이 작품은 황순원의 문제의식이 시가 아니라 소설 속에서 비로소 하나의 형식을 얻게 되는 과정을 그대로 보여 준다.

결국, 유학 생활 중에 출간한 두 권의 시집과 그의 문학 활동은 소설 쓰기의 과정을 거치면서 그 주제의식이나 창작적 작가의식을 갖추게 되었고 궁극적으로는 조선으로 돌아와서 조선어 창작이 금지된 상태에서의 '창작행위'로 이어진다. 금지된 창작이 시가 아니라 '소설'을 통해 이루어졌다는 것은 언어의 '미적 형식과 비판적 형식 사이의 균열'을 황순원이 시를 통해서는 극복하지 못하고 '소설'이라는 글쓰기 형식에서 비로소 찾게 되었음을 의미한다. 이 점에 비추어 보면 황순원의 소설은 한편으로 서정적이기는 해도 현실과 무관한 '순수문학'이라고 보기는 어렵다. 오히려 작가의 관심은 끊임없이 현실을 향하고 있고 그 현실에 대한 사유가 하나의 서정적 산문의 양식에 함축될 수 있었던 것이다.

황순원 시와 감성의 윤리

이혜원

1. 서론

황순원은 소설가로 활동하기 전에 시인으로 출발한다. 1931년 『동광』에 시 「나의 꿈」을 발표하면서 등단했고 1934년에 첫 번째 시집 『방가』, 1936년 두 번째 시집 『골동품』을 내놓으며 시인으로 활발하게 활동한다. 이후 소설 창작에 열중하게 되어 더 이상 시집을 내놓지는 않지만 시 창작을 멈춘 것은 아니다. 본인이 작품을 가려 뽑은 시선집인 『황순원 전집 11』을 보면 『방가』와 『골동품』 외에 『공간』(1935~40), 『목탄화』(1945~60), 『세월』(1974~85) 등이 시기별로 분류되어 있다. 다작은 아니지만 소설을 쓰면서도 틈틈이 시를 계속 썼던 것이다. 이는 소설이 아닌 시로 표현하고 싶은 세계가 지속되었다는 증거이다.

황순원이 소설가로 왕성하게 활동하던 시기에도 계속해서 시를 썼던 이유는 무엇일까? 그가 썼던 시가 곧 그 대답이 될 것이다. 황순원의 시는 "나는 다른 하나의 실험관이다."라는 자서를 붙인 시집 『골동품』을 제외하고는 거의 내면 고백에 가깝다. 『골동품』은 <단층>의 동인으로 활동하던 시기에 쓴 것으로 짤막한 형태의 이미지즘 시들로만 이루어져 있다. 그 외 대부분의 시들은 고백체로 주정적인 색채가 강하다. 황순원에게 시는 허구의 세계를 창조하는 소설과는 달리 꾸밈없는 육성에 가까웠던 것이다. 그는 평생 동안 잡문을 거의 쓰지 않았지만, 매번 자신을 벗어나 전혀 새로운 허구의 세계를 그려야하는 소설 외에 자신을 진솔하게 드러내는 시를 통해 다양한 표현의 욕구를 충족한 것으로 보인다.

자신의 육성에 가까운 황순원의 시는 그의 사상과 정서를 긴밀하게 드러낸다. 그의 시는 내면의 핍진한 고백과도 같아 그가 지녔던 사유나 감정의 핵심을 포함하고 있다. 그것은 그의 문학 전반에 걸친 사상의 중심을 이루며 삶에 대한 근본 자세를 보여주기도 한다.

그렇다면 시를 통해 확인할 수 있는 황순원 문학의 중심 사상은 무엇인가? 「고백」이라는 시에서 그 답을 찾을 수 있다. "네 이웃을 네 몸과 같이 사랑하라"는 말이 처음부터 두렵고 고통스럽게 자신을 붙들고 놓아주질 않는다고 그는 힘겹게 고백한다. 사실은 자신이 그 말을 놓칠까 겁이 났었다는 매우 진솔한 고백 속에 오랜 고뇌의 자취가 들어있다. 타자를 의식하고 배려해야 한다는 윤리의식은 평생 동안 그의 사유를 지배해온 무거운 책무이다. 흔히 인본주의로 규정되어온 그의 사상의 역시 이러한 사유의 연장선상에 놓인다.

타자에 대한 의식과 사유의 방식에 있어 그는 레비나스의 타자 철학과 상당히 유사한 면모를 보인다. 타자에 대한 책임을 강조하는 것은 논리적 차원이 아닌 윤리적 차원에 놓인다. 윤리와 도덕은 인류의 기본 단위인 가족과 이웃에 대한 책임을 강조하는 것이다. 타자에 대해 도덕적 책임을 진다는 것은 타자를 대신하여 고통과 희생을 감수하는 것인데, 이를 통해 윤리적 주체의 고유성을 확보할 수 있다. 이런 타자 철학은 이성과 주체 중심의 서구 근대철학의 한계를 넘어서 인간 본성의 근원적 가치를 새롭게 인식하게 한다. 타자철학에 깃든 이해의 감성들은 가치와 실존의 문제들을 돌아보게 한다.

이런 타자철학과의 관련성을 통해 황순원의 문학이 제기하는 인간 본성에 대한 깊이 있는 이해와 현대사회 삭막한 인간관계를 근본적으로 반성할 가치의 문제에 접근해볼 수 있을 것이다. 여기서는 황순원의 시에서 타자의식이 형성되고 심화되어가는 과정을 살펴 그 의식의 출발과 귀착이 보여주는 지향성을 확인해볼 것이다. 레비나스의 주요 개념들을 참조로 하여 황순원 시의 타자의식이 보여주는 의미와 가치에 대한 이해를 돕고자 한다. 이는 그동안 변모과정이나 미의식의 해명에 집중되어 있던 황순원의 시를 윤리의식이나 가치관의 측면에서 재조명하려는 시도이다.[1)]

2. 생명의 향유와 폭력에 대한 저항

황순원은 해방 이전의 초기시에서 다양한 시풍을 시도한다. 첫 시집 『방가』에서는 제목그대로 세상을 향한 힘찬 부르짖음을 담고 있다. 이상을 향한 동경과 현실에 대한 부정이 선명한 대조를 이루며 강한 낭만성을 드러낸다. 1930년대 초기 일제의 탄압으로 크게 위축되었던 시단의 전반적인 분위기와 다르게 마음껏 내면의 소리를 발산한 이 시집은 상당히 이례적이다. 혈기 왕성한 젊은 시인으로서 거침없이 분출한 강렬한 육성을

---

1) 황순원 시에 대한 선행 연구는 다음과 같다.
최동호, 「동경의 꿈에서 피사의 사탑까지」, 『말과 삶과 자유』, 문학과지성사, 1985.
박양호, 「황순원 시 연구－『방가』를 중심으로」, 『어문논총』(전남대) 10・11, 1989.
노귀남, 「황순원 시세계의 변모를 통해서 본 서정성 고찰」, 『고봉논집』 6, 1990.
고현철, 「황순원 시 연구－시집 『방가』에 나타난 역사의식을 중심으로」, 『한국문학논총』 11, 1990.
김주연, 「싱싱함, 그 생명의 미학」, 『황순원 전집 11－시선집』, 문학과지성사, 1993.
김종태, 「염결성의 시학」, 『현대시학』, 2000.10.
이혜원, 「황순원 시 연구」, 『한국시학연구』 3, 2000.11.
장석남, 「황순원 시의 변모 양상에 대한 고찰」, 『한국문예창작』 11, 2007.
이 중 최동호, 노귀남, 이혜원, 장석남은 황순원 시의 변모과정을 살피고 있으며, 김주연, 김종태는 생명성 또는 염결성에서 미의식을 찾고 있다. 박양호와 고현철은 첫 시집 『방가』를 집중적으로 분석하고 있다.

통해 황순원이 꿈꾸었던 한 세계를 대면할 수 있다.

꿈, 어젯밤 나의 꿈
이상한 꿈을 꾸었노라
세계를 짓밟아 문지른 후
생명의 꽃을 가득히 심고
그 속에서 마음껏 노래를 불렀노라.

언제고 잊지 못할 이 꿈은
깨져 흩어진 이 내 머릿속에도
굳게 못박혔도다
다른 모든 것은 세파에 스치어 사라져도
나의 이 동경의 꿈만은 길이 존재하나니.

―「나의 꿈」 전문[2)]

황순원의 등단작인 이 시는 앞으로 펼쳐질 그의 문학세계에 대한 강한 전조를 보여 흥미롭다. 시의 큰 축을 이루는 꿈과 현실의 갈등은 황순원 문학의 낭만적 성향을 내포한다. '이상한 꿈'은 곧 그의 '문학의 꿈'이며 현실의 '세계'와 맞먹는 원대한 포부를 담고 있다. 그는 현실의 세계를 지우고 '생명의 꽃'이 가득한 아름답고 평화로운 세계를 세우고 싶어 한다. "세계를 짓밟아 문지른 후"라는 거친 표현을 통해, 자신이 꿈꾸는 문학의 세계가 현실과의 혹독한 대결을 수반해야 된다는 각오를 엿볼 수 있다. 자신의 문학적 이상을 현실 세계에서 실현하겠다는 '이 동경의 꿈'은 그의 예견대로 온갖 세파에도 흔들리지 않고 황순원 문학의 견고한 뼈대를 이룬 정신이다.

생명의 꽃이 가득한 세계에서 마음껏 노래하고 싶다는 이 순수한 욕망

2) 황순원, 『황순원 전집 11－시선집』, 문학과지성사, 1993, 11쪽. 이후 시 인용은 위의 책에 의거한다.

은 레비나스가 말하는 '향유'를 연상시킨다. 레비나스는 향유의 순간, 어떤 것에 의존하지 않고 홀로 무엇을 누린다는 사실에 주체의 주체성의 기원이 있다고 한다.[3] 향유의 행위를 다른 무엇에도 의존하지 않고 자신이 떠맡음으로써 주체는 독립성을 확보할 수 있다. 향유를 통해 주체는 자신을 둘러싼 세계를 자신의 세계로 변형시키고 개별적 인격을 발현하게 된다. 그러므로 향유는 주체의 내면성과 유일성을 보장한다. 향유를 누리는 주체는 무엇으로 대신하거나 소외시킬 수 없는 고유하고 존엄한 존재이다. 위의 시는 향유를 통해 주체가 내면성과 유일성을 획득하는 과정을 보여준다. 자신만이 꿈꾸는 세계를 향유함으로써 주체는 그 무엇으로도 대체할 수 없는 자신만의 세계를 확보하고 개별적 인격의 존엄을 선언한다. 향유를 통한 개별적이고 내면적인 세계는 다른 무엇으로도 대체할 수 없는 고유한 인격과 절대성을 발현한다.

황순원이 「나의 꿈」에서 보여준 주체성에 대한 분명한 자각은 주체성을 위협하는 부당한 힘에 대한 강한 저항의 동력을 이룬다. 각각의 주체는 자유로운 자기실현을 추구해가며 필연적으로 타자를 만나지만, 타자를 자신의 존재 유지를 위한 수단으로 삼는다. 타인을 수단으로 삼고 지배하고자 하는 욕망은 모든 폭력과 갈등, 전쟁의 원인이 된다. 자신의 존재를 강화하려는 자기중심주의는 필연적으로 타인과 충돌을 일으킨다. 동일한 세계 속에는 무수한 주체들이 공존하기 때문에 서로의 독립성을 앞세우다 보면 타자의 독립성을 제한하려는 적대적인 힘을 발휘하게 된다. 이러한 갈등은 상대방의 개체성과 인격성에 관심을 두지 않기 때문에 타인에 대한 책임이나 윤리에 무감하다.

> 세계의 평화를 상징하듯이
> 넓으나넓은 하늘에서 자유로이 날개 펴는 독수리

---

3) 강영안, 『타인의 얼굴』, 문학과지성사, 2005, 130~131쪽.

그러나 얼마나 많은 날짐승이 그 사나운 발톱에 피를 흘리고
그 날카로운 주둥이에 골이 패여 죽었던가
날쌘 몸집도 힘 있거니와 불쏘는 눈알 더욱 무섭구나
잔악한 존재여, 날짐승의 통제자여.

때로 그는 한낱의 장난으로, 잔인성의 발로로
어미 찾는 작은 새를 잡아다 농락하였고
바위 위에 앉아서는 독한 소리를 질러 질러
멀리 있는 어미새의 마음을 공포에 떨게 하였다
가져야 할 연민 대신 폭력만을 믿는 자여.

―「우리 안에 든 독수리」 부분

황순원은 출발선에서부터 세계의 질서에 맞서는 문학의 꿈을 표방하였지만 결코 현실의 상황을 도외시하지 않는다. 주체가 거주하는 세계의 실상을 직시하고 문학의 꿈을 통해 그것과 대결한다. 「꺼진 등대」, 「황해를 건너는 사공아」, 「팔월의 노래」, 「떨어지는 이 날의 태양은」 등 『방가』에 실린 많은 시들은 주체를 억압하는 폭력적인 힘의 지배를 비판하고 강한 저항의 의지를 드러낸다. '거친 파도', '뜨거운 태양', '잔인한 독수리' 등으로 강자의 힘을 비유하고 이들이 약자에게 행하는 부당한 폭력을 강조한다. 선명한 비유와 상징을 통해 일제 침략의 부당성에 대한 비판을 행한다. 생명과 아름다움으로 가득한 세계를 향유하고자 하는 자신의 꿈과 상반되게 폭력과 억압이 지배하는 현실에 대해 강하게 반발하다. 위의 시에서 독수리는 자신의 자유를 확장하기 위해 다른 날짐승들의 생명을 무자비하게 탄압하는 폭력적인 존재로 그려진다. 철저한 자기중심주의에 의해 자유와 권력을 독점하고 타인을 억압하거나 제거하는 행위를 서슴지 않는다. '연민 대신 폭력'만 난무하는 이런 세계에 윤리는 들어설 자리가 없다.

그렇다면 어떻게 타인과의 평화로운 삶이 가능할까? 가능한 하나의 방법은 홉스의 제안과 비슷하게 나의 생존권, 나의 존재 유지 권리를 제한하는 길이다.[4] 각 주체가 자신의 타협이나 계약을 통해 서로 자유의 한도를 조절하는 방법이다. 일견 합리적인 것으로 보이는 이 방법은 근본적으로 상대방에 대한 공포에 근거한 것으로 늘 계약 파기의 위험을 안고 있다. 이성적 계산에 의해 개인 간, 혹은 국가 간의 평화를 유지하는 이러한 방식을 레비나스는 전형적인 서구적 평화 개념이라고 본다. 그는 이러한 평화 유지 방법이 근본적으로 이기심에 근거한 것으로 타자성에 대한 진정한 인정이나 배려가 결여되어 있는 것으로 '윤리가 결여된 정치'라고 단언한다. 이런 정치는 인간의 이기적인 성향을 합리적으로 조정한 것에 불과하고 참다운 평화가 아닌 가식적인 평화만을 보장할 뿐이다. 정의가 아닌 힘의 원리를 바탕으로 하기 때문에 사회의 약자들은 상대적으로 피해를 받을 수밖에 없다.[5] 그러므로 1인칭적 관점을 벗어나 2인칭적 관점에서 나와 타인의 관계를 근본적으로 검토해보고, 나의 자유를 기초로 한 책임이 아니라 그것을 선행하는 책임의 문제를 인정해야 한다는 것이 레비나스 철학의 핵심이다.

위의 시에 나오는 '독수리'를 포함하여 '파도'나 '태양'으로 비유되는 일제의 횡포는 약육강식의 동물적 상태에 가까운 폭력의 세계를 보여준다. 생존권이라는 기본적 권리가 위협받고 개인의 자유가 극도로 억압되었던 일제시대를 겪으며 황순원은 개인이나 국가의 이기적인 생존방식에 대해 철저히 비판적인 입장을 확립하게 된다. 생명과 아름다움이 가득한 이상세계에 대한 끝없는 동경과 생존권과 자치권마저 박탈된 열악한 현실의 격차는 격렬한 부정과 저항의식을 낳는다. 이 시기에 철저하게 약자의 처지에 놓여있던 그로서 최선의 선택은 부당한 힘에 적극적으로 항거

4) 같은 책, 172쪽.
5) 같은 책, 175~176쪽 참조.

하는 것뿐이었다. 강인한 생명에 대한 찬사와 저항의 의지가 두드러지게 드러나는 것은 이 때문이다. “이 악센 잎사귀에 매듭진 줄기/그러나 여기에 줄기찬 생명이 숨어 있지 않는가/온 들판을 덮을 큰 힘이 용솟음치지 않는가.”(「잡초」)에서는 잡초의 생명력을 통해 약자들이 내포하고 있는 주체의 독립성과 저력을 표출하고 있다. 현실 상황을 힘과 힘의 대결구도로 파악했던 그는 강자의 지배에 맞설만한 강한 힘과 의지를 절감했던 것으로 보인다. “이미 수많은 동지를 삼키었고 또 삼켜갈 바다는/사나운 물짐승이 입을 벌리고 사공의 힘 빠지기를 기다리고 있는 바다는/출렁출렁 대지를 울려 그대를 비웃고 있지 않느냐/황해를 건너는 사공아, 피끓는 젊음아/어서 어서 풍파와 싸울 준비를 서둘러라”(「황해를 건너는 사공아」)에서처럼 세계는 강자와 약자가 벌이는 사나운 힘의 대결로 파악된다. 주체와 타자 사이에 최소한의 타협이나 배려도 없이 폭력적인 지배가 행해졌던 식민지의 약자로서 그는 약육강식의 논리가 지배하는 현실의 구조를 직시했던 것이다. 이렇게 야만적이고 폭력적인 질서에 대한 처절한 각성이 있었기에 그는 타자를 배려하고 존중하는 윤리적인 세계를 지향해가게 된다. 유태인으로서 나치의 폭력에 모든 가족이 희생되는 참극을 겪은 레비나스가 타자에 대한 근본적인 성찰을 촉구하는 철학을 주창한 것처럼 식민지 시대와 이산의 고통을 겪으면서 황순원은 폭력적 지배에 저항하고 약자의 존재를 존중하는 윤리적인 결단을 행하게 된다.

생명과 아름다움에 대한 향유의 열망은 열악한 현실의 조건에 굴복하지 않고 끝없이 그것을 지향하도록 한 구심력이다. 개별적 주체로서 황순원은 자신의 고유성과 존엄성을 자각하고 그것이 부정되는 세계의 폭력성에 대해 부단히 저항한다. 『방가』의 저항성은 당대의 상황으로 보아 놀라울 정도로 강한 것으로 그의 확고한 자존적 의지를 드러낸다. 폭력적 현실에 굴복하지 않고 생명과 아름다움을 추구하는 문학의 독자성을 확보하려는 의지는 황순원 문학의 기저에 형성된 윤리의식의 동력이다.

3. 타자의 얼굴과 윤리적 주체

황순원의 시는 주체의 강렬한 향유의 열망에서 출발하지만 타자의 존재에 누구보다도 민감한 반응을 드러낸다. 자신의 향유를 방해하는 부정적 현실이 약자인 타자들에게 더욱 가혹하고 폭력적인 힘을 행사하고 있다는 사실을 간과하지 않는다. 자신에게 그런 것처럼 타자들에게 역시 향유와 거주는 기본적인 삶의 여건이 되어야 하지만 현실은 그렇지 않다는 점을 직시한다.

레비나스는 인간의 주체성이 향유와 거주와 같은 구체적인 신체성을 통해 확인된다는 점을 강조한다. 잠을 자고 집을 짓고 그 안에 거주하는 기본적이고 신체적인 행위를 통해 주체성을 확립하며 이렇게 자기를 실현하는 가운데 타인들을 만난다. 레비나스는 신체, 타인과 함께 내밀한 공간을 형성하는 집을 주체를 떠받쳐주는 '기반'으로 삼고자 한다. 거주 공간으로서의 집으로의 복귀는 '친밀성'으로 묘사된다.[6] 거주는 주체가 원래 자리로 돌아오는 것이고 이를 통해 환대와 기대와 인간적인 영접을 체험할 수 있다.

황순원 시에서 일제하의 피폐한 현실은 향유와 거주의 여건이 충족되지 않는 상황으로 묘사된다. 「압록강의 밤」, 「고향을 향해」, 「황혼의 노래」, 「이역에서」, 「오후의 한 조각」, 「칠월의 추억」, 「귀향의 노래」 등 많은 시에서 집을 잃고 떠도는 유랑민들, 조국을 등지고 이국을 향하는 사람들, 쇠락한 고향에서 가난에 시달리는 이웃들의 모습이 그려진다. 이국을 떠도는 사람들은 말할 것도 없고 "서러운 눈물의 고장"(「압록강의 밤」), "근심 많은 고향"(「고향을 향해」)으로 돌아온 자들에게 환대와 기대와 영접이 있는 진정한 귀향은 요원하다. 그의 시에서는 자신보다도 약자인 타자들

---

6) 같은 책, 138쪽.

의 가난하고 고통스러운 삶이 가득하다. 제어되지 않는 장황한 서술을 통해 그들의 고달프고 서러운 삶을 펼쳐 보인다.

타자의 고통에 대한 인식은 인간 상호간의 윤리적 관점을 열어준다. 타자의 고통에 대한 관심이 우선이고 그 외 도덕법칙에 대한 존경이나 행복, 또는 공동체의 보존과 같은 것은 윤리에 대해 부차적인 것이다.[7] 즉 타자의 고통에 대한 감성적인 반응이 보다 즉각적으로 윤리적인 관심과 실천을 이끌어낸다. 레비나스가 '타자의 얼굴'을 그토록 강조한 것도 이 때문이다. "얼굴을 통해서 존재는 더 이상 그것의 형식에 갇혀 있지 않고 우리 자신 앞에 나타난다. 얼굴은 열려 있고 깊이를 얻으며 이 열려 있음을 통하여 개인적으로 자신을 보여준다. 얼굴은 존재가 그것의 동일성 속에서 스스로를 나타내는 다른 어떤 것으로 환원할 수 없는 방식이다."[8] 타자의 얼굴은 어디에도 속해있지 않고 늘 열려있으며 상처받기 쉽고 저항이 불가능하기 때문에 이로 인해 도덕적 호소력을 갖는다. 곤궁하고 무력한 타자의 얼굴은 나에게 도움에 대한 윤리적인 명령을 행한다. "타인은 타아(他我)조차 아니다. 타인은 자아, 나가 아닌 것이다. 자아, 나는 강하지만 타인은 약하다. 타인은 가난한 자이며 과부이고 고아이다."[9] 이런 무력한 타자의 얼굴이 나에게 행하는 호소에 직면하여 나는 나만의 자유와 부를 무한히 소유할 수 없다. 타자의 얼굴을 의식하면서 나는 재산과 기득권을 버리게 되고 인간의 보편적 결속과 평등의 차원에 이른다. 레비나스의 사상에서 특이한 것은 진정한 평등에 이르기 위해서는 인간 사이의 관계가 비대칭적이어야 한다고 보는 것이다. 그가 당하는 고통 속에서 타자는 나의 주인과 같아 명령하고 질책한다. 나는 내 자신을 벗어나 그를 모실 때 비로소 그와 동등할 수 있다. 레비나스는 이런 타자와의 비대

---

7) 같은 책, 226쪽.
8) 레비나스, 『어려운 자유』, p. 20. 강영안, 같은 책, 148쪽 재인용.
9) 레비나스, 『존재에서 존재자로』, 서동욱 역, 민음사, 2001. 161쪽.

칭성, 불균등성을 인정하는 것이 인간들 사이의 진정한 평등을 이룰 수 있는 기초이고 이런 평등만이 약자를 착취하는 강자의 법을 폐기할 수 있다고 본다.[10] 타자의 빈궁과 고통을 나의 책임과 의무로 받아들이며 자신만의 내면성에서 벗어날 때 나는 비로소 윤리적 주체가 될 수 있다.

> 더구나 이런 때 생각키우는 곳은, 마음이 달리는 곳은
> 고향의 황혼, 시냇물 소리에 스며드는 황혼
> 까막까치 흉허물 없이 지저귀며 날고
> 방앗간 지붕에 박꽃이 웃는 그 고운 황혼
> 그러나 거기에도 고역에 지친 어버이의 얼굴이 있었고
> 굶어 맥없이 자빠진 동생이 있지 않았는가.
>
> —「황혼의 노래」 부분

> 나는 돌을 집어 검은 개울로 던진다
> 아니, 내 가슴에로 던진다.
> 떨어져 앉은 늙은 일본여자 거지의 모습도
> 검은 개울에 떠있다
> 잠뿍 알콜병에 잠기고 싶은 한낮.
>
> —「오후의 한 조각」 부분

> 여윈 구레나룻의 링컨이
> 검은 칠판에다 검은 분필로 무엇인가 썼다
> 나는 여전히 판독할 수 없었다
> 그는 나를 향해 조용히
> 아주 조용히 슬픈 빛을 띠었다
> 그 슬픈 빛이 자꾸만 나를 따라왔다
> 내 나라로 따라오고 내 안방까지 따라왔다
>
> —「링컨이 숨진 집을 나와」 부분

---

10) 강영안, 앞의 책, 15~152쪽.

시집 『방가』, 『공간』, 『세월』에서 한 편씩 뽑아낸 위의 시들은 황순원의 시에서 '타자의 얼굴'에 대한 감성적 윤리의식이 초기부터 후기까지 일관되게 나타나고 있음을 보여준다. 가장 가깝게는 가족으로부터 멀게는 이국땅에서 만난 링컨에 이르기까지 곤궁과 비애에 젖은 타자의 얼굴들에 그는 무감하지 못하다. 고향의 아름다운 황혼의 풍경으로도 가릴 수 없는 것은 고역에 지친 아버지와 굶주린 동생의 모습이다. 그들의 얼굴을 떠올리자 마음은 자족적인 내면의 풍경에서 벗어나 윤리적 책무에 사로잡힌다. 곤궁하고 고통에 찬 타자의 얼굴은 나의 자기중심적인 삶을 괴롭히고 정죄한다.

「오후의 한 조각」에서도 나는 낯선 이국땅에서 가난하고 서러운 고국에 대한 상념에 젖어 있다. 자신에게 생각을 모아보지만 가슴 속에 떠오르는 타자들의 얼굴을 지울 수 없다. 이 시에서 특이한 것은 "늙은 일본여자 거지의 모습"도 타자의 얼굴로 함께 떠오르고 있다는 것이다. 궁핍하고 처량한 처지라는 점에서 그녀 역시 다르지 않다. 가난한 자, 고아, 과부, 나그네의 얼굴은 모두 고통 받는 얼굴로서 윤리적 책무를 불러일으킨다. 민족적 이해관계를 떠나 노약한 여자의 모습에 무심하지 못하는 것은 윤리적 감성이 지닌 보편성을 드러낸다. 타자들의 얼굴을 보며 "잠뿍 알콜병에 잠기고 싶"어 하는 것은 그들이 야기하는 윤리적 호소가 나에게 고통을 주기 때문이다. 레비나스는 타인이 끝까지 나를 따라와 정죄하고 사로잡고 괴롭히는 것을 '핍박'이라고까지 했다.[11] 그만큼 타인이 나의 양심에 일으키는 윤리적 호소가 막강하다는 뜻이다.

「링컨이 숨진 집을 나와」에서 링컨의 얼굴은 타자의 얼굴이 작동하는 방식을 보여준다. 타자의 얼굴은 주체의 능동적 의식작용에 근원하는 '현상'과 달리 '현현'한다. 즉 타자가 그 스스로 드러나고 보여주는 것으로 나의 개념화나 사유작용의 범위를 벗어난다.[12] 타자의 얼굴은 나의 의지

---

11) 같은 책, 182쪽.

12) 김연숙, 『레비나스 타자윤리학』, 인간사랑, 2001, 171쪽.

나 사유와 무관하게 스스로 자신을 드러낸다는 것이다. 위의 시에서 링컨의 얼굴은 판독할 수 없는데도 나의 의식을 사로잡는 것으로 나타난다. 고통 받는 타자의 얼굴은 나에게 동일시되지 않으면서 계속해서 자신을 개시함으로써 자신의 윤리적 호소에 귀 기울일 것을 요구한다. 황순원의 예민한 감성은 슬픈 타자의 얼굴이 계속 떠오르면서 일으키는 무언의 윤리적 요청을 감지한다. 자신의 의지를 넘어서 육박해오는 윤리적 타자의 존재를 받아들인다.

말하지 않겠네
꽃이 나를 위해
이러큼 아름답게 핀다고.
생각지 않겠네
꽃이 나를 위해
이러큼 향기를 풍긴다고.

저 고통으로 응축된
빛깔,
그때마다 신음하는
내음.

—「꽃」 부분

타인의 고통에 대한 무감한 것은 윤리적인 태도와 거리가 멀다. 꽃이 나를 위해 아름답게 피었다고 생각하는 것은 자기중심적인 감성이다. 타인의 고통이 나에게 주는 고통을 원하지 않을 경우 이런 식의 자기본위적인 감성은 편리할 수 있다. 주체를 초월하여 타자를 향하는 고통에 대한 감성 없이 윤리적 삶은 실현될 수 없다. 고통 받는 타자의 호소에 대한 감성적 수용은 윤리적 책임의 원천을 이룬다. 책임으로서의 윤리는 자율적으로 발생하는 것이 아니라 밖으로부터 오는 타율적인 윤리이다.[13] 이러한 바깥의 호소에 귀 기울이기 위해서는 자신을 초월하여 타자의 고통에 책임을 느끼는 윤리적 감성이 요청된다. 위의 시에서는 꽃의 아름다움을 주체적으로 향유하는 것보다 꽃의 고통과 신음을 느끼는 윤리적 태도가 강조되고 있다. 주체를 초월하여 타자의 고통에 응답하는 윤리적인 감성이 발현된 결과이다.

4. 상처의 공유와 우애의 공동체

타자의 고통에 대한 반응은 이성보다도 근원적인 감성과 관련된다. 타자는 주체의 감성에 작용하면서 '현현'한다. 타자를 이성의 대상으로 삼을 때는 냉철하고 초연한 태도를 유지할 수 있지만 타자에 대해 감성이 작용할 때는 불안하고, 부담을 느끼고, 냉담하지 못하고, 상처받을 수 있다. 레비나스는 이 같은 상태를 자아 안에 있는 타자의 근접성, 가까움으로 설명한다.[14]

> 눈 속을 거닐고 있는데 사슴 한 마리가 내 곁을 달려 지나갔다. 달려서 등성마루턱에 이르자 사슴은 우뚝하니 자신의 위치를 확인하는 자세로 섰다가 등성이 너머로 사라졌다. 숫눈 위에 한 줄 사슴의 발자국. 그리고 피얼룩이 남겨졌다. 이어서 사냥꾼들이 내 곁을 지나 부산하게 사슴의 뒤를 추적해갔다. 다시 눈 속을 거닐다 보니 나는 사슴이 섰던 등성마루턱 그 자리에 서있었다.
>
> ―「위치」 전문

이 시에서 나의 감성은 약자인 사슴의 동태에 집중돼 있다. 총을 맞고

13) 강영안, 앞의 책, 230쪽.
14) 김연숙, 앞의 책, 15쪽.

쫓기는 사슴의 절박한 상황은 나의 이성적 반응을 압도하며 감성에 호소한다. 그리하여 어느새 사슴이 섰던 등성마루턱에 서서 그의 안위를 걱정하게 된다. 사슴이 우뚝 섰던 그 위치에서 주체는 자신의 세계를 열고 타자와 공감을 이룬다. 타자의 고통과 상처를 절감하는 윤리적 감성이 작동한다.

레비나스에게 있어 진정한 주체로 선다는 것은 타자에 의해서, 타자를 대신해서 짐을 짊어질 뿐 아니라 심지어 타자의 잘못을 자신의 잘못으로 수용할 수 있다는 말이다. 타자를 대신해서 고통 받는다는 것은 특별하고 뜻 깊은 행위이다. 합리적인 질서에 의해 유지되는 현실에서 찾아보기 힘든 희생적 삶이다. 타자의 고통을 짊어지는 것은 존재의 질서 바깥에서 자유롭고 빈 공간을 만들어낼 수 있다. 레비나스는 '나' 또는 '우리'의 고통에만 한정되어 있던 관심의 축을 '타자'로 전환시켰다는 데 독창성이 있다.[15] 타인의 고통에 다가선다는 것은 '박애'라는 기본적인 인륜을 실천하는 길이다.

이참에 내 그대한테만 고백함세
그토록 내가 술을 마셔 오는 건
단 한마디의 말 때문이라네
네 이웃을 네 몸과 같이 사랑하라
처음부터 두렵고 고통스런 말로
나를 붙들고 놓아주질 않는다네
이 심약한 위인은 차마 이를 어쩌지 못해
술로 피해다니고 있는 거라네
아니 이참에 내 그대한테만 마저 다 고백함세
실은 그 말이 나를 붙들고 있는 게 아니라
정말 이건 비밀일세

---

15) 강영안, 앞의 책, 230~233쪽 참조.

되레 내가 그 말을 놓칠까 겁이 나서
그래서 술을 이제까지 마셔 오고 있는 걸세
이런 나더러 애주가라니!

—「고백」 부분

이 시는 황순원의 문학을 통틀어 가장 내밀한 고백에 해당한다. 애주가로 불릴 정도로 술을 많이 마셔온 속사정을 내비친다. 그가 가장 속 깊이 감추어 두고 고민한 것은 "네 이웃을 네 몸과 같이 사랑하라"는 내면의 소리였음을 알 수 있다. 이 말을 지키든지 말든지 하는 것은 전적으로 나의 의지와 선택에 달린 것이다. 이 말은 존재 질서의 안쪽에 놓인 꼭 지켜야 할 규율이 아니라 그 바깥에 놓인 선택 조항이다. 극단적인 이기심이 횡행하는 현실에서 이 말을 지키지 않는 것은 큰 허물이 되지 않는다. 그렇기 때문에 그는 이 말에 붙들려 있다기보다 스스로 붙잡고 있는 셈이다. 평생 동안 술로 애써 감추어왔던 두려움은 바로 스스로 그 말을 놓아버릴지도 모른다는 사실에 있다. 강제적으로 부가된 규율이 아니어서 유지하기가 어렵지만 도저히 버릴 수 없는 양심의 기저에는 이웃의 고통에 무감해서는 안 된다는 윤리의식이 자리잡고 있었던 것이다.

이웃에 대한 사랑은 레비나스가 '우애의 공동체'라고 부른 인간적 유대에 가깝다. 레비나스는 이러한 공존의 형태가 너와 나의 타자를 위한 존재에 있다고 본다. 즉 타자에 대한 동일자의 무한한 관심이 인간 사이의 유대와 사회의 기원이고 정의는 고유한 타자를 위한 고유한 존재의 책임에 근원한 것이다. 인간간의 유대는 너와 나의 배타적인 친밀성에 머무는 것이 아니고 공동의 세계가 타자의 복지를 향하도록 모든 타자들에게로 향한다. 따라서 타자에 대한 나의 책임은 모든 인류에게 확대되어 간다. 레비나스에게 있어 인류의 우애는 정의로운 사회 뿐 아니라 선의 실현을 위한 가능조건이다. 우애적 공동체로서의 인류는 타자와 내가 서로 묶여 영향을 주고받는 관계에 있다.[16] 이런 공동체적인 관계를 의식할 때 배타적으로 자기 자신을 유지하며 만족하기는 힘들다. 위의 시에서 고백하듯 이웃의 존재가 늘 두렵고 고통스러운 책임으로 다가오는 것은 그 때문이다. 일단 타자에 대한 책임을 의식하기 시작하면 이기적 자아에서 벗어난 윤리적 존재가 된다. 위의 시에서 화자가 계속 술을 마시는 것은 자기 자신만을 위한 향유가 아니라 타자에 대한 책임에서 오는 부담감 때문이다. 아무도 강제하지 않지만 스스로 이웃에 대한 사랑을 잃을까 두려워하는 것은 자아를 초월한 높은 도덕률에 기인한다.

감성과 윤리의식이 크게 발달한 그는 인간의 마음이 천국을 만들기도 하고 지옥을 만들기도 하는 것을 절감한다. 「메모」에서는 상이한 두 마음이 빚어낸 전혀 다른 결과에 대해 대조해 보인다. 물에 빠진 개가 아이를 구조해낸 사건이 신문에 실리고 둘이 얼마나 친밀한 관계였는지가 밝힌 이야기를 보면서 '나'는 끊은 지 일 년 반 된 담배를 다시 피우고 싶은 기분 좋은 충동을 느낀다. 며칠 뒤 그 이야기가 거짓이었던 것으로 밝혀졌지만 속은 게 억울하기보다는 미소가 지어진다. "그건 아마도 애들의 그 얘기를 만들어낸 상상력과 내 상상력이 어떤 공간에서 합치점을 볼 수 있었기 때문이리라."는 진술로 보아 그런 이야기를 만들어내는 마음의 상태를 더 중시하는 것을 알 수 있다. 이와 대조적인 예로는 십대 소년이 단돈 3만원 때문에 이웃의 집 보던 어린이를 셋이나 흉기로 난자해 살해한 사건을 든다. 부모들이 고함을 지르자 현장에 나타나 시체를 병원으로 옮기는 일을 도울 정도로 소년은 잔인하고 담대한 면모를 보인다. 이 사건을 접하며 충격을 받고 "소년은 범행을 하기 전과 후에 무엇을 생각했을까. 애들을 죽이고 돈을 훔쳐가지고 친구와 술 마시겠다는 생각뿐만은 아니었을 것이다. 아니었을 것이다. 아니었을 것이다."라고 하는 '나'의 강한

16) 김연숙, 앞의 책, 175~176쪽.

부정에는 인간성에 대한 근본적인 신뢰를 잃고 싶지 않은 절박한 바람이 깃들어 있다.[17] 레비나스가 결코 죽일 수 없는 신성한 존재로 보았던 타자를 살인하는 과정에는 철저한 자기중심주의와 폭력성이 발동한다. "어린 혼은 어떤 지옥을 보고 어떤 천국을 보았을까."라는 의문처럼 주체의 마음에 따라 타자에 대한 태도는 천차만별로 달라진다. 이기심이 극단화되면 타자를 위해하는 일까지도 가능하다. 심지어는 집단적인 폭력까지 행해질 수 있다.

레비나스는 나치즘이나 파시즘 같은 집단적 폭력이 발생하는 이유를 정치・경제적 관점이 아닌 근본적인 윤리의 차원에서 설명한다. 그것은 본질적으로, 타자를 동일자(나)로 환원하는 서구 존재론의 구조에서 필연적으로 유래할 수밖에 없는 전쟁으로 여러 형태의 휴머니즘을 통해서도 방지되거나 치유될 수 있는 문제가 아니다.[18] 그는 "질서가 아주 잘 잡힌 자비는 자기 자신으로부터 시작된다"는 프랑스 속담을 변형시켜 "질서가 아주 잘 잡힌 정의는 타자로부터 시작된다."는 정반대의 의미로 사용한다. 진정한 윤리적 행위는 자기 자신으로부터 시작될 수 없다는 것이 레비나스의 생각이다.[19]

그렇다면 타자에 대한 폭력을 방지하는 데 있어 휴머니즘보다 더 근원적인 방법은 나라는 동일자로 환원될 수 없는 타자의 존재를 인정하고 그에 대한 윤리적인 책임을 통해 진정한 주체성을 발견하는 것이다. 주체를 초월하여 타자의 고통과 상처를 수용할 수 있어야만 타자에 대한 폭력은

---

17) 레비나스에게 있어서 "너는 살인해서는 안 돼!"가 "너는 결코 살인할 수 없어!"로 나타난다. 왜냐하면 너의 힘은 타자의 얼굴로 말하는 타인의 절대적인 타자성에서 끝나기 때문이다. 레비나스가 타자의 역사의 신성함 내지 그 자체로서의 나의 의무의 신성함에 대해 생각한다고 할 때, '신성함'은 '죽일 수 없음'의 성격을 표현한다. 타자의 얼굴은 온전하게, '신성하게' 있다.
베른하르트 타우렉, 『레비나스』, 변순용 역, 인간사랑, 2004. 176~177쪽.

18) 서동욱, 『차이와 타자』, 문학과지성사, 2000, 140~141쪽 참조.

19) 레비나스, 『존재에서 존재자로』, 앞의 책, 161쪽 참조.

근절된다. 이는 결코 이성적 차원에서 가능하지 않은 것으로 윤리적인 감성을 필요로 한다. 위의 시에서 말하는 상상력의 합치점 같은 것이 주체를 초월한 감성의 차원에 놓일 것이다. 이성의 잣대나 이기적인 선택을 벗어나는 곳에서 이웃에 대한 사랑이라는 인류애적 책임의 윤리는 가능하다.

황순원은 후기시에서 관점의 차이에 따라 상대적으로 달라지는 현상과 가치에 대해 자주 언급한다. "진정 봐야 할 것은 어차피 육안만으론 대중 안 되는 것"(「초상화」)이라는 생각이 강해진다. '육안'이 아닌 '심안'을 열어야만 '진정 봐야 할 것'을 볼 수 있다는 말은 이성보다 감성, 현상보다 진실에 대한 지향을 담고 있다. 타인에 대한 지극한 관심과 배려를 접할 때는 상상력의 환희를 느끼고 이기적이고 폭력적인 행위에 대해서는 상상력의 한계를 토로한다. 인간의 감성과 상상력이 배타적이고 이기적인 세계를 넘어서 타자에 대한 배려와 우애를 향해가는 장면에 집중한다. 인간의 선택에 따라 세상이 우애의 공동체가 될 수도 있고 적자생존의 전쟁터가 될 수도 있다는 점을 확연하게 인지하고 윤리적인 감각을 발휘한다.

5. 결론

황순원은 평생 동안 시를 쓰면서 육성에 가까운 진솔한 고백을 행했다. 시에서 그의 삶의 태도나 사상의 핵심은 소설에서보다 분명하게 드러난다. 시를 통해 타자에 대한 윤리의식이 얼마나 지속적이고 강력하게 그의 문학을 이끌어왔는지를 확인할 수 있다. 여기서는 레비나스의 타자철학에서 주요 개념들을 참조하여 황순원 시에 나타나는 타자의식의 내적인 동기와 의미에 대해 접근해보았다.

황순원 시의 출발은 생명과 아름다움에 대한 추구에 있다. 아름답고 평화로운 세계를 동경하며 현실에서 실현하겠다는 다짐은 평생 동안 황순원 문학을 이끌어가는 동력이 된다. 그는 자신이 꿈꾸는 세계를 향유하려는 분명한 의지로 자신의 고유한 인격과 절대성을 발현한다. 생명과 아름다움을 향유하는 문학의 독자성을 확보하고자 하는 자존적 의지는 현실에서 횡행하는 폭력적인 힘의 질서에 대한 강한 부정과 대결의 방식으로 표출된다. 이렇게 주체에 대한 자각에서 시작하여 타자와의 관계를 근본적으로 성찰하는 주체 철학적 사유방식은 기존의 휴머니즘보다 더 근본적인 차원에서 타자에 대한 윤리를 수립할 수 있게 한다. 그는 향유와 거주라는 주체의 기본적인 욕망이 충족되지 않는 현실을 직시하고 그 안에서 살고 있는 약자들의 처지에 관심을 기울인다. 가난하고 고통에 찬 타자의 얼굴에서 자기중심적인 삶을 초월하는 윤리적 책무를 발견한다. 이성에 앞서 작동하는 윤리적 감성이 타자의 고통을 수용하고 응답하게 한다. 타자의 고통에 대해 타율적으로, 즉각적으로 반응하게 하는 윤리적 감성은 이해관계를 떠난 근본적인 책임의 의무와 연결된다. 황순원의 시는 윤리에서 이성보다 감성의 작용이 얼마나 중요하고 결정적인 것인지를 분명하게 보여준다.

타자의 고통에 다가선다는 것은 박애라는 공동체적 윤리와 관련된다. 황순원은 시를 통해 자신이 가장 깊이 고민해 온 것이 “네 이웃을 네 몸과 같이 사랑하라”는 윤리 강령이었음을 고백한다. 타자의 고통과 상처에 대한 절실한 공감과 인류애적 책임의 윤리를 보여주는 황순원의 시는 우리 문학의 윤리의식을 대표할만하다. 그의 문학이 순수한 낭만성이나 서정성 못지않게 현실에 대한 선명한 자각과 비판을 드러내는 것은 타자의 고통에 대한 감성을 기반으로 공동체적 윤리에 대한 의식이 투철하기 때문이다. 타자의 고통에 감응하여 주체를 초월하고 인류애에 이르는 드높은 윤리의 차원에 있어 황순원 시는 각별한 성과와 의미를 보여준다.

4장_비교론

황순원과 김동리 비교 연구
—『움직이는 성』과 「무녀도」의 샤머니즘 사상과 근대성을 중심으로

이재복

1. 전통의 공유와 차이의 수사학

한국 근현대문학사는 복잡한 존재론적 궤적을 지니고 있다. 이때 여기에서 말하는 복잡함이란 보편보다는 특수, 본질보다는 실존이 전경화된 데에서 비롯된 하나의 한국적인 현상을 의미한다. 개화기 이후 서세동점(西勢東漸)의 흐름 속에서 전통적인 사상이나 풍습 등은 급격하게 서구의 사상이나 풍습 등에 의해 침윤되면서 그 모습이 소멸하거나 주변부로 밀려나 소외의 양상을 띠게 된다. 이것은 한국 문화에 대한 정체성의 혼란으로 이어졌고, 문화와의 관계 속에서 형식과 내용이 규정되는 문학의 경우에도 이러한 정체성의 혼란은 그대로 이어지기에 이른다. 한국의 전통적인 문화 정체성만을 내세울 수도 그렇다고 서구의 문화를 그대로 이식한 것을 내세울 수도 없는 상황 속에서 당대의 지식인으로서 우리 문학인들은 그 나름의 실존적인 모색을 하지 않을 수 없었던 것이다. 더욱이 이러한 모색이 국가와 민족의 국권상실과 민족정체성의 상실과 같은 위기 상황에서 나온 것이라는 사실은 그 중요성을 더하고 있다고 해도 과언이 아니다.

개화기 이후의 위기 상황 속에서 나온 당대 지식인들의 실존적인 모색의 결과물은 단연 '조선적인 것' 에 대한 관심이다. 식민지 시대 조선총독부에 의해 추진된 '조선학' 이나 민족주의 계열에 의해 활발하게 전개된 '조선주의 문화운동' 그리고 유물론자들에 의해 이루어진 '조선학' 등은 비록 추진 주체와 목적에는 차이가 있지만 이들이 내세우고 있는 것은 모두 '조선' 혹은 '조선적인 것' 에 대한 관심과 강조이다. 이 세 가지 경향 중에서 특히 주의해서 보아야 할 것은 둘째와 셋째이다. 민족주의 계열과 역사적 유물론 계열은 각각 민족과 유물변증법이라는 이데올로기를 내세우기는 했지만 식민지 상황에서의 계급 모순이라든가 무산자 계급의 해방 등은 민족을 떠나서 성립될 수 없다는 점에서 이 둘은 묘한 길항 관계를 유지하고 있다. 가령 식민지 시대의 3차에 걸쳐 진행된 '순수문학 논쟁' 으로 표상되는 둘 사이의 대립과 갈등은 어느 한쪽의 일방적인 패배나 승리로 끝난 것이 아니라 식민지와 분단 그리고 계발독재 시대로 이어지면서 우리 근현대문학의 역사를 구축해 왔다고 할 수 있다. 카프(KAPF)의 선진성은 우리 문학사에 계급, 계층, 소외, 근대, 근대성, 리얼리즘 등의 문제를 본격적으로 제기한 것이다.

그러나 이들의 선진성이 온전히 성공했다고 볼 수 없다. 카프의 해체는 우리 근대문학의 소멸 혹은 파산 상태를 의미한다고 해도 과언이 아니다. 어쩌면 이들의 해체는 이미 예견된 것인지도 모른다. 이들의 운동은 이미 그 시작이 우리 근대문학사의 '허점(특수성)' 에서 말미암은 것[1]이기 때문이다. 그런데 여기에서 중요한 것은 카프의 해체가 곧 우리 문학의 해체로 이어지지 않는다는 점이다. 그것은 카프(셋째)와 길항 관계를 유지해온 민족주의 계열의 작가군(둘째)이 존재하기 때문이다. 카프의 해체 이후는 물론 해방공간(1945~1948)의 혼란기에도 이들의 존재로 인하여 우리 문학사는 카프 문학 및 해방공간 문학의 특수성을 역조명케 하여 그 의의와

---

1) 김윤식, 「김동리의 『문학과 인간』의 사상사적 배경 연구」, 『한국학보』 85, 34쪽.

한계와 가능성을 비판, 점검할 수 있는 유용한 장치의 몫을 마련할 수 있었던 것이다.[2)] 민족주의 계열에 의해 활발하게 전개된 '조선주의 문화운동'에 대한 평가는 대개 이런 맥락과 함께 이들이 주장한 조선적인 것이 지니는 특수하면서도 보편적인 세계의 차원에서 많이 논의되어 왔다.

그렇다면 민족주의 계열의 문인들이 내세운 조선적인 특수성과 세계적인 보편성을 지닌 덕목이란 무엇이란 말인가? 만일 조선적인 특수성에 대해 어떤 암묵적인 합의를 본 것도 아니고 또 세계적인 보편성에 대해 그다지 진지하게 고민해본 적이 없다면 우리의 고민은 더 깊어질 수밖에 없다. 하지만 이 사실보다 더 큰 문제는 조선적인 특수성으로 내세운 것이 무엇이냐 하는 것과 그것이 과연 세계적인 보편성을 담보하고 있느냐 하는 점이다. '가장 조선적인 것이 가장 세계적인 것이다'라는 논리가 바로 그것이다. 이 논리가 가지는 위험성은 과연 조선적인 것이 세계적인 것이 될 수 있느냐 하는 것이다. 이 과정에서 조선적인 것이 세계적인 것이 될 수 있다고 믿는 이들과 그렇지 않은 이들이 있을 수 있다. 우선 조선적인 특수성이 무엇이냐에 대해 우리 문인들의 생각은 다소 차이는 있지만 대체로 근접한 범주 내에 있지만 그것이 세계적인 보편성을 어느 정도 담보하는지 혹은 세계적인 보편성이 무엇인지에 대해서는 근접한 합의를 도출해내지 못하고 있다.

이러한 경우를 우리는 같은 민족주의 계열이면서 문협정통파의 대표적인 문인이라고 할 수 있는 황순원과 김동리를 통해서도 확인할 수 있다. 두 사람은 활동한 시기(1930년대~1980년대)뿐만 아니라 문학적 태도, 작품 경향, 세계관, 영향력에 있어서도 닮은 데가 많다. 두 사람 모두 평생 소설을 본업으로 했지만 시작에도 남다른 재주가 있었다는 점, 자신이 쓴 소설에 대해 개작하는 태도를 견지했다는 점, 소설의 경향이 서정적, 낭만

---

2) 김윤식, 위의 글, 34쪽.

적, 토속적, 전통적, 휴머니즘적이라는 점, 전통적인 이야기의 방식, 다시 말하면 설화의 양식을 소설의 주요한 골격으로 수용하고 있다는 점, 해방 이후 후배 문인들에게 커다란 영향을 준 작가라는 점 등은 이들 사이에 존재하는 유사성과 긴밀성의 정도가 너무도 많고 크다는 것을 말해준다. 이런 이유로 둘 사이를 비교한 연구가 적지 않게 이루어져 왔다. 하지만 이들 대부분은 차이점보다는 공통점에 초점을 맞춘 연구들이다.

그러나 차이점보다 공통점에 대한 연구가 많이 이루어져 왔다는 것은 그만큼 둘 사이에 공유하는 세계가 많다는 것을 의미하며, 이것은 곧 차이점이나 공통점을 각각 부각시키는 연구보다는 이 둘을 함께 살펴보는 연구가 필요하다는 것을 말해준다. 이런 점에서 황순원, 김동리 두 사람에게서 공통으로 존재하는 것이 무엇인지에 대해 살펴보는 일이 무엇보다도 중요하다고 할 수 있다. 이 두 사람을 어떤 방식으로 접근하든 결코 간과할 수 없는 문학의 존재론적인 토대가 있다면 그것은 누가 뭐라고 해도 우리의 전통에 기반을 둔 세계라고 할 수 있다. 흔히 황순원의 문학 세계를 '겨레의 기억'[3]으로 표상한다든가 김동리를 '구경적 생의 형식'으로 표상하는 데에는 우리의 전통에 대한 문학적 형상화라는 의미가 강하게 투영된 것으로 볼 수 있다. 두 사람에 대한 이러한 명명은 이들의 문학의 기반을 이루는 세계가 단순히 유불선과 같은 사상 이전의 우리의 본래적인 원시 사상까지 염두에 둔데서 비롯된 것이라고 할 수 있다. 이들이 보여준 우리의 본래적인 원시 사상이란 유불선 이전의 샤머니즘적인 무속 신앙을 말한다.

황순원, 김동리 모두에게 이 샤머니즘적인 무속의 세계는 이들의 문학을 이루는 토대로 작용하고 있다. 하지만 이것이 곧 두 사람의 문학에서 샤머니즘이 동일하게 이해되고 인식된다는 것을 의미하는 것은 아니다.

---

3) 유종호, 「겨레의 기억」, 『황순원전집』 제2권, 문학과지성사, 1981.

두 사람의 삶의 환경과 살아온 궤적이 다르듯이 이들의 문학에서 샤머니즘에 대한 이해와 인식 또한 다르게 드러난다. 서북 지방을 삶의 기반으로 하고 있는 황순원과 경주를 기반으로 하고 있는 김동리 사이의 거리는 결코 가볍게 보아 넘길 수 있는 것이 아니다. 서북 지방은 경주에 비해 비교적 근대적인 문물이 빠르게 들어온 곳이며 황순원 문학 세계에 커다란 동인으로 작용하고 있는 프로테스탄티즘 역시 이러한 세례의 산물이라고 볼 수 있다. 이 사실은 같은 전통적인 흐름을 견지하면서도 황순원의 문학 세계가 김동리에 비해 프로테스탄티즘과 같은 서구의 근대적인 의식이 상대적으로 강하게 드러나는 이유가 바로 여기에 있다는 것을 잘 말해준다. 김동리의 경주는 신라 천년의 시공성이 강하게 작용하고 있다는 점에서 불교는 물론 풍류도의 세계가 면면히 살아 숨 쉬는 그런 곳이며, 여기에 더해 풍류정신, 화랑도, 음양론 등 동양사상과 철학의 대가로 알려진 만형 김범부를 만나 그의 문하에서 배우고 익힌 체험은 서구나 근대보다는 동양과 근대 초극이라는 의식을 지니는데 결정적인 계기를 제공하기에 이른다. 두 사람의 이와 같은 차이는 이들의 문학의 기저에 공통으로 작용하고 있는 샤머니즘에 대한 태도와 인식에도 일정한 차이를 발생시키고 있다. 두 사람의 소설 중에서 비교적 샤머니즘 사상을 태도와 인식의 차원에서 잘 드러내고 있는 작품이 바로 『움직이는 성』과 「무녀도」이다. 이 두 소설에 드러난 이들의 샤머니즘에 대한 태도와 인식의 양태를 고찰하는 것은 단순히 두 작품에 대한 해석의 차원을 넘어 이들의 문학 세계의 기저를 이루는 정신을 밝힌다는 점에서 큰 의의가 있다고 할 수 있다.

2. 유랑민 근성과 무속의 정신사

황순원과 김동리의 문학 세계에 커다란 영향을 미치고 있는 것은 이들이 지니고 있는 사상이다. 식민지와 해방공간으로 이어지는 시기 우리 문학인들의 문학적인 방향을 크게 네 가지로 분류할 수 있다. 첫째, 계급과 민족의 모순성 극복과정(임화 · 안함광의 경우), 둘째, 문학과 종교의 모순성 극복과정(김동리의 경우), 셋째, 문학과 사상의 모순성 극복과정(조연현의 경우), 넷째, 문학과 생활의 모순성 극복과정(김동석의 경우)[4] 등이 바로 그것이다. 이 분류에서 흥미로운 것은 김동리의 경우이다. 그의 문학의 목적이 여기에 있다면 그것은 분명 근대미달의 형식을 의미한다. 이것은 문학은 종교로부터 분화된 혹은 독립된 형식이어야 하고, 인간의 주체성과 근대적인 정신이 투영되어 있어야 한다는 근대문학적인 규정으로부터 벗어나 있는 것이 사실이다. 그렇다면 황순원의 경우는 이것으로부터 자유로운가? 샤머니즘에 경도되어 있는 김동리와는 달리 황순원의 경우는 서구의 프로테스탄티즘의 논리를 수용하고 있다는 점에서 둘 사이에 일정한 차이가 있어 보인다.

무속과 기독교 사이에는 먼저 무속을 종교로 볼 수 있느냐? 하는 데에서 문제가 발생한다. 유일신을 섬기는 기독교의 차원에서 보면 무속은 악마를 섬기는 이단이나 미신으로 간주될 공산이 크며, 서구의 역사가 이것을 증명하고 있다. 하지만 무속을 연구하는 학자들은 무속 역시 엄연한 종교로 보아야 한다고 주장한다. 무속에는 '신도인 단골이 있고, 초월적 존재인 신령이 있고, 사제인 무당이 엄연히 존재' 하기 때문에 '무속은 마땅히 종교로 보아야 한다'[5]는 것이다. 또한 '인지도, 초일상성, 초월성, 완성가능성, 보편성, 의식, 공동체, 인간존엄, 평화, 신성 등의 차원을 고려

4) 김윤식, 위의 글, 4쪽.
5) 조흥윤, 『한국巫의 세계』, 민족사, 1997, 21~22쪽.

할 때 무속은 종교로 인정받아야 하'[6]며, '한국인이 살아온 구원의 한 흐름이 무속에 의해 이어져 왔다'[7]는 점에서 그것을 종교로 인정해야 한다고 주장하기도 한다. 만일 사정이 이러하다면 무속을 하나의 미신으로 치부해버린다거나 무당을 악녀로 간주하는 것은 기독교 우월주의에 의한 배타적인 태도로 볼 수 있을 것이다. 기독교가 우리 땅에 들어오면서 이러한 태도를 전혀 견지하지 않았다고 볼 수는 없다. 이런 맥락에서 황순원과 김동리의 소설 세계를 '샤머니즘과 기독교의 대립' 으로 보는 견해가 발생한다.

이들의 소설에서 샤머니즘과 기독교 사이의 갈등과 대립이 없는 것은 아니지만 그것이 마치 소설의 중심인 것처럼 이해하는 것은 위험할 수 있다. 표면상으로 보면 황순원은 기독교를 김동리는 무속을 선택과 배제의 논리에 입각해 어느 한쪽을 강조하고 있는 것으로 이해할 수 있다. 하지만 선택과 배제 혹은 우열의 논리로 이들의 소설에 접근하는 것은 잘못된 것이다. 이런 논리로 보면 이들이 겨냥하고 있는 또 다른 세계를 인식할 수 없게 된다. 황순원이 비록 기독교 사상을 자신의 소설의 원리로 수용하고 있지만 이것이 목적으로 하는 것은 단순한 무속적인 것에 대한 무조건적인 배제와 비판이 아니다. 그가 진정으로 겨냥하고 있는 것은 '올바른 신앙'에 대한 조건이다. 그가 겨냥하고 도달해야 할 궁극은 기독교적인 신의 세계이지만 여기에 이르는 길은 간단하지 않다. 그는 올바른 신앙에 대한 조건으로 '유랑민 근성'을 버릴 것을 강조한다. 『움직이는 성』에서 준태의 입을 통해 나온 이 유랑민 근성은 이 소설의 핵심 키워드라고 할 수 있다.

"글쎄…… 그건 정착성이 없는 데서 오는 게 아닌가. 말하자면 우리 민

6) 황필호, 「샤머니즘은 종교인가?」, 『샤머니즘 연구』 제3집, 87～89쪽.
7) 정진홍, 『한국종교문화의 전개』, 집문당, 1986, 93쪽.

족이 북방에서 흘러들어올 때 지니구 있었던 유랑민근성을 버리지 못한 데서 오는 게 아닐까. 우리 민족이 반도에 자리를 잡구 나서두 진정한 의미에서 정치적으루나 정신적으루 정착해본 일이 있어? 물론 다른 민족두 처음부터 한곳에 정착된 건 아니지만 말야. 그렇지만 어디 우리나라처럼 외세의 침략이 그치지 않은 데다가 나라를 다스리는 사람들의 폭넓은 영구적인 자주성이 결여된 나란 없거든. 신라통일만 해두 그렇지 뭐야. 우리 힘으루 통일한 게 아니구 당나라의 힘을 빌리잖았어? 다른 면에서 본다면 당나라가 자기네 변방을 위협하는 고구려를 없애버리는 데 신라가 말려들어다구 볼 수두 있는 거지. 어쨌건 외군이 떳떳하게 우리나라 땅에 발을 들여놓게 된 게 신라 때부터구. 요즘 흔히 말하는 주체성의 결여두 그때부터라는 걸 상기해야 할껄. 이렇게 옛날부터 우리 생활 밑바탕은 정착성을 잃구 살아온 민족야. 나두 거기 어엿이 한몫 끼어 있지만 말야."[8]

준태의 말은 민구의 질문에 대해 답하는 과정에서 나온 것이지만 여기에는 우리 민족성 전반을 두루 포괄하는 안목이 내재해 있다. 준태가 제기하고 있는 문제들이 얼마나 사실적이고 또 진정성을 담보하고 있는지에 대해서는 의문이 없는 것은 아니지만 정작 여기에서 중요한 것은 이 유랑민 근성이라는 개념이 소설 전체를 지배하고 있을 뿐만 아니라 그것이 작가의 의식을 반영하고 있다는 점이다. 준태가 제기한 유랑민 근성은 이미 소설의 제목인 '움직이는 성'에도 잘 드러나 있으며, 작가는 그것을 뿌리 깊은 것으로 보고 있다. 유랑민 근성이 갑자기 생겨난 것이 아니라 우리 민족이 북방에서 흘러들어 올 때부터 있어 온 것이라는 사실은 그것이 무속과의 관련성을 더욱 강화시키는 효과를 창출하기에 이른다. 유랑민 근성이 우리 민족의 오래된 습성이라면 그것은 역시 우리 민족의 오랜 전통 속에서 존재성을 유지해 온 무속과의 관련성을 고려하지 않을 수 없다. 작가가 무속에 대해 이 유랑민 근성의 날을 더욱 날카롭게 세우는 것도 따지고 보면 이와 무관하지 않다.

8) 황순원, 『움직이는 성』, 문학과지성사, 1981, 156쪽.

이러한 유랑민 근성은 그것이 인간의 의식이나 정신의 문제이기 때문에 무속은 물론 기독교의 이면 속에 깊이 자리하고 있으며, 『움직이는 성』에서 작가가 중점적으로 문제 삼고 있는 것도 이 부분이라고 할 수 있다. 유랑민 근성의 관점에서 보면 무속의 애니미즘적인 것이라든가 자신의 실질적인 이익을 위한 소원 의식과 태도는 당연히 비판의 대상이 될 수밖에 없다. 뿐만 아니라 작가는 기독교적 신앙에 안착하지 못한 채 무속과의 관계를 끊임없이 유지하면서 유랑하는 의식과 태도를 비판하고 있다. 하지만 작가가 비판의 대상으로 삼고 있는 것은 비단 무속만이 아니다. 작가는 무속뿐만 아니라 기독교에서도 이러한 의식이나 태도나 나타난다고 보고 그것을 비판하고 있다. 소설 속에서 유랑민 근성의 관점에서 집중적인 비판의 대상으로 존재하는 인물은 민구와 명숙이다. 민구는 무속 연구가이다. 무속 연구가답게 민구는 우리 민족의 정신적인 본류가 샤머니즘이라고 주장하고 있을 뿐만 아니라 박수 변씨와 관계를 갖기도 하면서 자신이 당굴교의 교주라고 내세우기도 한다. 하지만 민구의 무속에 대한 관심과 태도는 한 장로의 딸 은희를 만나면서 현실적이고 물질적인 쪽으로 기울고 만다. 민구는 자신이 현실에서 성공하기 위해서는 기독교의 유력한 집안 딸인 은희와의 결혼이 다른 그 무엇보다도 중요했던 것이다. 무속에 정신적인 끌림이 있음에도 불구하고 현실적인 것으로 인해 그것을 포기하는 민구의 의식이나 태도는 주체성이 결여된 상태에서 이 신, 저 신을 마구 받아들이는 유랑민 근성을 드러낸 것이다. 이런 점에서 그는 '유랑적 기독교인'[9]을 상징한다고 할 수 있다.

민구의 유랑민적 근성이 무속과 기독교 사이의 심각한 갈등을 불러일으키지 않고 넘어간 것에 비해 명숙의 경우는 심각한 외상으로 발전해 회복이 거의 불가능한 상태에 까지 이른다. 명숙은 교회의 주일학교 반사(班

9) 노승욱, 「유랑성의 소설화와 경계의 수사학」, 『민족문학사연구』 제29호, 2005, 145쪽.

師)이다. 하지만 병명을 알 수 없는 병을 앓게 되자 무당을 불러 굿을 하게 된다. 하지만 내림굿을 구경나온 성호를 발견하는 순간 외마디 비명을 지르며 쓰러진다. 명숙이 비록 신 내림을 받았지만 기독교의 세계로부터 온전히 벗어나지 못한 상태에 놓여 있는 관계로 정신병을 얻게 된다. 무속의 신과 기독교의 신 사이에서 그녀의 정신이 심한 분열을 경험하게 된 것이다. 그녀의 내림굿이 자발적으로 이루어진 것이 아니듯이 그녀의 기독교적인 신앙 역시 자발적으로 이루어진 것이 아니다. 그 때 그 때의 필요에 의해 신 혹은 종교를 옮겨 다니는 유랑민적인 근성은 명숙의 정신병이 잘 말해주듯이 결국에는 어느 한 곳에 정착하지 못할 뿐만 아니라 미래에 대한 어떤 모색도 불가능한 채 파멸을 맞이하게 된다. 기독교와 무속 사이에서 자기모순에 봉착한 그녀의 정신세계는 온전하지 못하며 그녀가 이 세계를 벗어나기 위해서는 여기에 대한 깊이 있는 탐색이 전제되어야 한다.

황순원이 『움직이는 성』에서 비판적으로 보고 있는 유랑민 근성의 관점으로 김동리의 「무녀도」를 보면 어떻게 될까? 황순원이 궁극적으로 이르고 싶은 세계는 기독교적인 범주 안에 있기 때문에 무속은 부정적으로 그려지고 있는 것이 사실이다. 그의 입장에서 보면 무속은 기독교의 유랑민 근성의 한 원인이 되며, 이로 인해 그것으로부터 벗어나 기독교적인 신의 세계 안에 정착하는 것이 궁극적인 목적이다. 특히 그는 무속의 운명적인 속성을 강하게 비판한다. 인간은 올바른 신앙(정착민의 근성)을 통해 운명을 변화시킬 수 있다는 의지의 중요성이 『움직이는 성』 뿐만 여러 소설에서 반복적으로 드러난다. 하지만 김동리의 「무녀도」에서는 적극적으로 운명 자체를 바꾸려하지 않는다. 여기에서 운명은 인간의 의지대로 바꿀 수 있는 성질의 것이 아니다. 인간은 이미 정해진 운명이 있어 그 운명대로 살 수밖에 없는 것이다. 그의 소설 속의 인물들의 운명을 결정짓고 있는 것은 인간을 초월한 우주 혹은 자연의 힘의 질서이다.

무속 역시 우주나 자연의 힘의 질서와 무관하지 않다. 무속에서의 '천지신명'은 말 그대로 우주와 자연으로서의 신을 의미한다. 김동리의 「무녀도」를 통해서도 잘 알 수 있듯이 그의 무속에 대한 이해의 정도는 단순한 호기심을 넘어 삶의 한 양식으로 드러난다. 그의 무속에 대한 관심과 이해는 전적으로 맏형인 김범부의 영향 하에서 이루어진다. 김동리의 신춘문예 당선 소설이 「화랑의 후예」(1935, <조선중앙일보>)인데 이때 여기에서 말하는 화랑은 범부의 관점에 따르면 곧 '무당'이다. 신라시대의 화랑은 샤머니즘과 연관되어 존재했으며, 화랑을 이르는 '국선(國仙)'의 선은 샤먼 곧 무당을 뜻한다. 화랑이 수행하는 종교적 요소, 예술적 요소, 군사적 요소 등은 모두 무속과 직접 관련이 있으며, 무당이 하는 일 대부분이 고대에는 화랑이 하는 일이었다는 범부의 주장은 그대로 동리의 사상의 한 자리를 차지하게 된 것이라고 할 수 있다.[10] 무속에 대한 역사적인 기원과 사회·문화적인 전통의 의미를 체득한 그에게 무속은 단순한 미신이나 호기심의 대상이 아닌 그 자체로 우리의 삶의 한 양식으로 인식되었다고 해도 과언이 아니다. 이런 맥락에서 그는 무속을 자신의 문학의 정체성을 결정짓는 가장 중요한 요소라고 고백하고 있다.

"着想의 動機와 過程을 간단히 적으면 다음과 같다.

첫째 民族的인 것을 쓰고자 했다.

당시는 民族精神이라든가 民族的 個性에 해당되는 모든 것이 抹殺되어 가는 일제총독 치하의 암흑기였기 때문에, 현실적으로 이에 맞설 수 없는 실정이라면 문학을 통해서마나 이를 구하고 지켜야 한다고 생각했던 것이다. …… 우리 民族에 있어서 佛教나 儒教가 들어오기 이전, 이에 해당하는 民族固有의 宗教的 機能을 담당한 것은 무엇일까 하는 문제였다.

내가 샤머니즘에 생각이 미치게 된 것은 이러한 과정을 거쳐서였고, 따라서, 오늘날의 巫俗이란 것이, 우리 民族에 있어서는 가장 原初的인 宗教

10) 홍기돈, 「김동리의 소설 세계와 범부의 사상」, 『한민족문화연구』 제12집, 2003, 217쪽.

的 機能이라고 볼 때, 그 가운데는 우리 民族固有의 精神的 價値의 核心이 되는 그 무엇이 內在하여 있을 것이라고 생각했다. ……

둘째 世界的인 課題에 도전코자 하였다. 이 문제는 간단히 설명하기가 어렵지만 그런대로 端的으로 언급한다면 그것은 소위 世紀末의 과제를, 우리의 文學에서, 특히, 샤마니즘을 통하여 처리해 보고자 하는, 野心的이라면 무척 野心的인 포부였다. 世紀末의 課題라고 하면 대단히 광범하고 거창한 내용을 가리키게 되겠지만 그 가운데서도 가장 핵심적인 문제는, 神과 人間의 문제요. 自然과 超自然의 問題로 科學과 神秘의 問題라고 나는 생각했다.[11)]

김동리는 무속을 소설 속으로 끌어들인 이유에 대해 그것을 민족적인 차원과 세계적인 차원에서라고 말하고 있다. 그는 무속을 불교나 유교가 들어오기 전에 우리 민족에 있어서 가장 원초적인 종교적 기능을 한 것으로 보고 있다. 그의 이 발언은 무속이 우리 민족에게 하나의 종교였다는 것을 밝힌 것이며, 이것을 통해 신과 인간, 자연과 초자연의 문제 같은 세계적인 과제를 해결해 보려고 한 것이다. 무속이 불교나 유교 그리고 기독교보다 열등하거나 인간 정신의 차원에서 배제해야 할 대상으로 보지 않고 그것을 우리 민족의 정체성을 이루는 토대로 간주하고 있는 태도는 황순원의 무속에 대한 태도와는 변별되는 지점이라고 할 수 있다. 황순원이 인간 존재의 중심축으로 내세우고 있는 기독교 사상의 이면에는 근대적인 합리주의 정신이 내재해 있는 것으로 볼 수 있다. 그가 『움직이는 성』에서 기독교를 중심축으로 무속의 세계와는 다른 혹은 그것을 넘어서는 인간 정신을 새롭게 구축하려고 한 데에는 이러한 사상이 작동한 결과라고 해도 과언이 아니다. 그가 민구나 명숙 그리고 준태를 유랑민 근성을 지닌 존재라고 하여 비판하고 있는 이유 역시 이들이 기독교의 세계 내로의 정착으로부터 벗어나 있기 때문이다.

---

11) 김동리, 「巫俗과 나의 文學」, 『월간문학』, 1978, 151쪽.

김동리의 「무녀도」의 중심인물인 모화와 욱이는 이러한 유랑민 근성과는 거리가 있다. 모화는 무속에 욱이는 처음에는 불교에 있다가 예수교로 옮겨 그곳에 정착을 한 채 그 신념을 끝까지 밀고나가는 인물로 형상화되어 있다. 주변 사람들이 예수교로 관심을 돌리는 상황에서도 모화는 '그까지 잡귀신들' 하고 외면해 버린 채 더욱 자신의 성주님을 찾는데 열중하고 급기야는 넋대를 따라 깊은 물속으로 걸어 들어가 아주 잠겨버린다. 모화를 따르면 주변 사람들이 예수의 이적, 다시 말하면 '예수 그리스도가 온갖 사귀 들린 사람, 문둥병 든 사람, 앉은뱅이, 벙어리, 귀먹어리를 고친 이야기와 십자가에 못 박혀 죽은 지 사를 만에 다시 살아나 승천했다는 이야기'[12]에 현혹되어 그쪽으로 가버린 다음에도 자신의 신을 버리지 않고 죽음으로써 그것을 증명해 보인다. 모화의 입장에서 보면 그녀의 주변 사람들이야말로 유랑민 근성을 가진 존재들인 것이다. 주변 사람들로부터의 고립은 모화 혹은 무속의 고립이며, 이것은 곧 근대, 근대성, 기독교, 서양으로부터의 고립을 의미한다.

작가가 모화의 행위에 초점을 두고, 그 모화(무속)가 욱이를 살해하는 것은 무속의 기독교적인 것의 포용으로 볼 수 있다. 기독교로 무속을 포용하려는 황순원과 달리 김동리는 무속으로 기독교를 포용하려고 한 것이다. 김동리의 이러한 무속에 대한 강한 애착과 의지는 모화의 죽음으로 정점을 찍는다. 모화가 물속으로 걸어 들어가는 장면은 죽음인 동시에 부활인 것이다. 모화의 죽음을 통해 표상되는 것은 김동리의 문학적인 비전이다. 그의 비전의 강렬함이 살해의 욕망으로 제시된 것이고, 이것이 황순원의 『움직이는 성』과는 다른 「무녀도」만의 강하고 긴장된 갈등과 대립관계를 만들어 낸 것이다. 「무녀도」에서의 모화와 욱이 간의 강하고 긴장된 대립과 『움직이는 성』에서의 민구, 준태, 성호 사이의 느슨한 대립을

12) 김동리 · 남송우 엮음, 「무녀도」, 『김동리 단편선』, 현대문학, 2010, 107쪽.

서로 비교해 보면 두 소설이 겨냥하고 있는 바가 다르다는 것을 알 수 있을 것이다. 무속의 흐름이 가고 기독교라는 새로운 흐름이 도래하는 상황에서 그것을 거스르는 김동리의 의도와 그 흐름을 좇아 가려하지만 유랑민 근성이 발목을 잡고 있는 상황을 보여주고 있는 황순원의 의도는 이들 소설의 착상과 동기 혹은 이들 정신세계에 일정한 토대를 이루는 근대를 해석하는 방식에 차이를 드러낸 것이라고 할 수 있다.

3. 근대의 비극과 근대의 초극

황순원의 『움직이는 성』과 김동리의 「무녀도」의 문학사적인 의미는 근대 혹은 근대성과의 연관성 속에서 찾아야 할 것이다. 우리의 근대가 지니는 특수성과 함께 보편성의 문제를 이들 소설이 어떻게 구현하고 있는지의 문제는 식민지와 분단으로 이어지는 혼란과 어둠의 시기에 우리의 정신적인 궤적을 살펴보는데 더 없이 좋은 예가 될 것이다. 민족주의 계열 혹은 문협정통파로 불리면서 우리 문학, 특히 순수문학을 대표해 온 두 작가의 궤적은 그 자체로 우리 정신사의 한 장을 이룬다고 볼 수 있다. 그런데 이들과 관련하여 비판적인 입장을 견지하고 있는 진영에서는 '순수문학'이라는 의미를 왜곡하여 이들의 문학에는 현실과 역사가 부재하다고 비판하는 경우가 있다. 하지만 이러한 비판은 문학에서 현실과 역사의 문제를 지나치게 표면적으로 이해한 데서 비롯된 것이라고 할 수 있다.[13] 이들의 문학은 현실과 역사로부터 벗어나 순수의 세계를 이야기하고 있는 것이 아니라 현실과 역사 속에서 어떻게 그 순수가 파괴되고 해체되는지 또는 그 순수를 어떻게 하면 지켜갈 수 있는지 하는 것을 보다

13) 김병익, 「순수문학과 그 역사성」, 『황순원 연구』, 문학과지성사, 1985, 19~20쪽.

본질적이고도 근원적으로 드러내 보인다고 할 수 있다. 특히 이들이 겨냥하고 있는 세계는 우리의 근대라는 복잡 미묘한 시기에 치열하게 실존과 구원을 모색하고 있는 인간의 모습이다.

황순원의 『움직이는 성』과 김동리의 「무녀도」의 인물들 역시 이와 다르지 않다. 『움직이는 성』에는 다양한 인물이 등장하며, 이 인물들은 모두 작가가 구현하려고 하는 세계를 대변하고 있다. 이 인물들 중 많은 논자들은 성호라는 인물에 초점을 맞추어 작가의 의식과 세계관을 이야기한다. 성호라는 인물은 민구의 현실적이고 실리적인 것만을 좇는 유랑민 근성과 준태의 기억의 트라우마에서 헤어나지 못하는 정신적인 유랑민 근성을 모두 극복한 인물이라는 것[14]이다. 성호가 민구와 준태와는 달리 유랑민 근성을 극복한 인물로 평가받는 데에는 그의 '강한 윤리적 실천'이 한몫하고 있다. 이것은 성호가 '민구를 축으로 하는 현세적이며 미래가 없는 무교의 세계와 일차적으로 대립되는 의미의 인물'이며 동시에 '죄에 대한 새로운 인식과 아울러 속죄의 고행을 통해 비전을 보여주는 인물'[15]이라는 것을 의미한다. 만일 황순원이 성호에게 자신의 의식과 세계관이 포함된 비전을 투사했다면 『움직이는 성』은 해피엔딩 혹은 희극적인 결말을 지닌 소설이 될 것이다.

그러나 성호의 비전은 해피엔딩으로 끝나지 않고 있다. 성호가 민구와 준태가 가지고 있는 유랑민 근성을 모두 통합한 것으로 보기에는 무리가 있다. 성호 역시 자신의 의지와는 관계없이 무속의 세계로부터 온전히 벗어나지 못한 채 숙명처럼 그 세계를 지니고 가야하기 때문이다. 성호에게 맡겨지는 무당들린 과부의 아들 돌이의 존재가 그것을 말해준다. 신앙은 인간을 변화시킨다는 그의 믿음으로도 무속과 기독교 사이에서 갈등하다

14) 송백현, 「두 문화의 만남 : 황순원의 『움직이는 성(城)』을 통해 본 기독교와 샤머니즘의 충돌」, 『신앙과 학문』 제13권 3호, 2008, 182쪽.
15) 우한용, 「현대소설의 고전 수용에 관한 연구」, 『국어문학』 제23집, 1983, 122쪽.

가 미쳐버린 명숙을 올바로 되돌려 놓지 못했을 뿐만 아니라 아무리 지적이고 합리적인 판단력으로 그것을 통어하려고 하지만 무속적인 세계는 마치 악귀처럼 그를 놓아주지 않는다는 것이 그가 처한 상황에 대한 좀 더 올바른 진단이라고 할 수 있다. 성호의 구원은 명숙의 구원이 전제되지 않고서는 이루어질 수 없다. 사정이 이러하다면 『움직이는 성』에서의 성호의 존재는 이들이 처해 있는 유랑민적인 근성을 넘어서기 위한 좀 더 내밀하고 구체적인 대안을 제시하는 인물이라고 볼 수 없다. 그가 내세우고 있는 윤리란 어떤 면에서 보면 당위적이고 추상적인 차원에 머물러 있다고 말할 수 있다.

성호에 비해 준태는 강한 윤리적 실천보다는 비판과 회의를 통해 어떤 문제에 다가서는 합리적 지식인이다. 우리 민족이 가지는 뿌리 깊은 속성을 '유랑민 근성' 이라고 명명한 이도 준태이다. 그가 유랑민 근성을 들고 나온 것은 우리 자신의 현재를 자각하기 위해서이다. 이 현재를 자각하려면 과거의 궤적을 살펴보는 것이 당연하며, 이 과정에서 준태는 북방에서 반도로 흘러들어온 우리 민족의 역사에 대해 언급한다. 그런데 여기에서 중요한 것은 그가 이러한 지리적인 유랑만을 문제 삼지 않는다는 점이다. 그가 무엇보다도 중요하게 생각하는 것은 정치적이고 정신적인 유랑이다. 우리 민족의 자주적이고 자율적인 선택의 결여로 인해 우리의 생활 밑바탕이 정착성을 읽고 살아왔다는 것이 준태의 생각이다. 그의 우리 민족의 유랑민 근성에 대한 비판은 그것을 대상화하거나 피상적으로 접근한 것이 아니라 자기 자신에 대한 철저한 반성을 동반하고 있다. 비록 그의 반성이 자의식의 과잉을 동반하고 있어서 사람과의 관계에서 파탄을 맞기는 하지만 이 과정을 통해 그의 유랑민 근성에 대한 자각은 깊어진다.

준태의 관계성은 늘 파탄을 맞지만 그 중에서도 지연과의 관계는 특별한 의미를 띤다. 준태에게 있어서 지연은 자신의 내부에 자리하고 있는 어두운 기억의 실체이다. 그 어둠의 실체는 준태가 지연에게 정착하려는 순간 '천식' 이라는 발작을 통해 환기된다. 그에게 이 천식은 결코 지워버릴 수 없는 일종의 얼룩 같은 것이다. 그가 쉽게 지연에게 정착할 수 없게 만드는 이 천식은 오랜 역사를 지니고 있다. 그에게서 천식이란 자신이 상실한 것에 대한 반응이면서 동시에 그것을 보충하려는 눈물겨운 의지에 대한 표현이다. 그의 상실과 보충은 어린 시절 서호에서의 자살에 대한 기억과 밀접하게 연관되어 있다. 어머니가 자신을 데리고 서호에서 자살하려한 사건이나 공납금을 내지 못해 선생으로부터 모멸을 당하던 날 역시 자살하려 사호에 섰던 기억들은 지연에게 정착하려는 그의 행위를 가로 막는 어둠의 실체들이라고 할 수 있다. 결국 그는 지연에게 정착하는데 실패하고 죽음을 맞게 된다. 유랑하는 삶을 부정하고 정착된 삶을 욕망한 그의 이러한 삶의 모습은 '유랑적인 자신의 모습을 부정하는 긴 우회를 거쳐서 다시 유랑적인 자신의 모습과 만나는 구조' [16]이다.

이렇게 준태의 삶의 모습이 드러내는 구조란 나르시스적인 의미를 강하게 띠고 있기는 하지만 유랑민 근성에 대한 진정성과 만나는 그런 구조라고 할 수 있다. 나르시스의 결말은 죽음이며, 이 죽음은 무의미한 것이 아니다. 어느 곳에도 정착하지 못하고 끊임없이 유랑할 수밖에 없는 그의 삶은 이미 운명 지어진 것이며, 삶의 과정 속에서는 그 유랑을 멈출 수 없다. 유랑민 근성을 비판하고 부정하면서도 끊임없이 유랑할 수밖에 없는 이 모순된 삶의 구도로부터 그는 벗어나고 싶어 한다. 하지만 삶의 차원에서는 그것이 불가능하다. 그것을 가능하게 하는 것은 죽음 밖에 없다. 이런 점에서 '죽음은 운명을 극복하는 방법일 수 있지만 운명의 압도적인 작용력을 인정하는 계기가 되기도 한' [17]다. 그의 죽음의 모순성은 삶의 비극성을 환기한다. 그의 비극은 곧 근대적인 지성의 비극으로 볼 수 있다. 그의 죽음은 이성과 합리성을 바탕으로 한 근대적인 지성이 자신의

---

16) 김혜영, 「운명의 인식과 극복」, 『선청어문』 제23집, 1995, 474쪽.
17) 김혜영, 앞의 글, 481쪽.

한계 혹은 시대적인 한계를 극복하지 못하고 무속으로 표상되는 어둠의 영역에 함몰되는 상황을 드러내는 것으로 볼 수 있다. 이런 점에서 이것은 '합리적이기 때문에 샤머니즘에도 기독교에도 공감할 수가 없' [18]었던 한 근대 지식인의 비극을 표상한다고 할 수 있다.

『움직이는 성』의 준태처럼 근대에 접근해 들어가는 방법으로 제시된 비극의 형식은 근대인의 고독과 소외를 운명적인 것으로 부각시키는데 기능적으로 작용한다. 지연의 방에 있는 자코메티의 '광장' 속에서 발견할 수 있는 왜소함과 고독감(고립감)은 일상화되고 보편화된 근대 혹은 근대인의 비극을 환기한다. 어쩌면 이 소설에서 말하고 있는 유랑민 근성이란 어느 한 곳에 정착하지 못하고 방향성을 상실한 채 떠돌 수밖에 없는 근대 혹은 근대인의 비극을 함의하고 있는 것으로 볼 수 있을 것이다. 근대에 대한 이러한 황순원 식의 접근은 근대 안에서 근대를 보려는 방식이다. 이에 비해 「무녀도」에서 김동리가 보여주고 있는 접근 방식은 근대 밖에서 근대를 보려는 것이다. 「무녀도」의 초점은 단연 '모화' 에 놓여 있다. 이 소설의 배경이 되는 서세동점의 시대(개화기)에 모화와 같은 무당이 존재한 것이 사실이며, 이런 맥락에서 소설 속의 인물과 사건은 그 나름의 개연성을 지닌다고 할 수 있다. 하지만 우리가 이 소설에서 중요하게 고려해야 할 것은 시간과 공간의 사실 여부가 아니라 소설 속에 투영된 작가의 의식이다.

작가는 모화를 통해 자신의 신념을 강렬하게 드러내고 있다. 모화의 무속에 대한 신념은 어떤 다른 종교의 신앙보다도 철저하다. 이러한 철저한 신념으로 인해 그녀는 점차 사람들로부터 고립되고 소외되기에 이른다. 그녀는 자신이 처해 있는 공간을 마치 '소도(蘇塗)'처럼 성스러운 곳으로 인식하면서 자신의 행동에 대해 신성성을 부여한다. 자신이 받들고 있는

18) 천이두, 「종합에의 의지」, 『황순원 연구』, 문학과지성사, 1985, 148쪽.

신에 대한 절대적인 믿음은 예수교를 섬기는 아들에게 귀신이 들렸다고 판단하여 그것을 물리친다는 명목으로 칼을 휘두르다가 잘못하여 그를 죽음에 이르게 한다. 평소 자신의 '무력(巫力)에 한 점 의심 없이 따르던 사람들이 하나같이 예수교 쪽으로 옮겨갔음에도 불구하고 그녀는 더욱 더 자신이 섬기는 신을 믿는다. 마침 그녀는 물에 빠져 죽은 젊은 여인의 혼백을 건지는 굿을 맡게 된다. 그녀는 신명나게 굿을 했고, 그녀의 신명은 결국 용신에게 귀의하는 것으로 끝이 난다. 그녀의 귀의는 한 점 망설임 없이 이루어졌으며, 이 대목이야말로 이 소설의 주제를 가장 강렬하게 환기하고 있는 것으로 볼 수 있다.

작은 무당 하나가 초조한 낯빛으로 모화의 귀에 입을 바짝대며
"여태 혼백을 못 건져서 어떡해?"하였다.
모화는 조금도 서두르지 않고 오히려 당연하다는 듯이 넋대를 잡고 물가로 들어섰다.
초망자 줄을 잡은 화랑이는 넋대가 가리키는 방향으로 이리저리 초혼 그릇을 물속에 굴렸다.
일어나소 일어나소,
서른세 살 월성 김씨 대주 부인,
방성으로 태어날 때 칠성에 명을 빌어,

모화는 넋대로 물을 휘저으며 진정 목이 멘 소리로 혼백을 불렀다.

꽃같이 피난 몸이 옥같이 자란 몸이,
양친부모도 생존이요, 어린 자식 누여두고,
검은 물에 뛰어들 제 용신님도 외면이라,
치마폭이 봉긋 떠서 연화대를 타단 말가,
삼단 머리 흐트러져 물귀신이 되단 말가,

모화는 넋대를 따라 점점 깊은 물속으로 들어갔다. 옷이 물에 젖어 한

자락 몸에 휘감기고, 한 자락 물에 떠서 나부꼈다.

검은 물은 그녀의 허리를 잠그고, 가슴을 잠그고 점점 부풀어 오른다…….

> 가자시라 가자시라 이수중분 백로주로,
> 불러주소 불러주소 우리 성님 불러주소,
> 봄철이라 이 강변에 복숭꽃이 피그덜랑,
> 소복단장 낭이 따님 이 내 소식 물어주소,
> 첫 가지에 안부 묻고, 둘째 가…….

할 즈음, 모화의 몸은 그 넋두리와 함께 물속에 아주 잠겨버렸다.

처음엔 쾌자 자락이 보이더니 그것마저 잠겨버리고, 넋대만 물 위에 빙빙 돌다가 흘러내렸다.[19]

혼백을 건져내지 못하고 있음에도 불구하고 조금도 서두르지 않고 오히려 당연하다는 듯이 넋대를 잡고 점점 깊은 물속으로 들어가 마침내 넋두리와 함께 물속에 아주 잠겨버리는 모화의 태도는 자신의 신념에 대한 절대적인 믿음과 실천으로 인해 숭고함마저 느껴진다. 자신이 섬기는 신(용신) 곁으로 당연하다는 듯이 걸어들어 간다는 것은 그녀와 천지 사이의 유기적 관련성과 그녀에게 부여된 운명을 긍정한다는 것을 의미한다. 김동리 식으로 이야기하면 이것은 '구경적 생의 형식'에 대한 탐구가 되는 것이다. 하지만 그가 지향하고 있는 이 방향은 현실과는 차원을 달리 하는 것으로 이것은 곧 그가 현실을 강하게 부정하고 있다는 것을 말해준다. 그가 처해 있는 현실은 이성과 합리성과 과학주의가 토대를 이루는 근대라는 세계를 향해 있으며, 「무녀도」에서는 그것이 예수교(기독교)로 표상된다. 그가 보기에 서구의 근대과학사상은 지나치게 관념적이고 특히 근대에 이르러 직업적인 분업화를 이룸으로써 더 이상 인간과 천지(우주,

---

19) 김동리 · 남송우 엮음, 「무녀도」, 『김동리 단편선』, 현대문학, 2010, 114~115쪽.

자연)와의 유기적인 관련성을 통해 자신에게 부여된 운명을 긍정하는 그런 구경적인 생의 형식을 지닐 수 없게 된 것이다.

근대과학사상에 입각해 발생한 것이 소설이고 리얼리즘적인 것이라고 보면 그의 소설은 '근본적으로 비리얼리즘적이고 비소설적'[20]이라고 할 수 있다. 「무녀도」나 「역마」, 「황토기」 등 그의 대표작들이 보여주는 구경적인 세계는 이러한 서구의 근대소설이나 리얼리즘소설의 체계와 이념과는 커다란 차이가 있다. 그럼에도 불구하고 우리 근현대문학사에서 그의 소설을 중요하게 평가하는 이유는 우리의 사상과 철학 그리고 종교의 관점에서 서구의 근대를 비판하고 반성하는 태도를 강하게 견지하고 있다는 점이다. 서구적인 근대에 대한 맹목적인 추종이나 그 안에서 서구적인 근대의 한계를 추적하고 해체해 간 것과는 달리 그는 서구와는 전혀 다른 우리 내적인 토대 내에서 서구적인 근대를 초극하려는 태도를 이러한 소설들을 통해서 보여준 것이라고 할 수 있다. 그가 지향한 근대의 초극이란 때때로 허무주의적이고 신비주의적인 경향을 보이기도 한다. 이것은 그가 근대 혹은 근대소설에 대한 인식이 부재하다는 증거이다. 하지만 우리의 근대가 불완전하고 불안정한 상태에서 형성된 것이라는 점을 고려한다면 그의 근대 초극은 단순히 허무주의나 신비주의적인 것으로만 간주할 수 없는 의미를 지니게 된다. 이런 점에서 볼 때 그의 소설은 우리의 불완전하고 불안정한 근대 혹은 근대소설의 대리보충적인 성격을 지닌다고 할 수 있다.

4. 유랑민 근성과 구경적 생의 형식 이후

우리 문학사에서 가장 중요한 시기 중의 하나가 근대라는 점에 대해서

20) 김윤식, 「김동리의 『문학과 인간』의 사상사적 배경 연구」, 『한국학보』 85, 27쪽.

는 그 누구도 부인하지 않을 것이다. 이 시기는 우리 정신사에 있어서 가장 혼돈스러운 때라고 해도 과언이 아니다. 인간과 자연(우주), 물질과 정신, 도덕과 윤리, 전통과 현대, 계급과 계층, 노동과 자본, 시간과 공간, 과학과 종교 등에 대한 심적인 갈등과 불안이 격화되면서 정신적인 혼돈 상태가 발생한 것이다. 이러한 정신적인 혼돈은 모든 계층에 걸쳐서 나타나지만 그중에서도 지식인들이 경험하는 그것은 자의식의 측면에서 매우 강한 상징을 만들어내기에 이른다. 한 시대의 지식인이란 현재 상황에 대한 정확하고 총제적인 진단뿐만 아니라 미래에 대한 일정한 전망을 제시할 줄 아는 사람을 말한다. 근대의 문인은 문사철의 통합적인 지식인의 모습을 하고 있기 때문에 이러한 시대에 대한 자의식은 다른 어떤 계층보다도 클 수밖에 없다. 근대의 계몽적인 문인이나 지사로서의 문인 역시 이와 무관하지 않지만 여기에서 말하는 근대의 문인은 이것을 넘어서는 존재라고 할 수 있다.

황순원과 김동리, 이 두 문인의 존재성도 이러한 근대라는 의미 차원의 문제를 넘어서 생각할 수 없다. 여기에서 한 가지 흥미로운 것은 이 두 작가 모두 무속(샤머니즘)을 근대의 논의의 중심에 놓고 있다는 점이다. 서구의 합리적인 과학사상이나 유일신만 인정하는 기독교의 입장에서 보면 무속은 가장 먼저 해결해야 할(청산해야 할) 반근대적인 유물인 것이다. 무속에 대한 우열의 논리에 의한 이분법적인 접근은 사태의 본질을 제대로 들여다 볼 수 있는 방법이 아니라는 사실을 이 두 작가 모두 누구보다도 잘 알고 있었기 때문에 이들의 고민은 깊어질 수밖에 없었던 것이다. 그 고민의 결과가 바로 '유랑민 근성' 과 '구경적 생의 형식' 이다. 이미 오랜 역사적인 뿌리를 지니고 있는 유랑민 근성은 무속의 한 속성이지만 그것은 비단 무속에만 있는 것이 아니라 기독교에도 있다는 것이 황순원의 판단이다. 그가 생각하는 이상적인 근대란 유랑민 근성을 버리는 것, 다시 말하면 주체성과 자율성에 입각해 진정한 세계에 정착하는 것을 의미한다. 이를 위해 그는 다양한 유랑적인 모습을 제시한다. 하지만 『움직이는 성』에서 알 수 있듯이 작가는 쉽게 유랑민의 근성을 처리하지 않는다. 손쉬운 화해나 해결보다는 그가 택한 것은 유랑민 근성에 대한 집요한 탐색과 성찰이다. 그는 우리의 근대가 모순으로 가득 차 있다고 판단하고 이런 맥락에서 유랑민 근성도 이해하고 있기 때문에 그것은 비극성을 띨 수밖에 없다. 죽음을 통해 자신의 유랑민적인 근성을 극복하지만 압도적인 운명의 힘만은 인정할 수밖에 없는 준태의 죽음이 지니는 이중성이 그것을 잘 말해준다.

김동리의 근대에 대한 접근은 유랑민 근성보다는 구경적 생의 형식으로 드러난다. 이 관점에서 보면 무속은 구경적 생의 형식의 대표적인 것이며, 이것을 밀고나가는 것이야말로 서구적인 근대와 맞서 싸울 수 있는 자신만의 방식이라는 것을 그는 알고 있었던 것이다. 근대의 비극성을 환기하기보다는 그것을 초극하려고 한 그의 사상은 근대에 제기된 조선적인 것 혹은 동양주의적인 것의 의미를 성찰하는데 일정한 계기를 제공한다. 조선적인 것의 주장이 억압적이고 음험한 근대의 논리를 초월하는 하나의 방식이 될 수도 있지만 또 다른 면에서 보면 그것은 근대의 논리를 강화시켜주는 수단으로 작용할 수도 있다. 식민지 시대와 해방공간에서의 공백을 대리 보충한다는 긍정적인 평가와 함께 허무와 신비로 말미암아 어떤 시대적인 저항성을 가지기에는 부족하며 자칫하면 역으로 정치권력을 강화하는데 이용당할 수도 있다는 평가는 바로 이런 맥락에서 비롯된 것이라고 할 수 있다.

황순원, 김동리가 제기한 유랑민 근성과 구경적 생의 형식의 문제는 지금까지도 이어지고 있는 우리의 정신사적인 산물이다. 유랑민 근성의 핵심인 주체성과 자율성의 상실로 인한 정체성의 불안과 혼란은 '경계' 나 '유목(노마드)라는 이름으로 새롭게 탐색되고 있으며, 구경적 생의 형식은 '숭고' 라는 이름으로 또한 새롭게 탐색되고 있다. 근대적인 용어와 탈근대적인 용어 사이의 관계성이 어느 정도인지에 대해서는 좀 더 세심한 탐색이 있어야 하지만 이것들이 모두 인간의 정신이나 행동과 깊은 관련성을 지니고 있다는 점에서는 이러한 논의가 의미 있어 보인다. 아마 두 사람이 활동하던 시기 못지않게 '지금, 여기'를 살아가는 우리 역시 안정된 정착을 희구하며, 운명을 믿으며 그것이 생의 긍정으로 이어진다는 믿음을 또한 지니고 있다고 할 수 있다. 이들이 제기한 유랑민 근성과 구경적 생의 형식이 특수하면서도 보편적인 의미를 획득하고 있다면 그것은 아마 이러한 이유 때문일 것이다. 유랑민 근성이 야기한 비극과 구경적 생의 형식이 야기한 초극은 비단 근대뿐만 아니라 근대 이후에도 우리 인간의 한 존재 방식으로 남아 있을 것이다.

김동리와 황순원 시의 죽음의식 및 시대의식 고찰

이승하

1. 김동리와 황순원은 애초에 시인이었다

한국문학사에 있어서 김동리와 황순원[1]은 하나의 큰 산이라는 의미를 넘어 수많은 봉우리를 거느리고 있는 산맥이라고 할 수 있다. 김동리의 작품은 2013년에 33권짜리 전집이 계간문예에서 출간되었고, 황순원의 작품은 1985년에 12권짜리 전집이 문학과지성사에서 출간되었다. 10권이 넘는 전집을 간행한 문인이 그다지 많지 않은 우리나라이니만큼 생애의 거의 모든 작품을 망라하여 전집이 나와 있다는 것 자체가 두 문인의 문학적 업적과 문학사적 위치를 가늠케 하는 척도인데, 그 모양새가 장대한 산맥으로 보인다. 게다가 김동리는 중앙대학교 문예창작학과(전신은 서라벌예술대학 문예창작과)에서, 황순원은 경희대학교 국어국문학과에서 수많은 문인을 길러낸 존경받는 교육자였다. 소설작품에 주어지는 문학상으로 동리문학상과 황순원문학상이 있다. 대체로 동리문학상이 단행본으로 출간되어 있는 장편소설에, 황순원문학상이 지상에 발표된 중·단편에 주어

1) 김동리는 1913년 경북 경주에서 태어나 1995년에 작고하였고 황순원은 1915년 평안남도 대동군에서 태어나 2000년에 작고하였다. 두 사람은 나이도 두 살 차이밖에 나지 않았지만 조선청년문학가협회, 한국문학가협회 등에서 함께 활동하며 교분을 쌓았다. 문인들의 화투판 같은 데서 자주 어울리곤 했는데 이는 여러 사람의 수필에 나와 있다.

지는데, 연조에 있어서나 상금에 있어서나 국내 문학상 가운데 최고의 권위를 인정받고 있다. 이 모든 것을 종합해보면 김동리와 황순원을 한국문학사의 양대 산맥이라 지칭해도 과언이 아닐 것이다.

그런데 공교롭게도 두 문인은 공통점이 있다. 모두 시로 먼저 등단했으며, 시집을 생전에 2권씩 낸 바 있다는 점이다. 두 문인의 시인으로서의 이력을 일단 살펴볼 필요가 있겠다.

김동리는 1973년에 첫 시집 『바위』를, 1983년에 두 번째 시집 『패랭이꽃』을 펴냈다. 사후에 권영민이 편하여 나온 『김동리가 남긴 詩』(1998)에는 이들 시집을 포함하여 유고시가 30편 실려 있다. 황순원의 시집 발간은 훨씬 빨랐다. 1934년 일본 와세다 제2고등학원에 다니는 고등학생 신분으로 『放歌』를 펴냈고 와세다대학에 입학한 해인 1936년에 두 번째 시집 『골동품』을 펴냈다. 이후 시집으로 출간하지는 않았지만 전집에 끼워 넣는 식의 방법으로 '空間', '木炭畵', '歲月'이란 제목의 시집을 정리한 바 있다.

김동리는 시인으로서의 등단 과정이 흥미롭다. 대구 계성중학교에 다니다가 서울의 경신중학교로 편입, 4학년까지 다니다 학교를 중퇴하고 낙향한 것이 시를 쓰는 계기가 된다. 1929년이었다. 부친 사망 이후 가형 영봉이 가게를 꾸려 가는데, 하루가 다르게 수입이 줄어들더니 결국 빚을 많이 져 동생 하숙비를 대주지 못할 처지에 이른다. 김동리는 고향집에서 빈둥빈둥 놀고 있자니 좀도 쑤시고 서울 친구들을 보고 싶다는 생각에서, 또 외로운 마음에서 시를 쓰게 되었다. 「고독」을 써 <매일신보>에 보내고 「방랑의 우수」를 써 <중외일보>에 보냈더니 두 군데 다 게재되었다. 이는 그의 시적 재능이 남달랐음을 말해주는 좋은 증거일 것이다. 20대로 막 접어든 1933년, 극시 「蓮塘」을 탈고했지만 발표는커녕 원고도 분실하고 만다. 그해 말에 시를 더 습작하여 「백로」를 1934년 <조선일보> 신춘문예에 투고했더니 입선했다는 통지가 온다. 그해 5월에는 『가톨릭청년』

에 시 「고목」을 발표한다. 그러니까 김동리의 시단 등단 연도는 1934년으로 봐야 할 것이다.

바로 그 시점에 동인 결성을 모색 중이던 서정주는 김동리가 동년배 중에서 시를 곧잘 쓴다고 판단하고는 동인에 들어올 것을 권유, 김동리는 동인지 『시인부락』 제1집에 「호올로 뭐라고 중얼거리며 가느뇨」 「나긴 밤에 났지만」 「九江山」 「行路吟」 등을 발표한다.[2] 이처럼 문단 진출 초기에 김동리는 시인으로서의 이름이 더 높았다.[3]

김동리는 두 권의 시집을 낸 이후 한동안 시를 안 쓰다 1989년 『민족과 문학』 겨울호에 「은하」 외 9편의 시를 발표한다. 사후 3년이 지난 시기에 부인 서영은 씨가 유고시 30편을 세상에 내놓아 『문학사상』 1998년 7월호에 발표된다.[4] 이런 것들을 살펴보면 김동리는 소설가로 살아가면서 때때로 솟구치는 시심을 제어하지 못하고서 시를 썼음을 알 수 있다.

황순원은 1931년 7월호 『東光』에 시 「나의 꿈」을, 9월호 같은 지면에 「아들아 무서워 마라」를 발표한다. 같은 해 12월 24일에는 <조선중앙일보>에 「默想」을 발표한다. 그 당시에는 추천을 받거나 신인 공모에 당선되지 않더라도 잡지나 신문에 발표를 하면서 작품 활동을 시작하는 경우가 많았는데 황순원은 이런 케이스에 속한다. 『東光』은 안창호가 미국에서 조직한 독립운동단체 흥사단을 배경으로 창간된 종합잡지로 통권 40호(한 호가 결호라 실제로는 39호)가, 후신으로 나온 『새벽』은 통권 52호가 나왔다. 황순원이 『東光』에 시를 발표하면서 등단한 것은 중대한 의미가 있다. 민족주의적 성향이 뚜렷한 잡지에 시를 발표함으로써 그의 시 자체가 그 당시 동인지에 발표되는 시들과는 경향이 달랐다. 즉 동인들이나

---

2) 이들 시는 습작기의 시라고 생각했는지 두 권 시집에는 싣지 않는다.
3) 이상 이력은 계간문예 간 『김동리 문학전집』의 제26권 『수필로 엮은 자서전』의 내용을 발췌, 정리한 것임.
4) 김동리 문학전집 17권은 시집인데 유고시가 23편 실려 있다. 7편이 빠진 이유는 알 수 없다.

문예지 편집인의 마음에 드는 시를 써야 한다는 강박관념을 가질 필요가 없었다.

김동리의 글 가운데 최초로 문자화된 것도 시였고 문단 등단작도 시였고 말년에 쓴 유고작도 시였다. 이를 두고 문학평론가 이동하는 5쪽짜리 짧은 글에서 "김동리의 문학적 생애가 서정시로써 시작되고 서정시로써 마무리 지어졌다"[5]고 평가하기도 했다. 그런데 소설가로서의 발자취가 워낙 뚜렷했기 때문에 그의 시는 상대적으로 폄하된 감이 없지 않다. 김동리는 '등단 무렵에 시도 좀 썼었지' 정도로만 알려져 있을 뿐이었고, 그래서인지 그의 시는 본격적인 연구의 대상이 된 적이 거의 없었다. 반면 황순원의 시에 대해서는 김주연·최동호·김종태·이혜원이 평문을 썼으니, 연구가 어느 정도 되어 있는 셈이다.[6] 김주연은 황순원의 시를 "생명존중의 깊은 마음씨"와 "이웃 사랑에 대한 이야기"로 보았다. 최동호는 "시대나 역사에의 지향"을 통해 "조국과 민족의 진로를 비추는 신성한 힘에 대한 역사의식"을 구현한 시로 규명하였다. 김종태는 "초기에 지사다운 냉철함과 선비다운 고결함으로 시대와의 불화를 육화하였으며, 뒤이어 단아한 절제와 휴머니즘으로 존재론적이고 형이상학적인 세계를 사색하였다"고 보았다. 이혜원은 황순원 문학의 뿌리를 이루는 것은 시의 정신으로, "이상에 대한 동경과 삶에 대한 사랑, 이웃에 대한 연민처럼 지속된 정신"을 갖고 "휴머니즘이란 고결한 인간 정신"을 끝까지 지켜나갔다고 보았다. 평론가들은 대체로 황순원을 소설이건 시건 '휴머니즘'에 입각해

---

5) 이동하, 「겸허하고 담담한 관조의 경지」, 권영민 편, 『김동리가 남긴 詩』, 문학사상사, 1998, 148쪽.

6) 김주연, 「싱싱함, 그 생명의 미학」, 황순원, 『황순원 전집 11 詩選集』, 문학과지성사, 1985.
최동호, 「憧憬의 꿈에서 피사의 斜塔까지」, 황순원 외, 『말과 삶과 自由』, 문학과지성사, 1985.
김종태, 「廉潔性의 詩學」, 『현대시학』, 2000.10.
이혜원, 「서정성과 장르의식－황순원론」, 『현대시와 비평의 풍경』, 월인, 2002.

서 썼다고 간주하였다.

하지만 지금까지 발표된 글 가운데 여러 가지로 공통점이 있는 두 사람의 시를 함께 다룬 글이 없었기에 논자는 두 소설가 겸 시인이 시에 있어서 어떤 특징을 보여주었는지 고찰해보고자 한다.

2. 시에 나타난 김동리의 죽음의식

김동리가 경주에서 태어나 성장기를 보냈다는 것은 시세계 형성에 있어 중요한 의미가 있다. 경주는 무려 1,000년 동안 신라의 도읍지로서 도시 일대가 문화유적인 고도(古都)다. 1913년에 경주시 성건리 186번지에서 태어나서 1926년에 대구 계성중학교에 들어갈 때까지 김동리는 경주를 떠난 적이 없다. 1935년에 경주의 본가를 떠나 경남 사천으로 이사를 하게 되는데, 중간에 객지생활을 한 기간이 있었다고는 하지만 방학 같은 때는 경주 본가에 가 있었으므로 스물세 살 성인이 될 때까지 그는 '경주 사람'이었다.

파란 솔등 돌아
노란 들녘 지나
하얀 모랫내 건너
들국화 헤치며 고향으로 간다
고향은 古墳의
천년 古都

어제 바람이 오늘 불고
저승이 이승을 이기는 곳
하얀 모랫내 건너

노란 들녘 지나
파란 솔등 돌고
코스모스 헤치며 서울로 돌아온다

아아, 이렇게 고향에 다녀오듯
저승에서 이승으로 돌아올 순 없을까

내 맘속에 언제나 있는 건
오직 고향과 저승.

—「歸去來行」(『패랭이꽃』) 전문[7]

경주는 고분이 많은 도시다. 집을 나서면 수많은 왕과 왕비의 무덤이 있다. 학교에 가면서도, 친척집에 가면서도, 친구들과 놀러 나가서도 보게 되는 것이 고분이다. 경주는 "어제 바람이 오늘 불고/ 저승이 이승을 이기는 곳"이다. 수많은 선조의 무덤을 갖고 있는 도시여서 그런지 "내 맘속에 언제나 있는 건/ 오직 고향과 저승"이라고 했다. 늘 마음속에 죽음의식을 갖고 있었다는 것인데, 고도의 고분들 때문이었음을 이 시는 확실히 말해주고 있다. 「자화상」이란 시에도 고향과 죽음을 늘 마음 한구석에 두게 된 이유가 나온다.

나는 오랜 옛 서울의
한 이름 없는 마을에 태어나
부모형제와 이웃사람의 얼굴, 그리고
하늘의 별들을 볼 적부터
죽음을 밥 먹듯 생각하게 되었다.
아침에 피는 꽃의 빛깔과
황혼에 지는 동산의 가을 소리도
이별이 곁들여져

---

7) 김동리의 시는 문학사상사 간 『김동리가 남긴 詩』에서 인용한다.

언제나 그처럼 슬프고 황홀했다.

―「自畵像」(『바위』) 전반부

어릴 때부터 죽음에 대해 깊이 사색하고 죽음의 양상들을 성찰하게 된 이유를 "아침에 피는 꽃의 빛깔과/ 황혼에 지는 동산의 가을 소리도/ 이별이 곁들여져"있었기 때문이라고 한다. 이때의 '이별'은 영원한 이별, 즉 사별이다. 김동리는 어렸을 적, 즉 "부모형제와 이웃사람의 얼굴, 그리고/ 하늘의 별들을 볼 적부터/ 죽음을 밥 먹듯 생각하게 되었"던 것이다. 인간은 대부분 성장해 나가면서 주변 사람들의 죽음을 겪게 된다. 부모형제와 일가친척은 말할 것도 없고 짝사랑했던 유년 시절의 소꿉동무도, 결혼을 약속한 애인도, 조강지처도 사별의 대상이 될 수 있다. 죽음에 대한 사색에 빠져든 이유가 이 시에 확실히 밝혀져 있지는 않지만 부모형제와 이웃사람의 얼굴, 그리고 하늘의 별들을 볼 적부터 죽음을 '밥 먹듯'생각하게 되었다고 하면서 그것이 자신의 초상이라고 하였다.

술과 친구와 노래는 입성인 양 몸에 붙고
돈과 명예와 그리고 여자에도
한결같이 젖어들어
모든 것을 알려다
어느 것도 익히지 못한 채
오직 한 가지 참된 마음은
자기가 눈감고 이미 없을 세상에
비치어질 햇빛과
피어나는 꽃송이와
개구리 우는 밤의 어스름달과
그리고 모든 사람의
살아 있을 모습을 그려보는 일이다.

―「自畵像」 후반부

김동리는 죽음뿐만이 아니라 "살아 있는 모습"을 그려보게 되었다고 시의 말미에 가서 고백한다. 모든 사람의 살아 있는 모습을 그려보는 일이 '소설 쓰기'였다. 한 개의 문장으로 이루어진 후반부에서 김동리는 모든 것을 알려다 아무것도 익히지 못했다고 탄식하고 있다. 문장이 너무 긴데다 '마음은 …<중략>… 일이다'로 되어 있어서 어색하지만 자신이 죽어 육신은 썩어 없어지더라도 "모든 사람의/ 살아 있을 모습을 그려보는 일"을 했으니 사람들이 자신을 기억해주지 않으랴, 하는 마음으로 쓴 시이다. 죽음에 대한 남다른 생각이 김동리를 글 쓰는 일로 이끌었고, 뭇 생명체의 생로병사의 의미를 캐보려고 글을 쓰면서 한평생 살아온 모습이 이 시의 주제가 아닌가 한다. 홍진세계에 나가서 온갖 경험을 다 해보았지만, 온갖 희비극을 다 맛보았지만, 인간은 생로병사의 바퀴에 치어 죽어가는 존재임을 깨달았다는 것이다. 그래서 하게 된 것이 문학이다. "어느 것도 익히지 못한 채/ 오직 한 가지 참된 마음"은 "자기가 눈감고 이미 없을 세상에"다가 "비치어질 햇빛"과 "피어나는 꽃송이"와 "개구리 우는 밤의 어스름달"(이것은 영원과 자연과 절대의 공간이다)과 "모든 사람의/ 살아 있을 모습을 그려보는 일"(이것은 인간사와 세상사다)을 해보겠다는 것이다. 전자에 대한 관찰의 결과가 시 쓰기이며 후자에 대한 고찰의 결과가 소설 쓰기이다. 이러이러한 성장 과정을 통해 소설가와 시인의 길을 걸어가게 되었다는 것, 즉 창작의 동기를 밝힌 것이 바로 「自畵像」이다. 특히 시를 어떻게 하여 쓰게 된 것인지에 대해서는 이렇게 표현하였다.

> 온갖 것 생각하고 느낌에 겨운 이
> 시인 아닌 사람 있을까
> 죽음에 눈물짓고
> 삶을 다시 가다듬는, 그리고
> 아아 부드러운 눈길 스칠 때
> 사랑을 노래하지 않는 이 있을까

파초 잎을 두들기는 한밤의 빗소리
사랑은 멀리 두고 저녁녘의 함박눈
이를 두고 그 누가 시 아니라 하느뇨
말을 꼬부려 엮어내는 마음의 무늬
이는 더욱 다듬어진 시
그러나 이보다 宇宙를 고아내는
그러한 참된 시는 흔치 않으리

—「詩人」(『바위』) 전문

저잣거리의 온갖 소음을 담아내는 것이 소설임에 반해 시는 한결 초월적이다. 시 쓰기는 "죽음에 눈물짓고/ 사람을 다시 가다듬는"일이다. 그런 시를 쓰는 시인은 "온갖 것 생각하고 느낌에 겨운 이"다. 누군가의 부드러운 눈길이 스칠 때 사랑을 노래하는 이가 시인이다. 시인은 "파초 잎을 두들기는 한밤의 빗소리"를 들으면 시심이 일고, "저녁녘의 함박눈"을 보고도 시심이 인다. "말을 꼬부려 엮어내는 마음의 무늬"가 시이고, "우주를 고아내는"것이 시라고 한다. 갈비탕을 맛있게 하려면 뼈를 푹 고아야 한다. 다시 말해 김동리는 우주를 고아내는 것이 참된 시라고 보았다. 그는 시를 쓰면서 세속이 아니라 초월을, 현세가 아니라 영원을, 지상이 아니라 우주를 지향하고 또한 꿈꾸었다.

우리의 한숨 하나 하나
눈물 방울 하나 하나
노래 하나 하나
그것은 모두 맺어지리라

가파른 언덕 위에 꽃이 핀다
우리의 목숨은 갈 데가 있다
게으른 나비처럼 봄볕에 졸고 있을지라도

시위 떠난 화살은 과녁을 향해 가는 것을

—「꽃」(『바위』) 전반부

모든 생명체의 생명현상은 한시적이다. 하지만 대다수 종교는 죽음으로써 모든 것이 끝나는 것이 아니라고 한다. 기독교에서는 죽음을 영원한 생명의 세계로 가는 구원의 통로라고 말하고, 불교에서는 윤회(輪回)와 전생(轉生)으로 이어지는 인연의 고리에 대해 설명한다. 민간종교라고 할 수 있는 무속에서 죽음은 저승세계, 즉 황천으로 가는 것이다. 이 시에서는 죽음이 일종의 '맺어짐'이다. '끝'이나 '종말'이라는 표현은 하지 않지만 죽음으로써 한 생명체의 삶이 완결된다고 본 것이다. 극락과 지옥을 함께 말하지만 김동리의 죽음의식이 기독교나 불교보다는 민간신앙에 더욱 가까이 다가가 있었음을 말해주는 시가 「꽃」이다.

우리의 목숨 하나 하나
노래 하나 하나
눈물 방울 하나 하나
그것은 모두 가서 맺어지리라

극락과 지옥이 신선한 과일 함께
식탁 위에 놓인 정오

아아 까마득하게 쳐다보이는, 저 멀리
절벽 위에 핀 꽃이여.

—「꽃」 후반부

생명체가 생명을 부지한다는 것은 결코 쉬운 일이 아니다. 가파른 언덕 위에 핀 꽃이나 절벽 위에 핀 꽃이나 그 생명체 자체의 가장 기본적인 욕구는 생명현상을 유지하는 것이다. 하나의 운명이 목숨과 맺어질 때까지,

삶과 죽음이 맺어질 때까지, 달리 말해 매듭이 질 때까지 생명체는 살아 보려고 부단히 애쓰는 존재다. 시위를 떠난 화살이 과녁을 향해 날아간다는 것은 목표를 이룬다는 뜻도 있지만 짧은 시간을 허공에서 보낸 뒤에 날기를 멈춘다는 뜻이기도 하다. 삶이란 언제나 죽음을 예비한 것이기에 값어치가 있다. 「꽃」의 제5연이 참으로 의미심장하다. "극락과 지옥이 신선한 과일 함께/ 식탁 위에 놓인 정오"라고 했는데 이는 생과 사, 고통과 환희, 기쁨과 슬픔이 동전의 앞뒤처럼 우리 곁에서 늘 함께한다는 말이 아닐까. '정오'라고 시간을 못 박은 것은 우리가 시간의 명령을 거역할 수 없는 존재라는 뜻일 터, 결국 인간을 비롯한 이 우주의 모든 생명체는 유한자임을 깨달아야 한다는 뜻으로 이해할 수 있다. 사후세계에 대한 확신이 없을 때 인간은 허무의식에 사로잡히기도 한다.

> 아, 나 없었으면,
> 나 죽었으면
> 하루에도 몇 번씩
> 이렇게 맘속으로 외지만
> 내 오늘도 아직(여기)
> 살아 있네
> 뜰 앞에 백일홍이
> 피었다.
> 하늘에 흰 구름이
> 떠간다.
> 그런 거 바라보노라면
> 어느덧 또 하루가
> 지나가는 것을
>
> —「무제」(유고시) 전문

이런 시를 보면 김동리가 허무주의자가 아니었을까, 생각하게 된다. 꽃은 피면 지게 마련이고 하늘의 흰 구름은 때가 되면 어디론가 흘러가 눈앞에서 사라진다. 시간은 속절없이 흘러가고, 나는 죽어가고, 결국은 숨을 거둔다. 나 없는 세상에서도 꽃들은 피어나고 하늘에 흰 구름은 떠가리라. '생명파'시인으로 분류되는 서정주나 유치환 및 윤곤강과 같은 절절한 생명의식이 없었던 김동리에게는 그럼 허무의식밖에 없었던 것일까. 그렇지 않다. 그 어떤 특정한 종교를 갖고 있지 않았다고 해서 허무주의자로 간주할 수 없게 하는 시가 있다.

일흔 넘은 이제 여기
지팡이 의지하고 새재를 오른다
문경새재
이곳에 내 사랑 살겠다
새재 새재
이곳에 내 노래 들리겠다
산은 구름보다 높고
가락은 산보다 높은데
지팡이 의지하여
오르고 또 오른다
문경새재
이곳에 내 노래 들리겠다
새재 새재
이곳에 내 사랑 살겠다

—「鳥嶺別曲」(유고시) 전문

일흔을 넘긴 나이에 쓴 이 시에서 김동리는 인생의 큰 가치를 '사랑'과 '노래'에 둔다고 했다. 노래란 달리 말하면 시요 더 넓게 말하면 예술이다. 평생토록 소설을 쓰던 김동리가 일흔이 넘은 나이에 시에 전념하겠다는 각오를 피력한 시로 읽힌다. 경북과 충북의 접경지대에 있는 조령은 흔히 문경새재로 불리었는데 새도 날기 힘들다는 뜻에서 붙여진 이름이다. 이 고개를 지팡이 짚고 오르면서 시적 화자는 내 사랑이 여기에 살겠다고 하고, 이곳에 내 노래가 들리겠다고 한다. "이곳에 내 노래 들리겄다"는 것은 기실 내가 이 험준한 고갯마루에 와서 노래를 부르겠다는 뜻이다. 소설가는 이야기를 하는 사람이지만 시인은 노래를 부르는 사람이다. 김동리는 조령에 와서 노래를 부르겠다고 하였다. 곧, 시를 쓰겠다는 말이다.

> 지하도를 지나 다시 층계를 오를 때
> 나의 등 뒤에서 내 몸의 무게를
> 떠받쳐주는 것도 또한 새까만 망각뿐
> 오오 새까만 얼굴이여
> 너는 내가 층계를 오를 때도
> 그리고 또 내가 층계를 내릴 때도
> 내 곁을 떠나지 않은 내 마음속의 그림자
> 그렇다, 언제 어디서고 내가 가장 생각한 것은
> 너의 이름 오직 죽음뿐이었구나.
>
> ─「光化門 地下道」(『바위』) 후반부

지하도 계단을 올라갈 때, 등 뒤는 지하세계이고 계단 위는 지상세계이다. 지하세계는 어둠의 세계, 망각의 세계, 죽음의 세계이다. 이 시에서 김동리는 언제 어디서고 내가 가장 (골똘히) 생각한 것은 오직 죽음뿐이었다고 한다. 그는 죽음을 두려워하거나 경원시하고 있지 않다. 다만, 존재했다가 사라지는 생명체의 운명에 대한 명상이 그의 시 곳곳에 음영을 드리우고 있다. "내 맘속에 언제나 있는 건/ 오직 고향과 저승"(「歸去來行」)이었다. 김동리 소설의 주요 테마가 무속과 기독교 간의 갈등과 불교에서 말하는 인연, 그리고 무속에서 말하는 운명에 대한 수용인데 시에서는 특히 운명을 수용하는 자세가 돋보인다.

울지 않는 한 마리 새를 위하여 산과 들의 꽃들은 헛되이 진다. 웃음 잊은 저 한 송이 꽃으로 하여 마을의 나비들은 부질없이 사라진다. 풀려오지 아니하는 먼 강물이 있어 소녀들의 무색 옷도 보람 없이 묻힌다.

오오, 벙어리 된 한 마리 새여, 웃음 잊은 그 어느 꽃송이며, 그리고 강물이여, 이제는 그늘 아래 잠들었어도, 내 어느 전생의 까닭 모를 설움의 한 방울 눈물이여.

누군가의 까닭 모를 한 방울 눈물로
봄은 다시 돌아오는 것이다.

—「봄」(『바위』) 후반부

이 시에는 '전생'이라는 낱말이 나오지만 봄을 소생의 의미로 생각한 다른 시인들과 달리 김동리는 낙화—죽음—슬픔의 이미지로 보고 있다. 전생이 있고 윤회가 이루어진다면 뭐 그리 슬퍼할 일도 없다. 하지만 무속적 죽음관에서는 사람이 한 번 죽으면 일단 저승으로 가버리고, 귀신이 되는 것이다. 이승에 다시 오더라도 혼으로 오는 것이지 부활도 할 수 없고 다른 생명으로 윤회할 수도 없다. 이런 것들로 미루어보면 김동리의 죽음의식은 불교보다도 무속에 더욱 가까웠다고 할 수 있겠다.

3. 시에 나타난 황순원의 죽음의식

경주라는 출생지와 성장지가 김동리의 문학세계 형성에 큰 영향을 준 것과 달리 황순원은 출생지인 평안남도 대동군 재경면 빙장리와 성장지인 평양이 문학세계 형성에 큰 영향을 준 것 같지는 않다. 황순원은 평안북도 정주에 가서 오산중학교를 다녔고 고등학교와 대학을 일본 동경에서 다녔으며, 1946년에 월남하였기에 고향이 그의 영혼에 어머니의 품 같은 역할을 하지는 않았던 것이다. 일찌감치 고향을 떠나 객지에 살면서 황순원은 국내외 정치 상황의 변화를 잘 살펴볼 수 있었는데, 그것이 시에도 잘 나타나 있다.

> 온갖 풀꽃이 고즈넉한 달빛 아래 웃고
> 벌레와 미풍은 그들을 완상하고 있는데
> 그 속에 억센 잡초가 깔려 있다
> 멋없이 고개 든 잎사귀가 거칠게 매듭진 줄기
> 그러나 여기에 줄기찬 생명이 숨어 있지 않은가
> 온 들판을 덮을 큰 힘이 용솟음치지 않는가.
>
> —「잡초」(『放歌』) 제2연[8]

농부들에게는 훼방꾼밖에 되지 않는 잡초지만 생명력 하나는 "온 들판을 덮을 큰 힘이 용솟음치"고 있다고 보았다. 황순원은 잡초의 생명력 그 자체를 예찬하고 있는데 "아침이 되거든/ 명랑한 새날이 밝거든/ 잡초를 한아름 뜯어다 창에다 걸자"같은 구절도 자신은 잡초가 꽃만큼이나 좋다는 것을 의미한다. 그런데 잡초가 갖고 있는 생명력에 대한 예찬만으로 이 시에 대한 이해를 끝낼 수 없는 것은 시의 말미에 적혀 있는 '1932 칠월'이라는 창작 시기 때문이다. 황순원이 1931년 9월의 만주사변 발발, 1932년 4월의 윤봉길의 상해 홍구공원 폭탄투척사건을 몰랐을 리 없다. 잡초의 생명력인 "온 들판을 덮을 큰 힘"은 이 땅을 지켜온 농부들의 생명력, 즉 우리 민족의 끈질긴 생명력을 말하는 것이다. 3개월 뒤에 쓴 시를 보자.

---

8) 황순원의 시는 창우사 간 『황순원전집 제1권』(1964)에 있는 것을 인용하고, 여기에 없는 시는 문학과지성사 간 『황순원 전집 11 詩選集』의 것을 인용한다.

더구나 넘치는 사랑으로 불 켜던 늙은 등대수는
선지피 묻은 입술을 꼭 물고 눈을 크게 뜬 채 쓰러졌으며
하늘에 뭉킨 구름 떼 땅에 줄달음치는 바닷물까지
잔악한 적의 승리를 알리고 있는데
해 기운 저녁 이름 모를 새의 우짖음은
떨어진 역사의 한 구절을 조상하고 있고나.

―「등대」(『放歌』) 제3연

총탄에 의해 등대수가 죽었고, 바닷물까지 "잔악한 적의 승리를 알리고 있"다고 한다. 잔악한 적'이 일본 제국주의자들을 가리키고 있음은 이 시를 읽는 누구나 짐작할 수 있다. 게다가 "해 기운 저녁 이름 모를 새의 우짖음은/ 떨어진 역사의 한 구절을 조상하고 있"다고 하니, 일본의 가혹한 식민지 통치로 말미암아 우리 민족이 얼마나 많은 고통을 겪고 있는지를 암시하고 있다. 이런 시가 세상에 모습을 드러낼 수 있었던 것은 일본 유학생들의 극예술 연극단체인 '동경학생예술좌'의 명의로 시집이 출간되었기 때문이다. 서울에서 일반출판사를 통해 출간되었더라면 검열에 걸려 상당수의 시가 시집에 실리지 못했을 것이다.

뜻있는 친구들아 억함에 가슴 뜯는 젊은이들아
좀먹은 현실을 보고 슬퍼만 할 텐가
우리들 참 사내는 다시 등대의 불을 켜놓아
훗날 이곳을 지나는 사람들의 기꺼워함을
가슴 깊이 안아야 하지 않는가, 안아야 하지 않는가.

―「등대」(『放歌』) 마지막 연

1932년 조선의 현실은 "좀먹은 현실"이고 뜻있는 친구들은 "억함"에 가슴을 뜯고 있다고 한다. 동경 와세다 제2고등학원에 다니던 유학생 황순원은 강력한 현실비판의식을 갖고 이와 같이 아무 거리낌 없이 시를 썼

다. 제목 자체를 연대로 한 시도 있다.

> 그래 1933년의 수레바퀴가 험악한 행진곡을 울린다고
> 젊은 우리는 마지막 퇴폐한 노래만 부르다 길가에 쓰러져야 옳은가
> 이것으로 젊은이의 종막을 내려야 되는가
> 아 가슴 아파라 핏물이 괴는구나
> 울고 울어도 슬픔을 다 못 풀 이날의 현상.
>
> —「1933년 수레바퀴」(『放歌』) 제3연

1933년 원단에 쓴 이 시는 일본의 만주 침략을 가슴아파하며 쓴 시라고 여겨진다. 특히 1932년 10월에 일본군이 항일유격대에 대해 제1차 토벌을 감행했는데, 바로 그 무렵에 쓴 시이기에 "젊은이의 종막"이 누구로 인한 종막인지, "울고 울어도 슬픔을 다 못 풀 이날의 현상"이 누구에 의해 초래되었는지 알 수 있다. 황순원에게는 죽음이 관념적인 죽음이 아니라 사람의 실제적인 죽음이었다. 구원이나 윤회 같은 종교적인 죽음과도 거리가 멀었지만 이승에서 저승세계로 가는 무속의 죽음관과도 무관하였다. 죽음이란 것이 생로병사의 마지막 단계에 오는 불가항력적인 죽음이 아니라 힘을 가진 자들의 물리적인 폭력에 의해 너무 일찍 목숨을 잃는, 억울한 죽음이라는 것이다. 첫 시집에 나타난 죽음의 양상을 하나 더 살펴본다.

> 님아,
> 폭풍우가 지동치는 그 여름날 밤
> 세상을 허물려는 빗발, 만물을 휩쓸려는 바람
> 그리고 피난민의 아우성 소리, 죽음의 비명
> 아 몸서리나는 그 속에 님은 내 손을 꽉 잡고 섰었다
> 사나이가 왜 그리 무서움이 많으냐고.
>
> —「옛사랑」(『放歌』) 제1연

제목만 보면 연애시인 것 같은데 실은 남녀상열지사가 아니다. 피난길 죽음의 비명 속에서도 두 연인은 헤어지지 않았는데 그 사랑이 나한테서 떠나버려서 옛사랑이 돌아오기를 빌면서 울고 있다는 내용이다. 1933년 5월 작인데 웬 '피난민'이 등장하는 것일까? 앞에서 설명했듯이 바로 전 해에 있었던 항일유격대에 대한 일본군의 제1차 토벌이 없었더라면 이 시가 탄생되지 않았을 것으로 보인다.

그런데 첫 시집에서 황순원은 죽음의 양상을 나열하지 않고 그것을 어떻게 극복할 것인가를 말하고 있다. 고분이 즐비한 경주에서 나고 자란 김동리는 모든 죽음을 불가항력적인 것으로 수용하는 입장이었다. 하지만 황순원은 물리적인 힘에 의한 죽음을 받아들이지 않고 그것을 나의 의지로 극복하겠다는 결심을 보여주는 시를 여러 편 썼다.

> 피 흘리는 날이 오면 날리는 기폭을 둘러싼 후
> 부러진 총대나마 어깨에 메겠다고
> 기운차게 나와야 될 그 말소리를 지금은 잊었느냐, 힘을 잃었느냐
> 그렇지 않으면 뛰는 피를 빼앗겼느냐
> 쓰라린 뒷날 피 묻은 과거를 가슴에 안고
> 통곡할 일을 생각코 외치나니
> 사나이의 마음이 더한층 굳어지고 뜨거워지길 바람이다.
>
> —「넋 잃은 그의 앞가슴을 향하여」(『放歌』) 제1연

누군가가 총을 들고 죽었다. 이 죽음은 당사자가 예상하고 있던 죽음이다. 통곡할 일이 일어날 거라고 해서 숨지 않고 부러진 총대나마 어깨에 메겠다고 한다. 제1연의 마지막 행은 동료의 죽음, 혹은 운동가의 주검을 두고 애도만 하고 있지 않을 것을 천명하고 있다. 황순원은 사나이(불특정 다수)의 마음이 더한층 굳어지고 뜨거워지길 바라고 있다. 자신도 그렇지만 국민 각자가 의로운 죽음을 보고 새롭게 무엇인가를 결심해야 한다고

부추기고 있기도 하다. 같은 시의 마지막 연을 보라.

아, 악착스런 분위기 속에 헤매는 사나이들아
그러면 앉아서 죽음을 기다릴 뿐이야
굳건한 의지까지 사그라뜨리려는가
뼈 사이에 아직도 기름 방울이 남아 있거들랑
대지를 바라보며 목이 터지도록 외쳐라, 발걸음을 맞춰라
그리고 넋 잃은 그의 앞가슴을 향하여 힘있게 활줄을 당겨라, 당겨라.
살에 맞은 심장의 피가 용솟음쳐 놀라 깨기까지.

—「넋 잃은 그의 앞가슴을 향하여」(『放歌』) 제3연

앉아서 죽음을 기다리지 말고 목이 터져라 외치고, 발걸음을 맞추고, "넋 잃은 그의 앞가슴을 향하여 힘있게 활줄을 당겨라"고 부추긴다. 이런 시를 쓰는 데 윤봉길 의사의 폭탄투척사건이나 다른 독립운동가들의 희생이 무슨 역할을 했는지는 알 수 없다. 하지만 동경유학생, 그것도 고등학생이었던 황순원이 이렇게 애국애족의 마음을 갖고서 의기충천한 시를 썼다는 것은 놀라운 일이 아닐 수 없다. 전투에 임해 죽더라도 지금은 우리가 사력을 다해 맞서 싸워야 한다는 의지적 시편 하나를 더 예로 든다.

황해를 건너는 사공아, 피 끓는 젊음아
어서 어서 풍파와 싸울 준비를 서둘러라
돛을 내리고 닻을 감아라, 그리고 힘있게 키를 잡아라
그리고 나아가자, 이 노도 광풍을 뚫고 앞으로 앞으로.

—「황해를 건너는 사공아」(『放歌』) 끝부분

황순원의 첫 단편소설집 『늪』과 두 번째 단편소설집 『기러기』의 면면들을 기억하고 있는 독자라면 스무 살 황순원의 이런 강력한 현실참여시가 낯설게 여겨질 것이다. 남다른 민족의식과 투철한 현실인식을 갖고서

소설을 쓰기는 했지만 소설을 쓰기 전 황순원의 이런 면모는 뜻밖이다. 아무래도 황순원 자신의 혈기왕성한 나이, 식민지 조선의 비참한 현실, 독립운동에 관련된 일련의 사건들이 그의 시세계 형성에 영향을 미쳐서 초래된 현상일 것이다. 이런 시집의 출간을 허용했던 일제 당국은 뒤늦게 후회한다. 방학이 되어 평양으로 돌아온 황순원은 경찰서에 붙잡혀가서 29일 동안 구류를 살게 되는데, 그 체험은 이런 유의 시를 더 이상 쓸 수 없게 한다. 1936년에 펴낸 『骨董品』도 같은 경로를 통해 동경학생예술좌에서 펴내는데 일단 시가 무척 짧아진다. 이 시집에서는 죽음에 대한 수용이든 초월이든 죽음의식을 느낄 수 있는 작품이 없다. '동물초', '식물초', '정물초' 3부로 되어 있는데 시들이 대체로 이렇다.

> 2
> 자가
> 너를
> 흉내냈다
>
> —「오리」(『骨董品』) 전문

> 비 맞은
> 마른 덩굴에
> 늙은 마을이
> 달렸다
>
> —「호박」(『骨董品』) 전문

> 하모니카
> 불고 싶다
>
> —「빌딩」(『骨董品』) 전문

시가 극단적으로 짧아지기도 했지만 현실참여의식이나 역사의식, 현실 인식 같은 것은 찾아보기 힘든, 절대순수의 세계를 지향한다. "이곳입니다 / 이곳입니다/ 당신의/ 무덤은"(「반딧불」 전문)에서 생명체의 죽음을 다루고 있기는 하지만 황순원의 죽음의식을 찾아보기는 어렵다. 이 시집에 대해 이혜원은 "그림에 가까운 객관적 서술태도를 드러내어", "편견 없는 눈으로 섬세하고 객관적으로 사물을 바라보는 방법을 새롭게 시험해 보았던 것"[9]이라고 했다. 시집의 의의는 여기에 있을 것이고, 특히 죽음에 대한 의식은 찾아볼 수 없다. 1935년에서 40년까지 쓴 시 중에서 전집에서 제외되었던 시를 모아놓은 『空間』에서도 당국의 검열을 의식하여 현실참여의 발언은 직접적으로 하지 않는다. 하지만 죽음의식이 드러난 시를 보면 교묘하게 상황 이야기를 하고 있음을 알 수 있다.

> 아이는 첫여름 밀서리 먹던 꿈도 꾸며 아침이면 꿀벌 든 호박꽃잎을 말아 쥐고 좋아하기도 했지. …<중략>… 그러나, 그러나 아이는 참 몰랐어. 지난 봄 왜 곱단이가 물에 빠져죽고, 농손이네가 왜 서간도로 가버렸는지를.
>
> ―「칠월의 추억」(『空間』) 부분

1936년 6월에 썼다고 되어 있는 이 시에서 황순원은 곱단이의 죽음이 단순한 익사가 아니라고 하고 농손이네는 살 길을 찾아 서간도로 이주했음을 말한다. 아시아 각국을 향한 일본의 제국주의적 침략 의도는 나날이 노골적이 되어 가고 있었고, 황순원은 검열의 압박을 느끼며 시를 쓸 수밖에 없었다. 하지만 현실을 외면하고 언어의 절대순수를 지향했던 『骨董品』의 세계에서 금방 벗어나 지금 이 시대 상황이 얼마나 암담한가를 다음과 같이 표현한다.

---

9) 이혜원, 앞의 글, 106, 108쪽.

고향
오월의 부드러운 바람이 농촌사람들의 얼굴로 그을리고
햇병아리 솔개에게 채여가고
산에, 들에, 강에, 즐거움보다 괴로움이 많은
아, 그러나 내 언제나 안타까이 그리워하는 곳.

이역의 하늘 밑
이날의 고독아, 저녁 안개에 싸여가는 묘비 같은 외로움아
너는 나를 빻아 없앨 것만 같구나
가슴이 후련하도록 울어나볼까
별 없는 하늘 저쪽 고향을 향해.

—「고향을 향해」(『空間』) 부분

1935년 6월 작이니 이 시 또한 일본 유학 시절의 작품이다. 고향을 생각했을 때 왜 솔개가 햇병아리를 채가는 것을 떠올리게 되었을까. 우리 민족이 처한 현실의 은유적 표현이라고 여겨진다. 즐거움보다 괴로움이 많지만 언제나 안타까이 그리워하는 곳, 그 고향을 생각하면 외로움에 사로잡히게 되고, 외로움은 나를 빻아 없앨 것만 같다고 탄식하고 있다. 고향의 하늘에는 별도 없다고 하니 황순원이 시대를 얼마나 깊이 절망하고 있었는지 알 수 있다.

1950~60년대에 황순원의 소설 쓰기는 잠정적으로 중단된다. 1970년대에 들어서서 다시금 시작 활동을 전개하여 '세월'이라는 제목으로 24편의 시가 전집에 포함된다. 1970년이면 황순원의 나이 55세, 1975년이면 60세다. 이 시점에 그는 죽음에 대해 새롭게 인식한다. 이제는 역사의 소용돌이에 휘말려 죽는 억울한 죽음이 아니라 생로병사의 마지막 단계인 자연스런 죽음이다.

겁낼 것 없네
겁낼 것 없네
네가 죽걸랑 언제고
알몸으로 고이 벗겨
몇 관 나가든 말든
한강 말라빠진
고기떼에게나 넌지시 던져줌세
그렇잖음 재로 곱게 빻아
몇 줌 되든 말든
남산 비비 꾀인
소나무 밑동에나 훌훌 뿌려줌세

—「헌가」(『세월』) 전문

죽음에 대한 너무나도 확실한 인식이 가슴을 섬뜩하게 한다. 내 한 몸 어차피 죽을 테니까 고기밥이나 식물의 영양분이 되는 게 낫지, 세상에 뭐 하나 보탬이 될 일을 했는가 하는 자탄의 결과물이다. 황순원에게 늙음이란 죽음 이전 단계만의 의미가 아니다. "짚과 새끼로 늙은 나무가 추위에 얼지 않게끔 싸매주고 물러나는데 거기 줄기도 보지 않는 자리에 석류가 알알이 달려 쫙쫙 멍울고 있었다."(「늙는다는 것」)는 잡초의 생명력에 못지않은 늙은 석류나무의 생명력이다. 황순원은 소설 쓰기에 매진하면서 줄곧 죽음을 이야기해 왔다. 그런데 역설적으로 죽음에 대한 이야기를 듣고 싶다고 한다.

내게 한끝 줄을 남기고 간 이들을
나는 내 가슴속 묘지 안에
부활시켜 놓는다.
나는 죽음에 대한 얘기가 듣고 싶은데
그들은 자꾸 어떻게 사느냐는 얘기만 한다.

—「밀어」(『세월』) 부분

문인은 죽음을 이야기하는 자고 독자는 삶을 이야기하는 자일까. 문인은 일반 독자들에 비해 훨씬 더 많이, 자신과 타인의 죽음에 대해 생각하는 자일 것이다. "얼굴이 없는 사나이가 앉았던 자리에/ 네 데스마스크가 빙긋이 웃고 있었다"(「도박」)고 쓴 것도 자신의 죽음에 대한 인식에 연유한 것이다. 그러니까 초기의 시편에 나타난 죽음은 타인의 억울한 죽음이었는데 후기의 시편에 나타난 죽음은 자신의 자연스런 죽음이었다. 자신의 죽음에 대한 인식은 말기의 시 작품에 더욱 두드러지게 나타난다. 일흔일곱 나이에 쓴 시니까 1992년경에 썼다고 본다.

> 나와 마누라는 죽음에 대하여 이야기한다
> 한날 한시에 같이 죽으면 다시없이 좋으련만
> 그러기를 바랄 수는 없는 일이고
> 누구고 앞서가는 길밖에 없다
> 마누라는 아주 담담한 말씨로
> 여자 노인 혼자 남는 것보다 남자 노인 혼자 남는 것은
> 불쌍하고 처량하다고 한다
> 나는 전적으로 이에 동의하여
> 내가 앞서가기를 간절히 바라고 있다
> 우리 둘이 같이 일흔일곱이라는 나이에
>
> —「죽음에 대하여」(『세월 이후』) 부분

해로하고 있는 부부 가운데 누가 먼저 죽으면 남은 사람은 몹시 불편해지고 외로워진다. 특히 아내가 먼저 죽어 남자 노인 혼자 남게 되면 불쌍하고 처량해지는데 부부의 대화중에 그 얘기가 나왔다는 지극히 평이한 시다. 그런데 이 시에서 생각해볼 수 있는 것이 황순원의 죽음의식이다. 이제는 나이로 보아 자기한테도 죽음의 순간이 찾아올 것을 예상하지만 담담하게 "내가 앞서가기를 간절히 바라고 있다"고 한다. 자신의 죽음을

인식하고 그것을 자연의 순리로 받아들이는 것이다. 황순원에게 죽음이란 물리적이고 화학적인 반응이 정지되는 것이기에 허망함에서 벗어나지 못한다.

늙고 병들어
기력이 쇠잔할 대로 쇠잔해진 뒤에
이 세상 온갖 것이 모두
허망하고 허망하다고
느끼게 마시고
육신이 강건하고
아무 부족함 없이 지낼 즈음 이미
세상만사 전부가
허망하고 허망하다고
깨우치게 하옵소서

―「기쁨은 그냥」(『세월 이후』) 가운데 부분

기도조로 쓴 이 시에서 황순원은 늙고 병들면 이 세상의 온갖 것들이 허망할 뿐이라고 말한다. 그런데 몸 건강하고 살아가는 데 있어 아무 부족함을 못 느낄 때도 허망하다는 것을 깨우치게 해달라고 신께 간구하고 있다. 상당히 허무주의적이라고 볼 수도 있겠지만 그보다는 죽음이 때가 되면 모든 생명체에게 찾아오는 것이고, 그것이 순리임을 받아들일 수 있게 해달라는 것이다. 이것을 보면 시인 황순원은 초기에는 누군가의 물리적인 힘에 의해 야기되는 죽음을 초인적인 의지로 거부하라고 말하지만 말기에 가서는 죽음을 자연현상의 하나로 받아들이는 것으로 죽음의식이 바뀐다. 다만 한 가지, 죽기 전에 세상만사의 허망함을 깨우쳐야 하는데 늘 자신은 욕망에서 못 벗어난다고 자신을 은근히 책망하기도 한다.

4. 두 시인의 다른 죽음의식

> 한국의 대표적인 소설가 두 명이 쓴 시는 죽음의식이 차이가 있어서 무척 흥미롭다. 두 사람이 삶의 과정에서 죽음을 인식한 것은 그 삶이 반드시 불행하거나 그것을 부정해서만은 아니었다. 유한자로서의 인간이라는 사실을 누구보다 예리한 시선으로 포착해낸 두 사람이 삶의 이면을 부단히 들여다보았기 때문이다. 생명현상과 마찬가지로 죽음 또한 생명체를 이루는 현상임을 두 사람은 강하게 자각하고 있었던 것이다. 그러한 시선은 때때로 허무주의나 패배주의로 나타나기도 하지만, 생명-죽음은 대립 또는 상호이해의 관계로도 존재한다.

김동리의 시세계는 삶의 종결 지점에 죽음을 놓음으로써 삶과 단절된 죽음의식을보여준다. 수많은 신라 왕조의 무덤을 보면서 성장한 그였기에 가능한 죽음의식이었다. 왕조의 삶은 화려했고 무덤의 위용 또한 변함없었지만 그들의 사후 재현된 왕조의 영광은 없었기에 김동리는 그러한 죽음의식을 갖게 되었을 것이다. 곧, 죽음으로써 사라져버리는 비관적 생명관이다.

황순원의 시에서의 죽음은 생명을 거부하는 요소라기보다는 피차 상생의 의미를 지닌다. 삶 속에 죽음이 있고, 죽음 속에 삶이 있다. 그러므로 죽음은 삶의 종착지점이 아니며, 삶 또한 죽음의 출발지점이라고만 할 수는 없다. 고기 떼나 소나무 밑동에 주검을 뿌림으로써 영원한 생명을 구현하는 황순원의 죽음의식인 것이다. 특히나 10대말과 20대초의 황순원은 현실참여의식에 있어서 심훈의 「그날이 오면」이나 이상화의 「빼앗긴 들에도 봄은 오는가」에 못지않은 첨예함을 보여주었다.

소설가 김동리와 황순원이 생애 내내 추구했던 소설의 주제와 소재는 인간의 죽음이었다. 그들이 쓴 시도 크게 다르지 않았다. 죽음 앞에서 인간은 무력하지만, 어찌할 것인가. 죽음이야말로 인생의 대미인 것을.

장편소설 『움직이는 성』에 나타난 샤머니즘과 기독교

김주성

1. 서 론

『움직이는 성』(『현대문학』 1968년 5월~1972년 10월)은 한국인의 유랑민 근성에 관한 심층적인 분석과 함께 기층적 무속세계, 본질과 어긋난 기독교 신앙의 문제 등의 상호 연관성을 다루고[1] 있는 소설이다. 이 작품은 작가 황순원의 여섯 번째 장편소설로, 그가 36세이던 1951년에 "나 자신에 대한 보다 더 깊은 확인의 길을 찾는 동시에, 거기에 어떤 전체적인 조화를 이루어놓았으면 싶다."[2]고 했던 만큼 그의 소설 작업의 궁극적 지향점을 보여준다.

이 작품은 한국인의 본성이유랑민근성'이라고 주장하면서 스스로 유랑민의 표본과 같은 삶을 살다가 죽는 농업기사 준태, 젊은 시절 스승의 부인과의 사랑을 원죄처럼 짊어진 채 온갖 시련을 떠안으며 묵묵히 참회와 구도의 길을 걷는 목회자 성호, 신앙이나 학문적 신념도 자기 이익을 위해 언제든지 바꿀 수 있는 현실주의자이고 샤머니즘을 연구하는 민속학자 민구 등 세 인물의 삶을 통해 한국인의 정신세계를 종교적 차원에서 탐구하고 있다.

---

1) 김종회, 『한국소설의 낙원의식 연구』, 문학아카데미, 1990, 231쪽.

2) 황순원, <자기확인의 길>, 『황순원연구』(황순원전집 12), 문학과지성사, 2000, 317쪽.

특히 이 작품은 한국인의 심층의식과 표면의식을 지배하고 있는 두 갈래의 기본적 요인 즉 샤머니즘과 기독교를 정면으로 대질[3)]시키는 방법을 통해 한국인의 혼란한 의식구조를 심도 있게 파헤쳤다는 점에서 주목된다. 이를 위해 작가는 한국 샤머니즘에 대한 방대한 문화사적 연구를 수용하여 고대로부터 현대에 이르기까지 우리 민족의 의식 속에 뿌리 깊이 자리 잡아온 샤머니즘의 본질과 현상 및 한계를 파악하고, 이를 기독교와 대비시켜 객관적 시각으로 비판하고 있으며, 그 한계의 발전적 극복의 가능성을 제시하고 있다.

초기 작품에 두드러진 황순원의 단편소설들에 나타난 샤머니즘 수용 양상을 보면 그 기능적 또는 현상적 요소들의 일부가 주제 형상화와 관련하여 주로 상징적, 암시적으로 작용하는 측면이 강하다면, 후기의 장편인 『일월』과 더불어 『움직이는 성』에서는 그것이 보다 전면적이고 직접적으로 수용되는 양상을 보인다.

『일월』의 경우 '우공태자 신화'와 '본돌영감'의 삶을 형상화하는 과정에서 샤머니즘의 기능적, 현상적 요소들이 복합적으로 수용되고 있으며, 이러한 양상은 서사구조 및 주제와 관련된 핵심 사건들의 긴장된 아우라 형성에 지대한 역할을 하고 있다. 『움직이는 성』에서 샤머니즘의 문제는 주제 형상화의 직접적 요소의 하나로 작품의 전면에 등장한다. 샤머니즘 자체에 대한 역사적, 정신사적 고찰은 물론 샤머니즘과 유랑민 근성, 샤머니즘과 기독교의 대비를 통해 그 존재 현상에 대한 냉철한 비판적 시각을 보여준다.

본 논문에서는 위에서 언급한 바와 같이 작품에 나타난 유랑민 근성과 샤머니즘의 관계, 중심 인물들이 체험하는 샤머니즘 현상, 샤머니즘과 기독교의 관계를 살피면서 작가가 말하려는 주제에 다가가보고자 하며, 그

3) 천이두, <종합에의 의지－황순원의 『움직이는 성』>, (황순원전집 12), 문학과지성사, 2000, 122쪽.

주제 형상화 과정에서 작가가 수용한 샤머니즘에 대한 태도에 주목하고 동시대의 문제작이라 할 수 있는 김동리의 『을화』와의 비교연구 가능성을 검토해보고자 한다.

2. 유랑민 근성과 샤머니즘

준태는 성호, 민구와 함께 『움직이는 성』의 중심축을 이루면서 한국인의 근원적 심성으로 일컬어져온 '유랑민근성'을 대표하는 인물이다. 그는 여섯 살 때 밖으로 떠도는 아버지와 생활고 때문에 어머니가 동반자살을 하려했던 기억을 갖고 있으며, 아홉 살 때는 도둑으로 의심받는 굴욕을 당하고, 열네 살 때는 등록금을 내지 못해 입학식에서 쫓겨나 자살을 시도하려 했을 만큼 가난하고 불우한 어린 시절을 보냈다.

이와 같이 애초부터 안정된 삶의 뿌리가 뽑혔던 그는 현실에서도 아내 창애와의 결혼생활이 원만하지 못하고 별거를 거쳐 이혼에 이르며, 자신을 진정으로 사랑하는 지연과도 끝내 이루지 못한 채 한 떠돌이 무당의 오두막에서 외롭게 죽어간다. 그의 이러한 삶의 배후에는 스스로 오지를 찾아 떠도는 유랑의 본성이 도사리고 있어 보인다. 그는 역사적, 이론적 근거를 들어가며 정착성이 없는 유랑민 근성을 한민족의 특성이라고 주장한다.

① 아래층 제1실에 진열돼 있는 석기시대의 유물들 중에 정묘하게 다듬어 만든 돌칼, 돌도끼 같은 것에 혼잣속으로 감탄하던 지연이 빗살무늬 토기를 보고 준태에게 묻는다. 저런 것을 어떻게 땅에 놓구 사용했을까요? 모양이 항아리같이 생겼는데 밑이 삐죽 나와 아무래도 바로 놓이지 않을 형태인 것이다. 준태가, <u>그시댓 사람들은 강을 따라 이동해 다니면서 살았</u>

기 때문에 모랫바닥에 박아놓고 쓰기 쉽게 하느라고 그렇게 만든 거라고 했다.(밑줄 필자)[4)]

② "글쎄…… 그건 정착성이 없는 데서 오는 게 아닐까. 말하자면 우리 민족이 북방에서 흘러들어올 때 지니구 있었던 유랑민근성을 버리지 못한 데서 오는 게 아닐까. …<중략>… 우리나라처럼 외세의 침략이 그치지 않은 데다가 나라를 다스리는 사람들의 폭넓은 영구적인 자주성이 결여된 나란 없거든. 신라통일만 해두 그렇지 뭐야. 우리 힘으루 통일한 게 아니구 당나라의 힘을 빌렸잖았어? …<중략>… 19세기 초에 거지들의 조합이란 게 우리나라에 있었어. 서울을 몇 구루 나눠가지구 동냥질을 한 거야. 마치 자기 소유의 땅세나 집세를 거둬가듯이 말야. 웃기지 뭐야. 이런 게 다 우리나라 사람들의 집시근성에서 나왔다구 밖에 볼 수 없어. 그 근성이 현재까지두 이어져있다구 봐. 결국 우린 아직두 유랑민근성을 못 벗어나구 있는 셈이지."[5)]

①에서처럼 준태는 빗살무늬토기의 형태적 특성을 지적하며 한민족의 유랑민 근성은 이미 수렵 이동생활을 하던 선사시대 생활상에 드러나고 있으며, 그 뿌리가 ②에서 보는 바와 같이 한반도에 정착하고서도 한민족의 정신 속에 유전돼 내렸다고 주장한다. 이 주장은 당나라의 힘을 빈 신라의 삼국통일 같은 정치적 자주성의 결여 문제를 제기하는 데 그치지 않고, 19세기 초의 거지조합까지 예로 들며 유랑민 근성과 '떠돌이 거지(집시) 근성'을 연결시키는 비하적 발언으로 이어지고 있다.

준태의 이러한 과격한 입장은 성실한 농학도로서 합리적이고 이지적인 성격의 일면을 감안할 때 다소 생경한 모습이며, '유랑민근성이라는 고정개념을 절대적인 전제로 깔아놓고 거기에 역사적 사실들을 갖다 맞'[6)]추

4) 『움직이는 성』(황순원전집 9), 문학과지성사, 2000, 72쪽.

5) 『움직이는 성』, 123~124쪽.

6) 이동하, <소설과 종교－『움직이는 성』을 중심으로>, 『한국문학』(1987.6), 366쪽.

려는 것으로도 볼 수 있다. 그러나 작중에서 그가 부여받은 역할은 '반만 년의 역사를 가지고 있으면서 문화민족으로 자처하고 있는 한국인의 심성 속에 근원적으로 내재한 유랑민근성'[7]을 혐오의 단계도 마다하지 않고 신랄하게 해부하는 것이다.

준태의 유랑민근성에 대한 집착은 기독교에 대한 입장에서도 여실히 드러난다. 지연과의 대화에서 그는 중고등학생 시절 한때 교회에 나간 적이 있고, 새벽기도도 빠지지 않았었으나 언젠가부터 교회 출석도 신앙도 버리게 되었는데, 그 이유는 기독교가 '약자의 신앙'임을 깨닫게 되었기 때문이라고 밝힌다. 그가 말하는 '약자의 신앙'이란 '이 세상에서 잘 살지 못했으니 죽어서나 천당에 가보겠다는 신앙, 부자가 천당에 들어가기란 낙타가 바늘구멍으로 들어가기보다 힘들다는 비유에서 위안이나 얻으려는 신앙'[8]으로서, 이는 그가 '기독교의 교리 속에서 정신적 귀의처를 찾아내기에는 본질적으로 종교를 가질 수 없는 유랑민근성'[9]의 소유자임을 거듭 보여주는 대목이다.

① "좀전에두 말했지만 하나님은 당신을 원하는 곳에서만 역사하시기를 즐겨하십니다. 현재 우리나라에서두 하나님을 원하는 사람들이 있는 것만은 사실입니다. 따라서 현재 우리에게두 하나님이 임해 계신 것만은 틀림없다구 봐야 할 것입니다."

"그건 아직 관념 속에서뿐이지 생활화된 건 아니지 않을까요?"

"숫자루 많건 적건간에 자기 생활 속에 하나님을 받아들인 사람들이 있는 줄 압니다."

"그런 사람들두 따지구보면 하나님의 진의를 받아들인 게 아니구 어떤 실리면만을 받아들이구 있는 게 아닐까요. 이를테면 소원성취나 해주는 하나님, 혹은 천당에나 가게 해주는 하나님, 혹은 몇 번 죄를 지어두 회개만

---

7) 김종회, 앞의 책, 222쪽.
8) 『움직이는 성』, 136쪽.
9) 천이두, 앞의 책, 125쪽.

하면 용서해주는 하나님으루서 말입니다."

… 중략 …

"신자에 따라서는 그런 경향이 전혀 없다구는 할 수 없죠."

"제가 보기에 그런 신앙은 정신적으루 뿌리박지 못한 신앙이 아닌가 생각하는데요. 말하자면 유랑민근성을 면치 못한 신앙이라 할까요."[10]

② 일전에 어떤 화보잡지를 보니까 대단하던데요. 인천에서 좀 떨어진 기도원이라는데, 3천명이 넘는 신도들이 북과 나팔소리에 맞춰서 템포 바른 찬송가를 부를 때면 거의 반미치광이가 된다는 겁니다. 대부분이 여잔데, 70 노파로부터 여남은살 난 어린애까지 손뼉을 치면서 춤을 추기가 예사랍니다. 목사라는 사람이 붉은 십자가를 들구서 응원단장처럼 그걸 리들하는데, 그러다간 신도들이 허공을 향해 별별 고갯짓 손짓 몸짓을 하면서 울부짖는다는 겁니다. …<중략>… 그 기사에 목사의 얘기가 또 걸작이에요. 자기를 이단이라구 비난하는 사람이 있지만 자기는 성경에 있는 대루 믿구 그대루 행할 따름이다, 세상에는 모두 미친사람으루 가득 차있지 않은가, 돈에 미친 사람, 정치에 미친 사람, 그러나 자기는 이왕 미칠바엔 예수에게 미치기루 했다는 겁니다. 이런 목사가 있는 교회일수룩 더 번성하죠. …<중략>… 그야 그 목사의 자유니까 관계할 바 아니지만 그러한 동기에서 예수에게 미친 수많은 목사가 수많은 신도들한테두 자기처럼 미치게 한다는 게 문젭니다. 이러한 것과 기독교정신과 무슨 상관이 있단 말입니까. …<중략>… 우린 진정한 의미의 종교를 못 가질 민족인지두 모릅니다."[11]

③ "어떤 교회 목사가 자기 죽은 아들 장례 때 묘지까지 덩실덩실 춤을 추며 따라간 일이 있답니다. …<중략>… 내 자식이 이 괴로운 세상을 떠나 천당에 올라가서 하나님 품안에 안겼으니 어찌 기뻐하지 않을 수 있겠느냐구 하더래요. 그후에 더욱 신령한 목사님으루 추앙받다가 세상을 떠났답니다. 이러한 것이 기독교입니까? …<중략>… 그건 왜 쇠퇴했겠어요. 조

10) 『움직이는 성』, 52쪽.
11) 『움직이는 성』, 135~136쪽.

선조 때의 배불사상 때문만은 아닐 겁니다. 그건 우리나라 사람에게 진실루 불교를 받아들일 만한 요소가 결핍돼 있기 때문일 겁니다. 이세상 권력이나 실리에서 초월해야 할 불교를 우리가 그러한 것들과 손을 잡게 했으니 말입니다. 결국 우리 민족은 미래에 대한 비전보다는 눈앞의 이해관계에만 급급한 성정을 갖구 있는 거죠. 게다가 권력이나 금력에 대한 아부심까지 겸한… 기독교계두 예외는 아니잖아요."[12]

인용문 ①과 ③은 성호와의 대화에서, 인용문 ②는 지연과의 대화에서 각각 준태가 종교에 대한 입장을 밝히는 대목이다. ①에서 성호는 수의 많고 적음에 관계없이 한국에는 하나님을 받아들인 사람이 존재하며 이는 기독교의 교리에 따라 하나님이 이 땅에 임하고 있다는 증거라고 주장한다. 이에 대해 준태는 아직 이 땅에는 기독교를 받아들일 수 있는 정신적 토양이 마련돼 있지 않다고 반박한다. 진정한 의미의 기독교 신앙이 생활 속에 자리 잡지 못한 채 관념으로서만 떠돌고 있을 뿐이며, 하나님이란 기껏 소원성취나 해주고 천당에나 보내주며, 죄 짓고 회개하면 용서해주는 자기위안의 대상에 지나지 않는다는 것이다. 다시 말해 현세의 안락이나 감당하기 힘든 현실의 고통으로부터 회피하기 위해 우리 민족은 그때그때의 상황과 필요에 따라 귀의처를 바꿔왔다[13]는 것이다. 요컨대 준태의 주장대로라면 한국인의 기독교 신앙은 '기복신앙'이며, 이런 기복신앙의 바탕은 유랑민근성이라는 말이다.

준태는 이런 기복신앙의 광적인 행태를 ②에서 적나라하게 파헤친다. 준태에 의하면 수천명의 신도들이 광란의 집회를 벌이는 실제 의도는 예수가 제각기 구하고자 하는 어떤 세속적 욕망에 답해줄지도 모른다고 믿기 때문이거나 그런 욕망 자체의 분출에 다름 아니다. 이는 세상 모든 사람들이 '돈' 이나 '권력' 에 미치는 것과 자신이 예수에 미치는 것을 동일

12) 『움직이는 성』, 196~197쪽.

13) 황효일, 『황순원 소설 연구』(국민대학교 박사학위 논문, 1997), 124쪽.

시하고 있는 목사의 태도에서 드러난다. 이야말로 비뚤어진 전도요 신앙의 행태가 아닐 수 없으며, 진정한 종교와는 무관한 것이다.

③에서 준태는 진정한 구원과 개인의 사적인 만족을 구별하지 못하는 목사의 무지와 그런 목사를 신령하게 여기는 신도들의 어리석음을 꼬집고 있다. 기독교뿐 아니라 불교 역시 대자대비의 참뜻은 실종되고 세속의 권력과 실리를 좇는 수단으로 이용될 뿐인데, 요는 이러한 배경에 눈앞의 이해관계에만 연연하는 유랑민근성이 도사리고 있다는 것이다.

이상은 왜곡된 신앙의 극단적인 면을 부각시키고 있는 예이지만, 이는 한국의 종교 현실과 유랑민근성과의 상관관계를 밝혀내고자 하는 작가의 계산된 서사전략이라고 할 수 있다. 의도적으로 모순되고 비뚤어진 면만을 바라보고 있는 듯한 준태에 대해서 느끼는 답답함은 곧 작가가 한국의 종교 현실을 바라보는 시각이기도 하다. 이 작품이 구상되고 씌어진 1960년대 후반에서 1970년대 초반을 지나는 시대는 경제·사회적으로 크게 낙후된 실정이었으며, 숨 가쁜 산업화의 물결 속에서 이농현상과 도시화가 진전되고 있었다. 이 와중에서 힘겨운 삶의 한 자락을 의탁하려는 가난한 뭇사람들을 상대로 기성종교는 물론 여러 유사종교가 난립하여 정신의 혼란상을 야기했던 게 사실이었다. 작가의 시선은 이런 시대현실의 어두운 면을 향하면서 그 그늘의 근원에 대해 고민하였고, 이 과정에서 『움직이는 성』과 준태가 탄생한 것은 아닐까.

준태는 유랑민근성에 의한 떠도는 신앙, 그래서 그때그때 현실적인 이익추구의 대상이나 이기적인 위안의 수단으로 전락한 신앙은 견고한 터전에 자리 잡아 생활화되어야 할 진정한 신앙이 아니라고 말하고 있다. 건전한 종교가 이런 저급한 신앙을 품을 리 없으며, 따라서 이런 신앙을 추구하는 사람은 종교를 가질 자격이 없는 것이다. 작가의 목소리는 준태가 유랑민근성과 샤머니즘과의 상관관계를 밝히는 대목에서 더욱 톤이 높아진다.

① 뒤따라 나오던 사람들의 말을 들어보니 관의 옻칠을 벗기려다 붙들린 모양이었다. 그걸루 무슨 병을 고친다는 걸까 원. 글쎄 두 돌이나 지난 애가 뒤채지두 못한대요, 그 병엔 옛날 관에 칠한 옻을 대려 …<중략>…

주스를 시켜 마시다가 지연이,

"그 관의 옻칠을 대려먹으면 그애 병이 정말 나을까요?" 한다. 경비원에게 끌려가며 발악하던 여인의 일이 잊혀지지 않는 모양이었다.

"낫긴 뭐가 나요. 구하기 힘든 물건이니까 그런 속신이 나왔겠죠. 그 어린애 병이 소아마비 같은데, 어디 그런 걸 대려먹인다구 나을 리 있어요."

② "농작물을 증산하려면 농업기술을 발달시켜야 하는 거구, 해산물을 많이 잡으려면 어로기술을 발달시켜야 하는 거지, 남자 생식기나 만들어가지구 제살 지낸다구 될 일이야? …<중략>… 약하구 불안정한 상태에 놓여 있을수록 인간이란 생식을 원하게 되는 거야. 후손이나 끊기지 않으려구. 그것두 어쩔수 없는 유랑민근성에서 온 거지 뭐야. …<중략>…

내용두 없이 우리 자신을 미화시키지 말구 철저히 우리 자신의 현재를 자각하는 데서부터 시작해야 할 거야. 유랑민의 자각! 우리 누구나 할것없이 말야."[14]

①은 한 여인이 자식의 병을 고치려고 박물관에 진열된 관의 옻칠을 벗기다가 경비원에게 붙잡혀 가는 상황에 대한 준태의 반응이다. 준태의 추측에 의하면 여인의 아이는 소아마비를 앓고 있는데, 이 병은 현대의술로도 고치기 어려운 난치병이다. 한국인이면 누구나 익히 듣고 보아왔듯이 영험한 돌부처의 코를 갈아서 병을 고치는 약으로 쓴다든지, 심지어 어린아이의 간이 한센병(문둥병)의 특효약이라는 속설이 전해졌던 때가 있었다. 병든 자식에게 다려먹이려고 시신을 담는 관의 옻칠을 벗기는 여인의 행위도 이런 맥락에서 이해할 수 있다. 이는 인간의 경험이나 지식으로는 해결이 불가능한 문제를 초월적 존재 또는 힘에 의지하여 풀어보려 했던

14) 『움직이는 성』, 125~126쪽.

고대인들의 신비주의적 세계관의 잔영으로서, 과학적 근거가 희박한 일종의 샤머니즘적 비방이요, 주술행위에 다름 아니다.

제지하는 경비원들에게 '발악' 을 할 정도로 이런 비방의 효험에 대해 확고한 믿음을 가지고 있는 여인이 준태에게는 일고의 가치도 없는 한심하기 짝이 없는 모습으로 보인다. 이런 준태에게 ②에서 엿볼 수 있는 바와 같이 바닷가 사람들이 치르는 일종의 풍요제인 남근제 또한 비합리적인 미신에 불과하다. 해산물의 증산을 바라면서 어로기술을 발전시킬 생각은 않고 황당무계한 남근제 같은 주술행위에나 기대서야 되겠느냐는 그의 진술에서 바닷가 사람들의 샤머니즘 속성에 대한 강한 혐오의 감정을 읽을 수 있다.

이상에서 논의한 바를 되짚어 볼 때 준태는 종교(기독교)든 샤머니즘이든 모두 맹목적이거나 이기적인 욕망이 투영된 것으로, 정착성이 없는 하나의 관념의 세계에 불과한 것이며 인간들이 이러한 세계에 의지하게 된 것은 모두 유랑민근성에서 기인한 것[15]이라고 힘주어 말하고 있다.

3. 카오스와 엑스타시의 세계

이제까지 준태를 중심으로 유랑민근성의 역사적 배경과 기독교와의 상관관계, 그리고 샤머니즘과의 상관관계에 대해 살펴보았다. 그 결과 샤머니즘은 '흔들리는 터전' 이요, '혐오의 세계' 로서 유랑민근성의 한 표본이라는 결론에 이르게 된다. 이는 샤머니즘에 대한 작가의 입장이기도 한데 그것이 샤머니즘을 학문적으로 연구하는 민구와 실제 무당인 변씨와의 관계를 통해 보다 생생하게 드러난다.

15) 이경호, 『황순원 소설의 주체성 연구』(한양대학교 박사학위 논문, 1988), 156쪽.

민구는 준태와 군대생활을 같이했던 사이이고, 성호와는 대학 동창관계다. 그는 대학에서 강의를 하며 샤머니즘을 연구한다. 샤머니즘은 그의 전공분야로 심취라고 할 만큼 대단한 열정을 가지고 연구 활동을 벌이며, 이 과정에서 박수인 변씨와 환상적인 동성애관계에 빠지기도 한다. 그런가 하면 그는 착실한 기독교인의 모습을 보이기도 하는데 이는 진정한 신앙으로서가 아니라 전적으로 자신의 출세에 도움이 되기 때문이다. 그의 삶에 있어서 최대 관심사는 샤머니즘 연구나 기독교 신앙이 아닌 은희와의 결혼이며, 장인 한 장로의 후광으로 안락한 미래를 보장받는 것이다. 요컨대 오늘날 주변에서 흔히 볼 수 있는 지적 속물의 하나요 공리적 일상인으로서, 준태가 우리 민족의 약점으로 지적했던 전형적인 유랑민근성의 소유자[16]라고 할 수 있다.

> "그런 사람들두 따지구보면 하나님의 진의를 받아들인 게 아니구 어떤 실리면만을 받아들이구 있는 게 아닐까요. 이를테면 소원성취나 해주는 하나님, 혹은 천당에나 가게 해주는 하나님, 혹은 몇 번 죄를 지어두 회개만 하면 용서해주는 하나님으루서 말입니다."
>
> "나두 거기 동감이야."민구가 두 사람 사이에 끼어들었다. " 교리의 참다운 뜻을 터득하기 위해서라기보다 무슨 실리적인 것을 바라구 교회에 나가는 사람이 많은 것같애. 마치 샤먼에게서 무엇인가를 바라듯이 말야."
>
> "예를 들면 너같은 사람두 그중의 하나지." 하이볼 친구가 턱으로 슬쩍 은희 쪽을 가리키고는 민구에게 눈을 찡긋해보인다. 너는 저 여자 때문에 교회나가는 거 아냐? 하는 뜻이다.
>
> 민구가 하이볼 친구를 향해, 이자식이! 하는 눈빛을 해보이고는 큰 입에 웃음을 띄우면서,
>
> "천만에, 나야 다르지."[17]

---

16) 천이두, 앞의 책, 131쪽.
17) 『움직이는 성』, 52쪽.

이 장면에서 민구의 '나야 다르지' 라는 부정은 문맥의 흐름으로 보아 '가장 강한 긍정의 뜻을 담은 것으로 해석'[18]할 수 있다. 이렇게 볼 때 민구야말로 화제의 초점인 '실리를 바라고 교회에 나가는 사람' 의 전형이다. 실제로 그는 한 장로의 사위가 된 뒤 정열을 바쳐왔던 샤머니즘 연구를 팽개치고 장인이 운영하는 제약회사의 간부로 자리를 잡는 것이다. 여기서 작가는 민구가 보여주는 '세속적 실리추구의 일면' 을 한국 기독교가 안고 있는 부정적 측면의 하나로 지적하고 있음을 알 수 있다.

결국 은희와의 결혼을 위해 포기하기는 하지만 민구의 샤머니즘에 대한 태도는 매우 진지하고 열성적이었다. 그가 샤머니즘 연구에 심취한 것은, 후에 미련 없이 내던져버리는 것으로 보아 학문적 사명감 같은 절실한 내적 동기에 의한 것은 아니지만 그렇다고 어떤 실리를 바랐기 때문도 아니다. 그저 샤머니즘 자체에 깊은 흥미를 가지고, 있는 그대로의 현상에 빠져들었을 뿐이다. 이런 점으로 미루어 볼 때 민구의 샤머니즘에 대한 태도는 순수한 열정에 가깝다고 할 수 있다.

민구의 샤머니즘에 대한 태도가 순수하지 않았다면 박수 변씨와의 동성애적 관계도 성립되기 어려웠을 것이다. 변씨는 이 작품의 대단원에서 잠시 등장했다가 사라지는 돌이엄마와 함께 실제 무당의 신분을 가진 인물이다. 변씨는 남자무당인 박수로 민구의 샤머니즘 연구에 여러모로 협조한다. 민구가 샤머니즘의 세계에 대한 이론적인 지식을 전달하고 있다면 변씨는 그 현상을 보여주고 있다. 변씨가 보여주는 샤머니즘 현상은 야릇하고 신비적인 분위기로 치장되어 있으며, 때로는 낯설거나 혐오감을 유발하는데 그 중심에 그가 양성구유(兩性具有, Androgyny)[19]자에다가 동성

---

18) 이동하, <소설과 종교－『움직이는 성』을 중심으로>, 『한국문학』(1987.7), 371쪽.

19) 사전적 의미로 양성구유란 그리스어 남성(andros)과 여성(gyne)을 결합한 용어서 남성적이라 불리는 특성과 여성적이라 불리는 특성을 한 개인이 지니고 있는 상태를 가리킨다. 이 용어는 신체적 결합 상태를 의미하는 자웅동체성(hermaphroditism)과 구별되며 일반적으로 심리적 개념에 한정하여 사용한다(한국 문학평론가협회 편,

애자라는 특성이 자리하고 있다.

변씨는 외모나 행동이 모두 여성적인 인물로 남자에 대해서만 성욕을 느낀다. 그는 변씨에 앞서 관계를 맺고 지내던 청년이 월남전에 참전하게 되자 민구를 새로운 성적 상대로 만드는데 성공한다. 처음에 민구는 변씨가 남자인지 여자인지 모호한 상태에서 관계를 가지지만, 나중에는 그가 남자임을 알게 되고도 별다른 혐오감을 느끼지 않으면서 관계를 지속한다.

샤머니즘에서 성(性)이 큰 의미를 지니는 것은 그것이 성(聖)과 관계가 있다고 생각되었기 때문이다.[20] 『움직이는 성』에도 이 性과 聖의 관계를 보여주는 대목이 나온다. 민구는 동해안 마을에서 지내는 풍요제의 일종으로 남근숭배 신앙을 보여주는 남근제를 설명하면서, 나무로 깎은 남근들을 굴비처럼 엮어 놓은 것에 대해 "이것이야말루 생식, 즉 생성을 숭상하구 있는 대표적인 증좌지 뭐야."[21]라고 단정하는 것이다. 샤머니즘에서의 성적 접촉은 신성한 것이요, 샤먼 즉 무당이 영신(abassy)과 교류하는 한

『문학비평용어사전』 하, 국학자료원, 2006, 426쪽).

한편 유동식은 신라 화랑의 양성구유 현상에 대해 논하면서 엘리아데의 견해를 참고해 이렇게 설명하고 있다. "사기에 의하면 아름다운 남자들을 뽑아서 이를 곱게 단장하고 화랑이라 이름하여 받들게 하였다고 했다. 일종의 여성화 현상이다. 이것은 후대에 와서도 남무들이 여장을 하는 풍습으로 계승되어 갔다. 결국 이것은 남녀 양성구유 현상이다. 양성을 구유하려는 것은 하늘(남성)과 땅(여성)의 융합 또는 신과 인간의 합일을 꿈꾸는 것이요, 전체성을 회복하려는 의례적 노력이다. 양성구유의 상태가 바로 신인융합의 엑스타시 현상이요, 무교의 이상이다. 여기에서 사람들은 신령과 자유로이 교제하여 새로운 창조를 초래하며 화복을 조절할 수 있기 때문이다. 양성구유는 속된 인간의 조건으로부터 초탈하는 것이요, 미분화의 세계 또는 무시간적인 원초계로의 귀환을 의미하며 종교적 초월 상태의 회복을 의미하는 것이다. 가무는 바로 이러한 양성구유의 원초적 상태의 재현을 초래하는 기술이다. 여기에 무교의 이상과 남무들의 여성화 현상의 의미가 있다. 그리고 이러한 무교적 전통 안에 형성된 것이 화랑의 미장 풍속이었다."(유동식, 『한국 무교의 역사와 구조』, 연세대학교출판부, 1985, 91쪽).

20) 김희보, <황순원의 『움직이는 성』과 무속신앙－M.Eliade의 예술론을 중심하여－>, 『기독교사상』(1979년 1월호), 156쪽.

21) 『움직이는 성』, 125쪽.

방법이다.[22] 그리고 영신과의 접촉을 통해 엑스타시를 체험함으로써 聖에 접[23]할 수 있는 것이라면, 그 영신을 매개하는 무당과의 성적 접촉 또한 일종의 엑스타시요 聖에 접하는 방법이 된다.

변씨의 양성구유 상태는 민구와의 자연스런 동성애 관계의 조건이 된다. 이런 동성애의 조건을 갖춘 인물은 변씨만이 아니라 민구가 변씨의 소개로 찾아갔던 마포의 박수도 있다. 그도 여자가 되곤 하며 변씨가 민구와 성적 관계를 맺듯이 최영장군과 성교를 한다. 민구는 변씨와의 성적 결합을 통해 엑스타시를 체험할 뿐만 아니라 샤머니즘 제의적 행위를 통해서도 엑스타시에 빠져든다. 변씨와 어울린 굿거리 실습에서 민구의 신명난 모습을 보자.

> 한동안 계속되던 구송이 노랫가락조로 변한다. 변씨가 팔을 벌리고 가락에 태워 춤을 춘다.
>
> 무가 구절이 아름다웠다. 본향 양산 오시는 길에 가얏골로 다리 놓소, 가얏골 열두 줄에 어느 줄로 오시려노, 줄 아래 덩기덩 소리 노니려고…
>
> 민구도 흥겨워 장고채를 놓고 일어서자 변씨가 대신 장고를 잡는다. 다앙기다기 당딱다아기 다앙기다기 당딱…
>
> 민구는 두 팔을 벌린다, 무릎을 굽혔다 편다, 엉덩이를 왼쪽으로 돌린다, 오른 팔을 안으로 접는다, 어깨를 으쓱거린다, 고개를 밑으로 꼰다, 오른팔을 넌짓 밖으로 뿌리고는 왼팔을 안으로 접는다, 엉덩이를 오른쪽으로 돌린다, 이런 동작들은 무릎과 어깨를 중심삼아 거듭한다.
>
> "얼씨구 좋다아!" 변씨가 흥을 돋운다.
>
> 민구는 굳던 몸이 차츰 풀려감을 느끼며 신바람이 솟는다.
>
> …<중략>…
>
> 좋습니다. 자알 추십니다."변씨가 칭찬을 던졌다.[24]

22) M. 엘리아데, 이윤기 역, 『샤마니즘』, 까치, 2003, 86~87쪽.
23) M. 엘리아데, 이은봉 역, 『성과 속』, 한길사, 1998, 31쪽.
24) 『움직이는 성』, 260~261쪽.

샤머니즘 세계에서 엑스타시의 체험은 속된 인간의 조건으로부터 초탈하는 것이요, 미분화의 세계 또는 무시간적인 원초세계로 귀환하는 것이다. 민구의 이러한 엑스타시 체험은 샤머니즘 자체의 입장에서 볼 때는 순수한 聖의 체험이다. 그러나 『움직이는 성』에서 샤머니즘을 기독교와 대비적 위치에 놓고 다루고 있는 작가의 입장에서 볼 때는 변씨와 마찬가지로 정상적인 행태라고 할 수 없는 기이하고 변태적인 모습이다. 변씨는 성적으로 미분화 상태인 카오스(chaos)로서, 로고스와 파토스가 미분화 상태에 놓여 있는 샤머니즘의 카오스를 상징하는 존재다.[25] 따라서 이런 변씨와 동성애 관계를 맺고 있는 민구 역시 카오스의 세계에 놓이게 된다. 요컨대 확고한 교리로서의 로고스의 기초 위에 서 있지 못하는 변씨와 민구, 그리고 그들이 만나 나누는 샤머니즘의 체험 모두가 카오스의 세계에 속하는 것이다.

이로써 『움직이는 성』에 수용된 샤머니즘 세계의 성격은 명확해진다. 앞서 준태의 관점에서 본 샤머니즘이 '흔들리는 터전' 이요, '혐오의 세계' 로서 '유랑민근성의 한 표본' 이라면, 민구와 변씨를 통해 드러나는 샤머니즘의 세계는 비정상적이고 거부감을 유발하는 '병적인 세계' 요, 합리적 이성으로 구축된 안정된 질서가 아니라 신비주의적이고 과잉된 감성이 지배하는 '카오스의 세계' 로서 역시 '혐오의 세계' 이다.

그러나 샤머니즘에 대한 작가의 이런 비판적 시각은 샤머니즘 자체를 향하고 있다기보다 샤머니즘의 혐오스러움 못지않게 타락상을 보여주는 한국의 기독교를 향하고 있는 것은 아닐까. 작품의 도입부에서 민구가 샤머니즘 연구자인 자신과 한 장로의 딸인 은희의 결합을 두고 "이번 약혼이 어쩌면 기독교와 샤머니즘의 약혼식이 될는지 몰라."[26]라고 한 것은 시사하는 바가 크다. 이후 전개되는 서사의 문면에서 속속 드러나듯이 작

25) 천이두, 앞의 책, 130쪽.
26) 『움직이는 성』, 13쪽.

가는 한국 기독교가 샤머니즘과 부정적 측면에서의 습합을 이룸으로써 소망스럽지 못한 방향으로 흐르고 있음을 힘주어 지적하고 있는 것이다.

요컨대 작가의 관점에서 보면 오늘날의 기독교는 샤머니즘과 마찬가지로 '흔들리는 터전' 위에서 갈피를 잡지 못하는 '움직이는 성'이며, 병들고 혐오스러운 모습을 띠고 있다. 작가는 이 흔들리는 터전이 본래의 모습을 되찾아 '견고한 성'을 이루기를 희구하고 있으며, 성호는 그 가능성의 제시를 위해 창조된 인물이다.

4. 샤머니즘과 기독교의 대비

『움직이는 성』의 세 중심인물 즉 준태, 민구, 성호 중에서 성호는 독실한 기독교도로서 확고한 내면적 자각에 의해 자신의 삶을 이끌어나가는 인물이다. 양심적인 신앙인으로서 '기독교적 사랑의 실천을 통해 인간존재의 진정한 의미를 찾으려는'[27] 그는 이 작품의 주제를 함축하는 핵심인물로 그려지고 있다.

성호는 청소년 시절 자신이 다니던 교회의 사모 홍여사와의 불륜적 사랑으로 인해 죄의식의 수렁에 빠지고 이를 극복하기 위해 목회자가 된다. 그리고 철거민, 창녀, 수재민, 무당 같은 소외계층이 모여 사는 빈민가 돌마을에서 고구마 장사를 하며 그들의 황폐한 삶을 구원하고자 노력하는 것으로 회개의 길을 걷는다. 홍여사의 아들 대식에 의해 과거가 폭로되고 목사직에서 파면을 당하지만 자신의 신념을 굽히지 않고 돌마을에 남아 진실한 목회자의 길을 실천한다. 이런 성호의 눈에 비친 기독교의 모습은 이러하다.

---

27) 김종회, 앞의 책, 222쪽.

"우리나라 사람에겐 본시부터—자네 말대루라면 단군 때부터라 해두 좋아—하여튼 잡신을 잘 받아들이는 바탕이 있는가봐. 그래서 우리나라 사람은 신앙을 가졌다는 사람 중에서두 기독교와 샤머니즘—기독교 대신 불교라구 해두 마찬가지지만—이 두 사이를 항상 오가구 있어. 반 발짝 내디디면 기독교, 반 발짝 들이디디면 샤머니즘, 이렇게 방황하구 있는 셈이지. 최근 내가 있는 교회 안에서의 일인데, 집사루 있는 부인의 손자애가 병이 나서 불러다가 푸닥거릴 했다는 말을 듣지 않았겠어. 내 기도나 푸닥거리 중 어느쪽의 효험이건 보자는 게 그 여집사의 속셈인 거지. 알아듣겠나? 아마 이런 예가 허다할걸."[28]

위 인용문을 통해 성호는 '한국인은 생래적으로 샤머니즘 성향이 강하여 기독교 같은 고등종교를 정착시키기 어렵다'는 시각을 갖고 있음을 알 수 있다. 그래서 신앙을 가졌다는 사람조차 기독교와 샤머니즘 사이를 오가기 일쑤이고, 대개는 기복이나 치병의 효험을 기대하며 신앙생활을 한다는 것이다. 성호의 이러한 입장은 앞서 살펴본 준태의 기독교 및 샤머니즘에 대한 견해나, 민구의 신앙 및 샤머니즘 연구 태도를 통해 밝혀진 것과 별반 다를 바 없다. 성호 역시 샤머니즘에 대한 태도는 올바른 기독교의 방향을 혼란시키는 부정적인 요인으로 바라보고 있는 것이다.

그가 한국 전래의 제사 문제에 대해 교회에서 이를 받아들여야 한다는 유연한 입장을 보이고 있기는 하지만, 그것은 어디까지나 '신앙행위' 와 '조상에 대한 추모행위' 로 엄격히 분리할 때를 전제하고 있다. 이와 관련하여 그가 크리스찬주보에 발표했다는 <우리나라 풍습과 기독교>라는 글의 내용을 민구가 준태에게 다음과 같이 들려주고 있다.

"요컨대 기독교가 우리나라 풍습에 대해 너무 지나친 처단을 내렸다는 거야. 여러 가지 예를 들었지만 관혼상제의 상례와 제례만 해두 그걸 미신

---

28) 『움직이는 성』, 86쪽.

의 행위루 봐선 안된다는 거야. 조상에 대한 공경의 표시루 상례나 제례를 지내는 거지, 영혼의 구원을 얻기 위한 건 아니지 않느냔 거지. 물론 상례나 제례의 번거로운 절차같은 걸 형편에 따라 고쳐나간다는 건 딴문제구 말야. 아마 상례나 제례를 미신으루 규정한 건 처음 서양 선교사들이 와서 우리나라를 미개민족으로 본 데서 비롯됐을 거라는 거야. 서양사람 자기네의 의식하구 다르다구 해서 우리나라 사람의 고유한 풍습을 무시해버려선 안 된다는 거지. 그러니 이제부터라두 시정해야 한다는 거야."[29]

여기서 성호는 한국 전래의 상례나 제례가 미신행위는 아닐지라도 신앙적 요소를 결여하고 있는 단순한 추모행위로 간주하고 있다. 신앙행위가 아닌 일종의 고유 풍습에 지나지 않는 의식에 대해서까지 굳이 배척해야 할 이유가 없다는 논리이다. 이 의식의 배경에는 본격적인 신앙의 차원에서는 역시 기독교만이 정당성을 주장할 수 있다[30]는 기독교적 권위주의가 자리하고 있음이 엿보인다. 이 역시 샤머니즘을 상대적으로 열등한 것으로 바라보는 작가의 시각이 드러나는 대목이다.

성호는 명숙의 내림굿 과정에 개입하여 결과적으로 그녀가 정신이상자가 되는 원인을 제공하기도 한다. 명숙은 성호의 교회에서 주일학교 반사로 있던 소녀인데, 이름도 모르는 병에 걸려 시름시름 앓더니 아무리 해도 낫지를 않는다. 이는 내림굿을 하는 여인들에게서 볼 수 있는 일반적인 현상으로 무병(巫病)을 앓고 있는 것이다. 그녀의 내림굿 과정과 성호가 등장하여 부딪치는 장면을 보자.

부정거리, 가망거리, 상산거리, 제석거리, 신장거리, 조상거리가 진행되는 동안, 명숙은 무당이 시키는 대로 일어나 앉아 전신을 떨며 눈을 감고 있었다. 핏기 가신 얼굴에 경련이 일곤 했다. 그리고 실륙거리는 입술 새로 가끔 끊긴 중얼거림이 새어나왔다. 하나님… 아버지… 명숙이의 감은

29) 『움직이는 성』, 148쪽.
30) 이동하, 앞의 글, 『한국문학』(1987.7), 370쪽.

눈꺼풀 새로 눈물이 나와 뺨을 타고 흘러내렸다.

…<중략>…

한참 같은 가락으로 춤을 추던 명숙이, 장고와 제금 소리가 잦은 가락으로 옮겨지면서 몸 움직임이 빨라진다. 명숙의 몸은 몸이 아니었다. 몸 전체가 공간에 풀려 버린 듯 율동만이 있었다. 여러 겹 껴입은 옷도 옷이 아니었다. 펄럭이는 옷자락은 몸의 일부인 듯, 몸은 옷자락으로 화한 듯, 옷과 몸이 한데 어울려 모든 것이 하나의 율동 속에 풀려드는 것이었다.

…<중략>…

땀에 젖은 그네의 얼굴에서 고통의 빛은 완전히 사라지고, 오히려 화기가 감돈다. 홀연 그네의 입에서 말문이 터진다.

명산 도당 신령이 아니시냐

여기 도당 신령이 아니시냐…

그러다가 명숙이 눈을 확 빛내며 소리지른다. 내가 누군 줄 아느냐, 삼각산 신령심이시다! 그와 함께 펄썩 주저앉아 버린다.

…<중략>…

이럴 참에 성호가 구경꾼들 틈을 헤치고 들어섰다. 성호를 보는 순간 명숙이 째지는 듯한 고함을 질렀다. 예수 귀신 물러가라아!

주위가 조용해졌다. 성호는 가만히 명숙을 바라다보았다. 핏기 가신 명숙의 입언저리가 실룩이면서 손에 잡고 있던 방울과 부채를 떨어뜨린다. 그리고는 앉은 걸음으로 쫓기듯 울찔움찔 뒤로 물러나 방구석에 가 움츠리더니 흰자위가 드러나는 눈으로 성호 쪽을 훔쳐본다.

성호가 묵묵히 명숙에게로 다가갔다. 명숙이 이상한 외마디소리를 지르며 모로 나가 쓰러졌다. 입꼬리에 거품이 물리고 눈은 감겨져 있었다. 무당들의 얼굴에 괘씸해하는 빛이 떠오르고, 구경꾼들 속에서, 예수쟁이 때문에 저 꼴이 됐다고 수군댔다.[31]

굿거리 과정에서 나타나는 명숙의 변화는 전형적인 강신무의 모습을 보여준다. 그러나 굿의 제의절차가 완결되기 전에 나타난 성호로 인해 명숙의 정신상태는 혼란에 빠진다. 신내림 경지에 이른 최고조의 엑스터시

---

31) 『움직이는 성』, 116~118쪽.

상태가 돌연한 '예수귀신'의 출현으로 일련의 안정화 절차를 밟지 못한 채 갑자기 단절됨으로써 극한 혼돈으로 뒤바뀐 것이다. 이런 명숙에게서 샤머니즘과 기독교 신앙의 혼재현상 및 양자의 극명한 대립·갈등 양상을 읽을 수 있다.

성호의 개입 이후 명숙은 잠시 안정을 되찾는 듯하다가 이전보다 훨씬 심각한 증세를 보인다. 말을 하지 않고, 실성한 듯 웃으며, 정수리의 제 머리카락을 뽑는 버릇이 생긴다. 성호가 매일 심방을 가지만 아무런 효험이 없다. 마침내 명숙은 정신병원으로 옮겨진다. 명숙의 어머니나 내림굿을 권유했던 동네 여인들, 그리고 굿을 주재했던 무당의 입장에서 보면 결국 '예수귀신'인 성호에 의해 이런 결과가 초래된 것이다. 하지만 성호는 명숙의 병이 "반신불수나 소경도 아닌 한갓 신경의 과로 아니면 정신적인 불안같은 데서 온 게 분명"[32)]하다고 치부한다. 여기서도 전래의 샤머니즘 의식을 단순한 미신행위로 간주하는 성호의 기독교 신앙에 대한 우월의식을 읽을 수 있다.

그러나 성호의 이러한 입장은 샤머니즘 자체를 비판하는 것을 주목적으로 하는 것이 아니며, 그의 진실한 기독교인으로서의 의미를 떨어뜨리는 것도 아니다. 그는 주위 사람들의 비난에도 불구하고 변함없이 명숙을 돌보면서 인간적 한계에 대해서 뿐만 아니라 보다 충실한 신앙의 길에 대해 고뇌한다.

> 성호는 사뭇 괴로웠다. 내림굿이 있기 전 얼마 동안 자기는 명숙에 대해 너무 소홀하지 않았던가. 그저 교역자로서의 관습적인 심방을 했을 따름이 아니었던가. 왜 좀더 진심에서 우러나온 사랑으로 대하지 못했을까. 성호는 생각하면 생각할수록 자신이 교역자로서 부족함은 물론, 우선 한 인간으로서의 미숙함을 절감하지 않으면 안 되었다.[33)]

32) 『움직이는 성』, 119쪽.
33) 『움직이는 성』, 119~120쪽.

성호는 샤머니즘 세계에 직접 부딪치는 체험을 통해 자신의 신앙에 대한 진정성을 되돌아보고 보다 올바른 실천의 길이 무엇인지를 깨닫게 된다. 성호의 이러한 반성과 깨달음은 한국 기독교가 안고 있는 전반적인 문제점에 대한 자책이요 고뇌이다. 작가가 성호를 통해 제기하는 문제의 본령은 여기에 있다. 샤머니즘의 부정적인 면과 습합된 비뚤어진 신앙을 가진 인물로서 한 장로와 최 장로의 모습이 이를 뒷받침한다.

한 장로는 민구의 약혼자인 은희의 아버지로 자칭 모범적인 기독교인이다. 교회에 착실히 나가고 금연 같은 계율도 엄격히 지킨다. 교회 내에서의 지위도 높아 서울 중심부에 있는 대형 교회의 장로로서 장로들 중 최고의 발언권을 가지고 있다. 그러나 이렇게 외적으로 드러난 신앙행태나 지위가 그의 신앙의 진정성과는 무관하다는 사실을 다음의 인용문이 웅변해준다.

> "제발 젊은놈 하나 살려 주시는 셈치구 얼마 동안만 참아 주세요."
>
> 30대의 사내가 무릎을 꿇고 벌겋게 달아오른 얼굴도 들지 못한 채, "어떻게든 재기해서 꼭 갚아드리겠습니다."
>
> "아니 몇 번을 말해야 알아듣겠소? 그 돈은 내가 하나님한테서 맡아 둔 것 뿐이란 말요. 그 돈이 제날짜에 들어오지 않는 걸 하나님은 원치 않구 있소. 만약 그 돈을 제날짜에 받아들이지 않으면 하나님께서 노하셔서 내게 맡긴 전 재산을 거둬가실 거요. 그래도 좋단 말이오? 어림없는 소리! 제날짜에 갚지 않을 땐 별 수 없이 법적으루 처리하는 도리밖에 없소."[34)]

이 장면에서 한 장로는 자기의 재산을 지키기 위해 피도 눈물도 없는 냉혹한 수전노의 모습을 보여준다. 더구나 그는 자신의 몰인정한 태도를 정당화하기 위해 하나님을 끌어들이고 있다. 여기서 기독교의 거룩한 하나님은 그의 비천한 사리사욕을 채우는 수단으로 전락하고 만다. 이와 같

34) 『움직이는 성』, 257쪽.

이 기독교가 그 진정성을 훼손당한 채 개인의 이기적인 욕망을 추구하는 수단으로 전락한 예는 최 장로에게서도 볼 수 있다.

최 장로는 한때 성호가 시무하던 교회의 장로로, 남부럽지 않은 재산을 가진 예순이 넘은 노인이다. 그런데도 더 잘 살아보려고 용한 작명가를 찾아 이름을 바꾸고자 한다. 말하자면 재산 욕심 때문에 기독교와 성명철학에 양다리를 걸치는 것이다. 그는 교회의 창설자로 역시 장로였던 그의 조부가 예수를 믿게 된 이유에 대해 '귀신을 섬기기보다 돈이 덜 들어서' 라고 말한다.

> "봄 가을 날잡아 굿하구, 음력 정초와 칠월 칠석엔 빼놓지 않구 치성을 드리구, 흐흠, 그뿐인가요, 무슨 일이 있을 적마다 살풀이를 한다, 푸닥거리를 한다, 그야말루 무당집 문지방이 닳도록 드나들었죠, 크흠. 굿을 한번 하자면 줄잡아두 지금 돈으루 몇만원 풀어야 하구, 치성 한번 드리는 데두 사오천원 들여야 했답니다, 크흠. 그게 예수를 믿으면서부터는 술 담배까지 끊게 됐으니 더 절약될 밖에요, 크흠."[35]

최 장로의 조부나 그 자신에게 있어 기독교의 가치는 샤머니즘이 추구하는 가치와 조금도 차이가 없다. 비용이 덜 들기 때문에 기독교를 택하고 돈을 더 벌기 위해서 교리에 어긋나는 성명철학을 기웃거리는 태도는 진정한 기독교 신앙인의 모습이 아니다. 그렇다면 이들은 왜 종교를 버리지 않는가? 그것은 종교가 이들에게는 일종의 보험과 같은 의미를 띠기 때문일 것이다.[36] 이들은 보험을 들 때 어느 회사의 보험을 드는 것이 더 유리한가를 따지듯이 종교를 선택하고 있을 뿐이다. 작가는 기독교에 대한 이들의 태도를 통해 한국의 많은 기독교인들의 신앙자세를 비판하고 있는 것이다.

---

35) 『움직이는 성』, 150~151쪽.
36) 이동하, 앞의 글, 『한국문학』(1987.8.), 396쪽.

작가는 샤머니즘의 부정적 요소들과의 습합으로 인해 변질된 기독교의 문제점을 비판하는데 그치지 않고, 성호의 사직을 불러온 신 목사 주재의 교회재판을 통해 한국 교회 내의 율법지상주의, 권위주의적 문제점에 대해서도 비판의 시선을 던지고 있다.

신 목사는 거제도 피난민 봉사활동 과정에서 성호가 알게 된 인물로 당시 그가 보여준 행태는 성호에게 잊어버리고 싶을 만큼 혐오스러운 것이었다. 교역자의 특전을 내세워 식량배급의 인원수를 늘리거나 배급받은 담요가 좀 낡았다고 새것으로 바꾸고 구호물자 중에서 값나가는 것을 고르느라 혈안이 되기도 하던, 봉사활동에 나선 진정한 교역자의 모습이 아니었던 것이다. 이런 그가 성호와 홍 여사의 불륜 문제를 주 혐의로 하여 성호를 치리하는 심문관의 자리에 앉은 것이다. 심문은 성호가 크리스찬 주보에 발표했던 <우리나라 풍습과 기독교>라는 글의 내용이 우상숭배를 옹호하는 이단적 행위라고 지적하는 것으로 시작되지만, 신 목사의 궁극적 목표는 성호와 홍 여사와의 불륜 문제를 부각하여 성호를 사직에 이르도록 하는 것이다.

"아시다시 이 시간은 사람이 주관하는 시간이 아니요 하나님이 주관하는 시간입네다."

…<중략>…

"정목사님을 안 지가 언젭네까?"

"정목사라뇨?"

"6·25 때 납치된 정목사님 있지 않습네까?"

정목사라는 말을 듣자부터 성호의 가라앉았던 가슴이 울렁거리기 시작하다가 그만 쿵 하고 크게 울렸다.

…<중략>…

"순전히 피란민을 위한 봉사 정신으루 그때 거제도에 왔던 겁네까?"

"물론입니다."

….<중략>…

"혹시 정목사님의 사모님을 찾으러 거제도에 왔던 건 아닙네까?"

올 게 오는가보다 하고 성호는,

"그렇기두 했습니다."

…<중략>…

"순전히 피난민을 위한 봉사정신으루 거제도에 왔었느냐는 물음에두 그렇다구 하구, 정목사 사모님을 찾으러 왔었느냐는 물음에두 그렇다구 하니, 대관절 어느쪽이 진실입네까?"

"둘 다 진실입니다."

…<중략>…

"무슨 말이구 할말이 있으믄 하시오." 신목사가 마지막 자비라도 베풀 듯 말했다.

…<중략>…

"늦은 감이 없지않지만 오늘루 교직에서 물러나겠습니다."[37]

신 목사는 겉으로 드러난 성호의 '간음' 사실만을 집요하게 파고들어 유죄 쪽으로 몰고 간다. 성호의 내면에 대해서는 아랑곳하지 않고 오로지 표면적인 계율의 파괴에만 매달려 참다운 복음의 정신을 외면하고 있는 것이다. 그러면서도 그가 이 재판을 '사람이 아닌 하나님이 주관하는 것'이라고 전제한 사실은 아이러니가 아닐 수 없다. 이런 신 목사야말로 예수가 간음한 여자의 주위에 둘러선 사람들을 향해 "누구든지 죄 없는 자가 먼저 돌로 치라"고 한다면 맨 먼저 돌을 던질 사람[38]인 것이다. 이와 같이 작가는 신 목사를 통해 한국 기독교 지도자들이 빠져 있는 율법지상주의의 한계를 지적하고 있다.

숨겨왔던 과거가 백일하에 드러남으로써 교단을 통한 공식적인 활동의 통로는 차단되고 말았지만, 성호는 비로소 은폐와 자기기만에 가려졌던 진정한 자아와 만나게 된다. 그가 목사직을 포기하고 설교의 강단에서 스스로

37) 『움직이는 성』, 225~229쪽.

38) 김희보, 앞의 글, 159쪽.

물러나는 과감한 행동을 택한 것은 외면했던 진정한 주체성에의 자각과 그릇된 종교 현실에 대한 비판의식이 맞물려 그에게 새로운 삶의 장으로 나아가게 한 통로[39]의 개척이라고 할 수 있다. 그는 '돌마을'로 돌아와 고아를 돌보고 철거민의 편에 서서 그들의 입장을 대변하며, 창녀들에게 휴식처를 제공하는 등 철저하게 사랑과 봉사의 실천을 통한 구원을 추구한다.

성호는 준태의 신상을 애타게 염려하는 지연의 눈에서 오래 전 그가 사모한 홍 여사의 두려움에 떨던 눈빛을 발견하고, 그 눈은 이 두 여자만의 눈이 아니라 모든 인간의 눈이요, 그것은 창조주의 눈이라고 깨닫는다. 그 눈이야말로 준태가 혐오해 마지않은 모든 유랑민들, 민구, 명숙, 변씨, 돌이엄마, 한 장로, 최 장로, 신 목사, 그리고 준태 자신까지를 포함하는 모든 인간들에게 구원의 가능성을 비춰주는 하나님의 눈이다.

요컨대 작가 황순원이 『움직이는 성』에서 말하려는 주제는 성호의 삶을 통해 드러나듯이 하나님에 대한 진정한 깨달음과 순수한 실천적 신앙만이 구원의 길이라는 것이다. "참된 그리스도인의 길은 힘 있고 부유한 현실주의자를 증오하는 대신에 스스로 참회함으로써 그리스도의 사랑을 체득하고 가난하고 소외된 형제에게 다가가는 사람일 뿐이다."[40]라는 김봉군의 진술은 이 작품의 주인공 성호에게 잘 부합하는 말이다.

5. 『움직이는 성』과 『을화』의 비교연구 가능성

지금까지 『움직이는 성』의 세 중심인물, 준태, 민구, 성호의 행적을 추적하면서 유랑민 근성과 샤머니즘의 관계, 샤머니즘 현상과 기독교와의 관계를 살피고 이를 통해 작가가 전하려는 주제를 파악해보았다.

39) 황효일, 앞의 논문, 126쪽.
40) 김봉군, 『한국소설의 기독교의식연구』, 민지사, 1997, 112쪽.

『움직이는 성』은 한국인의 '유랑민근성'에 관한 심층적 분석과 함께 우리 문화의 기층을 형성해온 샤머니즘의 세계, 본질과 어긋난 신앙의 문제를 상호 연계시키며 다룬 작품이다.

이 작품에서 샤머니즘은 그 부정적 측면들이 작가의 비판적 시각에 의해 여실히 파헤쳐지고 있다. 이 작품에서 샤머니즘의 세계는 극복해야 할 대상으로서의 중심 화두인 '유랑민근성'과 근본적으로 같은 것으로, 그리고 작품의 제목인 '움직이는 성'의 표상으로 읽히고 있다. 하지만 결과적으로는 '견고한 성'을 향한 서사전개에 필연성을 부여하며 '구원의 가능성'이라는 주제 형상화의 촉매 또는 길항의 기능으로 수렴된다고 할 수 있다.

결국 이 작품 속에서 우여곡절을 겪는 인물들은 합리성이 지배하는 현대사회에서 전근대적 샤머니즘 현상들과 습합된 한국의 기독교가 어떻게 그 한계를 극복할 것인가에 대한 고민과 함께 진정한 발전의 방향으로 나아갈 수 있는 가능성을 제시하고 있는 것이다.

한편 『움직이는 성』에서 작가 황순원이 보여주는 샤머니즘의 수용태도는 객관적이고 다소 냉정하다고 할 만큼 비판적이다. 그의 초기 단편들에서 발견되던 토착정서나 원시적 생명력의 아름다움 구현에 기여하던 애정어린 수용태도는 비합리적이고 병적이며 혐오스런 모습들만 적나라하게 파헤치는 부정적 자세로 바뀌어 있다. 작품의 무대가 현대사회라는 점, 다루고 있는 주제가 종교적, 윤리적, 철학적 문제라는 점과도 관련이 있지만 무엇보다 작가의 냉정한 객관적 시각에 의해 그 부정적 측면들이 여지없이 부각되고 있는 점은 주목할 만하다.

황순원이 『움직이는 성』에서 보여주는 샤머니즘에 대한 이 같은 부정적인 태도는 동시대 한국을 대표했던 또 다른 작가 김동리의 문제작 『을화』를 떠오르게 한다. 황순원이 자신의 궁극적 지향점으로서의 『움직이는 성』에 기울인 열정에 못지않게 김동리가 필생의 과제를 완성하는 자세로 다듬어낸 작품이 『을화』이다.

잘 알려진 대로 샤머니즘을 평생의 큰 주제로 삼아 창작활동을 펼쳤던 김동리는 샤머니즘을 종교적·사상적 탐구의 직접대상으로 삼아 절대적 긍정의 시각으로 바라보고 또한 작품 안에 품었다. 『을화』야말로 김동리가 소설을 통해 구현하기를 열망해온 한국 샤머니즘 세계의 완결판이라고 할 수 있는 작품이다.

김윤식 교수가 '이승과 저승을 잇는 샤머니즘 세계의 접점에 놓인 등불이거나 한송이 꽃'[41]이라고 평한 『을화』 속의 샤머니즘은 『움직이는 성』에서의 샤머니즘과 질적으로 다른 것이다. 본질적으로 김동리는 주인의 입장에서 절대적 긍정의 시각으로 샤머니즘을 대하고 있는 반면 황순원은 냉정한 객관적 거리를 두고 뚜렷한 비판적 태도로써 샤머니즘을 바라보고 있다.

동시대 한국을 대표하는 두 작가가 민족정신의 뿌리인 샤머니즘을 바라보는 시각이 이와 같이 다른 점은 흥미롭다. 이 두 작가의 샤머니즘에 대한 시각은 기독교에 대한 시각과 밀착돼 있으며 그 관계구조를 짜나가고 결말을 처리하는 방식 또한 흥미롭다.

『움직이는 성』의 경우 '기독교 우월성'의 관점에서 샤머니즘의 부정적 측면들이 부각되고 있으며, 이는 결국 기독교의 발전적 방향을 제시하기 위한 수단으로 기능하고 있다. 반면에 처음부터 '샤머니즘 우위'에 초점을 맞춘 『을화』의 경우 샤머니즘(전통성)과 기독교(근대성)의 대립을 다루었지만 결말은 화해나 극복이 아닌 샤머니즘으로의 회귀로 나타나고 만다.

이상과 같이 두 작품에 나타난 샤머니즘 수용양상의 뚜렷한 차이는 두 작가의 작품세계에 대한 새로운 비교연구의 가능성을 내포하고 있다고 여겨지며, 이를 통해 한국 소설문학의 외연의 확장과 내면의 심화에 의미 있는 작업이 되리라고 기대한다.

---

41) 김윤식, 『한국근대문학사상연구 2』, 아세아문화사, 1994, 312쪽.

5장_문화콘텐츠론

황순원의 「소나기」와 연극

박명진

1. 머리말

이 글은 황순원의 소설 「소나기」를 희곡으로 각색한 <황순원의 소나기, 그리고 그 이후>를 분석 대상으로 삼는다. 이 희곡은 2000년 8월 제21회 서울연극제에서, 2000년 8월에 독립극장이 거창국제연극제와 국립극장 소극장에서, 2001년 10월 7~8일에 '극단 짚시'에 의해 제 31회 영동종합예술제에서, 2004년 10월 1일부터 '소나기 아트 커뮤니케이션'에 의해 건국대 새천년대공연장에서 창작 뮤지컬 <황순원의 소나기>라는 이름으로 공연되었다.

황순원은 시인으로 출발하여 단편 작가로 전환하였고 여기에서 다시 장편 문학으로 문학 세계를 확장시킨 작가이다. 그의 문학 세계는 시적 향취가 중요한 문학적 성격으로 흐르고 있으며, 그와 아울러 그의 작중 현실은 엄격한 지적 절제에 의해 통제되고 있다. 이 글은 서정적인 문체와 간결한 서술 방식을 특징으로 하고 있는 「소나기」가 희곡에서 어떻게 변용되고 있는가 살펴보고자 한다. 이 글은 각색 행위를 원작에 대한 하나의 '문화 번역'으로 이해하고자 한다. 서사문학과 극문학은 서로 다른 양식적 특질과 효과를 지니고 있는데, 특정 작품에서 다른 장르의 작품으로 변이될 때 장르적 욕망이 개입될 수밖에 없다. 장르 사이의 차이점으로 인해 모든 작품의 각색 과정에는 질적, 양적 변질이 발생할 수밖에 없는데, 이 과정에서 특정한 요소가 삭제되거나 첨가되는 현상은 각색된 텍스트를 통해 다른 형태로 세상에 말을 걸게 된다. 그러나 각색을 첨가와 제거의 행위로만 한정지어 생각하지 않고 원작과 텍스트가 상호 대화 관계에 있음을 상기하면서 논의를 전개하도록 하겠다.

희곡으로서의 「황순원의 소나기, 그리고 그 이후」는 소설 「소나기」를 매개로 하여 또 다른 말 걸기를 시도하고 있는 셈이다. 이때 원작 소설과 각색된 희곡의 관계는 매우 복잡할 수밖에 없다. 왜냐하면 각색 희곡은 원작 소설을 참조하면서 동시에 반역할 수밖에 없는 운명에 처해지기 때문이다. 이 글은 일종의 문화번역 결과로서의 각색 희곡을 중심으로 논의를 전개한다. 우선 소설 「소나기」의 문학적 특징을 살펴본 후, 각색 희곡인 <황순원의 소나기, 그리고 그 이후>의 연극성 및 원작과의 관계를 점검하도록 하겠다.

2. 「소나기」의 문학적 특징

황순원은 1915년 평남 대동군 재경면 빙장리에서 평양 숭덕학교 교사로 있던 부친 밑에서 3형제 중 장남으로 출생했다. 숭덕 소학교를 졸업하고 정주에 있던 오산 중학교에 다니다가 건강 때문에 평양 숭실 중학교로 전학, 졸업했다. 1930년대부터 동요, 시 등을 신문에 발표하기 시작하여 이듬해 『동광』에 시 <나의 꿈>을 발표하고 다른 잡지에도 작품을 게재하면서 문학 활동을 시작했다. 1934년 일본 동경 와세다 제2고등학원에 입학하고 이해랑, 김동원 등과 함께 '동경학생예술좌'를 창립했다. 1935년 '삼사문학' 동인으로 활동하다가 1936년 와세다 대학 문학부 영문과에 진학했다.

황순원의 소설의 기법상 특징은 시적 이미지의 형상화라 할 수 있다. 그의 소설은 표현 대상을 사실주의적인 의미에 있어 세부적인 부분을 과감하게 생략하고 중심 이미지를 선명하게 부각시키는 데 노력했다. 또한 그는 인간에 대한 자세에 있어서 그 인간을 둘러싼 환경을 대담하게 간략화하고 핵심적 이미지를 부각시키려는 노력을 기울였다. 인간에 대한 그의 궁극적 관심은 시공간적 조건들의 한계를 뛰어넘는 근원적인 인간 본성을 포착하는 것에 집중되어 있다.

황순원은 현실 또는 사회와 관련된 문제보다는 인간의 본능, 직관 세계를 취급함으로써 인간 자체에 대한 성찰을 표현하려고 노력했다. 그의 초기 단편 소설은 순수하고 아름다운 것에 대한 동경심을 주된 소재로 하여 서정적 세계를 집중적으로 취급했다. 소년, 소녀가 성인이 되어 가는 과정에서 겪게 되는 정신적 갈등, 향토적이고 순박한 노인의 집념 등이 표현되었다. 이는 황순원의 초기 소설 미학이 지니고 있는 특유의 '인간학'이라고 지칭할 만하다. 이때 황순원의 '인간학'은 역사, 사회, 현실을 뛰어넘는 초월의식을 지향하고 있으며, 이에 따라 그의 소설 세계는 '현상'보다는 그 '현상'밑을 흐르고 있는 '본질'을 추구하는 경향이 짙게 된다.

소설 「소나기」는 공간의 배경과 전경(前景)이 다양하게 드러나고 있다. 주로 배경이 나타나서 분위기를 점차 고조시키고 독자의 관심이 집중된 상태에서 전경을 제시하는 형태가 많이 발견된다. 이는 황순원이 작가와 독자의 거리가 처음에는 막연하다가 시간이 흐르면서 좁혀지는 당시의 틀을 깨고 바로 독자에게 접근하려는 새로운 시도로 읽힌다. 이는 황순원이 인간의 본질이나 내면을 탐구하는데 있어서 사회적 배경이나 외적 조건과 같은 요소의 외삽(外插) 없이 정공법으로 대상을 향해 나아간다는 사실을 의미한다.

황순원이 시인으로 출발하여 단편 소설 작가로서 자기를 확립하고 다시 장편 소설 작가로 발전한 작가였다는 사실은 그의 소설의 특징을 이해하는 길이 될 수 있다. 그의 단편 소설은 이 장르의 기본적인 특징대로 인생의 한 단면에 집중하고 있다는 점, 구성이 단조롭고 평면적이라는 점, 엄격하고 함축적인 문장을 구사하고 있다는 특징을 보이고 있다.[1] 특히 황순원의 초기 단편 소설은 인생의 애수, 정감, 비애를 간결하고 서정적인 문체로 표현하는 것을 특징으로 한다. 결국 황순원의 단편 소설은 확장된 구성 방식이나 심각한 내면 고찰, 사회적 비판의식 등보다는 인생이나 현실의 한 단면을 시적 서정에 기대면서 정교한 문장으로 표현한 것으로 볼 수 있다.

황순원은 전쟁 체험을 바탕으로 하는 소설에 있어서도 시대적 상황을 전경화하는 것이 아니라 시대적 상황에 처한 인간의 실존을 드러내는 것에 치중하고 있다. 그의 소설의 서정성은 간결한 문체를 바탕으로 하는 시적 문체, 소재의 차원에서뿐만 아니라 그 소재를 대하는 서술자의 태도와 서술자와 작중인물의 서술적 거리 조정에서도 발생하는 것이다.[2] 황순원은 대상 자체에 주목하는 작가라기보다는 그 대상이 풍기는 이미지를 부각시키는 데 주력하는 작가라 할 수 있다. 따라서 그의 소설에는 작중인물들 사이의 치열한 갈등이나 투쟁이 전면화되는 경우는 드문 편이다.

소설 「소나기」는 주인공 시점에 의해 제시된 자유간접화법을 사용한다. 자유간접화법에 의해 제시된 소년의 상황은 외부서술자 시점만으로 제시된 상황 제시보다 효과적으로 소년의 심경을 드러내줄 수 있다. 황순원은 서술자가 특정 인물을 내세워 그 인물의 시점으로 외부 세계를 바라보는 서술 시점을 선호하여, 대개 외부의 현실 세계가 인물의 내면을 통해 투영되는 양상을 띠고 있다.[3] 다음과 같은 인용문에서 황순원 소설 문체의

1) 노대규, 「'소나기'의 문체론적 고찰」, 『연세어문학』 9집, 연세대학교 국어국문학과, 1977, 91쪽.
2) 김남영, 「황순원의 소년 주인공 단편소설 고찰」, 『한국문학이론과 비평』 제18집, 2003, 68쪽.
3) 최주한, 「인물 제한적 서술 시점과 현실의 내면화－황순원의 <술>, <황소들>」, 『현

특징을 엿볼 수 있다.

> 소녀의 곁을 스쳐 그냥 달린다. 메뚜기가 따끔따끔 얼굴에 부딪친다. 쪽빛으로 한껏 개인 가을 하늘이 소년의 눈앞에서 맴을 돈다. 어지럽다. 저 놈의 독수리. 저 놈의 독수리가 맴을 돌고 있기 때문이다.

위 인용문은 들판에서 소년과 소녀가 뛰어 노는 장면을 묘사한 부분이다. 그러나 위의 묘사에서는 분명하고 구체적인 배경이 제시되지 않는다. 다만 이미지 중심으로 처리되고 있을 뿐이다. 이 이미지는 소년의 의식에 투사된 것들로서의 주관적 배경이 된다. 「소나기」에서의 시대적 배경은 그 시대의 문제적 상황을 드러내는 것이 아니라 아이들의 상황과 그 아이들의 감정적 결들을 드러내기 위한 보조 수단이다. 따라서 독자가 구성해야 하는 시대적 배경, 또는 사건의 배경은 이미지적으로 제시된 것을 통해 보편적 경험과 결부되어야 한다. 황순원의 문학이 갖는 서정성, 보편적 감정의 울림은 이러한 특징으로부터 시작하는 것이다.[4] 특히 어린이나 노인이 주인공으로 등장하는 플롯 자체가 민족 전래의 설화적 모티프와 현대 소설의 정제된 기법의 결합과 상동관계에 있다고 볼 때[5], 그의 작품이 환기하는 보편적 항수의 문학적 특질을 알 수 있다. 「소나기」는 표면적으로 보기에는 소년과 소녀 사이의 미묘한 감정의 파동을 담은 서정소설로 볼 수 있으나, 이 작품의 이미지와 상징을 분석해 본다면 전형적인 이니시에이션 스토리로 간주할 수 있다.[6]

한편 이 소설은 여러 소재들이 상징적 기능을 수행하고 있다. 이를테면

대소설 시점의 시학』, 새문사, 1996, 391쪽.

4) 김남영, 앞의 글, 79쪽.

5) 김종회, 「문학의 순수성과 완결성, 또는 문학적 삶의 큰 모범」, 『황순원』, 새미, 1998, 21쪽.

6) 최혜실, 「문학작품의 테마파크화 과정 연구」, 『어문연구』 제32권, 2004, 295쪽.

'보조개, 눈길, 꽃, 조약돌과 호두, 검붉은 진흙물, 개울과 소나기'등이라 할 수 있다. 우선 보조개의 경우, 소녀가 짓는 보조개는 재미, 기쁨, 과시, 또는 병약함 등을 상징한다. '눈길'의 경우 소녀의 눈은 소년에게 아름다운 감정의 창 역할을 하며 정을 표시하는 연결체 역할을 한다. 이 소설에는 '갈꽃, 들국화, 싸리꽃, 도라지꽃, 칡꽃, 등꽃' 등과 같은 꽃들이 등장한다. 이때 꽃은 소녀의 이미지를 대신한다. 소년이 꽃을 주는 행위는 사랑을 전달하는 것을 의미하고 소녀를 아름답게 보고 있는 소년의 정성을 내포한다. '조약돌'은 처음에는 소년에 대한 소녀의 불만을 상징했으나 점차 소녀에 대한 소년의 애정을 뜻하게 된다. 이때 조약돌은 변하지 않는 사랑을 의미한다. 소년은 소녀에게 사랑의 신표로 호두를 주려고 했지만 실패한다. 오히려 소녀에게 있어서 사랑의 신표는 옷에 물든 진흙물이었다.

특히 이 소설에서 중심 소재인 '소나기'의 의미는 양가적이다. 소나기를 소년과 소녀를 영원히 갈라놓는 불행의 요인으로 작동하고 있는 동시에, 소년과 소녀를 접근시키고 밀착시키는 기능을 수행한다. 이 소설에서 '검붉은 진흙물, 개울물, 소나기'와 같은 '물'의 이미지는 생성적 의미보다는 파괴적 의미를 지닌다. 이것은 이 소설이 소년과 소녀라는 미성년자를 주인공으로 하여 소나기라는 소재에 성인적인 의미(곧 性의 의미)를 부여할 수 없었기 때문으로 보인다. 이는 황순원의 작가의식 속에 행복과 불행, 생성과 파괴, 대립과 조화와 같은 이중 의식이 공존하고 있기 때문이다.[7] 삶에 대한 작가의 이러한 모호한 시선은 대상에 대한 작가의 접근 방법이 사회학적 분석보다는 현상학적 성찰에 더 가깝다는 점을 시사한다.

또한 이 소설은 영상적 기법을 보여주고 있다는 점에서 주목할 만하다. 「소나기」의 서술방식은 주로 주관의 개입을 배제하고 냉정한 관찰자적 성격을 지니고 있다. 소위 '카메라―눈' 기법으로 불리기도 하는 이러한

---

7) 최래옥, 「황순원 '소나기'의 구조와 의미」, 『국어교육』 31집, 한국국어교육연구회, 1977, 106~107쪽.

'보여주기' 기법으로 인해 「소나기」는 마치 카메라가 피사체의 외양을 있는 그대로 촬영하듯이 등장 인물들의 행위와 상황, 또는 겉모습 등과 같은 사실을 객관적으로 제시할 뿐 인물의 내적 심리나 세밀한 정서 등과 같은 부분에 대해서는 과감한 생략으로 일관한고 있다.[8] 이에 따라 「소나기」의 내러티브를 진행시키는 주체는 화자(話者)가 아니라 필자가 '보여주기' 방식으로 제시하는 장면들이라 할 수 있다. 앞서 지적했던 소재로서의 '조약돌'의 경우 소설은 주관적인 설명 없이 객관화시키고 있다. 화자는 소재들에 대해 객관적으로 묘사하거나 제시할 뿐이지 어떠한 의미 부여나 해설, 논평 등을 시도하지 않는다. 그럼에도 불구하고 이 소재들은 작중 인물의 내적 심리, 둘 사이의 관계를 나타내는 상징물로 작용함으로써, 작품의 주제를 일정한 방향으로 이끌어 가는 주요한 기능을 담당한다.[9] 이처럼 「소나기」의 영상적 기법은 이 소설이 섬세하고 적절한 묘사 중심의 서술 방식을 유지하고 있다는 것을 말해주고 있다. 「소나기」의 이러한 문체적 특징은 이 소설이 무대예술보다는 영상예술로 각색되었을 때 그 진가를 더 발휘할 수 있으리라는 추측을 가능하게 해 준다. 왜냐하면 이 소설은 등장인물 사이의 치열한 갈등이나 대결 양상보다는 소년, 소녀의 내면 의식을 '정서적 등가물'인 소재로 간접화시키고 있기 때문이다. 또한 연극에서 소품이나 세부적인 소재를 통해 등장인물의 내면적 갈등과 인물 사이의 대결 의식을 표출하는 것에는 한계가 있기 때문이기도 하다.

8) 김중철, 「황순원의 "소나기"에 대한 영상적 기법 고찰」, 『한민족 문화 연구』 2권, 한민족문화학회, 1997, 3~4쪽.
9) 위의 글, 10쪽.

3. 소설 「소나기」와 희곡 <황순원의 소나기, 그리고 그 이후>의 관계

연극은 미래를 향해 일관되게 움직이는 '전진적 모티브(progressive motif)'를 기본으로 한다. 그러나 '전진적 모티브'만 사용하면 극적 긴장과 갈등이 끼어들 여지가 전혀 없게 되기 때문에 극적 흥미가 감소하게 된다. 이러한 한계를 극복하기 위해서는 '지체적 모티브(retardative motif)'를 사용함으로써 일방적인 목표의 성취를 방해해야 한다.[10] 일반적으로 서사양식과 극양식에 있어 소설과 극은 충돌과 갈등이 그 구성 진행에 기본이 됨은 공통적인 특징이라 할 수 있지만, '운동의 총체성' 즉 변화를 앞세우는 극 장르가 '대상의 총체성'을 추구하는 소설보다 빠르게 진행되는 것이라 할 수 있다. 이는 곧 루카치가 "행동하는 인간의 인격적 결정권이 서사문학에서보다 극문학에서 더 큰 의미를 가질 것임은 자명하다."고 주장한 것과 관계된다.[11] 이에 따라 연극(또는 희곡)은 주동 인물들 사이의 갈등을 원동력으로 하여 클라이막스까지 일관되게 전진하는 장르 양식이라 할 수 있다. 연극은 가능한 한 중심 모티브를 중심으로 주동 인물들 간의 세계관, 입장, 가치관, 목적의식 차이에 따른 갈등과 충돌을 바탕으로 하여 긴장감 있는 사건 전개를 필요로 한다. 따라서 산만한 구성이나 설명조의 대사 처리는 극의 긴장감 있는 진행에 있어 큰 장애가 되기도 한다.

희곡 「황순원의 소나기, 그리고 그 이후」는 황순원의 소설 「소나기」를 기본 텍스트로 하는 작품이다. 중간 중간에 '소년'의 대사를 통해 「소나기」의 사건이 설명되거나 재연되는 형식을 취하고 있다. 그리고 「소나기」의 사건 전후에 현대 사회의 다양한 부조리 양상을 배치하고 있다. 이는 결국 <황순원의 소나기, 그리고 그 이후>라는 희곡이 소설 「소나기」를 저본으로 삼아 현대 사회를 풍자하고 비판하는 기능을 담당하고 있다는 사

10) 양승국, 『희곡의 이해』, 연극과인간, 2001, 95쪽.
11) 이미원, 『한국 근대극 연구』, 현대미학사, 1994, 309~310쪽.

실을 말해준다. 그런 의미에서 <황순원의 소나기, 그리고 그 이후>와 「소나기」는 상호텍스트 관계에 연루되어 있다고 말할 수 있겠다. 이때 원본으로서의 「소나기」는 '과거, 원형, 순수, 이상향'의 의미를 지니게 되고 <황순원의 소나기, 그리고 그 이후>는 「소나기」와 정반대의 상황을 보여주는 '지옥도'의 형상을 취한다. 이러한 구도는 「소나기」의 주제 의식을 절대가치화하는 기능을 수행하게 되는데, 「소나기」의 '순수한 사랑'이라는 가치가 부각되는 장점을 가지고 있는 동시에 그 작품을 고정된 텍스트로 괄호 안에 집어넣는 한계를 보이기도 한다. 그렇다면 「소나기」와 <황순원의 소나기, 그리고 그 이후>는 상호 침투하는 관계에 있다기보다는 「소나기」를 그때그때마다 '인용'하는 관계에 머물고 말게 된다. 따라서 두 작품의 관계는 변증법적인 지양의 상황을 연출한다기보다는 '변하지 않는 가치'를 '참조'하는 수준에서 멈추고 만다.

희곡은 아내의 위세에 눌려 사는 한 소시민 남편의 사정을 소개하면서 시작한다. 남편은 가부장적인 위엄과 책임을 지키지 못하고 아내의 눈치만 보고 산다. 그러나 남편은 아내의 경제적 능력에 만족하고 있고 자신의 굴욕적인 신세에도 무감각하다. 말하자면 남편이나 아내는 물질적이고 현실적인 풍요로움과 경제적인 우월감에 취해 사는 부류이다. 소설 「소나기」의 주인공 '소년'이 현대에서 겪는 요지경 세상 풍경을 풍자하기 위한 극적 장치라 할 수 있다.

소년 : 안에서 새는 바가지가 밖에 나간다고 안 세나? 하긴 투기하며 쫓아다니는 동안 얼마나 발바닥에 땀이 나겠어.

남자 : 남의 마누라 흉보지 말아! 그래도 내 마누라 능력 하난 끝내준다 이겁니다. 남들은 명예다 어쩌다 하면서 거창하게 살고 싶은가본데 전 그냥 이렇게 사는 게 행복해요. 부부 금실도 얼마나 좋은데요. 아까 보셨죠? 어려서부터 제 꿈은요, 예쁜 가정을 이루는 거였어요.

소년 : 그래? 자식들은 외국 나가서 물건 사는 법 배우고, 귀하신 부인은

나라 안에서 샤넬이다, 구찌다 하면서 곱게 치장하시고 …[12]

이 희곡에서 '소년'의 위치는 철저하게 관찰자 혹은 '평설적 화자(評說的話者)'의 위치에 국한되고 있다. '소년'은 부적절한 부부 관계, 원조교제, 젊은이들의 혼전 성관계 및 임신 등과 같은 현대 사회의 모순과 부조리한 상황을 목격하고 폭로한다. 위의 인용문에서 고발되는 대상은 물질만능주의와 속물근성, 그리고 인간의 순수한 정을 외면하고 경제적인 풍요로움만 추구하는 현대의 얄팍한 풍조이다. 이러한 현대인의 속물근성은 「소나기」에서 소년과 소녀 사이에서 매개되었던 소재들, 즉 '조약돌, 들꽃, 참외나 수박, 진흙물이 든 옷, 보조개'등과 같은 '순수함'의 상징들과는 날카롭게 갈라진다. 희곡은 대조법을 통해 현대사회가 얼마나 비순수하게 변질되었는가를 성토하고 있다. 다음 예문은 원조교제를 하는 여학생과의 대화, 그리고 곧 이어서 「소나기」에서 소년과 소녀가 개울가에서 만나는 장면을 대조한 장면이다. 이때 '여학생'의 이미지는 「소나기」의 '소녀'의 이미지와 정반대의 특징을 지니게 된다.

소년 : 이봐, 학생…

여학생 : 왜? 내가 맘에 안 들어? 아님, 그 나이에 내숭을 떠는 건가 … 아휴, 채팅할 땐 화끈하게 말도 잘하더니만. (아저씨 팔장을 끼며) 아저씨, 우리 보트 타러 가자. 아저씨 타봤어? 진짜 재밌지. 나 저번에 그거 타러 갔었는데 디게 무섭거든요. 근데 짜릿한 게 짱이야. 이렇게 비가 올 거 같은 날은 더 재밌단 말야. 바람에 강물이 막 튀어서 나 저번에 여기 멍두 들었다. (어디선가 들려오는 소녀의 음성. 여학생은 계속해서 떠들고 40대 소년은 소녀의 목소리에 빠져있다.)[13]

---

12) <황순원의 소나기, 그리고 그 이후>, 황순원 원작, 류근혜 각색, 안은미 연출, 극회 로가로세 제작 대본, 4쪽.

13) 대본, 4쪽.

(개울가. 소녀, 팔짝팔짝 뛰어서 들어온다. 물에 손을 담그고 들여다본다.)

소년 : 그 소녀는 서울에서는 그런 개울물을 보지 못한 거 마냥 정신없이 물장난에 빠져있었습니다. 나는 벌써부터 그 소녀가 윤초시네 증손녀라는 것을 알 수 있었죠. 난 소녀가 비키기를 기다리며 개울둑에 앉아버렸습니다. 한참 후 천만다행으로 지나는 사람이 있어 나도 함께 그 징검다리를 건널 수 있었죠. (소녀 살포시 웃으면 옆으로 비켜선다.) 나는 그때 전혀 그 소녀를 모르는 척하고 그냥 건넜습니다. 그런데 그 다음날은 조금 더 곤란한 지경에 이르고 말았습니다. (소녀 소매를 걷어 올리고 세수를 하고 있다.) 그 소녀가 징검다리 한가운데에서 세수를 하고 있었는데 그때 소녀의 걷어 올린 팔과 목덜민 우리 시골 아이들과는 너무도 틀리게 눈이 부셨습니다. (소녀 세수를 한 뒤 물 속을 빤히 들여다 얼굴을 비추어 본다. 그리고는 갑자기 물을 움켜낸다. 마치 물고기 새끼라도 잡듯이 몇 번을 반복한다.)

소년 : 난 그때 혹시 오늘도 함께 지나는 사람이 있을까 하면서도 한편으로는 징검다리를 건너는 사람이 빨리 나타나지 않길 은근히 바라고 있었습니다. 한참을 지나서 그 소녀가 물 속에서 무엇을 하나 집어냈습니다. (소녀 팔짝 팔짝 징검다리를 뛰어 건너가더니 선다.)

소녀 : 이 바보!

(소년 쪽으로 하얀 조약돌을 던진다. 소년 벌떡 일어선다. 조약돌을 줍는다.)[14]

이 장면은 소설 「소나기」의 내용을 그대로 옮겨온 부분이다. 소설이 간결하고 객관적인 묘사 중심으로 분위기와 이미지 중심으로 전개하고 있다면, 희곡에서는 그 부분을 소년의 독백 형식으로 풀어내고 있다. 현대극으로 올수록 독백 처리 방식은 가급적 자제하는 편이다. 왜냐하면 연극의 관습이라 할 수 있는 '독백' 장면은 비현실적이고 자의적인 설정이며 편집자적 논평과 같이 서술자(희곡에서는 등장인물)의 일방적인 설명으로 이루어지기 때문이다. 독백에 의한 정보 전달에 의존할수록 극의 긴장도와

14) 대본, 5쪽.

현장성을 현저하게 떨어질 수밖에 없다. 따라서 위와 같이 독백 처리로 과거 사건을 설명하도록 처리한 것은 비효율적이라고 평가할 수 있다. 소설 「소나기」의 상황을 독백으로 처리한 다음, 희곡은 여의사와 방화범 사이의 상담 장면을 내세우고 있다. 이러한 배치는 소설 「소나기」의 순수한 사랑과 현대 사회의 비인간성을 대조시키고자 한 것이다.

위의 지문에서 소년의 대사는 「소나기」에서 간결한 문체로 처리된 묘사 부분이다. 이 소설은 함축적이고 경제적인 묘사 전략으로 등장인물의 내면의식을 효과적으로 표출하고 있다. 대개 사실주의 경향의 소설에 있어서 묘사는 사전 진행을 가로막는 경우가 있다. 영화로 비유하자면, 묘사가 자세하고 장황할수록 영화의 '롱테이크' 기법처럼 사건이 지연되고 대상에 대한 성찰적 태도가 요구되곤 한다. 그러나 황순원의 「소나기」의 경우는 이와 다른 특징을 드러낸다. 「소나기」는 시적 압축을 통해 대상으로서의 인물과 사건과 상황에 독자가 직접 참여하게 하는 효과를 발생시킨다. 따라서 소년과 소녀 사이에 일어나는 일련의 감정 변화와 내면 상황 그 자체에 집중하게 된다.

> 묘사는 텍스트에서 지시되기만 한 대상에 구체성의 두께와 사실성의 존재를 부여함으로써 그 대상의 현실을 드러내 준다. …<중략>… 3인칭 서술에서는 묘사하는 사람이 서술의 기원, 권위를 가진 목소리이다. 그래서 묘사는 종종 기록이나 르포의 모습을 띤다. 이러한 묘사의 시퀀스에서는 '사실 효과'를 발견할 수 있다. '사실 효과'는 행위의 전개 자체나 그 구성요소의 인식에 '불필요한'디테일의 존재에 의해서 나타난다. 이 디테일들은 '사건이 일어났다'는 것을 가리키고, " '우리는 현실이다'라는 것 외에는 결국 아무것도 말하지 않는", 그래서 지시 환상의 도구가 되는 군더더기 디테일이다.[15]

15) 프랑시스 바누아, 『영화와 문학의 서술학』, 송지연 옮김, 동문선, 2003, 118~127쪽.

그러나 「소나기」는 위 인용문에서 밝힌 것과는 달리 '군더더기 디테일'을 가급적 자제하는 소설이다. 이러한 장치는 소설 내부의 상황과 독자의 외부적 상황을 보다 친밀하고 직접적으로 매개하는 기능을 수행하게 한다. 이른바 「소나기」는 '군더더기'없이 소설 내부 상황으로 독자를 강력하게 소환하는, 즉 독자로 하여금 동일시를 유발시키는 기능을 발휘한다. 그러나 희곡으로 각색된 경우에는 이와 매우 다른 효과를 만들게 된다. '평설적 화자'로서의 '소년'은 과거 사건과 현재 사건을 모두 관장하고 지배하고 있는 주체로서 대상으로서의 사건을 평가하고 정리하는 전권을 수행하게 된다. '서사극'에서의 '서사적 화자'의 기능에서처럼 <황순원의 소나기, 그리고 그 이후>는 소년의 인도에 따라 극중 사건을 답사하게 되고, 극중 현실에의 몰입을 방해받고 비판적 거리감을 유지한 채 관극하도록 유도 받는다.

> 상담자 : 거짓말 하지 마. 근데 왜 방화범을 앞에다 놓고 평등 어쩌구 찾아? 왜 내가 공장에 불을 질렀냐 이거지? 너도 한 번 그런데 가서 살아봐? 모범수라고 내 보내서 취직이라고 시켜놓고는 출근만하면 이건 완전히 왕따야. 왕따가 어떤 건지 너 당해봤어? 나한텐 말 걸어 주는 사람이 아무도 없었어. 차라리 감방이 나아. 유유상종이라고 같은 인간들끼리 모여 놔봐. 난 감옥에서 왕따는 아니었어. 차라리 감방이 나아. 당신 왕따의 심정이 뭔지 알아. (남자가 낄낄거린다.) 지금 당신 속으론 이런 생각을 하겠지? 저런 한심한 인간이 있는데 지구가 돌아가고 있다는 게 다행이군. (낄낄거리다가 소리 지른다.) 그렇지?
>
> …<중략>…
>
> 여의사 : 이 환자의 문제점은 개평, 욕망의 배설물, 항상 남의 탓을 하며 산다. 더 살 필요가 있을까? 아, 그리고 내일 이 시간에 예약해 두셨죠? 잊지 말고 오세요. (암전)[16]

다시 희곡은 소설 속의 사건으로 들어간다. 소녀는 소년에게 조개의 이

---

16) 대본, 6~7쪽.

름을 물어보고 산 너머에 가보자고 뀐다. 소년의 설명조 대사와 함께 산 등성이에서 꽃 꺾기, 참외 먹기, 송아지 타기, 원두막에 들어가기와 같은 장면이 연출된다. 따라서 이 대목은 희곡으로서는 매력을 느낄 수 없는 장면이 된다. 등장인물의 설명조 대사와 함께 과거사를 재현해 내는 방식은 극적 긴장도를 유지할 수 없기 때문이다. 소년과 소녀의 시골 모험담과 함께 현대인의 어두운 내면을 제시하는 것은 「소나기」의 이미지를 통해 현대 사회의 윤리적 불모성을 비판하기 위한 장치로 볼 수 있다. 그러나 이 장치는 지나치게 도식적이고 기계적인 방식에 의존한다. 그러나 이러한 희곡적 장치에서 보다 치명적인 한계는 주제의식을 도출하는 방식이라 하겠다. 희곡은 현대 사회의 비인간성을 폭로하고 비판하기 위해 끊임없이 「소나기」 원래 주제를 참조한다. 절대불변의 가치로서의 「소나기」를 전면 배치하고 이와 차이가 나는 현대 상황을 대조함으로써, 현대 사회의 질병을 치유할 수 있는 유일한 처방이 「소나기」에 모두 포함되어 있다고 간주하는 작가 의도는 지나칠 정도로 평이하다. 왜냐하면 「소나기」와 <황순원의 소나기, 그리고 그 이후>의 시대적, 사회적 차이를 근원적으로 도외시하고 있기 때문이다. 이는 「소나기」를 가지고 현대 사회의 질병을 치유하는 처방으로 삼겠다는 작가의 의도부터 문제가 되고 있다. 관객은 선지식(先知識)으로서 「소나기」를 이미 내면화시킨 이후에 희곡이 제시하는 현대 사회의 요지경을 공격적으로 재구성해내야 한다. 이때 소설의 모티브와 희곡의 내러티브는 상호 충돌하기도 하고 인과적으로 연결되기도 한다.

> 관객은 자신의 서사적인 텍스트(공연의 담화는 서사적이다)를 구성하며 기다림의 지평에 따라 상호 참조(새로움과 과거), 문화(이야기 그리고 조명에 반하는 연극 언어)를 선별하여 한곳에 모아놓을 것이다. 이와 동시에 관객은 일관성을 파괴하며 이질적인 코드의 다른 메시지들을 축적해야 한

다. 왜냐하면 공연 현장인에 의해 연출되어 있을 수 있는 의미들이 직선적으로 혹은 도표로 혼란스럽게 제시되기 때문이다.17)

앞에서 지적한 바와 같이 「소나기」는 구체적인 사회적, 역사적 배경을 과감하게 생략, 압축함으로써 인간 본원적인 심성과 정서를 표출하고자 했다. 따라서 「소나기」가 구체적인 사회에 대해 지니고 있는 태도는 '초월'이라 할 수 있다. 그런데 이러한 특징을 지니고 있는 「소나기」를 가지고 복잡하고 다양한 현대사회의 질병을 치유하겠다고 의도한 것은 애초부터 무리수를 둔 것이라 할 만하다. 물질만능주의에 현혹되어 있는 속물들, 원조교제에 빠져 있는 여학생, 무책임하고 즉흥적인 쾌락에 젖어 사는 젊은 세대들의 현실은 특정 시대의 사회적, 경제적, 구조적인 모순 때문에 발생한 것이다. 인용되는 「소나기」의 장면들과 희곡에서 전개되고 있는 현대의 요지경이 서로 긴밀하게 융합하지 못하고 따로 노는 듯한 느낌을 강하게 받는 이유가 바로 여기에 있다.

남자 : 그렇죠. 그리 쉽지만은 않은 게 인생살이죠. 사랑도 역시. 자신의 의지와는 달리 되는 게 세상살이 아닙니까? 옛날이나 지금이나 마찬가지로 그래서 가끔은 과감한 결정이랍시고 어리석은 선택을 하는 경우도 있죠. 죽음을 생각한다든지! 죽음의 종류도 다양하죠. 하지만 죽음 뒤엔 무엇이 남을까요? 아주 오래 전 얘깁니다. 뚜렷이 언제라고 지칭하기보다는 아마 지구상에 순수와 순결의 아픔으로 푸르른 대지가 지배받던 때라 생각되는군요. 우리가 잊지 못할 한 쌍의 연인. 이기적인 영혼에 의해 파괴된 사랑, 로미오와 줄리엣. (로미오처럼 말한다.) 저 여잔 횃불에게 아름답게 타오르는 법을 가르쳐 주고 있는 것 같군. 내 마음이여. 지금까지 사랑을 해왔다구? 오늘밤까지는 난 진짜 아름다움을 본 일이 전혀 없으니 말이다.18) (밑줄은 인용자)

17) 앙드레 엘보, 『각색, 연극에서 영화로』, 이선형 옮김, 동문선, 2002, 165쪽.
18) 대본, 10쪽.

위 인용문의 취지는 명확하다. 소설 「소나기」가 독자에게 선사하는 비극적이면서도 아름다운 사랑의 메타포가 현대 사회에서는 모두 증발해 버렸다는 것이다. 위의 밑줄 친 부분에서 알 수 있듯이, '지구상에 순수와 순결의 아픔으로 푸르른 대지가 지배받던 때'가 지나가 버린 현대 사회의 각박함을 성토하고 있다. 희곡이 현대사회의 비인간성과 대조되는 예로 제시하는 것이 로미오와 줄리엣이다. 이 두 남녀는 가문 사이의 적대 관계에도 불구하고 자신들의 순수한 사랑을 위해 각자의 목숨을 바친 연인들이다. 세상의 어떤 외적 가치도 무시하고 자신들의 사랑만을 쟁취하기 위해 목숨을 거는 행위야 말로 극중 '남자'가 희구하고 애타게 그리워하는 가치이다. 물론 로미오와 줄리엣의 경우는 소설 「소나기」의 궁극적 가치를 재조명하기 위한 도구이다. 희곡은 「소나기」에서 소녀의 죽음을 로미오와 줄리엣의 죽음으로 등치시키고 있다.

소년 : 몰라, 모르겠어. 모든 걸 이겨 낼 자신이 없었어. 그냥 도망치고 싶었다고. 나도 이곳이 행복한 줄 알았어. 그런데 너희들은 보면 볼수록 모르겠어. 말로는 그렇게 떠들어 대면서 아무도 기뻐하지 않잖아. 이곳이 그렇게 좋은 곳이라면 우리들은 한없이 행복해야 하는데, 아직도 미워하고 아파하구 … 원하는 무언가를 이루는 것도 아니고 … 저리 비켜 저리 비키란 말야! 답답해, 행복해, 아니 답답해, 행복해, 아 답답해, 난 왜 여기까지 오게 된 거지? 난 무얼 잊고 살아온 거야. 왜 왔지? 왜?

남자 : 자네 소나기 맞아 봤나? 정신없이 쏟아 붇는 소나기가 그치고 나면 강렬한 햇빛이 비춰지는 걸세. 젊음을 주체할 수 없이 방황하던 시간들은 이제 바람처럼 구름처럼 흘러가고. 그래 생각해 보면 모든 게 허망한 꿈이거늘 권력, 명예, 돈 그것이 뭐 그리 대단하다구 …

여학생 : 그렇지, 이제 그 환상에 대한 망상도 다 빠져나가고 … (웃음)

남학생 : 소녀라 … (음악이 흐른다.) 남은 우리들의 몫은 무엇일까?

소년 : 죽음은 완벽한 침묵으로 우리에게 복수했어.

여자 : 죽음, 그것은 인간의 최후의 도망칠 곳으로 남겨 놓은 노아의 배

는 아니지.

남학생 : 광폭한 혼돈의 세계로 날뛰어 돌아다니다가 그것들에 지배당하고.

여자 : 마침내 모든 것이 황폐해지면 지칠 대로 지친 육신 한 자락을 힘없이 이끌고 다시 돌아가는 지점일까?

남자 : 살아있는 동안 경험할 수 있는 죽음은 없지. 다만 삶만을, 뚜렷한 삶만을 경험할 뿐입니다.

여자 : 화석의 시간이 되어 영원히 존재할 세계.

남자 : 네. 그들은 영원히 여자와 남자로 돌아오지 않을 겁니다.

여학생 : 단지 화석처럼 전설처럼 소년과 소녀로 남아 우리들의 영혼을 위로할 것입니다.[19]

위 장면은 희곡의 주제의식이 비교적 압축적으로 제시되어 있는 부분이다. 소년의 첫 번째 대사는 원작 「소나기」로부터 시공간적 진행을 한 '지금-여기'의 현실이 비극적임을 토로하고 있다. "아 답답해, 난 왜 여기까지 오게 된 거지? 난 무얼 잊고 살아온 거야. 왜 왔지? 왜?"와 같은 소년의 대사는 정신없이 경제대국을 향해 달려온 우리 민족의 자화상을 비판하는 기능을 한다. 남자의 답변처럼 '권력, 명예, 돈'은 허무하고 무의미한 것임을 가르쳐주고 싶은 것이 이 희곡의 교훈성이라 할 수 있겠다. 소녀의 마지막 대사처럼 "단지 화석처럼 전설처럼 소년과 소녀로 남아 우리들의 영혼을 위로할 것"이다. 이때 소설 「소나기」, 또는 「소나기」가 지니고 있는 정신은 그 자체로 하나의 '정전(canon)'이 되어 현대 사회를 분석하고 평가하기에 이른다. 그야말로 「소나기」의 가치는 '화석처럼 전설처럼' 불변하는 대상으로 고착화되고 역사적 심문(審問)에서 비켜나고 만다. 이 지점에서 소설 「소나기」와 희곡 <황순원의 소나기, 그리고 그 이후>는 생산적인 대화를 중단해 버린다. 마침내 희곡은 소설 「소나기」의

19) 대본, 14쪽.

네가티브필름(陰畵) 역할밖에는 할 수 없게 된다.

4. 맺음말

발터 벤야민은 번역될 수 있다는 것이 작품의 본질적 특성이라고 주장한 바 있다. 즉 어떤 작품이 번역될 수 있다는 사실은 그 작품의 본질적인 면이라는 뜻이 아니라 원작에 내재하고 있는 어떤 특수한 의미가 그 작품의 번역 가능성 속에서 나타난다는 것을 뜻한다.[20] 이 글은 소설 「소나기」의 희곡으로의 각색 행위를 '문화번역'으로 이해하려 했다. 이때의 '번역'이란 한 언어를 다른 언어로 바꾼다는 일반적 의미가 아니라 "사회적 교류 및 교환 일반이 지닌 과정들의 해석적 차원의 환유적 등기(登記)"[21] 라는 뜻을 지닌다. 일종의 전환이라 할 수 있는 각색은 언어학적 기호를 비언어학적 해석으로의 발전과정으로 볼 수 있다. 각색은 뚜렷이 구분되는 장르의 분리나 두 예술로의 순수한 분리를 강하게 요구하지는 않는다. 창작 행위는 과거의 유산에 의해 형성되고, 축적과 반복과 변형과 변동에 의해 열려진 과정이기 때문에 각색 작품을 원작에 종속적이라고 보는 것도 바람직하지 않다. 따라서 각색 행위를 첨가와 제거의 수사학으로 한정지어 이해하지 않는 것이 중요하다. '하나의 텍스트에서 다른 텍스트로의 이행'이라는 표현은 자칫 이 개념 자체가 상호 영향성을 은폐하는 문제점을 내포할 수 있기 때문이다.[22] 벤야민이 생각했듯이, 소설 「소나기」의 본질 속에는 이미 <황순원의 소나기, 그리고 그 이후>로 각색(또는 문화번역)될

20) 발터 벤야민, 「번역가의 과제」, 『발터 벤야민의 문예이론』, 반성완 편역, 민음사, 1999, 321쪽.
21) 피터 오스본, 「번역으로서의 모더니즘」, 김소영 옮김, 『흔적』 1권, 문화과학사, 2001, 393쪽.
22) 앙드레 엘보, 앞의 책, 27~35쪽.

운명적 특질을 포함하고 있었다고 보는 것이 가능할 것이다. 이때 「소나기」는 영원불변의 고정체로서의 텍스트가 아니라 역사적으로 변화하는 가변적 텍스트로서 생존한다. 우리는 그것을 텍스트의 역사적 삶이라고 불러도 좋을 것이다.

삶이란 것이 그 정당성을 획득하기 위해서는 비단 역사의 무대나 배경이 되는 것에 대해서뿐만 아니라 그 스스로의 역사를 가지는 모든 것에 대해서도 삶이 인정되어야만 한다. 궁극적으로 보면 삶의 영역은 자연이 아닌 역사에 의해 정해지지 않으면 안 된다. 더욱이 영혼이나 감각과 같은 막연한 것에 의해 삶의 영역이 정해져서는 안 된다. 따라서 철학자의 과제가 있다면 그것은 보다 광범위한 삶의 역사를 통해 모든 자연적 삶을 파악하는 데 있다. 그리고 실제적으로는 모든 창조물의 지속적 삶을 인식하기보다는 작품의 지속적 삶을 인식하는 것이 훨씬 더 용이한 일이 아닐까? 23)

희곡 <황순원의 소나기, 그리고 그 이후>는 등장인물 '소년'의 신체적 성장에도 불구하고 원작 「소나기」의 나이를 불변의 고정체로 확립함으로써 '자연이 아닌 역사'에 의해 지속되는 텍스트의 삶 자체를 고려하지 못한 한계를 지닌다. 액자소설 형식을 취하고 있는 것처럼 보이는 이 희곡에서, 「소나기」 모티브와 현대 사회의 요지경은 액자틀과 그림의 관계를 맺고 있다. 물론 현대 사회의 요지경이 그림의 기능을 담당하고 있는데, 이 희곡은 액자틀로서의 「소나기」 모티브가 그림의 주제를 관장하고 결정하고 판정 내린다. 그럼으로써 원작 소설과 각색 희곡 사이의 역사적 대화는 충분하게 개진되지 못한다.

23) 발터 벤야민, 앞의 글, 321~322쪽.

「소나기」의 애니메이션화 전략

박기수

1. 「소나기」와 애니메이션 사이

문화콘텐츠에 대한 논의는 "문화적 역량을 어떻게 산업적 메커니즘과 통합해나갈 수 있는가, 문화의 토대가 되는 인문학적 자산들을 어떻게 실천적인 성과물로 구현해낼 것인가, 문화적 역량을 중심으로 문화콘텐츠의 생산력과 영향력을 극대화할 것이냐"(박기수: 2004 C, 97) 등에 대한 보다 생산적이고 실천적인 고민을 요구한다. 이러한 고민을 보다 구체화한 것이 성공적인 대중문화 콘텐츠 개발을 위한 전제인데, 그것은 1) 향유자의 적극적인 참여적 수행의 강화 방안, 2) 경제적 부가가치 창출과 문화의 유기적 상관 방식에 대한 실천적 모색, 3) 문화 정체성의 구현・강화 방안과 그것의 탄력적 적용 전략, 4) 콘텐츠 상호 간의 One Source Multi Use 활성화 방안 구축 등이다. 이와 같은 맥락에서 문화콘텐츠 산업에 대한 관심과 투자, 세부 콘텐츠 산업에 대한 선택과 집중이 가속화될 것이기 때문에, 문제는 "많은 자본과 기술을 효과적으로 투입하여 독자적으로 보유하고 있는 콘텐츠를 얼마나 경제적 또는 산업적 가치로 바꿀 수 있는 역량을 사회 구성원들로 하여금 발휘하게 하느냐"(구문모 외: 2000, 9)에 있다. 이러한 관점에서 「소나기」를 우리가 '독자적으로 보유하고 있는' 양질의 원천콘텐츠라고 할 때, 「소나기」가 지닌 미적・문화적 · 재화적 가치를 어떻게 극대화할 것인가에 대한 전략적 탐색이 필요하게 된다. 이 글에서는 선택과 집중의 대중문화콘텐츠 장르로서 애니메이션에 주목한다.

애니메이션은 대표적인 3H(High-cost, High-risk, High-return)산업으로 경제적 가치 창출에 대한 기대와 예측을 생산의 주요 동력으로 하는 장르다. 때문에 그러한 수익에 대한 기대와 수익창출을 극대화하기 위한 전략적 특성이 장르의 내재적 속성에까지 영향을 준 대표적인 장르다. 하지만 재화적 가치는 애니메이션을 통해 성취할 수 있는 것일 뿐 그 자체가 콘텐츠가 될 수 있는 것은 아니다.[1] 즉 재화적 가치는 미적 · 문화적 가치를 기반으로 하지 않고서는 그 자체로 가치를 구현할 수는 없는 것이다. 따라서 애니메이션은 재화적 가치, 미적 가치, 문화적 가치가 상관 · 상보하여 유기적 전체를 이룰 때 비로소 작품성을 평가할 수 있는 장르다.(박기수: 2004 A, 252-253) 또한 애니메이션은 연관 산업으로의 파급효과가 큰 고부가가치 산업으로, 다양한 매체 전환이 비교적 손쉽게 이루어지기 때문에 접근성이 높고 그로 인해 향유를 활성화할 수 있으며, 여타 영상산업에 비해 문화할인율(culture discount)이 낮아 인종 간, 민족 간의 거부감이 적은 까닭에 시장 접근이 용이하다는 전략적 이점을 가지고 있다. 또한 애니메이션은 경제적, 문화적 역량이 마련되지 않으면 향유는 물론 생산의 측면에서 그 발전을 기대하기 어려운 분야인데, 우리의 경우 그러한 토대가 나름대로 마련되어 있기 때문에 그 효과의 극대화를 기대할 수 있다는 것도 애니메이션을 더욱 매력적으로 만드는 부분이다.[2](박기수: 2004

1) 불행히도 그동안 우리의 애니메이션 콘텐츠에 대한 관심은 재화적 가치에 편향되어 있었다. 그 이유는 1) 애니메이션의 재화적 가치를 강조하여 애니메이션에 대한 관심을 환기시키려했고, 그 결과 2) 제작 인프라와 애니메이션에 대한 인식개선이 이루어지지 않은 상태에서 의욕만 앞선 투자로 큰 손실을 보았음에도 불구하고, 3) One Source Multi Use나 Window effect를 활성화시킴으로써 큰 성공을 거둔 애니메이션이 등장하기 시작했기 때문이다. (박기수: 2004 A, 253).

D, 18) 물론 여기에 애니메이션만이 지니고 있는 표현의 자유로운 개방성 등과 같은 내재적인 속성도 포함되는 것은 당연한 일이다.

초기 투자비용이 적으면서도 대중성 검증이 비교적 용이하고 무한한 문자적 상상력의 보고로 평가되는 소설은 원천콘텐츠로서 그 잠재 역량이 무한한 장르이다. 그럼에도 불구하고 우리나라에서 소설이 원천콘텐츠로 활성화되지 못한 것은 소설가들과 문화콘텐츠 업계 간의 편견과 인식 부족, 문화콘텐츠 개발을 염두에 두고 창작된 작품이 부재했기 때문이다. 무엇보다 문화콘텐츠의 서사(narrative)에 대한 인식 부족이 가장 큰 원인이었다.

이러한 맥락에서 「소나기」에 주목해야한다. 「소나기」는 '첫사랑'이라는 인류 보편의 소재를 바탕으로 세대를 넘어설 수 있는 정서적 소구점을 지닌 양질의 서사를 지닌 작품이다. 이 작품은 자칫 '감상(sentimentality)'에 빠질 수 있는 '첫사랑'이라는 소재에도 불구하고 감상보다는 정서(sentiment)를 환기함으로써 로맨틱 소설이 아닌 러브스토리를 형상화할 수 있다. 감상이 "표현할 수 있는 한계를 넘어선 과장된 감정의 결과"라 하면, 정서는 "나름대로 독특한 느낌의 세계를 객관적으로 창조하는 과정에서 내용을 기반으로 창출"(로널드 B. 토비아스: 1997, 297)하기 때문에 정서적 소구를 지속 · 확산할 수 있다는 미덕을 지니고 있기 때문이다. 또한 「소나기」

2) 애니메이션의 생산과 향유에 있어서 문화적 역량과 향유 수준과 향유 메커니즘의 구비는 필수다. 우리의 경우, 문화적 전통과 다양한 문화 인프라가 축적되어 있고, 향유자들 역시 미국이나 일본 등의 애니메이션의 선행학습을 통하여 향유의 수준이 높아져 있으며, 극장뿐만 아니라 비디오나 DVD 등을 비롯해서 인터넷의 와레즈 사이트에 이르기까지 다양한 방식의 향유가 가능한 향유 메커니즘이 안정적으로 구축되어 있다. 다만, 아직 애니메이션 콘텐츠가 일본이나 미국에 편중되어 있다는 점, 콘텐츠의 편중에 따른 향유 방식의 편향의 문제, 단편이나 실험 애니메이션의 향유를 활성화시킬 수 있는 인프라가 부족하다는 점 등은 아직 우리가 풀어야할 문제들로 남아 있다. 그러한 한계에도 불구하고 생산과 향유의 인프라는 수준급이라고 할 수 있다. 특히 향유에 있어서 인터넷 커뮤니티를 통한 자발적 팬덤의 활성화 등은 무한한 잠재역량으로 작용하고 있는 것이다.

는 단편으로 서사의 길이가 짧다는 단점에도 불구하고 애니메이션 시나리오로 바꾸기 좋은 구성을 가지고 있다는 점, 소년과 소녀라는 익명의 표시로 인하여 감정이입이 쉽다는 점, 미시콘텐츠(micro contents)로 개발 할 수 있는 요소를 많이 가지고 있다는 점 등을 고려할 때, 미적, 문화적 가치는 물론 이를 통한 재화적 가치의 창출을 기대할 수 있는 텍스트임은 분명하다.

따라서 이 글은 소설 「소나기」의 애니메이션화를 모색하고, 이를 기반으로 「소나기」를 성공적인 애니메이션 콘텐츠로 개발하기 위한 것이다. 이미 소설로서 작품성과 대중성을 검증 받은 「소나기」의 애니메이션화를 모색하는 것은 1) 애니메이션으로의 확장을 통한 부가가치 창출하고, 2) 문자 텍스트를 영상 텍스트로 전환함으로써 텍스트의 미적·문화적 지평 확대하며, 3) 텍스트의 배경이 되는 지자체와의 콘텐츠 공동 개발을 통한 콘텐츠적 가치를 극대화할 수도 있기 때문이다. 뿐만 아니라 세대를 넘어 모두의 공감과 지지를 얻고 있는 「소나기」를 애니메이션화 함으로써 국내 애니메이션의 아킬레스건으로 지적되는 빈약한 스토리텔링의 문제를 해결할 수 있는 방안도 동시에 모색할 수 있기 때문이다.

2. 「소나기」, 원천 콘텐츠의 거점 콘텐츠로의 변환

<그림 1>[3]에서 드러난 바와 같이, One Source Multi Use(이하 OSMU)란 하나의 원천콘텐츠를 중심으로 부가가치를 창출할 수 있는 다양한 파생

3) <그림 1>과 <표 1>은 KOCCA의 <문화콘텐츠 상품기획> 강의 중, 신동윤 선생의 의견을 참고로 논자가 변용한 것이다.

수평적 multi use (window effects)

원천 콘텐츠 → 거점 콘텐츠

거점 콘텐츠 ← 원천 콘텐츠

영화/애니메이션	FreeTV	케이블 위성TV	PayTV	영화	비디오 DVD
네트워크/인터랙티브	Pc게임	온라인게임	콘솔게임	모바일게임	휴대용게임
캐릭터 MD	완구	의류	프랜차이징	Tie-in	
출판	소설	COMICS	FILM COMICS	일러스트북 등	
음악	음반	공연	벨소리 서비스	다운로드 서비스	뮤직비디오

수직적 multi use

<그림 1> One Source Multi Use의 Window map

상품을 개발함으로써 수익을 극대화하는 방안이다. OSMU는 수직적 Multi Use와 수평적 Multi Use로 나눌 수 있다. 수직적 Multi Use는 장르 간 계열화를 시도하기 때문에 장르 변화비용(Conversion Cost)이 높기 때문에 risk도 크지만 신규시장을 개척하는 방식이기 때문에 수익의 극대화를 도모할 수 있는 방식이다. 반면 수평적 Multi Use는 시간의 계열화를 통해 수익을 창출하는 방식, 즉 동일한 콘텐츠를 매체별로 노출시키는 시기를 달리하는 방식으로 수직적 Multi Use에 비해 변환 비용이 적게 들고 따라서 risk도 줄일 수 있는 수익 창출 방식이다. 수평적 Multi Use를 일반적으로 Window Effects라고도 하는데 시간적 지리적 노출의 차별화를 통하여 배급효과를 높이고, 개별 Window 간의 충돌을 전략적으로 피하면서 기대수익을 극대화하는 방식으로 콘텐츠의 수익 창출 기간을 확장하는 효과가 있다. 영화의 경우 국내에서 극장 개봉 후 90일 이후 비디오가 출시되고, 270일 이후 케이블TV에서 방송되고, 360일 이후에 공중파에서 방송될 수 있는 것도 이러한 Window Effects를 창출하기 위한 것이다.

원천콘텐츠는 독립된 콘텐츠로서 대중성을 검증 받아 이미 브랜드 가치를 확보한 콘텐츠를 말하는데, 수직적 Multi Use를 활성화시킬 수 있는 요소들을 콘텐츠 내부에 포함하고 있어야만 한다. 일반적으로 원천 콘

<표 1> One Source Multi Use의 문법

원천콘텐츠	▪ 인지도를 확보한 원작 ▪ 적은 비용으로 대중성 검증이 가능한 콘텐츠 ▪ 수직적 Multi Use가 활성화 될 수 있는 콘텐츠 ▪ 만화, 소설 등
거점콘텐츠	▪ high-cost에 대한 high-return의 기대가 가능한 콘텐츠 ▪ target의 확장이 가능한 매체 활용 ▪ 수평적/수직적 Multi Use의 활성화 촉진, ▪ 영화, 드라마, 애니메이션, 게임 등
윈도우 확장	▪ 수평적 Multi Use를 통한 추가수익 창출 ▪ 콘텐츠 브랜드 관리 필수 ▪ 윈도우 발생 시점 및 노출 회수 등에 대한 섬세한 접근 요구
메인 수익 윈도우	▪ 보편적 needs에 대한 파악 및 향유 활성화 ▪ 트랜드를 적극 반영 혹은 주도 ▪ 규모 및 범위의 경제 확보

텐츠로서 활용되는 만화, 소설, 신화 등의 경우에서 확인할 수 있듯이 상대적으로 적은 비용으로 대중성 검증이 가능해야하기 때문에, 그 자체 콘텐츠로서의 완성도를 확보하고 있어야만 한다.

거점콘텐츠는 원천콘텐츠를 기반으로 대중적인 호응을 기대할 수 있는 콘텐츠로 변화한 것을 말한다. 즉 매체와 장르의 확대를 통하여 Target의 확장을 도모할 수 있는 콘텐츠로 변환을 꾀하는 것으로 대중적인 호응은 필수적이다. 대중적인 호응을 기대하기 위해서는 대중들의 접근이 손쉬운 매체와 장르를 택해야 하기 때문에 이에 따른 많은 변환비용(Conversion Cost)이 요구되고 동시에 그만큼의 risk도 증대되는 것이다. 따라서 거점콘텐츠의 경우 Target의 규모와 범위, 수평적/수직적 Multi Use의 활성화 기대 정도, 콘텐츠 자체의 대중성 확보 방안 등이 성패를 좌우하는 중심 요소이다. 거점콘텐츠는 기획단계에서 메인수익 window선정(거점콘텐츠의 경우 그 자체가 메인수익 window가 될 수도 있고 아닐 수도 있음), 수평적 Multi Use의 노출 시기와 빈도, 수직적 Multi Use의 다양성, 콘텐츠 브랜드 관리 방안 등에 대한 섬세한 고려가 요구되는 것이다.

「소나기」는 원천콘텐츠로서 충분한 가치를 지닌 콘텐츠다. 중등교육 이상을 받은 사람들이라면 모두 다 향유한 바 있다는 점, 향유시기가 본격적인 첫사랑을 체험하는 시기라는 점, 감상(sentimentality)이 아닌 정서(sentiment)를 환기하는 텍스트라는 점, 시나리오화 하여 영상콘텐츠로서 확장이 가능한 형상화를 채택하고 있다는 점 등이 그 이유가 될 것이다. 반면 서사의 길이가 비교적 짧다는 점, 뚜렷한 갈등이 발생하지 않는다는 점, 주요 캐릭터의 소구 요소가 분명하지 않다는 점, 원작에 대한 충성도와 취향에 따른 선호 요소의 차이점, 원작을 변환하여 성공한 애니메이션이 없다는 점, 소설과 애니메이션의 향유자가 반드시 일치한다고 보기 어렵다는 점 등은 「소나기」를 애니메이션화 하여 거점콘텐츠로 변화하기 위해서는 극복해야할 요소들이다.

원천콘텐츠를 거점콘텐츠로 변화하는 과정에서 가장 중요한 것은 변환의 목적에 부응하는 전략이다. 일반적으로는 콘텐츠의 다변화에 따른 부가가치의 창출을 통한 수익의 극대화가 목적이 되지만, 경우에 따라서는 원천콘텐츠의 가치를 제고하거나 원천콘텐츠와 상관된 지자체, 국가, 단체 등의 이해와 상관되기도 한다. 목적의 설정이 결과를 담보하지는 않기 때문에 콘텐츠의 변환 과정, 특히 높은 변화 비용(Conversion Cost)을 요구하기에 높은 위험(high-risk)을 극복해야하는 거점콘텐츠의 경우에는 더욱 더 전략적 탐색이 필요한 것이다. 따라서 「소나기」의 경우에도 앞에서 언급했던 목적을 전제로 거점콘텐츠로의 변환 전략을 세밀하게 탐색해야만 한다. 단, 「소나기」의 경우 거점콘텐츠로 애니메이션을 만든다고 전제할 때, 바로 애니메이션으로 가능 것이 가장 효과적인지, 아니면 또 다른 원천콘텐츠로서 만화를 중간단계로 설정할 것인지도 진지하게 고려해야만

한다.

두 방안 중 어떤 것이든, 「소나기」를 거점콘텐츠로 변화하는 방식은 서사의 측면에서 네 가지 방법을 생각해볼 수 있다. 그것은 원작을 그대로 거점콘텐츠화하는 방법, 원작을 부분적으로 개작하여 거점콘텐츠화 하는 방법, 원작의 브랜드만을 차용하고 새로운 작품을 창작하는 방법, 원작의 대중성 높은 부분만을 spin-off하는 방법 등이 그것이다<표 2>.

<표 2> 원천콘텐츠의 거점콘텐츠로의 변환방식 세 가지

구분 / 방식	특 성	전략 point
원작 그대로	▪ 원작의 충성도 높은 향유자의 지지 유도 ▪ 거점콘텐츠의 변별적 특성 극대화를 통한 독립성 강화 ▪ 서사의 반복으로 인한 극적 긴장 및 흥미 반감 ▪ 해외 시장 진출을 전제로 한다면 서사의 반복이라는 한계 극복 가능?	▪ 서사의 반복을 대체할 영상과 음악 등의 표현요소 극대화(반지의 제왕, 해리포터 등) ▪ 서사의 길이와 문화할인율 극소화 방안
부분 개작	▪ 부분 개작을 통한 극적 흥미 강화 ▪ 원작의 충성도 높은 향유자들의 반발 ▪ 개작 과정에서 거점콘텐츠화 목적에 따라 그에 상응하는 요소 삽입 용이	▪ 개작된 부분과 원작과의 조화 및 극정 긴장 유지가 관건(디즈니 애니메이션, 풀하우스, 다모 등) ▪ 응용콘텐츠를 활성화 가능
전면 개작	▪ 원작의 브랜드만 차용함으로써 원작과의 상관성 떨어짐 ▪ 새로운 창작의 성격이 더 강함.	▪ 서사적 상관 이외에 원작과의 연결요소 강화 방안이 관건(날아라 수퍼보드 등)
spin-off	▪ 중심 캐릭터나 원작의 포맷만을 독립시켜 개작하는 방식 ▪ 서사적 흥미를 강화하면서 서사의 지속적인 생산이 가능	▪ 원작과의 상관성의 적절한 유지가 관건(프렌즈 등) ▪ 원작의 spin-off 가능성 여부 판단

어떤 변환방식을 택할 것인가는 원작의 인지도를 애니메이션화 과정에서 어떻게 적용할 것인가, 주요 target은 누구를 대상으로 할 것인지, 기대효과를 어떻게 설정할 것인지, 예상 관객과 수익 창출 시점은 어떻게 설정할 것인지, window 확장의 범위와 메인 수익 window는 어떤 것으로 할 것인지와 같은 구체적인 기획과정을 전제로 결정할 수 있을 것이다. 이 과정에서 원작이 지닌 문화적 · 대중적 · 미적 요소들을 추출하고, 이러한 요소들의 특장을 활성화시키고 극대화시킬 수 있도록 애니메이션의 제작방식과 장르를 결정해야 하는 것은 물론이다. 이처럼 원천콘텐츠를 거점콘텐츠로 변환하는 작업은 하나의 기획과정과 다르지 않으며, 다양한 요소를 충분히 전략적으로 고려해야만하기 때문에 원작의 변환방식을 자의적으로 혹은 제작자나 감독의 취향에 따라 단순하게 결정할 수 있는 문제는 아니다.

우리는 원작의 인지도를 전제로 국내에서 제작되었던 여러 편의 애니메이션을 알고 있다. <아마게돈>(1995), <붉은매>(1995), <검정고무신>(2000), <오세암>(2002), <해머보이 망치>(2004) 등이 그것이다. 이 작품들의 공통점은 원작의 인지도가 매우 높았음에도 <검정고무신>을 제외하고는 기대했던 성과를 거두지 못한다. <오세암>의 경우 2004년 안시국제애니메이션페스티벌에서 대상을 수상했지만 국내 개봉 시 25,574명이라는 초라한 성적에 만족해야만했다. 이처럼 원작을 가지고 있는 애니메이션들이 시장에서 참패한 이유는 무엇인가?

> 정채봉의 가슴 짠한 동명의 동화를 애니메이션으로 만든 <오세암>(2003)은 설악의 사계를 담아 한국적 풍광의 아름다움을 드러내고, 어머니에 대한 간절한 열망과 오누이 간의 애틋한 우애를 표현하고, 불교적 정서를 바탕으로 한 우리의 정서를 드러내고자 기획되었다. 나름대로의 기획의도에 충실하기 위한 다양한 기제들이 작품 전체에 흐르고, 그것이 자연스레 서사에 녹아들고 있다는 점은 저예산 애니메이션임에도 불구하고 뚜렷

> 한 성과로 기억될만한 것들이다. 그러나 <오세암>을 보는 내내 논자는 한 가지 의문을 떨칠 수 없었다. 왜 이 작품이 애니메이션으로 만들어져야 하는가? 실사 영화로 제작된다면 앞에서 들었던 기획 의도를 보다 효과적으로 충실하게 반영할 수 있지 않았을까? 결국 애니메이션 제작의 첫 번째 질문에 충실하지 못했다는 점이다. 즉, 애니메이션으로 표현될 수밖에 없거나, 애니메이션으로 구현하는 것이 보다 효과적인 것만을 애니메이션으로 제작해야 한다는 것이다. 이 말은 애니메이션으로 구현하여 독특한 미적, 문화적 성취를 얻어야한다는 의미도 내포한 말이다. 논자는 <오세암>은 애니메이션 보다 실사 영화가 더 적합하지 않았을까 하는 우울한 의문을 끝내 떨칠 수 없었다.(박기수: 2004 A, 276, 밑줄 인용자)

애니메이션 전문 시나리오 작가가 절대적으로 부족한 현실에서 서사 전략의 부재는 예상된 결과다. 원작의 인지도에 대한 과도한 기대 역시 최근 들어 많이 개선되고는 있지만 아직도 극복해야할 과제다. 그 외에도 앞에서 언급한 바와 같이 애니메이션으로의 변환과정에서 반드시 고려해야할 다양한 요소들에 대한 진지하고 생산적인 고민이 없었다는 점은 뼈아프지만 우리가 수납해야할 지적이다. 또한, 위 인용의 밑줄에서 강조한 바와 같이 "왜 이 작품이 애니메이션으로 만들어져야 하는가"에 대한 구체적인 답변을 가지고 있지 못했다는 것이다. 이 말은 "애니메이션만으로 표현할 수밖에 없거나 애니메이션으로 구현하는 것이 보다 효과적인 것만"을 애니메이션으로 제작해야한다는 의미이며, 적어도 자신들이 기획의도에 맞는 애니메이션만의 특화 요소를 지니고 있어야 한다는 뜻이다. <오세암>의 경우 오세암의 주변의 아름다운 풍광을 표현하는 것이 기획의 또 다른 축이었다면, 충분한 제작비를 전제로 퀄리티 높은 영상을 그려내거나, 그럴 수 없다면 그러한 기획의도를 포기하고 다른 특화 요소를 개발했어야 했다. 즉, 오세암 주변의 풍광이 아닌 자신들이 확보한 저예산에 합당한 특화요소들을 애니메이션에서 보다 강화했어야했다. 극장용 애니메이션의 평균제작비의 반 정도 예산을 가지고 영상미를 전제로 한 애니메이션은 만들겠다는 것은 과욕 그 이상이 아니기 때문이다. 하지만 무엇보다 가장 치명적이었던 것은 원작과의 생산적인 변별성을 확보하지 못했다는 점이다. 정채봉의 원작 동화와 변별되는 요소를 애니메이션이 확보하고 있지 못했다는 것이다. 이러한 맥락에서 「소나기」의 애니메이션 기획단계에서 원천콘텐츠인 소설과 변별되는 요소를 어떻게 선정하고 확대·강화할 것인지에 대한 구체적인 전략 수립이 요구되는 것이다.

3. 「소나기」의 애니메이션화 전략

「소나기」의 애니메이션화 전략에서 가장 우선적으로 고려해야할 것은 애니메이션에 대한변별적 특성을 파악하는 것이다. 애니메이션의 변별적 특성[4] 을 충분히 이해한 후에야 그 변환의 전략을 수립할 수 있기 때문이다. 이 글에서는 소설과의 대타성(對他性)을 전제로 그 변별성을 탐색한다. 애니메이션은 애니메이션 언어, 조형성·음악성·서술성의 상보적 융합, 참여적 수행의 유희성 강화라는 변별적 특성을 갖는다. 특히 허구적인 서사를 생산한다는 점에서 소설과 애니메이션은 유사하지만 애니메이션이 영상적 시각체제를 지배소로 사용한다는 점에서 차이가 난다. 물론 문자언어를 질료로 삼는 소설과 시각적 영상을 질료로 삼는 애니메이션의 차이는 분명하다. 문자언어가 직선적이며 연속적인 반면, 이미지의 지각은 포괄적이며 동시적이다(김성도: 2000, 45). 또한 이미지는 주관적 인상과 해석에 의해 이질적인 의미가 발생할 수 있으며, 그것은 불연속적인 시각적 기호들 사이에서 부단히 지속되는 단속(斷續)의 결과다. 따라서 애니메이

4) 애니메이션의 변별성에 대한 논의는 박기수(2004 D, 99~127)의 내용을 이 글의 성격에 맞게 재구성한 것이다.

션은 향유자의 기호, 취향, 능력에 따라 그 단속(斷續)의 범위와 정도가 결정되는 능동적이고 참여적인 향유를 유도한다. 레지스 드브레의 주장처럼[5] 텅 빈 허상적 이미지를 향유자들이 수행적 참여 과정을 통해 유희를 강화하고 있는 것이며, 그 유희의 중심에는 새로운 것에 대한 혁신의 욕망이 자리하는 것이다. 새로운 구경거리에 대한 갈망은 유희성을 강화시키고, 이미지는 그 자신의 지시물이 된다. 여기서 주목해야 하는 것은 유희의 대상이 이미지 그 자체라는 점이다. 이미지가 전체 서사의 흐름에 따라 조절·통제되고 의미를 부여받기도 하지만, 그 자체로 의미를 생산하거나 의미와 상관없이 기표의 유희를 즐기기도 한다.

소설의 언어는 최종 기의에 대한 종속도가 높고, 상상의 과정을 통한

5) 영상시각체제에 대한 레지스 드브레(1994, 252-253)의 견해는 시사하는 바가 많다. 아래 표는 이미지의 세 시기를 구분한 것이다.

구분 \ 시기	로고스페르 LOGOSPHERE 문자 이후	그라포스페르 GRAPHOSPHERE 인쇄술 이후	비디오스페로 VIDEOSPHERE 시청각기기 이후
이미지의 상징세계 효력의 원리 (혹은 존재근거)	우상 체제 현전(초월적) 이미지가 우리를 본다	예술 체제 재현(환영적) 우리가 이미지를 본다	영상적 시각 체제 가상(數적) 이미지가 파인더를 통해 보여진다
존재 방식	생리적 이미지는 존재이다	물리적 이미지는 사물이다	허상적 이미지는 지각이다
결정적 지시물	초자연적인 것	사실적인 것	수행적인 것
목적과 기대	보호(구원)	쾌락(위신)	정보(놀이)
시간의 지평(매체)	경성(돌과 나무)의 영원성(반복)	연성(화폭)의 불멸성(전통)	비물질성(화면) 현실성(혁신)
귀속 방식	집단적=익명성	개인적=서명	구경거리=상표,로고, 의장
경배 대상	성스러운 것	아름다운 것	새로운 것
축적 방식	공공적: 보물	개별적:콜렉션	사적/대중적: 복제
고유한 분위기	권위적	정념적	유희적
이상과 근로원칙	나는 문자(규범)에 따라 (권능을) 찬양한다	나는 고전(전범)에 따라 (작품을) 창조한다	나는 내 맘대로 (사건을) 생산한다

성찰적 태도가 전면화 된다. 소설에서는 재현의 대상들이 허구적 존재이기 때문에 그것의 사실성보다는 그것의 성찰성이 강조되는 것이다. 이처럼 소설에서 성찰이 강조되기 위해서는 최종 기의에 대한 종속도가 높고, 구조적인 결속력이 강할 수밖에 없다. 반면 애니메이션의 언어는 최종 기의에 종속되거나 그것으로 완결되기를 거부하는 기표들의 유희를 지향한다.

그것은 이미지의 속성에 기인한 것이며 동시에 다양한 요소들의 융합에 의해 이루어진 애니메이션의 속성상 개개의 요소들의 자율성이 상대적으로 높기 때문이다. 또한 애니메이션의 언어는 성찰성보다는 유희성이 강조된다. 여기서 말하는 유희성은 현실로 귀환하지 않을 것을 전제로 한 감정 유희인 오락성을 의미하는 것이 아니다. 그보다는 오히려 완결된 의미를 발견하기 위한 작품(work) 읽기의 결과가 아니라 자율적이고 살아있는 각 요소들이 향유과정을 통해 살아나는 텍스트(text) 읽기의 결과이다.[6] 따라서 애니메이션의 유희성은 최종적 의미로 환원 불가능한 기의가 무한히 유예된 생산과정으로, 참여적 수행과정을 통해 지속되는 향유의 결과이다(박기수: 2004 D, 102~105).

애니메이션은 조형성과 음악성 그리고 서술성이 상보적 융합관계를 이룬다. 조형성은 시각적 이미지를 바탕으로 작가 시각 중심의 미학을 이루는 일체의 요소들을 말한다. 음악성은 성우의 음성 연기, 음악, 음향, 효과 등의 사운드에 관련된 일체의 것을 의미하지만, 이 책에서는 애니메이션의 변별적인 성격을 부각시키기 위해 그 중에서도 음악성에 주목하기로 한다. 서술성은 이야기뿐만 아니라 이야기하는 수행적 발화까지 포함하는 개념이다(마리 맥클린: 1997, 64 참고). 서술성은 수행적 발화까지 포함하므

---

6) 여기서 사용하는 작품(work)과 텍스트(text)의 대립은 바르트의 견해에 따른 것이다. 바르트는 작품(work)을'이미 존재하는, 의도된 의미를 전송하는 완결된 산물로서 읽혀지는 저작'이라고 했고, 텍스트(text)를 담화의 흐름 속에 잡혀있는 진행형 생산 과정의 저작이라고 했다(스티븐 코핸 · 린다 샤이어스: 1997, 46).

로, 이야기뿐만 아니라 그 이야기를 표현해내는 조형성과 음악성과 상보적 융합관계를 이룬다. 또한 조형성의 경우에는 음악성이나 서술성과의 상관(相關)을 통하지 않고서는 온전한 서술이 불가능하고, 음악성의 경우에도 조형성과 서술성의 맥락에서만 그 의미를 확보할 수 있는 것이다(박기수 : 2004 D, 110).

> 애니메이션은 일종의 과학 영상상품이다. 철저한 시장조사와 관객분석, 시나리오의 끊임없는 계산으로 완성되는 애니메이션은 독립된 하나의 영상상품으로서 연관 산업의 시장 확장이라는 방법을 통해 그 시장의 한계까지도 무시해버린다. 그러나 작품을 분석해 보면 연관 산업으로서의 연계가 항상 긍정적인 결과물만 나오는 것은 아니다. 즉 작품에 따라 다양한 전략과 노하우가 제시되어야 한다는 것이다. 애니메이션은 연관 산업으로 확장될 때 발생하는 경제적 위험도가 높은 반면, 시장과 자본 증대의 성공에 따른 투자회수비율이 높은 것이 장점이다. 그래서 이러한 장점이 가장 약한 연계구조의 미끼 역할을 하고 있는 현상이 작금의 국내 현실이다. 확장위험률이 높은 반면, 그에 따른 투자회수비율도 높다는 사실을 체계적으로 설명해주어야 하는데, 그러한 설명력과 논리력이 현재의 기획집단에는 집적되어 있지 못하다는 것이 일반화된 분석이다. 또한 간접광고효과, 즉 TV시리즈가 5~6개월 지속되는 동안 지정된 캐릭터 상품이 간접광고 역할을 한다든지, 지속적인 홍보(PR)효과는 결국 연관 산업으로의 양적증가라는 시너지 효과를 낸다는 것을 알아야 한다. 이러한 다양한 연관 산업들의 부메랑 효과를 기반으로 결국 차기 시리즈의 새로운 기획창출 효과를 발생시키며, 이러한 순환모델은 전체시장의 확대를 가져오게 된다(한창완: 2001, 233).

한창완의 주장처럼 애니메이션은 산업적 요소를 장르적 특성으로 내재화하고 있다. 이상과 같은 애니메이션의 변별적 특성이 「소나기」의 애니메이션화 과정에서 적극적으로 충분히 반영되어야만 한다. 원작의 길이가 짧다거나 뚜렷한 갈등이 부재한다거나 너무 잘 알려진 이야기라거나 하는 기획의 위험요소들은 구체적인 대안을 통해 극복해야 하는 것은 물론이다.

1천만 부 이상의 판매고를 보였던 『만화로 보는 그리스 로마신화』를 원천콘텐츠로 하여 장르 간 시너지 효과(cross over effects)의 전형을 최초로 구현한 <올림포스 가디언>의 성공은 「소나기」의 애니메이션화 과정에서 벤치마킹할만한 사례이다. <올림포스 가디언>은 그리스 로마신화를 기반으로 하고 있기 때문에 누구나 알고 있는 유명 고전이라는 위험요소를 <올림포스 가디언> 새로운 브랜드 네임을 만들고, 애니메이션의 OSMU를 통해 시장의 규모를 키우는 쪽으로 라이센스 마케팅 진행함으로써 극복하였다. 철저한 target 분석과 그들의 향유 수준과 취향에 맞는 제작 방향 설정, 초기 시나리오와 스토리보드를 일본에 발주하여(뒤에는 한국에서 창작) 제작 노하우 전수 및 창작 수준 향상을 도모했고, 원작 만화의 캐릭터와 변별시키는 과감한 시도로 부각시켰고, 사실성을 높이기 위해 삽화체를 사용하면서도 캐릭터 라이센싱을 활성화시키기 위해 SD 캐릭터(Super Deformation character)[7]를 부분적으로 활용했고, 원작의 과감한 생략 등을 통해 애니메이션의 극적 긴장을 강화하고, PD시스템을 도입하여 각 파트 전문가들의 역량을 극대화할 수 있었다.

<올림포스 가디언>의 원작과 애니메이션의 과감한 차별화, Target의 분명한 설정과 그들의 향유 수준과 취향에 대한 제작 방향 등은 「소나기」의 애니메이션화 과정에서도 충분히 고려할만한 요소이다. 하지만 무엇보다 <올림포스 가디언>에서 벤치마킹해야하는 것은 원천 텍스트의 미덕과 특화시킬 요소를 분명히 파악하고 이것을 전략적으로 부각시켰다는

---

7) SD캐릭터(Super Deformation character)는 일본에서 발달된 인물캐릭터로서 인체의 실제비율을 무시하고, 머리를 몸의 1/2로 표현함으로써 인상을 강조시키는 캐릭터를 말한다. 대부분 실제 인물의 디자인은 이 SD캐릭터를 활용하며 머리가 크기 때문에 귀여운 이미지나 특징적인 표정들을 묘사할 수 있는 장점이 있다.

점이다.

그렇다면 「소나기」 텍스트가 가지고 있는 미덕과 특화시킬 요소의 탐색이 우선해야 할 일이 될 것이다. 「소나기」의 가장 큰 미덕은 정서의 환기력에 있다. 이 텍스트가 세대를 넘어 공감을 이룰 수 있었던 이유도 여기에 있는데, 즉 뚜렷한 캐릭터의 분명한 갈등해소 과정으로 서사를 이끈다기보다는 첫사랑의 보편적 소재에 공감할 수 있는 정서적 소구가 가장 두드러지고 있는 것이다. 거칠게 단순화하는 것이 허락된다면, 「소나기」를 향유할 때마다 우리는 첫사랑의 소년이거나 소녀일 뿐이다. 결국 어떻게 「소나기」가 지닌 이러한 정서의 환기력을 애니메이션의 장르적 특성과 연관하여 어떻게 효과적으로 구현할 것인지를 고민해야 할 것이다. 이런 맥락에서 <겨울연가>는 좋은 참고 사례가 될 것이다.

뮤직비디오와 같은 영상물에 익숙한 향유자를 적극 고려하여 공간 판타지와 테마음악을 활성화함으로써 그 자체가 서브텍스트 역할을 수행하게 하는 것이다. 이것은 단지 콘텐츠 표현의 효율성만을 고려한 것이 아니라 이를 기반으로 한 미시콘텐츠의 활성화를 염두에 둔 것이기에 더욱 주목해야할 부분이다. …<중략>… 상동적 삼각구도의 반복과 겹침 그리고 익숙한 모티브의 낯선 섞임이 효과적으로 향유될 수 있었던 것은 아름다운 영상과 음악을 통해 그것이 구현되었기 때문이다. 이러한 현상에 대해 <겨울연가>가 뮤직비디오적인 요소를 다수 내포하고 있기 때문이라는 주장은 상당한 설득력을 지닌다. 소비지향 공간과 계층을 창조하고, 아름다운 영상의 배경이 되는 공간 판타지에 비중을 두며, 그 공간 안에서 스타를 중심으로 극을 전개하는 것은 뮤직비디오의 특성과 상당히 유사하기 때문이다. 소비 지향적 공간의 계층의 창조는 고급스런 세 종류의 차(뉴 익스플로러, 윈드스타, 링컨 타운카)와 감각적인 패션(헤어스타일, 안경, 머플러, 스웨터, 롱코트, 폴라리스 목걸이, 타로카드, 퍼즐 등) 그리고 아름다운 공간(남이섬, 오대산, 월정사 전나무 숲, 중도, 용평 리조트, 추암해수욕장) 등으로 구체화 된다. 이러한 소비 지향적 공간과 계층의 취향은 현실에서 이륙하여 탈맥락화된 공간에서 아름다운 영상을 만들어내며 동시에 서정적인 테마 음악과 결합하여 <겨울연가>의 아우라(Aura)를 발생시킨다(박기수: 2005 A, 158~159).

이와 같이 <겨울연가>는 공간의 판타지와 테마음악[8] 등을 서사와 유기적으로 상관시킴으로써 특유의 몰입기제를 만들어 낸다. 이러한 맥락에서 본다면, "21세기를 주도할 문화는 문자문명의 논리적 이미지들이 아니라 감각의 총체적 즉각성을 실현하는 감성적 이미지들에 의해 구축"(박근서: 1997, 96)될 것이라는 것은 더 이상 예견이 아니다. 더구나 「소나기」의 경우, 짧은 서사와 뚜렷한 갈등이 드러나지 않지만 영화와 유사한 표현과 신 구성 등의 원작의 특성을 고려할 때, 정서를 환기하는 테마음악과 영상의 유기적 결합은 매우 유효한 전략이 될 것이다. 최근 국내 애니메이션 마니아뿐만 아니라 네티즌을 중심으로 신카이 마코토(新海 誠)의 <그녀와 그녀의 고양이>나 타무라 시게루(たむら しげる)의 <고래의 도약>과 같은 류의 정서적 환기를 토대로 하는 단편 애니메이션의 향유가 증가하고 있다는 점도 이러한 전략의 또 다른 근거가 될 수 있다. 최근 인기를 끌고 있는 서점 판매용 만화나 픽처북(picture book)[9]도 같은 맥락에서 이해할 수

---

8) <겨울연가>에서는 1회 평균 7.95회에 걸쳐 15분 18초 동안 테마음악을 사용하고 있는데, 그 빈도는 최소 4회(16화), 최대8회(13화)로 나타났으며 활용시간은 최소 6분23초(16화), 최대 23분40초(14화)로 드러났다. 한 회를 50분으로 볼 때 14화의 경우는 거의 절반에 걸쳐 테마음악이 활용되는데, 이것은 <겨울연가>가 얼마나 테마음악을 적극적으로 활용[1]하고 있는지를 잘 보여주고 있다. 주요 테마 음악들은 분위기를 생산하고 대사 없이 생각이나 느낌을 효과적으로 표현하고 있다. 더구나 O.S.T 앨범을 통해 텍스트를 추체험함으로써 텍스트에 대한 몰입과 충성도를 강화시키는 역할도 동시에 수행한다(박기수: 2005 A, 162-163).

9) 일반적으로 비주얼한 책을 통칭하지만 최근에는 만화와 다른 장르가 결합하여 새로운 분위기를 창출하는 출판물들을 가리킨다. 웹카툰이 출간된 형태가 대표적이지만 핵심 concept를 구체화한 이미지와 간단한 글 형태의 출판물들도 이 범주에 든다. 대표적인 것으로는 <페페포포 메모리즈>, <마린블루스>, <스노우캣 혼자놀기>, <이다의 허접질>, <글로 쓴다는 건 마법과도 같아요> 등이 있다.

있다. 특히 서점 판매용 고급한 만화나 픽쳐북(picture book)을 애니메이션 개발을 위한 중간 콘텐츠 정도로 상정하고 미리 개발해 보는 것도 대중성 검증이나 전략 개발에 매우 유효할 것이다. 또한 양평군과의 협력을 전제로 한다고 보면 구체화된 지명이나 소품 등은 애니메이션 창작 시 텍스트에 반드시 첨부해야할 요소이다. 이것은 <해신>, <가을동화>, <겨울연가> 등의 예에서 보듯이 장소마케팅의 최소조건이기 때문이다. 즉, 소년과 소녀가 만난 개울가, 조약돌, 같이 갔던 산, 송아지를 탔던 곳, 소녀가 등에 업혀 건너던 개울, 뽑아먹던 무밭 등 다양한 요소들을 양평의 한 지역을 중심으로 실재화하기 위해 구체적인 지명이나 특성을 애니메이션에 삽입해야한다는 말이다.

애니메이션의 전략은 기획과정에서 구체화되어야 함은 물론이다. 이 장에서는 그것의 기본적인 전제를 거칠게 살피었다. 이 말은 아무 것도 결정되지 않았기 때문에 텍스트의 미덕과 애니메이션의 특성과의 연관만 전제로 한다면 무엇이든 가능할 수 있다는 의미다. 그 제한 없는 가능성에 단서를 필자는 최소 단서를 소박하게 달았을 뿐이다.

4. 「소나기」, 애니메이션을 넘어서

다시 한 번 반복하자. 「소나기」를 향유할 때면, 우리는 첫사랑의 소녀이거나 소년일 뿐이다. 이 글에서 우리는 정서적 환기를 소구점으로 하는 원작의 아우라를 전제로 애니메이션의 장르적 특성을 효과적으로 반영한 애니메이션의 기획을 기대했다. 우리가 「소나기」와 같은 소설을 가지고 있다는 것이 행운이듯, 애니메이션 「소나기」를 갖는 행운을 갖고 싶다는 것이 필자의 소박한 희망이다. 다만 그것이 당위적인 바람만으로는 이루어질 수 없다는 것도 분명하다. 더구나 원작의 다양한 미덕을 훌륭하게 변환한 예를 별로 가지고 있지 못한 국내 애니메이션 업계의 현실을 염두에 둘 때, 이러한 바람은 바람만으로 끝날 수도 있을 것이다. 그러나 앞에서 전제한 바와 같이 우리의 논의는 아무런 제약을 가지고 있지 않은 매우 개방적인 것이었다. 아무 것도 없기 때문에 무엇이든 할 수 있다는 자명한 이치를 신뢰할 수밖에 없다.

앞에서 밝힌 바와 같이 애니메이션으로 제작한다고 해서 그것이 반드시 상업용 장편 애니메이션이 될 까닭은 없다. 물론 이 말의 그 역도 성립한다. 문제는 기획 의도와 목적이다. 기획 단계부터 전문가를 참가시켜서 책임감을 가지고 전체 기획을 진행할 수 있도록 해야 하는 것도 그러한 이유에서다.[10] 이러한 기획과정을 통해서 원천콘텐츠를 거점콘텐츠화하는 합리적인 시스템내지는 매뉴얼을 갖추게 되고, 우리가 지니고 있는 풍부한 문학적 역량을 대중문화콘텐츠로의 변환을 촉진하는 계기가 될 수 있을 것이다.

실천되지 않는 기대는 공소하고, 전망 없는 기대는 무모하다. 「소나기」의 애니메이션화에 대한 지나친 낙관도 비관도 어리석은 일이다. 섣부른 판단에 앞선 치밀하고 적확한 전략의 수립이 우선이기 때문이다. 이번 논의가 그러한 모색에 일환이길 기원한다. 아울러 보다 구체적이고 실천적인 논의가 지속되길 바란다.

---

10) 콘텐츠 전공자로서 소심한 사족(蛇足)을 달며 글을 매듭지어보자. 작품성은 있는데 시장에서 실패한 작품을 '저주받은 걸작'이라고 자주 표현한다. 그런데 이 말은 대중문화콘텐츠에서는 성립되기 어려운 말이다. 대중문화콘텐츠의 경우 대부분 high-cost를 요구하기 때문에 high-return을 확보하지 못한다면 그것은 대중문화콘텐츠로서 결함을 가지고 있다고 보아야 하기 때문이다. 더 과격하게 주장하자면 대중문화콘텐츠는 시장성까지도 걸작의 필요조건이라는 것이다. 이러한 측면을 고려할 때, 「소나기」의 애니메이션화 과정에서 그것의 수익을 어떤 방식으로 얼마나 기대할지는 기획에 따라 달라지겠지만, 재화적 가치의 창출은 반드시 전제되어야 한다는 것이다. 우리는 「소나기」를 애니메이션이라는 대중문화콘텐츠로 제작하려하기 때문이다.

동아시아문화론, 대항이냐 나르시시즘이냐

-HDTV 문학관 「소나기」와 최근 한류에서의 한국드라마

김용희

1. 동양적 감성주의와 오리엔탈리즘

순수주의에 대한 정념은 동양주의에서 오랜 관습이면서 마음에서의 한 지향이었다. 동양에서의 근대는 극단적 서구화의 논리 속에서도 "잃어버린 순수한 기원 혹은 뒤쳐진 어떤 것으로서의 원시적인 것을 되찾고자 하는 정념"[1]을 스스로 내재화하는 과정이자 결과이기도 했다. 한국사회가 급진적 근대화의 과정 속에서도 제3세계적 탈식민주의의 성향이 공존하는 이유는 바로 여기에 있다. 동양문화는 기원으로서의 원시성을 '어린이', '여자', '자연'에서 찾고자 하였는데 이를테면 이란 영화 <내 친구의 집은 어디인가>(압바스 키아로스타미 감독), <천국의 아이들>(마지드 마지디 감독)에서 어린아이들의 천진성과 세상의 모호성을 환기할 수 있다. 첸 카이저와 장이머우의 중국영화에서 '어린이', '여자', '자연'의 범주가 공동체, 국가, 학습, 사랑, 혁명, 자연, 젠더의 범주와 뒤섞이면서 진행되는 것에 주목해 볼 필요가 있다.

동양적 순수성, 동양주의에 대한 것은 분명 '복고'라는 반동적 혐의에서 자유로울 수가 없다. 1990년대 초 한국영상매체는 영화 <접속>, <편

1) 레이 초우, 정재서 역, 『원시적 열정』, 이산, 2004, 74쪽.

지>, <약속>등에서 멜로의 복귀를 신호탄으로 소설에서는 <봉순이 언니>, <기차는 7시에 떠나네>, <가시고기>, <열한 번째 사과나무> 등이 감상주의의 극대치를 향하여 질주하고 있던 때였다. 이제 새로운 것은 '미래'가 아니라 '과거'가 되었다. 회고주의적 사고는 과거에 대한 퇴행성이며 '악마적 현실'을 외면한 문화 반동주의라는 극단적 비판[2]도 맹렬하게 쏟아졌다. 한국적 멜로에는 근대 초엽 일제 강점 하에서의 '신파'와 연루된 과장과 과잉의 장르였고 정치적 급변화 속에 놓여 있던 한국정치사 속에서도 유아적 소녀기로의 자기연민, 정치적 보수화의 다른 이름에 불과했던 셈이다.

그런데 왜 다시 복고이며 왜 다시 순수인가. '근원으로의 회귀'와 '자연으로의 회귀'는 다양하고 복잡한 기능성의 시대, 불확실한 우연성의 포스트 근대가 과거 자기 몸에 새겨진 자취와 흉터자국을 스스로 더듬는 자기연민에 불과한 것인가. 감정적 연민주의가 곧 통속성이라는 의식은 어떤 점에서 서구적 문학의식 속에서 고유의 문학전통에 대한 배제화, 주변화 기제가 발동한 것은 아닌가 하는 점이다. 다시 말해 우리가 대중문화를 폄하할 때 그 이면에 비서구적=통속적이라는 등식이 은연중에 작동하고 있는 것은 아닌가[3] 주목할 필요가 있다. 근대문학 백년의 역사 속에서 동양적 기괴담(현실과 초자연의 교융현상, 전설의 고향 류의 귀신이야기, 강시이야기 등)이나 동양 무협지(무와 협의 정신을 강조하는) 상상력은 미신적인 전근대의 낙후성으로 폄하되어 왔다는 사실, 본격문학, 정통문학이라는 인식 속에는 '서구 지상주의 지식풍토'가 자리해온 것은 아닌가 하는 점이다. 요컨대 동양적 감성주의가 통속이라는 무의식이 내재해 있다는 사실이다.

---

2) 고미숙, 「여성성과 멜로, 그 은밀한 접속?」, 『세계의문학』, 1999 여름, 조형준, 「멜로의 시대와 문화의 변형」, 『세계의 문학』, 1999 여름.

3) 정재서, 「대중문학의 전통적 동기」, 『동양적인 것의 슬픔』, 살림, 74~75쪽 참조.

여성적 멜로와 드라마에 대한 부정적 폄하 속에 근대 진보적 이성의 맹목성이 녹아 있다는 사실은 의미있다. 어떤 점에서 동양적 온정주의, 연민주의, 동양적 대중과 전통적인 것을 들여다보는 우리의 시선이 서구 중심 오리엔탈리즘을 전유하고 근대주의자의 시각 속에서 스스로를 타자화시킨 것은 아닌지 반성해 보아야 한다. 오히려 대중적 향수의 과정에 대한 자신의 진솔한 고백이 필요한 때인 것이다. 정치적 자의식을 지닌 엘리트 지식인들이 민족문학론의 주창 속에서 내적으로는 대중문화 향수에 대한 근원적 그리움을 억압당해왔다는 '자기분열적 고백'은 의미심장하다[4]. (민중주의자도 드라마를 보며 눈물을 흘린다! 그리고 부끄러워 금방 눈물을 훔친다.) 복고, 회귀는 일종의 자기 고백, 숨겨진 미시서사 속에서 내면 발견, 자기 반영성으로서의 자기동일화 과정이라는 점과 연관을 지을 수 있다. 멜로 드라마는 삶의 일상성 속에서의 감정, 소서사에 대한 곡진한 기록들인 셈이다. 물론 그것은 영원성에 대한 추구, 불변의 진리에 대한 믿음이라는 점에서 주류종교나 철학의 독트린과 같다는, 즉 낡은 도그마라는 혐의도 동시에 안고 있다.

그러나 1990년대는 자기고백의 시대였고(운동권 후일담, 여성주의 서사와 시, 동성애와 젠더, 몸에 대한 고백), 고백의 서사는 타자와 주체, 중심과 주변화의 비판적 자의식 속에서 궁극적으로 자기 내면을 타자적 시선으로 살피는 미시정치학의 실천이라 이름할 수도 있다.

동양적 온정주의, 연민주의, 자연으로의 회귀에 대한 관찰이 문화적 민족주의라는 입장인 것만은 아니다. 문화에 관한 '홀로서기'란 없다(어떠한 정체성도 상대를 생각하지 않고는 성립될 수 없다). 근원주의에 대한 망상도 없다. 다만 최근의 동양풍의 흐름들(<대장금> 등 한류 열풍, 김기덕 영화

4) 졸고, 「대중문화1세대의 문화적 기억과 망각」, 한국문학연구학회 제68차 정기학술대회 발표문, 2005.9.24. 최근 386세대의 자기분열에 대한 논의들이 조심스럽게 진행되는 국면이다.

<봄여름가을겨울 그리고 봄>) 속에서 자국 스스로를 타자적 시선으로 주목할 수 있는 비판적 거리의식, 동시에 대위법적인 조화 속에서 동양적 대중이란 무엇인가, 동양적 심성과 자본주의와의 은밀한 관계는 무엇인가를 도전적으로 살펴볼 필요가 있는 것이다. 즉 문화연구는 주변과 중심 사이를 이동하면서 끝없는 타자화 과정을 경험하지 않으면 안되는 방법적 부정성, 자기해체를 통한 자기극복의 실천이다.

최근에 고급/저급(통속) 문화의 수직적 위계(근대적 관점의 리비스)의 문화론이 빛을 잃고 새로운 문화양식들이 내적으로 혼합 장르적 형태를 지향하면서 외적으로 독자성을 내세우며 무수히 소통하는 텍스트로 등장하는 것은 근대적 단일성에 대한 의미있는 균열이라 할 만한 것이다. 서사장르와 드라마, 영화, 만화와의 호환은 텍스트들이 서로 소통하고 그 소통 속에서 대화적 생성을 풍부하게 제공하는 방식이다. 최근 알다시피 문학연구가 문화연구로 확장되어 가면서 복합적 매질들의 합성을 통해 멀티미디어와 그에 기반을 둔 문화양식 및 문학 인접 장르들의 결합의 다양한 코드를 낳고 있다. 문화적 요소를 통한 문학연구, 문학 텍스트에 제시되고 스며든 문화적 요소들의 코드들이 현실 속에서 어떻게 구조화되는가를 살피는 작업, 문학과 문화의 다양한 경계 속에서 중심성과 주변성을 교환하며 상호 촉진하는 과정은 상호텍스트성으로서의 경계활성화이다.

이 글에서는 황순원의 1953년 소설 「소나기」를 드라마로 방영한 HDTV 문학관 「소나기」(2005)를 분석해보려 한다. 문화매체의 다양한 호환은 결국 서사의 상상력을 더욱 풍성한 대화적 생성 에너지로 나아가게 한다. 학제간 연구에서 두 장르의 변별을 찾는 접근은 단순한 매체 비교 이상의 의미를 갖지 못한다. 본질적인 것은 매체호환 변이 속에서 동시대적 의미, 문화적 감수성과 시대적 맥락들에 집중화하는 것이다. 그런 점에서 이 글에서는 사랑, 성장, 여성이라는 근대와 기원주의, 순수와 동양주의의 의미에 대하여 주목하고자 한다. 궁극적으로 순정물의 '동양적인 것'

에 대한 타자적 고찰을 시도해 보는 것에 의미를 찾고 싶다.

2. '자연'으로의 회귀, '순수'의 구성

황순원의 「소나기」는 소녀와 소년이라는 순결한 주체의 순수주의 사랑을 표방하는 소설로, 혹은 소년 시점에서의 성장소설로 논의되어 왔다. 순수사랑의 결정체 혹은 아이콘으로서 「소나기」는 무엇보다 '자연으로의 회귀' 혹은 '자연'을 통한 '기원'을 반복해서 탐구하는 궁극적 지점을 드러낸다. 소년과 소녀를 이어주는 모든 매개들은 '자연물'인데 우연의 소산으로서의 소나기, 조약돌, 무우, 소 등이 배치된다. 그리하여 HDTV 문학관 「소나기」는 과거 전통의 미장센을 철저하게 화면 위에 배치함으로써 의식적으로 전근대의 시각이미지를 이용하고 있다. 최근 스크린 상에서 '자연으로의 회귀'는 전근대의 생명이미지를 회고하는 과거적 시선을 내장한다. 과거의 민족지로서 '자연'은 회고적으로 자연을 돌아보는 시선이면서 동시에 전방을 바라보는 시선이다. 회고한다는 것은 역설적으로 채워지지 않는 현존에 대한 동경, 이제부터 도래할 것에 대한 약속 등이 공존하고 있다. 두 개의 다른 시간-과거회고와 미래지향, 노스텔지어와 이상주의가 합쳐지는 것은 언뜻 불가능해보이지만 영상이미지는 그 두 개의 시간이 합쳐지는 적합한 장소가 된다. 근대 이전의 자연적 공간, 근대적 분열과 갈등이 존재하지 않는 비현실적 순수주의는 연대기적이고 역사적인 시간의 민족지일 뿐 아니라 꿈의 시간, 되살아난 신화의 시간에 관한 '민족지'이기도 한 것이다.

HDTV 문학관 「소나기」는 자연풍의 채광으로 여름의 녹색과 하늘 풍경, 시골 밤 모기연기를 피워올리는 평상 위 풍경 등을 영상미 넘치게 펼쳐놓는다. 기존 아날로그 텔레비전의 경우 화면의 비가 4 : 3 이어서 풀샷(full shot)이나 롱샷(long shut) 등을 쓰는 것은 한계가 있다. 그러나 HDTV는 풀샷이나 롱샷과 같이 배경을 포함한 장면을 연출하기가 용이하다. 소설 「소나기」가 역사적 시공간성이 거의 배제된 채 소년과 소녀의 순정에 집중하고 있다면, 드라마는 역사적 현실적 공간을 내러티브 전개에서 구체적으로 재배치하고 있는 셈인데, 그것은 근대와 개인의 정체성, 전통과 근대 사이에서 억압의 지점과 슬픔의 정서를 찾는 텔레비전 관객의 향수과정을 고려해서이다. 한국 드라마에서 순정물은 전통적으로 근대화 담론의 과정에서 소외되는 개인의 문제, 집단 속에서 타자화된 주체의 억압지점에서 표출된다.

'자연의 회귀'와 '순수의 구성'은 근대의 억압과 분열이 만들어낸 현실의 역상이라는 지점, 무의식적인 기원으로의 지향과 연관된다. 드라마는 이와 같은 순수의 구성에 '근대 사회'의 도래라는 국면을 교합하고 있는 셈인데 이를테면 혈통 있는 양반집에서 소녀의 어머니가 재가하는 것으로 소녀가 홀로 남겨지게 되었다는 사실, 가부장적 남성혈연체계로 이루어지는 윤초시의 집안에 자손이 끊어지고 그 많은 전답이 속된 자본가에게 넘어가게 되는 국면, 윤초시 집에서 대대로 마름노릇을 하며 힘겹게 살아가는 소년의 집안이라는 설정 등이다. 봉건의 해체, 신분제의 붕괴, 전근대적 정체성과 근대적 정체성이라는 역사적 국면이 드라마 서사의 중요한 물질적 현실성을 부여하고 있다. 드라마는 전근대 질서가 서서히 붕괴되고 근대로 이양되는 과정에서 소년과 소녀의 순정에서 근대적 순수를 찾고자 한다. 그것은 외부의 사회적 조건에 영향을 받지 않는 두 사람 간의 인격적 감정적 관계인 '순수한 관계'에 대한 탐구라 해석할 수 있다. 근대는 전근대의 계급상승의 기회비용을 포기한 데 대해서 근대의 낭만적 사랑이라는 보상을 주게 되는 셈이다. 소년은 소녀의 집안에서 대대로 마름을 부쳐먹는 신분적 계급적 열등함을 지니고 있지만, 근대의 연정은 전근대적 계급을 벗어난다는 데서 그 '순수성'을 보장받으려 한다. 소년과 소녀의 순수한 관계란 외부의 사회적 조건에 영향을 받지 않는 두 사람 간의 감정에서 비롯되며, 그 관계는 그 자체의 내재적인 성격에 의해 지속된다는 사실이다.

그러나 「소나기」에 나타난 '순수의 구성'은 계급해체라는 측면에서 근대적 사랑구성이면서 동시에 근대 낭만적 사랑의 범주를 해체하는 국면[5]을 드러낸다. 자본주의 가부장제에서 낭만적 사랑은 결혼, 사랑, 성이 개개인의 삶으로 통합되는데 반하여 순정물은 '성', '섹슈얼리티'의 영역을 배제한다는 점이다. 무엇보다 「소나기」는 근대 순정물이 가지는 과잉 감정주의를 넘어서서 침묵과 여백, 감정적 절제의 미학성을 견지하고 있다는 사실이다. 즉 동양적 '순수'는 근대의 성과 사랑이라는 일상적 부르주아 양식을 배제한 채 일종의 과잉된 '절제'와 '모호함'으로만 지탱된다. 근대적 순수를 보장받기 위해서 존재들은 결국 '부재'를 견뎌내야만 하는데, 그것은 흔히 '여성의 죽음'으로 표면화된다. 다시 돌이킬 수 없는 죽음이야말로 사랑이 요구하는 희생이며 사랑이 격정적으로 타오르게 하는 계기로 작용한다. 1990년대 초 <편지>, <약속>에서 남성주인공의 죽음이 나타나기 전 멜로는 여성의 죽음을 언제나 희생의식으로 수반했다. 근대화과정에서 비롯된 멜로드라마는 여성의 희생을 갈등의 극단적 해결방식으로 혹은 체념과 포기와 같은 역사 포기로 이끌어가면서 체념과 슬픔의 정조를 유발시키기도 했다. 「소나기」에서 가녀린 소녀의 이른 죽음은 순수성에 대한 극단적 성취를 이루는 지점이다. 소년은 '순수한 관계'를 과거의 기억으로 간직할 때 기억주체로서의 근대인이 될 수 있다. 근대주체는 잃어버린 순수의 기원을 과거 '기억'의 형태로만 간직하면서 현재적 혼돈을 감당하고 성장해 간다.

---

5) 황혜진, 「춘향전과 순정만화를 통해 본 '낭만적 사랑'의 형성과 변화」, 『국어교육학연구』, Vol.17 No.2003.

3. 연애의 탄생, 연물(戀物)의 발견

그러나 엄밀하게 따져보면 소년과 소녀의 만남은 근대에 비로소 학습되고 상품화된 '연애'였던 셈이다. 사랑이라는 오래된 계보를 계승받아 근대는 '연애'라는 방식으로 사랑의 대중적 방식을 채택하게 된다. 1910년대 중반까지 '연애'는 물론 '사랑'이라는 단어도 그리 두드러지지 않았다. 1900년대의 정신은 모든 열정을 국가에 헌납하도록 요구받던 시대였다. 3·1운동 이후 새로운 문화정치는 신교육을 받은 학생들에게 새로운 시형을 만들어내게 하였고 그때 등장한 상품 중의 하나가 '연애'라는 사실[6]이다. 1920년대 청년들은 연인끼리 일어로 시를 지어주고 받기도 하고, 뚜르게네프와 톨스토이의 소설을 읽으며 외래의 사랑을 실천하기도 했다. 연애는 일종의 이국취향으로 경험되기 시작한 것이었기에 근대적 책과 영화에서 학습하고 동경하는 어떤 것이었다. 하여 사랑이 생기기도 전에 사랑하고자 하는 욕망이 먼저 자라났다. 신성한 연애에 대한 가치는 충분히 명백했다. "다만 연애의 대상이 없을 뿐이었다."[7] 그러니까 진보적 문명이나 국가정신의 시대가 지나고 개인적 독자성의 옹호로서의 문화(culture)의 개념이 들어서면서 '연애'는 개인주의의 실천의 한 형식이 된 셈이다.

「소나기」에서 소년과 소녀의 만남은 전근대의 붕괴 속에서 근대의 대중적 형식으로서 '연애'이며 연애열은 궁극적으로 개인의 발견이라 할 수 있다. 사랑이 비극과 결합할 때 그 개인적 정체성 형성은 강렬한 순도로 타오르게 되는데 그것은 사랑하는 연인의 죽음이 온전히 극단적 개인, 사랑을 나누어온 유일한 상대인 자기 자신의 실존적 몫이 되기 때문이다(사랑과 이별이 극개인적 문제가 되는 것도 이러한 이유에서다). 소녀가 죽고

---

6) 권보드래, 「연애의 형성과 독서」, 『역사문제연구』 Vol. No.7. 역사문제연구소, 2001.
7) 빙허, 「지새는 안개」, 『개벽』 33호, 1923.3. 44쪽, 권보드래, 앞의 논문에서 재인용.

나서 소년은 비로소 근대적 주체로서 개인이 되는 궁극적인 지점을 맞이한다.

소녀와 소년의 만남은 근대 일종의 '연애의 발견'이 되면서 동시에 '연물의 발견'으로 이어진다. 연물(戀物)은 자본주의 상품을 애무하듯 소비하는 사물숭배를 의미하는 것이기도 하지만 고대 동양에서 신의를 지키기 위한 신물(信物)의 의미를 지니는 것이기도 하다. 유리왕과 주몽의 만남에서 부러진 칼을 찾아 맞추어보는 과정, 헤어져 있는 연인이 깨어진 거울조각을 맞추어보는 것으로 인연을 확인하는 일 따위가 신표(信標)의 기능을 한다 할 수 있다. 동양주의에서 신표와 연물에 대한 관심은 보이지 않는 '부재의 환영에 대한 감정적 물신화'와 연관되어 있다. 동양적 정신주의에서는 극단적으로 명백한 실체는 숭고의 대상이 될 수 없다. 강렬한 태양빛은 시각적으로 너무나 명백한 암흑과 다를 바가 없다는 것. 그런 점에서 동양적 자아는 말로 표현할 수 없는 의식의 단계 속에서 사물의 세밀한 부분에 이르고자 하였고, 내면의 '마음'을 향하고자 하였다. "마음 속에 있는 정밀하고 세미한 것은 말로 표현할 수 없다(心之精微,口不能言)"(정호의 <답횡거선생정성서>에서)[8]. 이심전심, 사랑하는 연인끼리 정물의 주고받음은 말로 표현할 수 없는 감정의 물질화에 해당하는 것이다.

사실 이와 같은 감정의 물질화는 원시적 숭고와 연관되어 있다. 토템숭배에서 토템 의식을 통해 보이지 않는 것과 교감하고 혼돈의 자연에 질서를 부여하는 것이다. 연인 사이에서의 신표, 연물은 원시적 교감의 산물로서 현실 속의 환상이며 환상의 형식으로 표현한 현실이라 할 수 있다.

소녀와 소년의 만남에서 주고받는 것은 소녀가 개울가에서 만난 소년에게 던진 조약돌, 소년의 등에 업혔을 때 입은(흙이 묻어 있는) 소녀의 스웨터 같은 것이다. 소녀는 죽으면서 흙이 묻은 자신의 스웨터를 관에 함

---

8) 장파, 유중하 외 역, 『동양과 서양, 그리고 미학』, 푸른숲, 1999, 79~80쪽.

께 넣어달라고 한다. 소년은 소녀가 자신에게 던진 조약돌을 만지작거리면서 개울가에서 죽은 소녀를 생각한다. 사랑은 '부재'를 통한 '환영'에 의해 완성되는 환각이기에 사랑에는 '작용하는 허구'가 늘 개입할 수밖에 없다.

이와 같은 연물은 부재하는 것에 대하여 불균형의 정서에 스스로 자신의 정체성의 결여를 채워나가려 한다는 점에서 페티시즘의 한 측면을 제공한다. 서구에서의 페티시즘이 일탈적이고 도착적 인공적 인체조작과 위반된 성적 상상과 연관된다면 동양주의에서 연물은 부재의 궁극적 힘과 기운을 완성시키는 어떤 것이라는 점을 상기해 볼 필요가 있다.

드라마 <올인>에서 '오르골'과 드라마 <겨울연가>에서의 '폴로로이드 목걸이'가 이에 해당한다. <올인>의 여주인공은 '오르골'을 가끔씩 열어 음악소리를 들으며 과거의 사랑을 추억하고, <겨울연가> 여주인공도 '폴로로이드 목걸이'를 만지작거리며 사랑을 잊지 않는다. <프라하의 연인>에서의 호각, <파리의 연인>에서의 포스트 잇. 이와 같은 연물은 소비산업화 속에서 상품 속에 연정을 투사시키는 자본주의사회에서의 페티시즘을 환기시키기도 한다. 상품의 소비와 페티시즘의 과정이 소비 산업화가 교직해 놓은 개인 몽상의 과정 속에서 진행되는 것을 보여준다.

소설 「소나기」에서 소년이 소녀의 기억과 함께 간직하는 것들은 '소나기', '개울가', '조약돌', '호두알'같은 자연물이다. 그러나 근대적 역사적 전환기를 물적 토대로 대중성을 안고 있는 TV문학관에서 소년은 소녀가 선물한 검정고무신을 신고 있다. 자연물과 달리 '검정고무신'은 자본주의의 상품이다. 상품적 인공품을 통해 사랑의 환상은 매개된다. 메이드(made)의 인공성과 상업화의 상징들은 자본주의 교환가치 속에 동양적 신표(信標)의식이 결합된 형태라 할 수 있다. 도시적 일상에서 연물이 구체적 특징으로 나타나게 된 것은 1997년 영화 <접속>에서 사랑하던 여인이 준 음반을 계속해서 듣고 있는 남성의 모습으로, 밤마다 통신안에서 메신저를 주고받는 문자 애무증(愛撫症) 통신(通信)페티시의 모습으로 드러날 때부터였다.

「소나기」에서 '검정고무신'은 문화적 취향과 문화적 신표로서의 상징, 문화적 에로티시즘의 물신(物神)이 아니라 실제 소년이 필요로 하는 필요요건으로서의 고무신이라는 측면에서 자본주의적 상품화의 의미가 좀더 두드러진다. 소년은 나달나달해진 검정고무신을 개울가에서 잃어버리게 되고 소녀는 시장에서 고무신을 사서 소년에게 선물한다. 드라마 연출자는 문화적 코드의 교환이라기보다 대중적 상징을 염두에 두었다 할 수 있다. 즉 '신발'은 '다가옴'과 동시에 '달아남'이라는 연인적 거리관계, 사랑하는 대상 그 자체(은어 "고무신 거꾸로 신었다"라는 말 등)를 상징한다. 소년이 선물받은 검정고무신을 개울가에서 잃어버리게 되면서 소녀는 죽게 되는 알레고리적 상징이다.

4. 부재의 신비학과 두 명의 여성

자본주의 사회에서 개인주의의 새로운 문화와 옹호가 '순수한 관계'라는 환상으로 전이되면서도 순수성의 환상이 자본주의 상품을 담보하면서 매개된다는 것은 역설적인 사실이다. 즉 연물은 자본주의 상품의 일종이며 화폐로 산 '선물'의 일종이기 때문이다. 현대의 연인들은 교환가치로 낭만적 사랑의 가치를 실현하며(사랑의 수많은 이벤트들은 너무 많은 돈이 든다. 심지어 사랑의 상징인 백송이 장미의 가격이라니!) 증명한다. 무엇보다 여성은 근대 물질주의의 화신으로 상징화되어 있고 여성은 물질적 봉양을 필요로 하는 존재로 인식되기 때문이다(여성에게 남성들은 무수한 선물공세를 하면서 사랑에 도전한다). 존재의 결여감을 달래주는 것, 부재의 결핍감을 달래주는 것은 궁극적으로 상품이라는 사실, 연물로서 사랑의 환각과 기억이 보존된다는 점이다. 연물에는 과거 기억의 시간이 물질화된 채 농축되어 있다. 연물은 '부재의 신비학'을 이룩하는 것으로 상품이데올로기를 은폐하고 근대낭만주의 사랑을 완성시킨다.

드라마 「소나기」에서 근대적 문물(선물, 연물), 근대적 사랑의 교환이 '여성'에 의해 주도된다는 것은 크게 놀랄 일은 아니다. 소녀가 소년들보다 감정적 정서적 발달이 빠르다는 사실은 일반적인 상식이다. 1920년대 '연애'가 유행처럼 형성될 무렵 연애의 주역은 기생들이었다. 그 다음 카페 마담과 여급들이 연애의 주도자들이었다. 근대 낭만성을 주도하면서 '사랑'의 감정을 담당하려 했던 여성은 근대문물과 정서의 주체적 세력이었다. 소녀는 소년에게 '조약돌'을 던지며 "바보!"라고 외친다. 여성은 근대 남성에게 '사랑'이란 감정을 성숙시키고 전달하려한 프로메테우스적 존재였던 셈이다.

그러나 궁극적으로 근대적 사랑을 전달하는 여성은 근대 남성 환상이 만들어놓은 또다른 여성 이상화라 할 수 있다. 궁극적으로 여성은 초월적인 장소를 차지하는 존재, 궁극적으로 이상화된 객체이다. "현실에 존재하지 않는 것"[9]. 그것은 마치 타자, 너무나 소중하기 때문에 숨어 있지 않으면 안되는 타자에 접근하는 것이다. 소녀는 소년이 한번도 본 적이 없는 도시적 풍모로 나타난다. 하얀 얼굴과 브라우스, 스커트와 구두, 소녀는 소년에게 불가사의한 정신적 존재, 파괴되지 않는 순수한 이상으로서의 존재인 셈이다. 소녀는 개울가에 나타나기도 하고 사라지기도 하고 학교에 나오기도 하고 병 때문에 결석하기도 하는 모호한 육체성을 드러낸다. 즉 소녀는 정신적이면서 불가시적인 존재, 환기할 수는 있지만 직접 만지거나 경험될 수는 없는 신성한 장소를 드러낸다. 소녀는 최종적으로 무덤

9) 레이 초우, 앞의 책, 78쪽.

속에 봉인됨으로써 근대 여성 신화를 완성시킨다. 소녀는 이상적 기원으로서의 '자연'이면서 '문화'이며 '비어 있는 공허'이면서 동시에 연물로 남아 있는 가상적 '현존'인 셈이다.

한편 「소나기」에서 근대적 자본주의 형태로 특징지어지는 사람은 소년의 어머니다. 소년의 어머니는 아들만 둘 낳은 남성혈연적 계보를 이어가면서 어느 누구보다도 자신의 아들 둘을 "남 보란 듯이 성공시키겠다"는 가부장적 남근적 여성으로 등장한다. 딸만 하나 낳고 가문의 대가 끊기게 된 윤초시 집안과 대조를 보여주는 부분이다. 소년의 어머니는 가족을 위해 열심히 물질(호롱불, 신발, 음식)과 돈을 아낀다. 운동회에 나가서도 공책 몇 권을 상품으로 타기 위해 속임수를 쓰는 자본주의적 속물근성을 드러낸다. 봉건적 신분제 몰락과 함께 가부장적 자본주의의 도래를 드러내는 한 국면이다.

이렇게 하여 문학관에서 근대의 여인상은 두 유형으로 나누어진다. 소녀와 소년의 어머니는 순수/세속, 정적/동적, 비현실적/현실적, 가부장의 붕괴/가부장의 재건이라는 근대 여성이분법을 반복한다.

결국 소년은 근대의 전달자인 '소녀의 희생(소녀의 죽음)'을 통해 비로소 근대적 주체로 태어난다. 소녀가 죽은 뒤 계절이 흘러 겨울, 소년은 좀 더 성숙한 모습으로 눈이 오는 산길에서 나무땔감을 지게에 모은다. 근대 남성이 주체로 성장하는 데에 여성은 근대 '사랑'의 전달자로서 유토피아적 숭고한 존재이거나 물질적 물물의 제공자라는 양극단적 존재로 나타나고 있는 것이다. 여성은 궁극적으로 남성을 근대주체로 형성하게 하는 동력자이자 매개자 근대 환상의 제공자인 셈이다.

5. 제 3세계문화의 대항이냐 나르시시즘이냐

HDTV문학관 「소나기」를 통해 동양적 자연주의와 순수성의 의미, 근대 정체성을 형성하는 연애의 발견, 연물(戀物)속에서 기원으로서의 시간이 농축되는 과정, 순수주의를 완성시키는 죽음의 침묵, 부재의 신비학을 상품으로 이룩하는 상품적 페티시즘과 근대 순정물 드라마의 연동체계를 살펴보았다.

텔레비전 드라마는 극단적 사건구성을 피할 수 있다는 점에서 일상성 속에서 멜로를 구성할 수 있는 장르적 특징을 지닌다. 한국 순정드라마는 텔레비전의 장르적 구동을 최대한 이용하면서 '자연'을 통해 동양적 순수주의, 기원추구를 반복 탐구하는 작업(<겨울연가>, <가을동화>), 1990년대 이후부터 여행자유화에 따른 엑조티즘의 영향 속에서 이국풍물을 트랜드화하는 경향 <파리의 연인>, <프라하의 연인> 등으로 흐르고 있다.

최근 한류 열풍 속에서 한국의 멜로드라마가 새로운 구성체로 등장하는 것은 텔레비전 드라마가 갖는 자상한 일상성, 시각적 영상미, 세심한 디테일이라는 현대성에 대한 한국적 재구성과 연관된다. 무엇보다 '첫사랑', '순수' 자연 '여자', '어린아이'라는 원시성을 원천으로 하는 한국드라마는 절제와 마음의 기운으로 통하는 동양주의로 근원에 대한 추구를 보여준다. 유년의 공간과 유년의 첫사랑 등은 시적 절제와 순수성으로서 비어있는 공백을 기표화하고 있다. 사실 시적 절제는 동양적인 것과 연관된다. 한국 드라마는 시적 함축을 통해 모호함과 응축, 고독과 순결이라는 순수의 숭고성을 높이고 있다.

자연으로의 회귀와 순수한 첫사랑과의 결합, 한국드라마의 '순수주의', '기원으로의 회귀'는 한류의 동양주의에서 문화횡단적 탐구하도록 한다. 근원적인 신화, 비어있는 텅빈 순수, 첫사랑의 순정주의는 불교와 도교에서의 '무', '근원으로의 지향'과 연결되어 있다. 동양주의에서의 순수는 도교적 측면에서의 마음의 보존과 본성으로서의 순수와 결합하고 원시성으로서의 자연과의 결합은 동양적 숭고성과 연결된다. 그러나 이와 같은 유년의 비어있는 '자연', '순수'의 공간은 문화 교환이 시작되기 전부터 '근원'이 있었던 것처럼 보이는 신비화되거나 내용을 결여한 무엇으로 보이게 한다는 것, 때묻지 않은 과거가 한국 문화의 '오리지널'처럼 보이게 하는 과정, 동양적 순수주의의 추구가 자기자신의 언어 속에서 순환하는 나르시시즘적 내부를 지향한다는 점을 상기해볼 필요가 있다. 이를테면 <서편제>에서 민족주의 담론으로 이어지는 '토착문화'의 나르시시즘적 문제가 상상적 동일시를 통해 진행된다(폐쇄적인 자기동일성).

중국에서의 한류의 열풍이 '한국'이 아니라 '한국적인 것'을 타자에 의해 새롭게 발견하게 되었다는 것은 의미 깊다. 일본풍과 헐리우드풍을 벗어나는 한국을 중심으로 하는 동아시아문화론이 힘을 얻고 있다[10]. 그러나 동아시아 문화론에서 유의할 점은 그 문명론이 서구 문명적 요소를 배척하는 이분법적 대립항으로서의 단순화는 별로 소망스럽지 못하다는 사실이다. 주변의 문화가치가 중심으로 이동하였다 할지라도 우리는 매 순간 수많은 다른 중심의 존재를 예상하면서 끊임없는 자기 해체를 경험해야 한다. 이것이 탈지배적인 의식을 도식적인 문화민족주의 함정에서 구하는[11] 방편이다. 한류가 '한국적인 것'으로서의 동양주의가 아닌 아시아의 다양성을 인정하는 타자의 거울이 될 때 오리엔탈리즘이라는 폐쇄된 지역주의를 벗어날 수 있을 것이다.

10) 이은숙, 「중국에서의 한류 열풍 고찰」, 『문학과 영상』, 문학과 영상학회, 2002 겨울, 55쪽.

11) 정재서, 『동양적인 것의 슬픔』, 살림, 1996, 114쪽.

「소나기」와 영화
–사랑의 영원성과 성장의 원형으로서의 「소나기」 의미

황영미

1. 머리말

문학을 원천으로 매체를 바꾸어 활용하는 것은 문학의 문화적 영역의 확산이라고 볼 수 있다. 문학 자체가 하나의 문화이기도 하지만, 다른 매체로 변용될 때 다른 문화에 영향을 끼치게 되는 것이다. 특히 소설의 경우 수용자 측면에서의 다양한 해석과 만날 때 새로운 창조의 원천이 된다. 많은 소설이 영화화되었고, 영화마다 다르게 표현되기 마련이지만 영화의 원천이 되는 소설의 요소는 소설이라는 서사의 기본 뼈대인 '이야기'라고 할 수 있다. 서사를 이야기와 담화로 구분하는 채트먼의 분류에 의하면, '이야기'란 행위와 사건으로 표방되는 '사건들'과 인물과 배경으로 표방되는 '사물들'[1]로 이루어져 있다. 소설의 담화는 언어를 통해 독자와 소통하지만, 영화화될 때는 소설의 대화는 대사로 지문은 대부분 화면으로 표현된다. 영화와 소설의 이러한 교호작용은 왜 빈번히 일어나게

1) 채트먼, 김경수 역, 『영화와 소설의 서사구조』(민음사, 1990), 21쪽.

되는 것일까? 영화는 도대체 원작에서 무엇을 가져가는 것이며, 왜 가져가는 것인가의 문제는 소설의 영화화에서의 일차적인 문제가 될 것이다. 이차적인 문제는 영화에서 원작이 어떻게 바뀌어 표현되었는가의 문제라고 생각된다. 범박하게 말하면 이는 '무엇'과 '어떻게'의 문제에 해당할 것이다. 이 글은 영화는 소설에서 일차적으로 '무엇'의 측면에서 이야기를 가져가며, 이차적으로 '어떻게'의 측면에서 담화는 변용시킨다고 보고, '무엇'을 '어떻게' 수용하고 변용하였는가의 문제를 한국문학의 시적 순수성과 성장소설 장르를 대표한다고 해도 과언이 아닌 황순원의 「소나기」를 통해 살피고자 한다.

이 소설은 영화, 테마파크, TV드라마, 연극, 애니메이션, 단행본 만화 등으로 확장된 바 있어 '원 소스 멀티 유즈'(One Source Multy Use)의 대표적인 예가 될 수 있다는 점에서 문화콘텐츠 분야에서 주목을 요하는 텍스트이다. 이 글은 영화화에 초점 맞추어 고찰할 것이다. 고영남 감독은 황순원의 「소나기」를 소년의 성장담이라는 측면을 강조하여 1979년에 영화화[2]했다. 고영남 감독의 「소나기」에 관련되어서는 그간 연구된 바가 없었으며, 이 글은 한국영상자료원에서 2004년에 복원한 비디오 자료를 기본자료로 삼았다. 곽재용 감독은 <엽기적인 그녀>(2001)와 <클래식>(2002)에서 「소나기」의 일부를 에피소드로 차용했으며, 장진 감독은 원작을 변용하여 소녀의 죽음 이후 소년이 다시 일상으로 돌아오기까지의 과정을 <소나기는 그쳤나요?>(2004)에서 그리고 있다. 이렇듯 다양하게 영화화된다는 것은 황순원의 「소나기」가 한국인의 정서에 깊게 자리잡고 있음을 반증한다. 황순원의 「소나기」는 제2차 교육과정에 따라 1966년에 발간된 중학국어에 실린 이래로 교과서에 빠짐없이 실려 왔고, 그만큼 한국인에

---

2) 고영남 감독의 영화 「소나기」 관련정보는 다음과 같다.
(개봉일: 1979.9.13, 주연 : 이영수, 조윤숙, 김신재, 제작사와 배급사 : 남아진흥, 상영시간 : 100분).

게는 '순수한 사랑'의 원형으로서의 위상을 지니고 있다고 말할 수 있다. 소설이 영화화될 때 일차적 요소, 즉 전술한 행위와 사건으로 표방되는 '사건들'과 인물과 배경으로 표방되는 '사물들'에 주목하여 보면, 「소나기」는 시골 소년과 도시에서 내려온 소녀가 만나 사랑의 감정을 느끼게 되는 과정에서 소나기를 맞은 후, 소녀가 아프게 되고 아버지를 통해 소녀의 죽음을 전해 듣는 소년의 이야기이다.

이 소설은 그동안 많이 연구되어 왔다. 이 글은 황순원의 「소나기」에 관한 많은 연구 업적 중에서 '황순원의 「소나기」에 대한 영상적 기법 고찰'[3]이라는 김중철의 논문과 황순원의 「소나기」가 서술자와 주인공 시점이 교차되는 자유간접화법을 사용하고 있음에 주목한 김남영[4]의 논문에 주목한다. 이는 「소나기」에 나타나는 황순원의 화법이 많은 변용 없이도 영화화를 가능케 한다는 것을 말해주기 때문이다. 특정한 서술과 시점이 영화화될 때 그에 따라 나타나는 현상들은 문학을 원작으로 하는 영화에서 중요한 문제이다. 서술시점은 일차적으로는 어떻게 표현하는가와 관련되어 있지만, 그 근본은 작가가 그 대상을 '어떻게 보고 있는가'인 작가의 세계관 및 인물관에 관련되기 때문이다.

이 글은 원작소설이 고영남 감독의 영화 「소나기」로 영화화되는 과정에서 나타나는 영화와 소설의 차이점을 무엇과 어떻게, 즉 이야기적 요소와 담화적 요소에서 접근해 보고자 한다. 또한 「소나기」 차용 영화의 분석을 통하여 각 감독이 원작 「소나기」를 어떻게 읽어내고 영화로 재현하고자 했는지, 영화화의 의미는 무엇인지를 살피고자 한다. 논의에 앞서 이 글은 원작과 영화는 차이가 있을 수밖에 없다는 것을 전제로 하며, 어떻

---

3) 김중철, 「황순원의 "소나기"에 대한 영상적 기법 고찰」, 『한민족문화연구』 제2집, (한민족문화학회, 1997.12), 1~19쪽.

4) 김남영, 「황순원의 소년 주인공 단편소설 고찰」, 『한국문학이론과 비평』 제18집, (한국문학이론과 비평학회, 2003.3), 67~82쪽

게 달라졌는지를 살피고 있음을 밝혀둔다.

2. 소설 「소나기」와 영화 <소나기>의 변별점

소설을 영화화할 때는 구체적 공간에서 장면화하는 과정을 거치게 된다. 이 외에도 주제적 측면이 영화화될 때 작가와 감독의 세계관의 차이에 따라 인해 달라질 수 있다. 영화화의 과정은 감독이 그 소설을 어떻게 읽어내고, 소설에서 무엇을 취하고 버리며 또한 무엇을 보태어 영화를 만들고자 하는가에 따라 달라지기 때문에 일반적으로 유형화하기 어려운 점이 있다. 그럼에도 불구하고 굳이 유형화한다면, 원작에 충실한 영화와 모티프나 에피소드만 따온 영화로 구분할 수 있다. 또한 원작에 충실하다고 하더라도, 그 원작이 장편인가, 단편인가, 일인칭 서술인가 작가적 서술인가에 따라 상당부분 좌우된다. 또한 원작을 충실하게 살려 영화화할 경우, 서술을 어떻게 하는가 즉 누가 말하게 하는가인 화자 서술인가 반영자인물 서술인가에 따라서도 달라질 것이다. 영화에서 카메라가 인물의 외부시점에 주로 존재하지만 시점쇼트를 통해 인물의 내부시점에 접근할 수 있다고 하는 것은 영화의 초점화에 주목을 요하는 부분이다. 황순원의 「소나기」는 삼인칭 작가적 서술임에도 상당부분 인물의 내부시점이 많은 소설이다. 소설의 내부시점은 주로 소년의 시점으로 표현되지만, 간혹 소녀의 시점으로 표현되는 부분도 일부 존재한다. 소설의 내부시점은 영화에서 주로 시점쇼트로 나타난다. 이 영화에서 시점쇼트는 그리 효과적으로 그려지지 않고, 카메라의 객관적 시점이 많은 부분을 차지한다. 그래서 원작의 서정성을 영화에서는 관객과 함께 공유하기 어렵게 되었다.

'무엇'의 측면에서 볼 때, 황순원의 「소나기」는 단편이기 때문에 영화화될 때 기본적으로 더 많은 이야기적 요소가 필요하게 된다. 그래서 고영남 감독의 <소나기>에는 '행위와 사건', '인물과 배경'이 추가된다. 영화에서는 실제 인물이 행위를 해야 하기 때문에 소년은 '석이'라는 이름을 소녀는 '연이'라는 이름을 지니게 된다. 그 외에도 연이네 가족과 석이네 가족, 학교 친구들 그들과 관련된 사건들이 추가된다. 그리고 구체적으로 공간이 필요하기 때문에 소설에서의 주 공간인 들판과, 개울가, 산 외에도 연이네 집, 석이네 집, 동네, 학교 같은 공간이 등장한다. 그러한 공간에서 추가된 인물과 함께 여러 가지 에피소드들이 추가되어 영화가 진행된다. 특히 도입부분의 꿈과 마지막 부분에서 처리되는 환상 부분에서는 주목을 요한다.

또한 산너머 놀러 갔을 때, 처녀귀신이 나온다는 물레방앗간에서의 귀신놀이나 소설에서 한 줄 정도로 언급되었던, 산너머에 가려고 할 때, '참 오늘은 일찍 집으로 돌아가 텃논의 참새를 봐야 할 걸'하는 생각이 든다 '정도로만 표현되었던 한 문장의 글은 가족들이 '참새를 보라'고 말하는 가족들과의 일상, 학교생활 등이 추가되어 현실성을 보탠다. 또한 소녀가 소나기를 맞고 난 후 아플 때 할머니가 애기해주는 여우고개 이야기 등 상당부분이 새롭게 추가된다. 그러나 원작의 뼈대나 대사는 거의 그대로 살려서 영화화되었다. 소설이 상당히 서정적 울림을 지니고 있는 데에 비해 영화는 서정적 울림보다는 소설에서 사건적 요소만 추가하여 평면적으로 재현한 것으로 보인다. 이는 황순원의 문체의 특성이 독자의 감성을 마치 눈으로 보는 듯 느끼게 해주는 반면, 영화는 소년과 소녀와의 감성보다는 '소년과 소녀의 성장과 사랑'이라는 소재측면에서만 바라본 감독의 한계를 보여주는 것이라고 하겠다.

3. 소년과 소녀의 사랑과 성장 : 고영남 감독의 영화 <소나기>

황순원의 「소나기」는 성장소설이다. 성장소설로서 본다면 사랑에 조금 눈뜨게 된 소년이 소녀가 죽게 되는 충격을 맞게 됨으로써 사랑과 삶의 의미를 깨닫게 되는 소설이라고 할 수 있다. 고영남 감독은 소년 소녀의 순수한 사랑이라는 감정의 성장을 표방하고 있지만, 꿈이나 환상 장면을 통해 성적인 성숙의 단계 역시 함께 상징하고 있는 것으로 보인다. 영화 <소나기>는 소년의 꿈으로 시작된다. 그 꿈은 마치 에덴동산에서 아담과 이브가 만나는 장면처럼 재현된다. 이는 <소나기>에서의 소년과 소녀의 만남은 인류의 원형적 만남으로 원시성과 성적인 성숙의 초기단계를 상징하고 있는 것으로 보인다. 이는 리비도가 머무는 장소로 어린아이들의 발달단계를 말하는 프로이트의 이론을 적용하여 보면 초등학교 때의 잠복기를 벗어나 성기기(性器其)[5]로서의 변화의 단계를 보여준다고 할 것이다. 특히 벌거벗었다는 점, 그리고 빨간 열매를 따먹는 행위 등이 성적인 요소를 강화시키고 있다. 이러한 꿈을 꾼 소년이 꿈에서 깨어나자마자 하는 행동이 소변을 보는 행위이다. 이는 성기와 관련된 행위로 이 영화가 어린아이의 성적 발달 단계를 고려하고 있다는 점을 보여준다.

여우고개의 이야기 역시 설화적인 요소를 활용해 소년과 소녀의 만남에 성적인 요소를 강화시키고 있다. 소나기를 맞은 후 몸이 약해진 연이는 할머니에게 옛날이야기를 해달라고 조른다. 할머니의 이야기 속에 나오는 여우고개 전설은 산너머 총각이 서당에 다니는데, 여우고개에 꽃같은 여자가 나타나 입을 맞추며 구슬알을 입에 넣었다가 뺐다가 하는데, 총각의 몸이 점점 쇠약해진다는 것이다. 훈장이 총각의 뒤를 밟아 이 광경을 보고서 구슬알을 삼키라고 말해준다. 훈장의 말대로 구슬알을 삼키

---

5) 프로이트, 임홍빈 · 홍혜경 역, 『정신분석강의 (하)』(열린책들, 1997), 465쪽.

니 꽃같은 여자는 여우로 변해 죽는다는 것이다. 연이의 꿈에서 여우고개 전설은 연이와 석이로 변해서 나타난다. 연이는 여우가 변한 여자에게 홀려 구슬알을 입어 넣었다가 뱉었다가 하는 석이를 안타깝게 바라본다. 다행히도 석이는 사탕을 삼켜 위기를 모면하고 연이는 잠에서 깨어난다. 이는 사춘기를 겪는 연이와 석이가 꿈을 통해 성적인 감정을 표출하고 있는 것으로 영화 <소나기>에서 나타난다. 이는 성장소설로서의 「소나기」에 담겨진 소년과 소녀의 육체적 접촉(수숫단에서 몸이 닿는 것, 업히는 것)을 꿈으로 형상화시킨 것으로 볼 수 있다. 고영남 감독은 소년과 소녀의 성장을 정신적인 것과 더불어 육체적이면서도 성적인 성숙의 의미를 재현하고자 한 의도라고 볼 수 있다.

4. 「소나기」 차용영화

<소나기>는 다른 영화에도 모티프나 에피소드가 차용되기도 한다. 그만큼 「소나기」가 소년과 소녀의 성장과 사랑'의 원형이 될 수 있기 때문이다. <소나기는 그쳤나요?>와 <클래식>, <엽기적인 그녀>를 통해 차용된 양상을 살펴보면 다름과 같다.

1) 성장통 : 죽음의 수용은 영원히 함께 함으로 극복 – 장진 감독의 <소나기는 그쳤나요?>

① 죽음을 인정하지 않음

<소나기는 그쳤나요?>[6]는 소녀가 죽던 날 밤에서부터 시작된다. 윤초시댁에 들렀다온 아버지가 원작에 있는 그대로의 유명한 대사인 "윤초시

6) 장진 감독의 <소나기는 그쳤나요?>는 2004년 환경영화제 "1 · 3 · 6" 프로젝트에서 디지털 영화로 만들어진 러닝타임 35분의 단편영화다.

손녀딸은 여간 잔망스럽지가 않아. 자기가 입었던 옷을 함께 묻어달라고 했다는군."을 말한다. 방에서 그 말을 들은 소년이 문고리를 잡고 우는 것이 영화의 오프닝이다. 소녀의 죽음으로부터 시작된 영화는 소년이 소녀의 죽음을 인정하지 않는 데서 출발하고 있다. 한밤중에 소년은 소녀의 집으로 달려 나서 상가(喪家) 표시등을 꺼내 들고 달빛을 등 뒤로 하며, 들판 멀리 땀을 흘려가며 달린다. 살아있는 소년은 끊임없이 소녀와 있었던 일을 개울가에서 회상하곤 한다. 개울가에서의 만남에서 '며칠동안 아팠다'는 소녀의 말과 '그날 맞은 비 때문인가?'하는 소년의 대화를 플래시백으로 보여준다. 이후 영화는 소년의 고통을 여러 가지 에피소드를 통해 보여준다. 소년은 식구들과 밥을 먹다가도 곧장 옆으로 쓰러지곤 한다. 소년이 "가슴이 답답하다. 가슴에 뭐가 뭉쳐있는 것 같다"는 말을 하자 소년의 아버지는 어머니에게 허약해서 그러니 약이라도 해먹이라며 소년의 마음을 잘 이해하는 것으로 나타난다. 또한 아버지와 길을 가던 소년은 비석이 없는 묘를 보고 비석이 없는 이유를 물어본다. 소년의 아버지는 자식이 부모보다 먼저 죽으면 비석을 세운다는 말을 해준다. 소년은 자신이 부모보다 먼저 죽어도 비석을 세워달라며, 비석에는 "죽도록 사랑했다고, 사랑해서, 그래서 죽었다고."라는 말을 써달라고 하여 아버지에게 혼이 난다.

② 소녀를 위한 제의

까치가 울던 어느 날 소녀의 아버지가 찾아와서 소년에게 소녀의 옷과 일기장을 전해주며 소년에게 자장면을 사준다. 소년이 자장면을 올을 세어가며 먹자 소녀의 할아버지는 궁금해 한다. 소년은 자주 체한다고 한다. 소녀의 할아버지는 소녀의 이름이 연임이라는 것을 가르쳐 준다. 소년은 개울에서 죽은 소녀 연임이의 옷을 안고 한참을 쳐다보다가 자신의 옷을 벗고 그 소녀의 옷을 입은 채 집으로 들어온다. 어리둥절한 부모는 아파서 그러려니 소년을 이해한다. 소녀의 일기장을 읽던 소년은 소녀가 서울에 있을 때 이미 병원에 입원한 적이 있으며, 병원에서 친했던 남자친구가 있음을 알게 된다. 바로 내일이 그 남자아이의 생일임을 알게 된 소년은 아버지에게 밤중에 달려가 안기며 간절히 말한다. 소년의 마음의 병이 위중한 것으로 생각한 아버지는 소년의 소원을 들어주며, 서울에 있는 소녀 친구의 병실에 찾아간다. 소녀의 친구에게 소년이 자신이 대신 생일축하를 하러 왔다고 하자. 친구는 소녀의 죽음을 인식하고 슬퍼한다. 소년은 소녀가 할 일을 대신 함으로써 소녀를 위한 제의를 치르는 셈이다.

③ 소녀가 소년과 영원히 함께 함으로써 죽음을 넘어섬

소년은 다시 일상으로 되돌아왔고, 여기에 도시에서 전학 온 또다른 예쁜 소녀가 등장한다. 그 소녀 역시 예전의 연임이처럼 개울가에서 물장난을 치며 소년에게 다가가기도 하고, 수업 시간에도 소년에게 관심을 보이는가 하면, 교회에서도 빤히 쳐다보는 등의 태도로 소년에게 관심이 있음을 노골적으로 표현한다. 그러나 소년은 거들떠보지도 않는다. 그리고 죽었던 연임이가 나타나는 판타지 장면으로 엔딩처리를 했다는 것은 소년이 연임이와 영원히 함께 한다는 것을 의미한다. 멀리 사라져 가는 그녀에게 소년은 항상 소녀가 곁에 있을 줄 알았다고 한다. 새로운 사랑을 받아들이지 않고, 연임이와의 사랑을 간직하는 소년의 모습에서 소녀와의 사랑의 소중함이 다시 한번 부각된다.

2) 첫사랑의 영원성 : 곽재용 감독의 「클래식」

이 영화에서 곽재용 감독은 고영남 감독의 <소나기>를 상당부분 차용한다. 초등학생인 소녀가 고등학생으로 바뀌었을 뿐, 소가 끄는 우마차 뒤에 걸터 앉아있는 모습으로 처음 등장하는 모습 등은 그대로이다. 물방앗간의 귀신놀이는 귀신이 나온다는 집에 놀러가자고 하며 강을 건너 귀신

집으로 가는 것으로 차용되어 나타난다. 귀신집에서 실제 귀신이 아니라 걸인이 나오는 것으로 바뀌었을 뿐 주인공들이 놀라며 서로 가까워지는 계기가 된다는 점은 마찬가지이다. 또한 갑자기 온 소나기를 피해 원두막에서 수박을 먹으며 비를 피하는 모습 등이 영화 <소나기>에서 차용되어 온 부분이다. <클래식>에서의 각각 부모들의 이루어지지 않은 첫사랑은 자식 대에 와서 이루어진다. 그 매개는 어머니의 일기장이며, 구체적으로는 소녀의 어머니가 소년에게 준 목걸이로 구현된다. 원작에서는 소녀의 죽음으로 끝나지만 <클래식>에서 자식 대에 가서 이루어진다는 바뀐 에피소드가 순수한 첫사랑의 영원성을 상징하는 것이다.

3) 죽음의 극복 양식 : 곽재용 감독의 <엽기적인 그녀>

<엽기적인 그녀>에서 곽재용 감독은 인터넷 소설인 동명의 원작에는 없는 황순원의 「소나기」를 패러디한 장면을 삽입한다. 결말구조에 대해 황순원만큼 <결말효과>를 능란하게 취한 작가는 별로 많지 않다[7]는 작가론에 단편 「소나기」가 들어가는 것을 보아도 「소나기」에서의 결말은 상당히 유의미한 요소라고 할 수 있다. 이에 대해 흙물든 분홍 스웨터를 함께 묻어달라는 죽어가는 소녀의 주문을 육체적 죽음으로 인한 헤어짐을 정신적으로 극복하고자 하는[8]의미로 본다면 이 결말은 단순한 결말구조로서의 충격적 반전의 의미만 지닌 것이 아니라 하나의 죽음의 극복 양식으로 볼 수 있다. <엽기적인 그녀>에서는 이를 차용하여 자신이 죽을 때 흙물든 스웨터를 함께 묻어달라는 소녀의 주문으로 맺는 결말이 마음에 들지 않는다며, <엽기적인 그녀>의 주인공은 고등학생인 소녀가 소년을 '산채로 묻어달라고 했다'는 것으로 결말을 고쳐야 한다고 한다. 그 결말은 견우가 산 채로 묻히는 여주인공의 소설 속의 재현으로 이루어진다.

---

7) 조남현, 「황순원의 초기작품」, 『동서문학전집 11, 황순원』(동서문화사, 1987), 459쪽.
8) 최시한, 『소설의 해석과 교육』(문학과 지성사, 2005), 146쪽.

코믹하게 그려지기는 했지만 죽음을 극복하고자 하는 결말구조에 중점을 둔 해석의 재현이라고 볼 수 있다.

5. 영화 <소나기>와 「소나기」 차용 영화의 의미

고영남 감독의 영화 <소나기>는 원작의 뼈대를 그대로 살리고 있으며, 시골 소년과 도시적 소녀의 애틋한 첫사랑을 그리고 있음으로 보아 원작의 정신을 답습 또는 재현하고 있다. 그러나 원작에서 분위기만으로 느껴졌던 소년과 소녀의 육체적 접촉이 소년과 소녀의 꿈에서 육체적 접촉을 통한 성적인 성숙의 발달 단계를 보여주는 것으로 나타난다. 소나기 모티프나 에피소드를 차용한 영화에서는 원작이 지닌 의미 중 한 가지를 확산하여 변용된다고 할 수 있다. <소나기는 그쳤나요?>에서는 소녀의 죽음을 극복하면서 성장해가는 성장통을 그리고 있고, <클래식>에서는 자식 대에가서 이루어지는 첫사랑은 '사랑의 영원성'이라는 의미를 확산한 것이라고 할 수 있다. 또한 <엽기적인 그녀>에서의 결말을 바꾼 것은 죽음을 극복하고자 하는 소녀의 말에 중점을 둔 것으로 보인다. 이렇듯 「소나기」는 사랑의 영원성과 소년, 소녀의 성장담의 원형으로 자리잡고 있다. 이는 「소나기」가 한국의 첫사랑에 대한 이미지로 문화적인 가치를 지니고 있음을 말한다.

소나기 마을, Storydoing하라

박기수

즐겁지 않은 것은 독이다.
가치 있는 체험만이 즐거움이 된다.

소나기마을, Storydoing하라.

박 기 수
한양대 문화콘텐츠학과 교수

디즈니랜드는 영원히 완성되지 않을 것이다.
예컨대 살아있는 생명체와 같다.
언제나 살아서 숨쉬고 있기 때문에
늘 변화가 필요할 뿐이다.
- 월트 디즈니

살아있다는 것은 변한다는 것
변화하지 않는 유일한 상태가 죽음

변화의 당위에도 불구하고
어떻게 지속적으로변화를이끌어낼것인가?가 결국 문제!
하드웨어가 아닌 소프트웨어의 문제
잔치가 아닌 축제의 문제
제공이 아닌 참여의 문제

스토리텔링이란?

1. Storytelling: 이야기 하기

2. Story + tell +ing
   - Story: 무엇을
   - Tell: 어떻게
   - ing: 참여, 체험, 즐거움

3. 가치 있는 정서적 체험의 과정
   - 정서적 질서화
   - 질서화 과정의 가치 창출, 공감,확산

Storytelling의 정체

◉ 소망과 가치의 문제

Story | **What** 무엇을 말할것인가

Tell | **How** 어떻게 즐길 것을 말할 것인가

ing | **Why**
- 말하는 전략
  - ✓ 서사 전략
  - ✓ 플랫폼, 디바이스, 매체 등에 따른 최적화 방안 모색
  - ✓ 향유의 활성화: 정서적 유대, 보편성, 체험으로 말하라
  - ✓ 상투성과 창의성의 8:2법칙
  - ✓ 합의 가능한 가치의 창출

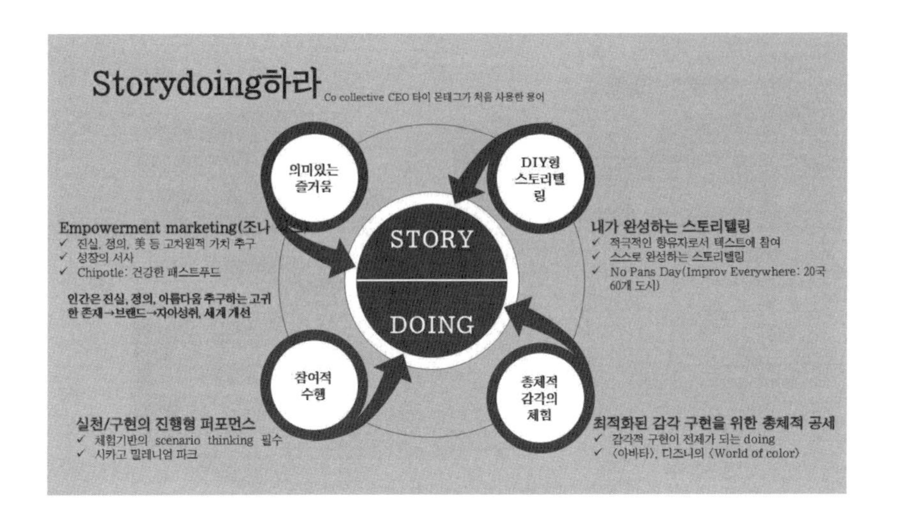
Storydoing하라
Co collective CEO 타이 몬태그가 처음 사용한 용어
의미있는 즐거움
DIY형 스토리텔링
STORY
DOING
참여적 수행
총체적 감각의 체험
Empowerment marketing(조나
✓ 진실, 정의, 美 등 고차원적 가치 추구
✓ 성장의 서사
✓ Chipotle: 건강한 패스트푸드
인간은 진실, 정의, 아름다움 추구하는 고귀한 존재→브랜드→자아성취, 세계 개선
내가 완성하는 스토리텔링
✓ 적극적인 향유자로서 텍스트에 참여
✓ 스스로 완성하는 스토리텔링
✓ No Pans Day(Improv Everywhere: 20국 60개 도시)
실천/구현의 진행형 퍼포먼스
✓ 체험기반의 scenario thinking 필수
✓ 시카고 밀레니엄 파크
최적화된 감각 구현을 위한 총체적 공세
✓ 감각적 구현이 전제가 되는 doing
✓ 〈아바타〉, 디즈니의 〈World of color〉

Chipotle : Food with integrity
건강한 / 패스트푸드
진실된=온전한
CHIPOTLE
FOOD WITH INTEGRITY
Chipotle MEXICAN GRILL
▪ 매슬로의 욕구 5단계
생리적 욕구→안전욕구→소속과 사랑의 욕구→자존감→자아실현
▪ 욕구의 총체적 구현 가능하지 않을까?
▪ 전면적, 총체적 구현의 가능 방법은?

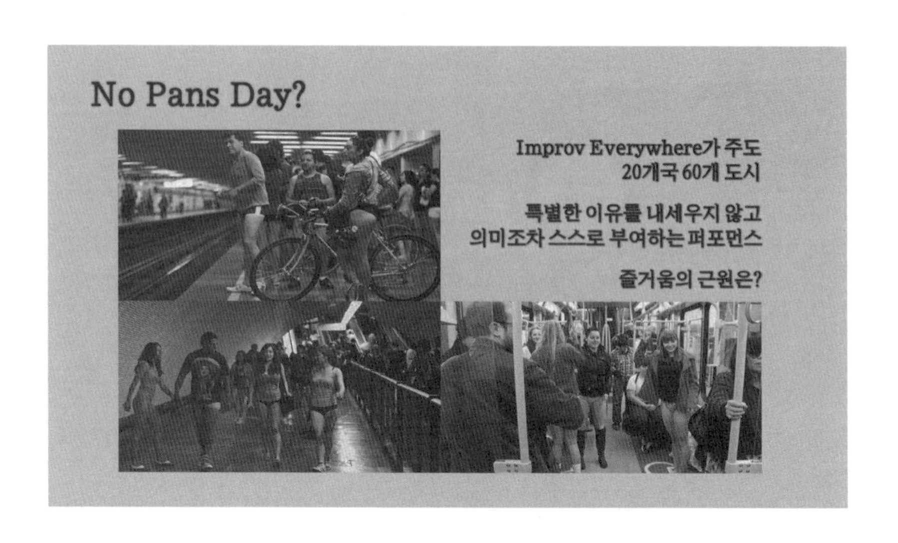
No Pans Day?
Improv Everywhere가 주도
20개국 60개 도시
특별한 이유를 내세우지 않고
의미조차 스스로 부여하는 퍼포먼스
즐거움의 근원은?

Cloud Gate의 힘

체험이 만드는 스토리의 구조

1. 누가
   - 타깃 분석
   - 취향 및 향유방식 분석
   - 선행 체험 분석
   - 기대지평 파악
2. 왜
   - 무엇을 위하여
3. 기억할만한(Remarkable)
   - 차별적 우위성
4. 즐거움(fun)을 체험할 수 있나

소나기마을, Storytelling 논의의 전제

소나기마을은	소나기마을	소나기마을 향유자는 누구인가?
무슨 이야기를	③ What	향유자가 소나기마을에서 가장 높이 평가하는 것은 무엇인가? 감각적, 감성적, 인지적, 행동적, 관계적 호소인가?
왜	① Why	소나기마을의 경쟁자는 누구인가?
누구에게	② Who	소나기마을의 경쟁자는 어떤 특장점을 가지고 있는가? 그들은 어떤 스토리텔링을 가지고 있는가?
어떻게 하려 하는가?	④ How	

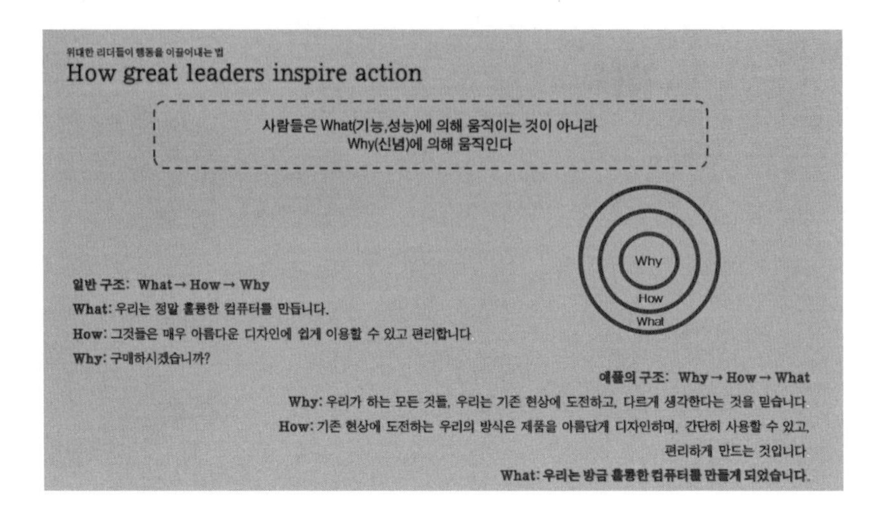
위대한 리더들이 행동을 이끌어내는 법
How great leaders inspire action
사람들은 What(기능,성능)에 의해 움직이는 것이 아니라
Why(신념)에 의해 움직인다
Why
How
What
일반 구조: What → How → Why
What: 우리는 정말 훌륭한 컴퓨터를 만듭니다.
How: 그것들은 매우 아름다운 디자인에 쉽게 이용할 수 있고 편리합니다
Why: 구매하시겠습니까?
애플의 구조: Why → How → What
Why: 우리가 하는 모든 것들, 우리는 기존 현상에 도전하고, 다르게 생각한다는 것을 믿습니다
How: 기존 현상에 도전하는 우리의 방식은 제품을 아름답게 디자인하며, 간단히 사용할 수 있고,
편리하게 만드는 것입니다
What: 우리는 방금 훌륭한 컴퓨터를 만들게 되었습니다.

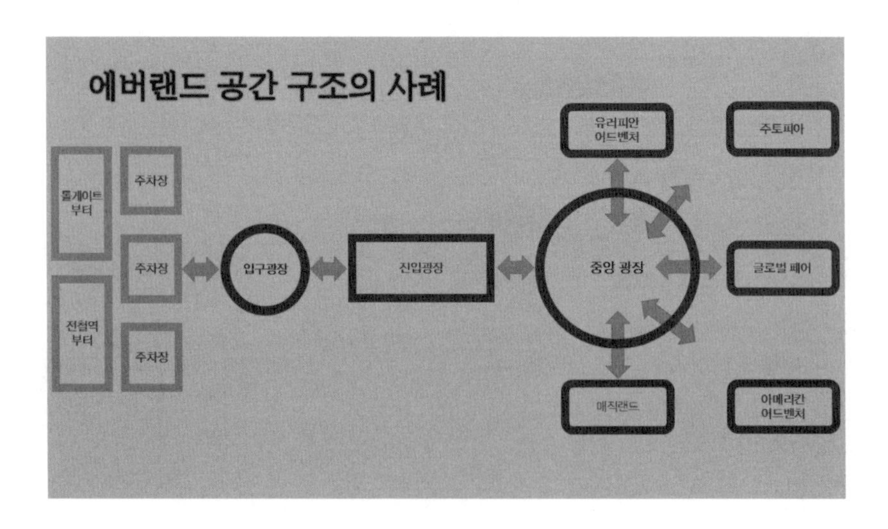
에버랜드 공간 구조의 사례
톨게이트 부터
전철역 부터
주차장
주차장
주차장
입구광장
진입광장
중앙 광장
유러피안 어드벤처
주토피아
글로벌 페어
매직랜드
아메리칸 어드벤처

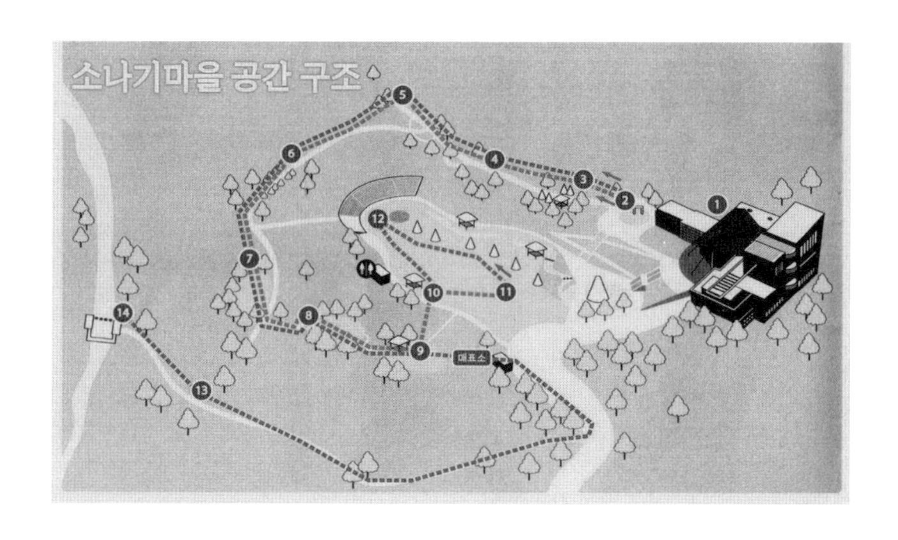
소나기마을 공간 구조
대표소

향유자 관점의 안내
문호리
소나기마을
수능리
부용리
양수리
용담리
신원리

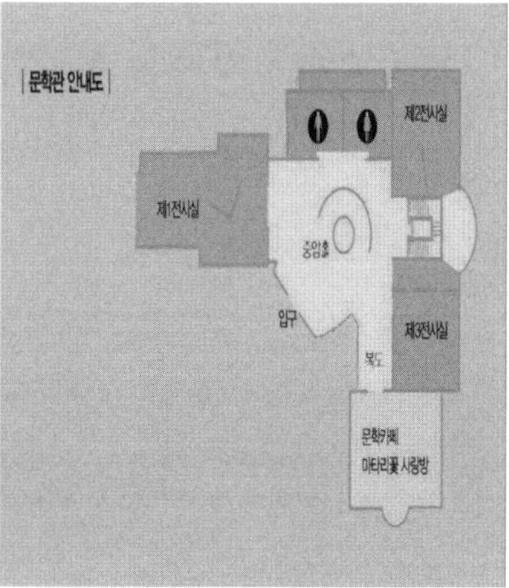
문학관 안내도
제2전시실
제1전시실
중앙홀
입구
제3전시실
복도
문학카페
마타리꽃 사랑방

테마파크를 찾는 일반적 이유

편안하고 충분한 휴식(휴식)
휴식의 개인별 층위와 성격 상이
다양한 휴식을 수렴할 수 있는 전략

즐겁고 재미(오락성)
향유자의 성격에 따라 재미의 종류 다수
체험, 가치, 향유
주어지는 재미가 아니라 스스로 만드는 재미

충분한 가치(가치성)
본 적 없는 흥미 유발
새로운 지식과 경험

이기심 충족(혜택)
차별화된 콘텐츠
다양한 서비스
가격 혜택
— 관심 유도

먹거리 풍부(식도락)
식욕/성욕/집단본능
총체적 구현 가능?

- **구성요소별 비율, 이용률, 집객력 및 매출, 동선 등의 상호 연쇄적 관계 파악**
- **Storydoing이 용이, 활성화 요소, 동선과 연계**
- **체험을 창출할 수 있는 전략**
- **체험에 따라서 달라지는 가치 단계(자발성 전제, 예: 커피)**

알파 향유자의 체험을 강화하라

Emomation= emotion+information
감정이 실린 정보
긍정/부정의 체험 스토리
— **알파 향유자**

Be → Have → Do → Mean
설명 특성 효익 이미지

기업중심 커뮤니케이션 (설명, 특성)
향유자중심 커뮤니케이션 (효익, 이미지)

소나기마을은 어떤 커뮤니케이션을 하고 있나?
소나기마을 스토리텔링의 중심에는 무엇이 있나?

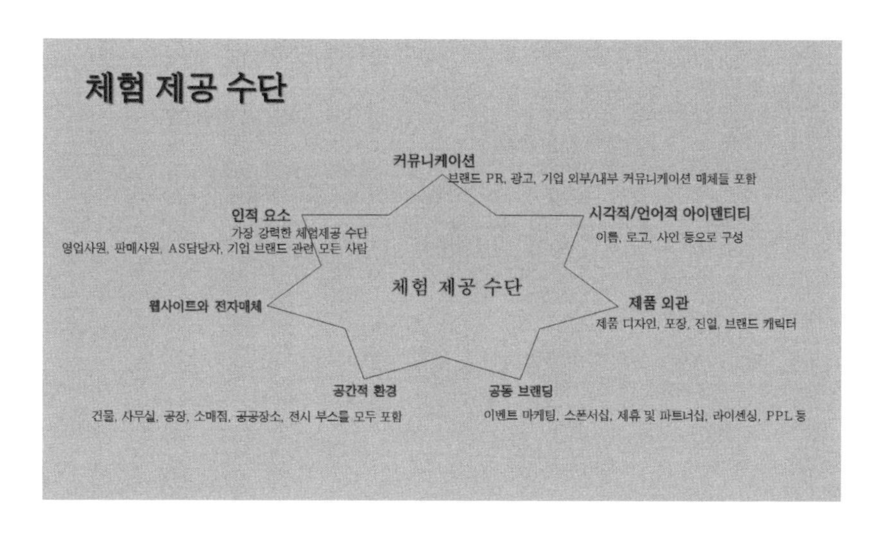

소나기마을 콘텐츠 활성화 방안

1. 차별화된 정체성 확보 필요성
   - 현재 황순원 문학관 중심의 콘텐츠 구성과 〈소나기〉 중심 퍼포먼스의 괴리
   - 관람 중심이 아닌 체험 중심, 과정 중심으로의 전환 요구
     - ✓ 예: 황순원 문학 캠프
   - 프랑스 문학관들의 사례: 지역 문화 허브 역할
   - 황순원 문학과 상관된 소나기마을의 콘텐츠는 아직 비활성화화 상태

2. 향유자 중심의 체험 프로그램 개발
   - 500명/일(평일), 1000명/일(주말)
   - 중심 타깃 설정의 어려움: 콘텐츠와 타깃의 괴리
   - 진입로: 관심 분산할 요소 다수
   - 체험 프로그램에 대한 새로운 기획안 절실

3. 방문 전체가 하나의 체험으로 기획되어야
   - 방문 전→찾아오는 과정→마을 진입 전 체험→소나기 마을 향유→방문 후
   - 방문 전: 황순원의 주요 작품 읽기
   - 찾아오는 과정: 방문자 유형별 체험 가능 내용 시나리오 씽킹
   - 마을 진입 전 체험: 주차장에서부터 마을까지 체험의 워밍업 필요
   - 소나기 마을 향유: 향유자별 체험 콘텐츠 마련
   - 방문 후: 재방문 유도 및 주변 확산의 방안
     - ✓ MD 상품 및 F&B(food and beverage)
     - ✓ 울산 '기적의 우체통', 횡성 한우축제의 예

4. 왜-무엇을-어떻게의 근원적인 질문 절실한 시기
   - 향유 중심의 콘텐츠 기획 및 시나리오 씽킹 작업 필수
   - 지속적인 콘텐츠 확충을 위한 자생적 수익 구조 필요
   - 지역민/방문객의 상생 구조 필요

6장_번역론

한국문학, 황순원, 그리고 번역

김성곤

1. 문화번역과 한국문학의 또 다른 해석

이태리의 기호학자이자 소설가였으며, 볼로냐 대학의 번역학연구소 소장이었던 움베르토 에코는 번역의 중요성을 강조하면서, 언어로 된 문학뿐 아니라, 음악과 미술도 일종의 번역과정을 거쳐 청중과 관객에게 수용된다고 말했습니다. 예컨대 우리가 외국의 음악을 듣거나 미술을 볼 때는 무의식적으로 우리의 문화적 배경 속에서 감상한다는 것이지요. 즉 사람은 누구나 타국의 예술과 만나면, 자신도 모르게 자신의 문화적 배경에 따라 문화번역의 과정을 거쳐서 감상하고 받아들인다는 것입니다. 그렇기 때문에, 외국의 문학이나 문화를 대할 때에는 굳이 "버터 읽기"를 하지 않더라도 저절로 그런 과정을 겪게 된다는 것이지요.

그런 현상은 외국독자들이 한국문학을 읽을 때도 나타납니다. 예컨대 페미니즘이 중요한 이슈인 미국에서 살고 있는 미국인들은 한국을 유교사회라고 보기 때문에, 남성위주 체제에서 살고 있다고 생각되는 한국의 여성문제에 관심이 많습니다. 그래서 한국학을 전공하는 미국인 학자들은 <대장금>을 가부장 시대의 페미니즘을 다룬 드라마로 해석합니다. 그러나 막상 한국에서는 <대장금>을 꼭 페미니즘적 시각으로만 보지는 않지요.

영국작가 마가렛 드레블도 <한중록>을 18세기 한국의 훌륭한 페미니즘 텍스트로 보고, 그걸 원용해서 현대 런던을 배경으로 하는 영어소설 <레드 퀸>을 썼습니다. 그러나 <한중록> 역시 한국에서는 정치적 당쟁과 편집증적인 시아버지로 인해 남편을 잃은 혜경궁 홍씨의 회고록으로 보지, 굳이 페미니즘 텍스트로만 보지는 않습니다. 이런 현상의 배경에는, 한국여성들은 가부장적 가정과 사회제도에 억눌려 있다는 영미인들의 선입관도 작용하고 있다고 생각됩니다.

황순원의 「학」도 미국 독자들은 통일에 대한 염원을 주제로 한 작품으로 보는 경우가 많습니다. 한국에서는 통일이 중요하다는 생각과, 작가 황순원이 평안남도에서 태어나 월남했다는 사실 때문이지요. 그러나 이 작품의 진정한 주제는 통일에 대한 염원이라기보다는, 정치이데올로기가 만들어내는 갈등과 증오와 투쟁을 치유할 수 있는 따뜻한 사랑과 인간애와 휴머니즘일 것입니다. 『카인의 후예』도 그렇지만, 황순원의 작품세계를 면면히 흐르고 있는 것도 바로 정치이데올로기를 초월하는 우정과 휴매니티지요. 사실 이 작품이 쓰여 진 1953년은 한국전쟁이 끝난 해이기 때문에, 작가가 이 작품에서 통일을 원했다기보다는, 전쟁이 남긴 상흔의 치유에 더 관심이 많았다고 보는 것이 타당할 것입니다. 한국에서 "학"은 고결함의 상징이자 남북한을 자유롭게 오갈 수 있는 새여서, 이 작품에서 학은 정치이데올로기의 극복과 상호이해, 그리고 따뜻한 인간성과 포용의 상징으로 사용되고 있다고 보는 것이 정확할 것 같습니다.

황순원의 또 다른 작품인 「소나기」도 미국학생들은 우리와 다르게 읽는다고 합니다. 미국인인 찰스 몽고메리 교수에 의하면, 미국학생들은 이 애틋하고 순수하며 지고한 사랑이야기를 미국식으로 읽는 경향이 있다고 합니다. 몽고메리 교수에 의하면, 미국학생들은 「소나기」의 두 주인공이 소나기를 피해 들어간 움막에서 당연히 섹스를 했을 거라고 생각한답니다. 미국에서는 그런 상황에서 자연스럽게 섹스가 이루어지기 때문이지요. 그들은 소나기가 한 때의 짧지만 강렬한 정열의 상징이고, 옷에 풀물이 든 것도 그것을 뒷받침해주고 있다고 생각합니다. 그래서 미국학생들은 소녀가 일찍 죽는 이유도 임신이나 출산과정에서 뭔가 잘못되었기 때문이라고 생각한다고 합니다. 한국 특유의 순수하고 지고한 사춘기적 사랑의 감정을 이해하지 못하는 것이지요. 작품의 초반에 학교에서 돌아오던 소년에게 개울가에서 놀던 서울에서 온 여학생이 민물조개를 들고 와서 조개의 이름을 물어보는 것도, 미국학생들에게는 성적 유혹처럼 보인다고 합니다. 사실 서울에서 온 여학생에 대한 시골 남학생의 감정은 미국학생들에게는 이해하기 힘든 문화적 차이지요. 황순원의 「소나기」를 그런 식으로 해석하는 것은 그 작품을 심각하게 오독하는 셈이 되지만, 동시에 문화적 차이가 문학작품의 해석에 어떻게 작용하는 가를 보여주는 한 좋은 예라고도 할 수 있습니다.

몽고메리 교수는 또 이효석의 「메밀 꽃 필 무렵」도 미국학생들은 허생원이라는 불량배가 마을에서 가장 예쁜 여자를 방앗간에서 성폭행하는 사건으로 읽는다고 말합니다. 미국문학이나 영화에는 허생원처럼 얼굴이 얽은 사람이 주로 불량배로 등장하기 때문이지요. 그러한 문화적인 차이로 인해, 허생원과 여인의 운명적인 만남과 인연을 미국학생들은 제대로 이해하지 못합니다. 그래서 미국학생들에게는 이 단편의 다음과 같은 숨은 주제를 가르쳐주어야 할 것입니다—즉 이 소설은 돌고 돌아 결국은 다시 만나는 인생의 본질, 즉 "서클 오브 라이프"를 상징적으로 다룬 작품이며, 그러기 위해서 작가가 보름달, 물레방아, 떠나갔다가 되돌아오는 돌림 장터, 그 장터를 떠돌아다니는 장돌뱅이, 그리고 아들을 찾아 헤매는 아버지의 방랑 같은, 돌고 돌아 커다란 "원"을 이루며 서로 만나는 여러 상징적인 장치들을 사용하고 있다는 것을 말입니다.

제가 오래 전에 미국 브리검 영 대학교에서 한국문학을 가르칠 때 이야기입니다. 미국학생들에게 한국단편을 하나씩 읽고 보고서를 제출하라고 했는데, 전광용의 「꺼삐딴 리」를 읽은 마이클 켈러 Michael Keller라는 학생이 제출한 페이퍼를 읽고 깜짝 놀랐습니다. 한국에서는 기회주의자로 매도되는 이인국 박사를 그 미국학생은 전혀 부정적으로 보지 않았을 뿐 아니라, 대단히 능력 있는 사람으로 평가했기 때문입니다. 그에 의하면, 이인국 박사는 나라가 아무 것도 해주지 못할 때, 혼자 힘으로 굳건히 살아남은 사람이었다는 것이었습니다. 그 학생은 나라를 빼앗긴 일제강점기에는 이인국 의사처럼 당연히 일본어를 공부해야하고, 북한의 러시아 군정 하에서는 러시아어를 공부해야하며, 남한의 미국 군정 하에서는 영어를 공부해야 한다고 주장했습니다.

일제 강점기에 감옥에서 상처입고 나와서 이인국 박사의 병원을 찾아왔으나 돈이 없다는 이유로 입원을 거부당한 춘삼을 보며 한국독자들은 이인국 박사의 비인간적인 처사를 매도하지만, 켈러는 자본주의 사회에서 돈이 없으면 당연히 입원을 못하는 것 아니냐고 반문했습니다. 그 학생은 또 이인국 박사가 응급치료는 해주었기 때문에 의사로서의 소임은 다 한 것이라고 지적했습니다. 미국에서 초등학교를 다니다가 온 제 딸아이도, 해방 후에 이인국 박사에게 복수하려고 찾아온 춘삼이 일본군의 군복과 군화를 입고 있다는 흥미 있는 지적을 해주었습니다. 그건 곧 작가 전광용씨 조차도 춘삼을 긍정적으로 보지는 않았다는 것을 의미하지요.

2. 아웃사이더의 시각과 문화적 차이

최근 저는 시카고의 세종문화재단이 주최하는 북미지역 한국문학 독후감 대회 심사를 하면서, 한국의 민담과 설화에 대해 미국과 캐나다 학생들이 쓴 흥미 있는 독후감을 읽을 수 있었습니다. 우선 북미학생들은 「나무꾼과 선녀」에 대해, 우리와는 다른 해석을 보여주어 흥미로웠습니다.

우선 그네들은 사슴이 나무꾼에게 감사의 표시를 하려면 자기 뿔을 잘라서 녹용을 선물해야지, 아무 상관없는 선녀를 선물로 주어 그 선녀의 인생을 망칠 수 있는지 의문을 제기했습니다. 그런 다음에는 나무꾼의 감정적인 태도도 비판적으로 바라보았습니다. 예컨대 아이를 셋 낳을 때까지는 날개옷을 주지 말라고 사슴이 신신당부했는데도 불구하고, 부인이 가엾다고 아이를 둘 낳은 후에 날개옷을 주어서 선녀가 하늘로 올라가버렸다는 거지요. 또 선녀가 옥황상제에게 청원해서 나무꾼을 하늘로 데려왔으면 천계에서 행복하게 살 것이지, 왜 또 결혼까지 한 남자가 마마보이처럼 어머니가 보고 싶다고 졸라서 다시 하계로 내려가서 다시는 올라오지 못했느냐고 질책을 했습니다.

「청개구리」도 우리와는 다른 해석이 나왔습니다. 북미 학생들은 청개구리의 엄마가 자기 아들의 창의적 재능을 전혀 못 알아보고, "왜 우리 아이는 다른 집 아이들과 같이 않을까?"하고 탄식한다고 비판했습니다. 엄마는 자기 아이를 다른 집 아이들과 다르게 키우고 교육시켜야한다는 것이지요. 그렇기 때문에, 엄마가 결국은 자기 꾀에 자기가 넘어가서, 자신의 무덤도 갖지 못하고, 아들의 신세만 망치고 말았다고 지적 했습니다. 즉 한국식 교육의 문제를 지적한 설득력 있게 지적한 것입니다.

「한석봉과 어머니」 이야기도 북미 학생들은 우리와 다르게 보았습니다. 그들은 우선 부엌 칼질의 전문가인 엄마와 이제 막 공부를 시작한 어린아이 한석봉의 대결은 공정한 대결이 될 수 없다고 지적했습니다. 처음부터 한석봉이 질 수밖에 없는 불공정한 시합이라는 거지요. 그리고 더 나아가, 오랜만에 만난 아들을 앞에 두고 불을 끄고 어둠 속에서 칼질을 하다니, 이 무슨 해괴하고 무시무시한 광경이냐고 질책했습니다.

「심청전」의 심학규에 대해서는, 무일푼이면서도 주책없이 사찰에 공양미를 300석이나 약속한 그런 아버지는 절대 눈을 뜨게 해서는 안 된다고 분개했습니다. 더구나 자신의 눈을 뜨기 위해, 어린 딸에게 못 할 일을 시킨 심봉사는 너무나도 무책임하고 이기적이라고 비난했습니다. 「흥부전」을 읽으면서는 흥부가 왜 그렇게 부당한 대우를 참고 있느냐고 분노했습니다. 그러나 그러한 항의는 공정함이 중요한 사회적 덕목이자 규범인 미국사회에서나 가능한 일이지, 형과 동생의 위계질서가 심했던 고대나 중세 한국사회에서는 애초에 불가능한 일이지요.

미국학생들은 또 우리가 능력 있다고 보는 「허생전」의 허생은 매점매석해서 돈을 번 비도덕적인 상인이라고 비판하고, 우리가 머리 좋다고 높이 평가하는 봉이 김선달은 국유재산을 팔아먹은 사기범으로 보았습니다. 캘리포니아 버클리대학에서 한국문학을 강의할 때, 영화 「서편제」를 보여주고 보고서를 쓰게 했더니, 많은 미국학생들이 그 영화를 비판적으로 보았습니다. 미국학생들은, 노래를 더 잘하게 만들려고 딸의 눈을 멀게 하는 것은 명백한 범죄행위라고 규탄했습니다. 한국에서는 전혀 문제되지 않은 것이 미국에서는 중대한 범죄가 된 것이지요. 일본작가 다니자키 준이치로의 작품에서는 여자 스승의 사미센 연주를 좀 더 잘 듣고 깨우치기 위해 자신의 눈을 멀게 하는 주인공이 나옵니다. 그 경우에는 문제가 안 되지만, 자녀의 눈을 동의 없이 멀게 하는 것은 서양에서는 엄연한 범죄행위입니다.

그래서 때로 외국인들의 시각은 우리가 미처 깨닫지 못했던 것들을 깨우쳐주기도 하고, 텍스트의 해석을 풍요롭게 해주기도 합니다. 내부에서 우리가 미처 보지 못하는 것들을 아웃사이더로서 보여주기도 하고, 작품을 바라보는 새로운 시각을 제공해주기도 하기 때문입니다.

3. 황순원 작가 영어권 출간현황(총 9종 출간완료)

번역원이 소장하고 있는 자료에 의하면, 황순원 선생의 작품은 영어권에서 9종, 유럽어권에서 10개 언어에 20종, 그리고 아시아권에서는 대산문화재단 지원으로 2개 언어에 2종이 출간되었습니다.

원 서 명	번역자/공역자	번역지원 연도	출간 연도	번역서명	출 판 사
나무들 비탈에 서다	브루스 풀턴 / 주찬 풀턴	1998	2005	Trees on a Slope	University of Hawaii Press
황순원 단편집-목넘이 마을의 개 외-	브루스 풀턴 / 주찬 풀턴	2005	2009	Lost Souls	Columbia University Press
단편소설선 <별>	에드워드 포이트라스		1980	The Stars and Other Korean Short Stories	Heinemann Asia
나무들 비탈에 서다	장왕록	1979	1980	Trees on the Cliff	Larchwood Publications Ltd.
<블랙 크레인> 誌 - 한국문학 특집호	데이비드 맥켄		1981	Black Crane 2 : An Anthology of Korean Literature"	Cornell Univ. East Asia Program
<트렌슬레이션> 誌 제13호 - 한국문학 특집호	데이비드 맥켄/ 고원외		1984	Translation Vol. 13: Fall 1984	Columbia Univ. Translation Center
움직이는 성	브루스 풀턴 / 주찬 풀턴	1983	1985	The Moving Castle	Si-sa-yong-o-sa, Inc
일월	설순봉	1989	1990	Sunlight, Moonlight	Si-sa-yong-o-sa, Inc
카인의 후예	서지문/ 줄리 피커링	1993	1997	The Descendants of Cain	M.E. Sharpe

영어권 출간현황은 국외에서 7종, 국내에서 2종이 출간되었습니다. 보다 더 자세한 정보는 아래 도표와 같습니다.

연번	언어권	원서명	번역서명	원작자	번역자/공역자	출판 연도	출판사	출판국
1	프랑스어	카인의 후예	Lesdescendants de Caïn	황순원	고광단/방자멩 주아노	2002	Zulma	France
2	독일어	나무들 비탈에 서다	Bäume am Abhang	황순원	이기향/마틴 헤릅스트	2011	Königshausen&Neumann	Germany
3	스페인어	나무들 비탈에 서다	Los árboles en la cuesta	황순원	고혜선/프란치스코 카란사	2008	Edicionesdel Ermitaño	Mexico
4	루마니아어	황순원 단편 소설선	Nuvelealese	황순원	엄태현	2007	Paralela45	Rumania
5	세르비아어	황순원 단편선	Пљусакидругеприче	황순원	김지향/미라요치치	2008	ДНЕВНИК	Serbia
6	스웨덴어	단편소설선	Regnskurenoch andra	황순원 외	최병은/	2003	Heidruns	Sweden

			Koreanska Noveller		군나르 베르그스트룀			
7	체코어	카인의 후예	Kainovipotomci	황순원	이바나그루베로바	2001	MladáFronta	CzechRepublic
8	헝가리어	황순원단편선-소라-	Kagylóhéjak	황순원	유진일/ 슈츠 졸탄	2006	RációKiadó	Hungary
9	프랑스어	움직이는 성	Le Château qui se meut	황순원	송영규	1985	Editions le Leópard d'or	France
10	프랑스어	목넘이 마을의 개	La Chienne de Moknomi	황순원	최미경/고광단 / 장 노엘 주떼	1995	Zulma	France
11	스페인어	한국 중·단편선	Cuentoscoreanos	황순원 외	고혜선/ 민용태	1992	Fondode Cultura Económica	Mexico
12	폴란드어	한국현대 단편선	Barwymiłości	황순원 외	할리나 오기렉 최	1994	WydawnictwoAkademickie DIALOG	Poland
13	독일어	꽃신	DIE BUNTEN	황순원	Tschang	1966	Horst Erdmann	Germany

			SCHUHEund andere koreanische Erzählungen		Boum Rhie		Verlag	
14	포르투갈어	한국단편선	Contoscoreanos	황순원 외	루이스 팔메리	1985	Rioarte	Portugal
15	프랑스어	별과 같이 살다	La Petite Ourse	황순원	최미경 / 장 노엘 주떼	1999	Le serpent a plume	France
16	체코어	소나기	Jeřábi	황순원	미리암 뢰벤스타이노바	1993	Novy orient	CzechRepublic
17	스페인어	20세기 한국단편선	Cuentos coreanos delsiglo XX	황순원 외	김은경 / 호세 까딸란	2004	Verbum	Spain
18	포르투갈어	한국단편선	Coreano paraviajantes	황순원 외	마르셀로 아브뢰	2002	Inter Cidadania	Portugal
19	프랑스어	나무들 비탈에 서다	Les arbres sur la falaise	황순원	송영규 /쥬느비에브 박	1999	Maisonneuve & Larose	France
20	포르투갈어	한국현대 단편선	ContosContemporâneos Coreanos	황순원 외	임윤정	2009	Landy	Brasil

황순원 선생의 유럽어권 번역은 위 도표대로 현재 10개 언어에 20종이 출간되었습니다.

아시아권 번역 현황은 아래와 같습니다.

황순원 번역은 번역원 지원(이전 진흥원 포함)으로는 아시아어 권에서는 출간된 도서가 없습니다. 대산 지원으로 각각 일본어와 베트남어로 출간된 도서가 두 종 있습니다.

일본어	움직이는 성	세리카와 데스요 (芹川哲世)	1997	2010 (출간)	動く城	크리스트교단출판사
베트남어	황순원 단편 소설선 HAC	하민탄	2008 (번역 지원)	2010 (출간)	HAC	베트남 문인협회 출판사 (Nhà xuất bản Hội nhà văn)

4. 번역을 통해 세계로 진출하는 한국문학

만일 번역이 없다면, 한 나라의 문학은 국경을 넘어 해외에 알려질 수 없을 것입니다. 이탈리아 작가 이탈로 칼비노는 "번역이 없었다면 나는 결코 우리나라의 국경을 넘지 못했 것이다. 번역은 나를 세계에 소개해주는 중요한 우방이다."라고 말했고, 호세 사라마오도 "작가는 민족문학을 만들지만, 번역가는 세계문학을 만드는 사람들이다."라고 했으며, 조지 스타이너도, "번역이 없다면 우리는 침묵 한 채, 한 지방에서만 살았을 것이다."라고 번역의 필요성을 지적했습니다.

2015년부터 한국문학에 대한 세계의 관심이 부쩍 커져서, 한국문학과 작가들은 해외 언론에 많이 언급되고 노출되기 시작했습니다. 최근 영국의 '더 타임스'에 실린 '눈부시게 빛나는 한국'이라는 제목의 글은 이렇게 시작됩니다. “요즘 북한에 대한 책이 잘 팔린다. 우리는 이 ‘은자의 나라’의 잔인한 지배왕조, 탈북자 회고록, 굶주림의 역사 그리고 젊은 ‘경애하는 지도자 동무’에 대해 관심이 많다. 그러나 남한은 요즘 그보다 더 세련된 문학예술로 앞서가고 있다.” 최근 한국문학이 국제적으로 부상한 이유 중 하나에 대해 이 기사는 다음과 같이 쓰고 있습니다. “한국을 알리는 번역소설이 쏟아져 나오고 있다. 그건 한국문학번역원이 미국의 달키 아카이브 프레스에서 출간한 25권의 한국문학 선집 덕분이다.”그리고 다음과 같은 말로 끝납니다. “데보라 스미스에게 축하를, 번역예술에 축하를, 그리고 이제 양지에 나와 주목받게 된 한국 문학에 축하를 보낸다.”

‘뉴요커’도 “세계 13위의 경제대국인 한국이 정부의 강력한 뒷받침으로 인해 이제는 노벨문학상을 받을 때가 됐다.”는 기사를 썼으며, 홍콩의 ‘아시아 리터라리 리뷰’지도 “전 세계적으로 폭발적 인기를 얻은 K팝과 K-드라마가 입증한 것처럼 한국은 창조적 에너지로 넘치는 나라다. 본지는 ‘뉴요커’로부터 찬사를 받은 한국문학번역원과 협업하는 것에 자부심을 느낀다”고 썼고요. 영국의 BBC도 <한국 : 조용한 문화강국>이라는 프로그램에서, 한국은 문화를 통해 세계 각국에 지지자를 확보하고 있다고 보도했다. 그리고 금년에는 네 나라의 주요 문예지들이 한국문학 특집호를 출간했는데, 미국의 “마노아”지, 영국의 “아시아 리터라리 리뷰”지, 프랑스의 “마가진 리테레르”지, 러시아의 '외국문학'지 같은 저명 문예지가 한국문학 특집호를 발간했습니다. 한국 문학이 이렇게 세계 언론과 출판계의 집중 조명을 받는 것은 이번이 처음입니다.

한국문학번역은 금년 초에 저명한 펭귄 클래식에서 「홍길동전」을 처음 출간하는데 성공했습니다. 펭귄 클래식 70주년 기념 해에 처음으로 한국 고전문학을 포함시킨 것이지요. 펭귄 클래식은 앞으로 「구운몽」을 비롯해 모두 5권의 한국고전을 출간할 예정입니다. <워싱턴 포스트>지는 “한국의 로빈 훗”이라는 제목의 긴 서평에서 홍길동전의 펭귄 출범을 크게 다루었습니다.

5. 황순원 문학의 세계화를 위해

황순원은 한국적인 특성과 장점을 갖춘 가장 한국적인 작가라는 평을 받고 있습니다. 그러면서도 그의 작품 세계는 서정적 휴머니즘의 옹호라는 점에서 세계적인 보편성을 갖고 있습니다. 황순원이 「곡예사」, 「잃어버린 사람들」, 「나무들 비탈에 서다」, 「별과 같이 살다」, 「움직이는 성」 같은 작품에서, 다루고 있는 주제는 한국을 넘어서 전 인류의 문제로 확대됩니다.

해외 독자들은 황순원 선생의 작품을 통해 한국을 알고, 더 나아가 우리가 살고 있는 세상을 알 수 있습니다. 그런 의미에서 황순원 선생은 한국을 대표하는 불멸의 작가이자, 범세계적인 보편성을 갖춘 국제적인 작가라고 생각합니다. 훌륭한 스승을 만나는 것은 축복이라고 하지요. 저는 좋은 제자를 만나는 것도 축복이라고 생각합니다.

황순원 선생께서는 단아한 학의 이미지를 갖고 계시는, 평생 흐트러진 모습을 보인 적이 없는 분으로 알려져 있습니다. 제가 대학생이었던 1960년대에 어느 바람둥이가 양복 안감에 황순원이라고 새긴 다음, 작가를 사칭해 여대생들을 유혹해 농락했다가 붙잡혀서 신문에 난 적이 있었습니다. 그 사람이나 유혹 당했던 여대생들은 아마도 황순원 작가가 어떤 분인지 잘 몰랐던 모양입니다. 작가 황순원은 치열한 문학정신과 드넓은 문학세계 외에도, 평생 고결한 인품과 인간의 존엄성을 잃지 않으신 분으로서 우리의 기억에 남아 있습니다.

좋은 스승을 만나는 것은 커다란 행운이자 축복이라고 하지요. 저는 좋은 제자를 두는 것도 행운이고 축복이라고 생각합니다. 여기 계시는 분들은 모두 황순원 선생을 정신적 스승으로 모시는 분들이라고 생각합니다. 그렇다면 훌륭한 스승을 모시고 있는 여러분들은 축복받으신 분들입니다. 그리고 동시에 오래 기억해주고 기념해주는 좋은 제자들을 두신 황순원 선생께서도 축복받으신 스승이라고 생각합니다. 저 세상으로 떠나간 후에 아무도 기억해주는 사람이 없는 교수나 작가가 많은 이 세상에서 이렇게 많은 제자들과 후학들이 모여서 남기고 가신 은덕과 업적을 기리고 있으니, 아마도 황순원 선생께서는 저 세상에서 지금 우리를 내려다보시며 흐뭇하게 미소 짓고 계실 것 입니다. 제자의 한 사람으로서, 저도 스승에 대한 보답으로 황순원 선생의 문학세계를 해외에 더 널리 알리도록 노력하겠습니다. 들어주셔서 감사합니다.

프랑스어 권 황순원 번역 현황과 번역 정신

최미경

1. 발제 배경

한 작가의 작품이 외국어로 번역되었을 때 그 성공의 여부는 어떤 번역자를 만나는지에 달려있다는 표현을 프랑스어로 작품의 행운 “fortune”이라고 합니다. 문학작품이 생산된 고유 언어권을 떠나 소개될 때 언어적, 문화적 문제, 타국 독자들의 새로운 감수성과의 만남을 얼마나 성실하게, 치밀하게 또 재능을 가지고 처리하느냐에 따라 그 작품의 수용에 많은 영향을 주기 때문입니다.

저는 오히려 번역가의 운(fortune)에 대해 말씀드릴까 합니다. 감히 첫 문학번역 작품을 학생시절, 황순원 작가의 『목넘이 마을의 개』 단편집으로 시작하여 현재까지(1995~2016) 21년째 문학번역을 하고 있습니다. 학생시절 황순원 시집을 읽었고 또 여러 권의 작품을 읽으면서 감수성과 언어의 조응을 아름답다고 생각하고 있었기에 프랑스어로 문학번역을 해보기로 한 순간 『목넘이 마을의 개』가 우선 떠올랐습니다. (어린시절부터 항상 “개린이”들과 같이 해왔기에) 이 작품을 번역, 출판을 성사시키기 위해서 당시에는 우선 작품 번역 허가서를 작가에게 받아야했고, 한국문학번역을 지원하는 기관에 지원을 하고 <대산문화재단 / 한국문예진흥원(현 예술진흥위원회)>, 번역자가 프랑스의 출판사를 설득시키는 일도 해야 했습니다.

열심히 프랑스어를 공부하여 번역 기량을 확보하는 것도 결코 쉬운 일은 아니었지만 다음 단계도 많은 난관이 있었습니다.

그때나 지금이나 별로 겁이 없는 저는 그냥 시도해보기로 하고 제가 다니던 대학에서 영문학을 가르치시던 황동규 선생님 연구실에 찾아가 번역 허가서 서명을 구했습니다. 번역서 한권 나온적이 없는 저를 어떻게 믿으셨는지 (모험심으로?) 허가서에 아버님 서명을 받아다 주시겠다고 하셨습니다. 그렇게 허가를 받고 번역을 하여 지원받기에 성공하고 프랑스 유학시절 프랑스 출판사를 어렵게 설득 La chienne de Moknomi를 출판하기에 이르렀습니다. 홍대에 계시던 고광단 선생님께서 단편 4개 제가 4개를 번역하고 당시 주한 프랑스 대사관에 근무하던 외교관이던 장노엘 쥬떼씨가 감수를 맡아주었습니다. 이렇게 시작한 번역의 운은 이어서 『별과 같이 살다』를 번역하게 되었고 역시 쥬떼씨의 감수를 받아 프랑스에서 출판이 되었습니다.

저는 이 자리에서 프랑스에 소개된 황순원 작가의 작품들에 대해 우선 간단히 소개하고 번역방식과 번역의 정신에 대해 말씀을 드리고자 합니다.

2. 프랑스에 출판된 작품들

La chienne de Moknomi, 목넘이 마을의 개, 고광단, 최미경, 장노엘쥬떼, 1995, Zulma

La petite Ourse, 별과 같이 살다,
최미경, 장노엘쥬떼, 1997, 2001, Serpent à plume, 보급판

Les descendants de Caïn, 카인의 후예, 고광단, 벤자멩쥬아노, 2002

Les arbressur la falaise, 나무들 비탈에 서다, 송영규, 쥬느비에브탐박, 2001, Maisonneuve et la Rose

총 4권이 1995~2002년 사이에 프랑스에 번역 출판이 되었습니다. 『별과 같이 살다』의 경우 쥘마사에서 출판이 된 후 단편 문학으로 유명한 세르팡 아 플륌에서 문고판으로 재판이 되었습니다. 한국문학이 본격적으로 소개되는 2000년대 이전까지 프랑스에서 한국문학은 몇몇 불어불문과 교수나 프랑스인 신부 등에 의해 소수의 작품이 소개가 되었습니다. 당시에 프랑스 출판사에서 책이 나올 때 홍보를 위해서 작가 초청 행사가 가능하면 좋겠다고 하였으나 연로하셔서 모실 수는 없었습니다. 프랑스에 소개된 첫 작품인 『목넘이 마을의 개』의 경우 리베라시옹지에서 큰 지면을 할애하여 수록된 단편들에 대한 자세한 소개와 대작가의 작품이 분단문학이 주로 알려진 한국의 문학의 서정적인 다른 면을 보여준다는 평을 받았습니다. 특히 단편집의 제목이 된 『목넘이 마을의 개』의 줄거리를 자세하게 소개하면서 핍박받는 민중의 삶의 은유라고 평했습니다.

"Que faut-il savoir de la Corée avant d'ouvrir le recueil de Hwang Sun-Won? Rien. On dirait que les récits de ce grand maître, même s'ils comportent des soldats et des émigrants, sont fermés aux fracas de l'Histoire dont on avait fini par penser qu'ils modelaient entièrement la littérature contemporaine du pays du Matin calme (à l'exception d'un individualiste comme Kim Sung'ok). […]

Hwang Sun-Won, né en 1915, traduit pour la première fois, ne semble pas avoir besoin de décryptage. Il suffit d'entrer dans le livre à la suite de la chienne efflanquée qui s'en va lécher la poussière mêlée de son, sous la machine à vanner d'un moulin. Sans doute a-t-elle été abandonnée là, sur le chemin des gens du Sud chassés par la famine. L'auteur nous fait sentir leur misère, leur fatigue, en montrant comment, après s'être abreuvés au puits, ils font «couler de l'eau, plusieurs fois, sur leurs pieds douloureux et couverts d'ampoules», déjà ils sont repartis, reste la chienne, la Chienne de Moknomi.

Elle tremble, frémit, glapit, boitille, va et vient d'une maison à l'autre, finit les écuelles de congénères tolérants, complète ses repas par un petit tour (peu ragoûtant pour le lecteur, naturel dans le texte) du côté de la cabane dévolue au fumier humain. Quand elle est repue, elle dort au soleil, «exposée comme un tournesol». Avec une patience infinie, légère, aussi, Hwang Sun-Won décompose les mouvements de l'animal, et il procédera de cette façon dans les autres nouvelles, pour parler des enfants surpris par une averse, d'un vieux potier, ou d'un homme àbout de forces qui porte son officier blessé. La chienne blanche est passée par ici, elle repassera par là, elle intrigue puis exaspère les habitants du village, le chef et son frère Petit-Chef en tête. Elle est peut-être bien enragée, se dit le chef, «faut l'attraper, elle est enragée, c'te charogne!», se met-il àaboyer. Qui veut noyer son chien l'accuse de la rage, mais, comme l'avait noté Jack London dans son reportage de 1904, la Corée en feu, en ces contrées on étrangle le chien et on le mange, enragé ou non, c'est bon. La Blanche n'est pas pourtant celle qu'on rôtit pour les agapes rigolardes d'une nuit d'été («tout faisait penser à une assemblée de faunes», on voit où réside la bestialité), car elle a esquivé les coups de bâtons. On abat les mâles qui sont allés la rejoindre dans la montagne. Avait-elle vraiment dans les yeux le signe qui ne trompe pas, la «lueur bleutée»? Il y a au moins dans le village une personne saine d'esprit, libre, en un mot, qui a reconnu la lueur de la peur et de la faim, de même que l'animal a reconnu la bonté sous l'apparence rébarbative du vieillard. C'est lui qui raconte ce qu'il advint de la chienne de Moknomi et de sa nombreuse descendance.[1)]

---

1) http://next.liberation.fr/livres/1995/11/30/l-hirondelle-du-matin-calmeles-coreens-sont-en-france-pour-les-belles-etrangeres-parmi-les-parutions_151081, Claire Devarrieux, 1995년

또 저명한 주간지인 엑스프레스 지는 황순원 작가의 작품이 한국에서 고전으로 읽히며, 1945-50년대의 한국민의 삶과 인간의 존엄성을 섬세하게 그려내고 있다고 평합니다.[2)]

"Néen 1915, Hwang Sun-Won a connu l'occupation japonaise, la misère des paysans et l'exode. Auteur de centaines de nouvelles et de sept romans, qui ont su capter avec délicatesse l'âme coréenne, il est aujourd'hui étudié comme un classique.

Né en 1915, Hwang Sun-Won a connu l'occupation japonaise, la misère des paysans et l'exode. Auteur de centaines de nouvelles et de sept romans, qui ont su capter avec délicatesse l'âme coréenne, il est aujourd'hui étudié comme un classique. Qu'il se promène dans la conscience de ses personnages ou qu'il décrive la cohorte des migrants affamés au pas lourd, c'est une immense fresque sociale des années 40 et 50 que dépeint Hwang Sun-Won. En huit récits d'une émouvante simplicité, il décrit des petites gens attachées aux traditions, aux superstitions et au sens du devoir, tel ce vieux potier malade qui voit sa jeune femme le quitter pour suivre un apprenti et se laisse mourir au milieu de ses pots, «àgenoux, dans une belle posture d'une parfaite dignité»."

3. 번역의 방식과 정신

문학번역방식에 대한 이론은 고대부터 크게 이원론이 존재한다고 할

11월 30일자.

2) http://www.lexpress.fr/culture/livre/la-chienne-de-moknomi_799568.html, 1995년 11월 12일.

수 있습니다. 물론 현대의 전문 번역가들에게 이 이원론은 이론가들이 분류한 방식일 뿐으로 실제 번역활동에서는 극단적인 원본주의는 불가능합니다. 특히 한국어와 프랑스어 처럼 두 언어간의 간극이 클수록 더욱 그렇습니다. 그래도 이원론을 간단히 요약한 라드미랄(2014)의 견해를 보면 :

Parlant de ses propres traductions (du grec en latin), l'auteur du De optimo genere oratorum [Cicéron] nous dit que les Discours de Démosthène et d'Eschine qu'il a traduits, il les a traduits non pas comme un pur et simple 'traducteur'(ut interpres) mais comme un 'écrivain'(ut orator); c'est-à-dire qu'il rejette explicitement la pratique du 'mot à mot'(non verbum pro verbo).

(키케로는 데모스테네스와 아이스키네스를 번역하면서 '번역자(통역가)'의 입장이 아니라 '작가(웅변가)'의 입장으로 번역을 했다고 한다. 다시 말해 단어 대 단어역을 거부하는 방식을 취했다고 한다.)

즉 작가의 입장에서 작가가 작품을 통해 전하고자 했던 작품의 정신을 번역하였지, 번역가의 입장에서 언어전환을 고려하여 문자를 번역하지 않았다는 뜻입니다. 번역이론가들은 원문의 단어에 충실하게 모든 단어를 도착어의 단어로 옮기는 것을 번역이라고 생각하지만 진정한 문학번역가들은 그런 작업이 실제로는 작품의 의미와 작가의 의도를 존중하지 못한다는 것을 알고 있습니다. 그래서 현대의 주요 번역이론들인 파리 통역번역대학원의 "해석이론", 독일의 기능주의학파, 텔아비브 학파 등은 원문의 뜻과 형식을 존중하면서 도착어에서 그 효과와 기능이 실현되는 재창조인 번역을 권장하고 있습니다. 저자의 죽음을 말하고 작품이 독자에 의해서 읽힐때만 완성된다고 생각하는 기호학자들 중 대표적으로 움베르토 에코 역시 "해석이론"을 지지하면서 문학번역은 원문에 대한 상호텍스트성을 가진 "다시쓰기"라는 입장을 견지했습니다. 르페브르, 쥬느비에브 루-포카르와 같은 번역학자도 "다시쓰기"작업으로 번역을 정의합니다.

4. 작가로서 번역하기

현실적으로 번역가가 '작가'처럼, '작가'행세를 하면서 번역을 하는 일은 가능할까요? '작가'처럼이라고 하는 표현이 의미하는 것은 원작을 이해할 때 적극적으로 수용, 의미와 형태, 효과를 이해하고 재표현을 할때 '작가'가 도착어로 글을 썼다면 선택했을 표현을 찾아서 원문을 '다시쓰기' 작업을 한다는 것을 의미합니다. 베케트, 나부코프 등 자신의 작품을 스스로 '자가번역'하던 작가들이 번역을 할 때에는 번역어에 맞춰 과감하게 다시 썼다는 사실이 알려져 있습니다. 그 이유는 무엇보다도 언어마다 시니피앙과 시니피에의 결합이 다르기 때문에 시피니에를 표현할 수 있는 더 적절한 시피니앙을 선택했기 때문일 것입니다. 또 장 지오노, 무라카미 하루키, 김연수, 김영하 등 번역을 하는 작가들의 번역관 역시 도착어에서 그 작가가 한 이야기를 다시 쓴다고 합니다. 『지붕위의 경기병』의 작가이며, 허만 멜빌의 『모비딕』을 번역한 지오노는 자신의 서재에서 보이는 올리브 나무 숲너머로 포효하며 솟구쳐 오르는 흰고래를 상상하며 모비딕이 등장하는 장면을 묘사했다고 합니다.

그렇다면 작가가 아닌 번역가는 성공적인 번역을 위해서 어떻게 작가 대신 도착어에서 감히 '작가정신'을 발휘할 수 있을까요?

『별과 같이 살다』가 La petite Ourse (작은곰좌)로 번역이 된 경우를 살펴보기로 하겠습니다. 프랑스어로 vivre commeuneétoile(별처럼 살다) / vivre comme des étoiles(별들처럼 살다) / vivre avec les étoiles(별과 함께 살다) 등으

로 가능한데 프랑스어에서 "별"이라고 하는 것에 한국어에서 부과한 깨끗하고 숭고한 지표라는 의미가 없기 때문에 직역시 구체적인 뜻을 알 수 없는 문장이 됩니다. 말그대로 문법적으로 틀린 것은 아니지만 무슨 뜻인지 알 수 없는 그런 제목이 됩니다. 책의 제목은 내용을 지시하는 기능과 더불어 독자를 매혹하는 기능을 가져야 하는데 무슨 소리인지 알 수 없는 제목은 제목으로서의 기능을 상실한 상태가 되는 것입니다. 황순원작가님을 어렵게 찾아뵙고 여쭸더니 "별과 같이 살다"는 별처럼 깨끗하게 살아가는 주인공의 이정표를 의미한 것이라고 하셨습니다. 그리고 소설 제목을 바꾸어도 좋겠냐고 여쭸더니 프랑스에서 적절한 것으로 정하라고 말씀을 해주셨습니다. 번역자들은 다양한 가능성 중에서 여주인공이 못생겨서 곰녀라 불리는 점을 활용하게 되었습니다. 어린 시절부터불운을 겪는 여주인공은 성인이 되어서도 곰녀라 계속 불릴 정도로 외모가 투박한 것으로 묘사가 되어있습니다. 별자리 중 여행자들을 안내하는 작은 곰좌와 곰녀를 연결 La petite Ourse를 생각하게 되었고 제목으로 결정이 되었습니다. 곰녀라는 인물의 명칭임을 상징하기 위해서 프랑스어의 일반적인 보통명사를 소문자로 표기하는 방식이 아닌 O를 대문자 처리하여 일반적인 "작은 곰 별자리"가 아닌 중의적인 뜻이 있음을 암시하였습니다. '호박녀'가 아니라 '곰녀'인 것이 번역자들로서는 천만 다행이었습니다.…

이 예는 제목의 번역에 있어서 언어 대응적 측면을 우선적으로 고려하고 거기에 만족하며 원본에 충실함에 자부심을 가질 것이 아니라 번역자가 능동적 이해 및 원문 장악을 통해 적극적이며 창의적인 방식으로 제목의 기능을 만족시키는 등가를 추구할 필요가 있음을 시사합니다. 이러한 방식은 전체 텍스트에 대해서도 적용이 되어야 할 것입니다. 즉 원문을 도착어로 모사하는 번역이 아니라 원문을 이해하고 느끼고 독자도 원문을 느낄 수 있는 언어적 수단을 찾아내는 것, 즉 도착어로 작가가 원한 바, 작품의 정수를 다시 쓰는 일이 될 것입니다. 번역자는 이렇게 되면 도착어 표현의 주체로 고려될 수 있습니다.

저희의 첫 번역이었던 『목넘이 마을의 개』 단편집의 경우 프랑스어 제목은 "La chienne de Moknomi (목넘이 마을의 암캐)"입니다. 원문을 그대로 번역했고 프랑스어 문법에 따라 암캐임을 표시했습니다. 그런데 프랑스어에서 암캐는 정숙하지 못한 여성을 비하하는 표현이기도 해서 상당한 독자들이 제목을 보고 다른 내용을 기대하며 읽었다는 이야기를 출판사를 통해서 들었습니다. 이렇듯 원제목을 그대로 번역한 것이 오히려 다른 뜻을 가지게 하여 독자들을 잘못 인도하는 경우가 있었습니다. (아니 사실은 그래서 책은 더 많이 팔렸기 때문에 좋은 일인지도 모르겠습니다… 그러나 독자들이 사기 당했다는 생각을 하지 않았을까 우려도 됩니다).

5. 맺음말

첫 한불 번역작품을 황순원 작가님의 『목넘이 마을의 개』라는 멋진 작품을 시작한 "행운"을 누리고 또 작가님을 생전에 뵐 기회도 있었습니다. 또 번역을 진행하면서 더 깊이 작품을 이해하고 느끼는 기회도 가졌습니다. 번역이야말로 한 문학작품을 가장 깊이 이해하는 방법이라고 생각합니다.

특히 세계언어 환경에서 헤게모니를 갖지 못한 한국어로 쓰인 훌륭한 문학작품을 외국어권 독자들이 읽게 돕는 번역은 서로를 이해하고 평화를 구축하는데 기여하는 멋진 작업입니다. 많은 젊은이들이 번역에 관심을 가지고 언어기량을 쌓고 문학을 읽고 도전하여 세계평화에 기여했으면 하는 바람입니다.

정동의 번역
–한강의 『채식주의자』와 황순원의 「소나기」를 중심으로

신혜린

올봄, 미국의 일부학자들로 부터 한강의 『채식주의자』를 인상 깊게 읽었다며 "원문도 번역본만큼 좋은가", "정말 한국남자들은 여자들을 그렇게 폭력적으로 대하는가", "한국에서는 채식주의를 부정적인 시각으로 보는가", "원문의 제목도 영문본처럼 채식주의자인가–즉, 채식을 일종의 이데올로기로 보는 시각이 투영되어 있는가"와 같은 질문 세례를 받았다. 평소 한국문학에 대해 별다른 흥미를 보이지 않던 이들이 열띤 관심을 표하는 상황이 반가우면서도, 한편으로는 작품의 기조를 이루는 폭력의 주제와 정서적표현의 다층적 상징성을 간과한 채 이를 특정문화권에 한정된 부정적인 현상으로 전제하거나 한국문학의 정체성을 근대적 거대서사로 환원하는 일부 질문들의 함의에는 못내 속이 쓰렸던 기억이 난다. 신경숙의 『엄마를 부탁해』가 미국언론의 주목을 받던 몇 년 전, 이 소설을 두고 "김치 냄새나는 싸구려 신파"로 평가절하 했던 모건 코리건 교수의 발언도 결국은 이 같은 편견에 뿌리를 두고 있을 터. 문학번역이란 원문의 질감을 언어적으로 재현하는 작업이기에 앞서, 작품의 문화적/사회적 맥락을 충실히 반영하면서도 섣부른 제유적 해석을 지양하면서 보편적 공감의 틀을 마련하는 벅찬 작업이라는 사실을 새삼 느낀 계기였다. 『채식주의자』의 서사가 "그들 [여성 등장인물들]을 죽음으로 몰고 가는 것이

다름 아닌 한국적 [문화적] 관습의 무게라는 사실을 명백히 드러낸다."(The narrative makes it clear it is the crushing pressure of Korean etiquette which murders them)"라 평한 인디펜던트지의 해석에 반발하면서, 이 세상에는 서구 중심적 세계관에 바탕을 둔 시장성이나 경향성, 정치성의 잣대로만 평가할 수 없는 작품이 얼마든지 있다는 점 ("There is an entire world of literature outside the West that is not adapted to our markets, in debt to our trends or in pursuit of our politics")을 지적한 포로치스카카크푸어의 뉴욕타임즈 서평이 그만큼 더 반가운 이유다.

그렇다고 해서 『채식주의자』의 저변에 흐르는 근대적 계급의식과 젠더 갈등의 유산을 가벼이 넘겨야 한다는 이야기는 아니다. 원작의 미학적 완성도와 보편적 정서에 호소하는 주제의 무게에 맥락적인 함의를 부여하는 것은 등장인물들의 살아 숨쉬는 일상이며, 그 세부적인 질감은 현대 한국사회라는 특수한 정서적/공간적 틀 안에서 형상화되는 것이기 때문이다. 90년 대 이후 한국문학이 걸어온 길을 살펴보면 식민지시대와 한국전쟁, 경제개발과 독재정치라는 거대서사의 재현적 비판이라는 틀을 벗어나 개인주의적 세계관과 실험적 문체의 가능성을 모색하는 작품들이 더 많이 등장하지만, 결국 이러한 소우주의 서사역시 그 외피를 구성하는 사회적 맥락 속에서 다층적 해석의 여지를 확보한다. 문학적 시선을 '안', 즉 개인의 영역으로 돌림으로써 '밖'의 존재를 드러나는 역설의 기제. 인디펜던트의 서평에서 보듯, 아직도 한국을 아시아라는 낯선 세계의 어딘가에 속한 타자의 공간으로 인식하는 많은 영미권 독자들에게 『채식주의자』가 어필할 수 있었던 것도 이렇듯 초문화적 공감대를 형성하는 개인의 내면으로부터 사회적담론의 특수성과 그 보편적 함의로 뻗어나가는 문학적 원심력, 즉 재현을 넘어선 원천적 영감의 힘을 효과적으로 담아냈기 때문은 아닐까.

이러한 견지에서, 최근 한국문학의 세계화 논의가 부상하기 이전부터 꾸준한 관심을 받으며 반복적으로 번역, 소개의 대상으로 자리 잡은 황순원의 단편소설 "소나기"의 매력을 새롭게 되새겨 볼 필요가 있다. 제 1세대 한국문학 번역의 기수인 브리티시 콜롬비아대학의 브루스풀턴 교수는 서울대학교 박사과정을 수료하던 당시 작성한 한국문학 영문번역출판본의 목록에서 "소나기"에 대해 황순원의 단편소설 중 거론의 빈도 면에는 압도적이지만 보다 심도 있는 해석의 여지를 가장 많이 남기는 작품("perhaps the most cited but least understood of his stories")이라 평했다. 어디에나 있을 법한 시골마을에서 펼쳐지는 첫사랑의 수줍은 추억이라는 소재, 만인의 가슴 한구석에 자리 잡은 순수성에 대한 향수를 불러일으키는 청신한 문체, 소나기라는 돌발적인 상황과 소녀의 죽음, 그리고 소년과의 인연을 저승까지 이어가고자 한 의지의 표현으로 끝나는 결말의 서사적장치가 제공하는 극적인 효과, 작품자체의 완성도로만 보아도 에드거앨런 포우가 역설한 단편소설의 미학을 최고조로 끌어 올린 이야기라 하기에 부족함이 없다. 카크푸어 또한 『채식주의자』가 개인의 행동의지와 선택권, 수용과 전복의 미학을 성공적으로 체현할 수 있었던 한 이유를 우화적 문체와 중편소설로서의 형식적 압축성에서 찾는다. 포우는 "아름다운 여인의 죽음"이야말로 단편소설의 압축성을 가장 효과적으로 담아낼 수 있는 소재라고 주장하며 "효과의 일관성"을 소설미학의 핵심으로 내세웠는데, 문체와 소재, 그리고 극적구성이 한데 어우러져야 한다고 강조한 그의 주장은 포우의 낭만주의적 성향과 남성으로서의 관점을 주축으로 한 이론임을 감안하더라도 "소나기"의 초시대적 / 문화적 호소력을 설명하기에는 충분하다 하겠다. 유수한 한국 근현대문학의 고전을 두루 살펴보더라도, 세 번 이상에 걸쳐 별개의 작품집에 번역, 수록된 작품은 "소나기"가 유일하다(최인훈의 『광장』 또한 여러 번의 번역을 거쳤지만, 이는 수번에 걸친 원작의 개작을 반영한 결과로 볼 수 있을 것이다). 청명한 여름하늘을 한순간에 어둠으로 뒤덮어버리는 먹구름아래 느끼는 기습적 혼돈, 사정없이 내리쬐던 오후의 햇살에 한껏 달아 오른 몸을 단번에 식혀버리는 소낙비의 전율적인 감각, 머리를 내려 누르는 어둡고 습한 공기를 긋고 지나가는 한 줄기 번개의 카타르시스가 한데 어우러져 창출하는 전격적인 승화의 경험이 가슴 한 켠에 남기는 여운은 작품의 수채화 같은 서정성에 입체성을 부여하는 강렬한 음화와 같은 작용을 한다.

한편, 풀턴교수가 지적한 바와 같이, "소나기"의 미학적 호소력 저변에는 집필 당시의 사회문화적 맥락이 공고히 자리 잡고 있어, 시대적 특수성을 부여하는 동시에 보편적 담론의 가능성을 열어 주고 있다. 도시에서 온 상류계급의 일원이라는 소녀의 타자성이 상징하는 근대화의 역사와 중심－주변의 논리, 또 소녀의 연약함과 소년의 보호심리가 대변하는 전통적인 젠더역학의 외피를 깨고 생과 사의 경계를 넘은 파문을 일으키는 소녀의 유언은 "소나기"를 단순히 첫사랑의 서정적 초상으로 읽을 수만은 없다는 사실을 분명히 보여준다.

특히, 소년과의 추억으로 물든 옷을 그대로 입혀 묻어 달라는 소녀의 부탁에 담긴 일견 사소해 보이면서도 당돌하기 그지없는 욕망과 의지를 대변하는 "잔망스럽다"는 표현에 주목할 필요가 있다. "소나기"를 논할 때 가장 자주, 그리고 가장 먼저 떠오르는 구절이 바로 소년의 아버지가 마지막에 스치듯 던지는 이 한마디, "그런데 참 이번 기집애는 어린 것이 여간 잔망스럽지가 않어"일 것이다. 소녀의 부탁은 그녀의 죽음으로 인해 대가 끊긴 윤초시 집안의 운명이 대변하는 전통 지주계급의 몰락을 상징하는 한편, 전통적인 남녀유별의 지침, 어린나이에 따르는 미숙성에 대한 편견, 그리고 유교적 성역할의 제약을 넘어서서 출신계급의 권위의 마지막 한 자락에 매달리는 당돌함으로 자신의 의지를 관철하고자하는 전복의 담론을 제시한다. 한국평단에서는 이미 상투적이 되었을 만큼 수 없이 거론된 구절이지만, 영미권 비평계에서 나온 글들은 하나같이 이 핵심적인 단어가 내포하는 다층적 함의들을 전적으로 간과하고 있다. 이러한 비평적 한계는 앞서 『채식주의자』의 예를 통해 살펴 본 문화적 환원주의와 더불어, 그와는 반대의 맥락에서 한국문학의 폭넓은 이해와 수용을 저해하는 요소, 즉 언어문화적 특수성의 경시에로부터 연원한다고 보아야할 것이다. 서구문화권의 "소나기"에 대한 비평적 이해가 부실하다는 풀턴교수의 지적은 앞서 지적한 『채식주의자』에 대한 문제적 반응과 그 궤를 같이 한다.

해외의 한국문학연구는 그 역사가 짧아 최근에서야 그 질적, 양적인 저변을 확대할 기반을 마련했다고 볼 수 있다. 최근 영미권을 비롯한 세계 각지에서 한국학이 그 지평을 넓혀가고 있다고는 하지만, 한국문학을 원어로 읽는 이들의 수는 극히 적을 뿐 아니라, 영미권 학술지에 실리는 한국문학 평론은 원문을 그대로 싣기보다는 번역본이나 저자 자신의 번역에 의존해야 한다는 한계를 지니고 있다. 원작에 충실한 좋은 번역들이 많지만, 그러한 "충실성"이 어디까지나 역자의 주관적인 해석과 선택에 의존한다는 점을 고려한다면 역시 아쉬운 부분들도 많다. 출발어에는 존재하지만 도착어에는 부재하는 어휘가 두 언어간의 장벽을 넘지 못하고 탈락해 버리기도 하고, 또 역자가 원작의 문체적 특성을 살리기 위해 노력하는 과정에서 원본 어휘가 지닌 뜻의 일부만이 남겨지거나 함축성을 잃고 설명적인 문장으로 화해버리기도 한다.

물론, 그 어떤 두 언어도 의미론적으로나 문법적으로나 완벽한 대응관계를 이룰 수는 없는 만큼, 원작과 번역본 간에 100%의 싱크로율을 바라기는 역시 무리일 것이다. 하지만, 문학작품의 번역에서는 좀 더 많은 것을 바랄 수 있고, 또 그래야 하지 않을까. 문학적, 그리고 문학의 번역은 기표에 담긴 기의를 대체적인 기표로 옮겨 담는 기계적인 작업이 아니라 원문에 담긴 감성과 작품의 형식의 조화가 창출하는 유기적인 생동감, 즉 정동(affect)를 포착하여 재현하는 행위이다. 일전에 방현석의 『랍스터를 먹는 시간』의 영역본을 읽으면서 한 생각을 잠시 되짚어 보건대, 구글 번역기에 "소나기"의 "잔망스럽다"는 표현이 등장하는 구절을 입력하면 "But indeed this is pussy is unacceptable because it is a little yeoganjanmang"이라는 당황스럽기 그지없는 결과가 나오는데, 번역을 새롭고 순수한 언어(pure language)의 창조과정이라 예찬하면서 출발어와 도착어간의 장벽을 창의성의 원천으로 본 월터벤야민의 비전은 역시 아직 기계적인 의미 치환기제만으로는 도달하지 못할영 역인 것일까. 그레고 리시그워스와 멜리사그레그는 정동의 개념을 "사이"의 공간에서 발생하는 것으로, 외부에 영향을 미치며 또 그로 인해 영향을 받는 상호작용의 역량으로 규정되는 그 무엇("affect arises on the midst of in-between-ness: in the capacities to act and be acted upon"), 그 어떤 효력이나 강렬함의 정도가 전달되고 움직이는 활동성이나 그 현현의 과정, 또는 지속적이거나 순간적인 상관관계"라 정의한다. 인식에 우선하는 감성의 움직임을 뜻하는 정동이란 곧 일종의 생명력이며, 따라서 생명 그 자체와 마찬가지로 절대적인 존재의미로 규정된다기 보다는 약동하는 활력 그 자체가 바로 존재의미에 다름 아니다. 작가의 손을 떠난 문학작품은 독자와의 접촉을 통해 독립적인 개체로서 끊임없이 다시 태어나고 또 새로운 의미를 얻는다는 관점에서 볼 때, 한 작품의 정수를 파악하여 새로운 그릇에 옮겨 담는 작업에는 곧 해당 작품의 정동성을 오롯이 포착해야 한다는 과제가 선행되어야 할 것이다. 다시 "잔망스럽다"는 단어로 돌아가보자. 이는 다층적 의미와 방향성을 내재한 복합적인 정동성의체 현으로, 작품이 지닌 다양한 해석의 여지를 포괄하는 핵심적인 표현이다. 영어에는 의미론적으로 "잔망스럽다"에 정확히 부응하는 용어가 없지만, 그 얽히고 설킨 느낌만이라도 잡아낼 수 있다면 소녀가 소년의 마음에 던진 돌이 일으킨 그 파문의 감성과 여파를 조금이라도 더 충실히 펼쳐 낼 수 있지 않을까.

현재 시중에 나와 있는 세 출판본은 이러한 정동적 충실성 측면에서 아쉬움의 여지를 남긴다. 황순원의 문체미학을 가장 원본에 가깝게 표현했다고 할 수 있는 안선재 교수는 "잔망스럽다"를 "odd"로 번역하며, 다른 두 판본은 각각 "strange"와 "extraordinary"라는 표현을 쓰고 있다. 물론 세 단어 모두 무언가에 어긋난다, 내지는 정석을 벗어난다는 뜻을 지녔다는 점에서는 원문이 내포한 전복적 담론의 가능성을 내포하고 있다. 그러나, 사소하다는 어감을 담은 "잔"과 당돌하다는 의미의 "망"이 한데 엮이어 빚어내는 생생한 충돌의 기색은 안타깝게도 찾아 볼 수 없다.

물론, 한국인들에게도 낯선 "잔망스럽다"는 말을 풀어내기란 여간 어렵지 않을 것이다. Odd, strange, 그리고 extraordinary 모두 구글번역의 결과와 비교해 보면 기의적치환의 수준을 훌쩍 넘어선 효과적인 번역임을 알 수 있다. 그러나 한 걸음 더 나아가 작품의 정동성, 즉 접촉대상에 따라 다양한 방향으로 뻗어나갈 수 있는 약동성을 담아내려면 의미를 넘어선 느낌을 끌어 안고 가는 번역을 바라는 것은 지나친 욕심일까. 『채식주의자』의 영역은 그러한 갈증을 채워주는 반가운 번역본이었다. 지난 6월, 번역자인 데보라 스미스는 이화여자대학교에서 열린 초대강연에서 한강의 시적언어가 지닌 유려함과 혼돈의 미학에 이끌리면서도, 이를 영미권 독자들에게 효과적으로 전달하기 위해서는 문법적 정확성을 고수하는 동시에 압축적인 유동성을 살려야 한다는 부담감을 이겨내야 했다고 술회했다. 번역과정에서 불가피하게 일어나는 의미론적 상실에 상응하는 그 무언가를 채워넣 음으로써 작품의 느낌에 충실하고자 했다는 것이다.

번역이론의 고전인 『바벨 이후』를 집필한 조지스타이너는 "번역은 과학이 아니라 정확한 예술"(Not science but an exact art)이며, "이해한다는 것은 곧 판독한다는 것이고, 의미를 포착한다는 것은 번역을 하는 행위에 다름아니다"(to understand is to decipher, to hear significance is to translate)라 했다. 번역이란 결국 주관적인 작업일 수밖에 없다. 다만, 이러한 주관성의 개입이 그 자체로 하나의 예술행위라는 점에서 좀더 원작의 효과에 충실한 느낌을 지향해야할 것이다. 문학작품이 언어의 틀을 빌어 불러일으키는 감상은 느낌의 움직임이고, 효과의 창출이며, 원문자체의 맥락적 변용을 촉발하는 정동적 상호작용이다. "소나기"의 마지막 영문 번역본이 나온 지도 이미 수 년, 이제 카크 푸어와 같이 문화적 환원주의를 경계하면서도 원본의 형식적 미덕을 존중하는 독자들이 기다리고 있는 만큼, 잔망스러운 그 소녀의 가슴 아린 잔상을 좀 더 가까이 끌어 안고 가는 새로운 번역이 나올 때가 된 것 같다.

황순원 문학과 번역에 대한 시각

마틴 와이저

독일말로 번역된 황순원의 작품을 살펴보면 단편소설 6편, 장편소설 1편으로 어느 정도 이미 번역되어 있다고 생각할 수 있을 것이다.[1)]

그런데 2005년 프랑크푸르트 도서전을 번역품을 정리했을 때에 황순원 작가의 장편소설 중에 하나도 아직 번역이 안된 것에 큰 아쉬움도 표현했다. 2011년에 『나무들 비탈에 서다』로 첫 장편소설이 번역되었다. 그전의 20년 동안에 단편소설 2편 밖에 번역이 안되어 황순원의 문학에 독일번역가들이 큰 관심이 안준 것 같았다. 1966년과 1984년에 번역된 단편소설들이 한국의 독문과 교수나 교포가 번역한 것이었다. 또한 『나무들 비탈에 서다』의 번역문을 보면 놀랍게도 독일사람과 한국사람 같이 공동번역이라도 바로 질이 높은 것이 아니다. 문장이 길고 부문장이 많아서 복잡할 때에 그냥 문장마다 주어가 하나로 잘라내느라 흐름이 어색해지고 시각이 왔다갔다하는 것으로 문학성이 낮아진 경우가 많았다. 소설의 첫 장에서 나오는 비유("마치 두꺼운 유리 속을 뚫고 간신히 걸음을 옮기는 것")도 '유리벽과 투쟁하는 것 같다'고 번역됨으로 제대로 상황과 느낌이 못 옮겨졌다. 그런데 다른 번역작품에서도 한국문학에서 유행한 비유를 알맞게 번역되지 않거나 문체의 흐름을 깨지는 것을 많이 찾을 수 있기 때문에

1) 『소나기』, 『잃어버린 사람들』, 『왕모래』(1966년), 『너와 나만의 시간』(1984년), 『송아지』 (1991년), 『너와 나만의 시간』(2002년), 『나무들 비탈에 서다』(2011년) 번역되었다.

황순원문학 번역의 유일한 문제점이 아닌 것 같다. 특히 한국문학의 비유가 정확성보다 느낌이 중요해서 느낌보다 정확성이 강조하는 문화를 위하여 어떻게 느낌과 정확성을 타협하는 것은 한국문학을 번역하는 과정에서 끝없는 문제이다.

나는 지난 2년 동안을 황순원문학을 번역하도록 노력해서 두 가지 점에서 깊은 관심을 가지게 되었다. 첫번째로는 뛰어나게 등장한 사투리가 황순원문학의 특징 중 하나라고 할 수 있지만 서양언어로 번역이 어렵거나 번역할 수 없는 것이다. 나는 『카인의 후예』를 번역하는 과정에서 여러 단어가 무슨 뜻인지 못 알아냈기도 때문에 한국전문가와 함께 번역할 수 없는 느낌도 들었다. 심지어 단어의 정의를 알게 되어도 문학적 느낌, 그 개인이 무슨 레지스터인지를 알아내는 것이 더욱 어렵다. 사투리로 외부/내부 갈등, 계급차이나 연령 구분을 표현이 되기 때문에 결국 40년대, 50년대 배경의 소설들이 당시 지역감정, 외부사람에 태도 등 어느 정도 번역해야 할까, 추가설명을 필요할까 고민도 해야할 것 같기도 한다. 가끔 황순원도 서술자의 말로 그런 설명을 붙였지만 더욱 설명해야 하는 경우가 조금 있는 것 같다. 해방과 6·25 전쟁의 배경으로 공산권의 말투도 자주 나온다. 그 말투가 보통 언어 아님으로 (특히 연설의) 흥분성, 공격성 등 알맞게 번역하기가 쉽지 않다.

또 다른 황순원 문학의 특징은 맨 끝에서 나오는 반전이라고 할 수 있다. 예를 들어 『카인의 후예』, 『학』, 『소나기』, 『너와 나만의 시간』 작품에서 다 그런 반전으로 끝난다. 그 반전이 나오기 전에 갈등과 긴장이 절정에 이룬 것임으로 번역가는 이 동네를 잘 번역해야 이 문학적인 특징을 잘 느껴진다. 예를 들어서 『학』이란 단편소설은 그 반전이 나오기 전에 성삼이 권총을 잡는 것과 '넌 총살감이라'는 말로 긴장의 절정을 준비된다. 저번에 소나기 마을을 방문했을 때에는 『학』의 한 장면도 인형으로 만드는 것을 볼 수도 있었다. 그런데 소나기마을에서 성삼이는 단편소설처럼 권총을 잡는 것이 아니고 소총으로 덕재를 위협하는 것이였다. 단편소설에서 성삼이 권총을 가져서 바로 남한 치안대에서 높은 지휘를 가졌다는 표시("너와 나만의 시간" 처럼)일 수도 있지만 권총으로 누구를 위협하는 것보다 소총을 들고 위협하는 것과 큰 차이가 난 것 같다. 한국문학번역원 영어반에서 '총을 잡다'는 말이 무슨 뜻일 수 있을까 토론했을 때도 아주 애매한 문장이라고 결론을 냈다. '손으로 닿다'부터 '권총을 들고 조준하다'까지로 정확하지 않은 장면이었다. 소총이 더 폭력적, 더 전쟁적인 무기라서 그런지 심리적으로 긴장성과 위험성이 더 잘 표현된다. 아마도 그래서 소나기마을의 장명이 다르게 나올지도 모른다.

2년만을 한국문학을 성실적으로 번역하도록 노력밖에 못 해서 아직도 한국어의 문체와 리듬에 대한 감정을 잘 못 느낀 것이기 때문에 황순원 문학에도 문학성을 찾아내고 번역하는 것이 쉽지 않다. 그래서 불가피하게 사회갈등과 서술의 구성을 밖에 잘 살펴보지 못했다.

한국 문학 번역의 어려움

알리나 콜뱌기나

리디아 아자리나 번역가는 한국문학번역원의 학생이었는데 현재는 번역원 선생을 하고 있다. 아자리나의 번역본을 읽고 보면 「소나기」라는 단편소설의 아름다움을 감상할 수 있다. 아자리나의 번역은 왜 잘 되었는가.

교과서를 보면 번역이라는 것은 특정 언어로 쓰인 텍스트를 다른 언어로 옮기는 과정이라고 하는 설명이 나온다. 자세히 보면 문학번역이라는 것은 어휘만 옮기는 것이 아니고 저자의 문체 시기와 문화의 특징을 독자의 언어와 독자의 나라의 문화로 옮기는 것이다. 그러므로 통번역만 아니고 문학번역도 중요한 통신기능을 가지고 있다. 쉽게 말하자면 다른 나라의 사람들은 외국어에서 모국어로 번역된 책을 읽으면서 마치 외국사람의 이야기를 직접 듣는 것처럼 외국의 문화·사회적인 문제, 외국사람의 사고방식을 알 수 있다. 동시에 작가의 나라의 문화 사회 역사배경을 알면 문학작품을 깊게 파악할 수 있다. 내 생각에는 문학번역가의 목표는 글을 그대로 번역하는 것보다는 어떻게든 작품의 배경을 보여주는 것이다.

한국문학작품을 번역하고 보면 어려움이 닥친다. 나에게 개인적으로 가장 어려운 점은 한국어실력이 부족하여 작가와 주인공의 기분 작품의 분위기 등 이와같은 미묘한 뉘앙스를 느끼는 것이 어렵다. 작가들은 글을 쓸 때 작품의 분위기, 주인공의 성격, 글의 요지와 상징성을 표현하기 위해 모든 단어와 문법을 의도적으로 사용한다. 하지만 외국인의 눈으로 글을 보면 가끔 이런 차이를 보지 못한다. 다른 번역 문제를 기술적으로 극복할 수 있지만 한국어를 모국어처럼 느낄 수 있는 실력을 평생동안 기를 수밖에 없다.

문학번역가는 작가와 같은 정도로 예술가다. 세계언어 차이가 커서 작가가 쓴 단어와 문법을 그대로 번역해보면 작품의 분위기 요지와 깊음을 표현하는 것은 어려울 경우가 있다. 그런 번역은 아무 쓸모가 없다. 러시아어 경우에는 한국원문의 문장과 문법적으로 아예 다른 문장을 만드는 일이 많다. 번역가가 작가처럼 모국어로 글을 쓸 수 있 는실력이 필요하다. 물론 작품의 역사적인 배경과 사회적인 동량에 대한 지식도 필요하다. 그것 때문에 번역가가 예술가뿐만 아니라 역사학자와 사회학자다.

번역하는 과정에서 또 다른 중요한 점이 있다. 좋은 번역을 하려고 하면 번역하고 싶은 작가의 한 작품 뿐 만아니라 되도록 많은 작품을 읽고 연구하고 작가의 전기를 연구하는 것이 도움이 될 수 있다. 왜냐하면 사회 역사 문화 등은 이와같은 작품의 배경이 중요한데 문학작품이 구성되는 제일 중요한 부분은 작가 그 자체다. 작가는 사람이다. 다른사람과 비슷하고 동시에 다르다. 작가가 글을 쓴 이유와 글을 쓰는 방식을 잘 파악하고 무슨 말을 하고 싶었는지 잘 이해해야 한다. 그리고 문학작품을 번역할 때 내가 작가라면 책에 담긴 생각을 어떻게 표현할건지 자신을 물어봐야 한다.

나의 생각에는 아자리나 선생님은 이 모든 번역의 특징을 잘 파악하고 「소나기」의 번역은 잘 되었다.

7장_작품 발굴

황순원 선생의 습작시대
- 새로 찾은 황순원 선생의 초기 작품들

권영민

1. 황순원 문학의 원점

황순원 선생의 문학적 글쓰기는 1931년 시 창작활동으로부터 시작되었다고 알려져 왔다. 대부분의 기록에서 선생의 첫 작품으로는 1931년 7월 잡지 『동광(東光)』에 발표한 시 <나의 꿈>를 꼽고 있는 것이 사실이다. 그러므로 이 시를 선생의 공식적인 등단작으로 지목해 오고 있는 것이다.

그런데 필자의 조사에 의하면 황순원 선생은 <봄싹>이라는 동요를 1931년 3월 26일 동아일보에 발표하였으며, 단편소설 <추억>을 1931년 4월 7일부터 9일까지 3회 연재 형식으로 동아일보에 발표하였다.

잡지 『동광』에 발표한 시 <나의 꿈>에 앞서 이 두 편의 작품이 일간지에 소개되었다는 것은 매우 중요한 의미가 있다. 특히 초기 습작기에 이미 시 뿐만 아니라 소설과 희곡도 함께 창작했음을 확인할 수 있게 되었기 때문에, 황순원 선생의 문학적 글쓰기가 시 창작으로 시작되었다고 그 범위를 한정할 필요도 없어졌다.

황순원 선생의 초기 습작시대의 면모를 확인하여 볼 수 있는 새로 조사된 작품의 목록은 다음과 같다.

1) 동요(童謠) 8편

봄싹 (동아일보, 1931.3.26.)

딸기 (동아일보, 1931.7.19.)

수양버들 (동아일보, 1931.8.4)

가을 (동아일보, 1931.10.14)

이슬 (동아일보, 1931.10.25)

봄밤 (동아일보, 1932.3.12)

살구꽃 (동아일보, 1932.3.15)

봄이 왓다고 (동아일보, 1932.4.6)

2) 단편소설 1편

『추억(追憶)』(동아일보, 1931. 4. 7~4. 9, 3회 연재)

3) 단막희곡 1편

『직공생활(職工生活)』(조선일보, 1932. 6. 27~6. 29, 3회 연재)

앞의 작품들은 모두가 1931년부터 1932년에 걸쳐 동아일보와 조선일보에 발표된 것들이다. 특히 동요와 함께 단편소설과 희곡이 초기 습작기에 이미 신문에 발표되었다는 사실은 주목할 필요가 있다.

2. 숭실중학 시절의 동요(童謠)

황순원 선생이 문학에 관심을 두고 동요를 쓰기 시작한 1931년 무렵은 숭실중학 재학시절이다. 선생은 1915년 3월 26일 평안남도 대동군 재경면 빙장리에서 태어났다. 부친 황찬영(黃贊永)은 일찍부터 개명한 지식인으로 평양 숭덕학교 교사를 지낸 바 있으며, 3·1운동 당시에는 독립선언서와 태극기를 평양 시내에 배포하고 만세운동을 주도한 혐의로 일경에 체포되어 1년 6개월 동안 투옥되었다. 당시 황순원 선생은 나이 다섯 살의 어린 소년이었는데, 부친이 옥고를 치르는 동안 어머니 장찬붕(張贊朋) 여사와 함께 시골집에서 힘든 생활을 견뎌야 했다. 평양 시내로 가족 전체가 이사한 것이 1921년 7세 때였고, 이듬해에 숭덕소학교에 입학했다. 1929년 정주에 있는 오산학교에 입학했지만 오산학교에서는 한 학기를 마치고, 다시 평양으로 와서 숭실중학교로 전학했다.

황순원 선생이 1931년부터 1932년 사이에 동아일보에 발표한 동요는 모두 8편이다. 이 작품들은 일종의 독자 투고 형식으로 동아일보에 수록되었는데, 첫 작품인 <봄싹>(동아일보, 1931.3.26)의 경우 '평양 글탑사 황순원' 이라고 투고자의 성명과 소속을 밝혀놓았고, <가을>(동아일보, 1931.10.14)의 경우에는 '숭중(崇中) 황순원' 이라고 기명했다. '글탑사' 라는 곳이 어떤 성격을 지닌 조직인지는 확인할 수 없지만, '숭중' 은 숭실중학임을 알 수 있다.

그런데 황순원 선생이 평양 숭실중학 시절 이미 기성 문단에 관여하고 있었음을 확인할 수 있는 기록도 함께 확인되었다. 조선일보(1932.2.11) 학예면의 기사 가운데 "평양에서 『동요시인(童謠詩人)』 발간"이라는 짤막한 문단 소식 하나가 실려 있다. 그 내용은 평양부 내에서 시인들이 금번에 '동요시인사(童謠詩人社)' 를 창립하고 4월에 창간호를 발행하기로 하여 원고를 모집 중에 있다는 것과 순아동문예 작품에 치중할 것이라는 편집 방침을 밝히고 있다. 동요시인사의 참여 인사들 가운데 편집 겸 발행인은 양춘석(梁春夕)이며, 집필 참여 인사로는 남궁인(南宮人), 황순원(黃順元), 김조규(金朝奎), 고택구(高宅龜), 김동선(金東鮮), 김봉남(金鳳楠), 이승억(李承億), 박태순(朴台淳), 손정봉(孫正鳳) 등이 소개되었다. 이 가운데 황순원의 이름이 시인 김조규와 함께 포함된 것을 알 수 있다. 그런데 <동요시인>은 이미 그 동인 구성이 1931년 겨울에 이루어졌음을 양가빈(梁佳彬)의 <회고와 비판－동요시인>(조선중앙일보 1933.10.30~31)에서 확인할 수 있다. 황순원은 이 동인의 중심적인 역할을 했다. 동요시인사에서 출간을 준비한 아동 문예 잡지 『동요시인』은 1932년 5월호로 창간호가 발간되었다. 이 책에는 '동요의 감상(작법강화)' 을 비롯하여 동요와 동화 60여 편이 수록되어 있는 것으로 소개(신간소개, 조선일보 1932.4.8)된 바 있다. 그리고 뒤이어 제2호(6월호)가 나왔다는 소식(조선일보 1932.5.22 신간소개)이 보도되었지만, 현재 이 잡지의 소재를 확인할 수 없다.

숭실중학 시절에 발표한 황순원 선생의 동요는 3음보의 율격을 실현하고 있는 간결한 형태의 노래로 이루어져 있다. 외형상 7.5조의 음수율을 정확하게 지키고 있으며, 작품 제목에서도 쉽게 드러나는 것처럼 자연의 다채로운 변화를 순수한 동심의 눈으로 섬세하게 관찰하고 있는 것이 대부분이다. 이러한 시작의 태도는 일본 유학시절에 출간한 시집 『방가(放歌)』에서 볼 수 있는 역사의식이나 현실 지향적 태도와는 상당한 차이를 드러낸다.

3. '소년소설'이라고 명명한 첫 소설 <추억(追憶)>

황순원 선생의 첫 번째 소설은 이번에 발굴한 단편소설 <추억(追憶)>이라고 할 수 있을 것이다. 이 소설은 숭실중학 3학년 재학 중이던 1931년 4월 7일부터 4월 9일까지 3회에 걸쳐 동아일보에 연재되었다. 이 소설 역시 동아일보에 발표한 동요와 마찬가지로 독자 투고 형식을 취한 것으로 보인다.

단편소설 <추억>에는 '소년소설' 이라는 부제가 붙었다. 이것은 신문사에서 임의로 붙여놓은 명칭으로 볼 수 있는데, 소설의 주제 내용과 관련하여 '아동소설' 등과 비슷한 의미로 명명한 것이 아닌가 생각된다. 실제로 이 소설은 중학생 소년 '영일' 을 주인공으로 내세워 그 유년기의 체험을 극적으로 소개하고 있다. 주인공인 영일은 젊은 처녀의 사진을 품에 넣고 다니다가 동료들에게 놀림을 당하고 선생님한테 끌려가 꾸중을 듣는다. 이같은 소설 전반부의 사건은 후반부에서 극적 반전을 일으키면서 새로운 의미를 획득한다. 하나의 사건을 중심으로 등장인물의 성격을 창조해가는 이른바 통일성의 효과를 성공적으로 구현하고 있다.

4. 희곡 <직공생활(職工生活)>과 연극적 관심

황순원 선생의 희곡 창작에 관해서는 별로 주목된 적이 없다. 이번에 발굴한 단막희곡 <직공생활>은 1932년 6월 27일부터 6월 29일까지 3회에 걸쳐 조선일보에 연재되었다. 이 작품은 조선일보의 학예면에 새로 꾸며진 '독자문예' 란에 실린 것이다. 당시 황순원 선생은 숭실중학 재학생이었다.

조선일보사에서는 1930년대에 들어서면서 독자와 함께 하는 신문이라는 기치를 내걸고 대대적으로 <독자 문예 작품 모집>을 널리 광고하였다. 당시 조선일보가 내세운 사고(社告)를 보면, '독자 여러분의 문예작품을 모집합니다. 여러분과 본사는 늘 이러한 교섭으로 같이 울고 웃으며 자기의 생활을 개척하여 신문화 건설에 노력할 책무가 있는 것입니다.' 라고 독자 문예 모집의 의미를 강조하고 있는 것을 확인할 수 있다. 조선일보의 독자라면 누구나 단편소설, 희곡(1막), 수필, 신시 및 동요 등에 응모할 수 있으며, 우수 작품엔 '박사진정(薄謝進呈)' 하겠다고 밝히고 있다.

희곡 <직공생활>은 공장에서 노동하고 있는 가난한 남매와 병든 어머니를 무대의 전면에 등장시킨다. 그리고 이들에게 닥치는 경제적 궁핍과 그 고통을 극대화하기 위해 집세를 독촉하는 인물, 경찰에 쫓기는 노동 청년 등이 극의 결말에 함께 자리하게 한다. 1930년대 경제 불황과 궁핍한 조선 민중의 삶의 실상을 극적으로 구현하고 있는 잘 짜여진 작품이다. 당시 새롭게 등장하기 시작한 사실주의 연극의 모범을 보여준다고 할 수 있다.

황순원 선생은 1934년 숭실중학 졸업과 동시에 일본 동경의 와세다대학 제2고등원으로 유학했다. 그리고 동경에 유학하고 있는 조선인 학생을 중심으로 조직된 극예술 연구단체 <학생예술좌(學生藝術座)>에 가담하였다. 이것은 황순원 선생이 일찍부터 연극활동에 관심을 가졌음을 말해주는 단서가 된다. 당시 조선일보가 전하고 있는 '동경에 창립된 학생예술좌(學生藝術座)'(1934.7.19)라는 기사를 보면 동경에 있는 조선 학생 중심으로 연구 단체로 학생예술좌가 조직되었으며, 조선 신극운동의 일익인 학생극 운동의 일부대로 참가하여 건전한 연극발전을 기하리라는 취지와 목적이 함께 소개되고 있다. 황순원은 학생예술좌 문예부에 김진수, 주영섭 등과 함께 참여했다. 이 단체의 중요 구성원으로는 주영섭, 김진순, 이휘창, 김병기, 김동혁 등을 들 수 있다.

5. 황순원 문학의 힘

황순원 선생의 문학을 논하고자 할 때 먼저 주목하고자 하는 것이 그 문체의 미학적 성과이다. 선생의 문학에서 일상적 체험이 예술적 형식으로 고양되고 있는 것은 소재의 속성이나 주제의식의 지향이 아니라 그 언어의 형식, 문체의 힘에 의해 방향이 결정된다. 선생은 일상생활 속에서 선택한 다양한 삶의 양상을 자신만이 지니고 있는 언어의 힘을 통해 서술하고 소설적으로 형상화한다. 그러므로 선생의 문학에 있어서 언어란 이야기의 내용을 전달하는 서술적 수단만이 아니라, 그 미학적 가능성을 결정짓는 중요한 요소이다.

작가로서 황순원 선생만이 지니고 있는 언어, 그리고 표현할 수 있는 문장과 그 서술의 힘, 이 모든 것을 '문체'라고 한다면, 우리는 황순원 선생의 문학을 보면서 그 문체의 감응력에 빠져들고 있는 셈이다. 뿐만 아니라 황순원 선생의 언어와 문체는 그 자신의 정서적 체험의 깊이를 나타내어 준다. 그리고 정신적 통찰의 높이를 뜻하기도 한다. 선생이 구사하는 언어적 표현에 의해 그 인간적 애정과 삶에 대한 폭넓은 이해가 문학적으로 실현된다.

그러므로 황순원 선생의 언어와 문체는 언제나 수사적 차원을 넘어서서 바로 그 문학의 핵심을 차지한다. 나는 이러한 특징이 초기 습작시대부터 다양한 문학 양식의 실험을 통해 터득한 언어에 대한 깊은 인식에서 비롯된 것이라고 말하고 싶다.

1) 동요(童謠) 8편

봄싹

양지쪽따스한곧 누른잔듸로
파릇한풀싹하나 돋아나서는
봄바람살랑살랑 장단을맞취
보기좋게춤추며 깨웃거리죠

보슬비나리면은 물방울맺혀
아름다운진주를 만들어내고
해가지고달뜨면 고히잠들고

별나라려행꿈을 꾸고잇어요

(동아일보 1931. 3. 26)

딸기

올망졸망 딸기알
매어달린게
골이나고 분해서
빩애젓을까

* * *

아니아니 햇님이
내려쪼여서
고운얼굴 힌얼굴
타서그렇지

(동아일보 1931. 7. 19)

수양버들

시냇가에 늘어진
수양버들은
머리풀고 물속에
적시고잇네

＊ ＊ ＊

고기새끼 몰려와
놀자고하나
수양버들 싫다고
머리흔드네

－西京서－

(동아일보 1931. 8. 4)

가을

윩읏븕읏 나무닢
병이 들면은
귀뜨람이 쓰르르
울어 줍니다

＊ ＊ ＊

가을달빛 고읍게
비최 이면은
기러기떼 줄지여
날어 옵니다

-三一첫가을-

(동아일보 1931. 10. 14)

이슬

아츰해에 반-짝
빛을 내고서
가이없이 떨어저
숨어 버리는
풀닢 끝에 매달린
이슬 방울은

* * *

지난밤에 별아씨
헤염 치다가
꿈을꾸는 풀싹이
하도 귀여워
한알두알 뿌려준
구슬 이래요

(동아일보 1931. 10. 25)

봄밤

깜박깜박 애기별
단꿈을 꾸고
낫갈구리 달님이
생긋 웃는밤

버들피리 구슬피
불어 봣서요

* * *

버선깁는 엄마께
꾸중을 듣고
살구나무 밑에서
눈물 짓는밤
시집가신 누나를
생각 햇서요

(동아일보 1932. 3. 12)

살구꽃

담옆에 살구꽃
늙어 젓으나
올해도 철찾아
피엇 습니다
어린애 입술같이
곱던 봉아리
안개비 봄비에
웃엇 습니다

* * *

하이한 살구꽃
바람을 타고
팔랄락 팔랄락
떨어 집니다
풀뜻는 토끼와
같이 놀려고
닢닢이 춤추며
나려 옵니다

(동아일보 1932. 3. 15)

봄이 왓다고

산골작 쌓인눈
봄이 왓다고
쪼르르 물방울
흘려 놧어요

＊ ＊ ＊
앞들판 밀밭에
봄이 왓다고
삐리리 종달새
노래 햇어요

＊ ＊ ＊

시냇가 실버들
봄이 왓다고
파르르 새엄이
눈을 떳어요

(동아일보 1932 .4. 6)

2) 소년소설(少年小說)『추억(追憶)』

(一)

영일(英一)이는 왼편손에 책보를 끼고 학교를 향하야 다름박질하엿다. 그가 교실문을 열고 들어설 때에 웬일인지 동급생도들이『하하하 흐하!』하고 웃으며 영일이를 둘러싸고 놀려댓다. 영일이는 무슨 영문인지 몰랏으나 생도들이 자긔를 워싸고 놀리는 바람에 자연히 그의 얼굴은 붉어젓다. 여섯시간 학과가 다 마친 후 영일이는 담임선생님게 이끌려 사무실로 들어갓다 영일이는 무슨 일로 선생님이 자긔를 불렀는지 그 리유(理由)를 몰랏으나 그는 선생님의 명령대로 쫓아 사무실로 들어가자 선생님 앞에 엄숙한 태도로 머리를 숙이고 우둑커니서 잇섯다 선생님은 의자(椅子)에 걸터앉으시며 주머니에서 돌연(突然)히 헌 사진첩 한 개를 끄내여 영일이 앞에 펼처 놓앗다. 사진첩은 비록 헐엇으나 그 손에는 참 어엽븐 처녀(處女)의 반신(半身)이 찍히어 잇엇다.

『영일군!』

『예?』하고 영일이는 대답하며 숙엇든 머리를 들어 선생님의 편을 바라보앗다.

『이 사진은 자네가 가지고 잇엇든 것이지?』

『예-ㅅ』하고 영일이는 그 사진을 볼 때와 함께 놀라운 눈을 동글하게 뜨며 무엇인지 말하랴고 입설을 한들한들 하엿다.

『군은 때때로 이 사진을 쓰내여 본다지. 군도 다-아는 바가 아닌가? 우리 학교는 규측(規則)이 엄격(嚴格)한 학교이니만치 녀자의 사진 같은 것을 가지고 다니면 안되는 것이 아닌가? 응?…………』

이때에 낭하(廊下)에 잇든 동급생도들은 선생님의 말슴이 떨어지자 무엇이 그다지 통쾌(痛快)하든지 『흐핫-ㅅ』하고 웃기 시작하엿다. 영일이의 얼굴은 붉은 물깜을 드렷다.

『선선선생님!』하고 그는 입으로 무엇인지 두 번재 말을 할려고 하엿다.

『변명』(辨明)은 안 들어도 좋의……군이 이 학교 입학 이후 공부도 잘하고 또 조행(操行)도 좋은 것 같아서 지금 여러 선생님들은 자네를 많은 칭찬을 하는 중일세……그러니 이후부터는 이 같은 사진을 가지고 다니며 동무들에게 놀리움을 받아서는 안되네……』하고 선생님은 사랑이 가득한 음성으로 이러케 훈교(訓敎)하섯다.

영일이가 여자의 사진을 가지고 다니는데 대하여 선생님 의심(疑心) 하는 것도 그럴 것이다. 암만 보아도 그가 영일이의 어머님이나 누나 갓지도 않엇기 때문이다.

『그, 그러치만 선생님?』하고 영일이는 세 번재 입을 열랴고 하엿으나 혀[舌]가 그의 마음대로 잘 돌아가지 않앗다.

『음- 군이 이 여자의 사진을 가지고 다니는데 대하야서는 무슨 리유가 잇겟지-마는 학생으로 젊은 녀자의 사진을 가지고 다니는 것이 합당치 안흐니깐 이 사진을 돌려보낼 터이니 이 다음부터는 주의(注意)하야 가지고 다니지 말게…』하고 선생님은 사진을 영일에게 내주엇다. 사진을 바들랴고 내여미는 그의 손은 떨리엇고 두 눈에서는 구슬같은 눈물이 자긔 모르게 맺혀 떨어졋다. 아-그는 울고 잇섯든 것이엇다.

* * *

영일이는 당년(當年) 16세 소년으로 보결(補缺) 입학시험으로 평양에 잇는 ××종교중학교에 제2년급에 입학한 때는 금년 9월 3일이엇다. 여때까지는 그는 자근아버지와 함께 ○○출중학교에 다니엇는데 그로부터 자근아버지의 일가족이 평양으로 이사(移舍)하여 오게 된 고로 영일이도 여긔까지 딸하와서 학교에 다니게 된 것이다. 그러치만 이는 쓸쓸하얏다. 그것은 신입생인 그를 함께 벗하야 주는 사람도 업거니와 한갓 촌학교에서 전학하야 왓다 하야 더욱이 놀아주지 안헛다.

그런데 대하야 온순한 그는 자긔 스스로 친구를 구할 수도 업섯든 것이다. 그는 사진을 바더 가지고 집으로 힘업시 터불터불 거러가며 생각하야 보앗다. 오날 아츰에 어찌하야 동급생도들이 나를 외워싸고 놀려대슬가? 그는 주머니에다가 보호(保護)하야둔 이-사진이 어느때 떨어젓슬가? 그것을 누구가 담임선생께 바처슬까? 자긔하고 노는 사람도 엄는데…… 그는 생각하고 생각하야도 할스록 의문(疑問) 날 뿐이지 도모지 아지 못할 일이엇다. 어젯날 체조시간이 시작하기 전에 버들나무 미테서 그 사진을 본 일이 잇다. 그러면 그때나 내가 사진을 보는 것을 선생님이 보섯슬가? 여러 생도들과 함께 옷의본을 버서노앗섯다. 설마 누구인지 그 사이에-사진을 주머니에서 끄내여서 담임선생님께 드리지는 안헛나? 그는 이러케 생각할스록 마음이 답답하얏다. 그것은 좀전에 자긔의 회포(懷抱)를 선생님 아페서 잘 설명하지 못하엿기 때문이엇다. 그는 눈물을 흘리며 집으로 돌아와 자긔방으로 들어가자 책보를 내던지고 노오트에 다가 무엇이지 열심히 쓰고 잇다. 그 손은 떨렷스나 연필(鉛筆)은 화살 다라나듯이 빨리 다라나고 잇섯다.

(동아일보 1931 .4. 7.)

(二)

＊　＊　＊

그 이튿날 아츰에 일이다. 평양에 잇는 ××종교 중학교에서는 상학(上學) 종이 쩽!쩽! 울림과 한가지로 오백여명의 생도들은 대강당(大講堂)으로 모이엇다. 허연 수염이 한자 실히 늘어진 교장선생님은 강대(講臺)에 서서 하나님께 긔도(祈禱)를 올리엿다. 교장선생님은 륙십이 훨신 넘은 사람으로 보기드물 만치 싱싱하고 힘차 보이엿다. 긔도가 필한 후 교장선생님은

『여러분!』 하고 음성 조케 말슴하시고

『오늘 아츰 긔도회 강설(講說) 대신으로 여러분께 읽어드릴 것이 잇습니다. 이것은 우리 선생님들의 강설보다 더- 여러분께 유익할 것 갓사오니 정숙(靜淑)하게 들어주시오.』 하고 이어서 말슴하시고 선생님은 주머니에서 노-트 하나를 쓰내 펼처가지고 음성을 나초아 천천히 읽기 시작하시엇다.

＊　＊　＊

『불이다』

『불이야-?』 하고 무섭고도 소름끼치는 부르지즘이 평양 ××리(里)에 사람의 입(口)마다 떠들 때는 주후 일천구백십일년 십이월 어떤 날 밤이엇습니다. 모-든 사람들은 단쑴을 쑤며 몸 곤히 잠잘 때 이 무서운 불길이 타올으는 집 이층(二層) 창문을 열고 한 녀자가 음성 노펴 구원을 청하엿습니다. 그 녀자는 전경숙(全敬淑)이라는 여자인데 그 집 식모(食母)로 잇든 여자입니다 나이는 19세이고 성질이 얌전하고 온순한 여자인데 삼사년 전부터 그 집에 와서 일하고 잇엇습니다.

그 집은 석유(石油)상점인데 주인도 전에는 자긔 사랑하든 부인이 잇엇는데 그만 몃해 전에 가이업게도 그 부인은 두 아이를 낳아놓고 다시 못 오는 먼길을 떠나고 말앗습니다. 그래서 경숙이는 그때부터 그 돌아가신 아이의 어머니를 대신하야 자긔 아들과 딸 같이 두 아이를 돌보아 주는 것이 자긔에 중한 책임이엇습니다. 한 아이는 5세 된 처녀아이고 한 아이는 3세 된 남자아이엿는데 그 두 아이도 경숙이를 자긔 어머님으로 알고 매일과 같이 한가지로 이층에서 자고 잇엇든 것입니다. 불은 알에층 란로(煖爐)에서 일어낫는데 이 형편을 안 주인은 급히 뛰어나가다가 불에 탄 나무가 허무러저서 나려오는데 맞어서 큰 부상을 당하엿습니다.

소방대(消防隊)는 벌서부터 와서 끄기 시작하엿으나 석유에 불이 다은 것이니 끄나 아무 소용이 없습니다. 불은 점점 타올라 경숙이가 들어가 두 아이를 깨워슬 때는 벌서 불이 이층까지 올라와 연긔가 자욱하여 잇엇습니다.

경숙이는 두 번재 창문을 열고 앞에 모인 사람들에게 구조(救助)를 원하엿습니다. 그때 집앞에 모여 잇든 사람들은 곳 나려뛰라고 부르짖으며 남자들은 외투를 벗고 녀자들은 털목테를 벗어 창밑에 펴놓습니다 그것은 그 우에 나려뛰라는 것이엇습니다. 그러나 경숙이는 또방안으로 들어갓습니다. 그것은 혹 그 혼자만 잇다면 그대로 내려뛰엇을는지 모르나 그 여자는 자기의 목숨같이 보호하여 오든 주인의 두 아이가 잇는 까닭입니다. 불은 더욱더욱 심하여서 목숨은 일이분을 다토게 되엇습니다. 모든 사람들은 숨도 크게 못쉬며 손에 땀을 쥐고 멍하니 올려다보고 잇을 뿐입니다.

경숙이는 안으로 들어가자 요를 가저다가 아래로 나려보냇습니다. 그 아래 잇든 사람들은 이미 경숙이가 아이를 나려보낼려고 하는 줄을 알고 요의 네 귀를 쥐고 창밑으로 가까이 왓습니다. 그때 경숙이는 또 방으로 들어가드니 3세 된 산아이를 끼고 나왓습니다. 그는 알에 모인 사람을 보고 암사자와 같이 힘잇게,

『받아주시오-』 하고 부르짖은 후 끼고 나왓든 3세 된 산아이를 내던젓습니다. 아! 그 아이의 운명은 어찌나 되엇을랴? 다행히 그 요 가운데 떠러젓습니다.

『다행이다. 일업다.』 하고 사람들의 부르짖는소리를 듣고 한 아이는 무사히 구하여 낸 것을 안 경숙이는 네 번재 안으로 들어갓습니다. 아! 위험합니다 지금은 불이 통 잠겻습니다. 사람들은 더욱더욱 마음을 졸이며 일초! 이초! 삼초! 좀 잇드니 검은 연긔와 불꼿 사이로 경숙이가 또 나타낫습니다.

『속히 속히』 하며 사람들은 정신병자 모양으로 고함첫습니다. 경숙이는 불에 데이고 연기에 쐬이어서 고만 정신을 반쯤 잃고 긔운없이 끼고 잇든 아이를 던젓습니다. 아! 그러나 기운없이 던짐이 바로 떠러젓을랴? 여러 사람의 『아-ㄱ』 소리와 함께 요까지 못가서 땅에 떠러젓으므로 큰 부상을 당하고야 말앗습니다. 아! 경숙이가 용감하다 하지만 그는 녀성(女)입니다. 지금은 자긔 홀몸까지도 뛰어나리기가 어려워젓습니다. 큰 책임을 19세 된 여자가 충분히 성공한 경숙의 마음은 상쾌하여젓습니다.

조금 잇드니 다 죽은 몸이 시가(市街)를 향하야 떨어젓습니다. 용감한 경숙! 자기를 희생(犧牲)하며 두 아이를 대신하여 두 아이의 어머니 뒤를 따라 황천고객(黃泉孤客)이 되엇습니다. 이 소문을 듣는 사람 보는 사람 할 것 없이 경숙이의 모든 것을 칭찬 안하는 사람이 없엇습니다 가족 중에서 구함을 받은 사람은 단지 3세 된 산아이뿐이엇으니 그의 부친도 비참히 뛰어나오다가 부상당한 것이 원인으로 죽고 5세 된 처녀아이도 떠러질 때 상한 것이 더욱 심하여 경숙이와 부친의 뒤를 따라 갓습니다.』

(동아일보 1931.4.8.)

(三)

＊ ＊ ＊

교장선생님은 여기까지 읽으시고 조금동안 숨을 태우섯다. 전교 생도들은 대단히 감격한 눈으로 교장선생님의 입만 바라보며 또 무슨 말슴을 하실까를 기다리엇다.

『아직 그 후의 또 말이 남아잇으니깐 련하여 랑독(朗讀)하겟습니다.』하고 말슴하신 후 또 계속하여 읽기 시작하엿다.

＊ ＊ ＊

『그 후 12년이라는 세월이 흘러갓습니다. 경숙이한테 구원함을 받아서 자라나게 된 3세 된 아이는 ○○촌에 잇는 자기 숙부의 집으로 가게 되엇습니다. 그는 숙부모를 친부모님과 같이 사모하며 공경하고 숙부모는 그를 자기 아들과 같이 사랑하여서 그는 사랑가운데서 성장(成長)하여 지금은 15세의 소년이 되엇습니다. 어떤날 그는 가튼 동리에 사는 존장님한테 자기가 3세 때에 자기의 부모가 다 죽은 것과 그때 머슴으로 잇든 경숙이라는 여자가 제 몸을 희생하여 자기를 구하여 준 것에 대한 이야기를 들엇습니다. 그는 그런 말을 듣고 놀냄을 이마지 아니하엿습니다. 그래서 그는 자기 자근아버님한테 가서 자기에 대한 이야기를 더 자세히 하여달라고 청하엿습니다. 자근아버님도 더 감추워둘 수가 없다고 생각한 후 그의 대한 이야기를 하나도 빼어놓지 않고 다-말하엿습니다. 그때부터 그는 아침저녁으로 조용한 곳에 찾아가서 불행한 부모님과 은인(恩人) 경숙이가 자기를 위하여 얼마나 고생을 하엿슴으로 늘 가슴깊이 그리며 마음 속에 품고 느님께 긔도를 올리엇습니다. 세월은 또 흘러 그렁저렁 그가 16세

때의 일입니다.

하긔방학(夏期放學)때에 그가 집안을 소제하다가 어떤 17, 8세 되어 보이는 처녀의 반신(半身)이 찌켜 잇는 사진 하나를 발견하엿습니다. 그는 즉시 자근아버지에게 가지고가서 누구의 사진인가를 물엇습니다.

자근아버님은

『그 사진은 너를 구원한 은인 경숙의 사진인데 내가 3, 4년 전에 경숙의 집에 놀러갓다가 그의 부친께서 얻어왓다.』하고 말슴하섯습니다.

그는 은인의 사진을 손에 쥐게되니 대단히 반가웟습니다. 마는 얼마 전에 자근아버님이 자기에 대한 말슴을 하여준 녯일을 생각할 때는 떨리는 마음이 솟아올라와 깃븐 마음을 억제하엿습니다. 그는 그로부터 그 사진을 주머니에다 넣고 다니면서 때때로 은인 경숙이를 생각하며 감사와 함께 그의 깃븐 때와 슬픔 의 벗으로 삼앗습니다.

『어찌하엿든 제가 살아 잇는 때까지는 불행하게 돌아가신 그는 은인에게 감사와 생각이 그의 마음과 머리에 영원토록 떠나지 않고 늘 하옵게 하느님이시여! 능력을주시옵소서－.』

* * *

교장선생님의 랑독은 이것으로 끄치게 되엇다. 그리고 교장선생님은 머리를 숙이고 또 하느님께 긔도를 올리엇다. 오백여명의 생도들은 눈도 깜적어리지도 않고 숨도 크게 못 쉬고 비석같이 꼼작 안하고 앉아 잇엇다. 선생님은 긔도를 올린 후 온 생도를 한번 둘러보시드니 강대에서 가장 가까이 앉아 잇는 제2년급 생도 중 한 생도에게 눈을 멈추시고 그 생도를 나오라고 손짓을 하엿다. 그 손짓을 받은 생도는 교장선생님 앞으로 나아가는데 몸은 비록 호리호리할망정 그의 행동은 민활하고도 활발하엿다.

교장선생님은 그 생도의 손을 을어 자기 옆에 세우섯다. 여러 생도들은 더욱더욱 이상히 여기어 눈을 휘두르며 바라보앗다. 아! 그 생도는 누구엿을가? 2년급에 다니든 영일이가 아닌가? 선생님은 한 손을 영일이 머리에 얹고

『여러분! 지금 랑독하여 드린 글을 쓴 사람도 이 영일군이엇고 그곧에 씨워잇는 경숙이라는 처녀한테 구함을 받은 어린아이도 역시 영일군이엇습니다. 랑독한 가운데에 씨워잇는 것과 같이 영일군은 자기의 은인 경숙양을 안잊고 길이길이 감사의 생각을 하기 위하야 그 사진을 주머니에 넣고 다니며 보는 것입니다. 우리학교 규측은 엄격하야서 젊은처녀의 사진을 가지고 다니면 안되나 이 영일군에게 대하여서만 특별히 은인 경숙씨의 사진을 가지고 다니는 것을 허락할려고 생각합니다. 더구나 영일군은 부모를 일즉이 일어버린 불상하고 가이없은 소년이 아닙니까? 아무쪼록 여러분! 여러분은 이 영일군을 많이 동정함으로 여러분이 친형제같이 하야 주시오. 우리 여러 선생들도 영일군이 이 조선(朝鮮)의 거칠은 땅을 개척(開拓)할 소년이 되기를 밤낫으로 긔도합니다.』

一九三〇, 四, 一日 (동아일보 1931. 4. 9)

3) 희곡『직공생활(職工生活)』(單幕)

사람

경환(瓊煥) : (직공)스물두살
경옥(瓊玉) : (누이동생)열아홉살
그 어머니 : 마흔네살
세철(世哲) : (친구) 스물세살
수호(壽鎬) : (친구) 스물다섯살
철구(鐵九) : (집주인 맛아들) 스무살

형사 : 서른일곱살

때 : 현대(現代)－불경기(不景氣)가 침입(侵入)한 첫해.

곳 : 평양 서성리(西城里) 빈민굴(貧民窟) 갓가히 잇는 초가집－

무대(舞臺) : 빈한(貧寒)한 집 살림－정면에는 붉은 의장(衣欌)이 노혀 잇스며 그 우에는 누데기 니불이 한 채 되는 대로 개워 잇다. 방칸은 너즘하다. 바람벽에는 찌저진 의복 몃개가 걸러 잇다. 왼편에 수수짱문이 꼭 닷처 잇고 오른편 쓰테는 부엌문이 반씀 열려 잇다. -사방은 조용하다. 다만 째째로 병든 경환의 어머니의 신음소리가 들릴 쑨－

＊ ＊ ＊

－막(幕)이 열리면 왼편으로 머리를 둔 경환의 어머니는 몸을 관중(觀衆) 편으로 뒤채인다.

어머니 : 으흐－응－

－경환이가 약병을 들고 맥업시 넘어저가는 바주대문으로 드러선다.

경환 : 에익 쌍놈의 것. 돈! 돈 오십전 째문에 사람이 억매이다니! (방안으로 드러가 약병과 변도갑을 엽헤다 놋코) 어머님! 병환이 어써심니까? 좀 차도가 잇지 안허요.

어머니 : (경환의 손목을 잡으며) 응 경환이냐? 아직 병은 그러타. 그런데 오늘 일흐게 온 것 갓구나!

경환 : 아니요 일흘 리가 잇나요. 꼭 시간을 맛춰서 오는데요. 제에게는 하로가 얼마나 길게 생각되는지 알 수 업서요. (벽편을 바라보며) 저, 경옥이 아직 안 왓서요?

어머니 : 글세 너보다 늘 먼저 오든 애가 여태 안 오는구나.

경환 : 아마 동무하고 놀러간 게지요! (사히) 여기 잡수실 약을 조금만 치 사왓는데 이제 잡수시겟습니까?

어머니 : 응! 약을 사왓서? 웬 돈으로?

경환 : 주인보고 미리 이번 달 월급을 달래도 줄 수 업다고 딱 잘라매기에 수호라는 함께 일하는 친구에게 꾸여왓지요. 오는 달에 월급 타면 줄 탁치고–

어머니 : 그러면 조금 잇다가 경옥이 온 다음에 물을 끌여서 먹겟다. 참 이것 속히 나어야지 야단이다. 그래도 내가 정미공장에 단여서 멧푼식 벌든 것을 이러케 누어 잇는 것이 벌서 두 달 경이나 되는구나.

경환 : 넘우 조급히 생각마세요. 이제 곳 쾌차하시지요. 그리고 낫드래도 얼마동안은 쉬여야 하지요!

어머니 : 좌우간 누어만 잇스니깐 답답하여 죽을 지경이다.

경환 : (걱정스러운 표정으로 대문쪽을 바라보며) 웨 아직 경옥이가 안 올까?

어머니 : (갓치 걱정하는 어조로) 어제도 즈이 공장에서 직공들을 까닥업시 내여쫏는다는 말을 하며 걱정을 하드니 어써케 되지나 안 헛는지!

경환 : 글세요 늘 나보다도 먼저 오든 애가 안 오는 것을 보니 이상합니다. 참말 지금 그런 말이 낫스니 말이지 강 건너 P고무공장에서 멧달 전에 직공의 임금을 낫첫다고 동맹파업까지 되엿든 일이 잇지요. 그러나 아직 어린것이 무엇 그런 일에 참네하겟소?

어머니 : 그 임금 낫춘다는 말도 무리는 아닌듯 하드라! 글세 불경긔는 더 심해가고 팔리는 상품의 수효는 전보다 퍽 줄어지고–(기침으로 말을 끈혓다가) 그런데 직공은 전갓치 사용하고 임금도 갓고 하면–(재차 기침이 생겨 말을 끈코 만다)

경환 : 그러나 어머님! 그러치 안습니다. 잘못 생각입니다. 물론 공장측에서도 지금 어머님이 말삼한 것과 갓튼 비유와 의견을 들어서 임금을 낫춘다 직공을 줄인다 하지만 그 것은 공장주의 사기의 변명에 지나지 못하는 것이지요. 실상은 전에 (불경기가 드러오기전)는 멧곱절 리익을 보든 것이 지금은 그 전보다 적게 이익을 볼 짜름이지요. 그런데도 불고하고 공장일을 쎄우면 굼을 사람의 사정은 안 보아주니 그것이야 될 말임니까?

—이때에 경옥이가 대문싼에서 주저주저하다가 풀ㅅ기업는 거름으로 방안에 드러선다.

경환 : 어쌔서 지금이야 도라오니? 웨 얼골이 그 모양이냐? 눈을 크게 쓰고 경옥의 얼골을 드려다본다.)

어머니 : 누구와 싸홈을 하엿니?

경옥 : ……………

경환 : 감독에게 꾸지람을 드럿니?

경옥 : (머리를숙이고) 아니요.

경환 : 그러면 얼골이 웨? 그 모양이야?

(쌤에 눈물 자리가 잇는 것을 보고) 웨 울엇니? 응? 얘.

경옥 : (일부러 생기잇는 빗출 씌우며) 아무일도 업서요.

어머니 : 빨리 말을 하여야 속이 시원하지! 그러케 혼자 꾸믉구물하고 잇스면 어쩌케 하겟니?

경옥 : ………… (얼골을 더욱 숙인다)

경환 : 아니 경옥아! 너 어머님과 올아버니한테 말 못할 것이 무엇 잇겟니? 속히 말해라. 속상한다. (흥분된 어조다)

경옥 : 저 공장에서 쏫겨낫서요.

—어머니와 경환이는 뜻 안 햇든 말에 놀래여 몸을 흠칫한다.

경환 : 응? 대관절 무슨일로? 얘! 경옥아!(경옥이에게로 닥어간다.)

경옥 : (눈물석긴 어조로) 저저……고무신 한짝 잘못 붓치엿다고 사람을 막 싸리고 나종에는 래일부터 일하라 오지 말라고―(울음이 터진다)

어머니 : (달래는 표정으로) 할 수 잇느냐? 울지 마라. 다른 공장에 단이렴.

경환 : (두 주먹을 불끈 쥐고 부루루 썰며) 에익 그놈들이―쏘―

경옥 : 옵바! 소용이 업습니다. 내여쫏츠면 쏫김을 당하엿지―

경환 : 아니야! 가만 잇거라. 그러면 우리들은 다 요지경되여 죽어야 올탄 말이냐?

어머니 : (자못 비창한 태도로) 경옥의 말가티 소용업느니라. 우리편에서 참어야지! 꾹 참어야지!

경환 : (어머니편을 보며 갓분 숨을 채우며) 어느째에 놈들을 혼내우노! (다시 자리에 주저안는다)

이때 대문 박게서 잠깐 몸수습을 한 철구는 단장(短杖)을 휘둘으며 드러온다.

(조선일보, 1932. 6. 27)

철구 : 경환이 잇소? (담배를 붓처 문다.)

경환 : (자리에서 니러나 철구 쪽을 향하야 약간 허리를 굽힌다) 네! 어써케 오섯습니까? 들어오시지요.

철구 : 여기 좃소! 집세 밧으러 왓는데………

경환 : (미안한 듯이) 글세올시다. 속히 들여야 되겟는데 아직 월급이 안 나와서 그럼니다. 이번 달 월급을 타면 곡 갓다 드리겟습니다.

철구 : 월급, 월급, 하면서 요저번 월급은 무엇에다 썻소. 벌서 두달치나 밀리지 안엇소?

경환 : 그러나 주인이 생각해 주어야지 어찌합니까 이번에는 어머님도 병이 들어서 그러케 되엿지요. 하여튼 오는번 월급으로 다 물지요.

철구 : 그러케는 못하겟소. 래일은 꼭 남의 돈을 꾸여서라도 가저오시오 전번에 못 낸 돈을 이번에 탈 월급으로 다 낼 수 잇소? 아무래도 남의 돈을 빗내야 될 것을……

경환 : 돈을 빌곳이 어데 잇소. 주인의 돈을 그냥 지고 잇는 것이 낫지요.

철구 : 당신만 조흐면 어쩌커우? (성난 어조이다) 더 잔말 할 것 업지!

경환 : 사실 돈이 업서서 당신에게 이러케 간구하는 것이니싼 당신에게 잔수작으로 들린대도 할 수 업소. 그러나 지금 내가 한 말은 잘못한 말은 아니오!

철구 : 에잉. 성가시게! (어성을 놉히여) 여러 말 할 것 업시 래일 못 가저올테면 이 집에서 나가는 것이 조와! (반씀 남은 궈연을 짱에 던진다)—이째에 엽헤서 가만이 듯고 잇든 경옥이가 경환이에게 갓가히 가서.

경옥 : 오라버님! 오날 공장에서 돈 이원 받어온 것 잇서요 (치마끈에 싸 두엇든 돈 이원을 내여준다)

경환 : (바더 들고) 그러면 주인님 지난달 집세만 바더주시오. 그리고 이번 달 것은 일후에 꼭 들일께요.

철구 : (한참 경옥의 엽모양을 야욕에 찬 눈으로 뚜러지게 바라보다가 무슨 생각이 낫든지 만족의 웃음을 씌운다) 그럼! 이번은 저 아가씨의 정성을 보아서 용서하오.

—철구는 경환이에게서 바든 돈 이원을 가지고 경옥이 엽흐로 닥어간다.

경옥 : (엽눈으로 한번 흘기고 빗겨선다.)

철구 : (이상한 우슴을 씌우고) 이것을 당신에게 주는 터이니싼 치마라도 하나 해 입으시오. (돈을 내여 민다)

경옥 : ………. (무섭다는 듯이 두어 거름 뒤로 물러설 뿐—)

철구 : 그러케 써리고 사양할 것 업소. (경옥의 손에 쥐여주고 대문으로 나간다)

경옥 : 실허요! (돈을 쥐고 철구의 뒤를 따라 나갓슬 때는 벌서 철구는 어데로 가버렷슬 째이엿다.)

어머니 : (몸을 한번 뒤채이며) 경환아! 너 래일 공장에서 어느 동무한테든지 이원을 꾸어다 다 물어주고 말아라. 우리가 죽드라도 그×들의 배ㅅ가죽이나 살찌워 주어야지!

경환 : 네! 그리합시다. (무슨 결심의 빗치 나타난다.)

－경환이가 다시 안즈려 할 때에 세철이가 황망히 쒸여 드러온다.

세철 : 여보게! 경환군!

경환 : (마당으로 쒸여나오며) 웨, 무슨 일이 생겻나! (의아한 눈으로 치여다본다)

세철 : 자네 잘 잇섯네, 저 어머니 병은 좀 어썬가!

경환 : (초조한 듯이) 응, 아직 그렇네, 렴녀 말게. 그런데 무슨 일로 이러케 왓나.

세철 : (압뒤를 살펴보드니) 다른 것이 아니라 저, 저, 요전번 내가 돌린 쎄라 말일세. 어느 놈이 그것을 밀고햇데. 앗가 자네와 서로 헤여저서 집으로 가다가 R군에게서 그러한 뜻의 말을 들엇네. 지금 경찰서에서는 나의 뒷모양을 살펴서 여러 동지를 잡으려고 야단인 게데. 이러케 되여 몸을 피하려 하는 것일세. 그러니 자네하고 마즈막 인사나 하려고－

(조선일보, 1932. 6. 28)

경환 : (벌덕 놀래며) 그것이 왼말이야! 그러면 자네가 한 일에 간첩(間牒)이 잇섯단 말일세그려! 그놈은 쏘 엇저자고 그랫나! 그러면 할 수 업구만! 속히 숨어야지!

세철 : 그러나 돈이 잇서야지 쒸지! 혹 군에게 돈푼이나 잇거든 주게.

경환 : (어찌할 줄을 모르다간) 그럼세. 맛츰 집세 주러다가 모자러 못

준 돈 이원을 내 누이동생이 가지고 잇네.

세철 : 그러면 집세는 어쩌나! 그 돈을 내게 주면—

경환 : 그런 념려는 말게! 그까짓 것이야 꾸여서라도 줄 수 잇지. 자, 밧게! (경옥에게서 바더서 준다)

세철 : (떨리는 손으로 바드며) 고맙네. 요긴히 쓰겟네. 때만 잘 맛나면 다시 보게 되겟지. 혹 이번 작별이—

경환 : (점점 눈물이 어리여가는 세철의 눈을 한번 바라보고는 그의 손을 단단히 쥔다) 세철군! 자네는 웨 그런 약한 말을 하나. 어데를 가든지 겨레를 위하야 일을 만히 하게. 자—일각이라도 지체 말고 속히 숨게.

세철 : 잘 잇게, 어머님과 동생도 다 가티—(세철이 머리를 숙이고 뛰여나간다)

경환 : (방안에 들어가 안즈며) 앗가운 동무 또 하나 일허버리는구나!

어머니 : 거 누구냐!

경환 : 저 나와 가티 일하는 동무인데 로동조합회에 간부로 잇는 이야요. 월전에 경찰서의 눈을 속이여 한 일이 잇섯는데 불행히 탄로되여 도망을 치게 된 모양입니다. 참으로 엇기 어려운 동무이엿는데. (손으로 눈을부빈다.)

형사 : (안 형편을 삷히다가 드러온다.) 이 집에 온 사람 업소!

경환 : 아무도 업소.

형사 : 꼭 업서! 세철이라는 사람이 안 왓느냐 말이야!

경환 : 온 일이 업서요.

형사 : 아니 지금 바로 들어온 것을 보앗다는데 몰라! 무슨 조사할 일이 잇서 그러는 거요,

경환 : 정 못 미드시겟거든 크지 안흔 집이니 뒤저보시구려.

형사 : (집 뒤로 돌아갓다가 나오며) 할 수 업군. 그 놈이 드러오긴 하엿

다는데. (경환이를 멧번 훌터 보드니 나간다)

형사의 그림자가 아조 사라진 후.

경옥 : 아무래도 그이가 쉽살히 달어날 것 갓지가 안소그려. (념려하는 빗츠로)

경환 : 글세, 걱정이다. 아무 일 업시 몸이나 감춰 주엇스면 조켓건만—

어머니 : 어렵지—. 요새 경찰이 어쩌타구, 파리 한 놈 숨을 곳 업시 차저내는 걸

경환 : 그야 그러치요. —사이(間)-그런데 저 세철의 뒤를 짤어단이며 경관에게 보고하는 놈이 잇는 게야. 어써케 형사가 알고 우리집에 올 리가 잇나? 기막힌 일이로군.

어머니 : (다시 몸을 뒤채며) 야 경옥아! 나가서 밥을 지여라 벌서 어두워가지 안니 그리고 더운 물 한 그릇 써다고. 약을 먹게.

경옥 : 네 (부억으로 나간다) —잠간 침묵이 흐른다.

어머니 : 으흥—으흐—응—

경환 : (가벼운 한숨을 멧번 짓고는 천정만 바라볼 쌴이다.) —얼골이 사색(死色)된 수호가 헐덕이며 쒸여온다

경환 : (이러서며) 웨. 이리 덤비나? 무슨 일이야!

수호 : (숨을 죽여가며) 이 세상에 살 수 업네. 저 세철이가 총, 총……에—

경환 : 세철이라니! 그는 벌서 도망을 갓는데. (무슨 영문인지 모르겟다는 듯이 수호의 얼골만 드려다본다)

수호 : 아니야. 죽엇서! 참말.

경환 : 이사람아. 무엇이 어쌧서 죽다니 그것이 무슨 말이야! 응! 똑똑히 말하게. 이 사람!

수호 : 사실 죽엇네. 형사의 총에 바로 마저서 죽엇네. 발목을 쏘는 총알이 가슴을 꾀뚤어 곳 죽엇다네. 세상에 이런 원통한 일이 어데

잇겟나!

경환 : 세철이가 자네집에 갓섯나!

수호 : 그래. 나한테 돈 사원을 어더 가지고 달어나려다가 탐정에서 그만―(넘우 흥분되여 말 씃츨 못 맛춘다.)

경환 : 그 형사는 어쩌케 알고

수호 : 글세 그것은 뒤에서 가르처 주는 놈이 잇겟지. 경환 자 그러면 속히 가보세. 가슴만 쓰리네,

수호 : 원통하네. 참, 원통하네. 경환이와 수호는 니를 갈며 대문을 나선다. ―幕―

(조선일보, 1932. 6. 29)

황순원 선생 1930년대 전반 작품 대량 발굴, 전란 이후 작품도 수 편*

– 동요・소년시・시 65편, 단편 1편, 수필 3편, 서평・설문 각 1편 등 총 71편

김종회

1. 작품 발굴의 경과

2010년 9월 14일은, '20세기 격동기의 한국문학에 순수와 절제의 미학을 이룬 작가'로 평가 받는 황순원 선생의 10주기였다. 경기도 양평에 있는 황순원문학촌에서는 10주기 추도식과 제7회 황순원문학제 등의 행사가 열려 작가를 기렸다. 이처럼 뜻 깊은 시기에 작가의 습작기와 작품세계의 발아를 엿볼 수 있는 작품 몇 편을 발굴하여 1차로 공개한 바 있다.

그 이후 다시 작품 발굴을 추진하여 2011년 8월까지 1차분을 포함하여 모두 71편의 발굴을 완료하고 그 목록을 작성할 수 있었다. 발굴 작품명과 발표 시기 및 게재지 목록은 따로 첨부한다. 다만 이 가운데 시 10편은 제목과 글의 모양은 알 수 있으나 글자의 판독이 불가하여 목록에서 따로 구분해 두었다.

이 작품들은 양평 황순원문학촌의 문학관 내에 마련되고 있는, '황순원문학연구센터'의 자료를 수집하는 과정에서 발견되었다. 작품 발굴을 위

---

* 이 글은 「발굴 : 소설가 황순원 초기 작품 4편」이란 제목으로 『문학과 사회』 2010년 겨울호에 발표되었던 것을 작품의 추가 발굴에 따라 수정・보완한 것임.

해서, 센터의 실무 책임을 맡고 있는 김주성 작가와 문헌자료 수집가 문승묵 선생, 그리고 '한국아동문학연구센터'의 상임연구원으로 있는 김용희 아동문학평론가의 도움을 받았다. 이 자리를 빌려 깊이 감사드린다.

그리고 작품의 문면은 당대의 표기법을 살려 원문 그대로 자료화 했으며, 다만 띄어쓰기에 있어서는 읽는 이들의 이해를 돕기 위해 오늘날의 글쓰기 방식을 따랐음을 밝혀둔다. 여기에서는 발굴 작품을 보여줄 수 없으나, 이는 '황순원문학연구센터'의 활동 계획에 따라 추후 공개될 예정이다.

특히 소년소설 「卒業日」이라는 작품은 『어린이雜誌』 10권 4호(1932.4.)에 발표된 것으로 출전이 확인되었으나 게재 잡지의 유실로 원본을 확인할 수 없었고, 그로부터 3개월 후 같은 잡지의 10권 7호(1932.7.)에 盧良根이 쓴 「半年間 少年小說 總評」에 작품평이 실려 있어 이를 자료로 확보하였다.

2. 발굴된 작품의 문학적 좌표

황순원(1915~2000)의 등단 작품은 1931년 7월 『東光』에 발표한 시 「나의 꿈」으로 알려져 있고, 작가 또한 그렇게 기록을 남겼다. 그런데 그동안 그 이전의 작품들에 대한 발견이 이루어지고, 『문학사상』 2010년 7월호에 권영민 교수가 전집에 수록되지 않았던 동요 8편, 시 1편, 소년소설 1편, 단막 희곡 1편을 발굴하여 발표했다. 이 작품들 중 동요 · 시 · 소년소설은 1931년에서 1935년까지 『동아일보』에, 단막 희곡은 1932년 『조선일보』에 발표되었다.

『문학사상』의 자료에 의하면 「나의 꿈」이 발표된 1931년 7월 이전의 작품은 1931년 3월 26일자의 동요 「봄싹」과 같은 해 4월 7~9일자의 소년소설 「추억」이다. 따라서 등단작을 수정해야 한다는 일부의 주장도 없지 않으나, 이러한 발표의 순서는 그다지 큰 의미가 없으며 작가 스스로 「나의 꿈」을 내세울 만큼 거기에 문학적 의미를 둔 것이 사실이고 보면 굳이 이를 재론할 필요는 없어 보인다. 더욱이 이번 발굴 작품들의 발표 시기로 보면 「봄싹」보다 1주일 먼저 1931년 3월 19일자 『매일신보』에 발표된 「누나생각」이란 동요가 확인되었다.

또 그동안 작가의 타계 이후 종합적인 통계로 제시된 시 104편, 단편 104편, 중편 1편, 장편 7편 등 전체적인 작품세계의 규모 계량도 마찬가지로 받아들여도 무방할 것 같다. 작가가 직접 교정・편찬한 자신의 전집에서 제외한 작품이며, 성격상 습작기의 초기작에 해당하는 것을 이제 와서 작가의 전체 작품 목록에 추가로 편입시키는 일은 별반 뜻이 없어 보이기 때문이다.

뿐만 아니라 다음과 같이 선생께서 자신이 버린 작품에 대한 처리에 있어 후세를 경계한 글을 대하고 보면, 그분과 지근거리에 있었던 후학 또는 제자로서는 이와 같은 작업에 대해 한층 더 각성과 경계를 게을리 할 수 없는 형국이다.

> 나는 판을 달리할 적마다 작품을 손봐 오는 편이지만, 해방 전 신문 잡지에 발표된 많은 시의 거의 다를 이번 전집에서도 빼버렸고, 이미 출간된 시집 『放歌』에서도 27편 중 12편이나 빼버렸다. 무엇보다도 쓴 사람 자신의 마음에 너무 들지 않는 것들을 다른 사람에게 읽힌다는 건 용납될 수 없다는 생각에서다. 빼버리는 데 조그만치도 미련은 없었다. 이렇게 내가 버린 작품들을 이후에 어느 호사가가 있어 발굴이라는 명목으로든 뭐로든 끄집어내지 말기를 바란다.
>
> —「말과 삶과 자유」 중에서

그런데 이토록 '엄중한 경고'가 있었음에도 불구하고 그 슬하에서 문학과 세상살이의 이치를 익힌 필자가 여기 선생의 옛 작품 71편을 발굴이라는 명목으로 공개하는 이유는, 작가로서 선생의 명성과 작품의 문학사적 의의가 이미 중인환시리(衆人環視裏)에 구체적 세부를 검토해야 하는 공공의 차원에까지 진입했기 때문이다. 시대의 구분을 넘어 주목을 받는 공인에게 있어서는 때로 그 당자의 요청조차도 유보되어야 하는 범례가 이러한 경우일 터이다.

비록 초기의 습작일망정 이 작품들에는 장차 서정성 · 사실성과 낭만주의 · 현실주의를 모두 포괄하는 작가의 문학세계가 어떻게 발아하였는가를 살펴볼 수 있는 요소들이 잠복해 있고, 동시에 당대의 아동문학과 생활기록문의 특성을 짐작하게 하는 단초들이 병렬되어 있기도 하다. 그런 점에서 이 작품들을 주의 깊은 눈으로 다시 관찰해 볼 필요가 있다고 본다.

이번의 작품 발굴 과정에서 발표 당시 작품의 제목을 전집에 수록하면서 작가가 교체한 사례들을 발견할 수 있었다. 「소나기」(『신문학』, 제4집, 1953.5.)가 다른 지면(『협동』, 1953.11.)에 발표 되었을 때 그 제목이 「소녀」였음이 밝혀진 바 있었지만, 『새벽』 1956년 신년호에 발표한 시 「산 허리에 오솔길」은 「나무」로 바뀌었고 『예술원보』 1960년 12월호에 발표한 「꽁트 2제(모델, 동정)」은 「손톱에 쓰다」로 바뀌었다. 또 『주간 문학예술』 1952년 9월 6일자로 발표된 단편소설 「산골」은 「두메」로 바뀌었다.

그런가 하면 『중앙일보』 1931년 12월 24일자에 발표한 「묵상」은 전면 개작하여 전집에 수록했다. 전집 발간 과정에서 끊임없이 퇴고하고 내용을 수정해 온 작가의 성실성을 미루어 짐작할 수 있다. 아마도 작가는 교체된 제목이 작품의 전반적인 흐름이나 당대의 시의성에도 적합하다고 판단했을 것이다.

지금까지 알려져 있는 황순원 선생의 호는 만강(晩岡)인데, 기실 본인은 이 호를 사용하지 않고 책을 서증(書贈) 할 경우 '순원'이란 이름을 썼다. 이미 주어진 이름 석자도 감당하기 어려운데, 무슨 호를 더 쓰겠냐는 뜻에서였다. 그러나 선생의 연령이 10대 후반이었던 1930년대 초반에는 그 자신이 광파(狂波)라는 필명을 썼던 기록을 찾을 수 있었다.

선생은 1931년 4월 10일자 『매일신보』에 「문들레꽃」을 게재하면서 황순원이란 이름을 썼고, 1931년 6월 20일자 『매일신보』에 「우리형님」을 게재하면서 황광파라는 이름을 썼으며, 1932년 4월 17일자 『중앙일보』에 「할미꽃」과 「문들레꽃」등 두 편을 게재하면서 광파라는 이름을 썼다.

무슨 이유에서인지 선생은 1931년 『매일신보』에 황순원이란 이름으로 게재했던 「문들레꽃」을, 1932년 『중앙일보』에 「할미꽃」과 함께 광파라는 이름으로 다시 게재한 것이다. 작품의 내용, 연가름 등 모두 황순원이 곧 광파라는 사실을 확인해주는 지점이다. 시간차를 염두에 두고 볼 때, 선생은 처음에 성을 붙여서 황광파라고 했다가 해를 넘기면서 광파라고 쓴 듯하다.

3. 발굴 작품 창작의 전기적 배경

황순원 선생은 일제강점기의 압박이 시퍼렇게 날이 서 있던 1915년 3월 26일 북녘 땅 문물의 중심지인 평양 부근, 정확하게 말하자면 평안남도 대동군 재경면 빙장리에서 출생했다. 일곱 살이 되던 1921년에 황씨 집안은 평양으로 이사하고 이태 후 황순원은 숭덕소학교에 입학했다. 열다섯 살 나던 1929년 정주의 오산중학교에 입학했으며, 건강 때문에 다시 평양의 숭실중학교로 전학하기까지 한 학기를 정주에서 보냈다.

숭실중학교 전입학은 같은 해 9월이었다. 부친과 삼촌 세 분이 모두 숭실 출신이었고, 바로 밑의 아우 순만은 후에 평양제2고보를 졸업했다. 같은 해 11월, 저 남쪽에서는 광주학생사건이 일어났고 동시대 젊은 지식인들의 가슴에 맺힌 식민지 백성의 울혈이 점점 깊어가던 때였다.

숭실중학교 재학 중이던 1930년, 이팔청춘 열여섯의 나이에 황순원은 시를 쓰기 시작한다. 그는 시인에서 출발하여 단편소설 작가로 자기를 확립했고 이어서 장편소설 작가로 발전해 간 사람이다. 그리고 노년에는 다시 상징성이 강한 단편, 함축적 의미를 담은 시, 살아온 인생 전체를 조망하는 에세이들을 쓰는 순환의 세계를 보여준다. 글쓰기 초입에 소년소설이나 단막 희곡의 습작을 했다고 해서, 작가의 작품 세계를 도저하게 관류하는 이 장르 확산의 도식에 변동이 있는 것은 아니다.

1931년 7월 『東光』에 시 「나의 꿈」을, 9월 같은 잡지에 「아들아 무서워 말라」를 발표함으로써 문학 장정의 서두를 연 황순원은 이때를 전후하여 앞서 살펴본 바와 같이 전집에 수록되지 아니한 동요·소년소설 등 여러 장르의 여러 작품을 신문과 잡지의 지면에 발표하기 시작했다. 그의 습작기 초기 작품들은 서정적 감성과 따뜻한 인간애를 가진 작가로서의 근본적인 성향을 잘 보여주고 있고, 이 어린 '봄싹'들이 자라 나중에는 20세기 한국문학의 순수성과 인본주의를 대표하는 '비탈에 선 나무'들을 이루게 되는 것이다.

그리고 수필 「무 배추와 고추」가 발표된 1947년은 해방 직후로 온 천지가 뒤숭숭하고 불안정하기 이를 데 없던 때였다. 그의 가족에게 해방은 진정한 해방이 아니었다. 지주 계층 출신의 지식인 청년은 점점 신변의 위험을 느끼기 시작했고, 공산정권이 구체화되면서 월남의 길을 찾지 않을 수 없었다. 그의 온 가족은 1946년 3월과 5월 두 달 상거를 두고 모두 월남했고 처가는 그보다 앞서 월남했으나, 불행히도 삼촌 세 분은 북쪽에 남고 말았다. 월남한 그 해 9월, 황순원은 서울고등학교 국어교사로 취임했다.

수필의 내용으로 보아도 「무 배추와 고추」는 교사로 재직 중에 쓴 것이었다. 이 해에 그는 장편 『별과 같이 살다』를 부분적으로 독립시켜 여러 잡지에 발표하기 시작하면서 장편소설 작가로 넘어가는 길목을 닦기 시작한다.

단편 「산골」과 수필 「여인편모下」가 발표된 1953년 8월은 전란의 휴전협정이 조인된 직후이며, 그런 만큼 시대 현상을 반영한 피폐한 삶과 황순원 문학의 본질에 해당하는 내밀한 서정성이 함께 포괄된 문학적 외양을 보여준다. 안타깝게도 『평화신문』 1953년 8월 중에 발표되었을 것으로 추정되는 「여인편모上」은 그 작품을 찾을 수가 없었다.

1955년 9월 『전망』에 실린 「여론」은 '계(契)'에 관한 설문조사의 응답이며, 1974년 6월 『수필문학』에 발표된 「우리들의 자연과 언어의 의식」은 동료였던 서정범 교수의 수필집 『놓친 열차는 아름답다』에 관한 서평이다.

4. 각 작품의 성격과 의미

2010년 제1차로 발굴된 작품 중 「잠자는 거지」는 그 날 그 날 얻어먹고 지내는 외롭고도 가엾은 늙은 거지, 담장 밑에서 잠든 거지를 보고 10대 후반의 감수성 강한 문학소년이 안쓰러워하는 문면으로 구성되어 있다. 소년은 그 거지가 어려서 놀던 일을 꿈꾸는 것이라고 치부하며, 이 우울한 상황을 밝고 쾌활하게 이끌어 간다. 그런가 하면 「가을비」는 동요 그대로의 음악적 운율에 충실하면서 오동잎과 쓰르라미, 별애기 등 자연 경물을 병렬하는 자연친화적 상상력을 보여준다.

소년시 「언니여-」는 '동경 계신 申兄님께'라는 헌정 어사가 붙어 있으나 그것이 누구를 향한 것인지는 막연하여 알기 어렵다. 그러나 그 '언니'는 큰 뜻을 품고 기차를 타고 떠났으며, '노동복'이나 '변도곽'–아마도 도시락통일 것으로 짐작됨–으로 유추되는 곤고한 일정을 보내야 하는 인물임에는 틀림이 없다. 그 '언니'가 '삶에 굶주린 무리를 살 길로 인도할 것'을 알고 믿고 있다는 고백과 더 한층 의지를 굳세게 하라는 응원이 뒤따르고 있으니, 시대적 정황과 관련하여서도 여러 가지 추측이 가능하다. 물론 이 때의 황순원은 여전히 10대 후반의 문학소년에 머물러 있다.

소년소설로 명명된 「졸업일」은 '작품 발굴의 경과'에서 설명한 바와 같이, 『어린이잡지』 1932년 4월호에 게재된 것으로 확인되지만 불행하게도 정작 그 잡지를 찾을 수가 없었던 경우이다. 그리하여 궁여지책으로 그로부터 3개월 후에 노양근이 같은 잡지에 쓴 「반년간 소년소설 총평(속)」에 그 작품에 대해 쓴 총평을 빌어온 터인데, 이 평을 보면 「졸업일」은 6년간 온갖 어려움을 이기고 아들 '길순'을 졸업시키는 어머니, 한 모자의 눈물겨운 인간승리를 다룬 작품임이 분명하다.

수필 「무 배추와 고추」는 학교 교사인 남편과 그 아내가 김장 걱정과 더불어 채소 재배를 학습하고 직접 밭에서 실행하는 과정을 그린 작품이다. 아주 새로운 내용이나 서술기법을 보여주지는 않지만, 동시대 서민들의 삶과 그 가운데 숨어 있는 진솔한 생각들을 생생하게 마주할 수 있다. 작가는 글의 말미에 이르러 얼핏 다른 부부의 걱정을 듣고 이를 대신해서 말한다는 어투를 사용하고 있으되, 수필의 장르적 성격상 자전적 경향이 상당 부분 반영되어 있을 것으로 여겨진다.

2011년 제2차로 추진된 발굴 작업에서 새롭게 찾아낸 동요와 시 52편은, 1차에서 발굴된 초기 시들과 아주 다른 특별한 측면이 있는 것은 아니나 황순원 문학의 뿌리 깊은 기반을 보다 안정적이고 풍성하게 확인하는 성과를 거양하게 했다.

황순원 발굴작 목록 I

(발굴기간 : 2010. 9.~2011. 8.)

장르	No.	작 품	년 도	게재지	비 고
시	1	형님과 누나	1931	매일신보	△(미확인 글자 있음)
	2	누나생각	1931.3.19	매일신보	
	3	봄싹	1931.3.26	동아일보	
	4	문들네꽃	1931.4.10	매일신보	
	5	달마중	1931.4.16	매일신보	
	6	북간도	1931.4.19	매일신보	△
	7	버들개지	1931.4.26	매일신보	
	8	비오는밤	1931.4.28	매일신보	
	9	버들피리	1931.5.9	매일신보	
	10	칠성문	1931.5.13	매일신보	
	11	단시 3편	1931.5.15	매일신보	
	12	우리학교	1931.5.17	매일신보	
	13	하날나라	1931.5.22	매일신보	
	14	이슬	1931.5.23	매일신보	
	15	별님	1931.5.24	매일신보	
	16	할연화	1931.5.27	매일신보	
	17	시골저녁	1931.5.28	매일신보	
	18	할머니 무덤	1931.6.2	매일신보	
	19	살구꽃	1931.6.5	매일신보	
	20	나	1931.6.7	매일신보	
	21	회상곡	1931.6.9	매일신보	
	22	봄노래	1931.6.12	매일신보	
	23	갈닙쪽배	1931.6.13	매일신보	
	24	거지아희	1931.6.19	매일신보	
	25	우리형님	1931.6.20	매일신보	
	26	외로운 등대	1931.6.24	매일신보	
	27	소낙비	1931.6.27	매일신보	
	28	우리옵바	1931.6.27	매일신보	
	29	잠자는 거지	1931. 7.	아이생활 6권 7호	동요,1차(2010) 한국아동문학센터발굴
	30	종소래	1931.7.1	매일신보	
	31	단오명절	1931.7.2	매일신보	
	32	걱정마세요	1931.7.3		

시	33	수양버들	1931.7.7	매일신보	
	34	짤기	1931.7.10	매일신보	
	35	딸기	1931.7.19	동아일보	
	36	여름밤	1931.7.19	매일신보	
	37	모힘	1931.7.21	매일신보	
	38	수양버들	1931.8.4	동아일보	
	39	시골밤	1931.8.29	매일신보	
	40	버들개지	1931.9.5	매일신보	4.26일 시(7번)와 약간 다름
	41	꽃구경	1931.9.13	매일신보	
	42	가을	1931.10.14	동아일보	
	43	가을비	1931. 11.	아이생활 6권 11호	동요, 1차(2010) 한국아동문학센터 발굴
	44	나는실허요	1931.11.1	신소년	한국아동문학센터 발굴
	45	묵상	1931.12.24	중앙일보	△ 전면 개작 후 전집 수록
	46	봄밤	1932.3.12	동아일보	
	47	살구꽃	1932.3.15	동아일보	
	48	봄이 왓다고	1932.4.6	동아일보	
	49	할미쏫	1932.4.17	중앙일보	△
	50	언니여-	1932. 5.	어린이雜誌 10권 5호	소년시, 1차(2010) 한국아동문학센터 발굴
	51	봄노래	1932.6.1	신동아	
	52	새 출발	1935.4.5	조선중앙일보	△
	53	개아미	1935.10.15	조선중앙일보	
	54	이슬	1935.10.25	동아일보	
	55	街頭로 울며 헤매는 者여	1932.4.15	혜성 제2권 제4호	
단편	56	추억(1)	1931.4.7	동아일보	소년소설
	57	추억(2)	1931.4.8	동아일보	소년소설
	58	추억(3)	1931.4.9	동아일보	소년소설
수필	59	무 배추와 고추	1947.11·12	신천지 11·12 합병호	1차(2010) 한국아동문학센터 발굴
	60	여인편모(下)	1953.8.26	평화신문	
	61	그와 그네			
서평	62	우리들의 자연과 언어와 의식	1974.6.1	수필문학	

설문	63	여론	1955.9.1	전망	△

황순원 발굴작 목록 II

(판독불가)

장르	No.	작 품	년 도	게재지	비 고
시	1	송아지	1931.12.22	중앙일보	
	2	새봄	1932.2.22	중앙일보	
	3	눈내리는 밤	1932.2.28	중앙일보	
	4	밤거리에 나서서	1934.12.18	조선중앙일보	
	5	새로운 행진	1935.1.2	조선중앙일보	
	6	거지애	1935.3.11	조선중앙일보	
	7	밤차	1935.4.16	조선중앙일보	
	8	찻속에서	1935.7.26	조선중앙일보	
	9	고독	1935.7.5	조선중앙일보	
	10	무덤	1935.8.22	조선중앙일보	

지금까지 확인된 황순원의 가장 최초 발표 시인 「누나생각」은 『매일신보』 1931년 3월 12일자에 실렸다. '황천 간 우리 누나'를 노래한 이 시는 쉽사리 단편 「별」을 떠올리게 하는데, 7·5조의 운율에 실은 동요의 형식이나 그 내용에 있어서는 '비나리는 밤'이나 '창밧게 비소리'를 동원하는 솜씨가 벌써 만만치 않다. 같은 해 『매일신보』 4월 19일자로 발표된 「북간도」에는 나라 잃은 백성의 슬픔과 '승리의 긔'에 대한 다짐이 담겨 있기도 하다.

같은 해 『매일신보』 7월 10일자에 실린 「딸기」와 『동아일보』 7월 19일자에 실린 「딸기」는 일부 자구만 다를 뿐 같은 시의 반복이고, 『매일신보』 9월 5일자 「버들개지」도 같은 지면 4월 26일자에 발표된 동명의 시와 약간 표현이 다른 뿐이다. 그런가 하면 1932년 5월호『어린이잡지』에 발표된「언니여-」와, 1935년 4월 5일자『조선중앙일보』에 발표된「새출발」, 그리고 같은 해 10월 15일자 같은 지면에 발표된「개아미」는, 당대로서는 보기 드물게 산문시의 형태를 갖추고 있다.

이 중「새출발」은 '나의 동반자에게'라는 부제를 붙여 그 부인 양정길(楊正吉) 여사에게 바치는 시로 되어 있다. 이번에 발굴된 선생의 작품 가운데 매우 특별해 보이는 시 한편이 있어, 이를 옮겨두고 보다 자세히 살펴보기로 한다.

> 하로의 삶을 니으려고
> 주린 창자를 웅켜쥔 후 거리거리를 헤매는 群衆—
> 때때로 精氣업는 눈에서는 두줄기의 눈물이 흐르며
> 피ㅅ기업는 입술을 앙물고 떨고 잇나니
> 土幕에 잇는 처와 자식이 힘업시
> 누어잇슴을 생각합니다
> * * *
> 날카로운 世紀—
> 팔목을 것고 일만하면 살수잇다는 道德도
> 지나간 날에 한썩어빠진 眞理가 아닌가?
> 눈압헤 잇는 瞬間的 享樂에 陶醉되여 잇는 무리
> 빈 주먹을 들고 街頭로 울며 헤매는 무리
> 술! 돈! 快樂!
> 피! 눈물! 땀!
> * * *
> 그러나 마음에 뜻 안햇든 상처를 밧고
> 街頭로 울며 불며 헤매는 者여!
> 지금의 원한을 가슴깁히 뭇처두어라
> 눈물을 갑업시 흘니지 마러라
>
> —「街頭로 울며 헤매는 者여」 전문, 彗星 第二券 第四號

1932년 4월 『혜성』 2권 4호에 실린 「가두로 울며 헤매는 자여」는 역시 당시의 시로서는 희소한 유형으로, 그리고 황순원 작품 세계 전체에서도 그러하도록, 시대를 향한 젊은이의 기개를 드러내는 시편으로 제작되었다. 이와 같은 시적 의지력, 문학적 지향성, 그에 따른 표현의 기량이 인간다운 삶의 진실을 목표로 하는 황순원 문학의 근본주의와 조화롭게 악수하면서, 선생의 문학은 80여 년을 완주할 자양분과 기력을 섭생한 것으로 판단된다.

1931년 4월 7일에서 9일까지 3일간 『동아일보』에 발표된 소년소설 「추억」은, 영일이라는 소년이 여자 사진을 갖고 다니다 학교에서 적발이 되는 사건으로 시작한다. 그런데 사연을 알고 보니 사진의 주인공인 전경숙이란 여자는 자기를 희생하여 주인집 아이를 구한 의로운 사람이었으며, 그 아이가 곧 영일이었다. 숨겨진 진실과 인간애, 그리고 가슴을 울리는 감동을 자아내는 황순원 식 인본주의 · 인간중심주의의 원형이 거기에 있는 것으로 보인다.

비록 발굴 작품은 아니지만 앞서 「두메」로 제목을 바꾸어 전집에 수록한 것으로 언급한 단편소설 「산골」(『주간 문학예술』, 1952. 9.)은, 그야말로 황순원 단편의 서정성 짙은 분위기와 단단한 서사 구조, 아울러 선명한 주제의식을 한꺼번에 보여준다. 「독짓는 늙은이」에서와 같은 산골, 「소나기」에서와 같은 결미의 압축, 「학」에서와 같은 죽마고우의 심정적 교류 등이 작품 속에 골고루 용해되었다. 눈앞에 드러난 것보다 눈에 보이지 않는 것의, 작고 여물고 소중한 숨은 의미들이 이 초기 작품들의 행간에 잠복해 있다.

이 글에 뒤이어 모두 71편의 발굴 작품 목록을 첨부한다. 판독이 불가능한 시 10편을 제외한 62편의 작품은 따로 자료화 해 두었으며, 추후 적절한 지면에서 모두 공개하기로 한다. 이제 이 자리에서 유명(幽明)을 달리한 지 11년에 이른 선생의 생애와 문학을 새롭게 반추하면서, 다시 한 번 머리 숙여 선생의 명복을 빈다.

황순원 습작기 시 작품의 가치

김주성

1. 황순원의 습작기 시 작품 대량 발굴 경위

양평 소나기마을의 황순원문학관은 개관 3년째를 맞던 2010년 5월, 황순원 선생의 문학세계를 체계적이고 심도 있게 연구하기 위해 김종회 교수 주도 아래 '황순원문학연구센터'를 마련하기로 하고 그 기초 작업의 일환으로 광범위한 자료수집에 나섰다.

수집 대상은 크게 작품, 연구자료, 국제화자료, 영상자료 등으로 정했다. 먼저, 작품 부분에서는 이미 확보되었거나 상대적으로 수집하기 쉬운 1970년대 이후에 발간된 단행본과 전집을 제외하고 1960년대 이전에 발간된 작품집 및 작품 게재지를 수집하는데 집중하기로 하였다. 연구자료는 단행본과 학위논문, 단편적인 평론 및 학술논문 등을 두루 대상으로 하되, 우선 석·박사 학위논문을 집중 수집하기로 하였다. 국제화자료는 외국어로 번역되어 해외에 소개된 선생님의 작품을 비롯해 연구논문 등을, 영상자료는 선생님의 작품을 원작으로 하여 제작된 영화나 드라마 원본 또는 복사본을 수집 대상으로 하였다.

효과적인 자료 수집 활동을 위해 장현숙 교수(경원대), 박덕규 교수(단국대), 김종성 교수(고려대), 안용철 대표(일간스포츠) 등을 자문위원으로 위촉해 수시로 모임을 갖고 조언을 들었으며, 추선진·차성연·권채린·최경희・김주성・노현주・채근병・이훈・이우현 선생 등이 수집 대상 자료 목록의 작성과 수집 실무를 담당했으며, 김기택 시인, 김용희 아동문학평론가의 분류 및 관리상의 도움을 받았다. 이 과정에서 자문위원들은 개인적으로 소장한 작품집과 연구논문 등을 기증하기도 하였다.

목록을 작성하고 계획을 구체화한 뒤 본격적인 수집 작업에 들어간 것은 2010년 6월 하순부터였다. 당초 계획으로는 학위논문의 경우 저자와 직접 연락해서 원본을 기증받기로 하였으나 그 양이 방대하여 저자들과 일일이 접촉하는 데 한계가 있었다. 그래서 원본의 입수는 장기적으로 해나가면서 일단 국립중앙도서관, 국회도서관 등에 소장된 논문을 대출해 복사・제본하는 방식을 취했다. 이렇게 하여 2010년 9월 말 경, 당시까지 제출된 석・박사 학위논문의 대부분을 수집할 수 있었다. 이에 발맞춰 논문, 평론 등도 국립중앙도서관, 국회도서관 등에 소장된 게재지를 대출해 복사・제본하는 방식으로 수집했다.

1960년대 이전에 발간된 작품집과 작품 게재지를 수집하는 일은 간단치 않았다. 고전적인 방법인 대학가와 청계천의 고서점들을 일일이 뒤지는 방법은 손과 시간 모두 효율적이지 못했다. 요즘은 고서점들 간 네트워크가 형성돼 있고 일부 데이터베이스도 구축돼 있어서 기대를 걸었다. 그러나 구해야 할 목록을 채우기에는 턱없이 부족했고, 또 막상 찾아낸 책을 구입하려고 하면 이미 팔렸거나 제시된 금액보다 값을 비싸게 부르는 경우가 허다했다.

결국 몇몇 고서점 대표와 긴밀한 접촉을 갖고 협조를 구했다. 즉 고서, 희귀본 취급에 남다른 열정을 가진 문승묵 씨(둥지갤러리 대표)와 윤형원 씨(아트뱅크 대표)를 만나게 되었으며, 이분들의 적극적인 협조 덕분에 수집하기로 계획한 황순원 선생님의 초기 작품집 및 작품 게재지를 거의 모두 구할 수 있었다.

황순원 선생의 초기 작품집과 작품 게재지 수집 작업은 2012년 말까지 꾸준히 진행되어 77권을 수집하였다. 이 중에서 선생의 대표작 중 하나인 '별'이 실린 『조선단편문학선집』(범장각, 1946.1) 초판본, 작품집 『목넘이 마을의 개』(육문사, 1948.12) 초판본, 단편 '이리도'와 '산골아이'가 실려 6·25 전쟁 중에 발간된 중등·고등 교과서(1952.9), '담배 한 대 피울 동안'이 실린 『신천지』 1947년 9월호, '황노인'이 실린 『신천지』 1949년 9월호, '독짓는 늙은이'가 실린 『문예』 1950년 4월호 등의 희귀자료를 입수한 것은 큰 소득이라 할 수 있다. 이 외에도 영화 '독짓는 늙은이'의 포스터(1969)와 비디오 테이프(1987년 제작), 영화 '카인의 후예' 포스터(1968)를 비롯하여 여러 건의 귀중한 영상관련 자료를 입수할 수 있었다.

한편 이 같은 자료 수집 과정에서 황순원 선생이 『매일신보』, 『중앙일보』, 『동아일보』 등의 일간지와 『신천지』, 『예술원보』 등의 잡지에 발표했던 초기 작품들을 대거 찾아내는 성과도 함께 거두었다. 이 작품들은 오늘날 전집에 실리지 않은 채 잊혀졌던 동시·동요 60여 편을 비롯해 단편소설, 꽁트, 수필 등 모두 70여 편이다. 이 중에서 시 작품의 경우 원본 열람 및 복사 불허와 열람 자료(마이크로필름)의 질이 크게 떨어지는 한계로 인해 전문 판독이 어려운 작품 10편이 포함되어 있다.

이 작품들에 대한 발굴 의의와 작품 성격에 대해서는 김종회 교수가 2010년 『문학과 사회』 겨울호("발굴 : 소설가 황순원 초기 작품 4편")와 2011년 9월 제8회 황순원문학제 문학세미나("황순원 선생 1930년대 전반 작품 대량 발굴")를 통해 일차 소개된 바 있다.

2. 황순원의 초기 창작과정

1) 황순원 문학의 여명

잘 알려진 바와 같이 황순원의 문학은 시 창작으로부터 출발해 소설로 나아갔다가, 다시 시로 회귀하는 궤적을 보여주고 있다. 이렇게 독특한 문학 역정을 걸어간 황순원은 평생 104편의 시, 104편의 단편, 1편의 중편, 7편의 장편을 남겼다.

오늘의 주제인 '황순원 습작기 시 작품의 가치'를 염두에 두고 지금까지 알려진 황순원의 전기적 내용 중에서 시 창작으로 시작된 문학 입문기부터 소설로 전환하기 직전까지의 사항을 간략히 살펴보기로 한다.

황순원(黃順元, 1915~2000)은 한일합방으로 인하여 한반도에 대한 일제의 병탄과 압박이 가중되던 1915년 3월 26일 평안남도 대동군 재경면 빙장리 1175번지에서 부친 황찬영(黃贊永, 1892~1972))씨와 모친 장찬붕(張贊朋, 본관 廣州, 1891~1974) 여사의 맏아들로 태어났다.

황순원의 가문은 누대에 걸쳐 향리의 명문이었다. 황순원의 8대 방조인 순승(順承)은 영조 때 평양의 유명한 효자로, 조상 공경과 강직·결백함이 돋보여 <황고집>이라는 별호로 불렸고 이는 이홍식 편 『국사대사전』에까지 소개되고 있다. 이 가문의 기질적 전통은 노환으로 몸져누워서까지 스스로 꼿꼿이 심신을 추스렸던 조부 연기(鍊基), 평양 숭덕중학교 교사로 3·1운동에 가담하여 옥고를 치른 부친 찬영에게 이어졌고 황순원에게 유전됐을 것이다. 30여년에 걸쳐 흐트러짐 없이 순수문학과 미학주의를 지향한 그의 작가정신과 작품세계를 바라볼 때 그 밑바탕에 이와 같은 황고집 가문의 강직·결백한 기질이 흐르고 있음을 간과하기 어렵다.

황순원은 일곱 살이 되던 1921년에 평양으로 이사하고, 이태 후 숭덕소학교에 입학한다. 소학교 시절, 당시로서는 드물게 스케이트를 타거나 축구를 하고 바이올린 레슨도 받았다는 사실로 미루어 가정형편은 부유한 축에 들었던 것으로 짐작된다. 황순원은 1929년 열 다섯 나던 해 오산중학교에 입학했으나 건강 때문에 한 학기를 정주에서 보낸 후 평양의 숭실중학교로 전학한다.

소년 황순원이 문학의 첫 걸음으로서 시를 쓰기 시작한 것은 숭실중학 재학중이던 이 시기에 이르러서이다. 지금까지 알려진 바로는 1931년 7월에 <나의 꿈>을, 9월에 <아들아 무서워 말라>를 『동광』에 발표한 것으로 되어 있다. 시작을 계속한 황순원은 1932년 5월 <넋 잃은 그대 앞가슴을 향하여>를 『동광』 문예특집호에 발표하고 주요한으로부터 김해강·모윤숙·이응수와 함께 신예시인으로 소개받는다.

1934년 숭실중학을 졸업한 황순원은 일본 유학길에 올라 와세다 제2고등학원에 입학한다. 여기서 이해랑·김동원 등과 함께 극예술 연구단체인 '동경학생예술좌'를 창립하고 그해 11월 이 단체의 명의로 양주동 서문과 27편의 시를 담은 첫 시집 『방가』를 간행한다. 그런데 이듬해 8월 방학을 맞아 귀성했다가 조선총독부의 검열을 피하기 위해 동경에서 시집을 간행했다 하여 평양경찰서에 29일 간 구류를 당하기도 했다.

이 해 그러니까 1935년 10월 황순원은 신백수·이시우·조풍연 등이 주도하여 서울에서 발행하던 『삼사문학』의 동인으로 참가한다. 이 동인지는 모더니즘을 표방하되 김기림이나 김광균의 서정적 요소에 불만을 품고 쉬르리얼리즘의 경향을 보였다. 한편 이해 1월에는 당시 일본 나고야 금성여자전문 재학생이던 양정길과 결혼하였다.

1936년 와세다 제2고등학원을 졸업하고 와세다대학 영문과에 입학한 황순원은 그해 3월 동경에서 발행되던 『창작』의 동인이 되어 시를 발표하는가 하면, 5월에 제2시집 『골동품』을 발간한다. 이 두 권의 시집 발간 이후에도 황순원은 간간이 시를 썼으나 시집을 엮지는 않았으며, 곧 소설 창작으로 전환했다.

2) 첫 작품 논란과 작가의 당부

위에서 살펴본 바와 같이 이제까지 알려진 황순원의 첫 작품은 1931년 7월『동광』에 발표한 <나의 꿈>이다. 그리고 이 시는 선생이 꼼꼼히 작품을 선별하고 교정을 본 전집에 실릴 때 탈고시기가 1931년 4월로 표기되었다. 이런 근거에 의하면 황순원의 첫 작품의 탄생 시기는 탈고시점까지를 고려해도 1931년 4월이 되는 셈이다.

그런데 앞에서 소개한 바와 같이 황순원문학관에서 황순원 선생의 작품과 연구자료를 한창 수집하고 있던 2010년 여름,『문학사상』7월호에 권영민 교수가 전집에 수록되지 않았던 선생의 초기(1931~1935) 작품 중 동요 8편, 시 1편, 소년소설 1편, 단막 희곡 1편을 발굴했다고 발표했다.

* 권영민 교수가 소개한 동요 8편

① 봄싹(동아일보, 1931.3.26).
② 딸기(동아일보, 1931.7.19).
③ 수양버들(동아일보, 1931.8.4).
④ 가을(동아일보, 1931.10.14).
⑤ 이슬(동아일보, 1931.10.25).
⑥ 봄밤(동아일보, 1932.3.12).
⑦ 살구꽃(동아일보, 1932.3.15).
⑧ 봄이 왓다고(동아일보, 1932.4.6).

이 발표 글에서 권영민 교수는 동요 8편 중 <봄싹>(동아일보, 1931. 3.26.)의 발표 시기가 이제까지 알려진 첫 작품 <나의 꿈>에 앞서는 것으로 확인함으로써 황순원 선생의 등단작 수정에 대한 주장을 낳기도 했다. 실제 황순원 선생이 기록한 <나의 꿈>의 탈고시기보다도 앞서 발표된 것이고 보면 이런 논란이 일 만도 하다.

이런 맥락으로 보면 황순원문학관이 찾아낸 작품 중 <누나 생각>(매일신보, 1931.3.19.)은 <봄싹>보다도 7일이나 앞서고, <형님과 누나>(매일신보, 1931.3.29.) 역시 <나의 꿈> 탈고시기보다 앞선 3월에 발표됨으로써 논란을 가중시킬 여지가 있다. 황순원 문학관에서 찾아낸 작품을 기준으로 보면 <나의 꿈> 탈고시기인 1931년 4월 이전에 발표된 작품만 모두 8편에 이른다.(첨부, 작품목록 참조) 하지만 이 같은 조사 성과에 의지해 황순원 선생의 등단작을 수정하기는 조심스럽지 않나 생각한다. 앞선 성과 발표(문학과 사회, 2010. 겨울호)에서 김종회 교수도 지적했듯이 작품의 발표 순서가 작가의 작품세계를 이해하는 데 큰 의미가 없을뿐더러, 작가 자신이 이미 <나의 꿈>을 자신의 첫 작품으로 내세워 문학적 의미를 부여하고 있기 때문이다.

황순원 선생은 후일 전집을 낼 때 직접 작품들을 선정하고 교정하는 과정에서 여러 편의 초기 작품을 제외시켰다. 선생은 여기서 그치지 않고 자신이 제외시킨 작품에 대해 후학들이 거론할 경우마저 경계하여 다음과 같은 당부의 글을 남겼다.

> "나는 판을 달리할 적마다 작품을 손봐 오는 편이지만, 해방 전 신문 잡지에 발표된 많은 시의 거의 다를 이번 전집에서 빼버렸고, 이미 출간된 시집 『방가』에서도 27편 중 12편이나 빼버렸다. 무엇보다도 쓴 사람 자신의 마음에 너무 들지 않는 것들을 다른 사람에게 읽힌다는 건 용납될 수 없다는 생각에서다. 빼버리는 데 조그만치도 미련은 없었다. 이렇게 내가 버린 작품들을 이후에 어느 호사가가 있어 발굴이라는 명목으로든 뭐로든 끄집어내지 말기를 바란다."
>
> ―「말과 삶과 자유」 중에서

그럼에도 불구하고 한국의 한 시대를 대표했던 작가의 창작과정과 작품세계를 좀 더 깊이 이해하기 위해 작가와 관련된 드러난 모든 면면을 살피고 싶은 독자의 바람은 어찌할 수 없는 일이 아닌가. 나중에 작가 자신에 의해 버려진 작품이라 할지라도 그것이 씌어진 과정이나 지면에 발표되던 순간에는 절실하지 않은 바가 없었을 것이다. 즉 버려진 작품도 그것이 씌어지고 발표됐다는 점에서 이미 작가와 무관하지 않으며 그 나름의 가치를 지니는 것이다.

작가는 훗날 뒤돌아보아 만족스럽지 않은 작품일 수 있고 그래서 미래 독자들에게 읽히고 싶지 않을 수 있겠으나, 창작심리, 영향과 수용관계, 작품세계의 변화과정 같은 거창한 이름을 붙이지 않더라도 진정 애정을 가진 독자라면 작가의 이 같은 우려까지 싸안고 다가가야 하지 않겠는가.

3. 『방가』 이전, 황순원 습작기 시 작품의 가치

황순원문학관이 찾은, 첫 시집 『방가』 발간 이전에 발표된 시 작품은 55편에 이른다. 이 중에 『방가』에 실린 작품은 없다. 훗날 전집을 엮을 때 『방가』의 27편 중 마음에 들지 않는 12편을 빼버렸다고 한 데서도 엿볼 수 있듯이, 작가는 이 시집을 처음 엮을 때도 꽤 많이 발표했던 작품들을 과감하게 버렸다. 그리고 이 작품들을 발굴이라는 이름으로 찾지 말라고 경고까지 하였다.

황순원은 왜 이랬을까. 스스로 '판을 달리할 때마다 손을 보는' 자세로 마음에 들게 다듬어서 한 편이라도 더 추스를 수 있었을 텐데 그리 하지 않은 이유는 무엇일까. 짐작해 볼 수 있는 하나의 가정은, 이 작품들을 처음부터 습작으로 여기고 완성된 작품으로서의 의미를 두지 않은 것은 아닌가. 하지만 고결한 완벽주의자 황순원으로서 처음부터 아예 쓰지를 않지 이렇게 습작으로 가볍게 다뤄 여기저기 발표했을 리가 없다.

또 한 가정은, 창작에 있어 작가는 어느 한 작품도 소홀히 여기는 법이 없으므로 모든 작품이 처음에는 귀하게 다루어졌을 테지만, 10대 후반의 왕성한 지적 감성적 변화를 겪으면서 안목이 바뀐 것일 수 있다. 즉 1934년 11월 『방가』를 엮어내던 동경 유학생의 시각으로 돌아본 3~4년 전의 작품들은 미성숙한 습작들에 불과했을 수 있는 것이다.

그렇다면 작가가 찾지 말라고 경고했다고 해서 엄연히 한 시대의 지면을 차지했던 이 작품들을 모른 체하는 것이 옳은 일일까. 작가의 바람과 독자의 만족이 꼭 일치할 수는 없는 노릇이다. 작가에게 자기 작품에 만족하지 못하여 버릴 수 있는 권리가 있다면, 독자에게는 지면에 이미 공개된 작품을 찾아내 감상하고 그 의미를 새겨볼 권리가 있다. 더구나 새로 찾은 작품들이 그것을 창작한 작가의 판단과 무관하게 특별한 관심을 기울여볼 가치를 품고 있다면, 이 작품들을 재조명하는 작업은 문학인들의 의무로 주어지게 될 것이다. 이리하여 우리 문학의 터전은 더 깊어지고 풍부해지는 것이 아닐까.

황순원 선생의 습작기 시 작품들은 70여년이 흐른 오늘날 그저 낡은 지면을 뒤져서 그 흔적을 확인하는 정도의 의미 이상의 가치를 지니고 있다. 이미 김종회 교수가 지적했듯이, 이 작품들에는 앞으로 모습을 드러낼 '서정성 · 사실성과 낭만주의 · 현실주의를 모두 포괄하는 작가의 문학세계' 밑그림이 들어있다. 그야말로 황순원 문학의 맹아요 요람이라고 할 수 있다. 이 습작기 작품들에 대한 심층 연구를 통해 황순원의 문학세계가 더욱 풍부하고 군건해지리라고 생각한다.

이런 관점에서 습작기 시 작품의 연구 방향 몇 가지를 제시해보고자 한다.

① 전통 율격에 충실한 시 창작

『방가』 이전의 작품, 특히 숭실중학 시절인 1931~1932년에 발표한 동요, 동시는 거의 예외 없이 3음보, 4음보를 기본으로 한 7·5조의 율격을 취하고 있다. 여기에 6·5조(봄노래, 1931.6.12.), 8·5조(외로운 등대, 1931.6.24.)

의 변형도 간간이 보인다. 이런 전통 율격에서 벗어난 자유시 형태는 <단시3편>(1931.5.15.), <묵상>(1931.12.24.), <가두로 울며 헤매는 자여> (1932.4.15.), <언니여>(1932.5) 등으로 희귀할 정도다.

이와 같이 습작기의 작품이 외형 면에서 대부분 정형시의 틀에 얽매어 있는 점과 달리 『방가』에 실린 시는 대부분 자유시라는 차이를 보인다. 이 점도 찬찬히 살펴볼 필요가 있는데, 청년 황순원은 1930년대 초, 모더니즘 운동과 더불어 서구 현대시의 영향을 받아 정형시의 틀을 벗고 자유시의 길을 간 것으로 추측된다.

<봄싹> (1931.3.26.)
양지쪽따스한곧 누른잔듸로
파릇한풀싹하나 돋아나서는
봄바람살랑살랑 장단을맞춰
보기좋게춤추며 개웃거리죠

보슬비나리면은 물방울맺혀
아름다운진주를 만들어내고
해가지고달뜨면 고히잠들고
별나라려행꿈을 꾸고잇어요

<묵상> (1931.12.24)
그는 느트나무에 기대여
주먹을 쥐엿다 노앗다
우러러 부르짓다 땅을 굴으다

한낫절이나 생각에 취햇든
그의 얼골은 이상히 빗낫다
꼭 보앗네 희망의 넘침임을

② 동심의 눈으로 바라본 자연, 생명, 인간

이 시기 대부분의 시 작품은 계절에 따라 다채롭게 변하는 자연현상과 그 속에서 살아가는 생명들, 부모형제 등 가족을 중심으로 한 인간의 모습들을 티 없이 맑은 동심의 눈으로 표현한 작품들이다. 나이도 먹고 일본 유학을 통해 세상을 보는 안목이 성숙해진 『방가』에 이르러서 심도 있는 현실인식과 역사의식을 담아낸 시편들과는 큰 차이를 보인다.

그러나 각 시편들은 철저한 정형율과 더불어 전통정서에 실린 내밀한 비유 속에서 신비로운 자연의 조화와 희로애락으로 점철된 인간 삶에 대한 섬세한 인식을 발견할 수 있다. 이는 바로 한층 어른스러워진 『방가』의 모습을 이루는 싹이며, 후일 그의 단편소설에서 찬란하게 회상되듯이 유종호가 칭한 '겨레의 기억'의 맹아들인 것이다.

* 이 외에도 전통 율격 수용에 철저했던 점에서 소월의 영향관계, 1930년대 초의 모더니즘 운동 특히 이미지즘의 영향관계 등을 살필 수 있을 것이다.

<누나 생각> (1931.3.19)

황천간 우리누나
그리운 누나
비나리는 밤이면
더욱 그립죠

그리운 누나얼굴
생각날 때면
창밧게 비소리도
설게 들니오

<회상곡> (1931.6.9)
비오는 어둔밤에
조용히 안저
어려서 놀든때를
생각하면은
하염업는 눈물이
줄을 지어서
여윈얼골 두뺨에
흘너집니다

밝은달이 비취는
뒷담밋헤서
고향하늘 보고서
서서잇스면
피가끌는 가슴에
매친슯흠이
끈임업는 한숨이
솟아납니다

—고향에 잇는 동무들께

<언니여-> (1932.5)
빈 주먹을 들어 큰 뜻과 싸우겟다고 언니가 이곳을 떠나시든 그날 밤—
정거장 개찰구(改札口) 압해서 힘잇게 잡엇든 뜨거운 손의 맥박(脈搏)!
말업시 번늣 거리는 두 눈알의 힘!
<플랫트홈>에 떨고 잇는 전등불 미트로 것든 뒷모양!
아 꼭감은 눈압헤 다시 나타나는구려.

언니!
지금은 검은 연긔속에 뭇치여
희든 당신의 얼골은 얼마나 꺼머 젓스며 물렁물렁하든 두 팔목은 어떠

캐나 구더 젓서요?

(五行 略)

언니- 어린 이 동생은
봄비 나리는 이날 밤도
<가시마(貸間)> 한구석에서 괴로움과 싸울 언니를 생각해도
흙뵈는 벽에는 로동복이 걸려 잇고
혼자 안는 책상에는 변도곽이 노여잇서
쓰라린 침묵에 헤매일 언니를… 아 언니를.

그러나 그러나 언니여!
이 동생은 조금도 락심치 안어요 비명(悲鳴)을 내지 안어요!
그것은 언니의 나렷든 주먹이 무릅을 치고 나터날 때
<삶>에 굼주린 무리를 살길로 인도할 것을 꼭 알고 밋고 잇기 때문이야요
지금 이 어린 동생은 언니를 향하여 웨치나니 더한층 의지(意志)가 굿세소서 굿세소서.

<一九三二・四月・東京 계신 申兄님께>

<첨 부>

황순원 초기 시 작품 목록 I

1) 누나생각, 매일신보, 1931.3.19.
2) 봄싹, 동아일보, 1931.3.26.
3) 형님과 누나, 매일신보, 1931.3.29.
4) 문들레ㅅ곳, 매일신보, 1931.4.10.
5) 달마중, 매일신보, 1931.4.16.
6) 북간도, 매일신보, 1931.4.19.(미확인 글자 포함)
7) 버들개지, 매일신보, 1931.4.26.
8) 비오는밤, 매일신보, 1931.4.28.
9) 버들피리, 매일신보, 1931.5.9.
10) 칠성문, 매일신보, 1931.5.13.
11) 단시 3편, 매일신보, 1931.5.15.
12) 우리학교, 매일신보, 1931.5.17.
13) 하늘나라, 매일신보, 1931.5.22.
14) 이슬, 매일신보, 1931.5.23.
15) 별님, 매일신보, 1931.5.24.
16) 할연화, 매일신보, 1931.5.27.
17) 시골저녁, 매일신보, 1931.5.28.
18) 할머니 무덤, 매일신보, 1931.6.2.
19) 살구꽃, 매일신보, 1931.6.5.
20) 나, 매일신보, 1931.6.7.
21) 회상곡, 매일신보, 1931.6.9.
22) 봄노래, 매일신보, 1931.6.12.
23) 갈닙쪽배, 매일신보, 1931.6.13.
24) 거지아희, 매일신보, 1931.6.19.
25) 우리형님, 매일신보, 1931.6.20.

26) 외로운 등대, 매일신보, 1931.6.24.
27) 소낙비, 매일신보, 1931.6.27.
28) 우리옵바, 매일신보, 1931.6.27.
29) 잠자는 거지, 아이생활 6권 7호, 1931.7.(동요 1차, 2010-한국아동문학센터 발굴)
30) 종소래, 매일신보, 1931.7.1.
31) 단오명절, 매일신보, 1931.7.2.
32) 걱정마세요, 매일신보, 1931.7.3.
33) 수양버들, 매일신보, 1931.7.7.
34) 짠달기, 매일신보, 1931.7.10.
35) 딸기, 동아일보, 1931.7.19.
36) 여름밤, 매일신보, 1931.7.19.
37) 모힘, 매일신보, 1931.7.21.
38) 수양버들, 동아일보, 1931.8.4.
39) 시골밤, 매일신보, 1931.8.29.
40) 버들개지, 매일신보, 1931.9.5.(7번 시와 약간 다름)
41) 꽃구경, 매일신보, 1931.9.13.
42) 가을, 동아일보, 1931.10.14.
43) 가을비, 아이생활 6권 11호, 1931.11.(동요 1차, 2010-한국아동문학센터 발굴)
44) 나는 실허요, 신소년, 1931.11.1.(한국아동문학센터 발굴)
45) 묵상, 중앙일보, 1931.12.24.(전면 개작 후 전집 수록)
46) 봄밤, 동아일보, 1932.3.12.
47) 살구꽃, 동아일보, 1932.3.15.
48) 봄이 왓다고, 동아일보, 1932.4.6.
49) 가두를 울며 헤매는 자여, 혜성 2권 4화, 1932.4.15.
50) 할미꽃, 중앙일보, 1932.4.17.
51) 언니여-, 어린이 잡지 10권 5호, 1932.5.(동요 1차, 2010-한국아동문학센터 발굴)

52) 봄노래, 신동아, 1932.6.1.
53) 새출발, 조선중앙일보, 1935.4.5.
54) 개아미, 조선중앙일보, 1935.10.15.
55) 이슬, 동아일보, 1935.10.25.

황순원 초기 시 작품 목록 II(판독 불가)

1) 송아지, 중앙일보, 1931.12.22.
2) 새봄, 중앙일보, 1932.2.22.
3) 눈내리는 밤, 중앙일보, 1932.2.28.
4) 밤 거리에 나서서, 조선중앙일보, 1934.12.18.
5) 새로운 행진, 조선중앙일보, 1935.1.2.
6) 거지애, 조선중앙일보, 1935.3.11.
7) 밤차, 조선중앙일보, 1935.4.16.
8) 찻속에서, 조선중앙일보, 1935.7.26.
9) 고독, 조선중앙일보, 1935.7.5.
10) 무덤, 조선중앙일보, 1935.8.22.

8장_인간론

황순원 문학의 의의와 그 기림을 위하여
– 국민적 사표로서의 작가와 작품

김종회

1. 이 작가가 우리에게 소중한 것은…

한국 현대문학의 정상을 지킨 큰 나무이자 그 삶의 모범으로 인하여 작가정신의 사표로 불리던 황순원 선생이 향년 86세를 일기로 세상을 떠났을 때, 수를 다한 호상이긴 했으나 필자와 같은 직전 제자들은 그 부음 앞에 정신이 아득하기만 했었다.

오랫동안 글을 써 온 작가라고 해서 반드시 훌륭한 작품을 남기는 것은 아니다. 그러나 지속적 시간을 바탕으로 하고 있는 문학은 그렇지 않은 경우에 비추어 더 넓고 깊은 세계를 이룰 가능성을 안고 있다. 서구 문학에서 괴테를 통하여 그 좋은 전범을 발견할 수 있거니와, 우리 문학에서는 당대의 작가 가운데 황순원을 일컬어 그와 같은 사례에 해당되는 작가라 할 수 있겠다.

해방 50년을 넘긴 우리 문단에는 많은 작가들이 활발하게 창작활동을 하고 있지만, 평생을 소설과 함께 해왔고 그 결과로 '노년의 문학'이라 호명할 만한, 노년에 이른 원숙한 세계관을 작품으로 형상화할 시간적 간격을 획득한 작가는 그리 많지 않았던 것이다. 오염과 격변의 근대사를 거치는 동안 우리에게는 베르그송이 말한 바 그 지속적 시간이 쉽사리 마련되지 않았기 때문이다. 황순원이 우리에게 소중한 작가인 것은, 이러한 시대적 난류 속에서 흔들림 없이 자기 자리를 지키면서 순수성과 완결성의 문학을 가꾸어 왔고 그러한 축적된 세월의 중량이 작품 속에 느껴지고 있음이 주요한 몫을 차지한다.

장편소설로 만조를 이룬 황순원의 문학을 거슬러 올라가 보면, 시에서 출발하여 단편소설의 세계를 거쳐 온 확대변화의 과정을 볼 수 있다. 그의 소설 가운데 움직이고 있는 인물들이나 구성기법 및 주제의식도 작품 활동의 후반기로 오면서 점차 다변화되는 경향을 보이고 있다. 여러 주인공의 등장, 그물망처럼 얼기설기한 스토리의 진행, 세계를 보는 다각적인 시선 등이 그러한 경향의 서술부로 나타난다. 하지만 그러한 다변화는 견고한 조직성을 동반하고 있으며 작품 내부의 여러 요소들이 직조물의 정교한 이음매처럼 짜여져서 한 편의 소설을 생산하는 데 이른다.

이러한 작법의 변화는 한 단면으로 전체를 제시하는 제유법적 기교로부터 전면적인 작품의 의미망을 통하여 삶의 진실을 부각시키는 총체적 안목에 도달하는 과정을 드러낸다. 우리가 일찍이 「소나기」나 「학」에서 만났던 순정한 서정성의 세계와 『움직이는 성』이나 『신들의 주사위』에서 만났던 다면성의 서사세계 사이의 상거는 곧 그와 같은 과정의 구체적인 모습에 해당된다.

지속적 시간과 함께 하는 문학이라는 소중한 창작유형과, 순차적 확대변화의 과정이라는 독특한 발전양상이 한 사람의 작가에게서 동시에 진행되고 있음은 보기 드문 것이다. 그리고 그 시간상의 전말이 한국 현대문학사와 함께 했음을 감안할 때, 우리는 황순원의 소설 미학을 통해 우리 문학이 마련하고 있는 하나의 독창적 성과를 확인할 수 있다.

2. 기릴만한 인품과 그것이 반영된 작품들

모든 문학하는 청·장년의 연령층들이 다 그러하겠지만, 필자가 '황순원'이란 이름 석 자와 마주친 것은 중학교 때의 교과서에 실린 「소나기」의 지은이로서였다.

어린 소견에도 어쩌면 그렇게 아름답고 정갈한 이야기가 있을 수 있는지, 그 작가는 도대체 얼마나 아득한 먼 거리에 있는 사람인지, 그러한 분과 접촉할 수 있다면 그것이 얼마나 대단한 일인지 알 수 없겠다는 상념이 분분했었다.

나중에 황순원 문학 연구자로서 알고 보니 「소나기」나 「학」은 그저 주어진 문학적 성과가 아니었으며, 단편소설에서 장편소설로 넘어가는 대목에 이르러 황순원의 원숙한 창작기량이 당대 문학은 물론 작가 자신의 작품세계에 있어서도 그 천정 한 부분을 때리고 있었던 것이다.

그 황순원 선생을 그분인 줄도 모르는 채 필자는 입학시험 면접에서 처음 만났다. 그날 이후로 그분의 소설을 읽어오면서, 또 이 글을 쓰는 순간까지, 필자로서는 황순원이란 큰 이름과의 거리 좁히기를 계속해 온 셈이었다. 그러므로 이 글도 필경은 그 일의 일부에 해당될 수밖에 없겠다.

강의실에서의 황순원 선생은 빛나는 지성과 날키로운 논리로 문학을 가르치는 교술자가 아니었다. 늘상 언어를 다루고 언어와 더불어 일상생활을 함께하는 작가이면서도 그 말씀은 태깔이 현란하지 않았고 여울목의 물살처럼 빠르지도 않았다. 언제나 앞뒤 순서를 보아가며 차근차근 말의 걸음을 옮겨 놓았고, 늘 어조가 부드러웠으나 어떤 평가 또는 판단을 내려야 할 때는 단호한 결의가 겉으로 배어나오곤 했다.

그분이 스승으로서 그 자리에 있다는 사실만으로도 제자들의 문학하는 분위기가 한껏 고조될 수 있었으니 한국 문단에 응당한 이름을 얻은 제자

작가군을 그 증빙으로 내세울 수 있겠다. 전상국, 김용성, 조해일, 조세희, 한수산, 정호승, 이유범, 고원정, 박덕규, 김형경, 이혜경, 서하진 등의 작가들 가운데 이 정동적(情動的) 논의에 반대의사를 가진 이는 아마 한 사람도 없을 것이다.

필자가 기억하는 바 황순원 선생과 관련된 일화는 너무도 많이 있지만, 그 사실과 사건들의 공통점을 들자면 모두가 그분의 합리적이고 균형잡힌 사고나 따뜻하고 순후한 인간애를 드러내고 있다는 점이다.

이러한 면모는 작품세계 가운데서도 처처에서 발견되는 것으로, 대표적인 예를 들자면 먼저 세상을 떠난 친구 원응서와의 교감을 그린 「마지막 잔」을 지목할 수 있겠다. 선생은 주석에서 친구에 대한 기억을 되살리면서 꼭 병바닥의 마지막 잔 술을 탁자 옆 허공이나 퇴주그릇에 부었는데, 그것을 아는 제자들은 덩달아 그 '법칙'을 지켜가며 숙연해 하곤했다.

이러한 측면들이 주위에 있는 사람들로 하여금 아무에게도 못한 비밀스런 말을 선생께는 다 털어놓을 수 있겠다는 주관적인 친숙감을 갖게 했던 것 같다. 그러나 실제로 그와 같은 기회는 임의로운 것이 아니며 글을 쓰는 제자들은 자신의 글을 통하여 그 깊숙한 정신적 사고와 운동범주를 표현해 보기도 했던 것이다.

문학 속에 인간의 본원에 대한 깊은 사랑과 인간의 영혼이 겪는 아픔을 치유하는 의지가 있어야 한다면 그런 문학은 바로 황순원 작품세계의 핵심과 소통된다. 그분의 소설을 읽는 독자는 좋은 작가 이전에 좋은 인품을 먼저 만날 수 있는 행복을 누리는 셈이다.

3. 창작의 뒤안길에 숨은 이야기들

선생이 타계하신 후 한동안 도하 각 일간지의 지면에 선생의 삶과 문학에 대한 기사가 큰 부피로 장식되더니, 계속해서 월·계간 문예지들이 여러모로 예를 갖추어 황순원 특집을 마련해 내놓곤 했었다. 그동안 선생에 관한 특집의 문면들을 살펴보면서, 필자는 어쩌면 지금 해 두지 않으면 영원히 묻혀버릴지도 모르는 몇 가지 언급을 내놓는 것이 좋겠다는 생각을 했다.

문단 일각에서 '국민단편'이라고까지 부르는 작품 「소나기」에 대해서, 많은 분들이 작가의 직접 체험이 반영된 것 아니냐는 호사가적 관심을 가졌다. 이에 대한 선생의 답변은 한결같았다. 작가는 어떤 형태로든 자신의 체험을 형상화한다고. 그러나 그것이 직접체험인지 간접체험인지는 밝히지 않았다. 그것은 선생의 철학이었다. 작가는 오직 작품으로만 말한다!

다만 소나기의 그 빼어난 결미에 관해서는 선생께 들은 말씀이 있다. 원래의 원고에서 소년이 신음소리를 내며 돌아눕는다는 끝 문장이 있었는데, 절친한 친구 원응서 선생이 그것은 사족이니 빼는 것이 좋겠다고 권유했다는 것이다. 이러한 사정은 「목넘이 마을의 개」에서도 유사했던 것으로 알고 있다. 좋은 친구요 좋은 독자를 가진 복을 누리신 경우이다.

프랑스에서 선생의 대표작을 다이제스트해서 출판하겠으니, 필자에게 간략한 해설을 써 달라는 청탁이 왔었다. 대표작? 글쎄, 선생의 대표작을 선정하기가 쉽지 않았다. 이분은 「소나기」같은 단편을 대표작으로 거론하는 이에게 매우 언짢아 하셨다. 당신은 스스로 시에서 출발하여 단편의 세계를 거쳐 장편으로 일가를 이룬 작가라는 생각을 가지고 계셨다. 장편 중에서도 『일월』과 『움직이는 성』으로 압축해 놓고 선생께 의견을 여쭈었더니, '김군'이 정하라는 말씀이셨다. 여러 생각 끝에 필자는 이 두 편을 함께 대표작으로 추천해 보냈다.

기실 이 두 작품의 작중인물 연구는 필자의 석사학위 논문이었고, 심사위원장이셨던 선생께 작품에 관한 질문을 던졌던 적이 있다. 백정의 가계를 가진 인철의 가문이 이미 신분 상승이 된 이후인데 왜 그렇게 과거가 문제되느냐고 여쭈었다. 선생은 작가는 원래 이런 종류의 질문에 대답하지 않지만, '김군'에게 특별히 말하는 바이다, 신분상승을 이루었기 때문에 과거가 문제되는 것이다 라고 간략히 말씀하셨다. 복잡한 질문에 짧고 명쾌한 답변, 필자는 이를 흔연히 수긍할 수 있었다.

선생께서 홀연 타계하시고 장례를 준비하는 동안 이를 사회장으로 확대하자, 생전에 23년 6개월을 봉직하신 경희대학을 들러 장지로 가자는 등 여러 논의가 있었다. 그러나 유족들의 기준은 '아버님이라면 어떻게 하셨을까'였고, 결국 가장 조출하고 품위있는, 가장 소박하면서도 그 뜻으로 인해 가장 화려한 영결식을 치렀다. 그렇게 한 시대 문학의 거인은 거인답게 가셨던 것이다.

4. 가문, 생애, 황순원 문학의 개화

선생은 일제 병탄의 초엽인 1915년 3월, 평양 부근의 평남 대동군 재경면 빙장리에서 출생했다. 황씨 가문은 조선 초기 저 유명한 황희(黃喜) 정승의 후예로서 향리에서 누대에 걸친 명문이었고 조부 황연기(黃鍊基) 공이 조선의 참봉을 지내었으니 만약 지금이 조선시대라면 선생은 큰 갓에 도포를 입고 다녔을 법하였다.

조선의 영조 때 평양에 '황고집'이라는 유명한 효자가 있었고 그의 조상 공경과 강직 결백함은 이름이 높아 이홍식 편 '국사대사전'에까지 올라있는데, 이 '황고집' 또는 이를 호로 딴 집암(執庵), 곧 본명이 순승(順承)인 분이 선생의 8대 방조이다.

30여년에 걸쳐 지속적으로 변화하고 승급하면서도 순수문학과 미학주의를 지향하는 그 전열을 흩트리지 아니한 황순원 작품세계의 본질을 구명함에 있어서, 우리는 이와 같은 황고집 가문의 기질과 음덕이 밑바탕에 잠복해 있음을 간과할 수 없는 것이다.

열다섯 살 나던 1929년, 선생은 정주의 오산중학교에 입학했다. 건강 때문에 다시 평양의 숭실중학교로 전학하기까지 한 학기를 정주에서 보냈다. 이 무렵 선생은 거기서 교장을 지낸 남강 이승훈 선생을 보고 '남자라는 것은 저렇게 늙을수록 아름다워질 수도 있는 것이로구나'하는 느낌을 얻었다고 술회했다.

나이에 비추어 관찰력과 생각의 깊이가 이미 범상하지 않았다는 증거일 터이며 단편 「아버지」에서는 남강의 이러한 기품을 부친에게서 발견했다고 적고 있다. 부친은 3·1운동이 일어나던 해, 곧 선생이 다섯 살이던 해에 평양 숭덕학교 고등과 교사로 재직중이었으며 태극기와 독립선언서 평양 시내 배포 책임자로 일경에 체포되었다. 그리하여 부친은 1년 6개월의 실형을 선고받고 감옥살이를 했다.

숭실중학교에 재학중이던 1930년, 이팔청춘의 나이에 드디어 선생은 시를 쓰기 시작했다. 그로부터 그분은 시인에서 출발하여 단편소설 작가로 자기를 확립했고, 다시 장편소설 작가로 발전해 간 이력을 보여 준다.

1931년 7월 처녀시 「나의 꿈」을, 9월에 「아들아 무서워 말라」를 『동광』에 발표하기 시작한 이래, 와세다 대학 영문과에 재학 중이던 1936년까지 선생은 시집 『방가』와 『골동품』에 묶인 두 권 분량의 시를 썼다. 선생은 두번째 시집 『방가』를 낸 이듬해인 1937년부터 소설을 발표하기 시작했다.

선생의 첫 소설 작품은 1937년 7월 『창작』 제3집에 발표된 「거리의 부사」였다. 소설을 쓰기 시작한 지 3년만인 1940년 『황순원 단편집』이 첫 작품집으로 간행되었고 이는 나중에 『늪』으로 개제(改題)되었다.

1951년 두번째 작품집 『기러기』를 간행하였는데 여기에 실린 대다수의 작품들은 1941년 태평양전쟁 발발 이후 일제의 한글 말살 정책으로 발표되지도 못하고 그냥 되는 대로 석유상자 밑이나 다락 구석에 틀어 박혀 있을 수밖에 없었던 것들이었다. 월남 전의 선생은 평양 기림리의 집에서 술상을 가운데 놓고 절친한 친구 원응서에게 작품을 낭독해 주곤 했다. 당시 유일한 독자였던 것이다.

일제 말기의 어지럽고 뒤숭숭하던 시절을 피해 향리인 빙장리로 소개(疏開)해 갔던 선생은, 계속해서 단편소설을 쓰면서 해방을 맞았다. 그러나 6·25 동란이 나자 마침내 솔가(率家)하여 경기도 광주로 피난했으며 1.4후퇴 때에는 다시 부산으로 피난했다. 이 부산 망명문인 시절 김동리, 손소희, 김말봉, 오영진, 허윤석 등과 교유하며 그 포화의 여진 속에서도 작품 창작을 계속해 나갔다.

서울로 올라와 서울고등학교 교사를 거쳐 선생은 1957년 경희대학 교수로 자리를 옮겼다. 또한 이 해에 예술원 회원에 피선되기도 했다. 선생의 생애에 있어 경희대학으로의 전직은 그 의미가 가볍지 않다. 이때부터 정년퇴임을 하는 날까지 23년 6개월 동안, 단 한가지의 보직도 갖지 않은 채 그야말로 평교수로서 초연히 살아오면서, 전체 작품 가운데 3분의 2에 해당하는 단편과 『잃어버린 사람들』, 『나무들 비탈에 서다』, 『일월』, 『움직이는 성』, 『신들의 주사위』 등 주요한 장편들을 집필하였다. 뿐만 아니라 서두에서 언급한 바와 같이 김광섭, 주요섭, 김진수, 조병화 등 쟁쟁한 문인교수들과 더불어 활기찬 창작열을 북돋워 많은 문인 제자들을 생산한 시기이기도 했다.

선생은 소설 이외의 잡문을 쓰지 않기로 유명하다. '작가는 작품으로 말한다'는 신념에서이다. 그 신념으로 황순원 문학은 1992년 9월 일흔여덟의 노경에 한치의 흐트러짐도 없는 시상으로 「산책길에서 · 1」 등 여덟

편의 시를 발표하는 데까지 달려갔다.

5. 단단한 서정성의 세계, 빼어난 단편들

황순원 선생 자신은 장편소설 작가라는 자기확신을 강하게 가지고 있었지만, 단단한 서정성과 미학적 완결성을 약여하게 보여주는 작품들은 역시 시를 거쳐 소설에 있어서도 원숙한 기량에 도달했을 때의 단편들이다. 선생의 단편들을 두고 주정적(主情的)이고 소극적인 세계인식에 머물렀다는 지적이 없지 않으나, 그것은 초기 단편 부분만 단편적으로 바라보았을 때의 시각에 근거할 것이다.

여기에서 대표적으로, 그리고 간략하게 언급하려는 세 작품 「독 짓는 늙은이」, 「목넘이 마을의 개」, 「소나기」는 각각 창작집 『기러기』, 『목넘이 마을의 개』, 『학』 속에 실려 있는 단편이다. 이 작품들은 그의 소설이 보여주는 원숙한 경지의 문체와 기교, 선명하고 감동적인 주제, 따뜻한 화해의 정신과 깊은 인간애 등을 어떻게 확장해 나갔는가라는 질문에 대한 답변과도 같다.

유다른 소설적 치장이나 장엄한 표정을 짓지 않고서도 우리 마음 속 저 깊은 곳의 심금을 울릴 좋은 작품들이다. 시에서 출발하여 온갖 간난신고를 헤치면서도 문학에 대한 순수한 열정으로 갈고 다듬어온 단편소설 창작의 기량이 그러한 차원에까지 이르게 했을 터이다.

지금껏 언급한 황순원의 작품 세계, 그리고 생애사적 사건들에 유의하면서 여기에 상기(上記)한 세 단편의 내면 세계를 살펴보도록 하겠다.

각각의 작품이 속해 있는 창작집과 더불어 어떤 환경 조건에서 창작 되었으며, 소설이 표방하는 메시지와 그것을 담고 있는 그릇으로서의 미학적 구조, 그리고 그것이 우리의 삶에 던지는 감응력과 전파력이 무엇인가를 검증해 보는 일은 결코 단편적인 작업일 수 없다.

1) 「독 짓는 늙은이」, 막다른 길에 이른 삶의 표정

「독 짓는 늙은이」가 수록된 단편집 『기러기』는 1951년 명세당에서 간행되었다. 첫 단편집인 『늪』을 내놓은 이후, 앞서 언급한 바와 같이 은밀하게 써서 일제의 한글 말살 정책으로 인한 탄압 속에서 숨겨두었던 것인데, 그러한 작품 열네 편이 『기러기』에 실려 있다.

이들 작품의 정확한 제작 연도는 해방을 앞두고 시대적 전망이 가장 어두웠던 4년간이었으며, 그러므로 해방 후 발표된 작품들을 묶은 『목넘이 마을의 개』보다 출간 시기는 늦었으나 실제 집필 시기는 『늪』을 지나 황순원의 본격적 창작 활동이 시작되는 제2기의 것이 된다.

「독 짓는 늙은이」는 「산골 아이」, 「황노인」, 「별」 등과 함께 영어 또는 불어로 번역되어 해외에 널리 소개되기도 하였다. 또한 이 작품은 최하원 감독에 의해 1969년에 영화로 만들어졌고, 황해와 윤정희가 주연으로 나왔다. 윤정희는 이 영화로 아시아태평양영화제 여우주연상을 받았다.

「독 짓는 늙은이」에 등장하는 인물들은 매우 단선적으로 그 성격이 정돈되어 있다. 옹기 독을 짓고 굽는 송 영감, 그의 어린 아들, 작품 속에 단 한번도 등장하지 않는 '여드름 많던 조수'와 함께 도망간 아내, 그리고 흙 이기는 왕손이와 아이를 입양시켜 보내는 일을 맡은 앵두나뭇집 할머니 등이 그들인데 이 중 송 영감을 제외하고는 모두 평면적인 주변 인물의 역할에 그친다.

이 작품은 전지적 작가 시점에 의해 진행되고 있기는 하지만, 서술의 초점이 송 영감의 심정적 동향에 맞춰져 있고 그의 내포적 고통스러움을 드러내는 사소설적인 유형을 취하고 있다. 1인칭 서술이 아니며 송 영감의 입을 빌려 발화하지 않으면서도 그것이 가능하도록, 이 작품은 치밀하고 분석적인 서술의 행보를 유지하고 있다.

이와 같은 유형의 소설을 읽을 때 문제가 되는 것은 그 소설적 상황을 통하여 작가가 우리에게 제기하는 공명과 감응력의 깊이일 터이다. '집중 잡히지 않는 병'으로 막바지에 달한 송 영감이 도망간 아내를 증오하면서 또 어린 아들을 남의 집으로 보내면서 보이는 반응의 양상이, 얼마만한 강도로 우리의 감성을 흔들어놓을 수 있느냐는 것이다.

그러한 목표를 달성하는 데 이 작품은 한번도 극적인 사건이나 반전을 시도하지 않는다. 사소하고 단편적인 표정 및 몸짓과 같은 외관을 통하여, 그것들의 정연하고 차분한 조합을 통하여 소정의 기능을 감당하게 한다.

우리는 이 작품에서 삶의 마지막 길에서 인간이 겪을 수 있는 가장 극심한 내면적 고통과 대면하지 않으면 안 되는 한 개인을 만난다. 그에 대한 자연스러운 휴머니티의 발현, 그것이 이 소설이 요망하는 소득일 터이다.

2) 「목넘이 마을의 개」, 환경 조건을 넘어서는 생명력

1946년 5월에 월남한 황순원은 『개벽』, 『신천지』 등 여러 잡지에 단편들을 발표하기 시작했다. 이 작품들은 전란을 배경으로 가난하고 피폐한 삶, 당대의 혼란하고 무질서한 사회 등을 표출하고 있다.

이 무렵에 발표된 작품 일곱 편을 묶어 육문사에서 낸 단편집 『목넘이 마을의 개』는 자전적 요소가 강하며 현실의 구체적인 무게가 크게 나타난다. 그것은 아마도 작가 자신이 겪은 전란의 아픔과 비인간적인 면모를 함축해서 표현하고 있기 때문일 것이다.

「목넘이 마을의 개」는 작가가 표제작으로 삼을 만큼 애정을 가진 작품이었던 것 같다. '목넘이 마을'은 작가의 외가가 있던 평안남도 대동군 재경면 천서리를 가리키는 지명이다.

이 소설 역시 전지적 작가 시점으로 일관하고 있는데, 다른 작품들과 달리 그 서술 시점이 더 효율적인 것은 주로 '신둥이'라는 흰색 개의 생태를 중심으로 이야기를 진행하고 있다는 데에 있다. 나중에 단편집 『탈』에 이르러 「차라리 내 목을」이라는 단편에서는 작가가 말(馬)을 화자로 하여 역방향에서 사건의 깊은 내면을 부각시킴으로써 소설적 성공을 거두는 사례도 볼 수 있다.

이 작품에 등장하는 인간들, 예컨대 간난이 할아버지나 김 선달, 또 큰 동장네 및 작은 동장네 같은 이들의 기능은 부차적인 수준에 그친다. 반면에 신둥이를 비롯하여 검둥이, 바둑이, 누렁이 등 여러 빛깔의 개들이 작가의 주된 관심 대상이며, 한 외진 마을에서 이 개들이 자기들끼리 또는 인간과의 관계를 통하여 생존, 번식, 화해와 같은 개념들을 구체적 실상으로 입증해 보이고 있다.

아마도 피난민들이 버리고 간 개인 듯한 신둥이가 이 마을에 남아 생명의 위험을 헤치고 마침내 '누렁이가, 검둥이가, 바둑이가 섞여 있는' 한 배의 새끼를 낳게 된다는 것이 이야기의 전모이다. 과연 그러한 사실이 생물학적으로 가능하겠는가를 따진다면, 이는 소설의 기본적 담화 문맥을 잘 모르는 소치라고 할 수밖에 없다.

왜냐하면 작가는 이미 그러한 과학적 지식을 넘어서는 생명 현상의 절박함을 펼쳐 보였으며, 가장 비인간적인 환경 조건 가운데서도 생존의 절대 명제와 그 법칙의 준수 및 보호에 관한 동조의 논리를 확보해 놓았기 때문이다. 그것은 혼탁한 세상 속에서 따듯한 시각으로 생명의 외경스러움을 응대하는 작가의 태도를 반영하고 있기도 하다.

3) 「소나기」, 인간 본원의 순수성, 그 소중함

「소나기」는 짧은 단편이면서도 황순원 문학의 진수를 보여주는 작품이다. 어쩌면 단편 문학에서 그의 문학적 특징과 장점을 가장 확고하게 드러내고 있는 작품이라 할 수도 있겠다.

「소나기」가 실려 있는 단편집 『학』은 1956년 작가와 가까웠으며 이름

있는 화가 김환기의 장정으로 중앙문화사에서 간행되었다. 이 책에는 1953년에서 1955년 사이에 씌어진 단편 열네 편이 수록되어 있다.

『학』은 전후의 시대상과 힘겨운 삶의 모습들, 그리고 그러한 와중에서도 휴머니즘의 온기를 잃지 않고 있는 등장 인물들과 마주치게 한다. 그 가운데 「소나기」는 청순한 소년과 소녀의, 우리가 차마 '사랑'이라는 이름으로 부르기가 조심스러운, 그 애틋하고 미묘한 감정적 교류를 잘 쓸어 담고 있어 이 시기 작품 세계의 극점에 섰다고 해야 옳겠다.

「소나기」는 「학」 「왕모래」 등과 함께 활발한 번역으로 영미 문단에 소개되었으며, 유의상이 번역한 「소나기」는 1959년 영국 『Encounter』지의 컨테스트에 입상, 게재되기도 했다.

이 작품의 중심 인물은 시골 소년과 윤초시네 증손녀인 서울서 온 소녀이다. 이들은 개울가에서 만나 안면이 생기게 되고 벌판 건너 산에까지 갔다가 소나기를 만난다. 몰락해 가는 집안의 병약한 후손인 소녀는 그 소나기로 인해 병이 덧치게 되고, 마침내 물이 불은 도랑물을 업혀서 건너면서 소년의 등에서 물이 옮은 스웨터를 그대로 입혀서 묻어달라 말하고는 죽는다.

그런데 「소나기」에서 정작 중요한 것은, 그와 같은 이야기의 줄거리가 아니다. 간결하면서도 정곡을 찌르는, 속도감 있는 묘사 중심의 문체가 우선 작품에 대한 신뢰를 움직일 수 없는 위치로 밀어올린다. 정확한 단어의 선택과 그 단어들로 이루어진 문장이 읽는 이에게 먼저 속깊은 감동을 선사할 수 있다는 범례를 우리는 여기서 볼 수 있다.

또한 이 작품은 단 한 차례도 그의 문면을 따라가는 이에게, 토속적이면서도 청신한 어조와 분위기의 밖으로 나설 것을 강요하지 않는다. 기·승·전·결로 잘 짜여진 플롯의 순차적인 진행을 뒤따라가는 일만으로도, 문학이 영혼의 깊은 자리를 두드리는 감동의 매개체임을 실감케 한다.

작은 사건과 사건들, 그것을 감각하고 인식하는 소년과 소녀의 세미한 반응 등 작고 구체적인 부분들의 단단한 서정성과 표현의 완전주의가 이 소설을 가장 우수한 작품으로 떠받치는 힘이 된다.

앞서 이미 언급한 바 있고 또 익히 알려져서 구태여 부언할 필요가 없겠으나, 「소나기」의 결미는 황순원 아니 한국 단편 문학 사상 유례가 드문 탁발한 압권이다. 소녀의 죽음을 간접적으로 소년에게 전달하고 소년의 반응 자체를 생략해 버린 여백의 미학이 하루아침에 습득된 기량일 리 없는 것이다. 이러한 결미는 앞의 두 작품에서도 유사하게 발견할 수 있는 바이다.

「소나기」를 통하여 우리는 인간이 내면적으로 본질적으로 얼마나 순수할 수 있는가, 그리고 그것이 얼마나 소중하고 값진 것인가를 손가락 끝을 바늘에 찔리듯 명료하게 알아차릴 수 있다. 그런 점에서 「소나기」같은 작품, 황순원 같은 작가를 보유하고 있다는 사실이 곧 우리 문학의 축복이라 할 수 있겠다.

6. 인간의 존엄성을 증거한 감동의 문학

황순원의 시와 초기 단편들, 그리고 앞서 언급한 탁발한 단편들조차도 기실 우리가 바탕으로 하고 있는 구체적 삶의 현장에 과감히 뛰어든 문학은 아니다. 이는 어쩌면 암흑기의 현실적인 제약과 타협하지도 맞서지도 않았기 때문인지 모른다. 그러나 그것은 상실과 말소의 시대에 있어서 본원적인 자기회귀이면서 뒷날의 문학적 성숙을 예비한 서장이라 할 것이다.

장편소설로 넘어오면서 황순원의 작품에는 한국현대사의 가장 큰 격동의 사건인 6·25가 배경으로 등장한다. 인생의 첨예한 단면을 보여 주도록 고안된 단편소설의 양식으로서는 그와 같은 굵은 줄거리들을 받아들이기 힘들었을 것이며, 적어도 인생의 여러 면모를 전면적으로 추구하는 데 적합한 장편소설의 양식을 통하여 전란의 와중과 전후에 펼쳐진 좌절 및 질곡을 표현하고자 했을 것이다.

그러면서도 여전히 절제되고 간결한 문장, 서정적 이미지와 지적 세련의 분위기를 유지하고 있다. 장편소설에서 그것이 가능하고, 또 작품의 중심과제와 잘 조응하고 있는 점은 그와 그의 문학을 드물다고 말할 수 있는 또 하나의 근거가 된다.

장편소설에서도 그는 때때로 산문적 서사적 서술보다 우리의 정서에 익숙한 인물이나 사건의 단출한 이미지 부각을 통해 작중 상황을 암시적으로 환기한다. 이러한 묘사의 특질이, 단편의 특성을 장편 속에 접맥시켜 놓고서도 서투르지 않게 한다는 점에서, 그 작가적 역량을 짐작해 볼 수 있다.

1930년 16세에 시를 쓰기 시작하여 1992년 78세까지 작품을 쓴 황순원은, 시 104편, 단편 104편, 중편 1편, 장편 7편의 거대한 문학적 노적가리를 남겼다. 이 작품들은 그로 하여금 한국 현대문학에 있어서 온갖 시대사의 격랑을 헤치고 순수문학을 지켜온 거목으로, 그리고 작가의 인품이 작품에 투영되어 문학적 수준을 제고함에까지 이른 작가정신의 사표로 불리게 하였다.

황순원의 문학과 시대현실과의 관계는 흥미로운 굴곡을 이루고 있다. 초기 단편에서는 작가 자신의 신변적 소재가 주류를 이루면서 토속적 정서와 결부된 강렬하고 단선적인 이미지가 부각되고 있다. 「목넘이 마을의 개」를 전후한 단편에서부터 『나무들 비탈에 서다』까지의 장편에서는 수난과 격변의 근대사가 작품의 배경으로 유입되어 현실의 구체적인 무게가 가장 크다. 장편 『일월』과 『움직이는 성』 그리고 단편집 『탈』에서는 인간의 운명에 관한 철학적 종교적 문제가 천착되면서 시대현실이 한걸음 후퇴한다. 그러나 『신들의 주사위』에 이르면 인간존재에 대한 철학적 탐구는 그대로 지속되되, 한 지역사회가 변모해가는 내면적 모습이 함께 그려진다.

작품활동의 후반기로 오면서 그의 세계는 인간의 운명과 존재에 대한 깊은 성찰에 도달하고 있으며 시대현실을 다루는 작가의 복합적 관점을 느낄 수 있다. 이는 삶의 현장에 대한 관조적인 시야가 없이는 어려울 것이다.

황순원의 문학은 인간의 정신적 아름다움과 순수성, 인간의 고귀함과 존엄성을 존중하는 바탕 위에서 출발했고 이를 흔들림 없이 끝까지 지켰다. 그가 일제하에서 읽혀지지도, 출간되지도 않는 작품을 은밀하게 쓰면서 모국어를 지킨 일도 이러한 상황과 무관하지 않을 것이다. 대부분 그의 작품이 배경으로 되어 있는 상황의 가열함 속에서도 진실된 인간성의 회복을 위한 암중모색을 잊지 않고 있는 것은 그 때문이며, 문학사에서 그를 낭만적 휴머니스트로 기록하고 있는 것도 그 때문일 것이다.

하나의 완결된 자기 세계를 풍성하고 밀도있게 제작함으로써 깊은 감동을 남기고 있는 황순원의 작품들은, 한국문학사에 의미있고 돌올(突兀)한 한 봉우리를 형성하고 있다. 그것은 또한 현대사의 다기한 부침을 겪어오는 가운데서도 뿌리 깊은 나무처럼 우뚝 서 있는 이 작가에게 우리가 보내는 신뢰의 다른 이름이요 그 형상이기도 하다.

7. 황순원 문학을 기리는 새 장(章)에 기대하며…

바로 그 한국문학의 원로요 이 시대의 사표였던 황순원 선생이 가시고 뒤이어 시에 있어서 그와 같은 중량을 지녔던 미당 서정주 선생마저 가셨으니, 이 근년(近年)의 몇 해는 정녕 문학사의 큰 산맥들이 유명(幽明)을 달리하며 굽이친 시기였다.

그동안 황순원문학상과 미당문학상이 제정되어 각기 두 차례의 수상자를 내고 그 문학에 대한 학문적 조명도 활발해지는 시기에, 때마침 양평군과 경희대학교가 손잡고 황순원 문학을 기리는 새로운 사업들을 계획하게 되었으니 감개가 깊고 무량하지 않을 수 없다.

특히 오늘의 이 세미나를 통하여 황순원 문학이 가진 문학사적 의의를 다시금 되새기는 일방, 앞으로 국민적 사표로서의 부피와 중량을 가진 이 작가를 '양평'이라는 공간 환경과 더불어 어떻게 진술해 나갈 것인가라는 그 방향성에 '집중'이 잡힐 수 있기를 기대해 본다.

그것은 단순히 한 작가를 추모하고 본받는다는 정신적 차원에 머물 일이 아니며, 우리가 어떻게 그를 동시대의 일상적 생활 가운데서 만나고 그 작품세계를 향유하며 더 나아가 후대를 위한 값진 경계로 삼을 것이냐는, 보다 구체적이고 실천적인 큰 시각을 필요로 하는 일이다.

그러한 형국에 있어서 우리는 오늘 이 자리가, 황순원 문학이 새로이 범국민적으로 수용되는 하나의 시발점이요 그것을 위한 '선언'이 될 수 있기를 소망한다. 오늘 이 시작은 미약하되 나중은 심히 창대하리라는 믿음도 또한 여기에 걸어두고자 한다.

산골길의 낙락장송 같은 그대

전상국

황순원 선생님이 계신다는 그 한 가지 이유로 경희대학을 선택했다. 단편 서너 편과 장편 「인간접목」을 읽은 것이 고작이었지만 시골 문학소년에게 당시 황순원 선생님의 위치는 그처럼 대단했던 것이다.

대학에 입학해 처음 뵌 선생님의 인상은 당신의 작품과 그 이미지가 일치한다는 안도감이었다. 그것은 특히 선생님의 부드러우면서도 때로 날카롭게 날이 서는 그 혜안(慧眼)에서 받은 인상이라고 할 수 있었다. 선생님의 그 눈길은 사물의 핵심을 꿰뚫어 본 뒤 작품의 깊숙한 뒤쪽에 감추는 철학이며 진짜 아름다움의 본질을 보는 심미안으로 비쳐졌다.

정주 오산중학 1학년 때 남강 이승훈 선생을 직접 뵌 뒤, 그분의 모습에서 남자는 늙어가면서 저렇게 아름다울 수 있구나―생각했다니 이 얼마나 놀라운 심미안이란 말인가.

내가 대학에 들어와 처음으로 쓴 소설 한 편을 선생님께 건넨 것은 2학년 가을쯤이었다. 한 달이 좀 더 지난 어느 날 나는 선생님으로부터 그 소설을 돌려받았다.

잘 썼드구만. 작품을 건네주시며 하신 이 한마디로 나는 하늘을 얻은 기분이었다. 그러나 자취방에 돌아와 흥분된 상태에서 원고를 펼쳐본 나는 정말 부끄러웠다. 원고 곳곳이 선생님의 연필 글씨로 고쳐져 있었던 것이다. 주술관계가 맞지 않는 문장은 줄이 쳐 있었고 적절치 않은 낱말

하나하나가 지적된 뒤 모두 다른 말로 고쳐져 있었다. 내 문장이나 어휘력이 형편없다는 것을 크게 일깨워주신 사건이었다.

작품을 쓸 때마다 국어사전을 수없이 뒤져보고 정확한 문장 구사를 위해 나름의 노력을 기울이게 된 것도 선생님의 그 가필정정 사건의 교훈이라고 할 수 있다.

선생님께서 두 번째로 내 글을 읽어주신 것은 20년 뒤 뒤늦게 시작한 대학원 과정에서 내 석사학위 논문 심사 때였다. 나는 또 한번 얼굴을 쳐들 수 없도록 부끄러웠다. 논문 지도교수인 선생님께서는 20년 전보다 더 꼼꼼하게 논문 여러 곳의 잘못된 것을 지적해 주셨던 것이다.

또 하나 생각나는 황순원 선생님의 원고 교정 얘기가 있다. 지금은 작고한 대학선배 하나 『현대문학』지에 초회 추천을 받은 지 18년만에 마지막 추천을 받기 위해 사당동 예술인촌에 있는 선생님 댁을 나와 함께 방문했을 때다. 선생님이 원고를 들고 방에 들어가신 뒤 우리는 무려 세 시간 동안 술만 마시고 있었다. 선생님이 세 시간 동안 읽으신 그 원고를 돌아오는 택시 속에서 펼쳐본 그 선배의 얼굴이 하얗게 질리던 일을 나는 지금도 잊지 못하고 있다.

선생님을 찾아뵈면서 내가 확인한 사실은 선생님은 모든 원고를 노트에 연필로 쓰셨다가 다시 원고지에 옮겨 쓰신다는 것이었다. 연필로 쓰는 작업이 작품의 초고였다는 생각이다.

선생님은 잡지사에 넘긴 당신의 원고를 초교는 물론 재교까지 손수 보시는 일을 한 번도 어긴 일이 없었다. 작품 전집이 만들어질 때도 선생님은 오랜 시간 동안 손수 교정을 보시면서 개작까지 하셨던 것이다. 그 일을 두고 그렇게까지 하실 필요가 있느냔 내 물음에 대한 선생님의 답변은 명료했다.

—그렇게 하는 것이 자기 작품에 대한 애정이자 독자에게 그 내용을 명확히 전달하기 위한 작가로서의 책임이자 의무라고 생각하네.

3인칭 대명사 <그>대신 되도록 등장인물 이름을, 여자의 경우는 <그네>로 통일해 쓰시는 등 황순원 선생님은 나름의 맞춤법이나 띄어쓰기 등 어떤 원칙을 가지고 글을 쓰신 큰 작가였다.

선생님은 제자 문인 등 사람들과의 만남에 있어서도 항상 일관된 호칭을 쓰셨다. '전 작가', '김용성 작가', '김원일 작가', '고원정 작가'. 선생님이 우리를 부를 때 쓰신 그 '작가'란 호칭이 우리에겐 가장 영광스런 월계관이었다는 것을 지금에서야 절실히 깨닫는다.

선생님과 마주앉은 많은 시간이 있었지만 공식적인 면담 형식을 통해 대화를 나눠본 것은 단 한 번이었다. 선생님이 정년퇴임을 하신 직후 경희대 대학주보에서 면담 요청을 했을 때 그 대담 상대를 나로 지명하셨기 때문이다. 선생님은 대담의 조건으로 그 내용 정리를 기자가 아닌 내가 해야 한다는 약속도 받아냈다. 그리하여 나는 대담을 한 그날 늦은 밤까지 대담 내용을 정리했다. 다음 날 아침 나는 선생님이 건 전화를 받았다. 원고가 정리되었으면 한번 보고 싶다는 말씀이었다. 원고를 받아보신 선생님은 두어 군데 어색한 표현을 지적해 주시곤 신문사에 넘겨도 좋다고 하셨다.

그 일로부터 10년 뒤 선생님과의 두 번째 공식적인 대담이 이뤄지기 직전에 무산되는 일이 생겼다. 어느 신문사의 끈질긴 대담 요청에 먼저처럼 나를 대담 상대로 지명해 수락하셨던 것이다. 사진 기자를 데려와서는 안된다는 조건이 붙어 있는 대담 약속이었다. 사진을 찍지 않겠다는 말씀에 담당 기자가 나한테 어떻게 좀 되도록 말씀드려 달라는 당부가 여러 번 있었지만 선생님을 잘 아는 나로서 달리 도와줄 길이 없었다.

대담 약속 며칠 앞둔 어느 날 선생님이 향리인 홍천에 내려가 있는 나를 수소문해 전화를 걸어오셨다. 그 신문사의 대담을 취소해 달라는 말씀이었다. 몸도 좋지 않지만 아무래도 그 사람들이 그냥 올 것 같지 않아(사기자의 동행을 염려하신 듯) 아예 만나지 않겠다는 것이다.

선생님은 이처럼 당신의 관리에 철저하신 분이었다. 세속의 잡다한 관심으로부터 당신을 지켜내기 위한 절제와 자제의 미학으로 일관해 오신 선생님의 삶의 여정은 차라리 종교적 엄숙성에 가까웠다.

선생님은 정년 퇴임을 하신 얼마 뒤 그처럼 즐겨 피시던 담배를 마치 특급열차가 아무렇지 않게 간이역을 지나치듯 정말 어렵잖이 끊어버리셨다. 금연의 그 놀라운 그 자제력은 당신의 양복 안주머니에 넣고 다니시는 담배를 통해서도 드러났다. 이렇게 담배를 지니고 다니면서도 안 피울 수 있다는, 자신과의 싸움이 어떤 것인가를 보여주신 것이다. 선생님의 금연 이유는 간단했다. 늙어서 담배를 많이 피는 사람들 중에는 입에서 침이 흐르고 손이 떨리는 등 남 보기에 뭣한 면이 있는데, 바로 늘그막의 그런 추함이 싫어서—라는 것이었다.

선생님은 정년을 맞은 1980년 9월까지 23년 6개월 동안 단 한 가지 보직도 맡지 않으신 일로 유명하다. 공직에 있으면서 그것을 원하든 아니든 위로부터 혹은 주위 상황에 의해 떠맡겨지는 그 숱한 보직을 철저하게 외면한다는 것은 결코 쉬운 일이 아니다.

작품을 쓰는 사람에겐 작품만 쓰도록 내버려 둬 달라는 그 일관된 고집은 문단의 어떤 모임이나 단체에도 당신의 이름이 오르는 걸 마다하셨던 것이다. 한국소설가협회가 하나로 재 출범할 무렵 김동리 선생이 나한테 황순원 선생을 총회 자리에 모시고 나왔으면 좋겠다는 당부를 하셨다. 모처럼 하나가 되어 새로이 시작되는 총회 자리에 나와 앉아 계시기만 해도 후배 작가들에게 큰 힘이 되지 않겠느냐고 협회에서의 고문 추대 의사를 넌지시 전하자 선생님이 단호히 고개를 저으셨다.

—체질에 안 맞아서 그런 거야. 그냥 내버려두는 게 나를 위한 일이지.

그러면서 선생님은 김동리 선생이 문단을 이끌고 계시는 그 노고와 성과를 매우 높이 평가하시는 일도 잊지 않으셨던 것이다.

아무튼 그 연세 그 위치로 모든 것을 물리쳐 무연한 자세를 끝까지 지켜내기란 정말 어려운 일일 테지만 선생님의 그 초연함은 언제부터인가 보는 이들로 하여금 하나도 유별나지 않은 자연스러운 것으로 비쳐졌던 것이다.

내가 대학원 석사 과정을 할 때 박사 과정을 하는 사람들과 함께 선생님 강의를 받은 적이 있었다. 어느 날인가, 박사 과정을 하는 분들이 다음 주 시간에 휴강을 했으면 하는 의사를 선생님한테 전했다가, "어떻든 난 그날 나와 있겠네."라는 말씀으로 휴강 제의를 거절당한 일이 있었다. 그러나 그 당일 박사과정 사람들은 강의에 나오지 않았고 그 일로 선생님이 대표되는 사람을 불러 몹시 나무라는 것을 본 적이 있다. 다른 학교의 예를 들며 변명하는 대표의 말을 냅다 자르면서 선생님 "그건 말도 안 돼. 왜 우리 학교가 그 학교와 같아야 한단 말인가. 우리 학교는 우리 학교, 나는 나대로의 방침이 있는 법이지." 라고 단호함을 보이셨던 것이다.

그처럼 선생님은 당신이 맡으신 강의 시간만은 철저하셨다. 특히 선생님 개인 사정으로 휴강을 한 적이 단 한 번도 없었던 것으로 기억된다.

정년 퇴임 직후의 대담 때 선생님의 건강에 대해 여쭤봤다.

—술이 내 건강의 바로메타지. 열세 살 때 체증으로 해서 반 홉씩의 소주를 마시기 시작했으니까 문학보다 더 빨리 시작한 셈이지. 술을 배워 술 얘기를 소설로 써서 그 원고료가 모두 술값이 된 거지.

선생님이야말로 진짜 애주가였다. 우리 또래의 작가들이 만드는 술자리에 기꺼이 나와 주심은 물론 몇 차례의 자리 옮김에도 끝까지 행동을 같이 해주셨다. 80년대 중반 이후부터는 경희대 출신의 젊은 작가들 중심으로 보신탕 집에서 선생님을 모시는 술자리가 정기적으로 벌어졌고, 그 일은 유명을 달리하신 그해 여름까지 계속되었다.

제자들의 술값 부담을 덜어주기 위해 '회비제'를 제안하신 것도 선생님이시고 술값 계산 때는 누구보다 먼저 지갑을 여시곤 했다.

그 많은 술자리를 통해 확인된 선생님의 결정적 실수는 단 한 번도 호트러진 모습을 보이지 않으셨다는, 바로 그 사실이다. 누구나 술이 많이 취한 상태에서는 평소 볼 수 없었던 다른 면을 보여주기 보통인데 선생님의 경우는 그것이 통하지 않았다는 불만이다. 술을 아무리 잡숴도 허튼 말씀 한 마디, 몸가짐 하나 흐트러짐이 없으셨기 때문이다. 도대체 선생님의 어느 곳에 취기를 통해 밖으로 내몰고 싶은 그런 찌꺼기가 있을 수 있겠느냐, 그 맑고 투명함을 알기까지는 정말 많은 시간이 필요했던 것이다.

그러나 그 엄격함으로 해서 술자리의 흥이 깨진 적은 한 번도 없었다. 오히려 선생님과 함께 하는 술자리는 그 어느 자리보다 부드럽고 재미있게 마련이다. 젊은 제자들의 그 어떤 농담에도 기꺼이 동참하시기 때문에 별다른 신경을 쓰지 않아도 좋았던 것이다.

선생님은 그처럼 매일 자시는 술이지만 결코 그 술의 애교나 사기에 넘어가지 않으셨다. 술을 만만하게 생각하거나 지나치게 짝사랑하여 폭음하는 일이 없었기 때문일 것이다. 원래 소식가이긴 하지만 안주는 아주 조금씩만 입에 대시고 잔은 소리 없이 비워 당신의 잔을 남한테 건넬 때는 반드시 종이 냅킨으로 잔 언저리를 깨끗이 닦으시곤 했다.

제자들과의 만남 약속 시간을 철저하게 지켜주기기 때문에 술자리 약속이라고 느지막이 나타났다간 몹시 면구스러운 처지가 되고 만다.

술 중에서는 소주를 제일로 치셨으나 고희 무렵부터는 포도주, 그 중에서도 마주앙만을 드시었다.

선생님은 여간해선 낮술을 안 하시었다. 낮에 술을 시작하면 대개 해 넘어갈 무렵에 그 술자리가 파하게 마련이라, 술 먹어야 할 그 시간에 술을 깨야 하는 저녁 어스름의 그 불쾌감이 싫어서 낮술을 안 하신다는 것이었다. 그러나 낮에 시작해 밤까지 가는 술자리라면 낮술도 괜찮다는 지론이고 보면 선생님의 술 사랑하심이 어느 정도인지 짐작이 갈 것이다.

예로부터 술자리에서는 그 자리에 없는 사람을 안주로 올려놓고 씹는 맛이 큰 것인데, 선생님은 그 정도가 좀 심하다 싶으면 거침없이 제동을 거시곤 했다. 무엇을 부정하기는 쉬워도 긍정하기는 어렵다고, 남을 헐뜯고 깎아내리는 일에 익숙해 있는 우리들로서는 선생님의 일침에 늘 머쓱해지곤 했다.

—남의 얘기, 특히 살아있는 사람의 이야기는 되도록 안 하는 게 좋은 게야.

그러면서 선생님은 작가는 남의 얘기가 아니라 자신의 실수, 자신의 이야기를 할 줄 알아야 참다운 작가라고 곁들여 말씀하시곤 했다.

팔십 년대 초 어느 날 선생님과 단 둘이 가졌던 술자리가 생각난다. 그날 선생님은 다른 때와 달리 술을 많이 자셨지만 말씀은 별로 없으셨다. 그러나 술자리가 파할 무렵 선생님은 혼잣말처럼 뭔가 다짐을 두시는 것이었다.

—요즘 작가들이 많이 혼란스러울 게야. 이럴 때일수록 자기를 지킬 수 있어야 해. 나는 말이네, 소설도 예술이라는 것을 끝까지 해 보이는 마지막 작가로 남고 싶네.

소설도 예술이어야 한다. 당시 이데올로기와 상업주의의 노예가 된 문학이 기승을 부리던 때라 선생님의 아이러니컬한 이 말씀이 비장하게 들릴 수밖에 없었던 것이다. 어쩌면 소설이 문예 미학이길 스스로 포기하기 시작한 그 시대 소설 문장에 대해 내리는 준엄한 경고였다는 생각이다.

선생님은 왜곡되는 역사와 혼란스러운 현실에 대해서는 단호히 비판하고 철퇴를 내리시곤 했다. 그러나 그러한 현실인식이 선생님의 작품 속에 함부로 노출되는 일은 결코 없었다.

선생님은 문학의 사회적 효용성에 대해 '당장 눈앞의 것을 변화시키고자 하는 조급한 작업이 아니라 내부의 그 심층구조에 서서히 눈에 보이지 않는 움직임을 일으키는 것이 중요하다'는 것을 강조하시면서 문학은 어떤 이즘과도 별개의 것으로 존재해야 한다는 말씀을 덧붙이고 했다.

신문연재를 한 번도 안 하신 일에 대해 선생님은 그런 체질이 아니란 말씀과 함께 작가는 발표 지면을 선별할 것이 아니라 모든 것을 작품에다 기준을 두어야 한다고, 작가들의 해이된 글쓰기 자세에 대해 일침을 놓으시기도 했다.

－대패질을 하는 시간보다 대팻날을 가는 시간이 더 길 수도 있다.

선생님은 절제된 간결한 문체에서부터 선생님의 삶은 물론이고 주변의 모든 것이 그러한 자제와 연마의 미학으로 빚어지고 정리됨을 우리들에게 손수 보여주신 이 시대의 큰 장인, 예술혼의 화신이셨다.

술을 즐기기 위해 술이 지닌 불량한 속성을 선생님 나름의 철학으로 다스려 순종케 했듯 선생님은 당신의 삶 자체를 속속들이 정관하고 계시는 것은 물론 그것의 한계인식에서 오는 허무마저 삶이 보여주는 완성이요 그 미학이라고 생각하셨던 것이다.

선생님은 당신의 이 세상의 마지막 시간을 치밀하게 준비하고 계셨던 것으로 생각된다. 아주 오래 전부터 선생님은 당신에게 남아있는 세속의 욕심을 서서히 한 올 한 올 줄여가는 일로 세상과의 하직을 준비하고 계셨던 것이다.

1999년 연말 당신의 사랑하는 제자들을 불러 저녁을 사주시며 내년 정초의 세배는 받지 않겠다고, Y2K 소란을 핑계대실 때의 그 결연함 속에서 우리는 어느 정도 그것을 눈치채고 있었는지 모른다. 춘천에서 서울까지 차가 밀려 약속 시간에 훨씬 늦게 도착한 나를 두고 사모님이 누군지 알겠느냐고 묻자 내 이름 석자를 대시며 빙그레 웃으시던 그 눈길 속에도 이미 세상 인연을 반쯤 외면한 초연함이 깃들여 있었던 것이다.

황순원 선생님은 문학에서 일가를 이루신 것 못지않게 다복한 가정을 이끌어 가신 분으로 널리 알려졌다. 숭의여학교 문예반장이었던 동갑의 사모님과 연애를 시작해 20세에 결혼, 3남 1녀 그 자제분들을 다 출가시키시고 두 분이 그야말로 동고동락, 해로하시는 모습이 그렇게 아름답게 보일 수가 없었던 것이다.

나는 선생님 내외분이 고희 기념 잔치에서 서로 맞잡고 왈츠를 추시던 그 모습을 잊을 수가 없다. 선생님이 어린 나이에 남강 이승훈 선생을 멀리서 바라보면서 느꼈던, 남자는 늙어가면서도 저렇게 아름다울 수 있구나 하는, 바로 그 아름다운 모습을 그날 여실히 보여주셨기 때문이다.

鶴두루미나 두어마리
가끔 내려와 앉아서 쉬는
山골길의 落落長松 같은 그대.

황순원 선생님의 고희(85년 3월 26일)에 맞춰 쓴 서정주 시인의 축시 그 첫 연이다.

황순원 문학의 공간적 배경과 양평

박덕규

이 원고는 원래, 작가 황순원이 작고한 뒤, 그의 문학적 업적을 기리는 사업의 하나로 작품의 실제 무대가 된 지역을 답사하고 그 답사기를 책으로 엮고자, 그에게 동문수학한 사람들이 함께 계획한 데서 비롯되었다. 즉, 그의 작품들이 구체적으로 어떤 지방, 지역을 공간적 배경으로 하고 있는지 조사하는 것이 우선의 소임이다. 그리고 그것이 작가 생애의 실제적인 삶 공간과 어떤 관계가 있는지 가능한 대로 가늠해 본다는 의미를 가미했다.

주지하다시피 황순원은 이북에서 출생(1915년)하고 성장했으며, 남북 분단 이후 남한에서 살다가 작고(2000년)했다. 지속된 분단 상황에서 우리는 아직, 그의 삶에서 중요한 체험 공간인 그의 고향과 성장지를 답사할 수 있는 처지가 아니다. 이를테면, 그의 고향에 흔히 하는 대로 생가 복원이나, 문학관 건립 같은 것을 행하기는 당분간은 어렵다. 이 지점에서 그의 문학을 실제적 공간에서 느낄 수 있는 현존 도시와 지역을 그의 작품을 통해 찾아보아, '황순원의 문학적 유적지'가 될 만한 후보지를 선정해 보겠다는 뜻을 함께 보태게 되었다.

1. 작가의 실제 체험 공간

1) 고향, 평양(1915~1934년, 만19세까지)

1915년, 평양에서 가까운 평안남도 대동군에서 태어났다. 그 후 성년이 될 때까지 평양 일대에서 살았다. 소학교는 평양의 숭덕소학교를 다녔고, 중학교도 평양의 숭실중학교(평안북도 정주의 오산중학교에 입학했다가 건강을 이유로 숭실로 전학)를 다녔다.

2) 일본 동경(1934~1939년, 만24세까지)

만 19세, 중학교 졸업과 더불어 일본 동경으로 건너가 와세다 대학에 입학했다. 1939년 3월에 졸업했다. 방학 때는 귀국해서 주로 평양에서 지냈다.

3) 평양, 고향(1939~1946년, 만31세까지)

평양에서 교원 생활을 했다. 일제의 강제 징병을 피해 고향에 가 있기도 했다. 해방 이후 서울로 월남했다.

4) 서울, 피난지, 교사 생활(1946~1957년, 만42세까지)

6·25 전쟁 초에 경기도 광주로 피난을 갔다가 9.28 수복과 함께 서울로 돌아왔다. 1.4 후퇴 때 부산으로 피난가서 1953년까지 지내다가 환도했다. 서울에서는 서울중고등학교 교사로, 피난지에서는 임시 학교 교사로 지냈다.

5) 경희대학교 교수, 서울(1957~2000년, 향년 만85세까지)

경희대학교 국문과 교수로 재직하는 동안, 서울 회현동, 사당동, 잠실, 여의도, 경기도 안양, 청량리 등으로 거주지를 옮겼고, 말년에는 사당동에서 수년을 살았다.

생애 전체를 볼 때, 황순원의 삶의 실제 공간은, 3분의 1은 평양 일대에서, 3분의 2는 서울 일대라고 볼 수 있다. 그 외에 동경(5년간), 부산(2년간) 등지는 특기할 만한 공간이라고 할 수 있겠다. 물론, 피난길에 거쳐 간 대구나, 교수 재직 시절 답사했을 여러 여행지들을 삶의 실제 공간이라고 하지 않을 수는 없다.

2. 작품 속의 공간 배경

「황순원전집」(문학과지성사)을 기준으로 하면 황순원은 단편 104편, 중편 1편, 장편 7편 등의 소설을 남겼다.

이 중에서 서울과 그 근교를 공간적 배경으로 하고 있는 소설은 대체로 다음 40여 편이다.

- 늪, 거리의 부사, 배역들, 갈대, 지나가는 비, 원정, 피아노가 있는 가을, 사마귀, 풍속 (전집1권-늪)
- 별, 그늘, 저녁놀, 병든 나비, 애, 머리 (전집1-기러기)
- 술, 두꺼비, 담배 한 대 피울 동안 (전집2-목넘이 마을의 개)
- 골목 안 아이 (전집2-곡예사)
- 청산가리, 참외, 매, 사나이 (전집3-학)
- 온기 있는 파편, 원색 오뚜기, 수컷 양화설, 자연, 닥터장의 경우, 우산을 접으며, 피, 겨울 개나리, 막은 내렸는데, 숫자놀이, 이날의 지각, 뿌리 (전집5-탈)
- 그물을 거둔 자리, 그림자풀이, 나의 대죽부인전 (전집5-기타)
- 인간접목 (전집7-인간접목)
- 움직이는 성 (전집9)
- 신들의 주사위 (전집10)

북한 지역을 특히 성장지를 무대로 하고 있는 소설은 아래 10여 편이다.

- 세레나데, 노새, 맹산 할머니, 눈 (전집1-기러기)
- 목넘이 마을의 개 (전집2-목넘이 마을의 개)
- 솔메마을에 생긴 일, 이리도 (전집2-곡예사)
- 두메 (전집3-학)
- 불가사리 (전집3-잃어버린 사람들)
- 카인의 후예 (전집5-카인의 후예)

그 밖에 특정 지역을 무대로 하고 있는 소설은 다음과 같다.

- 6·25 전쟁 피난 체험 지역 : 아이들, 곡예사, 부끄러움, (부산), 메리 크리스마스, 어둠 속에 찍힌 판화, 별과 같이 살다(대구).
- 3.8선 지역 : 목숨, 학, 어머니가 있는 유월의 대화, 나무들 비탈에 서다
- 제주도 : 비바리
- 통영 : 잃어버린 사람들
- 양평 : 소나기, <나무와 돌, 그리고>
- 수원-인천 사이 : 소리그림자

위 작품들을 포함해서 스토리 전개상 여러 지역을 두루 배경으로 삼고 있는 작품들도 꽤 있다. 예를 들어, <일월>이나 <움직이는 성> 같은 장편들이 특히 그렇다. <일월>의 주무대는 서울로서 명동, 원남동, 미아리 등의 지명이 나오는데, 그 외에도 양주군, 부산 해운대 등도 배경으로 제공되고 있다. <움직이는 성>도 주로는 서울이 무대인데, 강원도 대관령 같은 지역도 등장한다. 단편의 경우 <잃어버린 사람들>처럼, 주인공의 잦은 이주 자체를 직접 구성상에 드러내면서 배경 지역이 다양해진 경우도 있다.

3. 작품 배경으로서의 양평

경기도 양평을 대표하는 유적지의 하나로 용문사를 꼽을 수 있다. 이 사찰은 그 자체로 유서 깊은 절이고 여러 문화재를 소장하고 있지만, 특히 대웅전 앞에 있는 크고 우람한 은행나무가 이 절의 이름을 크게 알리게 했다고 볼 수 있다. 이 은행나무는 천연기념물 제30호로 지정되어 있다. 수령 1,100여년, 높이 60여 미터에 줄기의 가슴높이 둘레가 12.3m를 넘어 동양에서는 가장 큰 은행나무로 알려져 있다. 황순원이 1975년 11월에 원고지 20장 미만의 단편으로 발표한 <나무와 돌, 그리고>는 용문산에 캠핑 나온 교수를 주인공으로 하고 있는 소설로, 더욱 구체적으로는 이 은행나무를 핵심적인 작중 매개물로 제시하고 있다.

> 학생들을 따라 용문산에 캠핑을 갔다. 캠핑이라야 토요일과 일요일을 이용하여 하룻밤 캠프파이어놀이를 하려는 간단한 여정이었다. 그러나 이 맛 거동에도 그는 학생들의 줄기찬 권이 없었던들 나설 엄두도 못냈을 것이다. 이렇듯 평상적인 것에서 조금만 벗어나는 행동거지에도 우선 움츠러드는 기분이 앞서곤 하는 이즈음의 그였다.
>
> 학생들이 캠프파이어 가머리를 준비하는 동안, 그는 절 앞에 서 있는 은행나무께로 내려갔다. 오전에 산으로 올라오면서도 보았지만 예닐곱 아름이 실히 될 밑둥이요, 수십 길이 넘을 높이의 거대한 나무였다.
>
> 석양 그늘속에 은행나무는 한창 황금빛으로 물들어 있었다. 가을이 온통 한데 응결된 듯만 싶었다. 얼마든지 풍성하고 풍요했다.
>
> 그 둘레를 서성거리고 있는데 난데없는 회오리바람이 일어 은행나무를 휘몰아쳤다. 순식간에 높다란 나무 꼭대기 위에 새로운 장대하고도 황금빛 기둥을 세웠는가 하자, 무수한 잎을 산산이 흩뿌려놓았다. 아무런 미련도 없는 장엄한 흩어짐이었다.
>
> 뭔가 그는 속깊은 즐거움에 젖어 한동안 나뭇가를 떠날 수가 없었다.

소설의 마지막 대목이다. 이 이전에는, 소년 시절 잠자리 잡던 꿈 속에서 잠자리를 잡지 못하고 벌판을 헤매는 내용의 꿈을 꾸고 나서 버릇처럼 하게 되는 뉘우침 중에 기억하는 철쭉과 돌에 대한 이야기가 펼쳐져 있다. 전날 또 그 꿈을 꾸고 '돌과 철쭉의 은근한 강박으로' 시달렸는데, 이날 용문산에 캠핑왔다가 은행나무의 대 변신을 보게 된 것이다. 역사적 유적이 현대 작품에서 새롭게 자리매김하는 순간이라고도 볼 수 있다.

양평이라는 지명이 구체적으로 등장하는 소설로는 1952년 10월 작인 「소나기」가 있다.

> 소년은 갈림길에서 아랫쪽으로 가 보았다. 갈밭머리에서 바라보는 서당골마을은 쪽빛 하늘 아래 한결 가까워 보였다.
>
> 어른들의 말이, 내일 소녀네가 양평읍으로 이사간다는 것이었다. 거기 가서는 조그마한 가겟방을 보게 되리라는 것이었다.

이 소설은 윤초시네 증손녀인 '소녀'와 농부 아들인 '소년'이 며칠 동안 맺은 사랑의 인연을, 주로 소년의 자리를 통해 묘사하고 있다. 인용문은 윤초시 손자(소녀의 아버지)가 서울에서 사업에 실패하고 고향에 와 있다가, 이번에는 고향집마저 내놓게 되어, 양평읍으로 이사를 가게 된 사정을 드러내고 있다.

그렇다면, 소년과 소녀가 만남을 이어온 개울이 있는 그곳은 어느 지방일까? 저 유명한 「소나기」의 작중 무대는, 이 질문을 해결하면 절로 풀린다. 물론 우리는 답을 지나치게 서둘러 구할 이유는 없다. 다만, 문학에 대한 깊은 애정과 외경심으로 차분하게 답을 구해 보는 것이 '문학의 자리'에 있는 사람의 도리라고 생각한다.

답을 구하기 위해 우선은, 작중에서 '소녀네가 양평읍으로 이사간다'라고 표현되어 있음을 주목할 필요가 있겠다. 만약에 행정구역상 양평과는 다른 도시에서 양평군으로 이사한다면 '양평읍으로 이사간다'라는 표현보다 '양평으로 이사간다' 또는 '양평군으로 이사간다'라는 표현을 써야 더 실재감이 느껴진다고 보여진다. 그 점에서 '양평읍으로 이사간다'는 표현은 같은 양평군 내의 어느 면 어느 리에서 양평읍으로 이사를 가는 것을 뜻한다고 볼 수 있다.(물론 '양평읍으로 이사간다'는 표현 대신 '읍내로 이사간다'는 표현이 더 마땅하다고 보는 견해도 가능하다. 한편으로는, 소녀가 살던 '서당골마을'이 실제로 있은 지명인지도 조사해 보는 것이 좋겠다.)

그리고 적어도, 「소나기」의 작중 무대가 경기 일원, 그것도 서울에서 가까울 가능성은 아주 크다. 그것은 「소나기」의 작중 인물(특히 소년의 부모)이 구사하는 언어를 통해 알 수 있다.

> "증손이라곤 기집애 그애 하나뿐이었지요?"
> "그렇지. 사내애 둘 있든 건 어려서 잃구……"

소년의 어머니, 아버지의 이런 간단한 대화를 통해서도 「소나기」의 작중 무대가 적어도 서울 지역에서 멀리 벗어나지는 않을 것이라는 추측을 가능하게 한다.

양평은 서울에 연접한 지역이고, 서울의 젖줄인 한강의 두 지류인 북한강과 남한강이 합류하는 곳이다. <나무와 돌, 그리고>에서 보듯이 작가가 교수 재직 시 학생들과 함께 자주 산책하고 유람하던 곳이기도 하고, 특히 말년 몇 해 동안에 일 년에 한 차례 노구를 이끌고 제자들과 야외 나들이를 한 유일한 곳이기도 하다.

작가의 실제 고향을 우리 문학의 고향으로 회복할 수 없는 처지에 있는 우리로서는 '양평'을, 특별히 양평이라는 지명을 뜻깊게 작중에 새긴 「소나기」를 앞세워 작가의 이름을 빛낼 공간환경으로 삼았으면 하는 뜻을 조심스럽게 표해 본다.

작가 및 작품 연보

1915(1세)

평안남도 대동군 재경면 빙장리 1175번지에서 출생. 부친 황찬영(黃贊永)과 장찬붕(張贊朋)의 장남으로 태어남. 황순원의 자는 만강(晩岡)으로 부친이 지어주셨다 함. 호는 민향(民鄕)으로, '백성의 고향'을 뜻하며 작가 스스로 지었다 함.

1919(5세)

3·1 기미독립운동 일어남.

평양 숭덕학교 고등과 교사로 재직하던 부친이 태극기와 독립선언서를 평양시내에 배포, 책임자의 한 명으로 일경에 붙들려 징역 1년 6개월의 실형을 받음. 이 사건은 후 단편 「아버지」(1947.2 창작)의 소재가 됨.

1923(9세)

평양 숭덕소학교 입학.

1929(15세)

3월, 숭덕소학교 졸업, 정주 오산중학교 입학. 남강 이승훈 선생과 만남.

9월, 건강 때문에 평양 숭실중학교로 전학.

11월 3일, 광주학생 항일운동이 일어남.

1930(16세)

동요와 시를 쓰기 시작.

1931(17세)

7월, 시 「나의 꿈」을 『동광』에 발표.

9월, 시 「아들아 무서워 말라」를 『동광』에 발표.

12월, 시 「默想」을 발표.

1932(18세)

1월, 시 「젊은이여」 창작.

4월, 시 「街頭로 울며 헤매는 者여」 창작.

5월, 시 「넋 잃은 앞가슴을 향하여」가 『동광』 문예특집호에 발표.

7월, 시 「荒海를 건너는 사공아」를 『동광』에 발표, 시 「잡초」를 창작.

8월, 시 「팔월의 노래」 창작.

10월, 시 「꺼진 등대」 창작.

11월, 시 「떨어지는 이날의 太陽은」 창작.

1933(19세)

1월, 시 「1933년의 수레바퀴」를 창작.

3월, 시 「석별」 창작.

4월, 시 「강한 여성」을 창작.

5월, 시 「옛사랑」 창작.

6월, 시 「압록강의 밤」 창작.

7월, 시 「황혼의 노래」 창작.

10월, 시 「우리 안에 든 독수리」 창작.

1934(20세)

3월, 숭실중학교 졸업, 일본 동경 와세다 제2고등학원 입학. 동경에서 이해랑 · 김동원 씨 등과 함께 극예술 연구 단체인 '동경학생예술좌'를 창립.

9월, 시 「이역에서」 발표.

11월, 첫시집 『放歌』를 '동경학생예술좌'에서 간행.

12월, 시 「밤거리에 나서서」를 『조선중앙일보』에 발표.

1935(21세)

『三四文學』의 동인이 됨.

1월 2일, 시 「새로운 行進」을 『조선중앙일보』에 발표.

1월 17일, 양정길(楊正吉; 본관 淸州, 1915년 9월 16일생)과 결혼. 당시 양정길은 일본 나고야의 김성여자전문 학생이었음.

1월에서 8월까지에 걸쳐 시 「歸鄕의 노래」, 「거지애」, 「새出發」, 「밤車」, 「街路樹」, 「굴뚝」, 「故鄕을 향해」, 「午後의 한 一片」, 「고독」, 「찻속에서」, 「무덤」을 『조선중앙일보』에 발표, 시집 『放歌』를 조선총독부의 검열을 피하기 위해 동경에서 간행했다 하여 여름방학 때 귀성했다가 평양 경찰서에 붙들려 들어가 29일간 구류 당함.

10월 15일, 시 「개미」를 『조선중앙일보』에 발표. 유치장 생활 이후 서울에서 발행하는 『三四文學』의 동인이 됨. 1935년 12월에 『三四文學』 종간.

1936(22세)

『創作』, 『探求』의 동인이 됨, 제2시집 『骨董品』 간행.

3월, 와세다 제2고등학교 졸업, 와세다대학 문학부 영문과 입학.

4월, 시 「逃走」, 「잠」을 『創作』 제2집에 발표.

5월, 제2시집 『骨董品』을 '동경학생예술좌'에서 간행. '동물초,' '식물초,' '정물초'로 구성된 이 시집은, 1935년 오월부터 십이월까지 창작한 시들로서, 총 22편이 실림.

7월, 시 「七月의 追憶」을 『신동아』에 발표.

1937(23세)

최초의 단편소설 발표.

7월, 단편 「거리의 副詞」를 『創作』 제3집에 발표.

1938(24세)

4월 9일, 장남 동규(東奎) 출생.

10월, 단편 「돼지系」, 시 「과정」, 「행동」을 『작품』 제1집에 발표.

1939(25세)

3월, 와세다 대학졸업.

단편 「늪」, 「허수아비」, 「配役들」, 「소라」, 「지나가는 비」, 「닭祭」, 「園丁」, 「피아노가 있는 가을」, 「사마귀」, 「風俗」을 1938년 10월부터 1940년 6월 사이에 창작함.

1940(26세)

단편집 『늪』 간행.

6월, 시 「무지개가 있는 소라껍데기가 있는 바다」 「臺詞」를 『斷層』에 발표.

7월 17일, 차남 남규(南奎) 출생.

8월, 단편집 『늪』(간행시의 표제 『黃順元短篇集』)을 서울 한성도서에서 간행.

원응서(元應瑞)와 친교 맺음. 원응서는 활자화되지 못하는 작가의 작품을 읽어주고 평해 주었던 유일한 독자였음. 단편 「마지막 잔」에서 드러나고 있음.

단편 「별」(가을, 창작), 단편 「산골아이」(겨울, 창작).

1941(27세)

2월, 단편 「별」을 『인문평론』에 발표.

단편 「그늘」(여름, 창작)

12월 8일 태평양 전쟁 발발.

1942(28세)

3월, 단편 「그늘」을 『춘추』에 발표.

「별」과 「그늘」을 제외하고는 일제의 한글말살정책으로 발표기관이 없어지기 시작하여 작품을 발표하지 못하고 써둠. 단편 「저녁놀」(1941, 가을), 「기러기」(1942, 봄), 「병든 나비」(1942, 봄), 「애」(1942, 여름), 「黃老人」(1942, 가을), 「머리」(1942, 가을)를 창작.

1943(29세)

단편 「세레나데」(1943, 봄), 「노새」(1943, 늦봄), 「孟山할메」(1943, 가을),

「물 한 모금」(1943, 가을) 창작.
9월, 평양에서 향리인 빙장리로 소개.
11월 7일, 딸 선혜(鮮惠) 출생.

1944(30세)
단편「독 짓는 늙은이」(1944, 가을),「눈」(1944, 겨울) 창작.
단편집『기러기』(명세당, 1951)는 해방 전에 창작된 작가의 두 번째 단편집임.

1945(31세)
8월 15일 해방.
8월, 시「그날」,「당신과 나」.
10월, 시「신음소리」.
11월, 시「열매」·「골목」, 단편「술」(1945.10) 창작.
단편「술」에는, 해방 직후 평양 서성리를 배경으로, 적산의 처리문제, 조합의 형성문제, 이데올로기의 갈등, 조선인과 일본인의 대립감정들이 포착되고 있음.

1946(32세)
1월 21일, 3남 진규(軫奎) 출생,「그날」등 시 5편을『관서시인집』에 수록.
2월부터 5월까지, 국어 교원 강사.
5월, 월남, 지주계급이었던 황순원은 1946년 이른 봄부터 이북에서 토지개혁령이 내려지자 모친·아내·동생·자녀를 데리고 38선을 넘음.
7월, 시「저녁저자에서」를『민성』87호에 발표, 단편「두꺼비」창작,『우리공론』(1947.4)에 발표.
8월, 단편「집」창작.
9월, 서울중고등학교 교사 취임.
11월, 장편「별과 같이 살다」창작.
12월, 단편「황소들」창작.

1947(33세)

1월, 단편 「담배 한 대 피울 동안」을 창작, 9월 『신천지』에 발표.

2월, 단편 「술」(발표 시의 제목 「술 이야기」)을 『신천지』에, 단편 「아버지」를 『문학』에 각각 발표.

3월, 단편 「목넘이 마을의 개」 창작.

11월, 「모자」 창작, 『신천지』에 발표(1950.3).

1948(34세)

단편집 『목넘이 마을의 개』 간행.

3월, 단편 「몰이꾼」 창작.

4월 3일, 제주도 4·3사건 발발.

5월, 단편 「이리도」 창작, 『백민』에 발표(1952.2).

8월, 단편 「청산가리」 창작.

8월 15일, 대한민국 정부 수립.

9월, 단편 「女人들」 창작.

12월, 해방 후의 단편만을 모은 단편집 『목넘이 마을의 개』를 육문사에서 간행.

1949(35세)

2월, 단편 「몰이꾼」(발표 시의 제목 「검부러기」)을 『신천지』에 발표.

6월, 콩트 「무서운 웃음」(발표 시의 제목 「솔개와 고양이와 매와」)을 『신천지』 5·6월 합병호에 발표.

7월, 단편 「산골아이」를 『민성』에 발표.

8월, 단편 「孟山할머니」를 『문예』에 발표.

9월, 단편 「黃老人」을 『신천지』에 발표.

12월, 단편 「노새」를 『문예』에 발표.

1950(36세)

1월, 단편 「기러기」를 『문예』에 발표.

2월, 장편 『별과 같이 살다』를 정음사에서 간행. 이 작품은 「암콤」(『백제』, 1947.1), 「곰」(『협동』, 1947.3), 「곰녀」(『대호』, 1949.7) 등의 제목으로 산발적으로 분재하다가 그것들이 미발표분과 합쳐져 『별과 같이 살다』의 제목으로 간행됨.

4월, 단편 「독 짓는 늙은이」를 『문예』에 발표.

6월 25일, 동란 발발, 경기도 광주로 피난, 9・28수복.

10월, 「참외」 창작.

12월, 「아이들」 창작, 단편 「메리크리스마스」 창작.

1951(37세)

부산 망명 문인 시절 김동리, 손소희, 김말봉, 오영진, 허윤석 등과 교유함.

2월, 단편 「어둠속에 찍힌 版書」 창작, 『신천지』에 발표.

4월, 「목숨」 창작, 『주간문학예술』(1952.5)에 발표.

5월, 「曲藝師」 창작, 『문예』(1952.1)에 발표.

6월, 「골목안 아이」 창작. 황순원은 「암야행로」의 작가 志賀直哉(しがなおや)의 작품을 즐겨 읽음.

8월, 해방전의 작품만 모은 단편집 『기러기』를 명세당에서 간행.

10월, 단편 「그」 창작.

11월, 「자기 확인의 길」을 『작가수업』(수도문화사 刊)에 수록.

1952(38세)

1월, 단편 「曲藝師」를 『문예』에 발표.

5월, 단편 「목숨」을 『주간문학예술』에 발표.

6월, 단편집 「曲藝師」를 '명세당'에서 간행.

8월, 단편 「두메」.

10월, 단편 「매」・「소나기」 창작, 『신문학』 제4집(1953.5)에 발표.

11월, 단편 「寡辱」창작, 『문예』(1953.1)에 발표, 시 「향수」・「제주도 말」 창작, 『조선시집』(1952.12)에 수록.

1953(39세)

1월, 단편 「鶴」 창작, 『신천지』(1953.5)발표.

5월, 단편 「盲啞院에서」 창작.

9월, 단편 「사나이」 창작, 장편 『카인의 後裔』를 『문예』에 제5회까지 연재했으나 동지의 폐간으로 중단, 나머지 부분은 써둠.

10월, 단편 「왕모래」 창작, 단편 「산골아이」, 중학교 국어교과서에 수록.

1954(40세)

1월, 단편 「왕모래」(발표 시의 제목 「윤삼이」)를 『신천지』에 발표.

2월, 단편 「사나이」를 『문학예술』에 발표.

12월, 단편 「부끄러움」 창작, 장편 『카인의 後裔』를 중앙문화사에서 간행.

1955(41세)

1월부터 장편 『人間接木』(발표 시의 제목 『천사』)을 『새가정』에 1년간 연재하여 완결, 전쟁고아들의 폐허화한 삶을 보여줌.

3월, 장편 『카인의 後裔』로 아시아 자유문학상 수상, 서울중고등학교 교사 사임.

4월, 단편 「筆墨장수」 창작.

8월, 「그와 그네」라는 글을 『문학예술』에 발표.

10월, 단편 「불가사리」 창작.

11월, 단편 「잃어버린 사람들」 창작.

12월, 시 「새」 창작.

1956(42세)

1월, 시 「나무」를 『새벽』에 발표.

6월, 단편 「산」 창작.

9월, 단편 「비바리」 창작.

12월, 단편집 『鶴』을 중앙문화사에서 간행.

12월, 중편 「내일」 창작.

1957(43세)

2월, 중편 「내일」을 『현대문학』에 발표, 단편 「소리」 창작.
3월, 경희대 문리대 교수로 취임.
4월, 예술원 회원 피선.
10월, 장편 『人間接木』을 중앙문화사 간행.
11월, 「다시 내일」창작.

1958(44세)

1월, 단편 「다시 내일」을 『현대문학』에 발표.
2월, 단편 「링반데룽」 창작.
3월, 단편집 『잃어버린 사람들』을 중앙문화사에서 간행.
5월, 콩트 「이삭주이」(발표 시 제목 「콩트三題」)를 『사상계』에, 단편 「모든 영광은」을 『현대문학』에 각각 발표.
7월, 단편 「너와 나만의 時間」을 『현대문학』에 발표.
10월, 단편 「한 벤치에서」를 『자유공론』에 발표.
11월, 단편 「안개구름 끼다」 창작.
12월, 단편 「한 벤치에서」를 『자유공론』에 발표, 「과부」 영화화 됨.

1959(45세)

1월, 단편 「안개 구름끼다」를 『사상계』에 발표, 같은 달에 장편 『별과 같이 살다』·『카인의 後裔』·『人間接木』, 단편집 『늪』을 『한국문학전집』(민중서관刊) 제22권에 수록.
5월, 단편 「소나기」가 영국 Encounter 誌에 수상 게재됨.
10월, 단편 「할아버지가 있는 데쌍」(발표 시의 제목 「데쌍」)을 『사상계』에 발표.

1960(46세)

1월, 장편 『나무들 비탈에 서다』를 『사상계』에 연재 시작하여 7월호에 완결.
3월, 시 「세레나데」 창작.

4월, 시 「세레나데」를 『한국시집』에 수록.

4월 19일, 혁명이 일어남.

9월, 장편 『나무들 비탈에 서다』를 『사상계社』에서 간행.

12월, 콩트 「손톱에 쓰다」(발표 시의 제목 「콩트二題」)를 『예술원보』 제5집에 발표.

1961(47세)

3월, 단편 「내 고향 사람들」을 『현대문학』에 발표, 이 작품은 작가와 자전적 요소가 많이 드러남.

6월, 단편 「가랑비」를 『자유문학』에 발표.

7월, 장편 『나무들 비탈에 서다』로 예술원상 수상.

11월, 단편 「송아지」를 『사상계』 문예특집호에 발표, 단편 「잃어버린 사람들」이 Collected Short Stories from Korea(국제 P.E.N. 한국본부) 제1권에 수록됨.

1962(48세)

1월부터 장편 『일월』을 『현대문학』 5월호까지, 제1부 발표.

10월부터 장편 『일월』 제2부를, 『현대문학』에 다음해 4월호까지 발표, 단편 「과부」가 「열녀문」으로 개제되어 재 영화화됨.

1963(49세)

10월, 「비늘」을 『현대문학』에 발표, 단편 「鶴」이 미국 계간지 *Prairie Schooner* 가을호에 게재됨.

1964(50세)

2월, 단편 「달과 발과」를 『현대문학』에 발표.

5월, 『너와 나만의 時間』을 정음사에서 간행.

8월부터 장편 『日月』 제3부를 『현대문학」에 연재하여 다음해 1월호에 완결.

12월, 『황순원전집』 전 6권을 창우사에서 간행.

1965(51세)

1월, 장편 『日月』 완결.

4월, 단편 「소리그림자」를 『사상계』에 발표.

6월, 단편 「온기 있는 破片」을 『신동아』에 발표, 단편 「너와 나만의 時間」이 *Korea Journal*에 게재됨.

7월, 단편 「어머니가 있는 유월의 對話」를 『현대문학』에 발표.

11월, 단편 「아내의 눈길」(발표 시의 제목 「메마른 것들」)이 『사상계』에 발표.

12월, 단편 「조그만 섬마을에서」가 『예술원보』 제9집에 발표.

1966(52세)

1월, 「原色오뚜기」 창작, 『현대문학』에 발표.

3월, 장편 『일월』로 3·1문화상 수상.

6월, 단편 「수컷 退化說」을 『문학』에 발표. 단편 「原色오뚜기」가 *Korea Journal*에 게재됨.

8월, 단편 「自然」을 『현대문학』에 발표.

11월, 단편 「닥터 장의 境遇」를 『신동아』에 발표.

11월, 단편 「雨傘을 접으며」를 11월 『문학』에 발표.

단편 「잃어버린 사람들」, 「소나기」, 「왕모래」가 *Die Bunten Schuche*(Horst Erdmann Verlag 社)에 수록됨.

1967(53세)

1월, 단편 「피」를 『현대문학』에 발표.

8월, 「겨울 개나리」를 『현대문학』에 발표, 단편 「차라리 내목을」 『신동아』에 발표.

단편 「잃어버린 사람들」과 장편 『일월』이 영화화 됨.

1968(54세)

1월, 단편 「幕은 내렸는데」가 『현대문학』에 발표, 같은 달에 단편 「가랑비」가 *Korea Journal*에 게재됨.

5월부터 장편 『움직이는 城』을 『현대문학』에 연재시작, 10월호까지 제1부 발표.
장편 『나무들 비탈에 서다』, 『카인의 後裔』 영화화 됨.

1969(55세)
5월, 『황순원대표작선집』 전 6권을 조광출판사에서 간행.
7월부터 장편 『움직이는 城』 제2부 1회 분을 『현대문학』에 발표.
12월 7일, 콩트 「무서운 웃음」이 *Korea Times*에 게재됨.

1970(56세)
5월부터 장편 『움직이는 城』 제2부 2회 분을 『현대문학』에 발표.
같은 달에 단편 「너와 나만의 時間」이 필리핀 *Solidarity*誌에 게재됨.
6월, 단편 「鶴」이 *Modern Korean Short Stories and plays*(국제 펜클럽 한국 본부 刊)에 수록됨.

1971(57세)
3월부터 장편 『움직이는 城』 제2부 4회 분을 『현대문학』에 발표.
9월 16일, 콩트 「탈」을 『조선일보』에 발표.
9월 20일, 남북 적십자 첫 예비회담, '외솔회' 이사에 피촉.

1972(58세)
장편 『움직이는 城』 완결.
2월, 단편 「산골아이」 중의 「도토리」가 *Korea Journal*에 게재됨.
4월부터 장편 『움직이는 城』 제3부와 제4부를 『현대문학』 10월호까지 연재하여 완결.
7월 4일, 남북 공동성명 발표.
8월, 단편 「목숨」이 *Korea Journal*에 게재됨.

1973(59세)

5월, 장편 『움직이는 城』을 삼중당에서 간행.

6월, 단편 「鶴」이 *Ten Korean Short Stories*(Korean Studies Institute 刊)에 수록됨.

10월, 장편 『일월』이 『現代韓國文學選集』(日本多樹社 刊) 제1권에 수록됨.

11월 5일, 친구 원응서(元應瑞) 별세.

12월, 단편 「黃老人」이 단편 「曲藝師」가 *Revue de CORÉE* 겨울호에 게재됨, 『황순원문학전집』 전 7권을 삼중당에서 간행.

1974(60세)

3월, 시 「章話」, 「肖像畵」, 「獻歌」를 『현대문학』에 발표.

3월 24일, 단편 「별」이 *Korea Times*에 게재됨.

7월, 단편 「숫자풀이」가 『문학사상』에 발표.

8월, 단편 「비바리」가 「갈매기의 꿈」이라는 제목으로 영화화됨.

10월, 단편 「마지막 잔」이 『현대문학』에 발표.

12월, 시 「空에의 의미」를 『현대문학』에 발표.

단편 「너와 나만의 時間」이 *Postwar Korean Short Stories*(서울대학 출판부 刊)에 수록됨.

단편 「鶴」과 「소나기」가 Flowers of Fire: Twentieth Century Korean Stories(Hawaii대학 출판부刊)에 수록됨.

1975(61세)

4월, 단편 「이날의 遲刻」을 『문학사상』에 발표.

6월 29일, 단편 「뿌리」를 『주간조선』에 발표.

10월, 단편 「주검의 장소」 창작, 『문학과 지성』 겨울호에 발표.

11월 1일, 단편 「독 짓는 늙은이」가 *Korea Times*에 게재됨. 장편 『카인의 後裔』가 The *Cry of the Cuckoo(Pan Korea Book Corporation* 刊)라는 표제로 간행됨.

1976(62세)

3월, 단편집 『탈』을 문학과지성사에서 간행, 같은 달 「나무와 돌, 그리고」를 『현대문학』에 발표.

10월, 단편 「달과 발과」가 *Korea Journal*에 게재됨.

11월 7일, 단편 「이날의 遲刻」이 *Korea Times*에 게재.

1977(63세)

3월, 시 「돌」·「늙는다는 것」·「高熱로 앓으며」·「겨울 風景」을 『한국문학』에 발표.

4월, 시 「戰爭」·「링컨이 숨진 집을 나와」·「位置」·「宿題」를 『현대문학』에 발표.

9월, 단편 「그물을 거둔 자리」를 『창작과 비평』 가을호에 발표.

1978(64세)

2월, 장편 「神들의 주사위」를 『문학과지성』 봄호에 연재 시작.

1979(65세)

5월, 시 「모란 Ⅰ·Ⅱ」를 『한국문학』에 발표.

1980(66세)

1월, 장편 『나무들 비탈에 서다』가 *Trees on the Cliff*(미국 Larchwood 社刊)라는 표제로 간행됨.

5월 18일, 광주민중항쟁 발발.

8월, 23년 6개월 봉직한 경희대학교에서 정년퇴직하고, 명예교수로 재직.

6월, 시 「꽃」을 『한국문학』에 발표.

9월, 단편 「風俗」, 「소라」, 「닭祭」, 「별」, 「黃老人」, 「독 짓는 늙은이」, 「소나기」, 「鶴」, 「왕모래」, 「비바리」, 「송아지」, 「숫자풀이」, *The Stars*(영국 Heinemann 홍콩 支社刊)라는 표제로 간행됨.

장편 『神들의 주사위』가 『문학과 지성』의 폐간으로 가을호부터 연재 중단됨.

12월, 『황순원전집』 제1권 『늪/기러기』, 제9권 『움직이는 城』이 간행됨.

1981(67세)

5월, 『황순원전집』 제2권 『목넘이 마을의 개/곡예사』, 제6권 『별과 같이 살다/카인의 後裔』가 간행됨.

8월, 장편 『神들의 주사위』를 「문학사상」에 처음부터 다시 연재하여 다음해 5월호에 끝냄.

12월, 『황순원전집』 제3권 『鶴/잃어버린 사람들』, 제7권 『人間接木/나무들 비탈에 서다』가 간행됨.

1982(68세)

8월, 『황순원전집』 제4권 『너와 나만의 時間/내일』, 제10권 『神들의 주사위』가 간행됨.

1983(69세)

3월, 시 「浪漫的」, 「關係」, 「메모」를 『현대문학』에 발표.

7월, 『황순원전집』 제8권 『日月』이 간행됨.

12월, 장편 『神들의 주사위』로 대한민국 문학상 본상 수상.

1984(70세)

1월, 단편 「그림자풀이」를 『현대문학』에 발표.

3월, 시 「우리들의 歲月」을 『월간조선』에 발표.

3월 25일, 시 「도박」을 한국일보에 발표.

3월 26일, 작가 고희 맞음.

4월, 『황순원전집』 제5권 『탈/기타』가 간행됨.

7월, 시 「密語」, 「한 風景」, 「告白」을 『현대문학』에 발표.

10월, 시 「기운다는 것」을 『문학사상』에 발표.

12월, 단상 「말과 삶과 自由」 씀.

1985(71세)

3월, 『황순원전집』 제11권 『시선집』, 제12권 『황순원 연구』가 간행됨.
같은 달에 「말과 삶과 自由」를 『말과 삶과 自由』(문학과 지성사)에 수록.
9월, 단편 「나의 竹夫人傳」이 『한국문학』에 발표.
단편 「땅울림」창작, 『세계의 문학』 겨울호에 발표.

1986(72세)

5월, 「말과 삶과 自由 · II」를 『현대문학』에 발표
9월, 「말과 삶과 自由 · III」를 『현대문학』에 발표.
12월, 『말과 삶과 自由 · IV』를 씀, 『현대문학』(1987.1)에 발표, 자살에 대한 비판, 예수의 자유정신과 이를 부정하는 대심문관인 추가경의 이야기 등에 언급함.

1987(73세)

박종철군 고문치사 사건, 6·29 민주화 선언.
5월, 「말과 삶과 自由 · V」를 『현대문학』에 발표, 작가로서의 자세, 자유정신, 고문에 대한 비판, 악마와의 대화에 대해 씀.

1988(74세)

3월, 「말과 삶과 自由 · VI」를 『현대문학』에 발표, '한글 맞춤법 및 표준어 규정'(1987)에 대한 비판과 우려, 애주가로서의 변, 도스토예프스키의 인간에 대한 신뢰 및 그리스도에 대한 애정, 작품을 쓰는 이유에 대해 언급.

1990(76세)

8월 15일, 선친께서 건국훈장 애족장을 추서 받음.
11월, 장편 『日月』이 *Sunlight, Moonlight*(Sisayoungosa)라는 표제로서 간행됨, 황순원 문학연구에 대한 학위논문 나오기 시작함, 이월영, 「꿈소재 서사문학의 사상적 유형 연구」, 전북대학교 박사논문, 1990.

1991(77세)

양선규, 「황순원 소설의 분석심리학적 연구」, 경북대학교 대학원 박사논문, 1991.12.

1992(78세)

9월, 시 「散策길에서 · 1」, 「散策길에서 · 2」, 「죽음에 대하여」, 「微熱이 있는 날 밤」, 「밤 늦어」, 「기쁨은 그냥」, 「숫돌」, 「무서운 아이」를 『현대문학』에 발표.

1994(80세)

박양호, 「황순원 문학연구」, 전북대학교 대학원 박사논문, 1994.2.

장현숙, 「황순원 소설연구」, 경희대학교 대학원 박사논문, 1994.8.

장현숙, 『황순원 문학 연구』(1994.9. 시와시학사), 황순원 문학에 대한 최초의 저서.

1995(81세)

외출 거의 하지 않고 사당동 자택에서 작고할 때까지 지냄.

2000(86세)

9월 14일, 서울 사당동 자택에서 별세.

9월 18일, 장지 충남 천원군 병천면 풍산공원 묘원에 안장됨.

2003(사후 3년)

황순원 기념 사업회 발족.

2009(사후 9년)

6월 13일, 경기도 양평에 황순원문학촌 소나기마을 개장.

2014(사후 12년)

9월 황순원기념사업회 주관으로 소나기마을문학상과 황순원연구상 제정.

12월 17일, 황순원학회 창립.

2014(사후 14년)

9월 5일, 황순원 선생 사모님 양정길 여사 작고.

9월 5일, 14주기 추모식 거행.

12월, 학술지 『황순원연구』 창간.

황순원 연구논저 발표연대별 목록

1. 황순원 연구 기본자료

황순원, 『움직이는 城』, 황순원전집 제9권, 문학과지성사, 1989.

______, 『神들의 주사위』, 황순원전집 제10권, 문학과지성사, 1989.

______, 『탈/기타』, 황순원전집 제5권, 문학과지성사, 1990.

______, 『人間接木/나무들 비탈에 서다』, 황순원전집 제7권, 문학과지성사, 1990.

______, 『鶴』/잃어버린 사람들』, 황순원전집 제3권, 문학과지성사, 1991.

______, 『너와 나만의 時間/내일』, 황순원전집 제4권, 문학과지성사, 1991.

______, 『늪/기러기』, 황순원전집 제1권, 문학과지성사, 1992.

______, 『목넘이 마을의 개/曲藝師』, 황순원전집 제2권, 문학과지성사, 1992.

______, 『별과 같이 살다/카인의 後裔』, 황순원전집 제6권, 문학과지성사, 1992.

______, 『日月』, 황순원전집 제8권, 문학과지성사, 1993.

______, 『詩選集』, 황순원전집 제11권, 문학과지성사, 1993.

황순원 외, 『말과 삶과 自由』, 문학과지성사, 1985.

오생근 편, 『황순원 연구』, 황순원전집 제12권, 문학과지성사, 1993.

황순원학회편, 『황순원연구총서 1』, 「작가론-총론」, 국학자료원, 2013.7

______, 『황순원연구총서 2』, 「작가론-주제론」, 국학자료원, 2013.7

______, 『황순원연구총서 3』, 「작품론-주제론Ⅰ」, 국학자료원, 2013.7

______, 『황순원연구총서 4』, 「작품론-주제론Ⅱ」, 국학자료원, 2013.7

______, 『황순원연구총서 5』, 「작품론-구조론Ⅰ」, 국학자료원, 2013.7

______, 『황순원연구총서 6』, 「작품론-구조론Ⅱ」, 국학자료원, 2013.7

______, 『황순원연구총서 7』, 「작품론-비교론」, 국학자료원, 2013.7

______, 『황순원연구총서 8』, 「시론・단평・기타」, 국학자료원, 2013.7

2. 황순원 연구 단행본

구수경, 『황순원 소설의 담화양상 연구』, 한국문학도서관, 1987.2.

구인환, 『한국근대 소설연구』, 삼영사, 1983.

구인환 · 구창환, 『문학의 원리』, 법문사, 1975.

곽종원, 『신인형의 탐구』, 동서문화사, 1965.

권영민, 『소설의 시대를 위하여』, 이우출판사, 1983.

______, 『해방 40년의 문학 · 4』, 민음사, 1985.

______, 『소설과 운명의 언어』, 현대소설사, 1992.

______, 『한국현대문학사』, 민음사, 1993.

권오룡, 『존재의 변명』, 문학과지성사, 1989.

권택영, 『소설을 어떻게 볼 것인가』, 동서문학사, 1991.

김병익, 『지성과 문학』, 문학과지성사, 1982.

______, 『열림과 일굼』, 문학과지성사, 1991.

김상태, 『언어와 문학세계』, 이우출판사, 1989.

김선학, 『현실과 언어의 그물』, 민음사, 1988.

김용직, 『한국현대문학의 좌표』, 푸른사상사, 2009.

______ 편, 『상징』, 문학과지성사, 1988.

김용희, 『현대소설에 나타난 '길'의 상징성』, 정음사, 1986.

김우종, 『한국현대소설사』, 성문각, 1980.

______, 『현대 소설의 이해』, 이우출판사, 1976.

김윤식, 『한국현대 문학사』, 일지사, 1979.

______, 『우리 문학의 넓이와 깊이』, 서재헌, 1979.

______, 『한국근대 문예 비평사 연구』, 일지사, 1982.

______, 『우리근대 소설 논집』, 이우출판사, 1986.

______, 『신 앞에서의 곡예 : 황순원 소설의 창작방법론』, 문학수첩, 2009.

김윤식 · 김현, 『한국문학사』, 민음사, 1984.

김윤식 · 정호웅, 『한국문학의 리얼리즘과 모더니즘』, 민음사, 1989.

김윤정, 『황순원 문학연구』, 문학시대사, 2003.

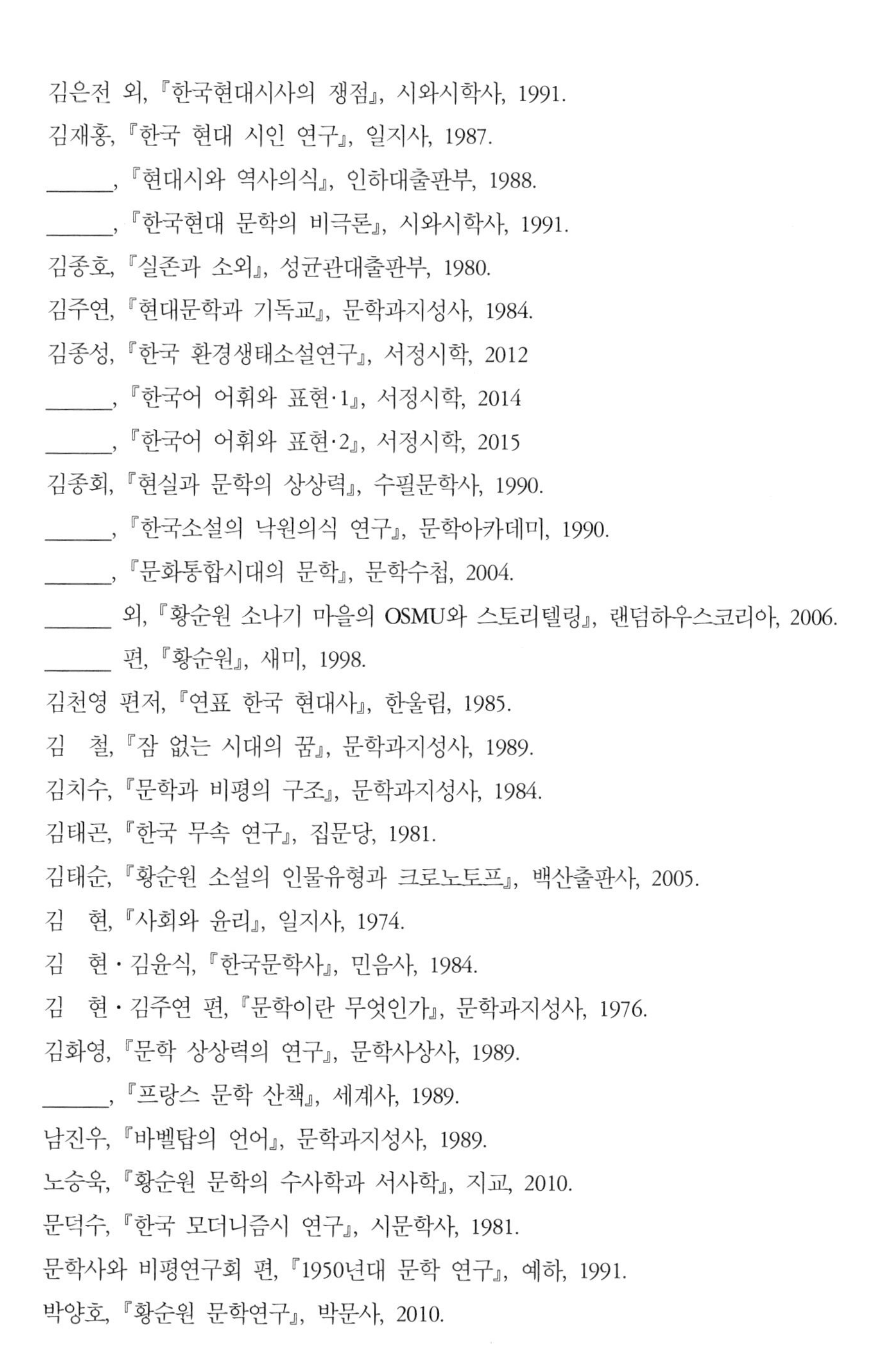
김은전 외, 『한국현대시사의 쟁점』, 시와시학사, 1991.
김재홍, 『한국 현대 시인 연구』, 일지사, 1987.
______, 『현대시와 역사의식』, 인하대출판부, 1988.
______, 『한국현대 문학의 비극론』, 시와시학사, 1991.
김종호, 『실존과 소외』, 성균관대출판부, 1980.
김주연, 『현대문학과 기독교』, 문학과지성사, 1984.
김종성, 『한국 환경생태소설연구』, 서정시학, 2012
______, 『한국어 어휘와 표현·1』, 서정시학, 2014
______, 『한국어 어휘와 표현·2』, 서정시학, 2015
김종회, 『현실과 문학의 상상력』, 수필문학사, 1990.
______, 『한국소설의 낙원의식 연구』, 문학아카데미, 1990.
______, 『문화통합시대의 문학』, 문학수첩, 2004.
______ 외, 『황순원 소나기 마을의 OSMU와 스토리텔링』, 랜덤하우스코리아, 2006.
______ 편, 『황순원』, 새미, 1998.
김천영 편저, 『연표 한국 현대사』, 한울림, 1985.
김 철, 『잠 없는 시대의 꿈』, 문학과지성사, 1989.
김치수, 『문학과 비평의 구조』, 문학과지성사, 1984.
김태곤, 『한국 무속 연구』, 집문당, 1981.
김태순, 『황순원 소설의 인물유형과 크로노토프』, 백산출판사, 2005.
김 현, 『사회와 윤리』, 일지사, 1974.
김 현 · 김윤식, 『한국문학사』, 민음사, 1984.
김 현 · 김주연 편, 『문학이란 무엇인가』, 문학과지성사, 1976.
김화영, 『문학 상상력의 연구』, 문학사상사, 1989.
______, 『프랑스 문학 산책』, 세계사, 1989.
남진우, 『바벨탑의 언어』, 문학과지성사, 1989.
노승욱, 『황순원 문학의 수사학과 서사학』, 지교, 2010.
문덕수, 『한국 모더니즘시 연구』, 시문학사, 1981.
문학사와 비평연구회 편, 『1950년대 문학 연구』, 예하, 1991.
박양호, 『황순원 문학연구』, 박문사, 2010.

박이도, 『한국 현대시와 기독교』, 종로서적, 1987.
박이문, 『하나만의 선택』, 문학과지성사, 1983.
박철희, 『서정과 인식』, 이우출판사, 1982.
박철희・김시태, 『문예비평론』, 문학과비평사, 1988.
_______, 『문학의 이론과 방법』, 이우출판사, 1989.
_______, 『작가 작품론 1/시』, 문학과비평사, 1990.
박혜경, 『황순원 문학의 설화성과 근대성』, 소명, 2001.
백낙청, 『민족문학과 세계문학』, 창작과비평사, 1978.
______, 『현대문학을 보는 시각』, 솔, 1991.
백 철・이병기, 『국문학전사』, 신구문화사, 1981.
서재원, 『김동리와 황순원 소설의 낭만성과 역사성』, 월인, 2005.
서준섭, 『한국 모더니즘 문학 연구』, 일지사, 1988.
송건호 외, 『해방 전후사의 인식・1』, 한길사, 1989.
송하섭, 『한국 현대 소설의 서정성 연구』, 단국대출판부, 1989.
송하춘, 『발견으로서의 소설기법』, 현대문학사, 1993.
______, 『한국현대장편소설사전』, 고려대출판부, 2013.
송현호, 『황순원』, 건국대출판부, 2000.
신동욱, 『문학의 해석』, 고려대출판부, 1976.
______, 『우리 이야기 문학의 아름다움』, 한국연구원, 1981.
______, 『한국 현대 문학론』, 박영사, 1981.
______, 『우리의 삶과 문학』, 고려원, 1985.
______, 『삶의 투시로서의 문학』 문학과지성사, 1988.
______, 『현대 작가론』, 개문사, 1988.
신현하 편, 『일본문학사』, 학문사, 1986.
안 영, 『가슴에 묻은 한마디』, 한국소설가협회, 2004.
안영례, 『황순원 소설에 나타난 꿈 연구』, 한국문학도서관, 1982.
양병식, 『현대 프랑스 문학론집성』, 교음사, 1988.
염무웅, 『민중시대의 문학』, 창작과비평사, 1979.
오세영, 『문학연구 방법론』, 이우출판사, 1988.

______, 『문학이란 무엇인가』, 서정시학, 2013.
오연희, 『황순원의 日月연구』, 한국학술정보, 2007.
우한용, 『한국 현대 소설 구조 연구』, 삼지원, 1990.
원형갑, 『문학과 실존의 언어』, 홍익재, 1981.
유종호, 『산문정신고』, 나남문학선, 1991.
유종호 외, 『현대 한국 작가 연구』, 민음사, 1979.
윤명구 외, 『문학개론』, 현대문학사, 1991.
윤병로, 『소설의 이해』, 성균관대출판부, 1982.
윤재근, 『문학비평의 논리와 실제』, 이우출판사, 1986.
이남호, 『文學의 僞足・2』, 민음사, 1990.
이동렬, 『문학과 사회묘사』, 민음사, 1990.
이동하, 『물음과 믿음사이』, 민음사, 1989.
______, 『현대소설의 정신사적 연구』, 일지사, 1989.
이명재, 『변혁기의 한국문학』, 문학세계사, 1990.
이보영, 『문예총서 12・황순원』, 지학사, 1985.
이보영 편저, 『황순원』, 지학사, 1985.
이상섭, 『문학의 이해』, 서문당, 1973.
이상우 외, 『문학비평의 이론과 실제』, 집문당, 2005.
이선영, 『문예사조사』, 민음사, 1987.
이선영 편, 『문학비평의 방법과 실제』, 동천사, 1988.
이승훈, 『시작법』, 문학과 비평사, 1988.
이옥순, 『한국문학사』, 동아대출판부, 1985.
이유식, 『한국소설의 위상』, 이우출판사, 1982.
이인복, 『한국문학에 나타난 죽음의식의 사적 연구』, 열화당, 1979.
이재선, 『한국 현대 소설사』, 홍성사, 1979.2.
______, 『한국문학의 지평』, 새문사, 1981.
______, 『한국문학의 해석』, 새문사, 1981.
______, 『한국문학 주제론』, 서강대 출판부, 1991.
______, 『현대한국소설사』, 민음사, 1991.

______, 『한국 현대 소설 작품론』, 문장, 1993.
이정숙, 『한국근대 작가 연구』, 삼지원, 1985.
______, 『한국 현대 장편소설 연구』, 삼지원, 1990.
이정탁, 『한국문학 사상사 연구』, 학문사, 1991.
이태동, 『한국 현대 소설의 위상』, 문예출판사, 1987.
______, 『황순원』, 서강대학교출판부, 1997.
이 호, 『한국 전후소설과 중국 신시기소설의 비교연구 : 황순원과 왕멍(王蒙)의 작품을 중심으로』, 국학자료원, 2011.
임헌영, 『한국 현대 문학 사상사』, 한길사, 1988.
장사선, 『한국 리얼리즘 문학론』, 새문사, 1988.
장현숙, 『황순원 문학연구』, 시와시학사, 1994.
______, 『황순원 문학연구』, 형설출판사, 2001.
______, 『황순원 다시 읽기』, 한국문화사, 2004.
______, 『현실인식과 인간의 길』, 한국문화사, 2004.
______, 『황순원 문학연구』, 푸른사상사, 2005.
______, 『한국현대문학사에서 본 황순원 문학 연구』, 푸른 사상, 2013.
전광용, 『한국현대 소설사 연구』, 민음사, 1984.
정과리, 『문학 · 존재의 변증법』, 문학과지성사, 1985.
정명환 외, 『20세기 이데올로기와 문학사상』, 서울대출판부, 1981.
정병조 외, 『영미문학 입문』, 성균관대 출판부, 1983.
정수현, 『황순원 소설 연구』, 한국학술정보, 2006.
정한모, 『현대시론』, 보성문화사, 1993.
정한숙, 『현대 한국 소설론』, 고려대출판부, 1986.
전혜자, 『현대 소설사 연구』, 새문사, 1987.
조남현, 『문학과 정신사적 자취』, 이우출판사, 1984.
______, 『한국 현대 소설사 연구』, 민음사, 1984.
______, 『삶과 문학적 인식』, 문학과지성사, 1988.
______, 『우리 소설의 넓이와 깊이』, 『문학정신』, 1989.1월호.
______, 『한국소설과 갈등』, 문학과비평사, 1990.

______, 『소설원론』, 고려원, 1991.
______, 『한국 현대 소설사 2 : 1930-1945』, 문학과지성사, 2012.
조연현, 『문학과 그 주변』, 인간사, 1958.
______, 『황순원 단장』, 현대문학, 1964.
______, 『한국 현대 소설의 이해』, 일지사, 1975.
______, 『한국 현대 문학사』, 성문각, 1980.
______, 『한국 현대 작가 연구』, 새문사, 1981.
조용만, 『세계문학소사』, 박영사, 1989.
조진기, 『한국 근대 리얼리즘 소설 연구』, 새문사, 1989.
진형준, 『깊이의 시학』, 문학과지성사, 1986.
______, 『또 하나의 세상』, 청하, 1988.
천이두, 『종합에의 의지』, 일지사, 1974.
______, 『문학과 시대』, 문학과지성사, 1982.
______, 『한국 현대 소설론』, 형설출판사, 1983.
______, 『한국 소설의 관점』, 문학과지성사, 1985.
______, 『한국 현대 소설 작품론』, 1993
최동호, 『현대시의 정신사』, 열음사, 1985.
______, 『불확정 시대의 문학』, 문학과지성사, 1987.
최유찬, 『문학의 통일성이론』, 서정시학, 2013.
한국괴테협회 편, 『파우스트 연구』, 문학과지성사, 1986.
한국문학연구회, 『1950년대 남북한 문학』, 평민사, 1991.
한국문학평론가협회 편, 『한국 문학 비평 선집』 제1집, 이우출판사, 1981.
한국카프카학회 편, 『카프카 연구』, 범우사, 1984.
한 기, 『전환기의 사회와 문학』, 문학과지성사, 1991.
한승옥, 『한국 현대 장편소설 연구』, 민음사, 1989.
한용환, 『한국 소설론의 반성』, 이우출판사, 1984.
허명숙, 『황순원 소설의 이미지 읽기』, 월인, 2005.
현길언, 『한국 소설의 분석적 이해』, 문학과 비평사, 1991.
홍정선, 『역사적 삶과 비평』, 문학과지성사, 1986.

______, 『해방 50년 한국의 소설』, 한겨레, 1995.
홍정운, 『신념의 언어와 예술의 언어』, 오상출판공사, 1985.

3. 황순원 연구논저 발표연대별 목록

1) 단평자료 및 소논문

이석훈, 「문학풍토기－평양편」, 『인문평론』, 1940.8.
남궁만, 「황순원 저 『황순원 단편집』을 읽고」, 매일신보, 1941.4.3.
김성욱, 「시와 인형」, 『해동공론』, 1952.3; 『언어의 파편』, 지식산업사, 1982.10 재수록.
곽종원, 「황순원론」, 『문예』, 1952.9; 『신인간형의 탐구』, 동서문화사, 1955.10 재수록.
천이두, 「인간속성과 모랄」, 『현대문학』, 1958.11.
조연현, 「서정적 단편」, 『문학과 그 주변』, 인간사, 1958.
이어령, 「식물적 인간상」, 『사상계』, 1960.4.
김운현, 「황순원론」, 『국어국문학연구논문집』 통권 제10집, 경북대, 1960.12.
백 철, 「전환기의 작품 자세」, 『동아일보』, 1960.12.10~11.
______, 「작품은 실험적인 소산」, 『한국일보』, 1960.12.18.
황순원, 「비평에 앞서 이해를」, 『한국일보』, 1960.12.21.
황순원, 「한 비평가의 정신자세」, 『한국일보』, 1960.12.21.
원형갑, 「『나무들 비탈에 서다』의 背地」(상・중・하), 『현대문학』, 1961.1~3.
정태용, 「전후세대와 니힐리즘－『나무들 비탈에 서다』를 읽고」, 『민국일보』, 1961.4.14.
천이두, 「『나무들 비탈에 서다」의 기점」(상・하), 『현대문학』, 1961.12~ 1962.1; 「자의식과 현실」, 『종합에의 의지』, 일지사, 1974.11 재수록.
정창범, 「황순원론」, 『문학춘추』 제1권, 제5호, 1964; 『율리시즈의 방황』, 창원사, 1975.1 재수록.
구창환, 「傷處받은 世代-黃順元의 『나무들 비탈에 서다』를 論」함, 『조대문학』 통권 제5집, 1964.

조연현, 「황순원 단장」, 『현대문학』, 1964.11.
______, 「黃順元論」, 『예술논문집』 통권 제3집, 1964.
김상일, 「순원 문학의 위치」, 『현대문학』, 1965.4.
구창환, 「황순원 문학 서설」, 『조선대 어문학논총』 통권 제6호, 1965.
고　은, 「室內作家論 ③」, 『월간문학』 제2권 제5호, 1965.5.
김병걸, 「억설의 분노」, 『현대문학』, 1965.7.
심연섭, 「황순원씨신동아 인터뷰」, 『신동아』 제3권 제4호, 1966.4.
김교선, 「成層的 美的 構造의 小說-黃順元의 「原色 오뚜기」에 대하여」, 『현대문학』, 1966.5.
김치수, 「외로움과 그 극복의 문제」, 『문학』 제1권, 제8호, 1966; 오생근 편, 『황순원연구』, 황순원전집 제12권, 문학과지성사, 1985.3 재수록.
김상일, 「황순원의 문학과 악」, 『현대문학』, 1966.11.
박정자, 「성숙과 고민」, 『성대문학』 통권 제12집, 1966.
이호철, 「문학을 숙명으로서 받아들이는 자세」, 『현대문학』, 1966.12.
김우종, 「명작에서 본 母象 10態(6)－황순원작 「寡婦」」, 『대한일보』, 1967.6.10.
정전길, 「황순원 문학 점묘－「독 짓는 늙은이」, 「曲藝師」, 「별」」 등, 고려대 『교양』, 1967.12.
천이두, 「토속적 상황 설정과 한국 소설」, 『사상계』 통권 제188호, 1968. 『한국소설의 관점』, 문학과지성사, 1980.3 재수록.
고　은, 「실내작가론·3·황순원」, 『월간문학』 제2권 제5호, 1969.5.
천이두, 「黃順元의 文學」, 『신한국문학전집 14』, 어문각, 1970.
이보영, 「황순원의 세계」(상·하), 『현대문학』, 1970.2~3; 오생근 편, 『황순원 연구』, 황순원 전집 제12권, 문학과지성사, 1985.3 재수록.
천이두, 「시와 산문」 『한국대표 문학전집』 제6권, 삼중당, 1970.5; 『綜合에의 意志』, 일지사, 1974.11 재수록
황순원, 「대표작 자선자평－유랑민 근성과 시적 근원」(대담), 『문학사상』 제1권, 제2호 1972.11.
이형기, 「유랑민의 비극과 무상의 성실」, 『황순원문학전집』 제1권, 삼중당, 1973.12.
천이두, 「綜合에의 意志」, 『현대문학』, 1973.8; 『綜合에의 意志』, 일지사, 1974.11 재

수록.
______,「부정과 긍정」,「황순원문학전집」 제2권, 삼중당, 1973.12;『綜合에의 意志』, 일지사, 1974.11 재수록.
원응서,「그의 인간과 단편집『기러기』」,『황순원문학전집』 제3권, 삼중당, 1973.12; 오생근 편,「황순원 연구」,『황순원전집」 제12권, 문학과지성사, 1985.3 재수록.
김병익,「찢어진 동천사상의 복원」,『황순원문학전집』 제4권, 삼중당, 1973.12;『한국문학의 의식』, 동화출판공사, 1976.1 재수록.
김병익,「수난기의 결벽주의자」,『횡순원문학전집』 제5권, 삼중당, 1973.12;『한국문학의 의식」, 동화출판사, 1976.1 재수록.
김 현,「소박한 수락」,『횡순원문학전집」 제6권, 삼중당, 1973.12;『사회와 윤리』, 일지사, 1974; 오생근 편,「황순원 연구」,『황순원전집』 제12권, 문학과지성사, 1985.3 재수록.
천이두,「서정과 위트」,『황순원문학전집」 제7권, 삼중당, 1973.12.
원형갑,「버림받은 언어권-움직이는 城의 인물들」,『현대문학』 제20권, 제3호, 1974.3.
이보영,「황순원 재고」,『월간문학』 제7권, 제8호 1974.8.
이정숙,「황순원 소설에 나타난 인간상」,『서울대 대학원 논문집』, 1975.
염무웅,「8·15 직후의 한국문학」,『창작과 비평』, 1975. 가을호;『민중시대의 문학』, 창작과비평사, 1979.4 재수록.
김윤식,『韓國現代文學史』, 일지사, 1976.
서기원,「여자의 다리」, 문학과지성사 제7권, 제2호, 1976.6.
김병익,「순수문학과 그 역사성-황순원의 최근의 작업」,『한국문학』 제4권 제7호, 1976.7.
국제 펜클럽 한국본부,「서평-감성의 섬세한 印盡-『탈』 황순원 저」,『펜뉴스』 제2권 제2호, 1976.7.
천이두,「원숙과 패기」,『문학과 지성』, 1976. 여름호.
김병익,「순수문학과 그 역사성」,『한국문학』, 1976.『상황과 상상력』, 문학과지성사, 1979.7; 오생근 편,『황순원 연구』, 황순원전집 제12권, 문학과지성사,

1985.3 재수록.
홍기삼, 「유랑민의 서사극」, 『한국문학대전집』, 태극출판사, 1976.6.
황순원, 「인터뷰 기사」, 『조선일보』, 1976.10.20.
구창환, 「황순원의 생명주의 문학-『카인의 후예』를 論함」, 『한국언어문학』 통권 제4호, 한국언어문학회, 1976.
이선영, 「인정 · 허망 · 자유－황순원 「탈」, 서정인 「강」, 이정환 「까치방」, 『창작과 비평』, 제11권, 제3호, 1976.9.
이기서, 「小說에 있어서의 象徵問題－黃順元의 『움직이는 城』을 中心으로」, 고려대학교 『어문논집』 제19집, 1977.
노대규, 「소나기의 문체론적 고찰」, 『연세어문학』 통권 제9 · 10합집, 1977.6.
이기야, 「소설에 있어서의 상징문제－황순원의 『움직이는 城』을 중심으로」, 『어문논집』 통권 제19호, 고려대, 1977.9.
최래옥, 「황순원 '소나기'의 구조화 의미」, 『국어교육』 통권 제31호, 한국국어교육연구회, 1977.12.
장수자, 「Initiadon Story 연구」, 전국대학생 학술논문대회 논문집 제3호, 이화여대, 1978.
윤명구, 「황순원 소설 세계의 변모－『황순원전집』 소재 장편소설을 중심으로」, 『국어교육연구』 통권 제2호, 1978.3.
김정자, 「황순원과 김승옥의 문체연구－通語論적 측면에서 본 시도」, 『한국문학총론』 통권 제1호 1978.12.
김윤식, 「황순원론」, 『우리 문학의 넓이와 깊이』, 서재헌, 1979.
김희보, 「황순원의 『움직이는 城과 무속신앙－M. Eliade의 예술론을 중심하여」, 『기독교 사상』 통권 제247호, 1979.1.
김병택, 「결말에 대한 작가의 시선－「운수 좋은 날」, 「금 따는 콩밭」, 「메밀꽃 필 무렵」, 「소나기」의 경우」, 『현대문학』 제25권 제1호, 1979.1.
이재선, 「황순원과 통과제의의 소설」, 『한국 현대 소설사』, 홍성사, 1979.2.
이인복, 「황순원의 「별」 「독짓는 늙은이」 「목넘이 마을의 개」, 『한국문학에 나타난 죽음의식의 사적 연구』, 열화당, 1979.9.
구인환, 「小說의 劇的 構造의 樣相-『움직이는 城』을 中心으로」, 『국어국문학』 제81

호, 1979.12.
유종호, 「黃順元論」, 『동시대의 시와 진실』, 민음사. 1980.
김 현, 「해방 후 한국사회와 황순원의 작품세계」, 대학주보, 경희대, 1980.9.15(상) 9.22(하).
황순원, 전상국과의 대담, 「문학과 더불어 한평생」, 대학주보 경희대, 1980.9.15.
이태동, 「실존적 현실과 미학적 현현」, 『현대문학』, 1980.11; 오생근 편, 『황순원연구』, 황순원전집 제12권, 문학과지성사, 1985.3 재수록.
김 현, 「안과 밖의 변증법」, 『황순원전집』 제1권, 문학과지성사, 1980.12.
이상섭, 「'유랑민 근성'과 '창조주의 눈'」, 『황순원전집』 제9권, 문학과지성사, 1980.12.
이용남, 「調信蒙의 小說化 문제-「잃어버린 사람들」 「꿈」을 중심으로」, 『관악어문연구』 통권 제5집, 1980.
황순원, 「인터뷰 기사」, 『서울신문』, 1980.12.27.
김우종, 「3·8선의 문학과 황순원」, 『한국현대 소설사』, 성문각, 1980.
김인환, 「인고의 미학」, 『황순원전집』 제6권, 문학과지성사, 1981.5.
유종호, 「겨레의 記憶」, 『황순원전집』 제2권, 문학과지성사, 1981.5.
홍정운, 「황순원론-『움직이는 城』의 실체」, 『현대문학』 제27권 제7호, 1981.7.
송상일, 「순수와 초월」, 『황순원전집』 제7권, 문학과지성사, 1981.12.
조남현, 「순박한 삶의 파괴와 회복」, 『황순원전집』 제3권, 문학과지성사, 1981.12.
장덕순, 『한국 설화 문학 연구』, 서울대 출판부, 1981.
조연현, 『한국현대작가연구』, 새문사, 1981.
권영민, 「일상적 경험과 소설의 수법」, 『황순원전집』 제4권, 문학과지성사. 1982.8.
김치수, 「소설의 조직성」, 『황순원전집』 제10권, 문학과지성사, 1982.8.
조기원, 「현대단편소설의 문체론적 연구 : 김동리와 황순원을 중심으로」, 고려대 교육대학원 석사논문, 1982.9.10.
정다비, 「서평-사랑의 두 모습-이청준 『시간의문』, 황순원 『神들의 주사위』」, 『세계의 문학』 제7권, 제4호, 1982.12.
천이두, 「전체소설로서의 국면들」, 『현대문학』, 1982.12.
이유식, 「전후소설에 나타난 문장변천」, 『한국 소설의 위상』, 이우출판사, 1982.

우한용, 「現代小說의 古典 受容에 관한 硏究-『움직이는 城』과 敍事巫歌 '七公主'의 관련성을 中心으로」, 『국어국문학』 제23집, 전북대학교 1983.
이동하, 「한국소설과 구원의 문제」, 『현대문학』, 1983.5.
성민엽, 「존재론적 고독의 성찰」, 『황순원전집』 제8권, 문학과지성사, 1983.7.
천이두, 「청상의 이미지-오작녀」, 『한국현대소설론』, 형설출판사, 1983.
채명식, 「人間의 意志와 神의 攝理-『神들의 주사위』를 중심으로」, 동국대학교 『국어국문학논문집』 제12집 1983.
정과리, 「사랑으로 감싸는 의식의 외로움」, 『황순원전집』 제5권, 문학과지성사, 1984.4.
김영화, 「황순원의 소설과 꿈」, 『월간문학』 제17권 제5호, 1984.5.
김동선, 「황고집의 미학, 황순원 가문」, 『정경문화』, 1984.5; 오생근 편, 『황순원 연구』, 황순원전집 제12권, 문학과지성사, 1985.3 재수록.
조남현, 「황순원의 초기 단편소설」, 『한국현대소설사연구』, 민음사, 1984.11.
김주연, 「한국문학 왜 감동이 없는가」, 『문예중앙』, 1984. 가을호.
김 현 · 김윤식, 『한국문학사』, 민음사, 1984.
김병익, 「한국소설과 한국기독교」, 김주연 편, 『현대문학과 기독교』, 문학과지성사, 1984.
김봉군 · 이용남 · 한상무 공저, 『한국 현대 작가론』, 민지사, 1984.
김영화, 「황순원의 단편소설 Ⅰ-해방전의 작품을 중심으로」, 『한국언어문학』 통권 제23집, 한국언어문학회, 1984.
김치수, 「소설의 조직성과 미학-黃順元의 小說」, 『문학과 비평의 구조』, 문학과지성사, 1984.
조남현, 『문학과 정신사적 자취』, 이우출판사, 1984.
김윤기, 「황순원 시고」, 『국제어문』 통권 제2집, 1985.2.
방경태, 「황순원 「별」의 모티브와 작중인물연구」, 『대전어문학』, 1985.2.
권영민, 「황순원의 문체 그 소설적 미학」, 『말과 삶과 自由』, 문학과지성사, 1985.3.
김상태, 「한국현대소설의 문체변화」, 「말과 삶과 自由」, 문학과지성사, 1985.3.
김주연, 「싱싱함. 그 생명의 미학」, 『황순원전집』 제11권, 문학과지성사, 1985.3.
김치수, 「소설의 사회성과 서정성」, 『말과 삶과 自由』, 문학과지성사, 1985.3.

김 현, 「계단만으로 된 집」, 『말과 삶과 自由』, 문학과지성사, 1985.3.
오생근, 「전반적 검토」, 『황순원연구』, 황순원전집 제12권, 문학과지성사, 1985.3.
정과리, 「현실의 구조화」, 『말과 삶과 自由』, 문학과지성사, 1985.3.
최동호, 「동경의 꿈에서 피사의 사탑까지」, 『말과 삶과 自由』, 문학과지성사, 1985.3.
최정희·오유권·서정범·이호철, 「황순원과 나」, 『말과 삶과 自由』, 문학과지성사, 1985.3.
홍정선, 「이야기의 소설화와 소설의 이야기화」, 『말과 삶과 自由』, 문학과지성사, 1985.3.
김병익, 「장인정신과 70년대 문학의 가능성 돋보여―고희 맞은 황순원과 그의 문학세계」, 『마당』, 통권 제44호, 1985.4.
홍정운, 「신념의 언어와 예술의 언어」, 오상출판공사, 1985.
천이두, 「밝음의 美學―人間接木論」, 『한국소설의 문제작』, 백철·구인환·윤재근, 도서출판 一念, 1985.
이정숙, 「민요의 소설화에 대한 고찰―「명주가」와 「비늘」을 중심으로」, 『한성대 논문집』, 1985.
이정숙, 「지속적 자아와 변모하는 삶」, 『한국근대작가연구』, 三知院 1985.
김병욱, 「황순원 소설의 꿈 모티브」, 『문학과 비평』, 1985.5.
이보영, 「인간 회복에의 물음과 해답」, 「작가로서의 황순원」,『황순원』, 문예총서 12, 지학사, 1985.7.
진형준, 「모성으로 감싸기, 그에 안기기―황순원론」, 『세계의문학』, 민음사, 1985. 가을호.
신춘호, 「황순원의 「황소들」론」, 『충주문학』 통권 제3집, 1985.10.
전영태, 「이청준 창작집과 황순원의 단편소설」, 『광장』 통권 제146호 1985.10.
이동하, 「주제의 보편성과 기법의 탁월성―황순원의 『잃어버린사람들』」, 『정통문학』 1985.
한승옥, 「黃順元 長篇小說 硏究―罪意識을 中心으로」, 『숭실어문』, 제2집, 숭실대학교 국어국문학회, 1985.
김윤식, 「민담, 민족적 형식에의 길」, 『소설문학』, 1986.3.
구인환, 「별」의 이미지와 空間」, 『봉죽 박붕배박사 회갑기념 논문집』, 1986.

김윤식, 『우리 근대 소설 논집』, 이우출판사, 1986.
______, 「민담 또는 민족적 형식」, 『우리근대소설논집』, 이우출판사, 1986.
전영태, 「6·25와 분단 시대의 소설」, 『한국문학』 제14권 제6호, 통권 152호, 1986.
장현숙, 「황순원 초기 작품 연구-단편집 『늪』을 중심으로」, 『경원공업전문대 논문집』 통권 제7집, 1986.
정한숙, 「한국전후 소설의 양상」, 『현대한국소설론』, 고려대 출판부, 1986.
정호웅, 「분단소설의 새로운 넘어섬을 위하여」, 『한국문학』 제14권 제6호, 통권 152호, 1986.
김용희, 『현대 소설에 나타난 '길'의 상징성』, 정음사, 1986.
신동욱, 「황순원 소설에 있어서 한국적 삶의 인식연구」, 『동양학』 16집, 단국대 동양학 연구소, 1986; 『삶의 투시로서의 문학』, 문학과지성사, 1988 재수록.
황순원, 「말과 삶과 自由·IV」, 『현대문학』 통권 제385호, 1987.1.
김종회, 「삶과 죽음의 존재 양식-황순원 단편집 『탈』을 중심으로」, 『고황논집』 통권 제2집, 경희대 대학원, 1987.
강혜자 역, 「동서시학의 상징비교」, 『문학과 비평』 통권 제1호, 1987. 봄(창간호).
이동하, 「소설과 종교」, 『한국문학』, 1987.7.8.9.
홍정운, 「황순원론-『움직이는 城』의 실체」, 『현대문학』 제27권 제7호, 1987.7.
이동하, 「전통과 설화성의 세계」, 『한글 새 소식』, 1987.12~1988.1.
윤지관, 「『日月』의 정치적 차원」, 『문학과 비평』, 1987. 가을호.
이부영, 「심리학적 상징으로서의 동굴」, 『문학과 비평』, 1987. 가을호.
조남현, 「문학사회학의 수용양태와 그 문제점」, 『문학과 비평』, 1987. 가을호.
이동하, 「입사소설의 한 모습」, 『한글학보』, 1987. 겨울호.
김선학, 「함께 살아온 문학의 모습 2·小說-『땅울림』, 『고통의 뿌리』, 『降雪』, 『현실과 언어의 그물』, 민음사, 1998.
김용성, 「한국 소설의 시간 의식」, 『현대문학』 통권 제397·398호, 1988.1.2.
이동하, 「황순원론, 파멸의 길과 구원의 길-「별과 같이 살다」에 대하여」, 『문학사상』, 1988.3.
이동하, 「말하지 않고 있는 것의 중요성」, 『한국문학』, 1988.3.
한승옥, 「황순원 문학의 색채론」, 『동서문학』, 1988.3.

김선학, 『현실과 언어의 그물』, 민음사, 1988.
양선규, 「어린 외디푸스의 고뇌－황순원의 「별」에 관하여」, 『文學과 言語』 통권 제9집, 1988.
이재선, 「전쟁체험과 50년대 소설」, 『현대문학』 통권 제409호, 1989.1.
조남현, 「우리 소설의 넓이와 깊이, 황순원의 『카인의 후예』, 『문학정신』, 1989.1.2.
______, 「우리 소설의 넓이와 깊이, 『나무들 비탈에 서다』, 그 외연과 내포」, 『문학정신』, 1989.4.5.
송하섭, 『한국현대소설의 서정성 연구』, 단국대 출판부, 1989.
이동하, 「전통과 설화성의 세계－황순원의 「기러기」」, 『물음과 믿음사이』, 민음사, 1989.
이동하, 「입사 소설의 한 모습」, 『물음과 믿음사이』, 민음사, 1989.
최동호, 「1950년대의 시적흐름과 정신사적 의의」, 『현대문학』 통권 제409호, 1989.
양선규, 「황순원 초기 단편 소설 연구 <1>」, 『개신어문 연구』 통권 제7집, 1990.
노귀남, 「황순원 시세계의 변모를 통해서 본 서정성 고찰」, 『고황논집』 통권 제6집, 1990.
이남호, 「물 한 모금의 의미」, 『문학의 僞足 · 2』, 민음사, 1990.
조남현, 「한국소설과 갈등」, 『문학과 비평』, 1990.
우한용, 「소설의 양식차원과 장르차원－황순원의 별과 같이 살다」, 『한국 현대소설 구조 연구』, 三知院, 1990.
______, 「소설 구조의 기호론적 특성－황순원의 神들의 주사위」, 『한국 현대소설 구조 연구』, 三知院, 1990.
______, 「민족성의 근원추구－황순원의 움직이는 城」, 『한국 현대소설 구조 연구」, 三知院, 1990.
이정숙, 「자아인식에의 여정－황순원 『움직이는 城』」, 『한국현대 장편소설 연구』, 삼지사, 1990.
______, 「인간의 내면과 원형의 탐구」, 『한국현대 장편소설 연구』, 삼지사, 1990.
서종택 · 정덕준, 『한국현대소설 연구』, 새문사, 1990.
김종회, 「소설의 조직성과 해체의 구조」, 『현실과 문학의 상상력』, 교음사, 1990.
장현숙, 「황순원, 민족 현실과 이상과의 괴리－단편집 『기러기』를 중심으로(I)」, 『경원전문대 논문집』 통권 제13집, 1991.4; 오생근 편, 『황순원 연구』, 황순원전집 제12권, 문학과지성사, 1993 재수록.
______, 「황순원 소설에 나타난 현실인식과 지향성－단편집 『기러기』를 중심으로 (Ⅱ)」, 『경원전문대 논문집』 통권 제13집, 1991.4.
구인환, 「황순원 소설의 극적 양상」, 『선청어문』 통권 제19집, 서울대 사범대학 국어교육과, 1991.
유종호, 「현실주의 상상력」, 『산문정신고』, 나남문학선, 1991.
현길언, 「변동기 사회에서 <집>과 <토지>의 문제, 황순원의 「술」 「두꺼비」 「집」」, 『한국소설의 분석적 이해』, 문학과비평사, 1991.
나경수, 「「독짓는 늙은이」 원형 재구」, 『한국 언어 문학』 통권 제30집, 1992.6.
송현호, 「황순원의 「목넘이 마을의 개」」, 『한국 현대소설의 이해』, 민지사, 1992.
전흥남, 「해방직후 황순원 소설 일고」, 『현대문학이론연구』 통권 제1호, 현대문학이론학회, 1992.
장현숙, 「해방후 민족현실과 해체된 삶의 형상화－단편집 『목넘이 마을의 개』를 중심으로」, 『어문연구』 제21권, 제1・2호(77・78 합병호), 1993.
_____, 「전쟁의 상흔과 인간긍정의 철학－단편집 『곡예사』를 중심으로」, 『경원전문대논문집』 통권 제16집, 1993.
오생근, 「전반적 검토」, 『황순원 연구』, 황순원전집 제12권, 문학과지성사, 1993.
이재선・조동일 편, 『한국현대소설 작품론』, 문장, 1993.
천이두, 「황순원의 『소나기』－시적 이미지의 미학」, 이재선・조동일 편, 『한국현대소설 작품론』, 문장, 1993.
권택영, 「대중문화를 통해 라깡을 이해하기」, 『현대시사상』, 1994. 여름호.
장현숙, 『황순원 문학연구』, 시와시학사, 1994.9.
방민호, 「현실을 포회하는 상징의 세계」, 『관악어문연구』, 1994.12.
방경태, 「황순원 「별」의 모티프와 작중인물 연구」, 『대전어문학』, 1995.2.
이동길, 「해방기의 황순원 소설 연구」, 『어문학』 통권 제56호, 한국어문학회, 1995.2.
이재복, 「어머니 꿈꾸기의 시학－황순원의 『인간접목』론」, 『한국언어문화』 제13호, 한국언어문화학회, 1995.
서준섭, 「이야기와 소설-단편을 중심으로」, 『작가세계』 제7권 제1호, 1995. 봄호.
조건상, 『1950년대 문학의 이해』, 성균관대 출판부, 1996.

조현일, 「근대 속의 이야기」, 『소설과 사상』, 1996. 겨울호.
김주현, 「『카인의 후예』의 개작과 반공 이데올로기의 문제」, 『민족문학사 연구』, 통권 제10호, 1997.
이경호, 「『나무들 비탈에 서다』의 타자성 연구」, 한양어문학회 편, 『1950년대 한국문학 연구』, 보고사, 1997.
노승욱, 「황순원 단편 소설의 환유와 은유」, 『외국문학』, 열음사, 1998. 봄호.
권영민, 「선생의 영전에 삼가 명복을 빕니다」, 『문학사상』, 2000.10.
김종회, 「황순원 문학의 순수성과 완결성, 그 거목의 형상」, 『현대문학』, 통권 제550호, 2000.10.
감태준, 「선생님 가실 때」(시), 『현대문학』 통권 제551호, 2000.11.
김용성, 「정의와 정서와 정결과 정숙」, 『현대문학』 통권 제551호, 2000.11.
서정범, 「영원한 잠」, 『현대문학』 통권 제551호, 2000.11.
서기원, 「선생님에 대한 나의 심상」, 『현대문학』 통권 제551호, 2000.11.
신동호, 「잘난 스승, 못난 제자」, 『현대문학』 통권 제551호, 2000.11.
서정인, 「님은 도처에」, 『현대문학』 통권 제551호, 2000.11.
박 진, 「황순원 단편소설의 서정성과 顯現의 결말 구조」, 『국어국문학』 통권 제127호, 2000.12.
서재원, 「황순원의 <목넘이 마을의 개>와 <이리도> 연구－창작 방법으로서의 이야기를 중심으로」, 『현대문학이론연구』 통권 제14호, 현대문학이론학회, 2000.
정수현, 「현실인식의 확대와 이야기의 역할－황순원의 『목넘이 마을의 개』를 중심으로」, 『한국문예비평연구』 통권 제7호, 한국현대문예비평학회, 2000.
장현숙, 「작품세계로 본 황순원 연보」, 『문학과 의식』, 통권 제50호, 2000. 겨울호.
박 진, 「「나무들 비탈에 서다」의 구조적 특징과 서정성」, 『현대소설연구』, 통권 제14호, 2001.6.
장인식, 「황순원의 <카인의 후예>와 나다니엘 호손의 <주홍글자>」, 『현대소설연구』 통권 제14호, 2001.6.
강상희, 「한국 근대소설의 은유와 환유」, 『한국현대문학연구』 통권 제10호, 한국현대문학회, 2001.12.
박 진, 「황순원 단편 소설의 겹이야기 구조 연구」, 『현대문학이론연구』 통권 제15

號, 현대문학 연구학회, 2001.
_____, 「『나무들 비탈에 서다』의 구조적 특징과 서정성」, 『현대소설연구』 통권 제14호, 한국현대소설학회, 2001.
김은경, 「김동리, 황순원 문학의 비교 고찰」, 『한국현대문학연구』 통권 제11호, 한국현대문학회, 2002.6.
김종회, 「소설의 조직성과 해체의 구조-황순원 장편소설의 작중인물을 중심으로」, 『한국문학 이론과 비평』 제18집, 한국문학이론과비평학회 2003.3.
윤의섭, 「황순원 단편 소설 시간 구조의 의미 연구-<목넘이 마을의 개>와 <이리도>의 경우」, 『한국현대문학연구』 통권 제13호, 한국현대문학회, 2003.6.
문흥술, 「전통지향성과 이야기 형식 : 황순원 초기단편소설 연구」, 『태릉어문연구』 통권 제11집, 2003.8.
장현숙, 『현실인식과 인간의 길』, 한국문화사, 2004.3.
김태순, 『황순원 소설의 인물유형과 크로노토프』, 백산출판사, 2005.
서재원, 『김동리와 황순원 소설의 낭만성과 역사성』, 월인, 2005.
장현숙, 『황순원 문학연구』, 푸른사상, 2005.
허명숙, 『황순원 소설의 이미지 읽기』, 월인, 2005.
김윤식, 「황순원 소설의 심리적 대칭성 : 「나무들 비탈에 서다」론」, 『한국문학』 통권 제31권, 제4호, 2005.
사순옥, 「하인리히 뵐과 황순원의 소설에 나타난 '죽임'과 '살림'의 미학」, 『헤세연구』 통권 제13집, 2005.
양은창, 「황순원의 「왕모래」에 나타난 욕망의 의미」, 『국제어문』 통권 제33집, 2005.
이승준, 「한국 현대소설에 나타나는 '나무' 연구 : 황순원, 이청준, 이문구, 이윤기의 소설을 중심으로, 『문학과 환경』 통권 제4호, 2005.
장양수, 「황순원 장편 「나무들 비탈에 서다」의 실존주의 문학적 성격」, 『한국문학논총』 통권 제39집, 2005.
전홍남, 「황순원의 해방직후 소설-考 : 「목넘이 마을의 개」를 중심으로」, 『어문연구』 통권 제47권, 2005.
노승욱, 「유랑성의 소설화와 경계의 수사학-황순원의 『움직이는 城』을 중심으로」, 『민족문학사연구』 통권 제29호 2005.12.

고인환, 「황순원 단편소설에 나타난 생태주의적 상상력 고찰 : 「목넘이 마을의 개」, 「학」, 「나무와 돌, 그리고」, 「별」, 「소나기」를 중심으로」, 『경희어문학』 통권 27집, 2006.

노승욱, 「탈근대의 서사와 텍스트의 이중성 : 황순원 장편소설 『日月』론」, 『인문논총』 통권 제55집, 2006.6.

동시영, 「황순원의 <일월> 분석」, 『한국관광대학논문집』 통권 제5호, 2006.

박은태, 「황순원의 <카인의 후예> 연구」, 『현대문학의 연구』 통권 제30집, 2006.

염희경, 「중도좌파적 사상의 흔적 지우기 : 해방기 황순원 소설의 개작 문제」, 『仁荷語文硏究』 통권 제7호, 2006.

정수현, 「설화의 소설화 연구 : 황순원 소설을 중심으로」, 『비교문화연구』 제10권 제1호, 2006.

정수현, 『황순원 소설 연구』, 한국학술정보, 2006.

박지혜, 「황순원 「나무들 비탈에 서다」의 언술양상과 의미」, 『한중인문학연구』 통권 제21집, 2007.

오연희, 『황순원의 日月연구』, 한국학술정보, 2007.

장석남, 「황순원 시의 변모 양상에 대한 고찰」, 『한국문예창작』 제6권, 제1호, 통권 제11호, 2007.

정영훈, 「황순원 장편소설에 나타난 악의 문제」, 『한국현대문학연구』 통권 제21집, 2007.

정영훈, 「황순원 장편소설에서 역사적 사실과 해석의 문제」, 『국제어문』 통권 제41집, 2007.

김동환, 「초본(初本)과 문학교육-「소나기」를 중심으로」, 『문학교육학』 26호 한국문학교육학회, 2008.

나소정, 「한몽소설에 나타난 서정성의 두 의미 : 유목성과 정주성 : 로도이담바의 「솔롱고」와 황순원의 「소나기」를 중심으로」, 『우리어문연구』 통권 제31집, 2008.

박창순, 「황순원 작품 연구 : 첫 창작집 『늪』의 인물 분석」, 『박창순 論文集』 통권 제26집, 2008.

방금단, 「황순원의 전후 소설 연구 : 『잃어버린 사람들』을 중심으로」, 『돈암어문학』 통권 제21호, 2008.

송태현, 「두 문화의 만남 : 황순원의 「움직이는 성(城)」을 통해 본 기독교와 샤머니즘의 충돌」, 『신앙과학문』 제13권, 제3호, 통권 제38호, 2008.
정연희, 「황순원 문학의 인물추종술과 메타픽션적 특성 : 「막은 내렸는데」를 중심으로」, 『우리어문연구』 통권 제31집, 2008.
장양수, 「황순원의 「소나기」-슬프고 아름다운 사랑의 수채화」, 『한구현대소설 작품론』, 국학자료원, 2008.
김윤식, 『신 앞에서의 곡예 : 황순원 소설의 창작방법론』, 문학수첩, 2009.
김용성, 「황순원 문학을 재점검한다 : 황순원 소설의 설화적 성격 <討論>」, 『月刊文學』 제42권, 제11호, 통권 제489호, 2009,
김윤식, 「두 신 앞에 선 곡예사 황순원 : 창작집 『학』에서 창작집 『잃어버린 사람들』 사이의 거리재기」, 『韓國文學』 제35권, 제2호, 통권 제274호, 2009.
박창순, 『황순원작품연구 2 : 단편집 기러기의 인물분석』, 『박창순 論文集』 통권 제27집, 2009.
방민호, 「삶의 결, 문학의 결 : 이효석・황순원・황석영」, 『한국문학과 예술』 통권 제3집, 2009.
허　호, 「황순원과 미시마 유키오 : 『나무들 비탈에 서다』와 『교코의 집』의 영향관계 고찰」, 『세계문학비교연구』 통권 제28집, 2009.
황동규, 「아버지-소설가 황순원」, 『아버지, 그리운 당신』, 서정시학, 2009.
노승욱, 『황순원 문학의 수사학과 서사학』, 지교, 2010.
박　진, 「주체의 내면성과 책임의 윤리 : 황순원 후기 장편소설에 나타난 주체의 문제」, 『문학과 사회』 제23권 제3호, 통권 제91호, 2010.
박양호, 『황순원 문학연구』, 박문사, 2010.
신영미, 「희생제의를 통한 심미적 가치의 획득 : 김동인의 「배따라기」, 이태준의 「가마귀」, 황순원의 「별」을 중심으로」, 『한국문예비평연구』 통권 제31집, 2010.
안미영, 「태평양전쟁직후 한일(韓日) 소설에 나타난 패전 일본여성의 성격 비교 연구 : 황순원의 「술 이야기」와 다자이 오사무의 「斜陽」을 중심으로」, 『批評文學』 통권 제35호, 2010.
양선규, 「한국 현대소설에 나타난 모성성 연구 : 황순원・이청준・오정희・이문열・김소진 소설을 중심으로」, 『초등교육연구논총』 제26권 제1호, 2010.
조미영, 「연극 「황순원 소나기 그 이후」에 차용된 소설 『소나기』의 서사구조의 역할과 의미」, 『高凰論集』, 통권 제46집, 2010.
한미애, 「황순원 소설의 문체번역 가능성 : 『소나기』를 중심으로」, 『번역학연구』 제11권, 제1호, 2010.
김종회, 「황순원 선생 1930년대 전반 작품 대량 발굴, 전란 이후 작품도 수 편－동요・소년시・시 65편, 단편 1편, 수필 3편, 서평・설문 각 1편 등」, 제8회 황순원문학제 황순원문학세미나 주제발표, 2011.
김호기, 「황순원과 리영희 : 황순원 개인적 책임에 몰두한 이상적 자유주의자 : 사회적 책임 실천한 현실적 진보주의자 리영희」, 『新東亞』 54권 제11호, 통권 제626호, 2011.
박덕규, 「6·25 피난 공간의 문화적 의미-황순원의 「곡예사」 외 3편을 중심으로」, 『批評文學』 제39호, 한국비평문학회, 2011.
노승욱, 「황순원의 『움직이는 성』에 나타난 통전적 구원사상」, 『신앙과 학문』 제16권 제3호, 통권 제48호, 2011.
_____, 「황순원 『인간접목』의 서사적 정체성 구현 양상」, 『우리문학연구』 제34집, 우리문학회, 2011.
_____, 「황순원 장편소설의 대칭적 서사구조 : 『시들의 주사위』와 『카인의 후예』를 주심으로」, 『한국현대문학회 학술발표회 자료집』 2, 한국현대문학회, 2011.
송주현, 「황순원 소설에 나타난 근대성과 여성성 : 『나무들 비탈에 서다』를 중심으로, 『여성학논집』 제28집 제2호, 2011.
유성호, 「견고하고 역동적인 생명 의지 : 황순원의 시」, 『한국근대문학연구』 통권 제23호, 2011.
이 호, 『한국 전후소설과 중국 신시기소설의 비교 연구 : 황순원과 왕멍(王蒙)의 작품을 중심으로』, 국학자료원, 2011.
한미애, 「문학번역에 대한 인지시학적 접근 : 황순원의 「학」을 중심으로」, 『번역학연구』 제12권, 제4호, 2011.
김종호, 「『日月』의 原型的 構造 분석」, 『語文研究』 39, 한국어문교육연구회, 2011.
김종호, 「前後小說의 작중 인물 심리 분석－黃順元의 『나무들 비탈에 서다』를 중심으로」, 『어문논집』 48, 중앙어문학회, 2011.
박태일, 「전쟁기 광주지역 문예지 『신문학』 연구」, 『영주어문』 제21집, 영주어문학회, 2011.
이병재, 「인생 고독과 사랑, 예술－황순원 「필묵 장수」 감상과 이해, 『한국문학의 다원적 비평』, 작가와비평, 2011.
최영자, 「권력담론 희생자로서의 아버지 복원하기－황순원 『일월』, 김원일 『노을』, 문순태 『피아골』을 중심으로」, 『우리文學硏究』 제34집, 우리문학회, 2011.
호병탁, 「『일월』에 나타나는 카니발의 세계관」, 『나비의 궤적』, 황금알, 2011.
김병익, 「시대 인식과 삶의 방식-황순원 장편소설의 주인공들」, 『이해와 공감』, 문학과지성사, 2012.
김용희, 「스토리텔링과 한류 동양주의-황순원의 소설 「소나기」의 경우」, 『사랑의 무브』, 글누림, 2012.
김윤식, 「학병세대와 글쓰기의 기원－박경리・김동리・황순원・선우휘・강신재의 경우」, 『한일 학병세대의 빛과 어둠』, 소명, 2012.
박덕규, 「황순원, 순수와 절제의 극을 이룬 작가」, 『한국사시민강좌』, 제 50집, 일조각, 2012.
오양진, 「6·25 전쟁과 애도의 문제 : 이호철의 「나상」과 황순원의 「비바리」를 대상으로」, 『한국학연구』 제42집 고려대학교 한국학연구소, 2012.9.
노승욱, 「황순원의 『카인의 후예』에 나타난 중층적 상호텍스트성」, 『문학과 종교』 제17권 3호, 한국문학과종교학회, 2012.12.
오태호, 「글과 삶과 자유의 행복한 만남, 그리고 영면－황순원 후기문학론」, 『환상통을 앓다』, 새미, 2012.
이익성, 「황순원 초기 단편소설의 서정적 특질: 단편집 『늪』을 중심으로」, 『開新語文硏究』 제36집, 開新語文學會, 2012.
이재복, 「황순원과 김동리 비교 연구 : 『움직이는 성』과 『무녀도』의 샤머니즘 사상과 근대성을 중심으로」, 『語文硏究』 제47권, 語文硏究學會, 2012.
이혜원, 「황순원 시와 타자의 윤리」, 『語文硏究』, 제71집, 어문연구학회, 2012.
임신희, 「황순원 전후 소설의 휴머니즘 성격」, 『현대소설연구』 제50호, 한국현대소설학회, 2012.
적위기, 「황순원의 <소나기>에 대한 발화행위 이론적 분석 : 소년과 소녀의 대화를 중심으로」, 『인문과학논집』 제23집, 강남대학교 출판부, 2012.

최배은, 「황순원의 첫 작품 「추억」 연구」, 『한국어와 문화』 제12집, 숙명여자대학교 한국어문화연구소, 2012.
김종회, 「동란 직전, 그리고 1970년대 초입의 세태와 황순원 문학－새로 확인된 황순원 단편소설・꽁트・수필・발표문 등 4편에 붙여」, 『문하의 오늘』, 2013. 여름호.
______, 「황순원 소나기마을 콘텐츠」, 『황순원연구』, 2014.
박기수, 「소나기마을, story doing하라」, 『황순원연구』, 2014.
신덕룡, 「술이야기에 나타난 노동운동의 양상」, 『황순원연구』, 2014.
이승하, 「김동리와 황순원 시의 죽음의식 및 시대의식 고찰」, 『황순원연구』, 2014.
최동호, 「황순원 선생과 양정길 여사의 문학 한세기」, 『황순원연구』, 2014.

2) 학위논문

(1) 석사학위 논문

박해경, 「황순원 소설의 미학」, 이화여대 대학원 석사논문, 1972.
이정숙, 「황순원 소설에 나타난 인간상」, 서울대 대학원 석사논문, 1976.
정재훈, 「한국 현대소설에 나타난 죽음의 연구 : 황순원, 김동리, 김동인, 현진건, 나도향, 주요섭의 소설을 중심으로」, 경희대 교육대학원 석사논문, 1976.
박미령, 「황순원론」, 충남대 대학원 석사논문, 1980.2.
방용삼, 「황순원 소설에 나타난 애정관」, 경희대 교육대학원 석사논문. 1981.
배병철, 「현대소설에서 본 윤리의식 : 황순원・오영수 작품을 중심으로」, 경희대 교육대학원 석사논문, 1981.
안영례, 「黃順元 小說에 나타난 꿈 硏究」, 중앙대 교육대학원 석사논문, 1982.
장현숙, 「황순원 작품연구」, 경희대 대학원 석사논문, 1982.2.
백승철, 「황순원 소설의 악인 연구」, 세종대 대학원 석사논문, 1982.2.
박원숙, 「『닭祭』 『별』 『소나기』를 중심으로 한 황순원의 단편연구」, 이화여대 교육대학원 석사논문, 1982.2.22.
김재헌, 「황순원의 일월(日月)론」, 충남대 교육대학원 석사논문, 1983.2.25.
이갑록, 「황순원 소설에 나타난 인물묘사연구」, 경희대 교육대학원 석사논문,

1983.2.
김전선, 「나무들 비탈에 서다에 관한 연구」, 이화여대 교육대학원 석사논문, 1983.
임관수, 「황순원 작품에 나타난 自己實現 問題－『움직이는 城』을 중심으로」, 충남대 대학원 석사논문, 1983.
김기형, 「김동리와 황순원 소설의 문체론적 비교연구」, 원광대 교육대학원 석사논문, 1984.2.25.
김정혜, 「島崎藤村の『破戒』と 黃順元の『日月』との 比較硏究 : 疎外の樣を中心じ」, 계명대 대학원 석사논문, 1984.2.
유재봉, 「황순원 소설에 나타난 주인공의 인간상 고찰」, 충남대 교육대학원 석사논문, 1984.2.
이창희, 「가문소설의 현대적 이행 양상」, 충북대 교육대학원 석사논문, 1984.2.
임관수, 「황순원 작품에 나타난 『자기실현(自己實現)』 문제」, 충남대 대학원 석사논문, 1984.2.
전현주, 「황순원 단편 고찰－이니시에이션 스토리를 중심으로」, 동아대 대학원 석사논문, 1984.2.
안남연, 「황순원 소설의 작중인물 연구」, 한국외국어대 대학원 석사논문, 1984.8.
이병학, 「『별』의 의미 구조 분석 시론」, 인하대 교육대학원 석사논문, 1984.8.
임채욱, 「황순원 작품의 구조 연구－단편소설을 중심으로」, 원광대 대학원 석사논문, 1984.8.
전혜선, 「「나무들 비탈에 서다」에 관한 연구 : '유리'의 이미지와 현실의 문제를 중심으로」, 이화여대 교육대학원 석사논문, 1984.9.
김경희, 「황순원 소설 연구 : 장편에 나타난 인물의 갈등을 중심으로」, 중앙대 대학원 석사논문, 1985.2.
김난숙, 「황순원 문학의 상징성 고찰」, 부산여대 대학원 석사논문, 1985.2.
김종회, 「황순원의 작중인물 연구」, 경희대 대학원 석사논문, 1985.2.
방윤순, 「한국 현대소설에 나타난 기독교의 수용문제연구」, 인하대 교육대학원 석사논문, 1985.2.
신동규, 「모티브의 기능과 의미화 : '소나기'를 대상으로 한 시론적 분석」, 서강대 대학원 석사논문, 1985.2.

최민자, 「황순원 작품연구－장편소설의 상징성을 중심으로」, 동아대 석사논문, 1985.2.
권택희, 「황순원 소설에 나타난 종교사상 연구 : 「日月」과 「움직이는 城」을 중심으로」, 한양대 교육대학원 석사논문, 1986.2.
정창훤, 「황순원 소설의 이미지에 관한 연구」, 전북대 교육대학원 석사논문, 1986.2.
권경희, 「황순원 소설에 나타난 종교사상 연구－『日月』과 『움직이는 城』을 중심으로」, 한양대하교 교육대학원 석사논문, 1986.6.
김영환, 「황순원 소설의 작중인물 연구」, 동국대 교육대학원 석사논문, 1986.
김정하, 「황순원 『日月』연구－전상화된 상징구조의 원형비평적 분석과 해석」, 서강대 대학원 석사논문, 1986.
최옥남, 「황순원 소설의 기법 연구」, 서울대 교육대학원 석사논문, 1986.
서경희, 「황순원 소설의 연구－작중인물의 성격을 중심으로』, 전북대 교육대학원 석사 논문, 1986.
구수경, 「황순원 소설의 담화양상 연구」, 충남대 대학원 석사논문, 1987.
김영환, 「황순원 소설의 작중인물 연구」, 동국대 교육대학원 석사논문, 1987.2.
박선미, 「황순원의 문체연구 : 「나무들 비탈에 서다」를 중심으로」, 이화여대 대학원 석사논문, 1987.2.
윤민자, 「황순원 소설에 나타난 애정관 : 장편소설 중심으로」, 연세대 교육대학원 석사논문, 1987.2.
전미리, 「황순원 단편소설 연구 : 작품 「별」, 「닭」, 「소나기」, 「학」을 중심으로」, 서울여대 대학원 석사논문, 1987.2.
김경혜, 「황순원 장편에 나타난 인간구원의식에 관한 고찰」, 숙명여대 대학원 석사논문, 1987.
박진규, 「황순원 초기 단편 연구－『늪』『기러기』에 나타난 서정기법을 중심으로」, 부산대 대학원 석사논문, 1987.
이호숙, 「황순원 소설의 서술시점에 관한 연구」, 이화여대 대학원 석사논문, 1987.
강평구, 「황순원 소설의 인물유형 고찰」, 조선대 대학원 석사논문, 1988.2.
윤장렬, 「황순원 단편소설 구조 연구」, 한국외국어대 대학원 석사논문, 1988.2.
문영희, 「황순원 문학의 작가정신 전개양상 연구」, 경희대 대학원 석사논문, 1988.2.

이호숙, 「황순원 소설의 서술시점에 관한 연구」, 이화여대 대학원 석사논문, 1988.2.
이부순, 「황순원 단편소설 연구」, 서강대 대학원 석사논문, 1988.7.
이운기, 「황순원의 초기 작품 연구」, 건국대 교육대학원 석사논문, 1988.8.
이현란, 「황순원 소설 연구 : 전기장편을 중심으로」, 성신여대 대학원 석사논문, 1988.8.
방민화, 「황순원 『日月』 연구」, 숭실대 대학원 석사논문, 1988.
허명숙, 「황순원 장편소설 연구－『日月』, 『움직이는 城』, 『神들의 주사위』의 인물 구조를 중심으로, 숭실대 대학원 석사논문, 1988.
최인숙, 「황순원의 『움직이는 城』 연구」, 효성여대 대학원 석사논문, 1988.
현영종, 「이니시에이션 소설 연구－염상섭, 황순원, 김승옥, 김원일 작품을 중심으로」, 고려대 교육대학원 석사논문, 1989.
오병기, 「황순원 소설연구, 죽음의 양상과 의미의 변화를 중심으로」, 영남대 대학원 석사논문, 1989.8.
강영주, 「황순원의 성장소설 연구」, 전남대 교육대학원 석사논문, 1989.
권혜정, 「황순원의 액자소설 연구」, 경북대 교육대학원 석사논문, 1989.
배규호, 「황순원 소설의 작중인물 연구」, 계명대 교육대학원 석사논문, 1989.
권대근, 「한국 현대소설에 나타난 꿈에 관한 연구 : 황순원의 작품을 중심으로」, 원광대 교육대학원 석사논문, 1990.2.
배규호, 「황순원 소설의 작중인물 연구 : 「나무들 비탈에 서다」를 중심으로」, 계명대 교육대학원 석사논문, 1990.2.
홍순재, 「황순원의 「움직이는 성」 연구」, 경남대 교육대학원 석사논문, 1990.2.
박노철, 「황순원 소설에 나타난 구원의 양상 : 「카인의 후예」를 중심으로」, 건국대 교육대학원 석사논문, 1990.8.
임유순, 「황순원 소설에 나타난 소년상 연구」, 인천대 교육대학원 석사논문, 1990.8.
정도권, 「황순원 장편 소설 연구」, 동아대 대학원 석사논문, 1990.8.
김희범, 「황순원 소설의 인물 연구 : 단편소설에 나타난 어린이와 노인을 중심으로」, 경남대 교육대학원 석사논문, 1990.
배선미, 「황순원 장편소설 연구－전쟁에 의한 피해양상 및 극복의지를 중심으로」, 숙명여대 교육대학원 석사논문, 1990.
권혜정, 「황순원의 액자소설 연구」, 경북대 교육대학원 석사논문, 1990.

강선주, 「황순원의 성장소설 연구」, 전남대 교육대학원 석사논문, 1990.
김순병, 「고등학교 문학교재 소설단원의 플롯과 주제의 해석」, 부산대 교육대학원 석사논문, 1991.2.
서재원, 「황순원의 해방직후 소설연구, 단편집 『목넘이 마을의 개』를 중심으로」, 고려대 대학원 석사논문, 1991.2.
박명진, 「문학에 나타난 구원의 의미 고찰 : 황순원 장편 「움직이는 城」을 중심으로」, 원광대 대학원 석사논문, 1991.8.
서월심, 「황순원 소설에 나타난 죽음의식 연구」, 한남대 대학원 석사논문, 1991.8.
임영천, 「김동리·황순원 소설의 종교세계 비교연구 : 「을화」와 「움직이는 성」을 중심으로」, 서울시립대 대학원 석사논문, 1991.8.
최미옥, 「황순원 소설에 나타난 인물의 자기실현 연구」, 강원대 대학원 석사논문, 1991.8.
한효연, 「황순원 작품의 문체론적 연구 : 단편소설을 중심으로」, 고려대 교육대학원 석사논문, 1991.8.
고은숙, 「황순원 장편소설의 갈등양상 연구」, 제주대 대학원 석사논문, 1992.2.
김희광, 「황순원 소설연구 : 장편에 나타난 죄의식과 인간구원의 문제를 중심으로」, 성균관대 교육대학원 석사논문, 1992.2.
정혜정, 「1970년대 이후 한국 소설에 나타난 기독교 수용 연구 : 황순원, 백도기, 이문열을 중심으로」, 성신여대 교육대학원 석사논문, 1992.8.
팽현영, 「문학전집 표지디자인의 표현에 관한 연구 : 「한국대표문학전집」 표지의 그래픽부분을 중심으로」, 이화여대 산업미술대학원 석사논문, 1992.8.
김만수, 「황순원의 초기 장편소설 연구」, 『1960년대 문학연구』, 예하, 1993.
권오선, 「황순원의 40~50년대 소설 연구」, 충북대 교육대학원 석사논문, 1993.2.
김홍길, 「황순원 장편소설의 작중인물 연구 : 「나무들 비탈에 서다」와 「日月」에 나타난 현실인식의 문제를 중심으로」, 한국교원대 대학원 석사논문, 1993.2.
송영희, 「황순원 소설의 인물 연구 : 해방기 단편소설을 중심으로」, 건국대 교육대학원 석사논문, 1993.2.
안미현, 「황순원 장편소설 연구 : 「별과 같이 살다」, 「카인의 後裔」, 「人間接木」을 중심으로」, 연세대 교육대학원 석사논문, 1993.2.

이순철, 「문학교육 교재로서의 황순원 소설 고찰 : 단편 「별」, 「산골아이」, 「학」을 중심으로」, 동국대 교육대학원 석사논문, 1993.2.

김경화, 「황순원의 장편소설 연구 : 소설에 나타난 죄의식과 구원의 문제를 중심으로」, 서강대 교육대학원 석사논문, 1993.8.

서저환, 「한국서사문학의 동물 상징연구 : '개구리'와 '두꺼비'를 중심으로」, 서강대 교육대학원 석사논문, 1993.8.

이현주, 「황순원 단편소설에 나타난 서술 양상연구」, 이화여대 대학원 석사논문, 1993.8.

이희숙, 「황순원 장편소설 연구 : 작중인물의 갈등양상을 중심으로」, 숙명여대 교육대학원 석사논문, 1993.8.

김미정, 「황순원의 작가정신과 인간탐구 : 전기 장편을 중심으로」, 부산대 대학원 석사논문, 1994.2.

박혜숙, 「有島武郎の "カインの末裔"と 黄順元の "カインの後裔"との 比較研究 : 仁右衛門とトソップ老人の カイン的特性と 野蠻性の 要因を 中心にして」, 성신여대 대학원 석사논문, 1994.2.

전경석, 「김동리와 황순원 시 연구」, 충남대 교육대학원 석사논문, 1994.2.

김윤선, 「황순원 소설에 나타난 꿈 연구」, 고려대 대학원 석사논문, 1994.8.

김인숙, 「황순원 장편소설 연구 : 작중인물의 성격을 중심으로」, 연세대 교육대학원 석사논문, 1995.2.

양영미, 「황순원 장편소설 인물 연구 : 주인공의 갈등을 중심으로」, 전남대 교육대학원 석사논문, 1995.2.

이수남, 「황순원 단편소설 인물성격 연구」, 영남대 교육대학원 석사논문, 1995.2.

이희경, 「황순원 문학에 나타난 인간상 고찰 : 「움직이는 성」을 중심으로」, 조선대 대학원 석사논문, 1995.2.

정현돈, 「황순원의 「나무들 비탈에 서다」 연구」, 계명대 교육대학원 석사논문, 1995.2.

정재석, 「한국 소설에서의 유년시점 연구 : 김남천, 현덕, 황순원 소설의 유년 인물을 중심으로」, 서강대 대학원 석사논문, 1995.8.

최주한, 「황순원의 『카인의 後裔』 연구 : 제의적 소설형식의 특성을 중심으로」, 서강대 대학원 석사논문, 1995.8.

김태연, 「1950년대 신·구세대 작가의 전쟁인식 연구」, 경북대 교육대학원 석사논문, 1996.2.
방경태, 「황순원 장편소설에 나타난 죄의식 연구」, 대전대 대학원 석사논문, 1996.2.
유정수, 「황순원의 「카인의 후예」 연구」, 경북대 교육대학원 석사논문, 1996.2.
이성준, 「황순원 초기소설의 상징연구－단편집 『늪』을 중심으로」, 제주대 대학원 석사 논문, 1996.2.
이원태, 「황순원의 초기소설 연구」, 계명대 교육대학원 석사논문, 1996.8.
주경자, 「황순원 장편소설 연구 : 작중인물의 새로운 세계의 모색을 중심으로」, 상지대 교육대학원 석사논문, 1996.8.
최미숙, 「황순원 후기 장편소설의 서사구조 연구 : 「일월」과 「움직이는 성」을 중심으로」, 동덕여대 대학원 석사논문, 1996.8.
최혜정, 「중학교 소설 단원 분석 및 평가」, 부산대 교육대학원 석사논문, 1996.8.
양승숙, 「한국 성장소설 연구」, 국민대 대학원 석사논문, 1997.2.
김희숙, 「황순원 소설 연구 : 단편집 『기러기』를 중심으로」, 성신여대 교육대학원 석사논문, 1997.8.
노승욱, 「황순원 단편 소설의 수사학적 연구」, 서울대 대학원 석사논문, 1997.8.
양현진, 「황순원 소설의 '금기' 구조 연구 : 단편 소설을 중심으로」, 이화여대 대학원 석사논문, 1997.8.
이현숙, 「황순원 소설의 인물 연구 : 이니시에이션 소설을 중심으로」, 단국대 대학원 석사논문, 1998.2.
임정옥, 「황순원 소설에서의 죄의식과 구원문제」, 전북대 교육대학원 석사논문, 1998.2.
황의진, 「황순원 초기 단편 소설 연구」, 전주대 교육대학원 석사논문, 1998.2.
김보경, 「황순원 소설 연구 : 현실인식을 중심으로」, 순천향대 교육대학원 석사논문, 1998.8.
김봉숙, 「황순원 소설에 나타난 통과제의 연구 : 「별」·「소나기」·「학」을 중심으로」, 제주대 교육대학원 석사논문, 1998.8.
김순남, 「황순원 소설 연구 : 단편소설의 소년상을 중심으로」, 호남대 대학원 석사논문, 1998.8.
김종일, 「1950~60년대 장편소설에 나타난 시공간성 연구」, 건국대 대학원 석사논문, 1998.8.
김형찬, 「황순원 소설에 나타난 부상 연구 : '일월, 신들의 주사위'를 중심으로」, 경희대 교육대학원 석사논문, 1998.8.
박주연, 「황순원 장편소설의 인물구조 연구 : 「나무들 비탈에 서다」, 「日月」, 「움직이는 城」을 중심으로」, 서울여대 대학원 석사논문, 1998.8.
이소영, 「황순원 소설에 나타난 생태의식 연구」, 고려대 대학원 석사논문, 1998.8.
윤성훈, 「황순원 장편소설 연구 : 작중인물의 성격과 갈등을 중심으로」, 성균관대 교육대학원 석사논문, 1999.2.
이원동, 「1950년대 황순원 소설 연구 : 실향민 의식과 서술방법의 관계를 중심으로」, 경북대 대학원 석사논문, 1999.2.
홍종원, 「황순원의 「별과 같이 살다」 연구」, 경희대 교육대학원 석사논문, 1999.2.
김선태, 「황순원 소설연구 : 모성애와 범 생명사랑을 중심으로」, 동국대 교육대학원 석사논문, 1999.8.
윤은영, 「황순원 장편소설에 나타난 애정 욕망 연구」, 숙명여대 대학원 석사논문, 1999.8.
최혜림, 「황순원의 글쓰기 양상 연구 : 전기 소설의 이데올로기와 형식의 대응관계를 중심으로」, 서울대 대학원 석사논문, 1999.8.
박명복, 「황순원의 통과제의적 소설 연구」, 공주대 대학원 석사논문, 1999.
이향환, 「황순원 소설에 나타난 인간 구원의 문제」, 아주대 교육대학원 석사논문, 1999.
곽성연, 「황순원 단편소설의 서정성 연구」, 충남대 교육대학원 석사논문, 2000.2.
노애리, 「황순원 단편소설 연구 : 1950년대를 중심으로」, 서울대 대학원 석사논문, 2000.2.
김광주, 「황순원 전기 장편소설 연구」, 계명대 교육대학원 석사논문, 2000.2.
정승희, 「한국 기독교 소설 연구」, 단국대 교육대학원 석사논문, 2000.2.
강은숙, 「황순원 소설에 나타난 죽음모티브의 심리적 분석 : 초기 단편을 중심으로」, 덕성여대 대학원 석사논문, 2000.8.
박희영, 「황순원 초기 단편소설에 나타난 아동문학적 양상 연구 : 초기 단편소설을 중심으로」, 동국대 문화예술대학원 석사논문, 2000.8.
신동희, 「북한 토지개혁에 대한 장편소설 연구」, 영남대 교육대학원 석사논문, 2000.8.

유남희, 「황순원 소설의 구원 양상 연구」, 광운대 대학원 석사논문, 2000.8.
최정심, 「황순원 장편소설의 인물 연구」, 경원대 대학원 석사논문, 2000.8.
김연희, 「황순원의 성장소설 연구」, 서원대 교육대학원 석사논문, 2000.
이은영, 「이니시에이션 소설의 서사구조와 비유연구-김남천・황순원의 단편 소설을 중심으로」, 서강대 대학원 석사논문, 2000.
박영식, 「황순원의 성장소설 연구」, 영남대 대학원 석사논문, 2001.
김명옥, 「소설 교육 방법 연구 : 황순원의 「소나기」를 중심으로」, 군산대 교육대학원 석사논문, 2001.
김세운, 「소설교육을 통한 창의력 신장 지도 방안 : 황순원의 소설 「소나기」를 중심으로」, 경희대 교육대학원 석사논문, 2001.
김호식, 「황순원 소설연구」, 아주대 교육대학원 석사논문, 2001.
박영식, 「황순원의 성장소설 연구 : 단편소설을 중심으로」, 영남대 대학원 석사논문, 2001.
박유진, 「황순원 장편소설 연구 : 장편에 나타난 주제의식과 인물분석을 중심으로」, 성균관대 교육대학원 석사논문, 2001.
설창환, 「황순원의 성장소설 연구」, 아주대 교육대학원 석사논문, 2001.
정상희, 「한국현대 성장소설의 서사구조 연구」, 단국대 교육대학원 석사논문, 2001.
최경희, 「황순원 소설의 꿈 연구」, 경희대 대학원 석사논문, 2001.
최성호, 「황순원 소설의 자기부정성 연구 : 『신들의 주사위』를 중심으로」, 경성대 교육대학원 석사논문, 2001.
김진숙, 「황순원의 성장소설 연구 : 단편소설을 중심으로」, 경원대 교육대학원 석사논문, 2002.
김미영, 「황순원 초기 소설의 동물 상징 연구」, 동국대 문화예술대학원 석사논문, 2002.
김효정, 「등장인물을 통해 본 황순원 소설의 현실인식 연구 : 「나무들 비탈에 서다」・「일월」・「움직이는 성」을 중심으로」, 명지대 교육대학원 석사논문, 2002.
박진애, 「황순원 장편소설에 등장하는 인물형 연구」, 홍익대 교육대학원 석사논문, 2002.
변유민, 「황순원의 성장소설 연구 : 초기 단편을 중심으로」, 동국대 교육대학원 석사논문, 2002.

송관의, 「황순원의 성장소설 연구 : 해방 전 단편을 중심으로」, 한양대 교육대학원 석사논문, 2002.

심미숙, 「황순원의 『나무들 비탈에 서다』 연구」, 숙명여대 대학원 석사논문, 2002.

윤정아, 「한국 현대 성장소설 연구」, 고려대 교육대학원 석사논문, 2002.

윤현정, 「황순원 서정소설 연구 : 단편소설을 중심으로」, 이화여대 대학원 석사논문, 2002.

이순분, 「황순원의 성장소설 연구」, 한남대 교육대학원 석사논문, 2002.

이주상, 「황순원의 초기 단편소설에 나타난 동심의 몇 가지 양상」, 인하대 교육대학원 석사논문, 2002.

장도례, 「황순원 장편소설에 나타난 구원의 양상 : 「나무들 비탈에 서다」, 「일월」, 「움직이는 성」을 중심으로」, 숭실대 교육대학원 석사논문, 2002.

장연옥, 「황순원 단편 소설 연구」, 서울여대 대학원 석사논문, 2002.

정연옥, 「샤머니즘 문학과 문학교육」, 홍익대 교육대학원 석사논문, 2002.

최은정, 「황순원 소설 연구 : 후기 장편소설에 나타난 서술기법을 통해서 본 주제의식」, 영남대 교육대학원 석사논문, 2002.

고은미, 「성장소설에 나타난 성장의 시대적 차이 연구」, 한남대 교육대학원 석사논문, 2003.

김은희, 「황순원 소설 연구 : 고아의식을 중심으로」, 명지대 대학원 석사논문, 2003.

서영란, 「현대소설을 통한 논리적 사고력 지도 연구」, 숙명여대 교육대학원 석사논문, 2003.

오유진, 「황순원 초기 단편소설 연구 : 공간을 중심으로」, 목포대 교육대학원 석사논문, 2003.

이애영, 「황순원 단편소설에 나타난 '물' 상징 연구 : 단편집 『기러기』를 중심으로」, 목포대 교육대학원 석사논문, 2003.

최경원, 「현대 소설에 나타난 '비'의 상상력 연구」, 서강대 교육대학원 석사논문, 2003.

최은경, 「황순원의 「카인의 후예」 연구 : 인물분석을 중심으로」, 동국대 교육대학원 석사논문, 2003.

강경숙, 「황순원의 『나무들 비탈에 서다』 연구」, 한국교원대 교육대학원 석사논문, 2004.

곽노송, 「황순원의 동물소재 소설과 생태의식」, 고려대 교육대학원 석사논문, 2004.

김보경, 「황순원 엽편소설 연구」, 숙명여대 대학원 석사논문, 2004.
김유경, 「과정 중심 읽기 지도 방안 연구 : 황순원의 「소나기」를 중심으로」, 성신여대 교육대학원 석사논문, 2004.
김은지, 「황순원 초기 단편의 입사식담적 성격」, 동의대 대학원 석사논문, 2004.
김현주, 「'빈자리 메우기'를 활용한 소설교육 방법 연구 : 황순원의 「소나기」를 중심으로」, 부경대 교육대학원 석사논문, 2004.
노은영, 「황순원의 「신들의 주사위」의 갈등구조 연구」, 인하대 교육대학원 석사논문, 2004.
박혜련, 「황순원 소설에 나타난 타자성의 윤리 연구」, 서울시립대 대학원 석사논문, 2004.
백은아, 「황순원 단편소설 연구 : 서정성을 중심으로」, 원광대 교육대학원 석사논문, 2004.
엄숙용, 「황순원 「소나기」의 기호학적 분석」, 세종대 대학원 석사논문, 2004.
이승복, 「황순원 소설 『카인의 후예』 인물연구」, 건국대 교육대학원 석사논문, 2004.
이주헌, 「황순원 분단소설의 성격 연구 : 인본주의적 특성을 중심으로」, 경희대 교육대학원 석사논문, 2004.
이희경, 「황순원의 『카인의 후예』연구」, 세종대 대학원 석사논문, 2004.
전혜정, 「성장소설연구 : 중·고등학교 교과서에 나오는 성장 소설을 중심으로」, 한남대 교육대학원 석사논문, 2004.
정원채, 「황순원 장편소설의 인물상 연구 : 「신들의 주사위」를 중심으로」, 한성대 대학원 석사논문, 2004.
차가온, 「황순원 단편소설의 상징체계 분석 : 「소나기」를 중심으로」, 홍익대 교육대학원 석사논문, 2004.
황효숙, 「황순원 소설 연구 : 움직이는 성에 대한 융(JUNG)적 접근」, 경원대 대학원 석사논문, 2004.
김옥선, 「황순원 단편소설의 동물이미지 연구」, 경희대 대학원 석사논문, 2005.
김용만, 「황순원 소설의 인본주의 연구」, 경희대 대학원 석사논문, 2005.
김필선, 「황순원 단편소설 연구」, 신라대 교육대학원 석사논문, 2005.
박미연, 「황순원 단편소설의 모성 세계 연구」, 목포대 교육대학원 석사논문, 2005.
유재화, 「황순원 소설의 인물 유형 연구 : 『나무들 비탈에 서다』, 『일월』, 『움직이는 성』을 중심으로」, 원광대 대학원 석사논문, 2005.
윤미란, 「황순원 초기문학 연구 : 서정 지향성과 민중 지향성의 갈등」, 인하대 대학원 석사논문, 2005.
이정화, 「황순원 단편소설에 나타난 성욕망 연구」, 홍익대 대학원 석사논문, 2005.
이윤주, 「『일월』에 나타난 꿈의 서사구조 연구」, 경희대학교 대학원 석사논문, 2005.
정지숙, 「황순원 단편소설에 나타난 동화성 연구」, 단국대 교육대학원 석사논문, 2005.
조문희, 「김동리와 황순원 소설의 샤머니즘과 기독교 수용 양상 : 「무녀도」와 『움직이는 성』을 중심으로」, 성균관대 교육대학원 석사논문, 2005.
김보경, 「황순원 『나무들 비탈에 서다』 연구 : 서술 기법과 인물의 현실 인식」, 안동대 교육대학원 석사논문, 2006.
김희정, 「황순원 소설에 나타나는 여성상 연구 : 『별과 같이 살다』, 『카인의 후예』 『일월』, 『움직이는 성』을 중심으로」, 군산대 대학원 석사논문, 2006.
문미선, 「황순원 초기 단편 소설 연구」, 건국대 교육대학원 석사논문, 2006.
박민숙, 「황순원 소설의 서정적 특성 연구」, 아주대 교육대학원 석사논문, 2006.
손영은, 「스키마 활성화를 통한 독서지도 방안 연구 : 황순원의 「소나기」를 중심으로」, 경성대학교 교육대학원 석사논문, 2006
오윤정, 「시점 분석을 통한 소설교육 연구」, 연세대학교 교육대학원 석사논문, 2006.
김한난, 「『카인의 후예』 연구」, 목포대 교육대학원 석사논문, 2007.
소형수, 「황순원의 해방기 소설 연구」, 전북대 대학원 석사논문, 2007.
이은정, 「황순원 소설의 상징연구 : 초기 단편소설을 중심으로」, 아주대 교육대학원 석사논문, 2007.
이재은, 「황순원의 『나무들 비탈에 서다』와 『움직이는 성』의 작중인물 상관성 연구」, 경희대 대학원 석사논문, 2007.
유미숙, 「성장소설 연구 : 중학교 교과서 중심으로」, 아주대학교 교육대학원 석사논문, 2007.
조순형, 「황순원 소설의 죄의식과 구원의 양상 : 카인의 후예와 움직이는 성을 중심으로」, 충남대 대학원 석사논문, 2007.
조아라, 「황순원의 성장소설 연구」, 충남대 교육대학원 석사논문, 2007.
김권재, 「문학텍스트의 영상 콘텐츠 전환 연구 : 황순원의 '소나기'를 중심으로」,

한양대학교 산업경영디자인대학원 석사논문, 2008.
김인숙, 「황순원 소설집 『늪』의 고찰」, 동국대 교육대학원 석사논문, 2008.
남보라, 「황순원 단편 소설 모성 형상화 연구」, 성균관대 교육대학원 석사논문, 2008.
민영미, 「황순원 소설을 활용한 독서치료 연구 : '인간성 회복 제재'를 중심으로」, 아주대 교육대학원 석사논문, 2008.
안서현, 「황순원 소설에 나타난 타자 인식 연구」, 서울대 대학원 석사논문, 2008.
이민주, 「황순원 장편의 설화적 세계 연구 : 『별과 같이 살다』, 『카인의 후예』를 중심으로」, 목포대 교육대학원 석사논문, 2008.
유지민, 「성장소설 연구 : 7차 중, 고등학교 국어교과서 중심으로」 동아대하교 교육대학원 석사논문, 2008.
정소진, 「황순원 단편 소설의 주제의식 연구」, 수원대 교육대학원 석사논문, 2008.
김미현, 「황순원 장편소설에 나타난 죄와 구원의식」, 경북대 교육대학원 석사논문, 2009.
김소이, 「황순원 단편소설의 소년·소녀 등장인물 연구」, 고려대 대학원 석사논문, 2009.
김미리, 「성장소설을 통한 소설교육 연구 : 1950·60년대 단편소설을 중심으로」, 한양대학교 교육대학원 석사논문, 2009.
김정자, 「황순원 후기 장편소설 연구 : 『日月』, 『움직이는 성』, 『신들의 주사위』를 중심으로」, 인하대 교육대학원 석사논문, 2009.
서경덕, 「황순원 초기 단편소설 연구: 결핍과 그 극복 양상을 중심으로」, 전남대 교육대학원 석사논문, 2009.
이지은, 「「소나기」의 교육적 가치와 교수 방안 연구」, 성신여자대학교 교육대학원 석사논문, 2009.
오수연, 「우언적 사유와 매체언어를 활용한 소설교육 방안 연구」, 단국대학교 교육대학원 석사논문, 2009.
임유미, 「황순원 소설에 나타난 죽음의 양상 고찰 : 제7차 국어과 교과서 수록 작품을 중심으로」, 중앙대 교육대학원 석사논문, 2009.
최미정, 「황순원 단편소설의 전래동화적 요소 연구」, 강릉대 교육대학원 석사논문, 2009.
한진주, 「매체 활용을 통한 소설 교수 학습 방안 연구 : 「소나기」를 중심으로」, 경희대학교 교육대학원 석사논문, 2009.
김아영, 「가치 교육의 방법 연구 : 황순원의 「목넘이 마을의 개」를 중심으로」, 고려대 교육대학원 석사논문, 2010.
김민주 「천관녀 설화를 통해 본 창작 교육 방안」, 아주대학교 교육대학원 석사논문, 2010.
류광현, 「황순원 장편소설의 기독교적 상상력 연구」, 서울대 대학원 석사논문, 2010.
이보라, 「고등학교 문학교과서의 소설 교육 양상 : 황순원 소설 「학」, 「목넘이 마을의 개」를 중심으로」, 충북대 교육대학원 석사논문, 2010.
임옥환, 「이데올로기 대립이 나타난 소설 교육 방안 연구 : 황순원 소설을 중심으로」, 이화여대 교육대학원 석사논문, 2010.
김국이, 「황순원 문학의 회화(繪畵)적 시각 고찰 : 시·단편소설을 중심으로」, 경희대학교 대학원 석사논문, 2011.
김윤화, 「죽음을 통해 본 황순원 단편소설의 현실인식」, 영남대 교육대학원 석사논문, 2011.
박은영, 「성장소설의 서사모형을 통한 황순원 소설 연구 : 황순원의 성장소설 중, 초기 단편을 중심으로」, 고려대 교육대학원 석사논문, 2011.
박홍연, 「황순원 장편소설에 나타난 소외의식 연구」, 울산대 교육대학원 석사논문, 2011.
이진아, 「사회·문화적 맥락을 활용한 분단소설 교육 연구」, 한양대학교 교육대학원 석사논문, 2011.
정지아, 「한국전쟁의 특수성이 한국 전후소설에 미친 영향」, 중앙대학교 대학원 석사논문, 2011.
강창덕, 「황순원 소설에 나타난 인물의 성격유형 분석 : MBTI 이론을 중심으로」, 전남대 교육대학원 석사논문, 2012.
박선옥, 「황순원 성장소설의 교수학습 방안 연구」, 동국대 교육대학원 석사논문, 2012.
석혜림, 「황순원 소설의 국어교육적 의의 연구」, 고려대학교 교육대학원 석사논문, 2012.
이수빈, 「황순원 소설의 동화적 상상력 고찰」, 경희대 대학원 석사논문, 2012.
유옥평, 「黃順元과 沈從文 소설의 서정성 비교 연구 : 향토 소재 소설을 중심으로」, 한양대학 대학원 석사논문, 2012.
정미영, 「독서 활동과 연계한 '소나기 마을' 체험활동 방안 연구」, 단국대학교 교육대학원 석사논문, 2012.
한승옥, 「아우구스티누스의 『신국론』을 통해 본 황순원 장편소설의 두 도성적 특질 연구」, 동국대학교 대학원 박사논문, 2012.
황현지, 「고등학교 문학 교과서에 수록된 황순원 소설 연구 : 교육과정 변천에 따른 소설 수록 양상 중심으로」, 고려대학교 교육대학원 석사논문, 2012.
김미나, 「황순원 소설의 문학교육적 의의 연구 : 고등학교 문학 교과서에 수록된 황순원 소설 중심으로」, 고려대학교 교육대학원 석사논문, 2013.
김하영, 「현대 소설의 서술자에 관한 연구」, 고려대학교 교육대학원 석사논문, 2013.
박학희, 「황순원의 성장소설에 나타난 통과제의적 양상 연구 : 초기 단편소설을 중심으로」, 중앙대학교 예술대학원 석사논문, 2013.
손승희, 「학습자 중심의 소설 지도 방안 연구 : 황순원의 「소나기」를 중심으로」 경성대학교 교육대학원 석사논문, 2013.
심승주, 「황순원 장편소설 인물의 방어기제 연구 : 『인간접목』, 『나무들 비탈에 서다』를 중심으로」, 건국대학교 교육대학원 석사논문, 2013.
이현정, 「1950년대 소설 연구 : 고등학교 문학교과서에 수록된 작품을 중심으로」, 연세대학교 교육대학원 석사논문, 2013.
최용석, 「황순원 단편소설 연구 : 문학적 지향을 중심으로」, 고려대학교 교육대학원 석사논문, 2013.
신아현, 「황순원 소설에 나타난 폭력 양상 연구」, 고려대학교 대학원 석사학위논문, 2013.
왕명진, 「황순원과 왕멍 소설의 인물 비교 연구 : 전후소설과 신시기 소설을 중심으로」, 아주대학교 석사학위논문, 2013.
쪼고에 다니엘라 안드레아, 「한국 소설의 루마니아어 번역 연구 : 황순원 단편소설을 중심으로」, 한국학중앙연구원대학원 석사학위논문, 2014.
진혜남, 「황순원 단편소설의 인물 연구 : 현실 대응 태도를 중심으로」, 고려대학교 교육대학원 석사학위논문, 2014.
박태민, 「모둠 독서 활동을 통한 국어과 교수 학습 방법 연구 : 단편 소설 물 한 모금(황순원)수업을 중심으로」, 고려대학교 교육대학원, 국내석사, 2014.
정효진, 「황순원 曲藝師의 교육적 가치와 지도 방안 연구」, 고려대학교 교육대학원 석사학위논문, 2015.
박민경, 「황순원 소설의 서정성 연구 : 단편소설을 중심으로」, 고려대학교 교육대학원 석사학위논문, 2015.
산구마의, 「황순원 시 연구」, 韓國學中央硏究院 韓國學大學院 석사학위논문, 2015.

⑵ 박사학위 논문

김영수, 「한국소설의 연맥연구」, 중앙대 대학원 박사논문, 1985.2.
변정화, 「1930년대 한국 단편소설 연구」, 숙명여대 대학원 박사논문, 1985.
조남철, 「일제하 한국 농민소설 연구」, 연세대 대학원 박사논문, 1985.
송하섭, 「한국 현대소설의 서정성 연구」, 단국대 대학원 박사논문, 1987.2.
이월영, 「꿈 소재 서사문학의 사상적 유형 연구」, 전북대 대학원 박사논문, 1990.
남미영, 「한국 현대 성장소설 연구」, 숙명여대 대학원 박사논문, 1992.2.
양선규, 「황순원 소설의 분석심리학적 연구」, 경북대 대학원 박사논문, 1992.2.
양은창, 「1950년대 단편소설의 구조 연구」, 단국대 대학원 박사논문, 1999.2.
박양호, 「황순원 문학 연구」, 전북대 대학원 박사논문, 1994.2.
장현숙, 「황순원 소설연구」, 경희대 대학원 박사논문, 1994.8.
정영곤, 「현대 소설의 인물 관계 연구」, 부산대 대학원 박사논문, 1994.8.
박혜경, 「황순원 문학 연구」, 동국대 대학원 박사논문, 1995.2.
정희모, 「한국 전후 장편소설 연구 : 문학의식과 장편양식의 변화를 중심으로」, 연세대 대학원 박사논문, 1995.2.
오연희, 「황순원의 「日月」연구」, 충남대 대학원 박사논문, 1996.8.
김윤정, 「황순원 소설 연구」, 한양대 대학원 박사논문, 1997.2.
이명우, 「한국 농민소설의 사적 연구」, 동국대 대학원 박사논문, 1997.2.
황효일, 「황순원 소설 연구」, 국민대 대학원 박사논문, 1997.2.
허명숙, 「황순원 소설의 이미지 분석을 통한 동일성 연구」, 숭실대 대학원 박사논문, 1997.2.
남태제, 「황순원 문학의 낭만주의적 성격 연구」, 서울대 대학원 박사논문, 1997.
이경호, 「황순원의 소설의 주체성 연구 : 전후 장편소설을 중심으로」, 한양대 대학원 박사논문, 1998.8.
임영천, 「한국현대소설의 다성성과 기독교정신 연구」, 서울시립대 대학원 박사논문, 1998.8.

임진영, 「황순원 소설의 변모양상 연구」, 연세대 대학원 박사논문, 1999.2.
브루스, 풀튼, 「황순원 단편소설 연구」, 서울대 대학원 박사논문, 1999.8.
최예열, 「한국전후 소설에 나타난 현실인식 연구」, 대전대 대학원 박사논문, 2000.2.
곽경숙, 「한국 현대소설의 생태학적 연구 : 김동리·황순원 소설을 중심으로」, 전남대 대학원 박사논문, 2001.
김병희, 「한국 현대 성장소설 연구」, 서울여대 대학원 박사논문, 2001.
문화라, 「1950년대 서정소설 연구 : 황순원·오영수·이범선을 중심으로」, 이화여대 대학원 박사논문, 2002.
서재원, 「김동리·황순원 소설의 낭만적 특징 비교 연구」, 고려대 대학원 박사논문, 2002.
임채욱, 「황순원 소설의 서정성 연구」, 전남대 대학원 박사논문, 2002.
김태순, 「황순원 소설의 인물유형과 크로노토포스 연구」, 건국대 대학원 박사논문, 2003.
박　진, 「황순원 소설의 서정적 구조 연구」, 고려대 대학원 박사논문, 2003.
정수현, 「황순원 단편소설의 동심의식 연구」, 연세대 대학원 박사논문, 2004.
김형규, 「1950년대 한국 전후 소설의 서술행위 연구 : 전쟁 기억의 의미화를 중심으로」, 아주대학교 대학원 박사논문, 2004.
호병탁, 「한국현대소설의 '대화적 상상력'」, 원광대 대학원 박사논문, 2004.
박용규, 「황순원 소설의 개작과정 연구」, 서울대 대학원 박사논문, 2005.
김효석, 「전후 월남작가 연구 : 월남민 의식과 작품과의 상관관계를 중심으로」, 중앙대학교 대학원 박사논문, 2006.
김주현, 「1960년대 소설의 전통 인식 연구」, 중앙대학교 대학원 박사논문, 2007.
박지혜, 「황순원 장편소설의 서술기법과 수용에 관한 연구」, 아주대 대학원 박사논문, 2008.
이은영, 「한국 전후소설의 수사학적 연구」, 서강대학교 대학원 박사논문, 2008.
황효숙, 「한국 현대 기독교 소설 연구 : 1960~70년대 소설을 중심으로」, 경원대학교 대학원 박사논문, 2008.
김주성, 「황순원 소설의 샤머니즘 수용양상 연구」, 경희대 대학원 박사논문, 2009.
노승욱, 「황순원 문학 연구」, 서울대 대학원 박사논문, 2010.

방금단, 「황순원 소설 연구 : 유랑의식을 중심으로」, 성신여대 대학원 박사논문, 2010.
이 호, 「한국 전후소설과 중국 신시기소설의 비교 연구 : 황순원과 왕멍(王蒙)의 작품을 중심으로」, 경희대 대학원 박사논문, 2011.
에바 라티파, 「한국과 인도네시아 전후소설 비교 연구 : 황순원과 누그로호의 작품을 중심으로」, 경희대 대학원 박사논문, 2012.
한미애, 「인지시학적 관점의 문체번역 연구 - 황순원의 단편소설을 중심으로」, 동국대학교 박사학위논문, 2013.

필자<게재순>

김종회(경희대)/ 김병익(문학평론가)/ 김윤식(서울대 명예교수)
장현숙(가천대)/ 박덕규(단국대)/ 조남현(서울대 명예교수)
홍정선(인하대)/ 방민호(서울대)/ 신덕룡(광주대)
김동환(한성대)/ 박태일(경남대)/ 최동호(고려대 명예교수)
정과리(연세대)/ 유성호(한양대)/ 김춘식(동국대)
이혜원(고려대)/ 이재복(한양대)/ 이승하(중앙대)
김주성(소설가)/ 박명진(중앙대)/ 박기수(한양대)
김용희(평택대)/ 황영미(숙명여대)/ 김성곤(한국문학번역원장)
최미경(이화여대)/ 신혜린(밴더빌트대)/ 마틴 와이저(독일)
알리나 콜뱌기나(러시아)/ 권영민(서울대 명예교수)/ 전상국(강원대 명예교수)

황순원 연구

초판 인쇄 2017년 9월 19일
초판 발행 2017년 9월 28일

엮은이 황순원연구모임
펴낸이 이대현
편 집 홍혜정
디자인 최기윤
펴낸곳 도서출판 역락
주 소 서울시 서초구 동광로 46길 6-6 문창빌딩 2층
전 화 02-3409-2060(편집부), 2058(영업부)
팩 스 02-3409-2059
등 록 1999년 4월 19일 제303-2002-000014호
이메일 youkrack@hanmail.net

ISBN 979-11-5686-974-0 93810

이 도서의 국립중앙도서관 출판예정도서목록(CIP)은 서지정보유통지원시스템 홈페이지(http://seoji.nl.go.kr)와 국가자료공동목록시스템(http://www.nl.go.kr/kolisnet)에서 이용하실 수 있습니다.(CIP제어번호: CIP2017024567)